方李邦琴北京大学人文学科文库出版基金赞助

北大欧美文学研究丛书

法国当代自撰文学现象研究

L'autofiction en France

杨国政 著

北京大学出版社
PEKING UNIVERSITY PRESS

图书在版编目 (CIP) 数据

法国当代自撰文学现象研究 / 杨国政著. — 北京：北京大学出版社，2022.10
（北京大学人文学科文库. 北大欧美文学研究丛书）
ISBN 978-7-301-33399-0

Ⅰ.①法⋯ Ⅱ.①杨⋯ Ⅲ.①文学研究 – 法国 – 现代 Ⅳ.① I565.065

中国版本图书馆 CIP 数据核字 (2022) 第 176868 号

书　　　名	法国当代自撰文学现象研究 FAGUO DANGDAI ZIZHUAN WENXUE XIANXIANG YANJIU
著作责任者	杨国政　著
责 任 编 辑	初艳红
标 准 书 号	ISBN 978-7-301-33399-0
出 版 发 行	北京大学出版社
地　　　址	北京市海淀区成府路 205 号　100871
网　　　址	http://www.pup.cn　新浪微博：@北京大学出版社
电 子 信 箱	alicechu2008@126.com
电　　　话	邮购部 010-62752015　发行部 010-62750672　编辑部 010-62759634
印 刷 者	大厂回族自治县彩虹印刷有限公司
经 销 者	新华书店 650 毫米 ×980 毫米　16 开本　24.75 印张　400 千字 2022 年 10 月第 1 版　2022 年 10 月第 1 次印刷
定　　　价	98.00 元

未经许可，不得以任何方式复制或抄袭本书之部分或全部内容。
版权所有，侵权必究
举报电话：010-62752024　电子信箱：fd@pup.pku.edu.cn
图书如有印装质量问题，请与出版部联系，电话：010-62756370

致谢

  本书是"教育部人文社会科学研究项目"(项目批准号17YJA752019)的结项成果,感谢立项单位教育部社会科学司为购置项目实施所需的电子设备、图书资料等提供资金支持。虽然数年来本项目给本人套上了"枷锁",但是也使本人在"解套"过程中,以项目为抓手,得以阅读某些当代文学作品,思考和梳理某些文学理论和写作实践问题。

  感谢我的各位亲人。在完成项目和写作本书的这几年,我的家庭连遭厄运,是我的人生中最为艰难的一段岁月。再加上疫情的频繁干扰,致使我左支右绌,疲于招架,步履维艰,身心俱疲。本书写作几度中止,本人也几欲放弃。多亏众位亲人的分忧,本书才得以在各种工作、家事和杂务的缝隙中匆匆完成。

  感谢北京大学外国语学院申丹教授,她多年来对本人一直关爱扶持,但是由于本人的怠惰,多次辜负她的期许。本书的写作和出版再次得到申丹教授积极的支持,令我深为感动。

  感谢北京大学出版社外语编辑部的张冰女士、初艳红女士。她们在本书出版过程中给予一路优待和便利,工作认真细致,目光如炬,付出了巨大心血。

  本人学识粗浅,水平有限,尤其是理论功底不足,只是"砖头家",希望引来众位专家、方家的指正。

总　序

袁行霈

　　人文学科是北京大学的传统优势学科。早在京师大学堂建立之初，就设立了经学科、文学科，预科学生必须在五种外语中选修一种。京师大学堂于1912年改为现名，1917年，蔡元培先生出任北京大学校长，他"循思想自由原则，取兼容并包主义"，促进了思想解放和学术繁荣。1921年北大成立了四个全校性的研究所，下设自然科学、社会科学、国学和外国文学四门，人文学科仍然居于重要地位，广受社会的关注。这个传统一直沿袭下来，中华人民共和国成立后，1952年北京大学与清华大学、燕京大学三校的文、理科合并为现在的北京大学，大师云集，人文荟萃，成果斐然。改革开放后，北京大学的历史翻开了新的一页。

　　近十几年来，人文学科在学科建设、人才培养、师资队伍建设、教学科研等各方面改善了条件，取得了显著成绩。北大的人文学科门类齐全，在国内整体上居于优势地位，在世界上也占有引人瞩目的地位，相继出版了《中华文明史》《世界文明史》《世界现代化历程》《中国儒学史》《中国美学通史》《欧洲文学史》等高水平的著作，并主持了许多重大的考古项目，这些成果发挥着引领学术前进的作用。目前，北大还承担着《儒藏》《中华文明探源》

《北京大学藏西汉竹书》的整理与研究工作,以及"新编新注十三经"等重要项目。

  与此同时,我们也清醒地看到,北大人文学科整体的绝对优势正在减弱,有的学科只具备相对优势;有的成果规模优势明显,高度优势还有待提升。北大出了许多成果,但还要出思想,要产生影响人类命运和前途的思想理论。我们距离理想的目标还有相当长的距离,需要人文学科的老师和同学们加倍努力。

  我曾经说过,与自然科学或社会科学相比,人文学科的成果,难以直接转化为生产力,给社会带来财富,人们或以为无用。其实,人文学科力求揭示人生的意义和价值,塑造理想的人格,指点人生趋向完美的境地。它能丰富人的精神,美化人的心灵,提升人的品德,协调人和自然的关系以及人和人的关系,促使人把自己掌握的知识和技术用到造福于人类的正道上来,这是人文无用之大用!试想,如果我们的心灵中没有诗意,我们的记忆中没有历史,我们的思考中没有哲理,我们的生活将成为什么样子?国家的强盛与否,将来不仅要看经济实力、国防实力,也要看国民的精神世界是否丰富,活得充实不充实,愉快不愉快,自在不自在,美不美。

  一个民族,如果从根本上丧失了对人文学科的热情,丧失了对人文精神的追求和坚守,这个民族就丧失了进步的精神源泉。文化是一个民族的标志,是一个民族的根,在经济全球化的大趋势中,拥有几千年文化传统的中华民族,必须自觉维护自己的根,并以开放的态度吸取世界上其他民族的优秀文化,以跟上世界的潮流。站在这样的高度看待人文学科,我们深感责任之重大与紧迫。

  北大人文学科的老师们蕴藏着巨大的潜力和创造性。我相信,只要使老师们的潜力充分发挥出来,北大人文学科便能克服种种障碍,在国内外开辟出一片新天地。

  人文学科的研究主要是著书立说,以个体撰写著作为一大特点。除了需要协同研究的集体大项目外,我们还希望为教师独立探索,撰写、出版专著搭建平台,形成既具个体思想,又汇聚集体智慧的系列研究成果。为此,北京大学人文学部决定编辑出版"北京大学人文学科文库",旨在汇集新时代北大人文学科的优秀成果,弘扬北大人文学科的学术传统,展示北大人文学科的整体实力和研究特色,为推动北大世界一流大学建设、促进人文学术发展做出贡献。

我们需要努力营造宽松的学术环境、浓厚的研究气氛。既要提倡教师根据国家的需要选择研究课题,集中人力物力进行研究,也鼓励教师按照自己的兴趣自由地选择课题。鼓励自由选题是"北京大学人文学科文库"的一个特点。

我们不可满足于泛泛的议论,也不可追求热闹,而应沉潜下来,认真钻研,将切实的成果贡献给社会。学术质量是"北京大学人文学科文库"的一大追求。文库的撰稿者会力求通过自己潜心研究、多年积累而成的优秀成果,来展示自己的学术水平。

我们要保持优良的学风,进一步突出北大的个性与特色。北大人要有大志气、大眼光、大手笔、大格局、大气象,做一些符合北大地位的事,做一些开风气之先的事。北大不能随波逐流,不能甘于平庸,不能跟在别人后面小打小闹。北大的学者要有与北大相称的气质、气节、气派、气势、气宇、气度、气韵和气象。北大的学者要致力于弘扬民族精神和时代精神,以提升国民的人文素质为己任。而承担这样的使命,首先要有谦逊的态度,向人民群众学习,向兄弟院校学习。切不可妄自尊大,目空一切。这也是"北京大学人文学科文库"力求展现的北大的人文素质。

这个文库目前有以下17套丛书:
"北大中国文学研究丛书"(陈平原 主编)
"北大中国语言学研究丛书"(王洪君 郭锐 主编)
"北大比较文学与世界文学研究丛书"(张辉 主编)
"北大中国史研究丛书"(荣新江 张帆 主编)
"北大世界史研究丛书"(高毅 主编)

"北大考古学研究丛书"(沈睿文 主编)
"北大马克思主义哲学研究丛书"(丰子义 主编)
"北大中国哲学研究丛书"(王博 主编)
"北大外国哲学研究丛书"(韩水法 主编)
"北大东方文学研究丛书"(王邦维 主编)
"北大欧美文学研究丛书"(申丹 主编)
"北大外国语言学研究丛书"(宁琦 高一虹 主编)
"北大艺术学研究丛书"(彭锋 主编)
"北大对外汉语研究丛书"(赵杨 主编)
"北大古典学研究丛书"(李四龙 彭小瑜 廖可斌 主编)
"北大人文学古今融通研究丛书"(陈晓明 彭锋 主编)
"北大人文跨学科研究丛书"(申丹 李四龙 王奇生 廖可斌 主编)①

这17套丛书仅收入学术新作,涵盖了北大人文学科的多个领域,它们的推出有利于读者整体了解当下北大人文学者的科研动态、学术实力和研究特色。这一文库将持续编辑出版,我们相信通过老中青学者的不断努力,其影响会越来越大,并将对北大人文学科的建设和北大创建世界一流大学起到积极作用,进而引起国际学术界的瞩目。

---

① 本文库中获得国家社科基金后期资助或入选国家哲学社会科学成果文库的专著,因出版设计另有要求,会在封面后勒口列出的该书书名上加星号标注,在文库中存目。

丛书序言

北京大学的欧美文学研究具有深厚的历史积淀,承继五四运动之使命,早在1921年便建立了独立的外国文学研究所,系北京大学首批成立的四个全校性研究机构之一,为中国人文学科拓展了重要的研究领域,注入了新的思想活力。新中国成立之后,尤其是经过1952年的全国院系调整,北京大学欧美文学的教学和研究力量不断得到充实与加强,汇集了冯至、朱光潜、曹靖华、杨业治、罗大冈、田德望、吴达元、杨周翰、李赋宁、赵萝蕤等一大批著名学者,以学养深厚、学风严谨、成果卓越而著称。改革开放以来,北大的欧美文学研究进入了新的历史发展时期,形成了一支思想活跃、视野开阔、积极进取、富有批判精神的研究队伍,高水平论著不断问世,在国内外产生了重要的学术影响。21世纪初,北京大学组建了欧美文学研究中心,研究力量得到进一步加强。北大的欧美文学研究人员确定了新时期的发展目标和探索重点,踏实求真,努力开拓学术前沿,承担多项国际合作和国内重要科研课题,注重与国内同行的交流和与国际同行的直接对话,在我国的欧美文学研究中发挥着越来越重要的作用。

为了弘扬北京大学欧美文学研究的学术传统、促进欧美文学研究的深入发展,北大欧美文学研究中心在成立之初就开始组织撰写"北大欧美文学研究丛书"。本套丛书涉及欧美文学研究的多个方面,包括欧美经典作家作品研究、欧美文学流派或文学体裁研究、欧美文学与宗教研究、欧美文论与文化研究等。这是一套开放性的丛书,重积累、求创新、促发展,旨在展示多元文化背景下北大欧美文学研究的成果和视角,加强与国际国内同行的交流,为拓展和深化当代欧美文学研究做出自己的贡献。通过这套丛书,我们也希望广大文学研究者和爱好者对北大欧美文学研究的方向、方法和热点问题有所了解;北大的欧美文学研究者也能借此对自己的学术探讨进行总结、回顾、审视、反思,在历史和现实的坐标中确定自身的位置。此外,我们也希望这套丛书的撰写与出版有力促进外国文学教学和人才的培养,使研究与教学互为促进、互为补充。

这套丛书的研究和出版得到了北京大学、北京大学外国语学院以及北京大学出版社的大力支持。若没有上述单位的鼎力相助,这套丛书是难以面世的。

2016年春,北京大学人文学部开始建设"北京大学人文学科文库",旨在展示北大人文学科的整体实力和研究特色。"北大欧美文学研究丛书"进入文库继续出版,希望与文库收录的相关人文学科的优秀成果一起,为展现北大学人的探索精神、推动北大世界一流大学建设、促进人文学术发展贡献力量。

申 丹
2016年4月

目 录

导 言 …………………………………………………… 1

上篇 概 貌

第一章 现象 …………………………………………… 3
    一、一个幽灵 ………………………………………… 3
    二、乱象 ……………………………………………… 6
    三、骂名 ……………………………………………… 8
    四、写不完的"我" ………………………………… 12
    五、"怎么写?" …………………………………… 15
    六、"文"与"学" ………………………………… 19
    七、虚与实 ………………………………………… 21

第二章 背景 ………………………………………… 23
    一、向"后"转 …………………………………… 23
    二、主体的回潮 …………………………………… 27
    三、小时代 ………………………………………… 33
    四、虚构的危机 …………………………………… 39
    五、真实的危机 …………………………………… 42

第三章 定义 ………………………………………… 48
    一、杜氏定义 ……………………………………… 48

二、克里特人悖论 …………………………………… 58
三、"我"另无其人 …………………………………… 66
四、两类自撰 ………………………………………… 69

第四章　先驱 …………………………………………… 75
一、"这样的先例" …………………………………… 75
二、科莱特 …………………………………………… 77
三、普鲁斯特 ………………………………………… 79
四、塞利纳 …………………………………………… 82
五、热内 ……………………………………………… 84

第五章　百家 …………………………………………… 87
一、争议 ……………………………………………… 87
二、菲利普·勒热纳 ………………………………… 89
三、雅克·勒卡姆 …………………………………… 94
四、热拉尔·热奈特 ………………………………… 99
五、玛丽·达里厄塞克 ……………………………… 103
六、万桑·科罗纳 …………………………………… 108
七、菲利普·加斯帕里尼 …………………………… 114
八、阿尔诺·施密特 ………………………………… 118
九、菲利普·福雷斯特 ……………………………… 122
十、菲利普·维兰 …………………………………… 125

第六章　"虚""构" …………………………………… 131
一、乱起虚构 ………………………………………… 131
二、向虚而构 ………………………………………… 134
三、构而不虚 ………………………………………… 140

第七章　功能 ……………………………………………… 148
　一、我痛故我写 ……………………………………… 148
　二、虚构：解构与建构 ……………………………… 166
　三、以虚构之名 ……………………………………… 175
　四、虚构即诗 ………………………………………… 184

第八章　奇葩 ……………………………………………… 192
　一、反"客"(体)为"主"(体) ………………………… 192
　二、变自撰为性撰 …………………………………… 196

下篇　百　花

第九章　虚实合成的自传
　　——佩雷克的《W 或童年的回忆》 ……………… 221
　一、虚与实 …………………………………………… 224
　二、轻与重 …………………………………………… 232
　三、冷与热 …………………………………………… 238

第十章　漫说自我
　　——巴尔特的《巴尔特自述》 …………………… 242
　一、"小说"/"漫说" ………………………………… 243
　二、"我"的点描 …………………………………… 251
　三、"是我又不是我" ………………………………… 256
　四、"可写"的文本 …………………………………… 260
　五、无定之规 ………………………………………… 264

第十一章　"线索"羁绊下的"儿子"
——杜勃罗夫斯基的《儿子》………… 270
一、fils：儿子还是线索？ ………… 271
二、*Fils*：小说还是自传？ ………… 274
三、语言的冒险 ………… 277
四、向"实"而"构" ………… 280
五、灵魂的清淤 ………… 282

第十二章　怀疑时代的自传
——萨洛特的《童年》………… 286
一、无主题变奏 ………… 286
二、寻找失去的感觉 ………… 291
三、在独白中对话 ………… 297

第十三章　自传写作的"恐怖行动"
——罗伯-格里耶的《戏说》三部曲 ………… 302
一、一个混合怪胎 ………… 304
二、系铃与解铃 ………… 308
三、破镜重现不重圆 ………… 314

第十四章　在死亡中书写，在书写中续命
——吉贝尔的"艾滋病三部曲" ………… 321
一、欲说还休 ………… 321
二、小说之名 ………… 325
三、身体的书写 ………… 328
四、书写·疏泄·书信·输血 ………… 330

第十五章 "非个人"的时代自传
——安妮·埃尔诺的《岁月》 …………… 336
  一、从照片说开去 …………………………… 338
  二、"集成小说" ……………………………… 342
  三、非个人自传 ……………………………… 347

结 论 …………………………………………… 353
参考文献 …………………………………………… 359
人名对照表 ………………………………………… 373
作品名对照表 ……………………………………… 377

导　言

　　自从 20 世纪 70 年代以来，法国文坛上出现了一个十分活跃和引人瞩目的现象：自我的言说和书写呈现出前所未有的繁荣。先是战后成长起来的一代作家，继而是对真实和主体持有怀疑态度的新小说作家，直至"五月风暴"后出生的 60 后、70 后作家，纷纷到"自我"和亲历中寻找素材和灵感。但是这股热潮并非传统自传的复兴或自传体小说的回归，因为传统自传和自传体小说从未衰落或消失，而是性质发生了变异的一种新的写作现象。伴随着这一现象，"自撰"（autofiction）①一词应运而生。

　　"自撰"本是当代小说家兼批评家杜勃罗夫斯基（Serge Doubrovsky）创造的一个文字游戏般的新词，它是作为 autobiographie（自传）一词的对立面出现的，指的是区别于传统自传的一种自我书写，又被称为"反自传"或"新自传"。传统自传的本质体现于人与事的真实性和指涉性，作者有约在先，以封皮上的名字签字画押，虽有无意的失真或有意的作假，终究无法动摇其真实之根本；自传体小说始于真实终于虚构，真实的元素

---

① "自撰"的字面意思为"自我虚构"，也有人将其译作"自虚构"或"自小说"。考虑到 autofiction 是作为 autobiographie（自传）一词的对立面出现的，但又难以摆脱自传的影子，所以我们也自造了一个与"自传"谐音而不同形的新词——"自撰"，取其"杜撰"，即"虚构"之意，即将真实的个人生活经历虚构化。而美国人使用 faction 一词，即 fiction of facts。

与虚构的故事如同交融的水乳,已经难以分辨,尤其是作者不敢或不愿在书中使用真名。而在自撰中,作者以某一阶段真实的生活经历为基底,又故意掺入某些明显的虚构的元素,真实与虚构如同互不渗透的水和油,而作者一边以自己的名字为真实性背书,一边又理直气壮地声称写的是小说。

真实与虚构的关系问题,堪称文学研究的一个古老而永恒的话题。自两千多年前的亚里士多德到现当代文论家对此多有论述,而自古以来的诸多作家对之也有着自己的理解。在传统的文学观念中,"诗"与"真"(即虚构和真实)是一组相互对立、彼此排斥的矛盾关系,分别对应着虚构和纪实两大泾渭分明的文类。但是,在自撰文本中,真实与虚构之间产生了非此非彼、既此且彼的游戏和张力,二者之间是对立而不统一或统一而又对立的矛盾关系。自撰是对传统自传写作的一种突破和解构:虚构和真实,貌似不可调和的两个音域,赫然对立又悄然统一地并存于同一个文本中。在自撰中,虽然作者打着"小说"的旗号,"我"戴着虚构的面具,但是,我们看到的不是作者的影子,而是他的血肉之躯。

自 20 世纪 70 年代之后,巴尔特(Roland Barthes)发出了"作者死亡"的宣言,形式主义、结构主义批评大行其道,文本和能指至上。在叙事领域,写作变为语言的游戏或冒险。许多自撰作者是以怀疑和解构传统为己任的昔日的先锋主义作家,他们又将实验之手伸向个人书写领域,打破了传统自我书写的固定和既有模式。所以,自撰还体现于建构叙事的行为方式和能力,体现于作者采用一切文体和手段来建构自传话语的行为。如果说以真实为本的传统自传是一面直接反射自我的平面镜,以虚构为本的自传体小说是间接折射自我的多棱镜,那么在叙述内容上具有基本和根本的指涉性,同时最大限度地制造话语的建构性的自撰则是将自我形象进行扭曲和解构的哈哈镜,或者是一面裂痕累累的破镜。

"自撰"一词以及它所指称的文学现象在争议中诞生,以其模糊性、矛盾性、杂糅性和不确定性构成了一个边界不清和轮廓模糊的灰色地带。赞之者称其为对自传写作的发展和突破,贬之者斥其为故弄玄虚、不伦不类。自撰写作在90年代之后开始进入研究者的视野。迄今对该词的理解和对自撰现象的认知仍然和当初一样游移和飘忽。而且这种写作现象尚未尘埃落定,赞之者、贬之者、疑之者、信之者都不乏其人。它所涉及的理论问题仍处于探讨甚至争议阶段,许多作家尚未搁笔而尚无定论,对它的研究虽已起步但仍属于初级阶段,无法与传统三大文类(诗歌、小说、戏剧)的研究深度和广度相提并论,甚至不能与对传统自传和传记的研究相比。本书试图对这一尚未有定论的写作现象提供一孔之见。

自撰脱胎于自传又是对自传的背叛,可谓"青出于蓝而异于蓝",它故意突破真实与虚构的对立,模糊二者的边界。此类文本的一个显著特点在于其不确定性,没有一种固定的叙述和言说模式,其内容如雾里看花,其形式不拘一格。本书以20世纪70年代以来自撰写作的相关作家和文本为研究对象,以期对这一现象的独有特征、来龙去脉、观念主张、形态功能等做出梳理。我们的立足点是仍将自撰置于纪实文类的视角之下,由此来探讨虚构在文本中对真实的冲击以及二者所构成的建构或解构关系,尤其探讨了虚构在自我写作中的功能,包括以自撰书写抚慰伤痛、以虚构解构真实或建构自我、以虚构之名规避禁忌、以虚构创造诗意等。

我们还试图站在一个文化的高度,将自撰中的"自我"的研究视同一种"人学"研究,自我形象的变化是时代、人的地位和人类精神的一个写照。传统自传中,自我是同质的、恒定的统一体,叙事是连贯的,后果符合前因。自撰写作背后隐藏的是"人"的危机、主体性危机,是主体在混乱、矛盾的物化世界中的困惑的反映,它摒弃了传统自传中的线性叙事和确定性的"先验自我"。这一危机不仅涉及文学研究范畴,更主要与现代西方哲学对主体(自我)的解构相关。我们试图把自撰写作置于"怀疑的时代"以及之后的"虚空的时代"的大背景下,将自撰视为自我在遭遇主体性危机时在文学上的一种症状,来考察促成该现象产生的文学及哲学思潮。

作为一种语言的游戏和冒险,虚构在自撰中被赋予了几乎和小说中同样的自由,是以"诗"对"真"的突破,以"词"对"物"的突破。本书重点选取七位作者(萨洛特、罗伯-格里耶、巴尔特、杜勃罗夫斯基、佩雷克、吉贝尔、埃尔诺)的七部有代表性的自撰文本,对各自内容、叙述策略和言说方式进行分析和解读,考察自撰文本在微观上表现出的独特性,探讨其中虚构与真实的张力关系以及虚构的功能,观照其言说策略的深层动机,探讨自撰所体现的反传统、否定性、多样性、无中心、不确定等特征。

上篇

概貌

第一章 现象

一、一个幽灵

二战之后,法国在经济获得恢复之后迎来高速发展时期,完成了工业化和现代化,建立起较为健全的经济体系和社会保障制度,进入消费社会和福利社会,在经济社会领域进入了后工业化阶段。从二战结束(1945)至第一次石油危机爆发(1973)的三十年在法国历史上被称为"光荣的三十年"。之后法国经济陷入慢增长甚至停滞阶段,失业、移民、衰退甚至恐怖主义等前一阶段潜藏或积累的各种矛盾一一显现,并不时引发严重的社会危机,但是总体说来法国社会波澜不惊。进入消费和福利社会的法国远离了战争、饥饿、灾难、动荡,社会财富增加,再未发生诸如 19 世纪的历次革命和 20 世纪的两次大战那样惊天动地、翻天覆地的大变局。法国从"光荣的三十年"进入"平淡的四十年",从波澜壮阔的大时代进入波澜不惊的小时代。

和社会从"光荣"到"平淡"相伴而生的,是文学自 20 世纪 70 年代也进入了平淡、平静和平凡的时代。随着名噪一时的新小说的偃旗息鼓,随着大张旗鼓的结构主义、文本主义、新批评、叙事学等理论和主张的渐趋沉寂,随着 1980 年萨特(Jean-Paul Sartre)和巴尔特两位标志性作家的辞世,曾经轰动一时的作家、文学运动和思潮在法国谢幕。一个时代结束了。没有了战后50—70年代以及此前各个时代都有的喧哗与骚动,没有了旗手、运动和流派,"无主题变奏"构成了这一阶段文学写作的特征。虽然这一时期涌现的作家如过江之鲫,数量超过历史上的任何时代,但是很难说哪个作家具有代表性、标志性。法国文学从大家辈出、大作频现走向小家遍地、大家难觅,少了令人仰止的高峰,多了孤立和并立的群山,从月明星稀走向满天繁星。

然而,平静的表象之下暗流涌动。一个幽灵在法国文坛徘徊,"一个新词频繁造访从欧洲到美国的文学帝国。这个词频繁出现于文学副刊、知识性的广播和电视、杂志、研讨会、学术研究中,出现于各个年龄的作家的笔下。它的造访甚至传染了好奇的读者,这个词时而是创新的标签,时而是恶名的标记,既适用一些新书,也贴合一些老书,读者被这个繁复的词吊起了胃口"①。这个幽灵和新词就是"自撰"。

20世纪70年代,先是战后成长起来的新一代作家,如佩雷克(Georges Perec)、莫迪亚诺(Patrick Modiano)、杜勃罗夫斯基、埃尔诺(Annie Ernaux)等以形态各异的手法投身于自我书写,揭开了自撰写作的序幕。毕生都在弱化"作者"和"主体"、强调"文本"和"能指"的巴尔特似乎也自食其言,将笔对准他始终虚置和弱化的"人"和"我",于1975年发表了《巴尔特自述》。到了20世纪80年代则更加耐人寻味,破除作者神话、批判故事叙事、宣扬纯粹的写作历险的新小说作家们,似乎也禁不住写"我"的诱惑②,转移阵地,纷纷试水。1983年,萨洛特(Nathalie Sarraute)发表《童年》并获得成功。从1984年开始,被称为"客观小说家",一直以中性、客观、无动于衷的写作而著称的罗伯-格里耶(Alain Robbe-Grillet)一本接一本地推出了他的《戏说》三部曲(*Romanesques*),

---

① Vincent Colonna, *Autofiction et autres mythomanies littéraires*, Tristram, 2004, p. 11.

② 萨洛特在《童年》开头的作者之"我"的两个声音之间的对话体现了这种自传诱惑:"这么说,你真的要做了?写你的童年回忆……——是的,没有办法,它诱惑我,我也不知道为什么." Nathalie Sarraute, *Enfance* (1983), Gallimard, 1995, p. 7.

在《重现的镜子》(*Le Miroir qui revient*)的开头匪夷所思地说:"我从来没谈过别的东西,我谈的都是我自己。"①1984 年,杜拉斯(Marguerite Duras)发表了《情人》(*L'Amant*),尽管没有报出名字,却以第一人称回顾了在印度支那时期的恋情,引发了洛阳纸贵。1989 年,西蒙(Claude Simon)发表了《刺槐》(*L'Acacia*),回顾了家族的历史和自己的生命轨迹。如罗伯-格里耶所说:"我们这群人近四十年来似乎是大路通天各走一边,而如今好像不约而同地投入邻近的对自传的颠覆行动中,也许不是偶然,尽管这一次仍然是大相径庭。"②

进入新世纪之后,一些作家又重返过去的文本,重写过去的经历,如莫迪亚诺在《家谱》(*Un Pedigree*,2005)中,试图对于他以前小说中多次写到的占领期间的动荡童年给出一个"真实"版。勒克莱齐奥(Jean-Marie Gustave Le Clézio)在《非洲人》(*L'Africain*,2004)中讲述了他在尼斯的童年、他的作为寻根之旅的非洲之行,试图为以前的小说《奥尼恰》(*Onitsha*,1991)和《革命》(*Révolutions*,2003)给出一个"真实"版。一批更为年轻的新生代作家加入进来,如安戈(Christine Angot)、福雷斯特(Philippe Forest)、德洛姆(Chloé Delaume)、洛朗丝(Camille Laurens)、米耶(Catherine Millet)、库塞(Catherine Cusset)、多内(Christophe Donner)等。此潮大有后浪推前浪的泛滥之势,形成了一场自我书写的"雪崩"或"黑潮"③,从正面意义上说则是一道文学风景线,令亲者着迷,令恨者睥睨。

自从启蒙时代确立了个人的自我以来,随着 18 世纪末、19 世纪初以来的浪漫主义文学在法国的潮起潮涌,作为最直接叙事手段的第一人称叙事强势登场,"我"由文学上的不速之客变为驱之不走的常客。虽然自从尼采喊出"上帝死了"后自我本身也随之成为问题,但是越是构成问题反而越是成为被反思也是被书写的对象。历经二百余年文坛的风云变

---

① Alain Robbe-Grillet, *Le Miroir qui revient*, Minuit, 1984, p. 10.
② Alain Robbe-Grillet, *Les Derniers jours de Corinthe*, Minuit, 1994, p. 86.
③ Gérard Genette, *Bardadrac*, Seuil, 2006, p. 137.

幻,"我"曾遭到批评家和理论家的嘘声,但是"我"似乎不为所动,毫无退场之意。尤其是到了世纪之交,这股自我言说和书写的现象经过自撰的包装和改头换面之后大摇大摆地走向舞台的中央,甚至长期霸占着舞台,我们仿佛回到了19世纪之初浪漫主义自传体小说盛极一时的时代。虽然人们对其鄙夷或是厌恶,但是自撰就是世纪之交的法国文学的一个绕不开、躲不过的存在和事实,被批评家公认为当代和当下法国文学的一个重点现象,直至今天我们仍难以对其盖棺定论。

二、乱象

20世纪70年代以来,自我书写呈现出前所未有的丰富和繁荣。作者不满足于传统自传的叙事方式,竞相求新求异,出现了大量奇异的自传性文本。"自传"(autobiographie)一词已无法涵盖这一驳杂和异彩纷呈的现象,需要新的词汇来描绘,人们纷纷寻找其他词汇和发明新词来定义五花八门的书写现象甚至乱象。

自从1967年马尔罗(André Malraux)创造了"反回忆录"(anti-mémoires)这个新词来指称其异于传统自传的写作之后,进入当代,作者和批评家对"自传"和"虚构"这两个词进行拆解、置换和组合,并注入自己的阐释,掀起了一场令人眼花缭乱的造词运动,衍生出诸多怪异的新词,诸如莱蒙德·费德曼(Raymond Federman)的"超虚构"(surfiction)、罗纳德·苏肯尼克(Ronald Sukenick)的"后现代自传"(post-modern autobiography)、罗伯-格里耶的"新自传"(nouvelle autobiographie)和"自别传"(auto-hétérobiographie)、让·贝勒曼-诺埃尔(Jean Bellemin-Noël)的"双向自书"(bi-autographie)、拉希德·布杰德拉(Rachid Boudjedra)的"后殖民自传性虚构"(fiction autobiographique post-coloniale)、安妮·埃尔诺的"社会自传"(auto-socio-biographie)、万桑·科罗纳(Vincent Colonna)的"自编"(autofabulation)、菲利普·福雷斯特的"我小说"(roman du *je*)、让-贝特朗·邦达利斯(Jean-Bertrand Pontalis)的"灵薄态"(les limbes)、雅克·德里达(Jacques Derrida)的"耳

传"(otobiographie)、菲利普·维兰(Philippe Vilain)的"转基因自传"(AGM — autobiographie genetiquement modifiée)、亨利·戈达尔(Henri Godard)的"小说—自传"(roman-autobiographie)、让-皮埃尔·布雷(Jean-Pierre Boulé)的"假小说"(roman faux)、阿尔诺·施密特(Arnaud Schmitt)和菲利普·加斯帕里尼(Philippe Gasparini)的"自叙"(autonarration)、克洛德·路易-孔贝(Claude Louis-Combet)的"自我神传"(automythobiographie)、于贝尔·卢科(Hubert Lucot)的"自我妖传"(autobiogre)、多米尼克·努盖(Dominique Nouguez)的"自书和背书"(autographie et endographie)等。① 这些怪异的新词从一个侧面显示出当代自我书写的不确定性和杂糅性。

1977年,杜勃罗夫斯基创造了"自撰"一词,可谓恰逢其时。这个词随后从众多新词之中脱颖而出。今天,杜勃罗夫斯基与自撰一词如影随形,几乎成为同义语。从构词来看,较之以上用语,该词写起来简约,读起来上口。尤其是"自撰"一词的构词上的矛盾性、语义上的模糊性和使用上的延展性,散发着不可抗拒的吸引力,受到出版界和创作界的广泛接受和使用。向来保守的学术界也从抗拒到逐渐接受这个怪词。该词一开始被放置在引号中,后来去掉了引号,进入了文学批评的话语,甚至作为一个普通名词被收入了《拉鲁斯词典》(2003年版,其释义为"借用虚构的叙述形式的自传")和《罗贝尔词典》(2007年版,其释义为"虚构和自传现实夹杂的叙事")。

出版界无意在学术层面上区分自传、自传体小说和自撰,将多少具有自传性的虚构文本或多少具有虚构性的自传文本都贴上了"自撰"的标签。另一方面,当今时代是一个讲究包装的时代,旧酒装入新瓶之后就焕然一新。"自撰"的称谓是一个书籍包装和销售的噱头,是一种"出版营

---

① Dominique Viart et Bruno Vercier, *La Littérature française au présent. Héritage, modernité, mutation*, Bordas, 2005, p. 27; Philippe Gasparini, *Autofiction. Une aventure du langage*, Seuil, 2008, p. 19; Philippe Vilain, *Défense de Narcisse*, Grasset et Fasquelle, 2005, pp. 163—164.

销"策略,"自撰"的标签比自传体小说等传统称谓更加时尚。①

三、骂名

一个矛盾的现象是,自撰写作一片繁荣,而且经久不衰,但是它在批评界和学术界却遭到激烈抗拒,备受蔑视。自撰写作也正是在争议中出现并在争议中蔓延和壮大的。在文学研究领域,自传是地位边缘、定位模糊的一种写作文体,其名声历来不佳,曾备受诟病,勒卡姆(Jacques Lecarme)曾总结出包括媒体、学校、政治、宗教、哲学、文学层面反对自我书写的观念、体制和意识形态,将其称作"反自传七头怪"②。较之于自传,自撰的罪名更是有过之而无不及,自撰几乎成为"全民公敌",遭到的多是讥讽。米歇尔·孔塔(Michel Contat)的"麻烦制造者"(genre litigieux)③是一个客气的说法,更有人说它是一个"杂交文类"(genre bâtard),埃里克·舍维亚尔(Eric Chevillard)挖苦它是"一个长期以来激起我的冷嘲热讽的讨好文类"④。自撰作为一种真真假假、真假难辨的写作,处于在虚构和纪实两方面都不讨好的尴尬地位。大致说来,自撰主要有以下"罪名"。

自古以来,虚构在文学中享有崇高甚至至高的地位,是想象力的代名词,而想象力是才华和创造力的表现,此种观念堪称虚构崇拜。学术界视虚构为文学性的标志、价值和合法性所在:"文学是一种虚构,这是它的首要结构性定义。"⑤热奈特(Gérard Genette)毫不掩饰对虚构的偏好,他的

---

① Yves Baudelle, «Autofiction et roman autobiographique: incidents de frontière», in Robert Dion, Frances Fortiers, Barbara Havercroft et Hans-Jünger Lüsebrink (dir.), *Vie en récit. Formes littéraires et médiatiques de la biographie et de l'autobiographie*, Note bene, coll. «Convergences», 2007, p. 52.

② Jacques Lecarme, «L'hydre anti-autobiographique», in Philippe Lejeune (dir.), *L'Autobiographie en procès*, RITM, n°14, Université de Nanterre, 1997, pp. 19—56.

③ Michel Contat, «L'autofiction, genre litigieux», in *Le Monde*, 05/04/2003.

④ Cité par Claude Burgelin, «Pour l'autofiction», in *Autofiction(s)*, Colloque de Cerisy, sous la direction de Claude Burgelin, Isabelle Grell et Roger-Yves Roche, PUL, 2010, p. 5.

⑤ Tzvetan Todorov, *Les Genres du discours*, Seuil, 1978, p. 15.

叙事学研究范围虽然名义上包括虚构叙事和纪实叙事,实际上都是以虚构叙事为研究对象的。自传等纪实写作被视为想象力贫乏的文类,也被视为缺乏思想深度和视野广度的表现。德勒兹(Gilles Deleuze)以比喻的语言指出,文学从本质上来说是"泛指的""第三人称的",而非"确指的":"写作不是讲述自己的回忆、旅行、爱情、丧痛、梦境和幻想。(……)构成文学陈述条件不是前两个人称,只有在我们身上产生了一个使我们丧失说'我'的能力的第三人称(即布朗肖的'中性'),文学才开始。"①

在捍卫文学虚构性的正统人士看来,既然文学等同于虚构,那么讲述自己的亲历就称不上文学。自撰中"真"的一面被认为是降低了文学含金量,文学性被稀释,因为这种写作无须想象和创造。既然所有虚构作品都或隐或现地有着"自"的一面,即作者的影子,那么"自撰"一词的出现和使用毫无必要,只是故弄玄虚。奥利维埃·蒙金(Olivier Mongin)称这种以自我为中心的叙事是"自我的自以为是,自我的眼中只有自己,却没有意识到他只是在谈自己写作的无能"②。他拒绝称自撰作者为作家,只称他们是"舞文弄墨者"(littérateur)③。"蒙金在 auto 中诊断出一种扼杀虚构的病毒。"④

1998 年,作家克里斯托弗·多内(Christophe Donner)发表了他的贬抑虚构的檄文式专论《反想象》⑤,提出了"拒绝想象"的口号,他在卷首语中开宗明义,将想象斥为败坏文学的"毒药"。此言一出,立即触发众怒。作家马克·珀蒂(Marc Petit)对此怒不可遏,对于当今非虚构写作"霸占整个舞台"⑥的现象痛心疾首,深恶痛绝,他针锋相对地写了《虚构颂》(*Eloge de la fiction*),以嬉笑怒骂的漫画式笔法讽刺以多内和安戈为代表的

---

① Gilles Deleuze, *Critique et Clinique*, Minuit, 1993, pp. 12—13.
② Olivier Mongin, «Littérateurs ou écrivains?», in *L'Esprit*, n°181, 1992, p. 108.
③ Ibid.
④ Philippe Lejeune, «Autofictions & Cie. Pièce en cinq acte», in Serge Doubrovsky, Jacques Lecarme et Philippe Lejeune (dir.), *Autofictions & Cie* (Actes du colloque de Nanterre, 1992), Cahiers RITM, Université Paris X, 1993, p. 9.
⑤ Christophe Donner, *Contre l'imagination*, Fayard, 1998.
⑥ Marc Petit, «Le refus de l'imaginaire», in *Le Monde des livres*, 04/02/1999, p. 13.

自撰作者以及以维吉妮·德彭特(Virginie Despentes)、米歇尔·乌勒贝克(Michel Houellebecq)为代表的"新自然主义"(néo-naturalistes)写作是缺乏才华和创造力的表现①，才不够，"我"来凑，他认为此类写作形式粗糙，思想浅薄，乏善可陈。2002年，玛丽·达里厄塞克(Marie Darrieussecq)出版了讲述育儿和写作经历的《婴儿》(Le Bébé)，《观点》(Point)杂志的批评家雅克-皮埃尔·阿美特(Jacques-Pierre Amette)对该书大加挞伐：如此鸡毛蒜皮的事情有何出版价值？许多批评家从这种"拒绝给予想象写作以任何地位的某种自撰潮流"②中看到并哀叹文学的退化。

自撰因其真实的一面受到正统的文学原教旨派的攻击，也因其虚构的一面而受到自传真实的卫道士的排斥，因为虚构是自传之大敌和大忌。作家多米尼克·努盖(Dominique Noguez)对自撰持有激进的批判态度，在他看来，自撰是一种假的文学，堪称百无一是，自撰的概念只是"用作几场研讨会的标签和几个理论家的糖果"③，而无实际意义。虚构具有点"实"成"虚"的功效或破坏作用，就像盐酸一样具有腐蚀性，只要它与真实元素一接触，就立刻使之发生化学变化，将真实溶解于虚构之中："事实上，它只有缺点，就是把清水搞混。我们读的要么是虚构，要么不是。如同在化学中，只要一滴盐酸滴入装满敏感石蕊染色的水的试管中，这种紫色的液体就立即变红，同理，只要一滴虚构，怎么说呢？只要一个虚构原子进入一个真实的文本，整个文本就变了。星星之火，可以燎原。在虚构和真实之间没有中间状态，没有程度。有的是本质的、根本的、本体的、巨大的差别。"④努盖认为小说和自书(autographie)⑤的根本区别在于："小

---

① Marc Petit, *Eloge de la fiction*, Fayard, 1999, p.86.
② Marie Darrieussecq, «La fiction à la première personne ou l'écriture immorale», in *Autofiction(s)*, p.518.
③ Dominique Noguez, «Le livre sans nom», in *La Nouvelle revue française*, n°555, 2000/10, p.88.
④ Idid., p.89.
⑤ 努盖所言的"自书"不仅包括卢梭和夏多布里昂式的自传和回忆录，也包括蒙田式的自画像，以及私人日记等"作者以一种严格的真实性谈自己及亲友"的多种形式的书。见Dominique Noguez, «Le livre sans nom», in *La Nouvelle revue française*, p.85.

说可以容纳写实材料,甚至大量的写实材料(我们看到,今天小说越来越这么做),但是它并不因此就不是小说。而自书,我再说一遍,如果它接受哪怕一丁点虚构,或者只是贴上'小说'的标签,这一标签是可以允许一切妥协的,那么它就不是自书了。"①虚构与非虚构,即使二者之间只有一根头发的距离,也是从根本上不通的两个领域,正如不同的两个国家中间有着清晰的边界一样。所以,自撰的归属根本不是一个问题,它不是无法确定的(indécidable),而是事先就已确定的(décidé d'avance),就是虚构。他的立场与菲利普·勒热纳(Philippe Lejeune)异曲同工,在勒热纳看来,自传要么是,要么不是,没有程度的不同。

自撰遭受的更多、更大的指责来自道德层面。在历史上,自我表达历来不乏抨击者,人们指责它可憎、虚荣、自恋,令人联想到暴露隐私、不雅等。瓦雷里(Paul Valéry)以极其刻薄的口吻对司汤达的自我书写极尽挖苦:"当一个人不知道如何来哗众和苟活时,就去卖淫,就露阴,供人观看。总之,靠宽衣解带给自己、给别人一种发现新大陆的感觉,大概是相当惬意的。尽管人人都知道会看到什么,但是只要做个动作,人人都会激动。这就是文学的魅力。"②珀蒂更是将自传斥为一群"暴露癖",将隐私暴露于聚光灯下、摄影机前。"传记不是文学类别,而是一种罪,自传更糟,因为除了偶像崇拜(即修正生者)外,还崇拜自我,这种崇拜可憎至极,无耻之至。"③

自撰更加令人不齿,人们首先想到的是自恋、暴露(exhibitionnisme)、不道德(immoral)、不雅(impudeur)等标签。杜勃罗夫斯基曾仿效诽谤者的口吻,用"无耻、自恋、自我中心、暴露癖"④来自嘲。德洛姆也以自嘲的口

---

① Dominique Noguez, «Le livre sans nom», in *La Nouvelle revue française*, p. 90.
② Paul Valéry, *Variété II*. Cité par Philippe Lejeune in *L'Autobiographie en France* (1971), Armand Colin, 1998, pp. 169—170.
③ Marc Petit, *Eloge de la fiction*, p. 85.
④ Serge Doubrovsky, «Autofiction: en mon nom propre», in Yves Baudelle et Élisabeth Nardout-Lafarge (dir.), *Nom propre et écritures de soi*, Presses de l'Université de Montréal, 2011, p. 136.

吻列举了人们加之自撰的种种指责:"暴露。展示。自恋。自以为是。个人主义。自我中心。自负。自闭。僵化。对世界报以冷漠。面对社会问题麻木不仁。疏离政治。""自撰是文学的一道伤口。"①

写"我"类似于脱衣,本是一种私下的、个人的行为。一旦示人,就变为一种不雅。衣之不存,文将焉附?除了满足人们的窥视欲之外,自撰毫无文学价值。它像病毒一样使文学感染了自恋病或暴露癖。吉贝尔、雷诺·加缪(Renaud Camus)、马克-爱德华·纳布(Marc-Edouard Nabe)、吉约姆·杜斯坦(Guillaume Dustan)、多内等男作家纷纷暴露自己的同性恋倾向和行为,女作家们也不示弱,埃尔诺、安戈、德彭特、米耶等则以性和身体为舞台和武器。尤其是某些作家在其书名和内容上故弄玄虚,语出惊人,更是为自撰招来了如潮的口水、铺天的骂声。如米耶的《卡特琳娜·M.的性生活》(*La Vie sexuelle de Catherine M.*)、安戈的《乱伦》(*L'Inceste*)、库塞的《享受》(*Jouir*)、多内的《性》(*Sexe*)等。人们对自撰一词以及此类写作咬牙切齿,斥该词为"无用""反常""畸形""变态",斥这种写作为"垃圾文学"②。

四、写不完的"我"

传统自传是作家晚年或写作生涯晚期的行为和产物,50岁似乎是作家蓦然回首、灯火阑珊中发现和认知自我的分水岭。③ 1832年10月16日,司汤达在罗马的雅尼库卢姆山上,面对眼前壮丽的景色,反躬自省:"我在圣彼得教堂前的台阶坐下来,有一两个小时脑子里只想着这件事:我马上就50岁了,该认识一下自己了。我曾经是个什么样的人?我现在是个什么样的人?我真的很难说清。"④回忆意味着创造力的衰退甚至枯

---

① Chloé. Delaume, *La Règle du Je*, PUF, 2010, p. 28.
② Yves Baudelle, «L'autofiction des années 2000: un changement de régime?». Voir https://books.openedition.org/psn/480? lang=fr (consulté le 20/10/2018).
③ Georges May, *L'Autobiographie* (1979), PUF, 1984, pp. 30—31.
④ Stendhal, *Vie de Henry Brulard*, Gallimard, 1973, p. 28.

竭,意味着"退休,靠边站了"①。作者自感有必要对自己的一生或者大半生,至少前半生的成与败、得与失、荣与辱、沉与浮做出总结,以示世人或后人。作家的写作生涯往往始于虚构,终于追忆,不论是卢梭、夏多布里昂、司汤达、乔治·桑等前世作家,还是纪德、萨特、波伏瓦、萨洛特、尤瑟纳尔等 20 世纪的作家。生活经历本是自传写作的材料和资本,先有生活,后写自传。也许莱里斯(Michel Leiris)是一个例外,从 1939 年《成人之年》(*L'Age d'homme*)到四卷本的《游戏规则》(*La Règle du jeu*),莱里斯的写作从来没有偏离自我,自传性是"其写作追寻的一个永久的维度"②。相较于老一辈作家,新一代作家自我书写的时间大大提前,他们在青春盛年就把笔对准自己,甚至就是以写我而"出道"的。在新一代作家中,生活与自传之间的关系甚至发生了颠倒,自传写作竟至于对作者的人生轨迹产生影响:杜勃罗夫斯基在回忆和写作与过去的情人的交往时,他的妻子执意要参与和干预他的写作,最后妻子竟因此而亡,杜勃罗夫斯基的人生发生断裂,也使他手头正在写作的书成为一本《断裂的书》(*Le Livre brisé*, 1989)。

新一代作家的自我书写呈现出某种"向心化"③趋势,这个中心是作者生活或成长历程中的几个事件或时间节点,它们被以虚构或自传的方式反复地书写:莫迪亚诺终其一生写的是"同一本书",其中心是父母在占领期间谜一般的行踪和他本人孤寂游荡的青春岁月;佩雷克反复书写二战期间母亲的不知所终在其心中造成的空洞;杜拉斯反复书写印度支那时期的一段恋情;杜勃罗夫斯基终生书写与生活中多个女人的关系;德洛姆反复书写父亲杀妻又自杀的惨剧;福雷斯特反复书写 4 岁女儿的夭折;埃尔诺反复书写少女时期的堕胎经历和自己卑微的家庭出身;吉贝尔反

---

① Nathalie Sarraute, *Enfance*, p. 8.
② Philippe Lejeune, «Peut-on innover en autobiographie?», in Alain de Mijolla (dir.), *L'Autobiographie*, VIᵉ rencontre psychanalytique d'Aix-en-Provence 1987, Les Belles Lettres, 1988, p. 100.
③ Dominique Viart et Bruno Vercier, *La Littérature française au présent*, p. 42.

复书写他的身体、疾病和死亡……这种反复不是一种"文学结巴"（bégaiement littéraire），而是一种"西西弗的尝试"（tentative sisyphéenne）①。在不断"重新开始"（reprise）中，作者不断返回过去来观照自己，而他的亲历也在反复书写的投射和观照中悄然发生着变化。自我形象从一个静态的一劳永逸的画面变为一个动态的不断重构的过程。勒热纳的"一个人只会死一次，人的一生只能写一部自传"②的断言似乎失效，而是如福雷斯特所言："任何真实的故事都不因讲述而被讲完。情况甚至正好相反，越是讲述，就越是有话要说。"③写作与生活合二为一，互为彼此，写作不是生活的一部分，它就是生活："我的小说，就是我的生活。"④生命不息，我写不辍，写我不止，常写常新。吉贝尔直至生命的最后一刻方才停笔。

在小说的发展史上，故事的时长经历了一个越来越短的演变轨迹，从讲述几代人命运沉浮的史诗小说，到讲述个人一生经历的长河小说，再到讲述个人人生某段时期的成长小说，直至当代只讲述人物一天活动甚至一瞬心理的内心小说。与之类似，自传的时间跨度也经历了从"完成时"到"进行时"、从"过去时"到"现在时"的转变，作者在书写自我、发现自我的过程中认知自我和建构自我。当代自撰不仅略去了祖先谱系和家族荣光的历史追溯，而且不再完整地、全景式地展示自己从出生开始的一生或大半生的经历，使之成为由家庭、求学、恋爱、历险经历等元素所构成的个人历史长河，而是聚焦于一生的某个决定性事件或某些短暂的时间截面，将其戏剧化和场景化。杜勃罗夫斯基写作了八部作品，分别对应于其人

---

① Philippe Vilain, «L'autofiction selon Doubrovsky», *Défense de Narcisse*, Grasset, 2005, p. 186.

② Philippe Lejeune, *L'Autobiographie en France*, p. 25.

③ Philippe Forest, «Qu'on m'accuse de tout ce qu'on veut», in *Le Magazine littéraire*, n°508, 2011/05, p. 86.

④ Serge Doubrovsky, *Le Livre brisé*, Grasset & Fasquelle, 1989, p. 253.

生的八个阶段:"每当我的生活的一页翻过去之后,就要把它写下来。"①如果说《儿子》(Fils)讲述的是他的前半生的相对较长的过去,而后来的《一种自爱》(Un amour de soi,1982)、《断裂的书》则更加贴近写作的当下,叙述行为和故事时间趋于同时。埃尔诺的《单纯的激情》(Passion simple,1991)所写的只是一段持续二十个月的激情。吉贝尔将从童年到死亡的短暂的人生全过程记录在二十四部叙事作品中,《致没有救我命的朋友》(A l'ami qui ne m'a pas sauvé la vie,1990)只涉及他患艾滋病后走向死亡的短暂时间。安戈的十余部作品以其与不同时间内的异性和同性交往为素材,几乎构成了她的私生活连续剧。传统自传的线性历时性过程让位于某些时段和瞬间的共时性再现。

传统自传是现在的叙述者以回头看的姿态来回顾过去,过去是一个封存在记忆深处的宝库,是一种"过去时"和"完成时",过去的一切已是定局,关键在于复原;而自撰和小说一样,叙述者以一种向前看的姿态使当下的故事正在经历和展开,类似于时间跨度或长或短的日记,是一种"现在时"和"进行时",最多是一种"最近过去时"(le passé immédiat),是一种"过去的现在化"(présentification du passé)②。如杜勃罗夫斯基所说:"与自撰相反,自传的根本特点在于,它是一种永远用过去时来写的文类。一个人在人生的尾声试图复述、理解、勾连、阐述直到写作时的整个一生。(……)而自撰的特点之一则是活在当下。"③所以自撰不仅是一个探索、发现之旅,更是一个重组和再造的过程。

五、"怎么写?"

传统自传重在"写什么"(quoi écrire),至于"怎么写"(comment

---

① Serge Doubrovsky, «C'est fini», in Philippe Forest (dir.), Je et Moi, La Nouvelle revue française, n°598, 2011/10, Gallimard, p. 26. 也见《剩余的话》(Laissé pour conte, Grasset et Fasquelle, 1999)封底。

② Philippe Vilain, «L'autofiction selon Doubrovsky», in Défense de Narcisse, p. 186.

③ Philippe Vilain, Défense de Narcisse, p. 183.

écrire)则存在高度的相似性。与小说的发展演变相比,自传写作在几个世纪的实践中似乎已经形成了或成文或不成文的"定法"和"定式"。卢梭的编年式(chronologique)自传一出现就为这一文类确立了范式。勒热纳指出:"对于经常读自传的人来说,该文类的写作似乎注定是非常单一和老套的。也许每个人生都是独特的,但是一旦被讲述,就呈现为一个系列现象了,叙事经常陷入一种非常约定俗成的期待视野中。基本的套路似乎无可避免。必须以某种方式持'第一人称'话语,承诺所说为实,建构一个过去的形象来解释或证明现在,确立自我的价值和统一……"①以至于马塞尔·贝纳布(Marcel Bénabou)戏说道:"所有的自传都已被写过,要写自己的自传,只需从以前的文本中撷取句子和片段加以组合即可。"②自传与创新注定是矛盾的,甚至是不相容的。"一般说来,自传与创新的观念本身的关系似乎应该是不愉快的","如果自传家重视艺术,想发明一种独创的新形式,就难免有讨巧(artifice)、编造(affabulation)之嫌,就好像没有逼真性(vraisemblance),也就是说如果不重复既定的形式,就不可能有真相(verité)"。③ 贝纳布的书名就非常说明问题:《为什么我的哪一本书都不是我写的》(*Pourquoi je n'ai écrit aucun de mes livres*),言下之意是他的所有的书都是别人已经写过的,都是重复和套路。

但是,经历过现代性洗礼的当代作家再也不甘心沿袭自传写作的老路,创造自己的语言已经融入他们的血液之中。他们在不循旧路、开辟新径方面表现出前所未有的热情和勇气。萨洛特在《怀疑的时代》(*L'Ere du soupçon*)中提出了现代小说家引以为荣、为戒的指导原则:"他的最高

---

① Philippe Lejeune, «Peut-on innover en autobiographie?», in Alain de Mijolla(dir.), *L'Autobiographie, VIe rencontre psychanalytique d'Aix-en-Provence 1987*, p.67.

② Cité par Philippe Lejeune, «Peut-on innover en autobiographie?», in Alain de Mijolla (dir.), *L'Autobiographie, VIe rencontre psychanalytique d'Aix-en-Provence 1987*, p.68.

③ Philippe Lejeune, «Peut-on innover en autobiographie?», in Alain de Mijolla(dir.), *L'Autobiographie, VIe rencontre psychanalytique d'Aix-en-Provence 1987*, p.68.

的责任:不断发现新的领域","最严重的错误:重复前人已发现的东西"。① 由此,文学变为一种实验,求新求异成为各类写作的共同追求,"写作的功能不是为了表现某种现存的或者存在过的现实,而是创造一种纯语言的形式"②。作家甚至以"玩家"(joueur)的形象出现和自居③。当代文学,不论是自传还是小说,都以怀疑传统、脱离常规、创造自己的语言为共同追求,诚如杜勃罗夫斯基自己所言:"乔伊斯、鲁塞尔、贝克特之类的作家都将创造的功夫用于语言本身,证明了普鲁斯特的那句名言:'(作家)只有做到与众不同,创造自己的语言才是写作成功的开端……每个作家必须形成自己的语言,正如每个提琴手必须形成自己的声音一样。'"④

实际上,自我书写从未固化,而是一直在演变之中。20世纪初的纪德、莱里斯的自传与19世纪夏多布里昂、乔治·桑、司汤达的自传已有很大不同。战后,尤其在20世纪60年代,萨特的《词语》(Les Mots)、加缪的《第一个人》(Le Premier homme)、马尔罗的《反回忆录》(Anti-mémoires)不约而同又各自独立地试图辟出一条有别于自传"正道"的蹊径。到了世纪之末,虽然各种以怀疑和解构传统为己任、以标新立异为特征的先锋主义和实验写作,如新小说、新戏剧等走向式微,但是实验之手又伸向个人书写领域。自撰作者就是从这些先锋派作者中脱胎而出的。他们都认为自传写作并非只有回顾式、编年式的叙事方式,而是可以使用各种方式,可以有形式的、美学的追求。跳出模板、跳出"母语"就成为书写者的潜在冲动和追求。这个模板和"母语"就是卢梭式的自传话语模式。

继小说之后,作家们竞相发明新的自传游戏规则。如果说过去"小说是叙事实验室"⑤,那么如今自传亦然。对形式的追求成为作者的首要考虑,各种千奇百怪的形式挑战和冲击着文类旧有的规范和边界。当代作

---

① 娜塔莉·萨洛特:《怀疑的时代》,林青译,《法国作家论文学》,王忠琪等译,生活·读书·新知三联书店,1984年,第393页。
② Philippe Gasparini, «Autofiction vs autobiographie», in *Tangence* 97, 2011, p. 14.
③ 如索莱尔斯的《玩家肖像》(*Portrait du joueur*,1984)就是他自己的写照。
④ 转引自 Philippe Gasparini, *Autofiction. Une aventure du langage*, p. 38。
⑤ Michel Butor, *Essais sur le roman*, Gallimard, 1969, p. 9.

家首先考虑的不是如何做到最大的真诚,而是如何逃避和超越传统自传的老路。自我书写偏离了传统的轨迹,走出了原来的窠臼,走入了一个边界模糊、充满矛盾和悖论的不确定的灰色地带。

"如何写"压倒了"写什么","言说(dire)绝对优先于所言(dit)"(le primat absolu au dire sur le dit)①。言说行为比言说内容更加能够传递言说者的主体经验。它所带来的便是自传写作由约定俗成的模式变为形式各异、推陈出新。多米尼克·努盖说:"书要被建造成纪念碑,而不是房子或大楼,因为纪念碑从本质上说都是独一无二的,而房子或大楼总是与街上的其他房子或大楼多少相似或力求相似。正是在此意义上,我说每个人应发明自己的形式,每个人都是一个孤例(hapax)、一个孤本、一个怪物。这就是我所说的无名之书。"②杜勃罗夫斯基说:"每个作家必须以自己的方式面对传统自我的消失,意即发明自己的方式。"③埃尔诺说:"对我来说重要的是,从某一完全自传性的内容出发,找到一种只适宜于这一文本的形式。"④卢梭在写《忏悔录》时提出的"必须创造一种与我的写作计划相称的新的语言"⑤的追求被新时代的自我书写者付诸最主动、最彻底的实施。

这一趋势带来的结果是,"传"的维度,即作者生活的真实性被弱化,"写"的维度,即讲述的方式被强化。作者受到关注、留下痕迹的决定性因素并不在于其叙事内容,而在于其有别于前人和他人的叙事方式。作者不再追求永远无法企及的真实和对自我的认知,而是在书写真实、认知自我的过程之中自得其乐。文类的界限变得模糊,事实链条的逻辑被切割打乱,生活中的重大事件退居其次,而叙述的角度和方式跃居首位,通过

---

① Philippe Vilain, «L'autofiction selon Doubrovsky», *Défense de Narcisse*, p. 216.
② Dominique Noguez, «Le livre sans nom», in *La Nouvelle revue française*, pp. 97—98.
③ Serge Doubrovsky, «Le texte en main», in Serge Doubrovsky, Jacques Lecarme et Philippe Lejeune (dir.), *Autofictions & Cie*, p. 211.
④ Annie Ernaux, «Quelques précisions d'Annie Ernaux», in Jean-Louis Jeannelle et Catherine Viollet (dir.), *Genèse et autofiction*, Academia Bruylant, Louvain-La-Neuve, 2007, p. 166.
⑤ 卢梭:《〈忏悔录〉的讷沙泰尔手稿本序言》,《忏悔录》,范希衡等译,人民文学出版社,2012年,第693页。

语言的游戏来捕捉和言说主体和自我。文再无定法，每个作者纷纷突破自传写作的定式：他们不再按照时间的编年线性顺序讲述自己的一生，而是以"联想"(association d'idées)的方式用意识流般的手法来呈现过去，如杜勃罗夫斯基的《儿子》；或者放弃时间顺序，代之以地点叙事，将其对过去的记忆维系于生活中的几个地点，如佩雷克的《空间种类》(Espèces d'espaces)；以上顺序毕竟都暗含着某种内在的、逻辑的联系，有的作者则断然拒绝这种关联，按照各章关键词或标题的首字母顺序来排列，如《巴尔特自述》(Roland Barthes par Roland Barthes)；甚至故意将子虚乌有的虚构素材引入自传的真实空间，如罗伯-格里耶的《戏说》三部曲。自撰文本的共同之处就在于它们在形式上各不相同。

必须承认，自撰作者大多也是小说家，他们在写"我"之前以小说开始其写作生涯，一切小说的和非虚构的手段和技巧都被毫无顾忌地使用。[1] 虽然写的都是"我"，但是他们在书写方式上都迥异于传统自传，对形式、手法、文体的追求丝毫不亚于福楼拜、马拉美对于小说或诗歌之美的追求。这种新奇的形式是一次性的，新和旧的转换只在一瞬之间，新的形式一旦出现，就迅速变为旧的。他人若步其后尘，只能流于平庸。

从读者的角度来说，形式和手法的创新从另一个方面应验了巴尔特"作者已死"的断言，因为在自撰作品中，读者不再关心作者的经验自我、内容的真实与否，即"生"(bio)或"实"(realité)的维度，而是更加关注作者自我呈现的过程，即"写"(graphie)或"构"(fiction)的方式。"读者阅读某个作者并非想知道更多关于他的情况，而是在被认定为真实的载体上发挥其想象力。"[2]

六、"文"与"学"

作家和学者本为界限分明的两个标签和两种身份，在 20 世纪，人文

---

[1] 关于各种小说和非虚构手法在自传中的使用，见 Philippe Gasparini, *Autofiction. Une aventure du langage*, pp. 308—309。

[2] Claire Legendre, «Quel pacte entre moi et moi?», in *Le Magazine littéraire*, n°530, 2013/04, p. 47.

科学的大门越来越向作家敞开，许多作家拥有人文科学的知识背景。许多当代作者的一个重要身份特征是，他们不仅是作家，也是某一知识领域的学者，他们亦"文"亦"学"，这种知识背景给当代作家的写作打上了深刻烙印，如社会学之于埃尔诺，地理学之于格拉克，百科知识之于佩雷克，民族学之于莱里斯，存在主义之于萨特，精神分析之于杜勃罗夫斯基。文学写作与人文学科的专业知识实现了某种程度的"嫁接"，写作不仅是专业作家的行为，而且是一些学者的跨界行为。

某些当代作家还是文学批评家和理论家，如巴尔特、昆德拉、索莱尔斯（Philippe Sollers）、维兰，或在大学任教的教师或学者，如杜勃罗夫斯基、埃尔诺、达里厄塞克、福雷斯特、库塞、洛朗丝、萨勒纳芙（Danièle Sallenave）等，有的甚至撰写过关于某一专题的博士论文。德洛姆虽然不是批评家也不是学者，但是她获得过现代文学的学士文凭，对当代各种写作理念并不陌生。对于这些接受过专业学习或训练的当代作者来说，阅读构成了他们的生活和职业不可缺少的组成部分。他们熟知文学作品和文学理论，深谙各种文类的问题和机关。当他们投入创作时，更加关注写作的美学和形式维度，能够针对这些问题和机关有的放矢，也能够绕过或化解各种文类的暗礁，以自己的写作实践挑战既有的理论框架。他们在自我书写时对于写作方式的创新有一种自觉意识，不囿于传统自传的窠臼和套路，借鉴小说写作的各种方式，从而打破了自传的某些固定模式，如回溯性视角、线性顺序、真实性追求等。

不仅如此，他们有能力以专文或论著形式从学理上对自己的写作机制加以评论、分析和解释，甚至在故事讲述过程中或直接，或通过人物对写作的困境、困惑及出路展开思考和议论。"元文本"（métatextuel）的大量出现使他们的写作呈现出明显的自反性和镜中像的特点。

自20世纪初，特别是自普鲁斯特和纪德以来，作家在作品中不仅越来越多地将目光从外部世界转向内心世界，而且也越来越多地关注写作本身，关注写作的美学和形式维度，写作行为、写作过程、写作观念等本应另文专述的内容成为写作文本的一部分。如果说这种"镜像性"

(specularité)对于小说来说是一种"越界"行为,那么对于自我书写来说则是固有的,它们既构成自传契约,又是对"为何写""如何写"等问题的思考和回答。如果没有这些"离题",自传甚至就不成其为自传。自撰不仅继承了自传的这一特性,偏离叙事的"离题"段落大量出现,而且由于许多自撰作者的双栖身份,他们在自撰文本中夹叙夹议的话语使其写作理念更具有专业性和理论化。

七、虚与实

自 20 世纪 50 年代以来文学进入了"怀疑的时代"之后,一些写作探索不仅使小说的根本要素,如人物、性格、情节、故事等受到质疑和解构,而且文类间的边界不断受到冲击、突破。在小说写作方面,真实的元素大量涌入虚构的故事中。1964 年阿拉贡将"真话假说"(mentir-vrai)作为他的一个短篇小说的标题,以"假话"即虚构的方式言说他的身世、童年和时代的真相。在传记类写作方面则是大量虚构素材和手段突兀地闯入纪实叙事中。萨特将他的福楼拜传记《家里的白痴》称作"真实的小说"(roman vrai)①,他还渴望写一部"真实的虚构或虚构的真实"(fiction vraie — ou vérité fictive)②来说出自己的全部真相。

在自我书写领域,自 70 年代以来,不仅自传的相对固定的范式被打破,而且最为显著的变化则是自传不断向虚构领域拓展其边界,以至于文类界限日益模糊化以及文类相互越界的趋势愈演愈烈。实与虚不是水乳交融,而是共生叠加。费德曼指出:"许多当代作家使用他们的生活素材来创造虚构,但是同时,他们借助于讽刺、反思、作者的介入、离题以及故意的自相矛盾,来破坏这些生活素材的可信性。由此,他们模糊了事实与虚构、过去与现在及将来的界限。"③如果说在虚构写作中取材,甚至掺入

---

① Jean-Paul Sartre, *Situations*, X, Gallimard, 1976, p. 94.
② Ibid., p. 148.
③ Raymond Federman, «Federman sur Federman», in *Surfiction*, traduit de l'américain par Nicole Mallet, Le mot et le reste, 2006, p. 141.

真实的素材是自然而然的现象,那么在自传写作中故意加入虚构内容则不免令人难以接受。

单从书名来看,传统自传的标题较为直白,多含有"忏悔录""回忆录""生活史""童年",甚至"自传"等自传性标识,几乎表明了它的契约类型和文类归属。而当代自撰的标题更加具有个性和诗意,几乎与小说标题无异,读者从书名中无从看出它是自传还是虚构。如罗伯-格里耶的《重现的镜子》《昂热丽克或迷醉》(Angélique ou l'enchantement)、《科兰特的最后日子》(Les Derniers jours de Corinthe),德洛姆的《沙漏的叫喊》(Le Cri du Sablier),杜勃罗夫斯基的《儿子》《一生一瞬》(La Vie l'instant)等。在契约类型上,自撰作者声称所写的是"小说",以混淆视听,例如巴尔特在其《自述》开头的说明中称:"所有这些应被视为出自一个小说人物之口。"伊夫·纳瓦尔(Yves Navarre)为其自传定名为《传记》(Biographie),而副标题为"小说"。罗伯-格里耶将其回忆三部曲定名为"戏说"。索莱尔斯将其自传定名为《一部真正的小说——回忆录》。不仅个人经历和体验成为自撰写作的源泉和素材,而且小说写作的文体自由为自我书写提供了灵活的工具。当代自撰的一大特点便是真实与虚构混杂,这里我们所说的混杂不是指即使是最为真诚的自传也不可避免、不由自主地包含想象和不忠,而是作者有意为之,将记忆与想象、回忆与遗忘、事实与幻想加以融合和糅合,以此制造矛盾和越界。

传统自传的作者一般是在政治、宗教、艺术文学领域具有一定知名度的公共人物,读者在阅读其自传之前对其所参与的公共生活有一定的了解,所以读者在核实验证真实性方面具有一定的便利性。当代自撰作者不仅没有传统自传作者的社会地位和知名度,而且所写的内容更具私密性,读者难以从外部验证真伪,这比区分自传体小说中的真实与虚构成分更加困难,作者也拥有了更大的虚构空间。

第二章 背景

一、向"后"转

自撰写作至今已风行半个世纪,既然不是一时之尚,所以并非空穴来风。它是时代社会巨变的外显。世易时移带来了自我书写的"我易诗移":"诗"就是表达方式,既然"我"已不是原来的"我",那么"诗"也不是原来的"诗"。"在福柯(Michel Foucault)、德里达及结构主义宣布人文主义垮台和主体死亡之后,自传的定义和方向被先锋派所改变。"①

自19世纪末逐渐兴起的现代主义以否定传统、割裂过去、标新立异为标志,表现出一种鲜明的创新性、叛逆性和革命性。现代主义"破"字当头,"新"字开路,一路打杀,以决裂的方式来超越过去,新小说、新戏剧、新浪潮、新批评、新历史、新哲学家(Nouveaux Philosophes)……你方唱罢我登场,概念、思潮、主义层出不穷。但是现代主义的滥杀最终导致了它的自杀,在否定传统的道路上走入了死胡同,如墨西哥诗人帕斯(Octavio Paz)所说:"造反变为了手段,批判变为了修辞,越界变为了仪

---

① Madeleine Ouellette-Michalska, *Autofiction et dévoilement de soi*, XYZ, coll. «Documents», 2007, p. 33.

式。否定不再是创造。我不是说艺术正在终结,我要说的是现代艺术正在终结。"①经过将近一个世纪对传统的扫荡,"现代主义的重要阶段,先锋派名噪一时的阶段已经结束。今天,先锋派失去了它的挑衅性,革新的艺术家和公众之间的张力不再,因为无人再捍卫秩序和传统"②。

进入20世纪70年代,在现代主义撞到南墙开始回头之后,西方文化进入后现代阶段,后现代阶段是现代主义观念被合法化、正常化和内在化的阶段。如果说巴尔特、罗伯-格里耶等所孜孜以求的"作者死亡"、文本写作、新小说等理念在20世纪五六十年代还是一场令人瞠目的文学"恐怖行动"③,那么到了80年代则变为连当事者本人都承认的"陈词滥调"(rassurantes niaiseries)和"老生常谈"(idées reçues):"今天我之所以批判这些论调,那是因为它们在我看来已经过时:短短几年中,它们就失去了原先轰动的、锐利的、革命性的东西,从此变为老生常谈,仍旧维持着时尚报刊的萎靡不振的战斗性,但是在文学教材的光荣墓穴里已经预留了它们的位置。"④昨日振聋发聩的文学主张"变为教条,迅即失去了魅力、力量和有效性。它不再是自由和发现的酵母,而是谨慎而又轻率地为既定秩序的大厦添砖加瓦"⑤。如果说现代主义的标志之一是以矛盾和越界来挑战传统,那么后现代的标志便是矛盾和越界成为传统,化为新的"官僚主义"。人们对此已经见怪不怪,见"奇"不惊:"先锋已经不能激起愤慨,创新探索变为合法,感官的快乐和刺激变为日常生活的主流价值。在这个意义上,后现代似乎意味着享乐主义深入人心,求新受到普遍认可,'反道德和反体制'取得胜利,艺术界价值观和大众价值观分离的结束。"⑥现代主义和后现代主义以60年代为分界,"在这个意义上,60年代

---

① Cité par Gilles Lipovetsky, *L'Ere du vide. Essais sur l'individualisme contemporain*, Gallimard, 1983, p. 118.
② Gilles Lipovetsky, *L'Ere du vide*, p. 150.
③ Alain Robbe-Grillet, *Le Miroir qui revient*, p. 9.
④ Ibid., p. 11.
⑤ Ibid., pp. 11-12.
⑥ Gilles Lipovetsky, *L'Ere du vide*, p. 151.

标志着'一个开始和一个结束'。现代主义结束了:60年代是对清教徒和功利主义价值观发动的最后攻势,是文化反抗,这次是大众反抗的最后运动。但是60年代也是后现代文化的开始,也就是说没有革新和真正的勇敢,满足于普及享乐主义的逻辑,'宣扬最低端而不是最高贵的倾向',将这一趋势进行到底"①。

所谓后现代主义,"一方面是对不惜一切代价创新和革命的执念的批判,另一方面也是对被现代主义压抑的东西,如传统、地方、装饰的平反"②。"现代主义是排他的,后现代主义是包容的。"③后现代主义表现出对于传统和过去的某种怀恋,但是并非是回到过去,现代主义元素已经化为沉淀和基因融于后现代主义的血液中:"后现代主义的目的既不是毁灭现代的形式,也不是过去的重新崛起,而是各种文体的和平共处、传统和现代性对立的缓和、地方和国际矛盾的松动、具象(figuration)或抽象的僵化约束的松动。总之,僵硬的意识形态已无用武之地,制度走向选择和参与,角色和身份变得模糊,个人变得漂浮和宽容,与这些社会现象同时发生的,是艺术空间的松弛。"④

自20世纪60年代以来,垄断文坛的先锋写作开始遇到危机,先锋写作使文学赢得了学者而失去了读者,占据了文坛的中心却使文学边缘化。进入70年代之后,先锋主义写作走向式微。1967年让-皮埃尔·法耶(Jean-Pierre Faye)因为与《原样》(*Tel Quel*)杂志的办刊理念不合而分道扬镳,而与雅克·鲁博(Jacques Roubaud)和莫里斯·罗什(Maurice Roche)另起炉灶创办了《变化》(*Change*),强调语言和真实、历史的联系;1974年马蒂厄·贝内泽(Mathieu Bénézet)和让·里斯塔(Jean Ristat)创办《复写》(*Digraphe*)杂志,《复写》注意到理论先行式写作的失败,希望重归"虚构"。"虚构"其实就是重在内容的"故事",以与重在形式的"文

---

① Gilles Lipovetsky, *L'Ere du vide*, pp. 151—152.
② Ibid., p. 174.
③ Ibid.
④ Ibid., p. 175.

本"和"理论"对立。1974 年德尼·罗什(Denis Roche)在瑟伊出版社创办"虚构系列"(Fiction & Cie)丛书,对以"原样派"为代表的先锋写作提出质疑,主张摆脱"原样派"的"文本主义"(textualisme)。1983 年《原样》杂志的停刊标志着现代主义写作已成强弩之末。也是在这一年,"原样派"的旗手索莱尔斯发表了具有明显自传色彩、有着某种故事性的小说《女人们》(Femmes)。随着先锋写作的退潮,新小说之后的作家们"提出了一个根本的问题:之后该如何写作?(……)如何重新讲故事又不回到传统形式的心理现实主义"①。

正是在这一背景下,后现代主义开始登场。后现代主义者都是曾经的现代主义者,他们试图在被现代主义破坏的废墟之上有所"立",这种"立"便是与过去的传统重续前缘。阿根廷作家埃内斯托·萨巴托(Ernesto Sabato)说:"艺术无所谓进步,它更多的是循环,这种循环呼应的是对世界和存在的某种理解。"②但是这种循环并非意味着回到原点,后现代主义既追求超越现代主义,又不愿也不能回归传统,而是以某种迂回(détour)的形式,呈现出一条螺旋形曲线。"在螺旋形轨迹上,所有东西都会回来,但是回向的是另一个、更高的地方。"③后现代主义回归的是曾一度被先锋主义割裂的对文学的根本思考,即主体、叙事和真实,现代主义的理念和手法已经化为遗产沉淀在写作之中。"文学史和艺术史发展的规律一再表明,历史的发展不是替代型的,而是积累型的。"④

1989 年 5 月和 1997 年 3 月,《文学半月刊》(La Quinzaine littéraire)进行了两次"法国文学向何处去"的调查,结果显示,大部分新作者感谢先锋派使他们拒绝易懂的文学,但是他们抵制 60—70 年代艰涩的理论主义和形式主义写作,也抵制"介入文学"。

---

① Marc Gontard, *Le Roman français postmoderne. Une écriture turbulente* (en ligne). Voir https://halshs.archives-ouvertes.fr/halshs-00003870/file/Le_Roman_postmoderne.pdf, p. 9 (consulté le 30/08/2020).
② Ernesto Sabato, *L'Ange des ténèbres* (1974), Seuil, 1996, p. 129.
③ Roland Barthes, *Roland Barthes par Roland Barthes* (1975), Seuil, 1995, p. 86.
④ 周宪:《再现危机与当代现实主义观念》,载《文学评论》,2019 年第 1 期,第 39 页。

如果我们把杜勃罗夫斯基1977年《儿子》的发表视为自撰名义上的诞生,那么自撰的出现与20世纪70年代以来后现代主义在法国的兴起是同时的。巧合的是,"自撰"一词的出现和"后现代"(postmoderne)一词被从美国引入法国都发生在1977年。① 如杜勃罗夫斯基所言:"我认为它(自撰)是自传的一个'后现代'变体,因为它不再相信完全的真实、无可怀疑的指称、连贯的历史话语,它知道自己是对分散的记忆碎片进行随意的和文学的重构。"②如果说先锋主义践行的是"新小说"或"新新小说",那么自撰践行的则是一种"新自传"。如同里卡杜(Jean Ricardou)将新小说定义为"从历险的写作"(l'écriture d'une aventure)到"写作的历险"(l'aventure d'une écriture),杜勃罗夫斯基也将自己的作品定义为从"历险的语言"(le langage d'une aventure)到"语言的历险"(l'aventure du langage)③,自撰跳出了传统自传叙事的线性和回顾性,继承了现代主义的写作遗产,在"冒险"中闯入了一个又一个禁区,极大地拓展了自传的领地。"至于历来可憎的自我,它毫无疑问正在准备以更加轻佻的姿态重新登场,即传记的重新登场。所以,我此时接受写一部《罗伯-格里耶自述》并非偶然。"④

二、主体的回潮

自19世纪末开始,法国文学中便出现了主体的危机,至20世纪中后期,主体已经奄奄一息:"就像上帝之死的必然后续一样,主体的安魂曲已被皮亚杰和福柯、阿尔都塞和列维-斯特劳斯或拉康等杰出而又彼此迥异

---

① "后现代"一词最早于20世纪上半叶诞生于美国,20世纪60年代风行于文学、建筑、社会学和艺术领域。1977年,哈里·布莱克(Harry Blake)在《原样》杂志发表《美国后现代主义》(«Le Postmodernisme américain»)一文,首次将后现代主义介绍至法国。1979年,弗朗索瓦·利奥塔(François Lyotard)在《后现代条件》(La Condition postmoderne)中使用该词并引发争论,从此,该词在法国生根并风行。Marc Gontard, Le Roman français postmoderne. Une écriture turbulente.
② Philippe Vilain, Défense de Narcisse, p. 212.
③ Serge Doubrovsky, Fils (Galilée, 1977), Gallimard, 2001, p. 10.
④ Alain Robbe-Grillet, Le Miroir qui revient, p. 10.

的人士所奏响。"①作家的目光发生了向内的转移,从外部的社会或时代转向内心和灵魂,转向潜意识和无意识。

二战后直至60年代,结构主义在与存在主义的较量中逐渐占据上风,它不仅仅是一种理论,而是超越了学术领域,变为一种思潮和意识形态②,形成了一套新的话语体系。深刻打上语言学烙印的结构主义从本质上说是一种人文领域的科学主义,崇尚"系统""规则""符码"等,却没有"人""意识""经验"的位置,是20世纪以来"主体"遭遇的深刻危机达到登峰造极的体现:"对于存在主义来说,主体从一个它想超越的已知条件出发来行使它的自由,萨特强调意识,意识不是被决定的而是决定性的。相反,结构主义将主体置于一种预先存在的、它甚至没有意识的结构之下。"③在人文科学领域,"结构"的概念大行其道,"主体"退隐,至少不再居于中心,变为"结构"的一个要素。

人文领域的结构主义对文学写作带来的影响是,"能指"重于"所指",形式重于内容,文本重于作者,主体消隐,文本不是现成的产品,意义不是既定的给就。"文本的意思是织物,但是迄今我们总是把这种织物当成一种产品,一种已经织就的面纱,后面或隐或现地透露着意义(真理)。现在,我们用织物强调生成的思想,文本在连绵不绝的编织中形成、加工;陷于这种织物,即这种织法(texture)之中的主体在里面分解,就像蜘蛛消失在编织蛛网的分泌物之中。"④索莱尔斯试图对文本与现实进行切割,将

---

① Georges Gusdorf, *Les Ecritures du moi. Lignes de vie I*, Odile Jacob, 1991, p. 83.

② "1945年,1960年:只要打开一份报纸或一本杂志,就可知晓这两个日期之间所走过的路。人们不仅不再提同样的名字,不再援引同样的书,而且不再使用同样的用词了。思考的语言变了。十五年前大出风头的哲学今天在人文科学中逊色了,与这种逊色相伴的是新的用词的出现。人们不再说'意识'或'主体',而是说'规则''符码''系统';不再说'人制造意思',而是说'意思找上了人';人们不再是存在主义者,而是结构主义者。"Bernard Pingaud, «Introduction», in *L'Arc*, n°30, 1966, p. 1.

③ Eliane Tonnet-Lacroix, *La Littérature française et francophone de 1945 à l'an 2000*, L'Harmattan, 2003, p. 140.

④ Roland Barthes, *Le Plaisir du texte*, Seuil, 1973, pp. 100–101.

作者从写作中驱逐出去,宣布主体"溶解于书写运动之中"①。巴尔特区分了"作家"(écrivain)和"做家"(écrivant):"作家从事一项职能,做家从事一项活动。"②作家以语言或话语为质料对其加工,语言本身是其目的,而非其"工具"或"载体",作家关注"为什么写"而不叩问"世界的为什么","作家"把世界作为问题来表征而从来不提供一个确定的答案,其写作是"不及物的""非介入的"。"做家"是行动者,其写作是"及物的",他们把话语作为手段和思想的载体来对现实、对社会、对历史进行指涉,试图对世界的为什么做出解释,从而成为一种思想的叫卖。③ 1968年,巴尔特宣告"作者死亡"。福楼拜的"写一本什么都不说的书"的梦想在巴尔特那里得到回响:"他梦想一个免除意义的世界"④,并在新小说和"原样派"那里被付诸实践。作者、故事、历史、社会成为一种"文学不正确"。语言失去了及物的能力,话语封闭于说话者的主观世界内。

  大行其道的形式主义、结构主义和文本理论对文学产生了深刻而显著的影响,文学化为写作,作品化为文本,尤其在叙事体的小说领域,人物被驱逐,情节被肢解。所有这些努力都是试图将"人"及其痕迹抹擦。它掏空了"人"的内核,使其变为徒具人形的外壳。现代主义使主体模糊化、碎片化、幻影化,传统的平滑如镜的文本裂变为无数不稳定的、矛盾的、游移的碎片。结构主义者们试图总结各种文类的特征和边界,引起了作家对这些特征和边界的挑战,激发他们试图挣脱这些规范和结构,模糊和移动文类间原有的边界,以至于让人怀疑所谓文类是否存在。

  应该说,结构主义和形式主义所推崇的"封闭写作"和"封闭阅读"只

---

① Philippe Sollers, *L'Ecriture et l'expérience des limites* (1968), Seuil, 1971, p. 143.
② Roland Barthes, «Ecrivains et écrivants», *Essais critiques*, in *Œuvres complètes*, tome 2, Seuil, 1994, p. 1277.
③ Roland Barthes, «Ecrivains et écrivants», *Essais critiques*, in *Œuvres complètes*, tome 2, pp. 1277—1282. 巴尔特所言的 écrivant 强调写作者的介入功能,认为写作者是一个行动者。与作为名词的"作"相比,"做"在中文中是一个动词,所以我们将 écrivant 译为"做家",取其行动之意。
④ Roland Barthes, *Roland Barthes par Roland Barthes*, p. 83.

是一种从未真正实现的原则或幻影,即使是最为激进的原样派作家都自觉或不自觉地将其人物和故事置于某一社会或文化背景之中,即使是最为极端的叙事学和符号学解读也有意识或无意识地解密文本中所暗含的修辞的、文化的和意识形态的符码。尤其是进入70年代,随着以文本主义为标志的结构主义的退潮,被结构主义否定的主体、作者,即"人"的概念开始回潮:"我们的确倾向于将1968年5月(……)视为人文主义的回流,这并非没有理由。今天,每个人都发现,时代(人们所说的'80年代')精神乐于重新发现'主体性'的价值。"①埃德加·莫兰(Edgard Morin)和米歇尔·塞尔(Michel Serres)等哲学家重视真实世界无限丰富的复杂性和不确定性。莫兰的复杂性理论提出不能忽视人类事实的多样性、独特性、历史性。另外,文学不能沦为一种形式主义的游戏,切断文本与历史、道德、社会等外部世界的联系而一味强调文本的自足性和封闭性将导致文学的窒息甚至死亡。② 20世纪80年代,列维纳斯(Emmanuel Levinas)和利科(Paul Ricœur)均强调主体意识:列维纳斯重视建立在他者在场和尊重法律基础上的伦理;利科虽然将语言置于人类经验的中心,却反对作为主体否定者的结构主义。结构主义、解构主义、形式主义等退出了前台。

如果说二战后的文学界回荡着的是各种不绝于耳的"死亡"的声音,那么20世纪70年代以来人们不时听到的则是"回归"(retour)或"回流"(résurgence)的声音,被先锋派文学抛弃的"主体""故事""人物""真实""虚构"等文学元素悄悄地回到作家笔下。在叙事方面,曾经的先锋主义者索莱尔斯和新小说作家们重新捡拾较为传统的叙述形式。1973年,作为现代主义文学理论旗手的巴尔特觉察到这一变化:"于是,也许主体回归了,不是作为假象,而是作为虚构。"③1975年,他意识到被抽空灵魂的

---

① Luc Ferry, Alain Renaut, *La Pensée*, 68, *Essai sur l'anti-humanisme contemporain*, Gallimard, 1985, pp. 15—16.
② Voir Eliane Tonnet-Lacroix, *La Littérature francaise et francophone*, pp. 261—263.
③ Roland Barthes, *Le Plaisir du texte*, p. 98.

结构主义已是明日黄花:"结构主义者,谁还是呢?"①1979年,他说出了那句被视为文学转向的名言:"突然之间,我对于是否是现代派变得无所谓了。"②巴尔特意识到彻底消灭主体是不可能的:"写作如何做到没有自我(ego)? 是我的手,而不是旁人的手在写。"③他试图以迂回的方式重建主体,1975年《巴尔特自述》的发表就是主体回归的标志之一。1984年,托多罗夫(Tzvetan Todorov)发表《批评的批评》(*La Critique de la critique*),对结构主义进行反思,否认文本是一个自我封闭的由语言材料构成的自足的系统,重新重视文学作品的内容和道德意义。热奈特承认,"在十或二十年时间内主宰着我们的文学意识的某种封闭文本的偶像"④已经被取代。萨勒纳芙认为,80年代的法国文学重新发现了写作的及物性(la transitivité de l'écriture):"如果说写作在今天获得了解脱,我认为它是从某个口号中脱身,即写作是一种不及物的艺术。近十年来发生的而且仍在继续的大事并非是回归一种幼稚的写作,而是不再强调写作的自反性。(……)我认为我们已经走出了这种自指的封闭状态,我们都以某种方式发现了写作的及物性。"⑤所谓"及物性",就是写作要摆脱"自指",有所"他指",要言之有"物",这个"物"就是"真实、主体、历史、记忆、社会联系或者语言"⑥,其中就包括"人"(homme),文本和作者恢复了联系。自70年代中期开始,以勒克莱齐奥、莫迪亚诺、图尼埃、吉尼亚尔等为代表的作家的写作有了较为完整的故事和较为清晰的人物,增强了文本的可读性。

---

① Roland Barthes, *Roland Barthes par Roland Barthes*, p. 108.
② Roland Barthes, «Délibération» (*Tel Quel*, hiver 1979), in *Œuvres Complètes*, tome 5, Seuil, 2002, p. 680.
③ Roland Barthes, «D'eux à nous», in *Œuvres complètes*, tome 5, Seuil, 2002, p. 455.
④ Gérard Genette, *Seuils*, Seuil, 1987, p. 376.
⑤ Danièle Sallenave, «Entretien» (avec Georges Raillard et Paul Otchakovski-Laurens), in *Littérature*, n°77, 1990/02, p. 92.
⑥ Dominique Viart, «Fictions en procès», in Marc Dambre, Aline Mura-Brunel, Bruno Blanckeman (dir.), *Le Roman français au tournant du 21e siècle*, Presses Sorbonne Nouvelle, 2004, p. 289.

主体回归绝非意味着作者和主体的满血复活，而只是它们的幽灵或亡灵的重现（réapparition）。在经历过"怀疑的时代"各种理论的质疑和解构之后而归来的主体再也回不到现实主义的原点，再也无法恢复其统一性、确定性和连续性，再也无法还原鲜活生动的形象，只能是一堆碎片重组后的模糊、苍白、错位的形象，现代主义对主体的打击留下了无法消除的疤痕。罗伯-格里耶反复表示，传统写作的坍塌绝非意味着传统的灰飞烟灭、烟消云散，正相反，这些废墟化为了重建新的大厦的基础和材料："从此，我们是在废墟之上快乐地写作。"①"在雾霭中，在嘲笑声中，在不断倒塌的墙体的沉闷的轰隆声中，无畏地、不盲目地在这些残骸之上建造某种坚实的东西。"②"这个废墟的世界不是我们的绝望，恰恰相反，它是我们今后的自由的根基，是我们的能量的基础（……）"③"现代小说，最后的小说也是如此，它用旧小说的废弃材料，现实主义的废弃材料，即确定性的废弃材料建造它的移动的房子。"④"在废墟上写作并不是说重新树立某种连贯的、真理的、封闭的新体系，好像什么都没发生一样。相反，它是把被摧毁的观念的状态以及摧毁观念本身视为酵母，来催生一种有待发明的、轻盈的和空缺的存在。"⑤

小说如此，遭受了现代主义锤击的自我何尝不是"在废墟之上"利用"废弃材料"重建其主体性？只是残存的碎片再也无法搭建起坚固的大厦，主体再也无法像传统自传那样完整严密地"重建自我的统一性（unité）和唯一性（unicité）"⑥，只能任其处于裂痕累累、破碎错位、面目模糊的状态。杜勃罗夫斯基《剩余的话》的封底上有这样的话："自传是解释性的、统一性的，试图重新把握和展现某一命运的各条线索；与自传相反，自撰不把人生视作一个整体，它只涉及不连续的片段、断裂的生活碎片、

---

① Alain Robbe-Grillet, *Les Derniers jours de Corinthe*, p. 17.
② Ibid., p. 143.
③ Ibid., p. 144.
④ Ibid.
⑤ Ibid., p. 145.
⑥ Serge Doubrovsky, «Texte en main», in *Autofictions & Cie*, p. 210.

与其本人并不吻合的破碎的主体。"①

三、小时代

自 19 世纪末开始,文学便开启了一个"去崇高化"的过程(procès de désublimation)②的进程。这一进程在二战后随着现代主义文学对主体、历史、文学、人的概念的一轮又一轮的冲击而加速,从此,文学失去了救世的功能,文学的样式和要素,甚至文学本身遭到动摇、质疑和解构。英雄从神坛跌落,人物变得模糊平庸,事件变得平淡琐碎,直至在新小说中人物失去了性格、历史甚至名字。在萨洛特笔下,既无人物又无事件。罗伯-格里耶则取消情节、性格、心理、故事,拒绝用文学表现世界和自我,代之以物的现象学。

在浪漫主义时代被视为无冕之王的作家走下了神坛,失去了光环,作家变为了作者,作品变为了文本,创作变为了写作,结构主义和形式主义使作家"失色"和"去神圣化"。作家本人也不再相信现代性的进步主义神话,意识到文学不能改变世界,拯救世人,从而放弃了启蒙的使命,离开广场和街道,走入书房。这一时期不仅没有出现阿拉贡、萨特等针砭时弊、为民请命的介入型作家,而且历史、社会、现实等维度在作品中缺失,宏大叙事崩塌。人们不再要求作家成为真理和正义的化身和社会良知,作家自身也不再有自视为先知和祭司的抱负和勇气,而仅仅是书写者。他们的笔不再是真理和正义的传声筒,而沦为谋生的或自娱的工具。作家不仅失去了对社会进程的影响力,而且在文学界内部也未掀起大的波澜。福柯说:"伟大作家正在从我们这个时代消失。"③佩雷克说:"写作,就是写作而已,就是在白纸上留下字母。"④

---

① Serge Doubrovsky, *Laiseé pour conte*, Grasset, 1999.
② Gilles Lipovetsky, *L'Ere du vide*, p. 127.
③ «Entretien avec Michel Foucault», in Michel Foucault, *Dits et Ecrits 1954—1988*, tome 3 (1976—1979), Gallimard, 1994, p. 157.
④ Georges Perec, «Les lieux d'une ruse», in *Penser/Classer*, Hachette, 1985, p. 61.

60年代"五月风暴"产生了与其追求的目标适得其反的后果：人们志在介入和改造世界，结果却是从世界中抽身而退；人们志在关注公共和宏大事务，结果却是对公共事务失去热情和兴趣。1968年标志着"现代主义的终结：60年代是对清教徒和实用主义价值观发起的进攻的最后表现，是本次大众文化反抗的最后运动，但也是后现代文化的开端，即没有创新和真正的勇气，满足于普及享乐主义的逻辑。"①政治的动荡和文化的狂热之后，继之而来的是巨大的幻灭感、虚空感和失重感。利波维斯基（Gilles Lipovetsky）将我们生活的当代称为"虚空的时代"（l'ère du vide）。一股自由主义、享乐主义和个人主义的氛围弥漫法国。虚空的时代的特点就是政治离场，个人（individu）为王，被奉为绝对的价值。或者说历史、政治、宗教等"大"维度退场，"小"维度登台。社会进入个人主义时代，人们关注自身（souci de soi）甚于身外，关注自己的身体，通过化妆、慢跑、瑜伽等来美容、健身和塑型。人们不像其"68一代"前辈那样叛逆、挑衅和玩世，个人不再出门"上街"，沉湎于对自我的凝视和遐想中。

利波维斯基认为，每个时代都可以具象化为某个神话或传说形象，代表着我们当今时代的神话形象则是那喀索斯（Narcisse）。众所周知，那喀索斯是自恋（narcissime）的同义语，"就是对自身的过度关注。在专横的'资本主义'过渡到享乐的和宽容的资本主义之时，个人在与自身及其身体、与他人、与世界和与时间的关系中呈现出前所未有的面孔，这就是自恋"②。在以自由竞争为标志的前资本主义阶段，个人在外在压力之下为了出人头地，人人奋勇，个个当先，个人的潜能和个性被激发，欲望横流。而当社会进入物质宽裕的消费社会时，个人失去了对外在之物的激情，被机器化、数字化的制度和时尚制造出一个个整齐划一、千人一面的彼此之间无甚差异的"我"："自恋以其历史性的冷漠开启了后现代性，即均等人（homo aequalis）。"③

---

① Gilles Lipovetsky, *L'Ere du vide*, p.119.
② Ibid., p.71.
③ Ibid., p.72.

在早期的个人主义的进程中,主体主要面对的是与外部、与他者的人际矛盾和冲突。作品中的人物是行走的人物,他们行走在路上,行走在世上,行走在广阔天地中,在行走中成长或堕落,在行走中成功或失败。他们有着坚定的信念、或高尚或卑鄙的动机、明确的目标——或是权力,或是金钱,或是女人。《红与黑》中的于连、《高老头》中的拉斯蒂涅、《漂亮朋友》中的杜洛瓦追求在社会上出人头地,打败对手,征服世界。

虚空的时代标志着个人主义进入一个新阶段。这个个人主义与启蒙时期刚刚走出神的阴影、以英雄主义为标志的鲁滨孙式的个人主义有着迥然的不同。这是一种托克维尔式的个人主义,它"一种审慎的、平和的感情,使每个公民与世人隔绝,离群索居,仅和家人和朋友在一起,就这样为自己创造了一个独享的小社会,然后心甘情愿地脱离了大社会"①。新阶段的个人主义是一个个性化进程(procès de personnalisation),也是一个系统的原子化进程(procès systématique d'atomisation)②。在这一进程中,个人追求独立,不愿融入磨灭其个性的体制化的齿轮系统中;人们住进了城市的高楼大厦的单元房,一个个彼此独立的格子间甚至不是以家庭为单元,钢筋水泥墙阻断了家人之间、邻人之间的沟通交流,内化为无形的心灵之墙。个人从其社会和家庭的依附中解脱出来,家庭关系疏离,社会联系弱化甚至中断,个人在独处独居中变为一个孤立的、绝缘的孤岛和无所维系和附着的"基本粒子"(particules élémentaires)③,漂浮在水的表面做着随机的"布朗运动"。个人对政治、宗教、历史、意识形态等国事、天下事报以漠视,社会则失去了凝聚和黏合个体的力量,变为由自足的原子颗粒组成的一盘散沙和荒漠。个体空前地独立,也空前地孤立。

---

① Alexis de Tocqueville, *De la démocratie en Amérique*, tome 2, Gallimard, 1961, p. 104.
② Gilles Lipovetsky, *L'Ere du vide*, p. 75.
③ 米歇尔·乌勒贝克(Michel Houellebecq)的一本小说的书名即是《基本粒子》(*Les Particules élémentaires*, 1998)。

"随着后现代的到来,与他者的距离变为自身与自身的距离(……)主体与自己的这种内在距离是后现代主体所固有的(……)"① 在一个缺乏外在的剧烈变化的时代,人面对的是自身,是内在的冲动。在虚空的时代,人物的行走变为漫无目的的游荡,甚至自我禁足,退守小楼。我们看到的是图森(Jean-Philippe Toussaint)的小说《浴室》的主人公,年纪轻轻就终日在浴室的狭小而封闭的空间里活动,作茧自缚,无欲无求,既不孤独,也不愤世,与自己为伴,为自己而活,满足于一种静态的甚至自闭的生存状态,外面的世界的精彩与无奈与其无关,他比加缪《局外人》中的莫尔索更加局外。我们看到的是莫迪亚诺小说中孤独无根的青年男女,虽然像流浪汉小说中的人物一样不停地行走,却没有与风车作战的勇气,失去了青春的朝气和活力,他们从家庭和社会中出走和逃离,在失重状态中投入迷茫和追寻中,像幽灵一样游走于社会和人生的边缘,为的是逃离"不可承受的生命之轻"。我们看到的是佩雷克《沉睡的人》(*L' Homme qui dort*)的无名主人公,在 25 岁风华正茂的年龄便枯坐于逼仄的房间中,不关心家庭、学业、爱情、朋友……不想见人,不想说话,不想思考,不想出门,不想动弹,没有规划,没有企盼,只有等待、倾听、观察和幻想,在机械、麻木和冷漠中等待夜晚来临,等待日子逝去,一直等到等无可等为止,像影子一样在近乎慢性自杀中存在于世。或者,与上述灰色麻木的人生相反,我们也能够从当代作品中发现些微亮色,但是这种亮色是如菲利普·德莱姆(Philippe Delerm)所勾勒的我们身边日常生活中某些熟视无睹的动作、想法、印象、感觉的瞬间,诸如剥豌豆、喝啤酒、玩自拍、乘滚梯时突然拨动我们心弦的转瞬即逝的"小快乐"(plaisirs minuscules)②,是在步履日益匆匆、压力日益增大的现代社会的减速器和解压阀。"浴室"和"卧

---

① Dany-Robert Dufour, «Les désarrois de l'individu sujet», in *Le Monde diplomatique*, 2001/02, p. 17. Cité par Arnaud Genon in *Hervé Guibert, vers une esthétique postmoderne*, L'Harmattan, 2007, p. 200.

② 菲利普·德莱姆的散文集代表作的书名是《第一口啤酒和其他小快乐》(*La première gorgée de bière et autres plaisirs minuscules*, 1997)。

室"是个人世界的中心,"游荡""沉睡"和"等待"是个人生存的境遇。这些新时代的"局外人"缺乏于连、拉斯蒂涅、杜洛瓦、克里斯朵夫那样的热情、激情、豪情、理想、信念和抱负,他们和世界尚未交手便主动缴械,甚至根本没有交手的欲望。他们把目光投向自身,投向内心,做一个"空心人"和"在自己的房间里自行其是的英雄"①。宏大的历史、普遍的关怀、集体的命运让位于对自我的关注,对身体、欲望、焦虑的关注,敏感于细小、琐碎、个别、瞬间的感受。

后现代意识既不相信彼岸的乌托邦,也不相信此岸的苦海;既不像勒内、阿道尔夫、奥博曼等浪漫主义者那样展示和舐舐滴血心灵的伤口,不像于连等现实主义者那样要征服女人、权力和世界,也不像现代主义者那样面对世界的荒诞和虚无而无所适从、无能为力(如卡夫卡的《变形记》《城堡》)。人们平静地或者说冷漠地接受一个失去信仰和理想,也不再寻求意义的世界,用现代主义所摧毁的传统大厦的残砖断瓦来构建私隐的小天地,沉湎于"没有故事"的"虚幻的生活"②。

当代文学中没有广角、长镜头,我们再也读不到《卢贡-马卡尔家族》式的讲述一个家族多个世代沉浮变迁的画卷式文学,再也读不到《人间喜剧》《悲惨世界》式的描绘一个时代社会百态的全景式文学,再也读不到《约翰·克里斯朵夫》式的讲述个人命运在时代浪潮中起伏跌宕的长河式文学。当代文学中人物的活动空间不是历史和社会等公共的、外面的广阔天地,而是其爱情、疾病、创伤、性等私人事件发生的狭小、封闭、私密的个人空间。个人像鸵鸟一样在以自我为中心的温柔的"气泡"中物我两忘,寻找和体味着一些小的乐趣,在消费主义、自由主义、享乐主义的天堂

---

① 吉约姆·杜斯坦(Guillaume Dustan)的第一部作品取名为《在我的房间里》(*Dans ma chambre*,1996),他在另一部作品《天才》(*Le Génie divin*,2001)中写道:"自撰是什么呢?就是自行其是的自由。自己行事(autofaction)(……)就是这样。总之,当一个英雄,即使在我自己的房间里。"转引自 Blanche Cerquiglini, «Le roman, sanctuaire du moi», in *Médium*, n°36, 2013/03, p. 77。

② 达尼埃尔·萨勒纳芙的一本小说的书名即是《虚幻的生活》(*La Vie fantôme*, 1986)。

中孤芳自赏地成长。写作从某种意义上说是一种"文学作茧"(cocooning littéraire)①。对"小我"的关注和迷恋导致对"大他者",即社会和集体、时代和历史等宏大叙事的远离和淡漠,导致对个体平凡生命的微观书写的激增。

　　虚空的小时代虽然没有发生诸如19世纪的历次革命和20世纪的两次大战那样惊天动地、翻天覆地的大变局,但是在表面的平静之下,文学表达在悄无声息中发生了深刻变革。自我书写的繁荣是这股暗流涌向水面的漩涡和浪花。众所周知,所谓自我书写,就是赋予"我"这个能指以具体的所指,使这个人称的空壳充满血和肉、形与神,为其打上个人的印记和特性,使这个无所指又无所不指的人称代词变为一个具有唯一指涉和独有特征的专有名词。而"自传是名人们的禁猎地和排他性俱乐部"②,是一种精英的特权,小人物在自传写作面前总是有自卑情结和心理障碍。但是,与以去神圣化为标志的小时代的降临相伴而生的,是自我书写的平民化、自我身份的碎片化、自我形象的模糊化和扁平化。正如英雄从当代小说中消失一样,我们在当代自传中再也难以看到《忏悔录》中那个虽然充满矛盾,却个性鲜明、栩栩如生的让-雅克形象。

　　今天的自我书写,不论是书写主体还是书写内容都从"高大上"走向"低小碎"。"自"就是"小",自撰是"对享乐主义自我的回归,为人类提供了在消费主义和自由主义的天堂尽情自恋的可能性"③,是在集体记忆、宏大叙事退潮之后的个人小历史的书写和泛滥。如安戈所言:"人们抱怨说在法国文学中再也没有对社会的描写了,只有女人和鸡奸者,太多自恋、自我中心的文字。'我'本来只是表达私密的代词,只是在情书中才有

---

① Philippe Forest, *Les Romans du je*, Pleins Feux, 2001, p. 48.
② 杜勃罗夫斯基在《儿子》中说:"自传是这个世界上大人物的特权。"(*Fils*, p. 10)在《一种自爱》中说:"我写的是小说,称不上自传,自传是名人们的禁猎地,是排他性俱乐部。若达到写自传的资格,必须是个人物,例如戏剧、电影明星,政治家,让-雅克·卢梭。"(*Un amour de soi*, Hachette, 1982, p. 74)
③ Philippe Forest, «Le retour du je dans la littérature française», in *Les Romans du je*, p. 48.

它的位置。"①自撰写的是小人物的"卑微人生"(vies minuscules)②,是日常的、平庸的琐事、细节,是一叶障目的视野,"因为自撰恰恰是这种东西:微不足道的故事,最平凡的故事,没有任何杜撰、人们称之为'小说'的自己的故事"③。对于非典型的小事,作者敝帚自珍,试图发明自己的语言和特定的方式来言说庸常琐碎,寻找和确立某种存在感。

四、虚构的危机

自古以来,虚构构成了文学性的不证自明的核心条件。所谓虚构,就是杜撰生动的故事和塑造典型的人物,创造一个想象的世界,体现为神话、史诗、戏剧、小说等文类。小说在18世纪异军突起,在19世纪后来居上,一枝独秀,压倒其他各种文类,所以在英语中,小说的名字就是虚构(fiction)。情感小说、成长小说、历史小说、写实小说、心理小说、奇幻小说等竞相争奇斗艳。人们从未对构成各类小说之公约数的虚构的合法性产生怀疑。进入20世纪,一些具有探索和反思意识的作家开始对于虚构的合法性和有效性持有怀疑的态度,他们甚至放弃了已经开始的小说写作计划。整个20世纪,叙事文学的趋势就是从"离心"(将真实的经验投射到一个想象的世界)走向"向心"(真实的经验和历史),虚构一直走在一条且战且退的路上。纪德、普鲁斯特和超现实主义作家等的理论探索和写作实践都力图证明:文学和小说可以脱离虚构。

"虚构危机与一场更为广泛的文学表现危机有关。自从1890年以后,文学逐渐背离了语言的指涉功能,文学表现的摹仿逻辑让位于用文字来再创造现实的诗学逻辑。另一方面,一种信念逐渐确立下来:一切都是

---

① Christine Angot, *L'Usage de la vie*, Fayard/Mille et une nuits, 1999, p. 9.
② 皮埃尔·米雄(Pierre Michon)的一本记录社会下层小人物的书名便是《卑微人生》(*Vies minuscules*, 1984)。
③ Catherine Cusset, «L'écriture de soi: un projet moraliste», in *Genèse et autofiction*, p. 206.

不真的,一切都是虚构。"①小说讲述的故事虽然千变万化,但是已经固化为某些套路和结构。1928 年,超现实主义作家布勒东(André Breton)曾预言:"非常幸运的是,那些小说式胡编乱造的心理文学的气数已尽了。于斯曼给了它致命一击,我相信它再也站不起来了。"②布勒东认为,写作是一种真实的体验,是对自我的探寻。他提倡不写真实(le réel),也不写想象(l'imaginaire),而是写真实的反面(l'envers du réel)。在他看来,真实的反面不一定是虚构,而是超现实,是一种虽然真实发生,却如梦幻般缥缈的存在。布勒东在《娜嘉》(Nadja)中写到了他在街上与一位神秘的、幽灵般的女子的邂逅。书中女子亦真亦幻,故事内容亦真亦假。为了使其叙事更具真实性,布勒东还在文中插入了几幅有关巴黎街景、行人和物品的照片。布勒东的预言虽然没有实现,但是之后的小说加速走向了空心化,小说化因素逐渐被掏空,故事失去了传奇性和离奇性,走向平庸化、日常化和写实化。纪德、普鲁斯特、科莱特、莱里斯等虽然写作理念和手法各异,但是殊途同归地走向了他们的"自我"的个人世界。

  如果说二战之前作家们对虚构的质疑和弱化更多的是从诗学和美学的角度从文学内部进行的反思,那么二战之后,惨痛的历史以及随后被揭露出来的集中营、大屠杀等人间惨剧使任何人都无法等闲视之,文学无所逃避,无法不进行反思。在沉重、坚硬、冰冷的现实和历史面前,虚构显得如此轻飘、虚幻、遥远。"对于经历过这一现实的人来说,那些纸上的人、他们的个人悲剧、他们的爱情,本质上都是杜撰出来并以杜撰形式出现的,所有这些何足轻重呢?"③也如当代小说家和评论家雅克·图尼埃(Jacques Tournier)所抱怨的:"现在没有一位小说家敢于承认自己是在虚构。只有材料最重要,而材料则必须明白确切、日期清楚、经过核对、真实可靠。读者拒绝接受单凭想象写出的小说,因为全属虚构……要读者

---

 ① Sébastien Hubier, *Littératures intimes, les expressions du moi, de l'autobiographie à l'autofiction*, Armand Colin, 2003, p.110.
 ② André Breton, *Nadja* (1964), Gallimard, 1998, p.18.
 ③ Henri Godard, *Le Roman mode d'emploi*, Gallimard, 2006, p.200.

相信小说中所叙述的事实，首先要让他们放心，'没有上当受骗'……最重要的，是要有一点真实的事实依据。"①阿拉贡、马尔罗、塞利纳、热内或者把他们参与或见证的大历史写入故事，或者写的就是他们的小我的个人轨迹和心路历程。在阅读时，尽管我们知道故事是虚构的，但是始终萦绕在脑海中的一个问题就是他们讲述的故事在多大程度上是他们真实的经历。而他们的写作又与悠久的自传体小说有着几乎本质的不同。萨特、加缪等在中断小说写作数年或十数年后，以传记或自传重新开始叙事写作。

新小说作家更是对构成虚构机制的所有元素都一一拆解，给虚构几乎以致命一击。受到结构主义及形式主义的影响，虚构走向了另一个极端，从内容的想象杜撰到形式的花样百出，从作者的世界观或哲学观的表达走向了某些文学理论、理念和观念的文本化图解，文本化为悬浮的、无所指涉的能指的游戏。自20世纪70年代以来，伴随着文本写作的退潮和文学的"及物性"的回潮，人们对文学与现实、经验的隔膜感到不满，对文学沦为自指自洽的文本写作感到厌倦，对文学沦为作者的自恋或小圈子内部的自娱自乐而疏远。主体、历史、社会、记忆等再次成为作家笔触所及之"物"，作家们在冥冥中渴望和阿拉贡所言的"真实的世界"（le monde réel）建立联系。

与虚构危机此消彼长的是，文学书写的指涉性和纪实性上升。即使是在虚构的故事中，作家的个人经验大量介入进来，使虚构有着真实性的背书。马尔罗的《反回忆录》(1967)、努里西埃（François Nourissier）的《一个小市民》(Un petit bourgeois, 1964)、《断气》(La Crève, 1970)，布隆丹（Antoine Blondin）的《雅第斯先生或夜校》(Monsieur Jadis ou l'Ecole du soir, 1970，下文简称《雅第斯先生》）等都是"以身试笔"（essai sur soi）之作，将真真假假的叙事熔于一炉，令读者真假莫辨，作者自称或是出版商印在封面上的"小说"标签是读者不能当真的障眼法。夏尔·朱利埃

---

① 娜塔莉·萨洛特：《怀疑的时代》，载《法国作家论文学》，第383页。

(Charles Juliet)认为小说等虚构写作是轻浮的,令人厌恶。他的写作素材来自他不幸的童年,来自他的记忆和自小以来的日记,表达的是内心的创伤、对自我的追寻。另有一些作家把笔对准他人的或著名或无名的人生,如米雄的《卑微人生》讲述了作者所熟知的一众小人物的平庸生活和失败人生,吉尼亚尔的《阿尔布奇乌斯》(*Albucius*,1990)叙述了一位古罗马作家的人生和写作,莫迪亚诺的《多拉·布吕代》(*Dora Bruder*,1997)追踪了二战期间一个犹太女子的失踪。与自我书写相映成趣的是,这一时期的传记书写也盛极一时,虽然其真实性同样不可靠。

20世纪以来的一系列实验性写作打乱了各种文类的既定界限,混杂性、模糊性、不确定性成为这一时期写作的特征。虚构和真实的边界愈加不确定、不稳定、难以辨别。自撰写作与20世纪以来超现实主义、新小说等实验性写作是一脉相承的。虚构的危机愈演愈烈,布勒东的断言似乎并非危言耸听。

五、真实的危机

20世纪的后半叶对于文学来说确是一个危机频频的时代,不仅是构成文学性之底色的虚构发生了危机,而且虚构的反面、构成文学性之本质的真实也出现了危机。如果说虚构危机发生于实践层面,那么真实危机则发生于理念层面。

西方传统思想和哲学建立在理性的认知基础之上,认为世界是同质的、静态的、因果关系的,是一种逻各斯中心主义。而后现代哲学则认为世界是异质的、混合的、游移的、错位的、发散的。在后现代理论家那里,能指与所指不是如一块布的两面一样密不可分,不是共同指向一种确定性,相反,能指与所指发生了分离,能指不再具有单一的所指,所指不断在能指下"滑动",总是指向它不是的东西。语言是依靠能指与能指的相邻(contiguité)关系,即换喻(métonymie)原则而实现,而不是依靠能指与所指的对应原则来实现。真实、真相、真理的本质是确定性,而在后现代思想家看来,确定性是一个遥不可及的幻影,以语言追求真实无异于缘木求鱼。

拉康(Jacques Lacan)在《文集》(*Ecrits*)中写到一个场景：六个月的婴儿虽然尚不会走路，也不会说话，但是当他在镜子中看到自己的影像时兴奋不已，这表明他已经意识到镜中影像就是自己。拉康认为镜子阶段的这种认同能力是婴儿智力发育到一定程度的表现，也是人的自我意识突进的标志。拉康继而指出："这种形式将自我(instance du moi)早在其社会定义之前就置于一个虚构的方向上，这个虚构的方向对于单个个体来说永远是不可化约的，或者更恰当地说，它只能像渐近线一样靠近主体的变异(devenir)，而不论作为'我'(je)的主体如何成功地以辩证综合的方式解决了他与其自身的现实之间的不一致。"①拉康的这句话道出了主体与其影像的关系本质，镜中影像毕竟不是现实中的婴儿，只是镜花水月的幻影，所以镜子给人的其实是惑人的错觉，婴儿从镜中看到的其实是一个虚构的自我。人的自我书写类似于持镜自顾，镜子内外是血肉之躯的主体与纸墨之影的关系，主体从一开始就是在一个"虚构的方向"上来凝视和理解自身。②而且主体观照自我的这面镜子是由语言材料制成的，其质地是有瑕疵的，不仅镜面有凹凸，而且镜体有折射，由此造成被像语言所结构和塑形的自我形象注定发生变形，最终沦为一种假象。虚构是主体关于自身的唯一真实。

福柯在《知识考古学》(*L'Archéologie du savoir*)中对历史学家努力从纷繁、异质、不连续的历史事件背后寻找发展脉络、建构连续的整体性意义的实践甚为怀疑。他认为遗留下来的物质的文献或史料是经过主观选择和建构的，不能等同于历史实在。历史学家名义上是重建史料背后

---

① Jacques Lacan, «Le stade du miroir», in *Ecrits*, Seuil, 1966, p. 94.

② 早在20世纪之初，纪德就表达了和拉康类似的观点："任何东西，首先是我自己，对我来说只有诗意的(我使用的是这个词的完整意义)存在。有时我觉得我并不真的存在，而只是我想象我是存在的。我最难以相信的，就是我自己的实在性。我不断地溜走，当我看自己行动时，我并不确切地知道我看到行动的那个人与正在看、吃惊的那个人是否是同一人，我怀疑一个人是否可以同时既是行动者又是观察者。" André Gide, *Les Faux-Monnayeurs*, Gallimard, 1925, p. 73.

的真实,其实是将这些分散的史料拼接缝合成一个同质的、连贯的、有序的整体,背后起着决定作用的是词对物的构序(ordonner),是一个运行于当下的建构和解构的话语场(le champ du discours)。历史叙事之于历史真实的关系就如同柏拉图所言的画家笔下的"床"之于理念的"床"的关系一样,是双重的建构,也是双重的偏离。

德里达否认二元对立论,否认纷繁对立的事物可以统一于"一",否认任何超验的中心的存在,不论这个中心是"本质"还是"上帝"。既然中心不存,那么也就不存在掩藏于中心中的"真理"或"真相"。德里达试图将语言从以"逻各斯中心主义"或"语音中心主义"为特征的形而上学中挣脱出来,其思想的核心就是使语言摆脱其表意功能,挣脱意义的束缚,或者说永远不固定在某个单一意义上。意义如浮云,飘忽不定,似有若无,变幻流动。符号与意义脱节,语言指向自身而非经验的现实,变为一种不断的建构,也造成意义的不断滑动、嫁接和"播撒"(dissémination),产生不确定性、多元性和开放性。文本不再是故事、意义、真实的载体和再现,而变为故事、意义、真实的再生产和重构,变为写作、叙事、言说的冒险或游戏。所以文本背后并不存在自在的真实。

巴尔特反复强调文学的"不及物性"(intransitivité):"文学行为(……)是一种绝对不及物的行为"①,"对于作家来说,写作是一个不及物动词"②。巴尔特由此割裂了"文学行为"和现实(即"物")的关系,使"写作"脱离了对于现实的指涉而独立存在。他还进一步区分出"可读的"(lisible)文本和"可写的"(scriptible)文本。可读的文本的意义来源于作者,读者只能被动地接受或拒绝;而可写的文本是开放的、未完成的,文本的意义不是唯一的,而是无限衍生的,读者参与到意义的构建中,对它的解读和阐释是无限的:"这种文本是能指的星系,而非所指的结构;它没有开始,是可逆的;我们可以从多个入口进入文本,没有哪个可以自信地宣

---

① Roland Barthes, *Essais critiques*, Seuil, 1964, p. 140.
② Ibid., p. 149.

称是主要入口。"①读者的阅读过程也是文本的书写(或再写)过程。"文学工作的意义(……)就是使读者成为文本的生产者,而不再是消费者。"②文本的生产和接受处于同一层面,既然读者变为和作者同样的文本生产者,而作者是唯一的,读者是无数的和多样的,那么作者对其文本的所有权和解读权就失效了。这种可写的文本不再是客体,而是变为一种游戏:"可写文本是一种永恒的现在,它不妄言任何结果(一旦出现结果,它注定将现在变为过去);可写文本就是正在写作的我们。"③阐释就是不再解码作者的意图,不再寻找预设的意义,而是拆解和打碎意义。既然作者不存,意义被拆解或消解,那么自我书写的真实或真相也就化为可写的文本而任人宰割,分解为复数的、多样的真实,"真实的要义不正是在于它是不可把握的吗?"④

克里斯特娃(Julia Kristeva)等结构主义者认为,文本系统的每一部分只有放在文本构成的符号网络中才能产生意义。文本元素的意义不是来自作者,从作者角度来理解作品没有意义。文本指向自身,指向文本的前后语境,指向其他文本。她提出了"互文性"的概念:"我们将单一文本内部发生的这种文本的相互作用称为互文性。"⑤每个文本都包含着与其他潜在的文本的记忆和痕迹,每个文本必须置于与无数其他文本的参照系中才能有其意义。"互文性"构成了文本发生器,也是意义发生器。文本不是指向某一单一的意义,既然它指向无数其他潜在文本,所以其意义是开放的。这种开放性破坏了文本和意义的对应性,使文本不断与先前的、周围的文本交互,重新组织成新的文本,产生新的意义。先在的、整体的真实已经碎片化、块茎化。任何叙事的合法性不再建立在与外在现实或指涉的相符的基础之上。

---

① Roland Barthes, *S/Z*, in *Œuvres complètes*, tome 2, Seuil, 1994, p. 558.
② Ibid.
③ Ibid.
④ Roland Barthes, *Roland Barthes par Roland Barthes*, p. 150.
⑤ Julia Kristeva, «Problèmes de la structuration du texte», in *La Nouvelle critique*, 1958, numéro spéciale, p. 61.

不论拉康的"滑动"、德里达的"播撒",还是巴尔特的"可写性"、克里斯特娃的"互文性",以及德勒兹的"块茎"(rhizome),诸多概念异曲同工,均在强调无中心的多元性、多样性、多义性,均在切断语言与经验、文学与现实、文本与真实之间的对应关系,让语言、文学、文本摆脱经验、现实和真实的约束,获得放飞和自由。如果将他们的观点套用在自我书写中,那么自我作为被书写的对象,是作为语言的陈述行为的产物,是陈述主体用语言建构的客体,语言已经脱离了作为经验的实在。美国批评家格拉夫(Gerald Graff)说:"语言的意义并不涉及什么语言以外的现实或真实,而是指向语言所产生的那个人为的'现实'。"①既然语言不指向语言以外的经验的现实,那么指涉性就化为乌有了,真实性就无从谈起了,巴尔特认为:"一切传记都是不敢说出名字的小说。"②

这些哲学家和理论家的认识论对于当代作家产生了深刻影响,或者说与当代作家的写作理念不谋而合,发生共鸣。在这个"怀疑的时代",真实和真相是最值得怀疑的。在当代作家看来,真实只是可望而不可即的镜花水月,以真实为追求的一切写作,终究无法摆脱虚构的宿命。埃尔诺说:"真相(vérité)只是为人们寻而不得的东西所取的名字。"③罗伯-格里耶说,所谓真相"是美丽的乌托邦、美丽的欺骗"④。在罗伯-格里耶看来,所谓"真实"(réel),就是"支离破碎,飘忽不定,无所用途,如此偶然,如此特别,任何真实事件似乎时刻都是没有理由的,总之,一切存在似乎都不具有任何意义。现代小说的登场正是与这一发现有关:真实是非连续的,由没有理由的并列因素组成,每个因素都是独一的,由于这些因素都是以总是出人意料的、无缘无故的、随机的方式出现,所以更加难以捉摸"⑤。

---

① 杰拉尔德·格拉夫:《自我作对的文学》,陈慧、徐秋红译,河北人民出版社,2004年,第206页。
② Roland Barthes, «Réponses», in *Tel quel*, n°47, 1971, p.89.
③ Annie Ernaux, *L'Ecriture comme un couteau. Entretien avec Frédéric-Yves Jeannet*, Stock, 2003, p.30.
④ Alain Robbe-Grillet, *Le Miroir qui revient*, p.65.
⑤ Ibid., p.208.

杜勃罗夫斯基在 2003 年 4 月 29 日的《世界报》上谈到自撰产生的缘起时说:"以符合逻辑和时间的方式完整地把握自我是不可能的了(……)传统主体被解构,叙事呈现散乱、断续的多样性。身份只能在拉康所言的'虚构的方向'上实现,也许令人心安的集体意识形态已经死亡,使写作面对一种对自身不确定的局面。"[①]

[①] Cité par Catherine Cusset,«L'écriture de soi: un projet moraliste», in *Genèse et autofiction*, p. 198.

第三章 定义

一、杜氏定义

1. 缘起

1977年,杜勃罗夫斯基在《儿子》出版之初出于推介目的为其新书撰写了一个简短的介绍,这段介绍文字后来经杜勃罗夫斯基加工后放在了正文之前,作为全书的开篇:

"七彩的风筝,我牵着引线。"叙述者醒来,很快便被冠以作者的名字,他的记忆穿针引线,近期(对一场疯狂爱情的怀恋)和遥远(战前和战时的童年)的回忆以及日常的苦恼、职业的焦虑纠缠、交织在一起。此时,他是教授,晚上要上课讲授泰拉门纳的那段叙述。

S.D.刚出家门,就驶上了通往纽约的高速公路——大中央快速路;他的生活中纵横交错的或驾车或步行的路线在眼前展开,编织起一个痛苦的、谜一般的美国流亡故事。他深陷于千头万绪的线索之中,试图理出头绪,但是在一次和分析师的长时间面谈中,它们固执地缠绕于儿子这个人物身上。尤其是,我梦到了一个半是鳄鱼半是乌龟的海怪,在昏昏欲睡的批评家的脑海中,这个海怪是从拉辛的文字中跳出来的。梦的阐释将重新注入对拉辛文字的解释之中,重读拉辛可以回头阅读叙述者的生活,我们这段时间将跟着他去看"心理医生",穿过纽约的孤独的喧嚣,静悄悄的大学,直到他享受快感的教室:结局。

　　自传吗?不,自传是这个世界上大人物的特权,写于他们的晚年,用漂亮的文体写成。我写的是完全真实的事件和事实的虚构,可以说是自撰,是将用来讲述冒险的语言用来进行语言的冒险,跳出了传统小说或新小说的智慧和句法。是词语的相遇,词语的溪流,叠韵,谐音,不和谐,文学之前或之后的写作,具体的写作,就像人们所说的音乐一样。或者说,是自摸,耐心的手淫,现在希望分享它的快乐。

　　S. D.

　　今天,这篇晦涩、混乱的文字已经成为研究者无法绕开的一篇宣言,被认为是自撰的"出生证"。

　　杜勃罗夫斯基在提出"自撰"的概念时,是"有的放矢"的,这个"的"就是自传研究的开创性和代表性学者菲利普·勒热纳对"自传"的定义以及提出的"自传契约"的概念。杜勃罗夫斯基的"自撰"概念就是射向勒热纳的"自传"定义的"矢",表现出一种挑战的姿态。

　　从1971开始,勒热纳相继发表《法国的自传》《自传契约》等著作,首次给自传下了一个明确的定义:"当某个人主要强调他的个人生活,尤其是他的个性的历史时,我们把这个人用散文体写成的回顾性叙事称作自传。"[①] 勒热纳还提出了"自传契约"的概念。所谓自传契约,就是作者明确宣布自己的所写为自传,做出的文字上的真实性承诺或保证。这一契约在形式上体现为作者与人物在名字上的同一。如果作者没有做出真实的承诺或任何其他承诺,或者作者与人物在名字上不同一,实际上与读者订立的是小说或虚构契约。勒热纳还从大量的自传文本,或更确切地说

---

① Philippe Lejeune, *L'Autobiographie en France*, p. 10.

是"边际文本"(péritexte)中,总结出自传的两条基本的形式标准或标志,这就是自传契约(作者以明确或隐含的方式声明他所写的是自传而非小说)的存在以及作者和人物在名字上的同一关系(即作者＝叙述者＝人物)。一个文本,如果符合其中的一条标准,就具有了自传的可能;如果同时满足了这两条标准,就是标准的自传了。而且,勒热纳又把每条标准细分出三种可能,总结出九种理论上的组合(实际上只有七种),得出下面的表格(见表 3.1):①

表 3.1 勒热纳总结的契约类型和人物名字相组合的可能情况

契约	人物名字		
	＝作者名字	＝ 0	＝作者名字
小说的	1a 小说	2a 小说	
＝ 0	1b 小说	2b 不确定	3a 自传
自传的		2c 自传	3b 自传

可以看出,该表格中两格是空的,即这两种组合是不可能的。勒热纳认为,如果作者明确宣布自己的文本为自传而作者的名字又不同于人物的名字(即第二列空格),或者,如果作者明确宣布自己的文本为小说而作者的名字又与人物的名字相同(即第四列空格),这样的情况在理论上是矛盾的,在实际中是不存在的。

杜勃罗夫斯基是一位作家,写作是他的业余爱好;他也是一位在大学任教的学者,文学研究才是他的本职,他对于学术界的各种理论和概念毫不陌生。当他读到勒热纳的自传定义和上述表格时,他正在写作《儿子》的草稿,他马上意识到他正在写的东西就属于勒热纳所说的"不可能"的

---

① Philippe Lejeune, *Le Pacte autobiographique*, Seuil, 1975, p.28.

情况。他于 1977 年致信勒热纳,他要填补勒热纳所说的关于"人名"与"契约"的多种组合中的那个"不可能"的"空格":

> 我记得当我读到你那时发表的研究时,我把那一段画了下来(我刚刚又找了出来):"自称为小说的主人公可否与作者同名呢?这种情况完全可能出现,但是在实践中还找不到这样的例子。"我当时正在写作,这句话深深触动了我。即使现在我也不敢肯定我的写作的理论地位,但是我非常渴望填补你的分析所留出的那个空格,这个真正的渴望突然将你的批评文字和我在摸索中,至少是在半明半暗中正写的东西联系了起来(……)①

关于《儿子》在契约上的矛盾之处,杜勃罗夫斯基并不讳言:

> 尽管我写的始终没有离开历史和个人,但是我在封面上的副标题处写的是"小说"字样,以此用虚构性证明订立一份小说契约,这样做只是因为我迫不得已(……)不仅作者和人物是同一的,叙述者也是如此:它是一部合规的、认真的自传,书中所讲的所有事实和行为完全来自我自己的生活,地点和日期都经过了一丝不苟的核实。②

杜勃罗夫斯基的做法是对勒热纳的自传定义和自传契约的"以子之矛攻子之盾"式的挑战,也是对《儿子》的量身定制。后来杜勃罗夫斯基对于这一做法表达得更为明确:

> 当然,根据萨特的名言,"一切艺术都是不诚实的"(《境遇之一》),或者如阿拉贡所说,作家的任务是"真话假说"(mentir vrai)。可是在我的书中,"撒谎"值得特别强调:一方面,既然书的副标题是"小说",那么根据勒热纳的术语,此处订立的是基于(作者和人物的)非同一关系和"虚构性的证明"(小说)的"小说契约";可是,由于一开

---

① Citée par Philippe Lejeune in *Moi aussi*, Seuil, 1986, p. 63.
② Serge Doubrovsky, «Autobiographie/vérité/psychanalyse», in *Autobiographiques. De Corneille à Sartre*, PUF, 1988, pp. 68—69.

始就确立了作者、叙述者和人物在名字上的同一,文本又自动地属于"自传契约"。那么它简直是一部"自传体小说"了?如果按照菲利普·勒热纳的观点,它也不是,因为在勒热纳看来,读者在阅读自传体小说时,根据自己掌握的相似度,有理由认为作者和人物是同一的,但是作者却选择否认这种同一,或者至少不加以肯定。①

对于杜勃罗夫斯基来说,作者、叙述者和人物在名字上的同一是自撰的一条明确和硬性的标准:"在自撰中,必须以自己的名字来指称自己,可以说是用自己的人来抵赎,而不是将自己交给一个虚构的人物。"②同时作者又将其所写称为"小说"。对于作者的名字未出现在文本中,即人物没有名字,但是人物与作者以及他的生活非常接近的情况,如库塞、丹·弗朗克(Dan Franck)、洛朗丝的写作,杜勃罗夫斯基则用"类自撰"(quasi-autofiction)来称呼,作者在文中隐去自己的名字,是为了避免暴露或冲击他人的生活。③

杜勃罗夫斯基发明了"自撰"一词后,尽管他对该词的含义秉持开放的态度,但是他对于两个方面的批评不能苟同:一个来自学术界,以热奈特和科罗纳为代表,他们借用该词,却抽空了杜勃罗夫斯基的定义,赋予了完全不同的含义,从而把杜勃罗夫斯基本人的作品排除在自撰之外;另一个来自作家,以罗伯-格里耶和费德曼为代表,他们基本认同杜勃罗夫斯基的理念,却主张用另外的词来代替该词。

2. 发明权之争

"自撰"一词被公认为杜勃罗夫斯基的发明。但是,在《儿子》发表之后的1998年,也是一位自撰作家和批评家、杜勃罗夫斯基的外甥、多次对其挑刺揭短的马克·魏兹曼(Marc Weitzmann)在《书家园地》(*Page des*

---

① Serge Doubrovsky, «L'initiative aux maux», cité par Philippe Lejeune in *Moi aussi*, Seuil, 1986, pp. 64—65.
② Philippe Vilain, «L'autofiction selon Doubrovsky», in *Défense de Narcisse*, p. 205.
③ Serge Doubrovsky, «Autofiction, en mon nom propre», in Yves Baudelle et Elisabeth Nardout-Lafarge (dir.), *Nom propre et écritures de soi*, p. 140.

libraires)上发文,提出该词并非杜勃罗夫斯基的首创,而是另有其人,而且该词诞生的时间被大大提前:

> 自撰的概念于1965年诞生于杰西·科辛斯基(Jerzy Kosinski)的笔下,这一年他发表了处女作《彩鸟》(*L'Oiseau bariolé / The Painted Bird*),该书讲述的是大屠杀期间一个犹太儿童在波兰的颠沛流离。当该书在美国问世时,埃利·威塞尔(Elie Wiesel)在一篇题为《人人都是受害者》的著名文章中,称赞该书是一份关于大屠杀的真实见证:"一篇充满真诚和敏感的辛酸的第一人称叙事"。此言差矣,《彩鸟》实为一部想象之作,虽有部分真实的创伤内容,但是它的几乎全部事件都是杜撰的,科辛斯基本人在《作者说明》中也是这么说的,这篇文字虽然与该书同时发表,但在当时并无人关注,文中第一次出现了自撰一词,作者称是受亨利·詹姆斯(Henry James)和罗伯-格里耶的影响。四年之后,当杜勃罗夫斯基发表其首部小说作品《四散》(*La Dispersion*,法兰西信使出版社)时,这个新词被其在法国再次发明,这一巧合绝非偶然,两位作家都是围绕同一问题:言说,或者试图言说不能言说的东西,即自身,好像就是整个世界,而世界被视为不可传达、不可认知的经验。这里所说的就是大屠杀。①

《彩鸟》与《儿子》或其前身《四散》在内容及写法上确实存在诸多相似之处:都是一个逃离了大屠杀命运的犹太人对童年的回忆,过去都是以支离破碎、杂乱无序的"线索"形式出现……但是魏兹曼的说法起到了误导作用。学者们顺藤摸瓜找到了魏兹曼提到的科辛斯基1965年的《作者关于〈彩鸟〉的说明》一文,发现科辛斯基并没有使用"自撰",而是使用的"非虚构"(nonfiction)一词,而且是在否定意义上将《彩鸟》与非虚构联系起来的:"说《彩鸟》是非虚构也许在归类时更加方便,却不很恰当。"也就是

---

① Marc Weitzmann, «L'hypothèse de soi», in *Page des libraires*, n°52, 1998/06—08, pp. 50—51.

说《彩鸟》其实是他所创造出来的"我们个人的小虚构"(nos petites fictions individuelles)①。直到 1986 年,科辛斯基才在一次访谈中首次用到"自撰"一词,这时距离杜勃罗夫斯基提出该词已经过去了九年。1991年,科辛斯基在一次访谈时又将自撰一词的含义做了无限扩大,将其等同于虚构:"一切写下来的东西都是自撰,因为在我们所写所说的任何东西中,想象都介入进来。我倾向于把包括新闻在内的大部分写作都视为自撰。你对于本次采访所要做的,包括提炼、编辑、付印的方式,都将其变为另一种形式的叙事。它将不是我的声音,即使我的声音也已经是自撰。"②

1999 年,杜勃罗夫斯基在一次访谈中以略带讽刺和调侃的口吻正面回应了关于"自撰"发明权的这次争议,并且明确与科辛斯基的写作划清了界限:

> 我根本没有发明自撰。我发明的是这个名、这个词。近来发生了一场很好玩的小争议。一些学究取消了我对于这个词的父子关系。1965 年,杰西·科辛斯基在谈到《彩鸟》时可能用到了这个词。经过批评界的研究,现在我们知道,他讲述的根本不是他的童年,而是一种战争经历,当然他做了改动。它是一本自传体小说,不是我所理解的意义上的自撰,因为在自撰中,就像勒热纳对于自传的归类,必须要有人物、叙述者和作者的名字的同一。然而,科辛斯基的书不存在这种情况(……)因此,我是针对我的书《儿子》发明的这个词,写在了书的封底。再说一遍,虽然我发明了这个词,但是我绝对没有发明这个东西,在我之前有许多伟大作家就是这么做的。③

但是,杜勃罗夫斯基本人也忘记了或者说搞错了他首次发明"自撰"

---

① Cité par Philippe Vilain in *Défense de Narcisse*, p.174.
② Cité par Philippe Vilain in *Défense de Narcisse*, pp.175—176.
③ «L'autofiction selon Serge Doubrovsky», in Philippe Vilain, *Défense de Narcisse*, pp.176—177.

一词的确切时间,他一直以为是在为《儿子》所写的新书介绍时首次使用该词的。但是法国的一个手稿研究小组(ITEM)的文本发生学学者伊莎贝尔·格埃勒(Isabelle Grell)在翻阅了《儿子》的 2500 多页手稿后,发现该词第一次出现于《儿子》的前身——题为《怪物》(Le Monstre)的草稿中,编号为第 1637 页,只是写法略有不同,以大写字母,分两部分出现:AUTO-FICTION。而且其含义与后来的意思并不一致:叙述者刚刚与分析师进行过一场谈话,此时正开着车,在车上他重新翻看记录他的梦的小本,"想象着这些梦可以成为一本'虚构的书'的材料,也就是说成为一个他在汽车(auto)的方向盘上写下的一部小说(fiction)"①。可见,auto 在这里是"汽车"(automobile 的缩写)或"自动"之意。

但是这个词连同它出现的段落没有用在《儿子》的定稿中,杜勃罗夫斯基本人也忘记了这个形式和这个段落,一直认为是 1977 年在《儿子》正式出版时才首次使用。

3. 杜氏"虚构"

杜勃罗夫斯基发明的"自撰"一词以及它的标准中最自相矛盾、最令人费解之处,就是其中的"虚构",即小说之意了。杜勃罗夫斯基声言《儿子》的叙述内容是完全真实的:"甚至书中提到的和一些被解析的梦都是'真'的梦,是我随时记在记事簿上的梦。"②我们据此可以认为《儿子》比传统自传都更加真实。既然如此,为何杜勃罗夫斯基又坚称其写作是"虚构"或"小说"呢? 应该说,杜勃罗夫斯基所言的"虚构"其实另有所指。

据自撰研究者加斯帕里尼介绍,在 20 世纪 60 年代的美国文学背景下,fiction 和 novel 在使用上是有区别的。novel 是一个古老的指称,尤其指传统的以模仿和反映真实为特征的现实主义小说。当时的年轻作家们认为这种写作模式已经过时,所以他们更倾向于使用 fiction 以示有别

---

① Isabelle Grell, «Pourquoi Serge Doubrovsky n'a pu éviter le terme d'autofiction?», in Genèse et Autofiction, p. 46.

② Serge Doubrovsky, Autobiographiques. De Corneille à Sartre, pp. 68—69.

于传统的小说写作,并创新叙述方式,尤其使用"反模仿"(antimimétique)的叙事形式。由 novel 到 fiction,年轻作家们的关注重心由对客体(真实)的模仿转移到了主体(作者)的创造。由 fiction 的这一语义出发,当时美国出现了一股造词潮,如"元虚构"(metafiction)、"跨虚构"(transfiction)、"类虚构"(parafiction)、"自虚构"(fiction of the self)、"超虚构"(surfiction)、"批虚构"(critifiction)等。① 杜勃罗夫斯基的 autofiction 一词就是在这一背景下出现的。

  杜勃罗夫斯基也是在 fiction 一词的上述意义上使用的。在上面所引的《儿子》的开篇中,他用一种带有色情意味的语言来解释虚构。他的虚构(fiction)是摩擦(friction),即自慰行为,用来激发快感。如果说生活是其写作的素材(matière),是所指,那么虚构就是表达方式(manière),是能指,通过文字的摩擦来对生活进行再加工。虚构仅仅是语言的、文字的,出自一种言说的愉悦和快感。杜勃罗夫斯基后来对此有更加明确的解释:"与讲述方式相比,历史、生平不那么重要。我的材料属于历史,不论在写作技巧还是在写作效果方面,我是故意采用小说的方式。我在我的书的封面上写有'小说'字样,其意思如同萨特在晚年所说:'我想写一本不是虚构的虚构之书。今天的写作就是如此。'"②"自撰是另一种把握自己的方式,就是根据亲历的经验、亲历的事实,写一个文本。文本至上。显然其中有自传欲望的成分,但是这种欲望主要是创造一个吸引读者的文本,一个读起来像小说,而不是像历史回顾一样的文本。"③"说它(自撰)是虚构,并不是因为讲述的是假的事件,我认为,我在我的书中是真正以真实的方式讲述我的生活的,就像我写的是我的自传一样,同时也是以假的方式讲述的……当它被作为虚构阅读时它就变为了虚构。对我来

---

① Philippe Gasparini, *Autofiction. Une aventure du langage*, pp.10—11.
② Philippe Vilain, «L'autofiction selon Doubrovsky», in *Défense de Narcisse*, p.206.
③ Ibid., p.209.

说，它是因为文字而构成虚构的。"①

由此可见，杜勃罗夫斯基的自撰实为口是心非的"小说"，它标榜为"小说"，实际并非通常意义上的小说，其本质，即叙事内容的真实性与自传无异。② 2011年，他在一次访谈中一语道出了自撰的真义："（自撰）叙事的材料完全是自传的，方式完全是虚构的。"③自撰实为一种文学性的自传。米歇尔·孔塔称其为"以文学的（littérairement）而非原本的（littéralement）方式书写自己的生活"④。

我们可以用两句话来概括杜勃罗夫斯基的自撰：小说其外，自传其中；小说为用（manière），自传为料（matière）。传统自传虽然不得不使用小说叙事的一切手法，但是受制于真实性的顾虑，不得不在程度上有所约束，成为"戴着镣铐的舞蹈"。而自撰恰恰在表达上脱去了镣铐，达到"自由的舞蹈"。

4. 杜氏的犹疑

应该指出，杜勃罗夫斯基本人对其自撰的定位和解释在不同时期并不完全一致。他所言的虚构并不"虚"，不是空穴来风；而他所言的真实也并不"真"，并非生活的原本，没有绝对的本体真实，真实是书写主体建构的结果："这里所说的'真实'（vérité）不是原封复制，原因自不必说。生活的意义在任何地方都是不存在的。它不是有待于发现，而是有待于发明，不是以所有的部件，而是以所有的痕迹：它是有待于建构的。"⑤杜勃罗夫斯基一直避免使用"自传"一词及其写作范式，但是又始终以自传为圆心，始终没有脱离自传的磁场。

一开始，他将自己的写作视为自传的对立面："自传吗？不，自传是这个世界上大人物的特权，写于他们的晚年，用漂亮的文体写成。我写的是

---

① Serge Doubrovsky, «Quand je n'écris pas, je ne suis pas écrivain», Entretien Serge Doubrovsky et Michel Contat, in *Genesis*, n°16, 2001, p.119.
② Serge Doubrovsky, «Quand je n'écris pas, je ne suis pas écrivain», in *Genesis*, p.120.
③ Serge Doubrovsky, «C'est fini», in *Je et Moi*, p.24.
④ Michel Contat, «L'autofiction, genre litigieux», in *Le Monde*, 05/04/2003.
⑤ Serge Doubrovsky, *Autobiographiques. De Corneille à Sartre*, p.77.

完全真实的事件和事实的虚构,可以说是自撰。"杜勃罗夫斯基是从写作者的历史社会地位,而不是其写作性质(真或假)出发来定义写作归属的,此处的自传相当于名人要人的回忆录,而他自认为是一名普通大学教师,没有资格将其所写称作自传。至于他所讲述的内容,按照他本人的说法,其实与自传无异。当《儿子》的出版奠定其在文坛的地位时,他主要从其写作的矛盾性和滑动性的角度,将自撰定位于自传和小说之间的中间状态:"文本是假虚构,实为真实生活的历史,却由于写得生动,转眼间离开了公认的真实的范围。既不是自传也不是小说,因此,从严格意义上讲,它介于两者之间,在文本行为之外的一个不可能和不可把握的地方不断往复。"①"我的书有一个怪异的特点,既不是自传也不完全是小说,卡在转门中,处于两种文类的间隙,同时而又矛盾地服从于自传契约和小说契约,也许是为了打破两种契约的界限和限制。"②当杜勃罗夫斯基在晚年基本上搁笔之后开始反思自己的整体写作时,他将自撰视为精神分析和解构主义背景下的历史的产物,是"自传的一种后现代变体"③,他最终竟无可奈何地承认自撰与自传是难解难分的:"一切自传都是某种形式的自撰,一切自撰都是自传的某种变体。二者无法绝对分开。自撰是20世纪中叶至21世纪初的作家自我讲述的小说形式。"④

二、克里特人悖论

法语的"自撰"(autofiction)是一个复合词(mot-valise),由"自传"(autobiographie)的前缀(auto)和"虚构"(fiction)合成。两个排斥性的词根被扭合成"并蒂莲",十分传神地抓住了大部分新的自我书写的矛盾和混合特征。

自撰长期以来一直是一个概念模糊、难以界定的写作现象。学术界和

---

① Serge Doubrovsky, *Autobiographiques. De Corneille à Sartre*, pp. 69—70.
② Serge Douvrovsky, «Texte en main», in *Autofictions & Cie*, pp. 209—210.
③ Serge Douvrovsky, «Pourquoi l'autofiction?», *Le Monde*, 29/04/2003.
④ Philippe Vilain, «L'autofiction selon Doubrovsky», in *Défense de Narcisse*, p. 211.

批评界对它的理解众说纷纭,其中有"双是"之说(既是自传又是小说)①、"双非"之说(既不是自传也不是小说)②、"是亦非"之说(是自传也不是自传)③和"非亦是"之说(不是自传又是自传④或不是小说又是小说⑤)。然而,无论学者们如何定义自撰,我们从中可以看出,自撰与自传有着剪不断理还乱的错综关系,菲利普·维兰更是将自撰和自传视同"孪生兄弟"⑥。自撰不论从构词上还是从实践上都脱胎于自传,又是以反自传和非自传的姿态出现的。

诚然,任何作品都被作家用不同的方式注入了自己的思想、经历、幻想,都具有程度不一的自传性。不论是虚构的小说文本,还是写实的自传文本,都存在着,而且允许存在向对方阵营的越界和染指。但是,原则上说,小说和自传属于两种不同的话语模式和契约类型,二者构成了一组对立关系,是相互排斥的。多丽特·科恩(Dorrit Cohn)指出:"不论在写作

---

① 如吉尔·多里昂(Gilles Dorion):"自撰既是自传又是虚构,它自称虚构,但是又押宝自传以创造指涉性假象"。Gilles Dorion, «Le récit de soi, visite guidée», in *Québec français*, n°138 («Je et moi-même. L'autofiction en littérature»), été 2005, p. 26. Cité par Ouellette-Michalska in *Autofiction et dévoilement de soi*, p. 71.

② 如杜勃罗夫斯基所说:"(自撰)既非自传亦非小说,因此,严格说来,它介于二者之间。" *Autobiographiques. De Corneille à Sartre*, p. 70. 再如皮埃尔·茹尔德(Pierre Jourde)和埃里克·瑙洛(Éric Naulleau)在《二十一世纪文学概况》(*Précis de littérature du 21ᵉ siècle*)中说:"自撰不是小说,因为它以第一人称讲述的不是源自生活的事件。自撰也不是自传,因为作者并不承诺真实,为自己保留解释事实和编造的完全自由(……)此文类的好处就是可使那些最无所羁绊的作家几乎想讲什么就讲什么。"转引自 Chloé Delaume, *La Règle du Je*, p. 27.

③ 如莱蒙德·费德曼所说:"许多当代作家使用他们自己生活的素材创作他们的虚构,同时,他们又借助讽刺、自我反省、作者的介入、离题和故作矛盾破坏它们的可信度。在此过程中,他们模糊了事实和虚构、过去和现在及未来的分野。" Raymond Federman, «Federman sur Federman: mentir ou mourir [Question d'autobiographie et de fiction]», in *Surfiction*, traduction francaise par Nicole Mallet, Le mot et le reste, 2006, p. 141.

④ 如杜勃罗夫斯基后来的观点,见上文。

⑤ 如罗伯-格里耶对于其《戏说》三部曲的定位:"我不想在这些书上写上'小说'字眼。同时,我希望标题中有东西表明是虚构,不要把这些叙事归入自传之列。" «Alain Robbe-Grillet l'enchanteur», in *Art Press*, 1988/02. Cité par Roger-Michel Allemand, *Alain Robbe-Grillet*, Les Contemporains-Seuil, 1997, p. 164.

⑥ Philippe Vilain, *L'Autofiction en théorie*, La Transparence, 2009, p. 11.

还是在阅读时,第一人称叙事既不是被当作半自传也不是被当作半小说的,而是作为自传或小说来交付或接受的,即使它们有时不是按照作者的初衷被接受的。"① 勒热纳指出,如果一个文本明确宣称是小说(即与读者订立的是小说契约),而作者、叙述者和主人公又具有相同的名字(即读者应当作自传来读),这种情况在理论上是矛盾的,在实际中是不可能的。但是,以佩雷克、杜勃罗夫斯基、罗伯-格里耶、巴尔特为代表的一批当代作家主动挑战这种不可能性。他们明确宣布所写的就是生活中的亲身经历,以其真实的姓名、职业、可供查考的痕迹出现于文本中,或者将真实的经验事实嵌入或穿插于虚构的情节中;另一方面,他们又明确宣称所写的是"小说",甚至对将其叙事当作自传来读的读者进行揶揄。索莱尔斯在《一部真正的小说——回忆录》中对自己一生的社会活动和文学写作进行了回顾,可是他在该书的封底,在介绍该书的文类归属时戏称:"人们经常指责我不写'真正的小说',也就是说我写的那些书读起来就像看电影一样。这次我就写出一本,可是我写的是我的真实的存在,包括回忆、状况、画像。"② 此种实践颠覆了传统的自传契约和我们的阅读习惯,令读者难以判定其文类归属。

　　自撰的这种诗学上的困境类似于克里特人悖论,即撒谎者悖论(paradoxe du menteur):一个克里特人说,所有克里特人都是撒谎者,那么这个克里特人是否在撒谎呢? 如果他说的是真的,那么他作为一个克里特人就是在撒谎;如果他说的是假的,即不是所有克里特人都是撒谎者,那么他可能是不撒谎的克里特人之一,那么他就没有撒谎。从勒热纳所言的契约角度看,既然作者声称他讲述的是他的真实生活,而且与人物同名,那么他与读者订立的是指涉性的自传契约(pacte référentiel);但是封面上所印的"小说"字样或者作者的虚构声明意味着作者讲述的不是真实生活,而是多少编造的故事,那么他与读者订立的又是虚构性的小说契

---

① Dorrit Cohn, *Le Propre de la fiction*, Seuil, 2001, p. 35.
② Philippe Sollers, *Un vrai roman*, *mémoires*, Gallimard, 2009.

约（pacte fictionnel）。两种契约的并存，就是逆喻契约（pacte oxymorique）①。杜勃罗夫斯基承认："自撰是一种理论的逆喻（oxymore théorique），是一种根本的悖论（paradoxe fondamental），它将文本置于两种对立的文本类别的中间地带或界面上。"②

洛朗丝对于自撰的理解和杜勃罗夫斯基完全相同，连用词都大同小异："我讲的故事曾经发生过，和史实同样真实，我为其做见证，因为我身在其中，我身受并感同。"③她把自己的写作称为"小说"，或者"自身书写"（écriture de soi），而不是"自我书写"（écriture du moi），因为自我意味着一种"初级的自恋"（narcissisme primaire），而自身（soi）不是自我，而是我们每个人。④ 自身意味着始于自我又跳出自我，从而与每个人达成某种共通或共鸣。她赞同福柯对自身的理解，称自身是"主体相对于自身的一种位移"，自身书写是"走向自身的一道轨迹"，是"在语言的海洋中的航行，有其自己的潮涌、波浪和不确定性"⑤。在她的一系列自撰中，叙述者是一位女作家，名叫卡米耶，这个名字既与作者（的笔名）同名，又不同名〔因为洛朗丝的真名是洛朗丝·鲁埃尔（Laurence Ruel）〕。叙述者"我"既是洛朗丝又不是她，永远是游移的。洛朗丝本人也津津乐道于这个"是我又不是我"的游戏。她所理解的自撰不是"我模仿"（Je mime），即虚构，而是"我置身"（Je m'y mets）。她保留着对亲历事件处理的自由，不在乎事件的准确性，而注重事件给作者留下的印象。她用文学的、诗意的语言和节奏来传达拨动心弦、不可把握的内心感受，如哀痛、恐惧、激情、耻辱、欲望等。

---

① Hélène Jaccomard, *Lecteur et lecture dans l'autobiographie française contemporaine. Violette Leduc, Françoise d'Eaubonne, Serge Doubrovsky, Marguerite Yourcenar*, Droz, 1993, p. 327.
② Serge Doubrovsky, «Autofiction, en mon nom propre», in *Nom propre et écritures de soi*, pp. 135—136.
③ Cité par Isabelle Grell in *L'Autofiction*, Armand Collin, 2014, p. 40.
④ Camille Laurens, «Dialogue entre nous», in *Je et Moi*, p. 141.
⑤ Ibid.

德洛姆是杜勃罗夫斯基自撰的信仰者和实践者,从她的第三本书《梦游者的虚荣》(La Vanité des somnambules,2003)开始,"我叫克洛埃·德洛姆。我是一个虚构的人物"这句话就像歌曲的副歌一样魔咒般地回荡在多本书中。前一句是实指的,这个名字对应着真实作者,也就是说订立一种"指涉契约"或"自传契约",后一句中的"虚构人物"又推翻了这一契约。这句自相矛盾的话语与杜勃罗夫斯基对自撰的定义("完全真实的事件的虚构")、巴尔特对其《自述》的定位("所有这一切应被视为出自一个小说人物之口")或者安托纳·布龙丹对其《雅第斯先生》的评价("本故事的人物都确实存在过,如果与某些小说的想象的人物相似,那纯属偶然")①异曲同工。德洛姆的写作建立在亲历的基础之上,但是她又坚称写的是小说。对于她的《阿特洛波斯的幼女们》(Les Mouflettes d'Atropos,2000),她称其为小说,同时又说:"事实和事件完全是真实的,虚构的棱镜进行布置和文体的工作。一切均为亲见,没有任何杜撰。"②但是,这种真实不是生活的原本,而是经过改造的:"书写真实不是描写真实,而是修改、校正、打造、改变生活所处的真实。为了反对一切被动性。"③她一再强调她的书是文学而不是记录(témoignage):"自撰暗含着作者和读者之间的一个极为特殊的契约。作者只承诺一件事:准确地向读者撒谎(lui mentir au plus juste)。通过感受(ressenti)具体地向其传递自己的经历,'跳出传统小说或新小说的智慧和句法'。"④

吉贝尔从未将他的任何一部作品称为"自撰",或许他根本不知道自撰为何物,但是他以自己的写作实践着自撰。在他的"艾滋病三部曲"中,不仅叙述者的名字被标示为"埃尔维·吉贝尔",而且他毫无隐瞒地声称:"一切都是准确无误的,我是根据真实的人物、真实的名字来写的,我写作

---

① Antoine Blondin, *Un malin plaisir*, La Table ronde, 1993, p. 77. Cité par Jaques Lecarme et Eliane Lecarme-Tabone, *L'Autobiographie*, Seuil, 1997, p. 277.
② Chloé Delaume, «S'écrire mode d'emploi», in *Autofiction(s)*, p. 113.
③ Chloé Delaume, *La Règle du Je*, p. 8.
④ Ibid., p. 67.

需要使用他们的真实名字。"①名字的同一、作者的声明都在表明吉贝尔是将"艾滋病三部曲"作为自传来写的。然而,吉贝尔又将其称为"小说",让读者作为虚构来读:"我所说的真实是可能因写作行为而发生走样的真实。因此我才坚持使用小说一词(……)我追求真实,因为真实可以将虚构粒子像胶片的拼贴一样与最为透明的观念加以嫁接。"②

在自撰中,真实与虚构不再是非此即彼的关系,而是变为既此且彼的关系。两种相互矛盾的契约和文本并存,写实与虚构(factuel et fictionnel)并立,构成一个兼具自传真实和小说虚构的混合体。自撰就是这样游走于真实和虚构的交界地带:"读者在阅读自撰时就好像不知不觉地从一个国家到另一个国家,甚至几乎不可能说清他读的是不是虚构。"③如同毕加索的肖像画,取消了透视效果,将正面、侧面多个角度的面孔叠置在同一画面上。同样,自撰也取消了真实与虚构的对立性,将二者置于同一平面,制造一种模糊、两可、无从把握的效果。自撰既有传统自传的对生活的原封"复制",又不甘心于此而故意制造模糊和矛盾,它"反抗一切僵化的复制,精心地制造着似是而非"④,如其构词结构一样,以其"自"的一面拒绝虚构类的小说归属,以其"撰"的一面拒绝纪实类的自传归属。从另一方面说,自撰以其两种拒绝姿态表明其对两种文类的跨界或同属。

莱蒙德·费德曼则用"超虚构"(surfiction)来定义这种悖论式的虚构写作。从构词上看,两个词可谓异曲同工,因为"自撰"也可译为"自虚构"。"超虚构"是费德曼模仿"超现实"(surréalité)一词而自造的一个词:

---

① Hervé Guibert, «La vie sida» (Entretien avec Antoine de Gaudemar), in *Libération*, 01/03/1990.
② Hervé Guibert, «La vie sida», in *Libération*, 01/03/1990.
③ Philippe Vilain, *L'Autofiction en théorie*, p. 38.
④ Bruno Blanckeman, «Les récits indécidables: aspects de la littérature narrative française, dernier quart du vingtième siècle», in *Les récits indécidables: Jean Echenoz, Hervé Guibert, Pascal Quignard*, Villeneuve-d'Ascq, Presses Universitaires du Septentrion, 2008, p. 21.

"我为这种写作形式取名为**超虚构**,不是因为它模仿现实,而是因为它揭示了现实的虚构一面。就像超现实主义者将潜意识层面的人类经验称为**超现实**一样,我将展现生活的虚构一面的创造活动称为**超虚构**。在这个意义上,宣扬'现实超过虚构'或'生活就是虚构'等老生常谈是有一定道理的,不是因为在我们城市的街道上发生的事情,而是因为这种现实不存在,或者更恰当地说只存在于文字版中,即存在于描写这种现实的语言中。"①(黑体为原文所加)超虚构所要打破的正是根深蒂固的非此即彼的思维模式,使相互矛盾的两种现象共存于一体:"因此,在现在或未来的虚构中,真实和想象、意识和无意识、过去和现在、真相和谎言之间的所有区分都被打破。所有二重性形式都将消失。尤其是我们的伦理和美学价值系统是建立在善恶、真假、美丑原则之上,如今,奴役我们多个世纪的二元性这个双头怪物也将不复存在。超虚构不是根据这些原则来评判,它不好不坏,不真不假,不美不丑。它仅满足于**存在**,其主要目的就是揭穿自身的'虚构性',公开其隐含的欺骗特点,揭露其欺骗性,而不再冒充实、真、美。"②(黑体为原文所加)

  应该说,真正完全符合杜勃罗夫斯基狭义的定义的自撰作品是寥寥无几的,无法代表这一时期呈爆炸式繁荣的个人自我书写现象。可是,将其范围扩大至以虚构性为主的作品又使我们无法区别自撰和自传体小说,从而使这一概念丧失操作性。大多数理论家、批评家和作者在自撰定义上没有争议的一点就是三者名字的同一或基本同一。③ 所以在自撰的认定上,我们首先将作为自传契约的最终指向的三者名字的同一作为自撰的首要标准。作者以其真名出现在文本中,即使有些作者并未在文本中显示人物的全名,或者只有"名"而未显示"姓",或者使用了另外的名

---

  ① Raymond Federman, *Surfiction*, pp. 10—11.
  ② Ibid., p. 13.
  ③ 尽管有批评家对这条基本标准也不完全赞同,如娜塔莉·莫里亚克-蒂耶尔就认为可以适当放宽这条标准,将作者在文中未透露其名字的情况包括进来:"如果服从于作者与主人公同名的标准,那么作家明确拒绝以名示人的情况就不在其列。" Nathalie Mauriac-Dyer, «A la recherche du temps perdu, une autofiction?», in *Genèse et autofiction*, p. 87.

字,但是读者可以文中的一系列其他标记确定文中的名字最终指向作者本人。同名标准所确定的是写作主体将自己作为故事的叙述者和人物,是作者与人物同一的重要标志。这一标志构成了自撰认定的必要条件,而非充分条件。

其次,作者在文本或副文本(paratexte)中称其作品为虚构(封面上经常印有"小说"的字样),这是它与自传的区别所在。

最后,作品在所述内容上是基本真实的,我们所说的真实指的是确有其事,而不是在细节上的千真万确。真实构成了自撰内容的基石。文本中所涉及的诸多人与事与读者在文本外获得的关于作者实际生活的材料基本相互印证或重合,足以让人认为讲述的就是作者的生活。即使其中有虚构成分,真实与虚构混杂,但是终究不是虚构。它就像放飞的风筝一样,靠着一根纤细却结实的细线牢固地系于真实的土地。根据这一标准,我们排除了热奈特和科罗纳所言的但丁、博尔赫斯式的完全虚构的所谓"真自撰"。如果说前面两条标准涉及的是作品形式,有着较为明显的标志,那么这一标准涉及作品内容,除了如罗伯-格里耶《重现的镜子》中的科兰特的故事、佩雷克的《W 或童年的回忆》(*W ou le souvenir d'enfance*)中 W 岛上的奇异风俗等明显的虚构外,对于作者在真实事件基础上所做的移花接木、添枝加叶、张冠李戴等虚构化处理是最难识别的。

自撰的出现扰乱和模糊了传统自传和小说的界限和标准。自传的条件被满足,同时也遭到破坏。表面看来相互矛盾的标准在同一文本中同时出现,发生着矛盾和碰撞。自撰借助其内在的模糊性和矛盾性,有助于在作者与真实之间建立一种新型的关系。这种关系类似于捉迷藏游戏:藏者(即作者)既想方设法不被发现,又露出各种蛛丝马迹渴望被发现。自撰也是一个面具与镜子的游戏:镜子(自传)的作用在于映射,即原本地呈现,面具(虚构)的作用在于掩饰。自撰又是一场假面舞会,但是这个面具是透明的,其作用不是在于掩盖身份,而恰恰在于暴露身份,如科克托(Jean Cocteau)所言,"假面舞会无假面"(Le bal masqué démasque)。

三、"我"另无其人

自撰和自传体小说虽然都与虚构有着密不可分,甚至纠缠不清的关系,但是二者仍然有着重要的,甚至本质的区别。如果说自撰"有"(avoir)虚构,那么自传体小说则"是"(être)虚构。"有"代表的是成分,"是"代表的是本质。虚构在自撰中与真实成分是一种不兼容的物理存在,而在自传体小说中则是一种将真实成分加以溶解的化学存在。

勒热纳认为,一个文本的文类归属主要不在于其中所包含的真实或虚构成分的比重,而在于作者与读者所订立的契约,而决定契约性质的则是作者的意图,即作者到底是将文本作为自传还是作为小说来写。根据这一原则,自传首先由陈述行为层面的作者承诺订立的契约,即与人物的同一性来决定,其次才是陈述内容层面与事实的相似性。[①] 即使"读者根据自己发现的相似性,有理由怀疑作者和人物之间存在同一性,而作者本人则否认这种同一性,或者至少不加以肯定"[②],此类文本仍属于虚构,是自传体小说。名字对于这个语用标准起着至关重要甚至一锤定音的作用。文本中出现的主人公的名字就是封皮上所印的作者的名字,它相当于作者在契约上的落款签名。签名代表着权利、归属和责任,是作者的真实性承诺的物质标记,也指出了读者应该以何种期待视野来阅读,所以自传契约实际上是一种阅读契约:"所谓自传契约,就是在文本之内对这种同一加以肯定,它最终指向封面上作者的名字。自传契约的形式不一而足,但所有形式都意在履行其签署的承诺。读者可对相似性说三道四,但对同一性从无话说。我们深知每个人何等看重自己的名字。"[③]

在自撰作品的认定问题上,批评者在陈述内容的真实成分,即作者生活素材的多寡能否构成认定标准上存在争议,但是对于作者、叙述者、人物名字的同一这条标准,大部分批评者则是基本认同的。自撰作品尽管

---

① Philippe Lejeune, *Le Pacte autobiographique*, p. 25.
② Ibid.
③ Ibid., p. 26.

千差万别,但是名字的同一堪称其最为明显的标志。和自传一样,作者敢于把自己的名字赋予人物。杜勃罗夫斯基说:"在自撰中,必须以自己的名字来指称自己,可以说是用自己的人来抵赎,而不是将自己交给一个虚构的人物。"①这一姿态并非无关紧要,名字意味着担当和责任,意味着敢于面对读者对号入座的勇气。自传体小说无论其中有多么高的真实成分,作者的名字是"被加密的"或"被回避的"②,作者为人物另择名字,即使可以让人看出作者的影子,也是遮遮掩掩,远的如夏多布里昂的小说《勒内》(René)、贡斯当的《阿道尔夫》(Adolphe)、瓦莱斯的"雅克•万特拉三部曲"(La trilogie de Jacques vingtras),近的如吉贝尔的《隐姓埋名》(L'Incognito)以及最后的两部作品《我的仆人和我》(Mon Valet et moi,1991)和《天堂》(Le Paradis,1992)。"在自传体小说中,为了谈真事和真人,名字被伪装起来;而在自撰中,作者将自己的名字借给虚构的人物。"③"以前,自传体小说尤其想方设法地掩盖作者,今天的自撰意在暴露作者,其意义即在于此。"④自撰和自传体小说在形式上的区别体现在自撰作者坦承或担当自传体小说作者试图掩盖或回避的东西。"杜勃罗夫斯基和一般的诗学家认为,专名的标准是至关重要的,据此可以不把自撰和自传体小说混同,使自撰作品数量大为缩减。按照这一定义,尤其是如果把名字标准扩大至它的整个范围,把所有人物的名字、叙述者提到的地名和作品名都纳入进来,那么瓦莱斯的《孩子》、普鲁斯特的《追忆逝水年华》、努里西埃的《父亲们的节日》、杜拉斯的《中国北方的情人》、加缪的《第一个人》、洛朗丝的《在这些怀抱中》,这些所谓自撰的自传体小说的本质就暴露出来了。相反,科莱特的《白日的诞生》、塞利纳的'德国三部曲'、阿拉贡最后的小说(《死刑》《白色或遗忘》)、吉贝尔的自述、安戈的

---

① Philippe Vilain, *Défense de Narcisse*, p. 205.
② Vincent Colonna, *Autofiction & autres mythomanies littéraires*, p. 99.
③ Hélène Jaccormard, *Lecteur et lecture dans l'autobiographie française contemporaine*, p. 185.
④ Annie Ernaux, Camille Laurens, «Toute écriture de vérité déclenche les passions», propos recueillis par Raphaëlle Rérolle, in *Le Monde des livres*, 03/02/2011.

《别人》(1997)以来的自述、西蒙的《植物园》、洛朗丝的《未来》等就可名正言顺地被视为自撰了。"①

伊夫·鲍代尔(Yves Baudelle)还指出,必须区分权利(droit)和事实(fait)。作者向读者提出订立的契约属于权利范畴,即作者将其作品称作小说或是自传是他的权利,而事实上他完全可以不遵守其契约,其作品的文类归属可以在事实上与其自称相反。因此作者为其作品所贴的标签只具有宣告价值,却不一定遵守。对于自撰来说,其虚构性是形式的(formelle),是章程上的"构"(fictionnel),而不是实际的(effectif),不是内容上的"虚"(fictif)。② 在自传体小说中,作者自称写的是自传,订立的是自传契约。但是因为作者与主人公在名字上不同一,尽管故事有巨大的真实成分,实际上仍是虚构。所以自传体小说是披着自传外衣的虚构,是"真正的小说"(vrai roman)。在自撰中,"小说"是作者自贴的标签,订立的是小说契约。但是作者与人物在名字上是同一的,尽管所述内容与实际情况并不完全相符,甚至相差甚大,但是自撰之"我"并非如兰波所说是"另一个"(Je est un autre),而是"我是同一个"(Je est le même),仍然属于非虚构的。所以自撰是披着虚构外衣的自传,是"真实的小说"(roman vrai)。③ 自传体小说之于自传的关系如同科幻之于科学的关系,是将科学投射至想象的语境中,自撰之于自传的关系如同科普之于科学的关系,并未脱离科学的背景。

如果说传统自传是"说真话"(dire vrai),"真话"(vrai)在此是言说内容,是真实的,那么自传体小说则是"假话真说"(mentir vraiment):"假话"即撒谎(mentir),所述内容为虚构,"真说"(vraiment)既指"以真实的

---

① Yves Baudelle, «Autofiction et roman autobiographique: incidents de frontière», in Robert Dion, Frances Fortiers, Barbara Havercroft et Hans-Jünger Lüsebrink (dir.), *Vie en récit. Formes littéraires et médiatiques de la biographie et de l'autobiographie*, pp. 49-50.

② Yves Baudelle, «Autofiction et roman autobiographique: incidents de frontière», in Robert Dion, Frances Fortiers, Barbara Havercroft et Hans-Jünger Lüsebrink (dir.), *Vie en récit. Formes littéraires et médiatiques de la biographie et de l'autobiographie*, pp. 61-62.

③ Ibid., p. 62.

方式"(de manière vraie),作者佯装所述故事为其亲历,也是"真正"之意,即作者真正在说"假话"。而自撰则如阿拉贡的一篇小说的标题,就是"真话假说"(mentir vrai)(尽管我们并不把该小说集以及以此为题的那篇小说视为自撰):"真话"(vrai)和在传统自传中一样,代表其言说内容,它构成了自撰的"硬核";而"假说"(mentir)则是以"假"的方式,假借"小说"之名。在自传体小说中,作者是"戴着面具的",实为"伪币制造者",制造出来的货币即使与真币极像、神似,足以以假乱真,但是终究不是真币;在自撰中,作者带着透明的面纱,故意制造残币、错币,即使被人认作假币,仍不失为真币。

在自传体小说中,作者将经验性的亲历作为原始的素材,根据作家的需求和追求对这些内容进行再加工,重新创造一个世界,刻画人物形象,展开矛盾冲突。自传体小说是对作者亲历的化用,作者的亲历化为某些元素,溶解于虚构之中。用杜勃罗夫斯基的话说则是"所言为真,却为故事"(ça dit VRAI mais EN FABLES)①。不管人物的故事与作者的经历多么相似,我们看到的不过是作者若隐若现的影子。自撰则是对作者亲历的搬用,真实构成了叙事的基石,虚构穿插或穿行其中,二者构成了水和油的关系。"我寻找的不是真相也不是虚构,而是真相和虚构并存的空间。"②在自撰中,我们看到的不是作者的影子,而是他的血肉之躯。自撰是自传的面孔(作者与人物同名)+小说的自称(虚构契约)+自传的内核(真实的内容)+小说的装扮(文学的叙事)的混搭。

四、两类自撰

自撰的含义不仅模棱两可,而且处于变化之中,其在使用过程中经历了一个侧重面的变化。在其诞生之初,自撰更加侧重"自"的一面,即叙事

---

① Serge Doubrovsky, feuillet 1645 inédit du *Monstre*, avant-texte de *Fils*. Cité par Arnaud Genon, « Hervé Guibert: fracture autobiographique et écriture du sida », in *Autofiction(s)*, p. 205.

② 德尔菲娜·德·维冈:《无以阻挡黑夜》,林苑译,上海文艺出版社,2014年,第106页。

内容的指涉性、作者生活的亲历性,而"撰"的一面多指叙事手段的文学性,如杜勃罗夫斯基的写作。随着后来各种作品的不断涌现,"撰"的一面不仅被抬高和加强,而且"撰"的含义也发生了变化,更加倾向于"虚构""杜撰"(invention)之意,作品中虚构、杜撰的成分增多,而"自"的一面则转向指作者本人。

从自撰的写作实践来看,虽然每位作者都以异于前人和他人为追求,从而使自撰在整体上呈现多态性和不确定性,但是虚实杂糅、两类契约共存是自撰写作的共同特点。从虚构发生的层面来看,自撰作者似乎故意授人以柄,在叙述和故事两个层面掺沙子、做手脚,以虚构的元素或方式挖自传的根基和墙脚。勒卡姆首次区分了两类自撰:一类是"狭义自撰"(autofiction restreinte),即杜勃罗夫斯基式的本义上的自撰,作者、叙述者和人物具有相同的名字,叙事内容趋近于自传,叙事手段则趋近于小说;另一类是"广义自撰"(autofiction généralisée),自传契约和小说契约、真实内容和想象内容并存。① 鲍代尔持大致相同的观点:"一方面是广义的自撰,它也是最为常见的自撰,指的是混合亲历和虚构的所有叙事,它合理地将自传体小说纳入进来;另一方面是严格意义上的自撰,该定义更为苛刻,它建立在两条标准之上:名字的同一(作者=叙述者=人物)和虚构契约,从而与自传体小说区别开来。"②

在广义自撰中,虚构发生于被叙述的故事层面,叙事内容有着明显的虚构成分。作者一方面以传统自传的手法回忆生活中的真实往事,另一方面又杜撰子虚乌有的故事或人物,真实和虚构没有交集,互不干扰,整个文本似两股线编织而成的麻绳。但是,真实与虚构之间总是在某一方面有着某种孔隙度(porosité),使二者相互渗透,在虚构的"他者"人物身

---

① J. Lecarme, «Autobiographie / Roman / Autofiction», Disponible sur: https://www.jstor.org/stable/j.ctvbkjv99.8 (consulté le 14/11/2021).

② Yves Baudelle, «Autofiction et roman autobiographique: incidents de frontière», in Robert Dion, Frances Fortiers, Barbara Havercroft et Hans-Jünger Lüsebrink (dir.), *Vie en récit. Formes littéraires et médiatiques de la biographie et de l'autobiographie*, p. 49. 关于广义的自撰,我们并不认同将自传体小说包括进来。

上隐含着"我"的影影绰绰的投影。此类自撰也是瑞士当代文学专家杰尼（Laurent Jenny）所言的"指涉性自撰"①。

佩雷克的《W 或童年的回忆》就属于此列。《W 或童年的回忆》由泾渭分明的两个序列构成，一个为真实的纪实序列，用正体印刷，以与母亲因逃避战火在火车站分手为中心，讲述了自己的家史和家庭因战争所遭受的变故——父母双亡和自己逃亡的经历。另一序列为虚构的小说序列，用斜体印刷，它又包括两个故事：第一个部分讲述的是一位母亲为了使患孤独症的儿子走出自闭状态乘船周游世界而葬身海底，儿子下落不明的故事；第二部分描写的是一个等级森严的体育之岛 W 奇特而残酷的、灭绝人性的体育竞赛习俗和制度。虚实两个序列在内容上互不干扰，在主题上又有着千丝万缕、盘根错节的关系，它们不仅平行共存，而且相互依存。

罗伯-格里耶的《戏说》三部曲与此类似，只是虚实两个部分的关系更加模糊。罗伯-格里耶讲述了自己的童年、家庭、从军和写作经历，记录了他的思想形成和发展史，另一方面又虚构了亨利·德·科兰特和昂热丽卡两个幽灵般的人物，他们的故事穿插于真实的自传叙事中，将其冲击得七零八落。科兰特在很大程度上是就"我"，他与罗伯-格里耶本人在诸多方面是重叠的，发生在"我"身上的故事很可能被张冠李戴地投射在科兰特身上。所以科兰特是罗伯-格里耶内心幻想的投影。

莫迪亚诺的《户口簿》(*Livret de famille*，1977)以叙述者女儿出生、为她去申报户籍为由引出叙述者对自己身世过去的追寻，以便解开他的人生中一段晦暗不明的岁月、他和父亲的紧张关系，包括他的父亲被盖世太保追踪、母亲在安特卫普音乐厅的歌女生涯以及来巴黎谋生的经历。这些经历都是与莫迪亚诺的实际经历相符的。同时书中还写到了对与父亲来往的一些神秘人物的想象的回忆。《户口簿》的十五个章节构成了几

---

① Laurent Jenny, «L'autofiction» (en ligne), Université de Genève, 2003. Disponible sur: www.unige.ch/lettres/framo/enseignements/methodes/index (consulté le 18/08/2016).

乎独立的十五个或实或虚的故事,它们在深层上又如同拼图版块般犬牙交错,形成一种互补。

索莱尔斯的《秘密》(Le Secret)也是一个虚实杂糅的文本。叙述者兼主人公让·克雷芒是一名秘密警察,他的妻子朱迪特是一名保加利亚裔的语言学者。克雷芒写了一份报告,称罗马将发生刺杀教皇事件,但是根本无人重视他的报告。后来他的报告丢失,但是刺杀事件发生了,虽然没有成功。克雷芒和他的妻子因此受到怀疑和调查,他甚至想到自杀。克雷芒被调离岗位,前往海边的一个记忆研究所。在那里,他将自己的故事记录下来。直到故事结尾人们最终找到了这份文件,却发现它毫无秘密可言。然而,在破碎残缺的叙述和谈话中,镶嵌在间谍故事中的零散片段又可拼接出另一个深情的个人故事:"母亲"的患病、住院、死亡,尤其是下葬。对母亲亡故的叙述最终变为索莱尔斯个人的故事。这两个故事表面看来没有任何关联,其实在犬牙交错地同时进行。秘密警察克雷芒的虚构故事是对索莱尔斯个人真实故事的小说化解密。

在狭义自撰中,所叙述的内容是真实的、确有其事的,虚构不是发生于被叙述的事件上,而是发生于陈述行为或者叙述方式上。这类写作本为自传,不仅有着"自传契约",而且其内容也经得起考证,但是作者或者杜撰一个现实生活中不曾有过的人物或形象,让它承担部分或全部叙述功能,或者动用一切小说叙述手法来增强其文学性和感染力,从而使文本读起来像是小说,但是读者并不将其作为小说来读。在这类自撰中,真实元素经过了作者的某些物理处理,却未发生化学变化。此类自撰属于洛朗·杰尼所言的"文体学自撰"①。勒卡姆将杜勃罗夫斯基的自撰称为"放飞的自传"(autobiographie déchainée)②。

其实,塑造一个虚构的叙述者、引入另外一个视角的言说方式并非始自当代,在传统自传中也并不鲜见。在18世纪,卢梭在其自传作品《对话

---

① Laurent Jenny, «L'autofiction» (en ligne), Université de Genève, 2003.
② Jacques Lecarme, «L'autofiction, un mauvais genre?», in Autofictions & Cie, p. 228.

录》(*Dialogues. Rousseau juge de Jean-Jacques*)中就虚构了两个叙述者——"卢梭"和"法国人",让他们对一个名叫"让-雅克"的人物(即卢梭本人)进行评判。1933年,美国女作家格特鲁德·斯泰因(Gertrude Stern)发表了《艾丽丝·托克拉斯自传》(*The Autobiography of Alice Toklas*)。从书名来看,本书似乎是艾丽丝·托克拉斯的自传,而且托克拉斯实有其人,她是斯泰因的身边之人,是她的秘书和伴侣。但是本书的主人公不是托克拉斯,而是作者斯泰因,全书讲述的是在第一次世界大战前斯泰因在巴黎文学艺术界的经历和回忆。"托克拉斯"是作为一个熟知作者生活的见证者出现的,她在书中是斯泰因所虚构的一个叙述主体,扮演着叙述者和旁观者的角色,旨在为斯泰因写自己的自传提供一个外在的视角,斯泰因借其来讲述自己的真实故事。所以本书实际上是一本第一人称传记("托克拉斯"以自己的名字为斯泰因作传)或第三人称自传(斯泰因假借"托克拉斯"之口写自传)。在本书中,作者=主人公≠叙述者。

在萨洛特的《童年》中,作者以父母离异为中心,讲述了童年的"我"5岁至14岁期间在天各一方的父母间被来回转交而不断奔走的经历,这本是一个传统的童年故事,与作者的真实生活经历是相符的;但是,除了承担叙述和回忆功能的传统叙述者之外,书中自始至终回荡着另外一个身份不明的声音,它不断对叙述者的话语提出质疑、修正或附和、赞同,但是从未出现在故事层面的"我"的生活中,仅限于在叙述层面与叙述者的对话。

杜勃罗夫斯基在《儿子》中追忆了他的前半生数十年各阶段的生活经历,包括父母的历史以及他自己的童年、学业、旅行、恋爱、职业、婚姻、离婚、母亲之死,尤其回忆了童年生活的艰辛、二战时的死里逃生、所受肺结核及其他疾病的折磨、他身体的羸弱和心理的阴影……他现时的生活烦恼和工作焦虑、他隐秘的内心世界等。我们可以循着文中若隐若现的线索大致拼凑出杜勃罗夫斯基的人生履历,如其所言:"与某些自传家相反,我丝毫没有切断与'生活'(bio)的脐带,我丝毫没有中止勒热纳的指涉契约。"①但是上述故事内容被包裹在一个从叙述者早晨 8 点醒来到晚上 8 点他结束一堂拉辛戏剧课程讲解的一天时间内的外层的流水账般的故事中。杜勃罗夫斯基将其人生经历置于一种"完全虚构的陈述情境"②中,再加上意识流般的写作方式,整部作品读来像是喋喋不休的梦呓的内心独白。书中的叙述者"杜勃罗夫斯基"教授虽然就是作者本人,但是他又是一个虚构的角色。

米歇尔·布托尔(Michel Butor)的《飞去又来》(*Le Retour du boomerang*,1988)与卢梭的《对话录》类似,以大学教授"贝雅特丽丝·迪迪埃"和"米歇尔·布托尔"的访谈构成。"布托尔"在"迪迪埃"教授的提问和引导下,挤牙膏般地一点一点地托出了自己的过去。如书名所示,"布托尔"的回答貌似东拉西扯,像四旋镖(boomerang)一样指东打西,却又最终回到自身(retour),指向自我。书中的采访者"迪迪埃"在生活中实有其人,是巴黎高师的教授、著名文学批评家。但是她在书中完全是虚构的角色,在现实中她并没有与布托尔进行过这么一次访谈。全书的所有对话,不论是提问还是回答都是由布托尔一人所写。对话的形式、虚构的"迪迪埃"教授只是布托尔的文字游戏。

1998 年,女作家安戈受格特鲁德·斯泰因的启发,发表了《安戈其人》(*Sujet Angot*,1998)。如书名明确所示,主人公就是本书的作者安戈本人。但是,在书中叙述功能却是由一个名为"克洛德"的男人承担。本书是以"克洛德"写给妻子安戈的一封信的形式讲述的故事。尽管克洛德在生活中实有其人,他是安戈的前夫,但是书中的"克洛德"则是一个虚构的角色,仅承担叙述功能,与现实中的克洛德分属两个完全不同的世界。作者借前夫之口为自己画像,达到一种客观化效果,从而淡化了自恋的嫌疑。而且与杜勃罗夫斯基的《儿子》类似,该书被明确标示为"小说"。

---

① Serge Doubrovsky,«Texte en main», in *Autofictions & Cie*, p. 212.

② Philippe Lejeune,«Peut-on innover en autobiographie?», in Alain de Mijolla (dir.), *L'Autobiographie, VIe rencontre psychanalytique d'Aix-en-Provence 1987*, p. 85.

第四章　先驱

一、"这样的先例"

勒热纳在《自传契约》中提出了一个悖论式问题,并自己做了回答:"如果一个文本自称小说,主人公是否可以与作者同名呢?这种情况完全可能出现,也许它构成一个内在矛盾,可产生一些有趣的效果。但是在实践中还找不到这样的先例。"①

果真如此吗?

如果说杜勃罗夫斯基的新词及其《儿子》标志着自撰的正式诞生,那么这种现象其实在此之前就已经存在了。例如巴尔特曾敏锐地注意到皮埃尔·洛蒂(Pierre Loti)的《阿齐亚德》(*Aziyadé*,1892)的独特叙述方式:

> 洛蒂,这是小说的主人公(即使他还有其他的名字,即使该小说自称讲述的是一桩真事,而不是一桩虚构);洛蒂在小说里面(虚构的人物阿齐亚德不断地称呼她的情人洛蒂:"洛蒂,快看,告诉我……"),也在小说外面,因为写本书的洛蒂与主人公洛蒂根本不是一回事:他们的身份不同。第

---

① Philippe Lejeune, *Le Pacte autobiographique*, p. 31.

一个洛蒂是英国人,年纪轻轻就死了;第二个洛蒂的名字为皮埃尔,是法兰西学院院士,除了讲述土耳其恋情的书外,他还写过其他许多书。①

洛蒂其实是于连·维奥(Julien Viau)的笔名,"值得关注的不是这个笔名(在文学中很平常),而是另一个洛蒂,他既是又不是他的人物,既是又不是本书的作者,我想文学中不存在类似情况,(第三个人维奥)这一发明是相当大胆的"②。巴尔特认为,洛蒂是出于游戏的心态采取此种写作方式的,他从中感到了某种"快乐":"把自己想象成独特的个体,发明一种高度的、罕见的虚构,即同一性虚构(le fictif de l'identité),从这种写作方式中便产生某种快乐。"③

勒热纳的断言激发了研究者刨根问底的兴趣。他们发现,"这样的先例"并不鲜见,而且这个先例名单越拉越长,时间越推越远。勒卡姆发现,早在杜勃罗夫斯基之前,已有多人进行过此类尝试,如弗朗索瓦-雷吉斯·巴斯蒂德(François-Regis Bastide)的《梦想的生活》(*La Vie rêvée*,1962)、《旅行者的异想》(*La Fantaisie du voyageur*,1976)、《魔法师和我们》(*L'Enchanteur et nous*,1981),安托纳·布隆丹的《雅第斯先生》,伊夫·纳瓦尔的《传记》。④ 克洛德·阿尔诺(Claude Arnaud)发现,普鲁斯特的《女囚》(*La Prisonnière*)、热内的《小偷日记》(*Journal du voleur*)以及塞利纳的"德国三部曲"都存在作者和人物(或叙述者)同名的现象。⑤杜勃罗夫斯基在晚年也发现,三者同名而又自称小说的矛盾性文本,即他所称的"小说化自传"(autobiographie romancée)其实早就存在,如科莱特的《白日的诞生》(*La Naissance du jour*)、塞利纳的《从一座城堡到另一

---

① Roland Barthes, «Pierre Loti:'Aziyadé'», *Nouveaux essais critiques*, in *Œuvres complètes*, tome 2, Seuil, 1994, pp. 1401—1402.
② Ibid., p. 1402.
③ Roland Barthes, *Le Plaisir du texte*, p. 98.
④ Philippe Gasparini, *Autofiction. Une aventure du langage*, p. 71.
⑤ Claude Arnaud, «L'aventure de l'autofiction», in *Le Magazine littéraire*, hors-série, n°11, 2007/03—04, p. 23.

座城堡》(*D'un château l'autre*)、热内的《小偷日记》、布勒东的《娜嘉》。①杜勃罗夫斯基认为自己只是此类写作的命名者,而非发明者,而且自传和小说在同一作品中共存或混杂的现象在 20 世纪一直存在。② 科罗纳走得更远,将这种手法追溯至罗马时期的希腊语作家路吉阿诺斯(Lucien de Samosate,约 120—180),而且这种手法到处存在,除了意大利的但丁,阿根廷的博尔赫斯、维托尔德·贡布罗维奇(Witold Gombrowicz)在《费尔迪杜凯》(*Ferdydurke*,1938)中也曾使用过。在法国至少可追溯至 17 世纪的西哈诺·德·贝热拉克(Cyrano de Bergerac)。"在战后,自传体小说经常是提及名字的,如塞利纳、亨利·米勒、罗曼·加里、大卫·鲁塞、让·热内、布莱兹·桑德拉尔等都曾使用过这种个人小说化手法,留下了他们的真名,首先是他们的作家名字(……)在他们之前,一些作家,如科莱特、布勒东、黑塞、洛蒂、内瓦尔、雷迪夫、维奥(Viau)、皮桑(Pisan)或但丁在他们的名字或别人的名字上也曾这么处理。"③

应该说,科罗纳提到的这些作家的某些作品中虽然出现了作者与人物同名的情况,但是这些作品从根本上都是虚构的,它们属于小说,有的甚至连自传体小说都称不上。我们在下文仅以 20 世纪的几位作家为例来说明自撰的出现是 20 世纪以来作家在小说叙事方面的探索和实践的延伸。在以下几位作家的作品中,作者与人物同名,故事全部取材于作者的亲历,但是他们又以各自独有的方式将这些亲历经过了想象的过滤和加工,以至于它们的文类归属是一个颇受争议的问题。

二、科莱特

1928 年,科莱特在《白日的诞生》的卷首语中对读者说:"你读我的书

---

① Voir Serge Doubrovsky, «Le dernier moi», in *Autofictions(s)*, p. 387.
② Serge Doubrovsky, *L'Après-vivre*, Grasset, Paris, 1994, p. 72; «Pourquoi l'autofiction?», in *Le Monde*, 29/04/2003.
③ Vincent Colonna, *Autofiction & autres mythomanies littéraires*, p. 101.

时以为这是我的画像吗？且慢：这只是我的榜样。"①科莱特所言的"画像"即为自传之意，"且慢"等于委婉地提醒读者莫把她书中讲的故事当作她的自传。这里的"榜样"既是指她所敬佩的母亲的人生，也是指她渴望的理想化的人生之路，即一个安宁平静、远离感情剧烈波动的老年人生。《白日的诞生》是"对她的生活加以塑形的虚构"②，不是指向科莱特的过去，而是指向使其人生梅开二度的未来，即"白日的诞生"。《白日的诞生》其实是一部"前瞻性自传"(autobiographie prospective)③。

《白日的诞生》的开头是一封母亲写给其女婿的信，在信中母亲以想看家中仙人掌开花为由推辞了和女儿、女婿去南方同住一周的邀请。叙述者在信后交代："这封信署名为'西多妮·科莱特，娘家姓朗多瓦'，是我的母亲写给我的一位丈夫的，他是我的第二任丈夫。"④根据文本外信息，我们知道，科莱特的母亲的真名也是西多妮·科莱特（娘家姓朗多瓦）。下文接着写道："我是写这封信的女人的女儿。"而且"我"还写过"克罗蒂娜"(Claudine)系列。科莱特的名字多次以"科莱特夫人"的形式出现在书中人物的对话中。由此我们可以推断书中的"我"与本书的作者科莱特同名。书中讲述的诸多事件都是科莱特的个人经历，书中提到的诸多作品就是科莱特所写。尤其是，许多人物，如色贡扎克、卡尔科、雷吉斯·吉努、戴莱丝·多尔妮都是在现实生活中真实存在的科莱特的朋友圈中之人，更不用提科克托、莫里亚克、孟德斯、马尔尚等在生活中与科莱特交往的人尽皆知的一众名人。所有这些人名进一步坐实了"我"就是该书的作者科莱特。而且叙述者对于她的作者身份并不讳言："其他任何担心，即使是对沦为笑柄的担心，都不会让我停下写这些文字，我冒着风险也要将其出版。为什么让我的手停止在纸上笔走龙蛇？我的手这么多年来记录

---

① Colette, *La Naissance du jour*, Garnier-Flammarion, 1969, p. 37.
② Dannielle Deltel, «Colette: l'autobiographie prospective», in *Autofictions & Cie*, p. 125.
③ Danielle Deltel, «Colette: l'autobiographie prospective», in *Autofictions & Cie*, p. 123.
④ Colette, *La Naissance du jour*, p. 37.

了我对自己的所知、我试图对自己的隐瞒以及我对自己的臆想和猜测。"①这与卢梭在《忏悔录》开场白中的告白并无二致。当时的作家和批评家毕依,也是科莱特的前夫在读了《白日的诞生》后曾对科莱特说:"《白日的诞生》不是一本小说,尽管它有着小说的一切外在特点。"对此科莱特回答道:"您真是明察秋毫,什么都瞒不过您,您嗅出了在这本小说中小说是不存在的。"②

但是叙述者在后文承认,这封信其实是虚构的。有研究者将此信和科莱特的母亲在生活中所写的真实书信进行对照后,发现查无此信,而在另一封真实的信中,母亲接受了邀请。而且书的封面及书名页都印有"小说"字样。书中与"科莱特"有着三角爱情关系的瓦莱尔·维亚尔和埃莱娜·克雷芒的名字无所指涉。后二者不仅在生活中查无其人,而且科莱特本人后来也承认,这两人是虚构的人物。不仅这两个人物,"科莱特""西多"以及上面提到的所有真实的名字在《白日的诞生》中也不再最终指向这些名字的所有者,正如有所实指的巴黎一旦进入小说就化为虚构一样。

在叙事内容层面,所有内容均有科莱特生活的影子,但是所有内容都经过了篡改。回忆、梦、真实、虚构混在一起。所以,尽管科莱特在当时不知自撰为何物,但是有人认为:"《白日的诞生》是一部严格意义上的自撰(……)如果从自撰一词更加模糊的含义来看,即介于自传和虚构之间,她的其他作品属于自撰。"③

三、普鲁斯特

普鲁斯特在构思《追忆逝水年华》(*A la recherche du temps perdu*,下称《追忆》)时,尽管他对圣西蒙、夏多布里昂等回忆录作家充满敬佩,但

---

① Colette, *La Naissance du jour*, p. 99.
② Cité par Claude Pichois, Préface, in Colette, *La Naissance du Jour*, p. 23.
③ Dannielle Deltel, «Colette: l'autobiographie prospective», in *Autofictions & Cie*, p. 125.

是他无意把《追忆》写成一本回忆录。《追忆》表面上以叙述者的回忆为线索,讲述了叙述者从对爱情和上流社会的幻灭中醒来、发现自己文学志向的过程,尽管书中所述内容与作者生活中的人与事,尤其是叙述者的童年、性格、爱好、经历、欲望等与作者普鲁斯特本人有着强烈的、明显的相似和对应关系,但是普鲁斯特对于《追忆》的定位始终含糊其词。他的这种模糊甚至矛盾的态度使读者对其作品的定位也处于"不确定"(indéterminé)或"无法确定"(indécidable)的状态。

在最后一卷《重现的时光》(Le Temps retrouvé)里,叙述者说:"在这本书中,没有一件事不是虚构的,没有一个人物是'真实的',全是由我根据论证的需要而臆造的……"[1]这里的"我"似乎就是普鲁斯特本人,似乎《追忆》是作为小说来写的。1912年,普鲁斯特在写给友人安托纳·毕勃斯科(Antoine Bibesco)的信中说:"此书是一本小说;虽然自由的语气使它读起来像是回忆录,其实它有着非常严格的构造(过于复杂,不是一目了然),与回忆录有天壤之别。"[2]由上可见,普鲁斯特与读者订立的是一份小说契约。

在卷帙浩繁的《追忆》的绝大部分篇幅内,叙述者虽然无处不在,却是没有名字的。只有一次,或许是普鲁斯特的疏忽,书中隐约透露出叙述者名为"马塞尔":

> 他又开口说:"我的"或"我亲爱的",后面是我的教名,如果让叙述者和本书作者名字相同的话,她说的是"我的马塞尔"或"我亲爱的马塞尔"。[3]

如果没有出现叙述者的名字,不论《追忆》具有多么强烈明显的自传性,我们都可以将其作为小说来读。但是,由于普鲁斯特的这次或是疏忽或是有意的现身,我们可以推断,叙述者与作者名字相同。"作者的这种

---

[1] Marcel Proust, *Le Temps retrouvé*, Gallimard, 1989, p.152.
[2] Marcel Proust, *Correspondances*, tome 16, p.235.
[3] Marcel Proust, *La Prisonnière*, Gallimard, 1988, p.67.

奇怪的闯入既起到小说契约的作用，也是自传的标志，它将文本置于一个模糊的空间。"①另一个事实是，完整的姓与名指向唯一的个人，单独的名并非一人所独有，"马塞尔"这个司空见惯的法语名正如中文中的"张王李赵"等姓氏一样可以指向无数的个人。这里我们只能说叙述者与作者是半同名的，我们无从确定这个名为"马塞尔"的叙述者就是作者马塞尔·普鲁斯特。普鲁斯特在叙述者名字上的闪烁其词、遮遮掩掩的态度增加了其文本归属的不确定性："'勒内'或'马塞尔'等名的泄露姗姗来迟，当然可以证实某种直觉，但是无论如何不足以确定或改变文本的属性地位。"②而且普鲁斯特在这里没有使用直陈式来直言叙述者名叫马塞尔，他使用的是表示可能性的条件式，叙述者与马塞尔这个名字之间的同一关系只是一种可能性。

热奈特在《隐迹稿本》(*Palimpsestes*)中提到一个例子：1915 年，普鲁斯特在写给谢克维奇(Scheikevitch)夫人的信中向她介绍了《追忆》已经写成但尚未发表的内容的概要，主要涉及叙述者与阿尔贝蒂娜相遇，叙述者发现阿尔贝蒂娜的同性恋隐情后将其囚禁，直至阿尔贝蒂娜逃亡以及死亡的经历。普鲁斯特在信中这样向谢克维奇夫人介绍故事内容："您将看到阿尔贝蒂娜，她开始只是一个年轻姑娘，我在巴尔贝克时在她身边度过了特别美好的时光。后来，我在一些鸡毛蒜皮的事情上怀疑她……"③此段话的非同寻常之处在于第一人称"我"的使用。既然这段文字是故事简介，那么"我"应该指故事中与阿尔贝蒂娜始恋终弃的叙述者。然而，依照常规，人们在转述故事时都是使用人物的名字来称呼的。而《追忆》的叙述者是没有名字的，普鲁斯特在信中无法使用他的名字来讲述他的故事。另一方面，考虑到此段文字的书信语境，文中的"您"显然指谢克维奇夫

---

① Philippe Lejeune, *Le Pacte autobiographique*, p. 29.
② Philippe Gasparini, *Est-il je? Roman autobiographique et autofiction*, Seuil, 2004, p. 34.
③ Cité par Gérard Genette, *Palimpsestes. La littérature au second degré*, Seuil, 1982, p. 357.

人,那么"我"应该指写信人普鲁斯特。所以,我们无法肯定"我"到底指文本内的叙述者还是文本外的作者普鲁斯特,但是我们至少可以说,普鲁斯特在讲这个故事时有一种代入感。1921年,普鲁斯特在一篇关于福楼拜的文章中意识到了第一人称"我"的指向的模糊性:"在有的篇幅中,几个在茶水中浸泡的'玛德莱娜甜点'的碎屑让我想起[或者说至少让说'我'(je),但并非总是我(moi)的叙述者想起]我的生命的整个一段时光,这段时光在本书的第一部分被忘记了。"①括号中的文字明确显示出普鲁斯特对于"我"的模糊指向的意识。苦于无法判定《追忆》到底是小说还是自传,热奈特模仿勒热纳的做法,以普鲁斯特的口吻为《追忆》订立了"阅读合约":"在本书中,我,即马塞尔·普鲁斯特,(以虚构的方式)讲述我如何遇到一个名叫阿尔贝蒂娜的女子,我如何爱上她,我如何囚禁她,等等。我在本书中把种种遭遇都说成是我的遭遇,而实际上根本没有发生在我身上,至少没有以这种形式发生在我身上。"②鉴于这一矛盾特点,热奈特建议用"自撰"一词来指《追忆》。"不言而喻,在普鲁斯特笔下,每个例子都可能引起无休止的争论,争论的是该把《追忆》当作虚构来读还是把《追忆》当作自传来读。"③

四、塞利纳

塞利纳原名路易-费迪南·德图什(Louis-Ferdinand Destouches),他的写作几乎都是他二战前后生活经历的写照,具有高度的自传性。如果从故事内容看,塞利纳各个时期写作的这种自传性并无明显变化。但是从人物名字的使用来看,塞利纳的写作是一个从化名抵近他的真名的过程。第一部小说《长夜行》(*Voyage au bout de la nuit*, 1932)的故事内容有着塞利纳诸如战争亲历、在非洲的流徙、在巴黎郊区行医的影子,但是主人公巴达缪(Bardamu)是一个完全虚构的名字,仅此就应把该书归入

---

① Cité par Gérard Genette, *Palimpsestes*, p. 358.
② Ibid.
③ Gérard Genette, *Figures III*, Seuil, 1972, p. 50.

小说之列。此后，塞利纳开始用笔名（Louis-Ferdinand Céline）发表作品，他的写作进入第二个阶段，从《缓期死刑》(*Mort à crédit*, 1936)到《下次是仙境》(*Féerie pour une autre fois*, *II*, 1954)，主人公没有姓氏，只保留了费迪南这个名，与塞利纳的名字部分重合，主人公的出生地与塞利纳相同，其经历也与塞利纳的童年颇多吻合，塞利纳将这一时期的写作称作"回忆录"（mémorial）。尽管如此，由于主人公与作者只是部分同名，所以这两部作品只是自传性很强的小说。

在1944年之后发表的以流亡德国为背景的"德国三部曲"——《从一座城堡到另一座城堡》(1957)、《北方》(*Nord*, 1960)、《里戈东》(*Rigodon*, 1969)中，塞利纳在名字的使用上不再犹抱琵琶半遮面，他亮出了他的名（费迪南）与姓（德图什）以及笔名塞利纳。此外，还出现了他妻子的名字、他所交往的人以及他此前写过的书。《从一座城堡到另一座城堡》讲述的是职业为医生、名为"路易-费迪南·德图什"的叙述者在战争即将结束时为了逃避惩处，跟随维希政府从巴黎逃往德国锡格马林根的流亡以及他的被捕、关押、引渡、软禁的经历。这些经历与塞利纳在二战末的真实遭遇是吻合的，他声名狼藉的逃亡及被捕经历因被当时的新闻媒体跟踪报道而广为人知，读者可以很容易地进行对证，以至于被塞利纳以真名写进书中的一些当事人以诽谤罪对他提起诉讼并胜诉。但是塞利纳一方面将他这一时期的写作称作"纪事"（chronique）[1]，另一方面又要求伽利玛出版社将其书标示为"小说"。

其实，塞利纳的八部叙事作品，从《长夜行》至"德国三部曲"，都是取材于塞利纳不同时期的人生轨迹，从宏观上看是忠实于历史和他的亲历的，但是在细节上经不起推敲。虽然塞利纳用不同的称谓指称其不同阶段的写作，而且人物的名字与其真名的重合度不尽相同，但是他的写作自始至终是贯通的，真实与虚构的维度始终是并立的，前后并无本质的变

---

[1] Louis-Ferdinand Céline, «Interview avec Louis Pauwels et André Brissaud», in *Cahiers Céline*, 2, *Céline et l'actualité littéraire*（1957—1961），textes réunis et présentés par Jean-Paul Dauphin et Henri Godard, Gallimard, 1976, p. 126.

化。塞利纳首先是一位艺术家而非自传家,他写的是其人生经历,但是不受自传规则的限制,他毫不讳言自己是一个"文体家",是"某些事实的配色师"①。他忠实但是无意精确地再现他的过去,而是根据表达的需要对其进行取舍、改造、夸张、变形、重组等改写。鉴于真实与虚构的维度难分伯仲,亨利·戈达尔将两种文类的名字合成一个复合词来指称塞利纳的写作:"小说—自传"(roman-autobiographie)②。

五、热内

在热内的早期叙事作品《鲜花圣母》(*Notre-Dame des Fleurs*)、《玫瑰奇迹》(*Miracle de la Rose*)、《葬礼》(*Pompes Funèbres*)、《小偷日记》(*Journal du Voleur*)中,不仅在第一人称后面都站着热内本人的落魄甚至猥琐的形象,而且"热内"这个名字作为叙述者和人物多次出现在文本中③,至于"让"的出现则更加频繁。仅以《小偷日记》为例,热内报出了自己的真名和身世:"我于1910年12月19日出生在巴黎。我是儿童救济院的弃儿,对于我的身世别无所知。21岁时,我得到了一纸出生证明。我的母亲名为加布里埃尔·热内,父亲不知。我出生在阿萨斯街22号。"④这段关于"我"的身世的简要介绍与热内的真实身世是完全相符的。如果说此处通过透露母亲的姓名间接报出叙述者的姓氏,那么在下面这段话中则通过同室犯人之口直接交代了叙述者的姓名:"在走出禁闭室时我谢了他们。居伊对我说:'我们发现有一个新来的,名字写在门上:热内。我们不知道热内是谁。看到你来了,就明白了你是被关禁闭了,于

---

① Louis-Ferdinand Céline, «Interview avec Louis Pauwels et André Brissaud», in *Cahiers Céline*, 2, *Céline et l'actualité littéraire* (1957—1961), p. 68.
② Henri Godard, *Poétique de Céline*, Gallimard, 1985, p. 380.
③ Jean Genet, *Notre-Dame des Fleurs*, Gallimard, 1948, pp. 120, 305, 306; *Pompes funèbres*, Gallimard, 1953, pp. 46, 201, 202, 273; *Miracle de la rose*, Gallimard, 1946, pp. 15, 26; *Journal du voleur*, Gallimard, 1949, pp. 48, 245.
④ Jean Genet, *Journal du voleur*, p. 48.

是我们让人给你送了些烟头。"①此外,在《鲜花圣母》的末尾还标明了写作地点和时间:"弗莱纳监狱,1942 年",在《玫瑰奇迹》的末尾标明了"桑特.图雷尔监狱,1943 年"。这些信息与热内坐牢的经历也是相符的。《鲜花圣母》是叙述者"让"在狱中的孤独中回顾几个小偷、皮条客、杀人犯的交往和故事,呈现了巴黎蒙马特一带不为人知的男性同性恋的隐秘世界。《玫瑰奇迹》讲的是叙述者在梅特莱少年管教营和后来在丰特弗劳中央监狱的同性恋经历。《小偷日记》名不副实,因为该书讲述的并不是叙述者作为"小偷"的经历,也不是按"日"记录的,而是叙述者"让"对于他1932—1940 年间在西班牙、法国、意大利、匈牙利、比利时的流浪、偷窃、行骗、乞讨、入狱以及与多个男人的同性恋关系的回顾,高度浓缩了热内的亲身经历。至于"小偷"之称谓,也是热内的别称和自称,构成了热内的身份、标签和"职业"。

  但是,我们切不可把这几部作品当作热内的自传或纪事来读。据研究者考证,这些书中所述事实大部分不能被外部资料确证,不仅掺入了虚构素材,而且热内把他在不同监狱的关押经历以及遇到的同性恋朋友进行了移花接木或张冠李戴。《玫瑰奇迹》所写的丰特弗劳中央监狱的情况是存在的,但实际上热内从未进过该监狱。热内本人多次宣称他无意追求叙事的准确性。热内在《鲜花圣母》中称,书中的几个人物,如"神女"(Divine)、"宝贝"(Mignon)、"鲜花圣母"等,他们或者出自"我"的回忆,或者出于他的想象或他读过的书,但是所有这些人物其实都是他自己的化身和幻想,或者说这些人物与"我"是可以置换的。这段表述和传统小说的人物塑造方式几乎毫无二致:既源自作者个人的生活经历,又出自作者的虚构和加工;将生活中不同人的类似的故事和特点集中于某个人物身上,即"杂取种种,合为一人"。对于读者的将信将疑,叙述者不以为意:"不要嚷嚷说不真实。我后面要讲的是假的,谁也不必把它当真。真相不是我的所长。可是'必须撒谎才能真实',甚至更过才行。我想说的是什

---

① Jean Genet, *Journal du voleur*, p. 245.

么真相呢？不错，我是一个犯人，正在表演（为自己表演）一幕幕内心生活，除了表演之外，你不能有别的奢望。"①"本书只希望展示我的内心生活的一小部分。"②至于《小偷日记》，热内也反复强调他的"日记"不是他的流浪、行窃、狱中生活的忠实记录："我写的是真的？还是假的？只有这部爱情之书将是真实的。那么作为它的借口的事实呢？我应是这些事实的保管者。我恢复的不是事实。"③既然他一直背负着"小偷"的名声，他要建构自己的小偷"传奇"，他所追求的是诗："我的人生应是一部可读的传奇，读它应让人产生新的激动，我称之为诗。我只不过是一个借口。"④科罗纳将这些作品称作"故意不确定的例子""谜一般的文本"⑤。

---

① Jean Genet, *Notre-Dame des Fleurs*, p. 244.
② Ibid., p. 16.
③ Jean Genet, *Journal du voleur*, p. 113.
④ Ibid., p. 133.
⑤ Vincent Colonna, *L'Autofiction (Essai de la fictionnalisation de soi en littérature)*, Thèse (inédite), EHESS, 1989, p. 180.

第五章 百家

一、争议

如同文学作品在问世之后其解释权便从作家手中转移到评论家手中一样,"自撰"一词诞生之后,对它的解释和赋义也脱离了杜勃罗夫斯基的掌控和它的原初定义。在四十余年的使用过程中,虽然该词在对新的自我书写的冠名上取得了压倒性优势,但是对该词的理解和定义则存在严重分歧和混乱。正如每个作家以自己的方式挖掘和利用真实和虚构的张力而写作形态各异的自撰作品一样,批评家、学者、出版者、媒体直至普通读者都按照自己的理解赋予其大相径庭甚至相互矛盾、截然相反的内涵,形成各说各话的局面,以至于自撰至今仍然是一个说不清理还乱、愈用愈乱的概念,它所引发的讨论和争议不仅没有平息,反而愈演愈热。我们在后文将会看到学术界对于该词千差万别的理解。科罗纳指出:"自撰这个新词在各个字典中没有一个统一的定义,《拉鲁斯词典》和《罗贝尔词典》的释义是矛盾的。作者和批评家用它指称大相径庭的东西,人人自行其是地使用该词,相信自己的用法是恰当的,有人甚至试图将自己的定义强加于人,却不反思还存在其他竞争性的定义,对自撰一词的相互矛盾的解释足以编成一个集子。由于自撰既不是一个定型的文类,也不是一个单一形式,而是一些具有相似性的写作实践,是一个复杂的形式,谁都不是全无道理,人人只抓住了自撰的'一鳞半爪',抓住了启发自己的大漩涡的一环。"① 至今,自撰一词仍然让人联想到含混(ambiguïté)、矛盾、暧昧、杂糅(hybridité)、不确定(indécidabilité)等特点,其所指和当初一样模糊、游移和飘忽。在真实性方面它与自传的界限在哪里?在虚构方面,它与小说,尤其是自传性小说的界限在哪里?这些问题从未得到一个基本统一的回答。

"也许正是因为自撰的雾里看花的特点,它才变为这种强大的理论催化剂:作家、批评家和学者从中发现了一块和睦之地,或者更恰当地说是不和之地,但是这种不和却带来许多收获。"② "自撰拓宽了自我探索的田地,换一种方式来耕地和播种,却不真的脱离事实的痕迹和犁沟。它让人在各个层面听到在客观精确性和主观真相之间可能上演的事情,变为一种语言、想象力,尤其是具有刺激性的智力的冒险。"③ 自撰内在的矛盾、张力、含混、模糊激发了批评家和理论家为自撰画地为牢、建制立规的兴趣,他们纷纷投入一场"诗学的冒险"中。但是自撰又是一块是非之地,即使有人建立起某种诗学,也难以获得他人的认同,反而为他人提供了争议的话题。在四十余年的实践、争议和演变中,人们只是在自撰一词最宽泛、最模糊、最灵活的含义上取得了共识,这就是埃尔诺所说的,"自撰一词(……)经常对应的是自传和小说之间、真实姿态和虚构姿态之间的一个不确定的'地带'(zone indécidable)"④。

由于人们对自撰的理解和定义的多样性和矛盾性,今天人们甚至还使用它的复数形式(autofictions)。我们在下面将介绍和综述一些具有代表性的理论家和批评家对自撰的阐述。

---

① Vincent Colonna, *Autofiction et autres mythomanies littéraires*, p. 15.
② Jean-Louis Jeannelle, «Où en est la réflexion sur l'autofiction?», in *Genèse et autofiction*, p. 36.
③ Claude Burgelin, «Pour l'autofiction», in *Autofiction(s)*, p. 15.
④ Annie Ernaux, «Quelques précisions d'Annie Ernaux», in *Genèse et autofiction*, p. 166.

二、菲利普·勒热纳

勒热纳在《自传契约》中以两个标准来对第一人称叙事进行分类,即作者和人物名字是否同一以及作者向读者建议的契约类型。自传的两个基本条件就是作者与人物同名以及作者与读者订立真实性契约;而在小说中,作者与读者不同名,作者与读者订立虚构契约或者无契约(实为默认的虚构契约)。勒热纳注意到自撰在上述两个标准上的矛盾是他的契约标准难以适用的一个相当棘手的问题,他对于此类写作一开始采取了保留甚至回避的态度。

勒热纳从来不愿意承认自撰的独立存在的地位,他犹豫不定的是到底将自撰归入自传之列还是自传体小说之列,他对自撰的文类归属经过了一个摇摆、反复和转变的过程。

1977 年,杜勃罗夫斯基发表《儿子》,提出了"自撰"的概念。此前勒热纳刚刚发表《自传契约》(1975),对其在《法国的自传》中的自传定义加以修补和细化,并进一步完善了他的"自传契约"概念。[1] 他的自传定义和自传契约概念招来众多质疑和批评。杜勃罗夫斯基在写作《儿子》、提出自撰的概念后曾致信勒热纳,明确表达了他的概念是因为勒热纳在《自传契约》中提到的"自称为小说"与"作者与人物同名"[2]不能同时并存而引发。勒热纳也许把尚是无名之辈的杜勃罗夫斯基的来信当成了不怀好意的挑衅行为,并未立即做出回应,而是持一种含糊其词、不置可否的态度,尽管他后来称"杜勃罗夫斯基的马基雅维利般的伎俩令我着迷"[3]。三年后,他才在另一本书《我另有其人》(Je est un autre,1980)中谈及其他类似文本时顺便提到了杜勃罗夫斯基的《儿子》,用"自撰"来指此前无

---

[1] 勒热纳在《法国的自传》(1971)中便提出了"自传契约"的概念,他后来将其系统地阐述成文——《自传契约》,发表于 1973 年的《诗学》(Poétique)杂志(第 14 期)。1975 年勒热纳将其收入论文合集,置于合集之首,并且以此作为合集的书名。

[2] Philippe Lejeune, Le Pacte autobiographique, p.31.

[3] Philippe Lejeune, Moi aussi, p.69.

法归类的一类文本,即在整本书中大量使用当代小说家惯用的内心独白、自由联想、意识流等叙事手法进行纪实和回顾的文本,称其为"小说化的记录"(témoignages romancés)。这些场景化的小说手法在纪实类写作中显得非常突兀,给人一种不"逼真"(vraisemblable)之感,令读者将文本作为虚构来接受;可是随着时间的推移,一些新颖的手法也会变成常态,一旦读者对这些手法习以为常,纪实的感觉又占了上风。① 勒热纳的立场有所松动,不过仍将自撰从根本上视为自传,只是将其视作对新奇写作手法的追求。可见,勒热纳并未正面回应杜勃罗夫斯基对其自传定义和契约的质疑,他借用"自撰"一词来指小说化的、文学性的叙事手法。

勒热纳的自传契约实为一种阅读契约,即一个文本到底是小说还是自传取决于读者的感受,读者只能在自传和小说的判定之中选择其一。"我认为人们无法真正做到坐在两张椅子之间阅读。大部分'自撰'是作为自传被接受的:读者别无他法。"②

在勒热纳看来,自传和自传体小说的区别在于,自传的三位一体和三位同名,即同一性是一个全称判断。"这里既无过渡也无余地。要么同一要么不同一,没有程度的不同,对同一的任何疑问都将导致对同一的否定。"③一个文本要么是自传,要么是虚构。所谓"自撰"要么指向自传,要么指向小说。"这种写法(指自撰)怎么能够用同一个名词将承诺句句为真的人(如杜勃罗夫斯基)和肆意杜撰的人都包括在内呢?"④他将自撰视作自传的一种例外,所谓"自撰"不过是乔装成虚构的自传,以小说的幌子(sous le couvert du roman)混入自传之地,是一种明修栈道(虚构),暗度陈仓(自传)的行为。至于杜勃罗夫斯基的《儿子》,既然三者在名字上是同一的,既然《儿子》中的人物、日期和事实皆有据可查,既然作者声称其

---

① Philippe Lejeune, *Je est un autre*, Seuil, 1980, p. 217.
② Philippe Lejeune, «Le journal comme"antifiction"», in *Poétique*, n°149, 2007/02, p. 3.
③ Philippe Lejeune, *Le Pacte autobiographique*, p. 15.
④ Philippe Lejeune, «Autofictions & Cie. Pièces en cinq actes», in *Autofictions & Cie*, p. 8.

所述为"完全真实的事件",那么《儿子》实际上是完全符合自传契约的。勒热纳一开始称《儿子》为"一部使用了新手法、主要借用了新小说手法的自传"①,是自传的委婉说法(euphémisme)。至于封面上标示的"小说"字样,它只具有推荐功能,意为"叙事生动(……),写得好,文体,文学"②。可是勒热纳后来得知《儿子》不仅有小说之名,而且有小说之实:构成《儿子》的核心的"梦"一章虽然写的是杜勃罗夫斯基做过并记在一个小本上的"真"梦,分析师也是生活中的真人,但是所谓的向分析师说梦以及释梦的内容纯属虚构,他顿时感到上了杜勃罗夫斯基的当,于是做出了与当初相反的判断:"杜勃罗夫斯基肯定属于小说家一族,而不是属于莱里斯式的出于对真相的伦理考虑的自传家一族。"③他指责杜勃罗夫斯基将真实作为追求文学目的的手段,玩弄障眼手法欺骗读者,指责他破坏了自传契约,背叛了读者的信任。

勒热纳后来发现,杜勃罗夫斯基所定义和践行的自撰与自传体小说无法区别开来。自撰实为一种悠久的现象,即自传体小说的一个变种,他只是承认当代自传体小说与自传越来越难分彼此:"近数十年来,从'真话假说'(mentir-vrai)到自撰,自传体小说向自传靠拢,以至于两块领地之间的边界前所未有地不确定。"④

1984年,在《自传、小说和专名》(« Autobiographie, roman et nom propre »)一文中,勒热纳主张:"只有当读者把故事当作不可能的,或者说当作与他已掌握的信息不符的故事时,他才把一个表面上自传性的叙述视作虚构,视作'自撰'。"⑤在这里,勒热纳在"自传性的叙述""虚构"和"自撰"之间画上了等号:自撰在内容上是作者生活中并未真正发生或不可能发生的,如多米尼克·罗林(Dominique Rolin)在《死人的糕点》(*Le Gâteau des morts*, 1982)

---

① Philippe Lejeune, *Moi aussi*, p. 64.
② Ibid., pp. 42—43.
③ Ibid., pp. 68—69.
④ Ibid., p. 24.
⑤ Ibid., p. 65.

中讲述了名为"多米尼克·罗林"的人物在 2000 年 8 月的弥留和死亡，读者是将其当作游戏来读的。弗朗索瓦·卡瓦纳(François Cavanna)的"自传系列"第五卷《玛丽亚》(Maria, 1985)与其类似，讲述了名为"卡瓦纳"的人物 1989 年或 1990 年的生活情况。勒热纳认为，以上情况与杜勃罗夫斯基的《儿子》完全不同，因为杜勃罗夫斯基强调他写的是"完全真实的事实和事件"。一部作者自称为"小说"的作品并非真的就是小说。真的小说必须符合小说的基本语义，即讲述"不可能"的故事。

1987 年，勒热纳在《自传可以创新吗？》一文中对于自己的问题给出了明确和肯定的回答。他总结出作者经常采用的两种创新"策略"："模糊书写"(écriture ambiguë，"让读者以为写的是作者，但是不承诺完全的忠实")和"多重书写"(écriture multiple，"将严格的自传文本、自称的虚构、可能还有模棱两可的内容结合起来")①。所谓"模糊书写"，"它是一种新的游戏规则，既受准确性的限制，又允许自己重新编排；既在事实上不掺假，又在文字上做文章、在语言上信马由缰。一切都是真的，一切都是重新创造……"②读者一开始感到好奇和拿不准，最后还是将其作为传统自传来读，杜勃罗夫斯基的《儿子》、雅克·朗兹曼的(Jacques Lanzmann)的《蝌蚪》(Le Têtard)、索莱尔斯的《女人们》即属于此列。所谓"多重写作"，就是自传、虚构等不同类属的文字以"剪辑"(montage)的方式整合为"自传空间"："并不是说文本的哪一部分更加真实，真实不是来自它们的相加，而是穿行在各个部分，读者必须进行这种穿行才能将书读懂。"③佩雷克的《W 或童年的回忆》、罗伯-格里耶的《戏说》三部曲属于此列。勒热纳认为，不论何种创新，都应更好地满足作者在自传契约中的承诺，而不是为创新而创新。"不是出于'形式主义'的考虑，而是通过发明一种形式，自撰家为我们提供了思考生活的新手段。"④勒热纳只是把自撰作为自

---

① Philippe Lejeune, «Peut-on innover en autobiographie?», in Alain de Mijolla (dir.), L'Autobiographie, VIe rencontre psychanalytique d'Aix-en-Provence 1987, p. 79.
② Ibid., p. 80.
③ Ibid., p. 81.
④ Philippe Lejeune, «Peut-on innover en autobiographie?», in Alain de Mijolla (dir.), L'Autobiographie, VIe rencontre psychanalytique d'Aix-en-Provence 1987, p. 100.

传的创新或创新的自传来理解，自撰只是表现出一种对于传统的拒绝姿态，但是正如"新小说"仍旧是小说一样，所谓"自撰"或"新自传"仍旧是自传："不要以为对亲历进行如此处理是与自传承诺相反的人为手法，也不要以为艺术只与虚构有关。从蒙田到莱里斯，从卢梭到萨洛特，这一努力方向已经显示出是大有可为的，还有许多方法有待发明，并非要走虚构之路。"①新小说作家的自我书写"称不上'新自传'，或者说应当把这种表达方式当作以前的'新小说'，与其说是一种新的美学观，不如说是一种对传统的共同拒绝的表示"②。

勒热纳在其自传研究刚刚起步时曾承认自传在形式上与小说无法分辨，或者说自传是一种特殊的虚构："自传是小说的一种特殊情况，不是小说之外的一种东西"③；"我们应牢记自传只是在特殊条件下生成的虚构。"④但是在其研究的后期，勒热纳认为自己早年犯了一个"严重错误"，因为他将叙事（récit）等同于虚构（fiction）；实际上，自传并非小说的一种特殊情况，自传和小说都是叙事的特殊情况。⑤ 小说或虚构就是杜撰生活中不存在的东西，而自传书写是一种严肃的行为，一旦作者决定写自传，这一行为对他来说是一场苦行，意味着他拒绝虚构的诱惑，尽管他在书写时难以避免虚构。自传不论如何创新，必须万变不离其宗，这个"宗"就是自传契约，就是自传的指涉性和真实性，否则创新就沦为无的放矢、自娱自乐的空转。佩雷克的《W 或童年的回忆》虽然有一半的篇幅都是纯粹的虚构，描写了大西洋一个并不存在的岛屿上体育比赛的残酷竞争机制，但是并不妨碍它是"最原创又最有效的剪辑"⑥，因为该岛的体育比赛是作者母亲殒命的纳粹集中营的管理的写照，而杜勃罗夫斯基的创新

---

① «Moi contre moi, Philippe Lejeune & Philippe Vilain», in Philippe Vilain, *L'Autofiction en théorie*, p. 118.

② Philippe Lejeune, «Nouveau roman et retour à l'autobiographie», in Michel Contat (dir.), *L'Auteur et le manuscrit*, PUF, 1991, p. 52.

③ Philippe Lejeune, *Le Pacte autobiographique*, p. 23.

④ Ibid., p. 30.

⑤ Philippe Lejeune, *Signes de vie. Le pacte autobiographique 2*, Seuil, 2005, p. 17.

⑥ Philippe Lejeune, «Peut-on innover en autobiographie?», in Alain de Mijolla (dir.), *L'Autobiographie, VIe rencontre psychanalytique d'Aix-en-Provence 1987*, p. 82.

则违反了自传的伦理。

三、雅克·勒卡姆

勒卡姆和勒热纳曾经是在巴黎北部大学(即巴黎第十三大学)文学系任教的同事,二人在自传研究草创之初曾并肩作战,抵抗文学研究领域中虚构的霸权地位,不懈地为自传正名,为证明其在文学研究中的合法性,使其摆脱在学术研究中"二流"的地位而奔走。在《反自传的七头蛇》[①]一文中,勒卡姆列举了历史上令自传遭受歧视的文学的、宗教的、哲学的八个原因,誓言要斩断敌视自传的"七头蛇"。

在自撰问题上,与勒热纳的回避、游移、摇摆、语焉不详甚至语含讥讽的态度不同,勒卡姆从一开始就持积极、正面、鲜明的态度。勒热纳将自撰视为自传体小说这一古老文类的一个变种,而勒卡姆将其视为一个新的写作现象。早在20世纪80年代,当勒热纳还在对自撰归属语焉不详时,勒卡姆便试图为自撰勾画一个较为清晰的边界。1982年,在他与人合著的《1968年以来的法国文学》[②]中,他专门辟出一节谈自撰,题为"难以确定和自撰种种"(Indécidables et autofictions),将"主人公与叙述者和作者同名的小说"称为自撰。他第一个发现,这种手法远非杜勃罗夫斯基首创,早就有人进行过此类尝试,只是当时人们还不知如何命名这种写作。1984年,在名为"小说虚构和自传"(Fiction romanesque et autobiographie)的词条[③]中,他称自撰并非一个新概念:"小说和自传之间本来有着清晰的界限,但是这一界限有可能被破坏,使契约本身变为文学游戏的材料(……)因此,那个盲格[④]可能变为瞄准的靶子,一些作品虽然

[①] Jacques Lecarme, «L'hydre anti-autobiographique», in Philippe Lejeune (dir.), L'Autobiogtaphie en procès, RITM, Université Paris X, 1997, pp.19—56.

[②] Jacques Lecarme, Bruno Vercier, La littérature en France depuis 1968, Bordas, 1982.

[③] 该词条是勒卡姆为 Universalia 辞典所写,词条名原为"自撰"(autofiction),但是出版商不接受这个在当时不知所云的新词,所以将该词条冠以一个更加传统的名字。

[④] 指勒热纳在《自传契约》中设想的"一个文本自称小说,主人公与作者同名"的,被其视为"不可能的"情况。Voir Philippe Lejeune, Le Pacte autobiographique, p.28.

不能构成某种文类的统一形式,却有着相似的外表,似乎可以归在自撰名下……,如塞利纳的著名三部曲……弗朗索瓦-雷吉斯·巴斯蒂德……安托纳·布隆丹……帕特里克·莫迪亚诺……雅克·朗兹曼的《蝌蚪》(1976)……伊夫·纳瓦尔的《传记》(1981)……埃米尔·阿雅尔的《假的》(*Pseudo*,1976)……菲利普·索莱尔斯……"①勒卡姆还把普鲁斯特、塞利纳、马尔罗等视为自撰的先驱。

虽然勒卡姆认为自撰以多样性和创新性为特征,没有定规,但是自撰也是有迹可循的,即"自撰契约应该是矛盾的"②。构成自撰契约的两个要素是自相矛盾的:一是自称虚构,通常以"小说"为副标题;二是作者、叙述者和人物三者同名。勒卡姆将同名的标准稍加放宽,名字的同一可以仅体现在姓氏上或者姓名的首字母上,但是匿名或不同名的情况不属于自撰,而是小说式虚构。即使作者的名字出现在文本中,文本中的人物和文本外的作者之间,其实还有一道鸿沟,而这个不确定的地带正是自撰的范围:"即使作者和叙述者同名,自撰的优势不正是对二者之间的同一(=)或相异(≠)关系发出疑问吗?"③由此,自撰得到基本清晰的界定:"自撰首先是一种非常简单的机制,它是一种叙事,其作者、叙述者和主人公有着相同的名字,同时其文类名称又标明为小说。"④自撰"既不是自传也不是小说",是自传和小说之间的"第三条道路"。他把真正的、公认的自传和纯虚构之间的模糊的、庞杂的中间地带都称作自撰。应该说,勒卡姆是根据勒热纳的契约理论来定义自撰的,对自撰并未带来新的理解。

根据上述两条自撰的形式标准以及两种分类,勒卡姆对法国当代文学中介于真实的或"自称的自传"(autobiographie déclarée)与小说之间的

---

① Jacques Lecarme,«Fiction romanesque et autobiographie», Universalia, *Encyclopaedia Universalis*, 1984. Cité par Vincent Colonna, *Autofiction et autres mythomanies littéraires*, p. 240.

② Jacques Lecarme, « L'autofiction: un mauvais genre?», in *Autofictions & Cie*, pp. 227-249.

③ Jacques Lecarme et Eliane Lecarme-Tabone, *L'Autobiographie*, p. 271.

④ Ibid., p. 268.

作品进行甄别,筛选出了一个自撰作品列表。埃尔诺的《位置》(*La Place*)、《一个女人》(*Une femme*)、《单纯的激情》等被其归入自传之列;加缪的《堕落》(*La Chute*)、普鲁斯特的《追忆》、萨特的《恶心》(*La Nausée*)则被其归入小说之列。虽然他对于具体作品的归类颇受争议和质疑,但是我们可以体会出勒卡姆尝试为自撰厘定边界的努力。

表 5.1 勒卡姆总结的自撰(狭义与广义)与自传(真实叙事)、小说的对照表①

真实叙事	狭义自撰 (杜勒罗夫斯基)	广义自撰	小说
自传=真实叙事	完全的同名	弱同名	第一或第三人称虚构小说
吉贝尔: 《我的父母》 埃尔诺: 《位置》 《一个女人》 《单纯的激情》 朱利埃: 《觉醒之年》 《碎片》	巴尔特: 《巴尔特自述》 巴斯蒂德: 《梦想的生活》 《魔法师和我们……》 布隆丹: 《雅第斯先生》 博斯凯: 《俄国母亲》 《曾经的孩子》	阿雅尔(Ajar): 《假的》 阿拉贡: 《未完成的小说》 加缪: 《第一个人》 卡迪娜尔(Cardinal): 《倾吐》 桑德拉尔: 《莫拉瓦金》	加缪: 《堕落》 塞利纳: 《死缓》 《前线》 《长夜行》 普鲁斯特: 《追忆逝水年华》 萨特: 《恶心》等

---

① Jacques Lecarme, «Origines et évolution de la notion d'autofiction», in Marc Dambre, Aline Mura-Brunel, Bruno Blanckeman (dir.), *Le Roman français au tourant du 21ᵉ siècle*, Presses Sorbonne Nouvelle, 2004, p. 22—23. 此前,勒卡姆还在 «L'Autofiction: un mauvais genre?» (*Autofictions & Cie*, pp. 235—236)一文和 *L'Autobiographie* (pp. 274—275)一书中以表格形式(见表 5.1)对现当代的自撰作品进行归类,三个版本的表格对某些作品的归类不完全一致。

续表

真实叙事	狭义自撰（杜勃罗夫斯基）	广义自撰	小说
自传＝真实叙事	完全的同名	弱同名	第一或第三人称虚构小说
雷奥托（Léautaud）：《为了纪念》 森普隆（Semprun）：《写作或生活》等	塞利纳：《从一座城堡到另一座城堡》《北方》《里戈东》 科莱特：《白日的诞生》 德戎（Dejon）：《耻》 迪让（Djian）：《性感区》 杜勃罗夫斯基：《儿子》《一种自爱》《断裂的书》《活后》 吉贝尔：《致没有救我命的朋友》《同情协议》《红帽男人》 朗兹曼：《蝌蚪》	德博莱：《面具》 德里厄：《身份》《夏勒华剧院》 杜拉斯：《痛苦》 弗兰克（Frank）：《分离》 热内：《小偷日记》 伊舍伍德（Isherwood）：《凯瑟琳和弗兰克》 卡提比（Khatibi）：《图腾记忆》 雷奥托：《小朋友》 洛蒂：《一个孩子的小说》《少年时代》 梅勒（Mailer）：《黑夜部队》	

续表

真实叙事	狭义自撰 （杜勃罗夫斯基）	广义自撰	小说
自传＝真实叙事	完全的同名	弱同名	第一或第三人称虚构小说
	尼米埃： 《外国女人》 努里西埃： 《蓝如夜》 《父亲节》 莱兹瓦尼： 《光明岁月》 苏波： 《善良的使徒》 特朗勃莱（Tremblay）： 《动感景色》	马尔罗： 《反回忆录》 《拉萨尔》 梅米（Memmi）： 《蝎子》 莫迪亚诺： 《户口簿》 《勇敢的小伙子们》 《缓刑》 《废墟之花》 纳瓦尔：《传记》 尼宗（Nizon）： 《爱情岁月》 努里西埃： 《一个法国故事》 《布拉迪斯拉发》 佩雷克： 《W或童年的回忆》 佩罗斯（Perros）： 《普通生活》 格诺： 《橡树与狗》	

续表

真实叙事	狭义自撰 （杜勃罗夫斯基）	广义自撰	小说
		罗伯-格里耶：《重现的镜子》 《昂热丽克或迷醉》 《科兰特的最后日子》 鲁博（Roubaud）： 《环形》 《伦敦大火》 西姆农： 《家谱》 《我朋友们的三宗罪》	

四、热拉尔·热奈特

热奈特既无专著也无专文论述自撰，他对自撰的观点散见于他对于各种文类形式特征和叙述机制的描述中。但是他对自撰的评价，尤其是他的仲裁者姿态的掷地有声的价值判断使其成为贬撰派的代表。

1982 年，在《隐迹稿本》中，热奈特注意到普鲁斯特的《追忆》在文类归属上构成一个难题，因为《追忆》既不是如勒萨日（Lesage）的《吉尔·布拉斯》(Gil Blas)一样是完全虚构的第一人称小说，也不是如卢梭的《忏悔录》一样是人所公认的自传，而是介于二者之间："普鲁斯特在指称和概括他的作品时，不像是一位'第一人称小说'（如《吉尔·布拉斯》）的作者。可是我们知道，普鲁斯特也比任何人都更清楚，该作品也不是一部真正的自传。显然，需要为《追忆》制造一个'中间概念'（concept intermédiaire）（……）"① 于是热奈特将这个"中间概念"取名为"自撰"，并以普鲁斯特的

---

① Gérard Genette, *Palimpsestes*, p. 358.

口吻描述了《追忆》和自撰的特征：

"在本书中,我把这些经历算在我的头上;而在现实中,我根本没有遇到过这些事,至少没有以这种方式遇到过。换言之,我为自己杜撰了一种并非完全('并不总是')属于我的生活和人格。"既然这里虚构之意昭然若揭,那么该如何称呼这类写作、这种虚构形式呢？最恰当的术语或许是杜勃罗夫斯基指称其自己的叙事时所用的那个词：自撰。①

热奈特虽然反复指出人物的遭遇和作者其人、其事有着剪不断的蛛丝马迹,但是他更加强调的是作者没有当真、读者不可较真的一面。热奈特对于《追忆》在写作上的独特性和文类归属思考多年,苦于找不到一个合适的标签来标示,杜勃罗夫斯基的"自撰"一词正中其下怀。

大约十年后,热奈特在《虚构和言说》(*Fiction et Diction*)的《虚构叙事和纪实叙事》一文中谈到作者(A)、叙述者(N)和主人公(P)这三者在各种文本中的复杂关系时又提到了自撰。他认为作者与叙述者之间的完全同一的关系(A＝N)所产生的叙事是纪实的,作者对叙事的断言(assertion)承担完全的责任;反之,作者和叙述者的分离(A≠N)导致虚构叙事,作者不郑重地承担叙事的真实性。② 但是他也指出,单凭作者和叙述者的同一关系就可确定纪实叙事的公式(A＝N→纪实叙事)似乎是大可怀疑的,因为在有的文本中,叙述者和作者或者具有相同的名字(如《神曲》中的但丁,《阿莱夫》中的博尔赫斯③),或者具有相同的经历(如菲

---

① Gérard Genette, *Palimpsestes*, p. 358.
② Gérard Genette, *Fiction et diction* (1979, 1991), précédé de *Introduction à l'architexte*, Seuil, 2004, p. 155.
③ 在《阿莱夫》(王永年译,上海译文出版社,2015年)中,"博尔赫斯"这个名字出现了两次。叙述者"我"暗恋的女子贝雅特丽齐去世后,"我"陷入悲伤和怀念之中。一天,在贝雅特丽齐的表兄卡洛斯·阿亨蒂诺的地下室,面对墙上挂着的一幅贝雅特丽齐的大照片,百感交集的"我"失声叫了出来："贝雅特丽齐(……),是我呀,是博尔赫斯。"(191页)在"我"看到阿莱夫后,阿亨蒂诺得意地对"我"说："多么了不起的观察站,博尔赫斯老兄。"(196页)尽管这位名为"博尔赫斯"的叙述者也是一位作家,但是"我"的故事纯属虚构,与本小说作者博尔赫斯没有任何关系。

尔丁的《汤姆·琼斯》的叙述者),按照公式,这些文本应该是纪实叙事,但是故事是明显虚构的,这就与上述公式发生了矛盾。① 热奈特称他的公式不是针对这些情况而言。因为叙述的同一性在于"作者严肃地相信其叙事,并为叙事的真实性负责"②,真正的自传就属于这种情况。但是在《神曲》《阿莱夫》等文本中,尽管作者和叙述者具有相同的名字,但是作者并不真正相信其故事内容,不对其故事的真实性负责。热奈特可以用讽刺或玩笑的口气说:"我是教皇!"但是他这样说并不意味着他真的是教皇,他仍然是热奈特。同样,"作家、阿根廷公民、诺贝尔奖得主、《阿莱夫》的作者博尔赫斯也不是作为叙述者兼主人公的'博尔赫斯'"③。作者和叙述者的名字貌似同一,实则分离,导致的是虚构的、不严肃的叙事,属于小说的情况。④ 作者与读者订立的契约是矛盾的,类似于"我是作者,我给你们讲一个故事,我是故事的主人公,但是故事却没有发生在我身上,在这种情况下,我们也许可以用一个蹩脚的替身(prothèse boiteuse)来改造自传公式 A=N=P,其中人物(P)裂变为一个真实的人(personnalité authentique)和一个虚构的命运(destin fictionnel)"⑤。热奈特所说的"蹩脚的替身"便是自撰,其构词本身便是"自相矛盾"的,其词义表示"是我又不是我"⑥。

与十年前将自撰视为小说和自传之间的"中间地带"相比,热奈特在《虚构和言说》中的观点更加明确,也更激进。他的"自撰"概念强调的是此类文本的虚构维度,是一种名"实"实"虚"的假断言,作者以真名出现在文本中,同时提醒读者切莫信其所述。正如勒卡姆对热奈特的评价:"对于热奈特来说,唯一可容忍的自撰是最为古老的虚构手法之一,通过一种十分惯常的'穿越'(métalepse),作者假装进入自己的虚构故事。作者只

---

① Gérard Genette, *Fiction et diction*, p. 159.
② Ibid.
③ Ibid., p. 160.
④ Ibid.
⑤ Ibid., p. 161.
⑥ Ibid.

是名字出现在故事中,然而故事仍然是虚构的。"①

热奈特在谈到作者与人物同名不同实的情况时,将《神曲》《阿莱夫》等文本称为"真自撰":"我这里说的是真自撰,可以说,其叙述内容是真正虚构的,如(我认为)《神曲》的情况,我说的不是假自撰,假自撰挂'虚构'之名只是为了蒙混过关:换言之,假自撰是'羞答答的自传'(autobiographies honteuses)。"②他虽然没有点名,但是在这里以讽刺的口吻将杜勃罗夫斯基式的写作归入"假自撰"之列。此类作家和传统自传家并无区别,称其所述全部为真,甚至对于读者在真实性方面的任何质疑感到恼火;但是他们又称其所写为"小说"。在热奈特看来,假自撰是虚构其外,自传其中,是一种欺诈或走私行为,因为虚构是文学性的充分条件,他们自称的虚构是实为一层文学性彩釉。作者打着虚构的幌子,闪烁其词地说"是我又不是我",真正的动机则是为了以此蒙混进入文学的领地,以此拔高写作的档次。

可见,热奈特借用了杜勃罗夫斯基的"自撰"一词,却抽空其内核,注入了新的含义。热奈特一直坚持自撰的虚构性立场,认为杜勃罗夫斯基的自撰虚构性不足,那些将自撰一词用于指称具有自传元素的文本的作者被他称为"撒谎者"。

热奈特对于假自撰的评判是有失偏颇和简单化的。1999 年,他在《辞格集之四》(Figures IV)的《从文本到作品》一文中,有所软化过去在自撰问题上的严厉态度,称他一直反对"以虚构论文学"。关于杜勃罗夫斯基,热奈特对于自己用其词弃其意的做法表示遗憾:"我要指出,我过去将自撰定义为这样一种机制,它所生产的文本或明确或不明确地自称为自传,但是又与作者的经历存在(或多或少)显著的、可能还是公认的或明显的不符,如但丁的生活与'他的'地狱之行不符,或者博尔赫斯的生活与'他的'目睹阿莱夫异象不符。所以我一度犹豫将我借自杜勃罗夫斯基的

---

① Jacques Lecarme, «L'autofiction, un mauvais genre?», in *Autofictions & Cie*, p. 230.
② Gérard Genette, *Fiction et diction*, p. 161, note 2.

词用于他的作品。"①"自我标榜为自撰的文本显然不符合我对该体裁的定义。"②热奈特在晚年所写的回顾自己学术生涯的《百宝囊》(Bardadrac)中承认,在实际中通行的是杜勃罗夫斯基的自撰定义。但是杜勃罗夫斯基的定义虽广为接受,却过于宽泛和模糊。而他本人的定义虽然狭窄,却指向明确,即"自称是自传,(……)但是内容明显是虚构(例如奇幻或奇迹)的矛盾叙事"③,符合条件的作品数量不多。既然他和杜勃罗夫斯基所言的不是同一种文类,他过去借用该词是"不当的",他坚决放弃使用这个词,但一时找不出合适的词来表达他的含义。

五、玛丽·达里厄塞克

作为老一代学者的勒热纳和热奈特对自撰在诗学上的不确定性耿耿于怀,试图为自撰在自传和小说之间"选边站队"。在他们看来,自传和小说是"皮",而自撰是"毛",他们关心的是将自撰附于哪张"皮"上的问题。随着"越界"(transgression)、"杂糅"(hybridité)成为当代写作的一个司空见惯的特点和热点,新一代学者倾向于认为自撰本身便具有"皮"的自主地位,更加强调杂糅性和不确定性为其固有特点。达里厄塞克便秉持这一观点,她认同另一位青年学者科罗纳的观点,认为自撰书写古已有之:"虽然这个词在 70 年代(随着杜勃罗夫斯基)才出现,但是我们知道这种写法早就存在(但丁称得上,至少 20 世纪初的桑德拉尔就是)。"④

达里厄塞克是最早为自撰正名的学者之一,1996 年她发表《自撰,一种不严肃的文类》一文,以热奈特的理论反驳热奈特的结论。热奈特将古往今来的所谓文学文本分为构成性文学和条件性文学。虚构(包括小说和戏剧)和诗歌为构成性文学,读者一旦判定一个文本是虚构的,就采取

---

① Gérard Genette, «Du texte à l'œuvre», *Figure IV*, Seuil, 1999, p. 32.
② Ibid.
③ Gérard Genette, *Bardadrac*, p. 136.
④ Cité par Philippe Gasparini, *Autofiction. Une aventure du langage*, p. 179.

了"自觉中止怀疑"①的态度，自动将其当作文学来接受。而回忆录、自传等非虚构文本是否被当作文学来接受则视情况而定。达里厄塞克认为，既然虚构是"文学贵族证书"（lettres de noblesse littéraire），那么自撰的虚构只是一种包装，而不是其实质。自撰是一种营销策略，在虚构一枝独大的文学领地上，把自传包装成虚构可以打入文学的高档社区："虚构的选择不是没有缘由的：为了'铁定地'在严格符合亚里士多德的文类标准的文学领地争取一席之位，自传的唯一之道就是自撰。既然自传太靠不住、太受约束，既然一切虚构都是文学，我们就让自传进入虚构的领地吧：虚构具有'本体论'威力，从本质上确保我的书在文学中具有一席之地。"②

她认同杜勃罗夫斯基的狭义自撰定义，不认同科罗纳以及热奈特的自撰本质虚构观："我认为自撰是自称虚构的第一人称叙事（我们经常在封面上看到'小说'的称谓），但是作者以其专名出现在故事中，而且与科罗纳对自撰的理解相反，由于里面有着诸多'生活效果'，它读起来就像是真的。"③在此，他套用了巴尔特的"真实效果"（effets de réel）的概念，将其改为"生活效果"（effet de vie）。正如巴尔特所言的"真实效果"④不是"真实"，而是故事中诸多指涉性细节对读者产生的一种"效果"，科莱特所言的"生活效果"也不是作者原本的"生活"，而是故事中出现的作者名字以及实有的生活细节让读者相信他正在读的就是作者的自述。

她的文章标题中的"不严肃"一词并无贬义，而是借用了语用学理论中的"严肃"概念。热奈特运用塞尔的语用学理论，将写作视为一种语言行为，一种"以言行事行为"（acte illocutoire），它所生产的文本构成一个长断言（longue assertion）。虚构是一种假装的或不严肃的以言行事的行为，但是它并非一个简单的语言行为（acte de langage simple），它除了构

---

① Gérard Genette, *Fiction et diction*, p. 88.
② Marie Darrieussecq, «L'autofiction, un genre pas sérieux», in *Poétique*, n°107, 1996, pp. 372—373.
③ Ibid., pp. 369—370.
④ Roland Barthes, «L'effet de réel», in *Le Bruissement de la langue*, Seuil, 1984, p. 167.

成一个长的断言之外,还暗含着一个严肃的要求(demande)或宣告(déclaration):"请想象……","我以虚构的口气宣布……","通过下文,我希望在您头脑中唤起一个虚构的故事"等。所以虚构其实是双重(double)或双面(biface)的语言行为。达里厄塞克将热奈特的论述延伸到自传写作,她认为第一人称小说(即虚构)和自传单纯从文本层面上无法区分。自传是一个严肃的而非假装的语言行为,与虚构相比,自传更是一个双重或双面的语言行为。自传从"我出生于……"到故事结束的整个文本除了是一个严肃的长断言之外,面对读者怀疑和挑剔的目光,同时包含着一个明确的要求或宣告:"请相信……","我严肃地、真诚地宣布……"等,即我肯定我所讲为真,请读者相信和认同我的断言。① 这种宣告就是勒热纳所说的自传契约,它是作者和读者间达成的一种信任契约。

至于自撰,它除了构成一个长断言之外,它所附有的要求或宣告本身也是双重的或双面的语言行为:"因为自撰要求被相信并且要求不被相信;或者再换一种说法,自撰是一个自称假装同时又自称严肃的断言。"②自撰一方面声言所述为真,另一方面又提醒读者切莫轻易相信这种真实性:"自撰既像是第一人称小说,又像是自传,令读者无法掌握区分现实陈述(énoncé de réalité)和虚构陈述(énoncé de fiction)的钥匙。"③所以达里厄塞克将自撰称为"不严肃的文类":"自撰文本是整体上无法确定的文本。自撰是纪实性的'虚构化'(fictionnalisation du factuel)和虚构性的'纪实化'(factualisation du fictif),不论人们喜欢与否,它是一种以言行事上的去除承诺的写作实践(une pratique d'écriture illocutoirement désengagée),或者,如果严肃指的是'以言行事上的承诺'(illocutoirement engagée)的话,那么它就是一种非严肃的写作实践(une pratique d'écriture pas sérieuse)。"④

---

① Marie Darrieussecq, «L'autofiction, un genre pas sérieux», in *Poétique*, pp. 374—376.
② Ibid., p. 377.
③ Ibid.
④ Ibid., p. 378.

面对记忆的脆弱和缺陷,面对自我的复杂性,虽然自传追求一种历史的或科学的陈述,终究是心有余而力不足,自传宣称和追求的真诚性永远是无法企及的。自传文本只能是由事实陈述和故意或有意识的虚构陈述构成的一个"拼缀"(patchwork),所谓自传的真实实为一种天真或幼稚。而自撰对此有着清醒的意识:既然做不到完全的真实,那就不如承认虚构,承认一切自我书写的虚构性,并顺势而为。"自传和自撰的根本区别恰恰在于,自撰自愿地承认自传不可能只是现实陈述,不可能只是传记的、科学的、历史的、临床的、简言之是'客观的'的陈述;自撰自愿地,因此从根本上承认这种真诚性或客观性是不可能的,自愿地承认纳入了主要因无意识造成的干扰或虚构成分。因此,自撰有意识地在凯特·汉博格(Käte Hamburger)所指出的自传和第一人称小说之间的模糊的相似性上做文章"[1],以迂回的方式或者以自由联想的松散形式也许比连贯、紧凑、逻辑的自传写作更能抵达真实。

达里厄塞克对自撰的态度是:作者既宣称所述为真,同时又提醒读者切莫完全信以为真。自撰的双重或矛盾的特点是一种既假装又真实的断言。"断言自撰倾向于自传一边还是第一人称小说一边,这等于从一端或另一端来看待这个问题,这不是关键所在。关键是要看到自撰对自传的'幼稚'做法提出了质疑,提醒人们第一人称纪实写作(écriture factuelle)无法免于虚构,无法免于副文本所指出的著名的小说告示。自撰处于在语用上相反、在句法上难以区分的两种写作行为之间,它对整个阅读行为提出质疑,重新提出了作者在书中的存在问题,重新发明了名字的和语式的程式,在这个意义上它处于多种文学写作和路径的十字路口。"[2]

可见,达里厄塞克尽管反复指出自撰归属的"无法确定性"(indécidable),但是在其所述内容上还是更倾向于自传,自撰的虚构更多是出于"策略":既是一种"营销策略",自称虚构是为了进入虚构垄断的文

---

[1] Marie Darrieussecq, «L'autofiction, un genre pas sérieux», in *Poétique*, p. 377.
[2] Ibid., p. 379.

学殿堂；也是一种"表达策略"，摆脱真实性的约束，把自传领地变为一切文学表达手段的实验场。

不过，2007 年，达里厄塞克因发表《汤姆死了》(*Tom est mort*)而与另一位女作家洛朗丝告对簿公堂。洛朗丝指控达里厄塞克对她的《菲利普》(*Philippe*)进行了"精神抄袭"(plagiat psychique)，因为两本书都是写一个女人失去幼子的伤痛，在内容上确有重合之处；而且《菲利普》出版在先，《汤姆死了》出版在后。洛朗丝据"实"指控：她的儿子确实刚出世即夭折，而达里厄塞克根本没有儿子，更谈不上失去；达里厄塞克则"虚"晃招架：在《汤姆死了》的封皮上本来印有"小说"字样，即她的故事内容是不可当真的。在撰文回击洛朗丝的指控时，达里厄塞克对其自撰的理解有所改变。一方面她仍然坚持自撰的杂糅性和与自传难解难分的特点，另一方面更加强调自撰的虚构性，更加强调作者想象的权利，更加强调自撰与第一人称小说的亲缘。她的立场是："在自撰中，有虚构，没有生活(bio)(……)在我的论文中，我把自撰定义为(……)一种以作者—叙述者的第一人称并以其名义用文字杜撰生活的实践，它公开表明其效果是不逼真的，就是为了强调什么是文本，包括什么是在亲历经验方面的自传文本。《神曲》就是这方面的一个范例，还有桑德拉尔的书和吉贝尔的书(福柯在评价吉贝尔时说：'发生在他身上的都是假的东西。')。因此，它是一种'我'式写作(écriture du je)，既愿意承担其自传地位，也愿意承担其想象地位。"①在《汤姆死了》中，"我的女主人公不是我，而是另有其人，她是想象的。自从《母猪女郎》以来，'我另有其人'就一直成为我的虚构观和我的写作方式"②。达里厄塞克把"生活"(bio)的成分仅限于一些最为基本的传记元素，如名字、身份等。这时她与科罗纳的自撰定义不谋而合了。

---

① Marie Darrieussecq, «La fiction à la première personne ou l'écriture immorale», in Claude Burgelin, *Autofictions*, p. 519.

② Claude Burgelin, *Autofictions*, p. 520.

六、万桑·科罗纳

科罗纳是诗学家热奈特的学生,1989年,他在热奈特的指导下完成博士论文并通过答辩,题为《自撰,论文学中的自我虚构化》(*L'Autofiction. Essai de la fictionnalisation de soi en littérature*),这是法国乃至世界范围内第一篇以"自撰"现象为题的博士论文,标志着自撰进入了学术研究的视野。尽管该论文并未出版,但是在自撰研究界无人不知,无法绕过。与其他理论家在自撰归属问题上或多或少的"骑墙"立场相比,科罗纳和其导师热奈特一样,旗帜鲜明地坚持自撰的非自传性,即虚构性,而且不是作为策略和文体的虚构性,而是在叙事内容上的虚构性。科罗纳成为自撰虚构派最典型的代表人物。

科罗纳认为,"自撰是一种文学作品,作者以此为自己杜撰某种人格或生活,同时又保持自己的真实身份(其真实的名字)"[1];"自撰是一种出于非自传的理由而使用作者虚构化机制的实践"[2],其实质就是"自我的虚构化"(fictionnalisation de soi),或"亲身经历的虚构化"(fictionnalisation de l'expérience vécue)。"自我的虚构化就是为自己杜撰某些声称发生在自己身上的遭遇,给想象情境中的某个人物取自己的作家的名字。此外,为了做到完全的虚构化,作家不能使这种杜撰具有辞格或隐喻的价值,他不鼓励对文本做指涉性解读,从文本中读出某些隐约的私人信息。"[3]以上定义非常抽象和拗口,具体说来,就是书中的主人公与作者同名,发生在人物身上的故事本是虚构的,但是作者却称这些遭遇和经历是发生在自己身上的,作者无意写自传,读者也不会将其作为自传来读,人物虽与作者同名,但是读者可以轻易地将二者区别开来。用巴尔特的术语来说,此类文本属于作者现身(figuration)的情况,但是作者不是以"直接传记"

---

[1] Vincent Colonna, *L'Autofiction* (*Essai de la fictionnalisation de soi en littérature*), p. 34.
[2] Ibid., p. 260.
[3] Ibid., p. 10.

(biographie directe)①的方式,即以真实身份和经历出现。科罗纳将自撰作为一种游戏化的文学手法,作为一种修辞格(figure)看待:作者编造一些子虚乌有、离奇荒诞的故事,把它们说成是自己的亲身经历或遭遇。

科罗纳认为,自撰既不是勒热纳所言的一种理论假设,也不是随着《儿子》的问世和杜勃罗夫斯基的定义而横空出世,而是一种悠久且普遍的写作实践。此种写作实践在文学史上古已有之,只是从来没有一个适当的用词来指代它,杜勃罗夫斯基提出的自撰一词非常贴切地填补了这一空白。他将自撰的历史追溯至公元2世纪的路吉阿诺斯(Lucien de Samosate)②,以后17世纪的西哈诺·德·贝热拉克③、洛蒂、塞利纳、加里、马尔罗、莫迪亚诺等都属于这一传统。

科罗纳将勒热纳定义自传的标准,即专名和契约类型改用自创的两个术语来表述:"名字协议"(protocole nominal),即作者和人物是否同

---

① Roland Barthes, *Le Plaisir du du texte*, p. 89.
② 路吉阿诺斯(Lucien de Samosate, 拉丁语 Loukianòs ho Samosateús, 英语 Lucianus Samosatensis, 约120—180):又译作卢奇安(周作人译)、琉善(罗念生译)、鲁辛(钱锺书译)或琉细安(商务印书馆)等,罗马帝国时代用希腊语写作的修辞家和讽刺诗人,一生写有八十多部作品,包括被科罗纳称为自撰原型的《实录》(*Histoire véritable*)。该书名为"实录",却所"录"不"实",作者一叙述者在前言中就提醒读者其故事是不可信的——"我要讲的这些事情我从来没有见过,也没有听过,而且根本不存在,也不可能存在,因此请大家切莫相信",只是供人在思考之余的放松和娱乐。叙述采用第一人称,"我"在渴望发现和学习新事物,率领一支五十人的船队下海探险,经历和目睹了种种滑稽、怪诞、神奇的景象,如流淌着醇酒的河流、充满幻影的天和地、连年争战的巨人和鹰头马身的怪兽、令人无法安身的地狱之岛,以及神话英雄、政治人物、哲学家、诗人终日宴饮的幸福者之岛等。在第二卷,"我"停泊在幸福者之岛,"荷马"为"我"充当向导,临别时"荷马"又为"我"作诗,刻在港口的柱子上,纪念"我"到此一游:"路吉阿诺斯,神的宠儿 / 见到了这些顶天立地的伟人 / 他离开幸运之岛 / 兴高采烈地回到故乡。"从"荷马"的这首诗中我们得知,主人公名为路吉阿诺斯,与作者同名。Voir Vincent Colonna, *Autofiction et autres mythomanies littéraires*, pp. 31—33.
③ 西哈诺·德·贝热拉克写有幻想作品《另一个世界》(*L'Autre monde*),包括《月亮诸国趣闻录》(*L'Histoire comique des états et empires de la lune*, 1657)和《太阳诸国趣闻录》(*L'Histoire comique des états et empires du soleil*, 1662),讲述的则是空中之旅,名为"西哈诺"的"我"乘坐"火箭"到达月亮和太阳,在那里见到了伊甸园、亚当、夏娃、智慧树等,以及居民的种种稀奇古怪的行为、制度和生活方式,这个"另类世界"实为作者心目中的理想世界,隐含着对现实世界的讽刺。

名;"方式协议"(protocole modal),即申明虚构性或指涉性的所有文本或副文本要素。按照这两个条件,自撰是"名字协议和虚构性方式协议的悖论式相加"①,或者说在"保持自己真实身份的同时为自己杜撰一种人格和存在"②的文学作品。auto+fiction 的写法似乎更能恰当地体现出他的定义,即作者与人物同名与纯想象的情境矛盾地并存和并立。他把名字的同一作为自撰的形式标准,把想象或虚构作为对内容的要求,不将事实的真实性视为自撰的必要条件。但是在具体操作上,虽然他推崇自撰的文学想象性,但被他视同自撰的文本却异常庞杂,既包括但丁的《神曲》、博尔赫斯的《阿莱夫》、卡夫卡的《审判》、奈瓦尔的《火女》、佩雷克的《暗铺》等纯虚构、非现实的作品,也包括普鲁斯特、塞利纳、桑德拉尔、热内、索莱尔斯等人的具有高度自传性的作品。被杜勃罗夫斯基视为不可撼动、不容置疑的基石的叙事内容的真实性对于科罗纳来说却是无关紧要的。

由此可见,科罗纳虽然使用了杜勃罗夫斯基的自撰一词,但是此自撰非彼自撰,两人对自撰的定义和理解南辕北辙。或者说,三位同名对于科罗纳来说是构成自撰的充分条件,但是对于杜勃罗夫斯基来说只是必要条件。杜勃罗夫斯基所言的自撰之"自"(auto)强调的是与己有关的纪实(factuel)的一面,所述事实是"完全真实的":"我认为这一指涉之轴是该文类的本质所在"③,所谓"撰"(fiction)或"小说"之名只是一个幌子。而科罗纳所言的自撰之"自"和"撰"是分立的,自就是自,即体现为名字同一的真实的姓名和真实的身份;撰就是撰,即虚构,虚构不是作者故意加入的一点佐料、点缀或者不可避免地使用的素材,而是真正的、纯粹的、完全的虚构。"自"(即三位同名)只是一个幌子,"撰"才是该类写作的本质。如果以科罗纳的自撰标准来衡量,怪事出现了:杜勃罗夫斯基所言和所写

---

① Vincent Colonna, *L'Autofiction (Essai de la fictionnalisation de soi en littérature)*, p. 38.

② Ibid., p. 276.

③ Serge Doubrovsky, «Le dernier moi», in *Autofictions(s)*, PUL, 2010, p. 390.

的竟然不是自撰,因为其内容是真实的。他的这一观点当然遭到了杜勃罗夫斯基的反驳:"科罗纳的自撰是'一个作家为自己杜撰某种人格和存在,同时又保持自己真实身份(他的真名)的文学作品',我的自撰概念和他的不是一回事。这里所说的人格和存在是我以及我生活中的人们的人格和存在。"①"像万桑·科罗纳那样将自撰等同于自我编造(autofabulation),这是不可接受的滥用,所谓自我编造,就是一个和作者同名的人为自己杜撰一种想象的存在,如但丁讲述他下地狱或西哈诺讲述他上月亮。"②

所以,杜勃罗夫斯基的自撰是披着"小说"外衣的自传,科罗纳的自撰则是披着"自传"外衣的小说。如果我们把自撰作者在书中讲述的故事内容喻为"钱币",那么科罗纳的自撰实为有着某种相似性的"伪币",杜勃罗夫斯基的自撰则是有着瑕疵的"真币"。

2004年,科罗纳发表了《自撰和其他文学谎言癖》③,该书虽然是科罗纳在博士论文的基础上改写而成,但是其实是内容大相径庭的另一本书。在该书中,科罗纳仍然坚持自撰的虚构性:自撰是"所有此类文学复合体:一个作家以其专名(或者某个无可争议的派生名)出现在某个故事中,不论从不真实的内容,还是从某种习惯的形态(小说、喜剧)或与读者订立的某种合约来看,该故事都具有虚构的特征"④。用自撰来讲述"完全真实"的事实是无意义的,甚至是荒谬的。他排除了忏悔写作、自传体小说,将自我虚构化的大门洞开。然而,与前书不同的是,他将自撰的语义范围有所扩大,将其称为"一束靠合的实践(une gerbe de pratiques conniventes)、一种复合的形式(une forme complexe)"⑤、"一团星云"⑥,继而将其细分为"奇幻

---

① Serge Doubrovsky, «Textes en main», in *Autofictions & Cie*, p. 212.
② Serge Doubrovsky, «Ne pas assimiler autofiction et autofabulation», in *Le Magazine littéraire*, n°440, 2005/03, p. 28.
③ Vincent Colonna, *Autofiction et autres mythomanies littéraires*, Tristram, 2004.
④ Ibid., pp. 70—71.
⑤ Ibid., p. 15.
⑥ Ibid., p. 16.

式自撰""传记式自撰""演绎式自撰"和"(作者)闯入式自撰"①。其中的"传记式自撰"(autofiction biographique)与杜勃罗夫斯基的自撰定义接近。所谓"传记式自撰",就是"作家仍是其故事的主人公,是叙述质料所围绕的中枢,但是他根据真实的资料编造其生平,尽可能做到逼真,使其文本被认为具有一种至少主观的真实性,甚至更多"②;或者所述内容真实无误,日期、事实、名字经得起核实,或者在坚实的真实性基础上容许或多或少但无关宏旨的诗性表达,它有一个"基本的叙述核心,被标示为真实的,构成全书的中轴"③。杜勃罗夫斯基、安戈的写作属于传记式自撰。令人匪夷所思的是,科罗纳将卢梭的《新爱洛依丝》作为此类自撰的开端。

如同热奈特将自撰分为"真自撰"和"假自撰"一样,科罗纳将自撰分为"好自撰"和"差自撰"。在其博士论文中,他称那些自传性较强的"小说式传记"(biographie romanesque)是对自传性原材料消化不良、虚化不足的表现,因而是文学质量低下的表现:"'小说式传记'的名称恰如其分地概括了这种自我书写方式,它仿效小说写作,但是拒绝歪曲事实,只瞄准

---

① Vincent Colonna, *Autofiction et autres mythomanies littéraires*. "奇幻式自撰"(autofiction fantastique)的定义是:"作家处于文本的中心,像自传一样(处于中心的是主人公),但是作家篡改其生平和身份,将其写成一个不真实的、无视逼真性的故事。作家的投影变为一个非同寻常的人物,一个纯粹的虚构的主人公,任何人都不会想到从他身上得出作者的形象。与传记式姿态不同,奇幻式自撰不是对生平进行修修补补,而是另行杜撰;实际生活与写出来的故事之间的差别无法化简,二者不可能混同,完全是对自身的虚构。"(75页)希腊语作家路吉阿诺斯是此类奇幻式自撰的鼻祖和典范,博尔赫斯的《阿莱夫》也属于此类自撰。"演绎式自撰"(autofiction spéculaire)的定义是:"这种自我杜撰的方式建立在作者或书在书中被反射的基础之上,令人联想到镜子的隐喻。文本的现实性、逼真性变为一个次要因素,作者不一定处于书的中心;他可能只是一个轮廓,重要的是他置身于作品的某处,此处像镜子一样反射出他的出现。"(119页)卡尔维诺的《寒冬夜行人》属于此类自撰。在"(作者)闯入式自撰"(autofiction intrusive ou auctoriale)中,作者不是变身为某个人物,"作者的化身是一个解说员、讲述者或评论者,简言之,是情节边缘的一个'叙述者兼作者'"。此类情况发生在第三人称小说中,类似于乔治·布兰(Georges Blin)所说的"作者的闯入":一个故事之外的人和读者讲话,保证或者质疑故事的真实性,或者对人物及故事发表评论等。(135页)斯卡龙的《喜剧小说》、狄德罗的《宿命论者雅克》属于此类写作,在福楼拜和亨利·詹姆斯提倡作者隐退、让故事自行讲述后,此类写作逐渐退出舞台。

② Vincent Colonna, *Autofiction et autres mythomanies littéraires*, p. 93.

③ Ibid.

自传(……)除了一两个例外情况,这些混合式文本的文学质量不高。"①在后来出版的《自撰和其他文学谎言癖》中,科罗纳一针见血地指出,"传记式自撰"虽然寻找突破和创新,但是不论在主题还是在形式上都难以逃脱"单调"的缺陷,不论作者如何追求创新和突破,其写作最终都沦为一种复制,只要读过他们的一本书就等于读了他们所有的书:

> 当一个作家将其当作唯一的资本、当作写作的唯一材料时,自撰就单调了,当前的作家都难以逃脱这种单调。一种身份的主体性,即使从其各个侧面来观察、写尽其各个阶段的各种经历,都不是取之不尽的材料。总是同一个主体,形式也受其影响。尽管作者变换角度,读者最强烈的感觉是阅读相同的故事(……)自我中心的讲述者围着他本人转,不断描写他的爱好、欲望、优点和缺点、家庭、环境、创伤、职业、爱情、艺术。不论他使用或不使用文字游戏,他写的永远是同一个主体。一本,两本,对于最好的作家来说最多三本书,素材写就写尽了;之后,就必须抻长篇幅、增加花样才能继续写下去。米勒和桑德拉尔已经遇到了同样的困境,试图讲他们的朋友或他们的旅行来绕过这一困境,可是这种做法只不过是为他们的最完美的书增加一些无用的章节。②

这种写作既缺乏深度和普遍价值,又蒙蔽读者,而且流于重复和琐碎,是江郎才尽甚至无才的表现。这类作家远有米勒、桑德拉尔、洛蒂,近有安戈、杜勃罗夫斯基。科罗纳将传记式自撰称为"加工或工业文学"(littérature manufacturée ou industrielle)③,是将生平的质料变换不同方式加工出来的。自撰只有将自传素材充分消化、升华、虚化,将其投射到想象的情景中时,它才是"好"自撰。他最推崇的是他所称的奇幻式自撰。

---

① Vincent Colonna, *L'Autofiction (Essai de la fictionnalisation de soi en littérature)*, p. 255.
② Vincent Colonna, *Autofiction et autres mythomanies littéraires*, pp. 115—116.
③ Ibid., pp. 116—117.

我们从中又看到了亚里士多德诗学观的影子。

七、菲利普·加斯帕里尼

和科罗纳一样,加斯帕里尼也是一位专攻自撰研究的学者,其博士论文便是以此为题:《"他"是"我"吗?自传体小说、自撰》(Est-il je? Roman autobiographique, autofiction 下文简称《"他"是"我"吗?》)。加斯帕里尼和科罗纳在自撰问题上都是虚构派,二人在对待自撰的总体标准和大的原则是一致的,但是在具体操作上则存在较大分歧。与科罗纳一样,加斯帕里尼也不认为自撰是20世纪70年代横空出世的文学现象:"很容易证明,人们列于自撰旗帜之下的最后四分之一世纪的小说家只是开拓和发展了很久以前就形成的文类策略。不论他们愿意与否,杜勃罗夫斯基、吉贝尔、罗斯(Roth)、汉德克(Handke)、大江健三郎等是踩着夏多布里昂、缪塞、狄更斯、里尔克、米勒、塞利纳等人的足迹前行的。"[①]不同的是,科罗纳从一种特定的游戏式写作的角度对自撰追根溯源,追溯至罗马时代的希腊语作家路吉阿诺斯;加斯帕里尼则从一种特定的自传体小说的角度来追寻自撰的传统和历史,追溯至19世纪的夏多布里昂和德国作家凯勒。他认为,科罗纳把作者、叙述者、人物三者同一和同名作为自撰的必要条件,也就将自撰限制在了一个过于狭窄的范围。

加斯帕里尼在《"他"是"我"吗?》中对自撰的语用策略和叙述机制进行了梳理和总结。他认为自撰并非如杜勃罗夫斯基所言是自传的现代变体,自撰的直系亲缘不是自传,而是和自传体小说一脉相承,自撰是具有两个多世纪传统的自传体小说的延续和现代变体。"自撰之于创作者自我('auto')来说正如科幻之于科技,是一种投射在想象情境中的显影。"[②]正如科幻不是科技,而是幻想一样,自撰也不是自我,而是虚构,其含义"可以扩大至将作者投射至虚构情境的所有策略,不论可以让人辨认

---

① Philippe Gasparini, *Est-il je?*, pp. 310—311.
② Ibid., pp. 25—26.

作者的迹象是什么,'自传体小说'一词适用于主人公经历与作者经历完全重叠的文本,即杜勃罗夫斯基的情况"①。所以,他是将自撰置于自传体小说的框架内来谈的,自撰最多是自传体小说的一个外延更小的特殊类别,即作者、叙述者和主人公同名的自传体小说类别,是"自传体小说的一个烦琐的变形(avatar sophistiqué)"②,是自传体小说的最新的时髦名字,而不是一个单独的类别。"我将只是以切问的方式来谈自撰的特性和历史,因为它的范畴贴近自传体小说,有时与自传体小说相混同。"③二者之间只有虚构程度的不同,并无本质的差别。该书的副标题"自传体小说和自撰"显然是将二者作为两个类别并列的,对此他后来这样解释:"在十分之九的情况下,自撰一词指的是人们以前称作自传体小说的文本。因此应该读作自传体小说又名自撰。"④

加斯帕里尼认为:"虚构和自传的施为地位(statut illocutoire)原则上是对立的、完全相互排斥的,自传体小说家不是将两种对抗的编码实现一种不可能的综合,而是将二者并置,使其并存(……)这种根本的双重性围绕着主人公的身份问题;有时主人公可被视同作者,这时必须作为自传来读;有时主人公与作者相去甚远,这时应主要作为小说来接受。"⑤这两种"矛盾的阅读"(lecture paradoxale)方式不是"交替"进行,而是"同时"进行的,读者可以同时进行两种对立的解读。⑥ 他的包括自撰在内的自传体小说"包括可以进行虚构和自传两种接受方式的所有叙事,不论虚构和自传的比例如何。从该角度看,文本的真实程度无关紧要。在此类叙事内部,双重显示方式的丰富的修辞才是分类和评判的一个标准"⑦。

四年之后,在《自撰:一种语言的冒险》(*Autofiction*：*une aventure*

---

① Philippe Gasparini, *Est-il je ?*, p. 311.
② Ibid., p. 24.
③ Ibid., p. 26.
④ Philippe Gasparini, *Autofiction*：*une aventure du langage*, p. 253.
⑤ Philippe Gasparini, *Est-il je ?*, p. 13.
⑥ Ibid.
⑦ Ibid., p. 14.

du langage)中,加斯帕里尼对自撰的归属有所调整和细化。他根据"契约类型"和"作者—主人公的同一"两条标准将(杜勃罗夫斯基)自撰与自传和自传体小说进行了比较,得出如下表格①(见表5.2):

表 5.2 加斯帕里尼的自我书写分类对照表

自我书写类别	契约类型	作者—主人公的同一
自传	真实性契约	同名
自传体小说	模糊性策略	暗含同一
自撰	模糊性策略	同名

由此可见,"杜勃罗夫斯基式自撰向两个参考文类都分别借用了一个区别性特征(……)因此,自撰介于自传和自传体小说之间"②。加斯帕里尼把自撰视作与自传体小说有联系,尤其是有区别的"新类别"③。他把"自传""自传体小说"的称谓留给了传统自我书写方式。对于独具特色的现当代自我书写文本,他寻找并使用新的概念来称呼。经过对现当代自我写作在技巧和方法上的特征的梳理和总结,他模仿勒热纳对"新类别"下了一个综合性定义:"自传性和文学性兼具的文本,具有口语性、形式创新、复杂的叙述、碎片化、他传性、混杂和自我评论等诸多特征,旨在使写作和经验的关系问题化。"④

但是,鉴于自撰一词有着多种矛盾的定义和理解,由于"自传体小说"这一称谓缺乏现代的越界色彩,于是两种称谓都被他弃之不用。他转而借用阿尔诺·施密特(Arnaud Schimitt)的"自叙"(autonarration)概念,试图把杜勃罗夫斯基、科罗纳、勒卡姆等对自撰的不同定义综合其中。

加斯帕里尼的自叙定义充满了特征和标准,貌似严谨,其实无操作性。不论在自叙的名称上还是在对它的定义中都不再有"虚构"的字眼,

---

① Philippe Gasparini, *Autofiction: une aventure du langage*, p. 300.
② Ibid.
③ Ibid., p. 311.
④ Ibid.

他尤其强调此类写作的复杂的文学性表达。

他不仅把传统的自我书写分为"自传"和"自传体小说",而且把现代的自我书写用"自叙"来指称,其中包括"自传性叙事"(récit autobiographique)和自撰(autofiction)。

"自叙指的不是一个文类,而是一个超文类(archigenre),即自传空间的当代形式。它包括受同名契约规定的严格的自传性文本和遵守灵活不一的文类模糊性策略的自传体小说。"①对于自叙包括的两类性质的文本,他做出了进一步的解释。第一类文本指的是自我指涉性质的写作,被其称为自传性叙事,"由线性的和毋庸置疑的备忘录构成的碎片化的、元话语广泛存在的作品"②,如朱利埃、鲁博、福雷斯特、阿尔芒·加替(Armand Gatti)、库塞、埃尔诺的写作。"叙事"在这里是与"小说"相对而言,强调内容的非虚构性;"自传性叙事"于是与传统意义的自传和作为虚构的小说区别开来。其实,加斯帕里尼的"自传性叙事"更加符合杜勃罗夫斯基的自撰定义,即内容的非虚构性和表达的文学性,只是他更加强调此类叙事的线性特征。第二类文本被其称为"自撰",因为自撰所包含的"虚构"表明"自我叙事的某些元素是作者想象或改动的"③,如热内、阿拉贡、杜拉斯、莫迪亚诺、索莱尔斯、费德曼、罗伯-格里耶、安戈、维兰、德洛姆等人的写作。可见,第二类文本的特点在于内容的虚构性,加斯帕里尼称之为"当代自传体小说"④。虽然他使用"自撰"一词,但是它与杜勃罗夫斯基的自撰含义相距甚远。至于杜勃罗夫斯基,"我将其《断裂的书》之前的写作归入第二类,即自撰之列,把他后来的、当他开始使用'后现代自传'一语的写作归入第一类"⑤。

---

① Philippe Gasparini, *Autofiction: une aventure du langage*, pp. 312—313.
② Ibid., p. 313.
③ Ibid.
④ Ibid.
⑤ Ibid.

八、阿尔诺·施密特

在施密特看来，加斯帕里尼提出的两种同时的矛盾阅读的设想虽然美妙，却是行不通的。我们的大脑是一个选择性机器，时刻对我们正在阅读的文本进行归类。大脑能否同时产生两个矛盾的想法，同时进行两种矛盾的阅读呢？我们无法同时坐在两把不同的椅子上。

施密特基于德国诗学家凯特·汉博格的没有虚构程度不同，只有真实程度不同（即准真实）的论点，提出了自叙（autonarration）的概念。他是在谈到亨利·罗斯（Henry Roth）的《随波逐流》（*Mercy of a Rude Stream*）时第一次提出了这一概念："自叙就是让自传向文学性倾斜。当然是言说自己，但是带有小说内在的全部复杂性以及小说特有的方式、多界面、文体上的变化。换言之，自叙言说自己时就像是小说一样，像看小说人物一样看自己，即使其指涉的基础是完全真实的。"[①]该概念的主要优点在于不与自传混同，因为当我们谈到自传的时候，我们首先想到的是叙述内容的真实性，而自叙强调的是言说方式。"当然，这一概念允许作者有意识地（即通过与读者订约的方式）自由地处理其真实（vérité），但是，它尤其可使作者打破回忆的线性和虚幻的客观性，容许离题、天马行空或者无意识的记录。它甚至可使作者向小说借用他所需要的一切手段，而无须假装保持真实性这个著名的迷惑之镜（娜塔莉·萨洛特的《童年》或保罗·奥斯特的《孤独的创造》等作品的设想展示了这种形式的解放，但是形式的解放并没有放弃对自我的真实的表达范畴）。当然，自叙属于指涉性，但不是自传，不是此前以生活叙事的传统形式呈现出来的自传。"[②]自叙对真实持现实主义的态度，认为真实是相对的，允许作者在谈自己时有所编造（fabuler）。

---

① Arnaud Schmitt, «Auto-narration et auto-contradiction dans *Mercy of a Rude Stream* d'Henry Roth», cité par Philippe Gasparini in *Autofiction : une aventure du langage*, p. 312.

② Arnaud Schmitt, «La perspective de l'autonarration», in *Poétique*, n°149, 2007/02, p. 24.

施密特的自叙概念与杜勃罗夫斯基的自撰有着异曲同工之处，在他看来，杜勃罗夫斯基自撰的三个标准是：它是一种文学写作（类似于上面所说的对小说手段的借用），作者、叙述者和主人公名字的完全一致，精神分析占有决定性的地位。施密特认为，杜勃罗夫斯基的概念虽然有其意义，但是不仅没有使事情变得清晰，反而在表面上更增加了模糊性，而且在某种程度上有悖于该概念的指涉性方向。所以他建议用"自叙"来代替"自撰"："关于自叙，只需要保留第一个要素，即书写自己（le travail sur soi）。另一个棘手之处在于作者和叙述者名字的一致，我们已经指出这种对应是不可信的。同样，当全等性建立在名字的标准之上时，如果这两个要素之间明显不具备这种全等性，那么读者就无所适从了。"①

施密特以亨利·罗斯的《随波逐流》四部曲为范例来说明自叙。在美国版四卷本的封面上赫然印着"小说"的字样，封底的批评家的摘引也称其为虚构。但是，作品的其他要素显示它是自传，就好像罗斯小心翼翼地试图隐去人物的名字（例如叙述者的妻子被以 M 来指代，根据罗斯的传记资料，我们知道罗斯的妻子名叫 Muriel）。《随波逐流》所述的内容符合作者的生平轨迹，它是一部准真实作品，意在表现他的人，而不是他的事迹，而且叙述不断在年轻时代的故事和叙述的当下之间来回往复。在关于叙述当下的段落中，作者—叙述者思考着他的晚年，与电脑就讲述自己生活的能力进行对话。在一个段落中，叙述者伊拉（Ira）将自己定义为"自传小说家"（romancier autobiographe）。罗斯描写了自传被创作的方式以及他打造其自传的方式。伊拉强调，自叙就是要使自传向文学倾斜，以真实的生活素材为基础，使用小说的所有叙述手段来言说自己。②

施密特不怕被人扣上简单化的帽子，明确站在纪实一边，称自叙"归

---

① Arnaud Schmitt, «La perspective de l'autonarration», in Poétique, p. 25.
② Ibid.

根结底是非虚构"①,"自叙要求一个明确的阅读合约,公开表明是指涉性的。不是满足于作者和叙述者的名字相符(可以不需此条,如亨利·罗斯的情况),而是将文本所记录的生活和作者的经验生活的相似推得更远"②。通过该阅读合约,自叙的作者承担叙事内容的伦理甚至法律责任,而自撰则可以在虚构的幌子下逃避这种责任。

其实施密特的"自叙"和杜勃罗夫斯基的"自撰"的核心含义是相同的,即自叙的内容以指涉性为主调,但是在表现手法上具有高度文学性。不论施密特的"自叙"还是杜勃罗夫斯基的"自撰",它们在根本上都属于自传或者向自传倾斜。只是杜勃罗夫斯基强调"完全真实的事实和事件",而施密特提倡一种"准真实","谈自己时可有稍许的杜撰"③,自叙的这种相对真实性是由经验和所述事实之间存在的偏差造成的,这种偏差包括三个方面,即错误(erroné)、编造(fabulé)和撒谎(mensonger)④;而且施密特跳出作者、叙述者和主人公同名的限制条件,赋予了自叙在形式和表达上更大的灵活性,充分利用和挖掘小说的手段和潜力。与热奈特将自传视为有条件的文学不同,施密特理直气壮地将自叙归入文学之列,在他看来,虚构并非文学的全部,文学和纪实并不排斥。

自撰对于施密特来说是一个范围广阔、变动不居的范畴,既涵盖了杜勃罗夫斯基式的狭义自撰(即他本人所言的自叙),也几乎涉及热奈特和科罗纳所言的虚构性自撰。施密特根据作者选择遵守的契约类型和读者的阅读感受,用如下游标卡尺的图示(见图 5.1)说明文学性自我书写,即

---

① Arnaud Schmitt, «De l'autonarration à la fiction du réel: les mobilités subjectives», in *Autofiction(s)*, p. 430.

② Ibid., p. 433.

③ Arnaud Schmitt, «La perspective de l'autonarration», in *Poétique*, p. 26. 杜勃罗夫斯基虽然声称他所写的是"完全真实的事实和事件",但是他其实并未严格遵守,《儿子》中也有诸多不实和编造,以至于勒热纳获知后深感上当受骗。

④ Arnaud Schmitt, «De l'autofiction à la fiction du réel: les mobilités subjectives», in *Autofiction(s)*, p. 436.

自撰在真实和虚构之间的移动①：

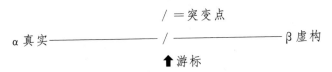

图 5.1　施密特所言的自撰的移动范围

如果游标更靠近 α 即真实一侧，自撰就滑向自叙；如果游标更靠近 β 即虚构一侧，自撰则滑向真实虚构(fiction du réel)。施密特认为，可以代表那个临界的"突变点"的作品就是普鲁斯特的《追忆》。真实虚构既包括具有高度指涉性的小说也包括具有高度虚构性的自传。真实虚构是一种后现代现象，根本不关心小说的逼真性(vraisemblance)，也不关心自传的真实性(véracité)，在虚构的故事和作者的实际经历之间依靠某一可经证实的真实元素维持着微弱的联系，如某个历史事实、作者的名字或与其有关的传记事实。施密特以布莱特·伊斯顿·埃利斯(Bret Easton Ellis)的《月亮公园》(Lunar Park)为例来说明真实虚构。作品中所述事件都是不真实的(irréel)，如着魔、驱魔、闹鬼的房子等，如果将其视为一部自叙是荒谬的，但是一些被证实的传记事实、对于父亲的思考又使该文本与一部可能的自传之间有着一线的联系。真实虚构就是从几个真实的元素出发自由地虚构。它贴近热奈特或科罗纳所说的"自撰"，它首先而且根本上就是小说："真实虚构不是一种矛盾表达，它是对其实际做法的忠实描述。它不是属于真实的范畴，而是由真实出发的自由的虚构。"

可是，施密特用移动游标的方法来判定真实或虚构的程度，进而判定自撰的归属貌似科学合理，实则并无操作性。因为他的判别尺度之一是读者的接受态度，即读者在阅读过程中对作者是否遵守其契约的阅读感受，而读者的阅读感受是具有高度主观性和差异性的，而且读者需要对作者的生活经历有着深入的了解才能判定，而大部分读者是不具备这种鉴

---

① 以下介绍见 Arnaud Schmitt, «De l'autofiction à la fiction du réel: les mobilités subjectives», in Autofiction(s), pp. 437—440。

别能力的。

九、菲利普·福雷斯特

福雷斯特是一名学者和批评家,著有关于超现实主义、阿拉贡、索莱尔斯、"原样派"等研究的学术专著。福雷斯特著有两本论述当代自我书写的散论:《小说、真实》①和《小说、我》②。他按照"去个人化进程"(processus de dépersonnalisation)③来衡量当代自传性书写,区分出三个艺术层次。第一个层次是"自我文学"(ego-littérature):"'我'作为一个(传记的、心理的、社会学的等)现实(réalité)出现,有关这种现实的记录、资料、生活叙事表达了用写作进行任何处理之前的客观性。"④"对于自我文学来说,艺术模仿生活,自我文学将'自我'作为它的客体。它将自我理解为一种用叙事来表达的'现实'。"⑤它相当于勒热纳所定义的记录真人真事的传统自传。福雷斯特认为它的个人化最强,艺术层次最低,称之为"私人书写的新自然主义"(néo-naturalisme de l'intime)。第二个层次是自撰(autofiction),即在杜勃罗夫斯基模式基础上发展起来的"一种自我书写的小说化形式",其代表是吉贝尔、埃尔诺和安戈,"'自撰'一般被视为新的'自我文学'的标志性体现,而新的'自我文学'本身又被看作以夸张手法专事心理暴露的世纪末法国小说的一个特有现象"。⑥ 与旧式自我文学专事记录事实不同,新的自我文学即自撰,以小说的手法专事描写个人隐私和心理,它仍是一种自我书写的自然主义。"自撰(它脱离了自我文学的幻觉,注意到生活模仿艺术这一事实)同样将'自我'作为它的客

---

① Philippe Forest, *Le Roman, le réel, un roman est-il encore possible?*, Pleins Feux, 1999.
② Philippe Forest, *Le Roman, le Je*, Pleins Feux, 2001.
③ Ibid., p. 37.
④ Ibid.
⑤ Ibid., p. 38.
⑥ Ibid., p. 13.

体,但是它在自我那里发现了用小说来建构的'虚构'。"①第三个层次是"我小说"(roman du Je),该称谓是德语 Ich-roman 和日语 shishôsetsu 的直接拷贝:"和'自撰'的定义一样,它的定义建立在一个公认的矛盾之上。因为'我小说'让人同时(又不约而同地)将其作为自传和小说来读。"②"我小说"就是为想象的情境和人物披上"自传的外衣",用日本作家大江健三郎的话来解释:"我想写我自己,我出身于一个偏僻的村庄,是一个残疾孩子的父亲,无法脱离我的森林。我发现一种描写这些经历的方式,就是基于某种在现实中不存在的东西。"③在福雷斯特看来,自我书写中的个人化与艺术性是成反比的,个人化程度越高,如自我文学,其艺术性越低,因为它写的是个别的事(亚里士多德);反之,如"我小说",则艺术性越高。

福雷斯特从来不认同勒热纳所言的作者、叙述者和人物的同一,即使三者同名也不能说明任何问题:"即使作者把他的名字、他的故事、他的面孔的最独特特征都借给了人物,作者与在文学空间内部表征作者的人物也有着根本的不同。"④如果作者在文学作品中讲述他的生活,他注定要把生活变为虚构:"只有成为'小说'时,'我的生活'才算存在,至于'我自己',只有在小说中一直以某个'人物'的方式出现时,我才算存在。"⑤一切写作行为都是创作,即使通过记忆。"自我文学"或传统自传通过现实主义来拷贝真实(réel),结果只能是"亲历"(vécu)的篡改。真实(réel)可以接近,但永远无法完全抵达:"因此,人们告诉我们的、我们首先将其作为'现实'(réalité)接受的'现实'从来只是虚构(……)据我的理解,小说就是用'现实'这种虚构来建构的虚构,这种虚构的虚构废除了现实,可使我们触及这个'真实'之点,小说在其中革新,并从中向我们传达我们的生

---

① Philippe Forest, *Le Roman, le Je*, Pleins Feux, 2001, p. 38.
② Ibid., p. 16.
③ Cité par Gasparini, *Autofiction: une aventure du langage*, p. 224, note 4.
④ Philippe Forest, *Le Roman, le Je*, p. 17.
⑤ Ibid., pp. 17—18.

活的真正意义。"① 福雷斯特在真实性问题上与纪德不谋而合:"不论对真实多么关注,真相回忆录永远只是半真诚的(……)也许只有小说才能更接近真实。"②

在自我书写方面,福雷斯特提倡"我小说",认为它打破了传统的文类分野、真实与虚构的界限,从此无须从真实性的角度以及真实的程度来判别一部作品。"因为,'我小说'的出现标志着自传进入我们传统所说的怀疑的时代。"③"我小说"是对以卢梭为代表的传统自传的背离:"通过传统自传,个人想方设法地为其自我确定一个稳定的、有意义的形象,与之相反,'我小说'以其极端的方式追求一种危险的实验形式,一切身份的确定性都被破坏。因此,'我小说'根本不像人们经常所揭露的是一种自恋和自得的行为,它要废除自我意识的一切确定形式,告诉作者这一唯一真理:自我从来都是作为虚构而存在的。"④

福雷斯特声言追求"真实"(réel),但是他所言的真实不是客观的事实,而是内心深处无法言说,只能用小说的语言来接近的伤痛,是巴塔耶所言的内在经验(expérience intérieure)。用他自己的话说,"文学之于我就是一场与不可挽回、不可抚慰、不可治愈的东西的较量"⑤。他排斥"自我文学",因为这种文学过于相信模仿的力量,认为只要把"现实"拷贝下来就可反映真实。尽管如此,福雷斯特最为排斥纯想象的文学,他提倡建立在内心经验基础之上,以诗意的方式来承载内心经验,从虚构出发来抵达真实,抵达一种无法轻易表达的空缺(manque)。"我小说"在"去个人化"的方向上走得最远,"我"如水印一般隐含于故事中,作者"自焚"(se consumer)或"自尽"于文本中,人们读到的是他人的故事,是从他者出发抵达自我,借人之酒杯浇己之块垒,通过书写他者来言说自己内心不可言

---

① Philippe Forest, Le Roman, le Je, pp. 23—24.
② André Gide, Si le grain ne meurt, Gallimard, 1955, p. 280.
③ Philippe Forest, Le Roman, le Je, pp. 16—17.
④ Ibid., p. 68.
⑤ Philippe Forest, «Qu'on m'accuse de tout ce qu'on veut», in le Magazine littéraire, n°508, 2011/05, p. 86.

传的撕裂或伤痛。这是一种"指桑话槐""指鹿话马"的写作,名义上写的是他人、历史上真实存在的人物,实际上写的是自己的相似经历,将自我的内心投射在他人身上,与施密特的"真实虚构"的第二种情况类似。

1996年,福雷斯特4岁的女儿波丽娜因癌症而夭折,女儿之死成为他终生无法释怀的心结,不仅使他的学术研究发生了转向,令他在大江健三郎的遭遇和写作中发现了共鸣,而且使他在之后的两年中相继写出了最早的两本"真实的小说":《永恒的孩子》(*L'Enfant éternel*,1997)和《整夜》(*Toute la nuit*,1999)。两书均是为悼念早亡的幼女而作,讲述了女儿的生病、治疗以及父亲对女儿短暂幼年时光的美好回忆和对生死问题的思考。福雷斯特说:"我的生活的全部历史都在我的书中。"①

福雷斯特的创作是对他的"我小说"的实践。他后来的作品虽然形式各异,但是均缘起于或归结为失子之痛,以不同的故事讲述同一主题——哀痛。《然而》(*Sarinagara*,2004)讲的是三个失去幼女的日本艺术家小林一茶、夏目漱石、山端庸介的故事。《杀婴小说》(*Le Roman infanticide*,2011)并非小说,谈的是有过丧子经历的陀思妥耶夫斯基、福克纳、加缪、马尔罗的故事。《云时代》(*Le Siècle des nuages*,2013)讲的是20世纪的故事以及父亲的死亡。可是书中所写这些艺术家的故事并非完全是他们的真实经历,而是掺入了福雷斯特的虚构和加工。福雷斯特在其他有过类似经历的作家、艺术家的疯狂、痛苦、无奈中看到了自己。他者的虚构传记就是他的自撰,他者的"异画像"就是他的自画像。

福雷斯特发明的"自我文学""我小说"这两个词语既拗口又啰唆,甚至令人不知所云,最终没有被学术界和批评界接受而普及开来,仅仅是他一人使用。

十、菲利普·维兰

和福雷斯特类似,维兰既是一名出版有五部"小说"的作家,也是一名

---

① Cité par Isabelle Grell in *L'Autofiction*, p. 41.

理论家,著有《为那喀索斯而辩》①和《自撰理论》②两本专论自我书写的杂谈。他是一名自我写作的捍卫者,积极地为自我书写去污名化和文学地位的合法化而辩护,主张应更多地从美学的角度,而不是从伦理的角度来评判自撰或自我书写。如果只是从伦理角度,自我书写是可疑的、二流的,有着自恋、不雅和暴露等种种令人诟病的缺陷。对他来说,"写作"(écrire)与"写我"(écrire le moi)没有分别:"小说经常是伪装的自传,自传经常是不敢承认的小说。"③自我书写实为"自身的想象,更加以前瞻的方式而非回顾的方式来追寻回忆"④。即使作者写的事实都是真实的,但是都是按照虚构的方式在运作,如拉康所言,自我从一开始就位于"虚构的方向"上。

维兰对自撰的理解和形式标准与杜勃罗夫斯基完全一致:一是作品必须以"小说"自居,这种虚构是作者出于美学考虑的主动选择;二是作者、叙述者和人物必须具有相同的名字。⑤ 在这两条要求的基础上,他模仿勒热纳的自传定义,对自撰定义如下:"一个人将自己的生活或生活的一部分写成的同名的虚构"⑥。维兰又将上述自撰含义稍加扩展,将叙述者虽然没有具体名字,但是暗含着或者说默认指向作者的情况涵盖进来——如杜拉斯的《情人》,定义如下:"一个人将自己的一生或一生的某个部分写成的同名或无名的虚构"⑦。

但是杜勃罗夫斯基的自撰强调"完全真实的事实和事件",至少在口头上如此声称,而实际并未做到;而维兰强调的是"情感的真实",强调作者对事件处置的更大的自由权,可以对事实和事件加以改造:"我写的更多的是我感到而不是我经历的东西。事实、事件,我擅自对其加以改变,

---

① Philippe Vilain, *Défense de Narcisse*, Grasset, 2005.
② Philippe Vilain, *L'Autofiction en théorie*, La Transparence, 2009.
③ Philippe Vilain, *Défense de Narcisse*, p. 120.
④ Ibid., p. 121.
⑤ Philippe Vilain, *L'Autofiction en théorie*, pp. 52—53.
⑥ Ibid., p. 57.
⑦ Ibid., p. 74.

但是从来不改变我的情感(émotions)。我在扭曲我的经历和进行杜撰时毫无顾虑,但是,如果我不能忠实地记录我在某一情形下体会到的情感,我就感到是对我的背叛。"① 维兰追求的是对当时情感的忠实性(fidélité),而非事件的精确性(exactitude)。"我"不是一个预设的存在,而是一个不断重组、重述的过程。自传追求的是对事件的严格忠实,自撰不是描写事件的真相,而是对事件和生活的理解和感知,为此他不惜对事件进行再创造(recréation)。自撰的特点"就在于情感的忠实性与事实的再创造的结合"②,这一观点竟与卢梭高度相似③。

维兰以自己的写作来说明对事件处理的理由:"我的所有文本,《抱紧》(L'Etreinte)、《放弃》(Le Renoncement)、《德累斯顿的夏天》(L'Eté à Dresde)、《巴黎的午后》(Paris l'après-midi)和《假父亲》(Faux-père),都借用了我的亲历,虽然这种亲历是根据写作的需要而不得不经过改造的、加工的、处理的,因为说到底,都是写作决定着我,迫使我牺牲我的生活的某些末节,实现结构的平衡和文本的逼真。根据写作的要求,我经常不得不放弃某些不大可能的、非常小说化的情况,如果把它们写进小说,它们就失去了可信性。在我看来,小说的功能之一就是抹去、避免、删除、

---

① Philippe Vilain, L'Autofiction en théorie, p. 107.
② Ibid.
③ 卢梭在《忏悔录》中同样表达了感情的真实重于事实的真实的观点:"我只有一个向导还忠实可靠,那就是感情之链,它标志着我一生的发展,因此也就是我一生经历的事件之链,因为事件是那些感情的前因或后果。我很容易忘掉我的不幸,但是我不能忘掉我的过失,更不能忘掉我善良的感情(……)我很可能漏掉一些事实,某些事张冠李戴,某些日期错前倒后;但是,凡是我曾感受的,我都不会记错,我的感情驱使我做出来的,我也不会记错;而我所要写出的,主要也就是这些。我的《忏悔录》的本旨,就是要正确地反映我一生的种种境遇、那时的内心状况。我向读者许诺的正是我心灵的历史,为了忠实地写出这部历史,我不需要其他记录,我只要像我迄今为止所做的那样,诉诸我的内心就成了。"见卢梭:《忏悔录》,第 286 页。只是卢梭更多的是从记忆的角度来谈的,这是由于记忆的缺陷("我"无法记住所有事实,因此会漏掉一些,某些事实会张冠李戴等)和"我"的记忆的特点("凡是我曾感受的,我都不会记错,我的感情驱使我做出来的,我也不会记错")而不由自主地走向的一种结果,而维兰更多的是为了表达某种精神状态而主动而为地"再创造"。

审查生活的那些过于真实(sur-réels),因此是逼真的元素。"①维兰认为,真实的生活比小说更像小说,"有时,只有现实(réalité)最像是虚构,尤其是这种现实似乎被杜撰到如此程度"②。生活中的某些真实事件因为过于离奇,难以置信,他只能弃之不用,或者为了使其具有小说的逼真(vraisemblable)而对真实(réel)进行改造,以至于"现实"和虚构难以分辨了:"一方面,生活不断制造虚构;另一方面,写作又不懈地制造着真实,因此,写作的现实将生活的虚构融入进来。我们是否应该认为现实和虚构不是对立关系,而是相互依存的关系呢?"③维兰的自我书写使生活和写作的关系发生了翻转:在传统自传中,作者将自己的生活写入和写成作品,作者乃作品之父(père)、之主(Dieu)④,生活乃作品之源(origine)、之本(référent)。而维兰的写作就像巴尔特所言的作者与文本的关系:作者不是作为"主人"(propriétaire),而是作为"客人"(invité),作为一个"人物"重返文本的,"他的生活不是其故事之源,而是与其作品进行竞争的一个故事"⑤。由此,人们不再是根据他的生活来读他的作品,而是根据他的作品来读他的生活。

令人吃惊的是,维兰从他认同的杜勃罗夫斯基的自撰观出发,最后走向了杜勃罗夫斯基的反面;他一开始反对科罗纳的自撰观,最后竟与科罗纳不期而遇:"自撰的功绩就是创造了至少两个'自我'流派:一个注重忠实于自身的历史,另一个主张对自身进行小说化再创造(既然无法描写自己,那么在再创造时,就要对自身持有真诚的态度)。前者并不比后者更加可信,后者也不比前者更加可信,但是两派是两种根本对立的构思'自

---

① Philippe Vilain, *L'Autofiction en théorie*, p. 39.
② Philippe Vilain, *Paris l'après-midi*, cité par Johan Faerber, «Une vie sans histoire. Ou l'impact autobiographique dans l'œuvre de Philippe Vilain», in *Revue de littérature comparée*, n°325, 2008/01, p. 133.
③ Philippe Vilain, *Défense de Narcisse*, p. 125.
④ Roland Barthes, «La mort de l'auteur», in *Le Bruissement de la langue*, Seuil, 1984, pp. 64-66.
⑤ Ibid., pp. 74-75.

我'真相的方式,是自撰的两种不可调和的倾向,类似于两种不共戴天的观点。我越来越接近我当初排斥的科罗纳的虚构化立场。"①

作为一名作家,维兰还身体力行地践行其理论。从第一本书开始,自撰就成为其喜爱的表达方式。对于维兰来说,生活太虚构,写作太真实,以至于作者不得不将生活加以改造以适应写作。他的每部作品都是取材于他的某段真实的亲历,他的纪实(factuel)不是历史的精确性(exactitude),而是一种更加宽泛的忠实性(fidélité),只是实有其事,甚至经得起考证(vérifiable),但是他无意追求一种无法企及的原真性。这种精确性或原真性是传记家或历史学家的目标。他的亲历根据需要经过了改造、增减、移花接木。他还提出了更加大胆的主张,自传不仅涉及已经发生的事件或正在发生的事件,而且涉及尚未发生、被其提前发生的事件。在某些情况下,自传既是回溯性的(rétrospectif),也可是前瞻性的(prospectif)②。他的自撰的结局往往是预计发生、注定发生而实际尚未发生的故事。维兰称此种处理是为了反映他当时的焦虑、忧心以及潜意识等真实的精神状态。"在这里,写作为我提供了走在生活中的事件前面的机会,就好像我必须预防它们,开始做好准备,从而事先降低它们造成的痛苦,已经体验到提前到来的怀旧之情。"③但是维兰在加工和虚构之路上并未走向科罗纳所主张的但丁或博尔赫斯式的脱离现实的不逼真(invraisemblable)的程度,而是适可而止,从某种程度而言是对自己生活经历的"戏说"(romanesque)。

维兰的第一本书《抱紧》讲述了他与著名女作家 A. E. ④的相遇及分手的故事。维兰和埃尔诺的确曾经有过一段恋情,而且埃尔诺是以真名出现的。但是书中所述的相遇和分手的情形完全是经过改造的,与实际情况有很大出入。据他自己称,他们相识的真实情形太像小说因而不可

---

① Philippe Vilain, *L'Autofiction en theorie*, p. 73.
② Philippe Vilain, *Défense de Narcisse*, p. 124.
③ Ibid., p. 123.
④ 著名女作家即安妮·埃尔诺(Annie Ernaux)。

信,为了避免夸张之嫌,他才将此事件进行了平常性改造。在书中写到他们分手时,他们在现实中的关系其实并未结束,在该书出版几个月后他们才分手。二人相识时,他正在撰写博士论文,而书中说他正在撰写硕士论文,为的是将自己写成一个普通的学生。

《最后一年》(*La Dernière année*,1999)讲的是他的父亲晚年在医院中度过的漫长的临终过程。但是在该书中,维兰故伎重演,提前写到了父亲的死亡,而他在写该书时父亲尚在人世。他并未说明该书到底是自传还是小说,他心中认为称其为"叙事"更加恰当。

《德累斯顿的夏天》讲述了一名30岁的保险代理人与一位来巴黎做模特的名叫Elisa的东德女子的流产的婚姻。作者称,在21世纪之初,他从未在巴黎做过保险人,也从未遇到过一位东德模特。实际情况是,维兰在十年前曾在鲁昂的一个协会工作过,在那里负责保险业务,他当时曾有一位女友,其名字以E开头,来自德累斯顿,来鲁昂学习,成为模特。也就是说,维兰在书中将故事发生的地点从鲁昂搬到了巴黎,将故事发生的时间推迟了十年。

第六章 "虚""构"

一、乱起虚构

尽管作家和批评家对自撰的理解和定义众说纷纭,但是人们对其"自"(auto)的一面有着高度共识,即自撰是一种自我书写,这被视为不言而喻的。自撰的争议主要因"撰"(fiction)而引发:自撰之所以被赋予如此多样、如此不同的理解和定义,很大程度上是因"虚构"一词有着大相径庭甚至相互矛盾的理解和释义,如加斯帕里尼所说:"这种多义性的根源在于围绕'虚构'一词的含糊性,它有时在通用意义上指想象的事情的援引;有时按照新近的似是而非的意思,指具有文学追求的叙事。"[1]加斯帕里尼点出了"虚构"一词的两个同源却又不同流的含义:即"无中生有"的想象和"有中生美"的文学化建构。

提及虚构,似乎人人皆知,我们本能地想到编造、杜撰出来的东西,它经常是一个贬义词。但是在实际的使用中,虚构的含义却极其广泛和混乱,似乎无所不指,无所不包。早在1911年,德国哲学家汉斯·韦因格(Hans Vaihinger)就指出:"'虚构'一词在语言的使用上既混乱又反常;即使逻辑学家使用它时也有

---

[1] Philippe Gasparini, *Autofiction: une aventure du langage*, p.296.

着多个不同含义，却懒得定义它或者区分它的各个不同含义。"① 与韦因格生活的 20 世纪初相比，今天"虚构"一词语义的混乱程度有过之而无不及。虚构经常与"模仿"（imitation）、"假装"（feintise）、"模拟"（simulation）、"拟象"（simulacre）、"表征"（représentation）、"相似"（ressemblance）② 等概念互为近义词或同义词。诺思罗普·弗莱（Northrop Frye）把一切文学叙事，如传奇（romance）、小说（novel）、自传（autobiography）都归入虚构之列。③ 虚构一词的使用已经跃出了文学批评，进入哲学、法律、新闻、影视甚至自然科学等领域，其含义更加混乱和矛盾。多丽特·科恩总结出在实际使用中的四种含义，即虚构是"反真实"（contre-vérité），虚构是"抽象的概念"（abstraction conceptuelle），虚构等于文学以及虚构等于叙事（récit）④。如果说前两种理解更多地涉及哲学及伦理学领域，那么后两种理解主要针对文学领域：一些理论家将整个文学，包括抒情诗都归为"虚构"，如新批评，他们认为文学性就是虚构性。虚构内涵的无限泛化使该词失去了操作性。

然而，如果对虚构的众多含义加以梳理，我们发现还是有迹可循的。大体说来，西方语境中的"虚构"主要包含三重含义：一是"虚"（le fictif）之意，即"内容的杜撰"（l'invention même du contenu）；二是"构"（le fictionnel）之意，即"文学处理"（la mise en forme littéraire）⑤；三是"假"

---

① Cité par Dorrit Cohn in *Le Propre de la fiction*, p. 11.
② Jean-Marie Schaeffer, *Pourquoi la fiction?*, Seuil, 1999, p. 14.
③ Northrop Frye, *Anatomy of Criticism*, Princeton, 1957. Cité par Philippe Gasparini in *Est-il je?*, p. 323.
④ Dorrit Cohn, *Le Propre de la fiction*, p. 12.
⑤ Philippe Lejeune, «Autofictions & Cie. Pièces & cinq actes», in *Autofictions & Cie*, p. 8. 杜勃罗夫斯基在对"虚"与"构"的理解和用词上与勒热纳不谋而合："构（fictionnel）从来不是纯粹的虚（fictif），其指涉的东西从来都是准确的。简言之，自撰对我来说不仅是讲述生活，而且是适当的文本再创造。在我的最后一本小说《一个过客》中，我在开篇所写的在纽约搬家确实发生在 2005 年 1 月，照片、信件都是真的，但是它们所唤起的散乱的回忆是经过选择的，为的是书的构造。" Serge Doubrovsky, «C'est fini», in Philippe Forest (dir.), *Je et Moi*, p. 25.

(le faux)之意，即想象、假设、不真实、骗人的东西。①

如果我们不谈其具有负面价值判断的"虚假"维度，仅考察虚构一词在文学领域的使用，而不涉及在哲学、法律等领域的泛化使用，那么，虚构就主要体现为上述前两种含义。由此产生了两种虽有联系，但大相径庭的虚构观：一种观点认为虚构是与经验现实无关的"想象的、假定的或杜撰的事件"②，我们称之为"想象说"，它更加强调内容的与"真"相对而言的"虚"的一面，是一种"无中生有"；二是指对事实的诗性表达，我们称之为"建构说"，它更加强调形式的与"实"相对而言的"诗"的一面，是一种"有中生美"。当然，这两种含义或观点并非截然对立——"虚"中也有"构"的维度，"构"也会产生"虚"的效果——而是一个孰轻孰重的问题。

其实，这两种主要含义在虚构一词起源时便已存在，加斯帕里尼在《自撰：一种语言的冒险》中为我们梳理了虚构一词的来源和演变③。西方语境中的 fiction 是一个拉丁词汇，来自拉丁语动词 *fingere*。*fingere* 有两个含义：一是本义，即"制作"（façonner）、"制造"（fabriquer）、"塑造"（modeler），指用材料制作某种器物或器皿，尤其指手工艺人的活动。所以 potier（陶器工）、sculpteur（雕刻工）都是 *fictor*。二是引申义，即"发明"（inventer）、"想象"（imaginer）、"表现"（représenter），指诗人的创作活动，所以诗人（如荷马）也是 *fictor*。由 *fingere* 的动名词 *fictum* 产生的名词形式 *fictio* 在 13 世纪进入古法语后，其最初的拉丁语"制作"的本义消失，另一个含义，即"与现实对立的想象的东西"确立下来，并延续使用至今。"在法语中，虚构的概念从来没有指过制作、创造或'加工'（donner forme）行为。"④在以后的几个世纪里，虚构指想象的产物、编造出来的东西。

由此可见，拉丁语 *fingere* 原初的两个含义除了一个具体、一个抽象

---

① Jean-Louis Jeannelle, «Où en est la réflexion sur l'autofiction», in *Genèse et autofiction*, p. 30.

② Hayden White, *Tropics of Discourse: Essays in Cultural Criticism*, Johns Hopkins University Press, 1978, p. 121.

③ Philippe Gasparini, *Autofiction: une aventure du langage*, pp. 50—52.

④ Ibid., p. 51.

之外,还有一个重要区别就是第一个含义是据"实"(matière)而造,第二个含义则是向"虚"而构。

以上所有这些含义最终都沉淀在虚构一词中,只是在不同时期使用者对它的理解不同或者侧重某一含义,才造成了它在使用过程中的混乱。

二、向虚而构

当虚构之意为向虚而构时,其同义词是想象(imaginaire),是杜撰(invention),是凭空编造。当然此处的"空"并非真空,而是发端于经验现实,即作家通过想象编造一个现实中并不存在,却是可能发生的故事,构成了对经验现实的模仿。其源头可追溯至古希腊的"模仿"说。由于"虚构"(fiction)一词在古希腊时并不存在,所以"模仿"(mimèsis)一词被后人认为与"虚构"同义和同构[1]。

柏拉图认为模仿是一种假象。诗模仿的是作为表象的现实,而现实则是对于理念的模仿。诗作为二度模仿,偏离了理念,也偏离了真:"模仿者对于自己模仿的东西没有什么值得一提的知识,模仿只是一种游戏,是不能当真的。"[2]作为模仿者的诗人,其实质是说谎者,因此被柏拉图逐出理想国。

亚里士多德对模仿持更加平和、更加肯定的态度,他认为模仿是人的天性:"从孩提时候起人就有摹仿的本能。人和动物的一个区别就在于最善摹仿并通过摹仿获得了最初的知识。"[3]他将诗与模仿等同,认为诗旨在描述可能发生的事,旨在解释普遍性而非个别性,所以诗具有认知功能,使人超越被模仿的现实而抵达真理。人类的虚构能力便是由这种模仿能力发展而来。他所谓的模仿,其实是对真实事件的虚构化。

亚里士多德的"诗"(poièsis)不是相对于散文而言的,而是相对于"历

---

[1] 例如热奈特指出:"我提醒一下,亚里士多德把我们称作虚构(fiction)的东西称作摹仿。" Gérard Genette, *Fiction et diction*, p. 227.
[2] 柏拉图:《理想国》,郭斌和、张竹明译,商务印书馆,1986年,第402页。
[3] 亚里士多德:《诗学》,陈中梅译注,商务印书馆,1996年,第47页。

史"而言的。"历史学家与诗人的区别不在于是否用格律文写作(……)而在于前者记述已经发生的事,后者描述可能发生的事。"①正如 17 世纪皮埃尔-达尼埃尔·于埃(Pierre-Daniel Huet)在《论小说起源》(*De l'origine des romans*, 1670)中所说:"根据亚里士多德的这句格言:诗人之为诗人主要是因为其杜撰的虚构而不是因为其所写的诗行,我们可以把小说的制作者归入诗人之列。"②亚里士多德的"诗"恰恰把诗歌,如抒情诗、讽刺诗、说教诗等排除在外,是"创作"的总称,是使一部作品超越于日常语言而成为艺术作品,为读者带来愉悦的美学体验的文本。从其对"诗"的描述来看,"诗"中须有"事",即讲故事。"诗"实为叙事的一种,在体裁上体现为史诗和悲剧。使叙事达到"诗"的层面的利器便是"模仿"。"诗"与"摹仿"如同一枚硬币的两面。所谓"摹仿",既不是写真实的事,也不是写虚假的事,而是"描述可能发生的事"。所以热奈特以及汉博格认为亚里士多德的"诗"与虚构具有相同的外延③。诗人的创造力体现于杜撰和安排故事的能力。历史著作、新闻报道、传记、自传只能归入"历史"之列。

亚里士多德所言的"诗"所内含的实质,即"描述可能发生的事""带有普遍性的事"保存下来并延续至今,这就是虚构。亚里士多德的"可能性""普遍性"世界与柏拉图的"理念"世界可谓异曲同工,但是"诗"作为模仿偏离了理念世界,甚至诱人误入歧途而受到柏拉图的批判,而"诗"作为模仿因为可以再现"普遍性"而受到亚里士多德的推崇。

在 fiction 一词于 13 世纪进入法语之后,一开始是作为"欺骗"(tromperie)、"撒谎"(mensonge)、"诈欺"(imposture)之意被使用的,该意后来消失,fiction 转而指"与现实相对的想象的事情"。④ 在 16—17 世纪,fiction 是 fable(传奇)、invention(杜撰)的同义词,指神话、史诗、戏剧甚至抒情诗中所再现的一个现实中不存在的臆造的或想象的世界。龙萨

---

① 亚里士多德:《诗学》,第 81 页。
② Cité par Gérard Genette in *Fiction et diction*, p. 97.
③ Gérard Genette, *Fiction et diction*, p. 96.
④ Philippe Gasparini, *Autofiction. Une aventure du langage*, p. 51.

说:"因为传奇和虚构是好诗人的题材,他们自古以来就被后人推崇。"①fiction 在蒙田的《随笔集》中出现了两次,一处指戏剧演出:"一个街头艺人以几副面孔扮演了几个人物演了一出戏(fiction),这只狗辅助他,也演了一个角色";另一处指幻想:"据说我们的法律也有合理的幻想成分(fiction),在它们的基础上法律建立起公正的真理"。②

20世纪初,柏格森(Henri Bergson)将虚构理解为"编造"(fabulation),它是人的精神(esprit)的一种能力,即我们具有"创造人物、向我们自己讲述人物的故事的能力。小说家和戏剧家尤其具有这种能力(……)他们使我们深信,至少我们当中某些人具有一种自愿进入幻觉的特殊能力"③。人在编造故事时进入一种类似于魔鬼附身般的幻觉或梦幻状态。正是这种编造故事的能力产生了小说、更早的传说和民间故事,以及更为久远的神话。这种能力固然与人的想象力有关,实则源自我们的生存条件和根本需求,即宗教:"小说家和剧作家并非历来就有,而人类却从来离不开宗教。所以,各种诗歌和奇想是附带而生的,它们得益于精神会讲故事,而宗教才是编造功能的根本原因:相对于宗教来说,这种能力是果而不是因。"④

利科则把虚构视为叙事的一种,文本或叙事是呈现人类时间经验的"中介"之一,因为人类的时间经验无法直接呈现,必须通过某种"中介"来记录。利科认为,时间本是混沌一团,没有结构,没有形状,无始无终。但是叙事却可以通过"情节安排"(mise en intrigue 或 *muthos*)为时间赋形,像一扇窗户"在远逝的前景上截取一道风景"⑤。由此,时间变为人的时

---

① Cité par Philippe Gasparini in *Autofiction. Une aventure du langage*, p. 51.

② Cité par Olivier Guerrier in «Frontière de la fiction, fiction de la frontière: *Les Essais* de Montaigne», https://www.fabula.org/colloques/frontieres/PDF/Guerrier.pdf (consulté le 14/11/2021).

③ Henri Bergson, *Les Deux sources de la morale et de la religion*, Librairie Félix Alcan, 1932, pp. 207—208.

④ Ibid., p. 112.

⑤ Paul Ricœur, *Temps et récit*, tome 2, Seuil, 1984, p. 150.

间体验。时间被叙述化之后,由混沌走向有序,由无形走向可感可知,由无意义走向意义。叙事,就是通过对杂乱无序的或真实或虚构的事件进行编排整理,成为时间意识的话语再现。人类通过叙事赋予时间一种结构,实现了对时间的塑形。利科将虚构叙事和历史叙事都视同于塑形行为,民间故事、史诗、戏剧、小说等虚构叙事与历史叙事的区别在于后者"追求一种真实的叙事",而前者属于"文学创作活动"①。他认为:"通过创造想象的世界,虚构为时间的展现打开无限的天地。"②虽然历史叙事与文学叙事的共同之处在于"情节化",但是"只有后者能够使读者像人物的经历一般参与到对时间的丰富的生命体验中"③。

现代文学理论将文学作品视作由语言材料构成的文本,将虚构视为一种语言行为,试图从语言学的角度找出构成虚构话语的本质特征。理论家找到的虚构话语的本质特征便是它的"非指涉性",即文本构成一个自足的系统,不直接指向一个文本外的"现实",即经验现实。

约翰·塞尔(John Searle)认为,"语言的说与写都是在执行一种非常明确的言语行为,即'以言行事行为'(illocutionary act)"④,"以言行事行为"表现为一个个"断言"(assertion)。在日常话语以及新闻报道等非虚构写作中,这些断言遵守一些构成性原则,即下断言的人对表达的命题的真实性承担责任、提供证据或理由,并相信所表达的命题的真实性。这些断言是严肃的。而故事、小说、戏剧等虚构的作者则是佯装施行"以言行事行为",所产生的是一种不严肃的断言,作者佯装下断言却不为其断言的严肃性承担责任,也不相信自己的断言。它是对日常话语,即非虚构话语的严肃断言的模仿。言语行为理论更多地从言说主体,而非言说内容的角度来区分虚构和非虚构。谁在假装?谁在模仿?当然是言说者,对

---

① Paul Ricœur, *Temps et Récit*, tome 2, p. 12.
② Ibid., p. 233.
③ Dorrit Cohn, *Le Propre de la fiction*, p. 24.
④ 约翰·R. 塞尔:《虚构话语的逻辑地位》,冯庆译,载《南京社会科学》,2012年第6期,第141页。

于文学作品来说则是作者,作者的意图对于虚构的判定起着决定性作用。"一个文本是否是虚构作品的判断标准必然也必须由作者的以言行事意图决定(……)让文本得以成为虚构作品的是作者对于这个文本所采取的以言行事立场,而这个立场则关系到作者在写作或用别的方法构成作品时的复杂的以言行事意向。"[①]从断言的内容来说,非虚构话语遵守的是"语言与现实(reality)之间建立联系的纵向原则(vertical rules)",即语言与世界之间具有对应性和关联性,语言直接地指向现实的世界。而虚构话语遵守的"是一系列超语言、非语义学的惯例",这些惯例是"一系列横向原则",从而把讲故事变为一种"特别的语言游戏",这种语言游戏类似于撒谎,但是没有撒谎的"欺骗的意向"[②]。虚构就是作者佯装或模仿日常话语的下断言行为,从而创造一个与现实没有对应性的想象的世界,或如多丽特·科恩所说,虚构是一种"非指涉性叙事"(récit non référentiel)[③]。所谓"非指涉","首先意味着虚构作品自身创造一个它所指涉的世界,并指涉这个世界"[④]。虚构作品的这种指涉是一种在文本之内循环的"自我指涉"(autoréférentialité)[⑤],并不穿透文本指涉外部的现实。杜勃罗夫斯基也说:"从其最贴近的含义来看,虚构是一个'故事',无论它对现实有着多少参照,也无论这些参照多么准确,它从未在'现实'中发生过,其唯一真实的场所是故事的展开所在的话语。"[⑥]

热奈特使用"不及物性"(intransitivité)[⑦]来指代"非指涉性"。他认为虚构机制的特点在于其言说对象不指向文本外的指涉(référent),而纪实文类的特点则在于其"及物性"。虚构是一种现实中不存在的人为的杜撰或想象,"相反,在记者、历史学家、回忆录作者、自传家笔下,材料(原生

---

① 约翰·R. 塞尔:《虚构话语的逻辑地位》,第 144 页。
② 同上,第 145 页。
③ Dorrit Cohn, *Le Propre de la fiction*, p. 24.
④ Ibid., p. 29.
⑤ Ibid.
⑥ Serge Doubrovsky, *Autobiographiques. De Corneille à Sartre*, p. 73.
⑦ Gérard Genette, *Fiction et diction*, p. 114.

的事件、人、时间、地点等)原则上是事先给定(收到)的,不是出自他的创造性活动"①。虚构不能以真假作为判断标准,"虚构陈述(énoncé de fiction)既不真也不假(亚里士多德可能说它只是'可能'),或者说既真又假:它是真和假的过度或不及"②。但是虚构一旦被创作出来,便具有自我指涉性,文本内的虚构世界便自成一体,无须与文本外世界相符或印证,这是与纪实作品的最大差别。匹克威克只存在于狄更斯作品的内部③,是虚构文本借用的现实中的元素,虽然福楼拜的《萨朗波》对古代迦太基文明进行了历史学家般的实地考证、严谨研究和精细描写,但是那些在历史上和现实中实有的人、地、习俗等指涉元素在小说中被"传染"(contaminé)④、被"同化"(assimilé)⑤,从而被虚构化,化为虚构元素。科恩和莎菲尔(Jean-Marie Schaeffer)都曾提到和分析了德国作家沃尔夫冈·希德斯海默(Wolfgang Hildesheimer)的《安德鲁·马博特爵士传》(*Sir Andrew Marbot. Eine Biographie*)⑥。该书从各方面看都是一部真实人物的传记,而且其德文原书名中的副标题"传记"(Eine Biographie)明确标明了它的文类。作者煞有介事地为读者讲述了英国美学家和艺术批评家安德鲁·马博特的短暂一生:他与当时最为著名的文化名人,如歌德、班扬、雪莱、莱奥帕尔迪、叔本华、透纳、德拉克罗瓦、柏辽兹等有交集,书中大段摘引了这些人物的书信、日记、自传、游记、访谈,并加以注释。而且作者还在书后为书中出现的历史人物附上人名索引。真实的历史人物以及真实的历史资料、摘引、注释、索引等学术规范和体例蒙蔽了无数读者,令其把该书当作一部真实的传记作品。可是,作为传主的安德鲁·马博特是子虚乌有的,书中引用的那些书信、日记、自传,有的

---

① Gérard Genette, *Fiction et diction*, p. 227.
② Ibid., p. 99.
③ Ibid., p. 114.
④ Dorrit Cohn, *Le Propre de la fiction*, p. 32.
⑤ Ibid., p. 231.
⑥ Voir Dorrit Cohn, *Le Propre de la fiction*, pp. 125 − 147; Jean-Marie Schaeffer, *Pourquoi la fiction?*, Seuil, coll. «Poétique», 1999, pp. 133−145.

是有据可查(与马博特无关的资料),有的纯属编造或是真假混在一起、真假难辨(与马博特有关的)。这样,即使书中百分之九十的人物是真实的历史人物,即使书中讲述或评论的内容大部分嫁接于真实的历史事实上,这些无可辩驳的真实元素也无法改变整个文本的虚构属性,只是制造出一种真实效果或者真实的假象。全书被包装成一部貌似天衣无缝的传记,实为一部彻头彻尾的小说。恰如略萨(Mario Vargas Llosa)在评论博尔赫斯时所说:"在博尔赫斯的短篇小说中,神学、哲学、语言学和一切作为专业知识出现在作品中的东西,都变成了文学,都失去了原来的特质,但得到了虚构的精髓,因而成为文学想象力的组成部分和内容。"①

然而,塞尔、科恩、热奈特等对于虚构的论述遵循的是由果溯因的逻辑,即先认定一个文本为虚构叙事或纪实叙事,然后指出其话语机制或特点。这种论述只能证明被其判定为虚构的叙事何以是虚构叙事,却无法使人判定一个我们不知其归属的叙事是虚构还是纪实。因为他们绕开或回避了第一步,即如何判定作者的"意图"。判定文本的"非指涉性"或"不及物性"的标记或形态是什么?这是他们语焉不详的。

三、构而不虚

20世纪中叶以来,语言学理论大行其道,深刻地影响了对文学的认知。本维尼斯特就认为,人作为主体是一种语言的建构,实为"语言人":"人是在语言中并通过语言自立为主体的,(……)这种现象学或心理学所提出的'主体性'只是语言的一种基本属性在存在中的出现。说'我'的人就是'我',主体性的基础即在于此。"②文学理论发生了语言学转向,一些文学理论家将叙事仅仅视作一种语言行为。而语言又不是一种透明的表征媒介,不能忠实地指涉事实或真相,如美国作家和批评家莱蒙德·费德

---

① 马·巴尔加斯·略萨:《博尔赫斯的虚构》,赵德明译,载《世界文学》,1997年第6期,第159页。

② Emile Benveniste, «De la subjectivité dans le langage», in Problème de la linguistique générale, Gallimard, 1966, pp. 259—260.

曼所说:"一切皆为虚构,因为一切始于语言,一切皆为语言。(……)须知,语言既是交流手段也是交流障碍。著名的塞缪尔·贝克特(Samuel Beckett)曾说:'语言既可使我们去我们想去的地方,又可使我们无法到达。'一部自传,或者一部小说,从来不能抵达目的地,实现其目标,即把一生完整真实地讲述出来,此言说的正是此意。一种经验,不论是悲剧的,喜剧的还是平淡的,只有通过语言,以口头或书面形式被讲述、叙述、记录下来,才能获得意义。既然语言永远是薄弱的和欠缺的,关于某一经验的叙事也是欠缺的。"① 如果说语言是人类化现实为符号,用以虚拟(virtualiser)经验世界的一种手段或媒介,那么文学就是在以符号虚拟经验世界的基础之上的二度虚拟。一切经验,一旦被书写,化为文字,就偏离了本真。所以,一切叙事,包括历史叙事都变为"虚构"。

科恩列举了一些有代表性的表述②:"单是对事实的选择、安排和呈现就已经属于虚构方面的技巧了"(阿诺德·汤因比);"一切关于我们经验的描述、一切关于'现实'的说法,都是虚构性质的"(罗纳德·苏肯尼克);"不存在我们一般所理解的意思上的虚构和非虚构,只有叙事"(E. L. 多克托罗);"叙事对于其声称转述的东西不能给予我们任何可靠的认知,如果说此言不虚的话,那么所有叙事都是虚构,包括历史叙事"(沃劳德·高泽西)。罗伯特·斯科尔斯认为:"一切写作,一切著文,都是构建。我们不是摹仿世界,我们构建世界的各种版本。摹仿论是没有的,只有诗论,没有记录,只有构建。"③ 在莱蒙德·费德曼看来,"原本的现实是不存在的,或者更确切地说只以文本的形式存在,即只存在于描述它的语言中。生活的经验只有以被讲述的形式才能获得某种意义,或者用塞利纳在回答那些声称他的小说只不过是他的乔装的自传时的话来说:'生活也是虚构……和一部传记,是人们事后杜撰出来的东西。'可是,生活即虚构

---

① Raymond Federman, *Surfiction*, p. 124.
② Cité par Cohn in *Le Propre de la fiction*, p. 22.
③ 转引自杰拉尔德·格拉夫:《自我作对的文学》,陈慧、徐秋红译,河北人民出版社,2004年,第 207 页。

是在何种意义上而言的？活着，就是明晓人在活着,虚构首先是领会和理解人的存在的一种努力,这种存在发生于文字层面,也仅仅发生于文字层面(……)换句话说,虚构来自我们赋予文字,也仅仅是赋予文字(不论是写的还是说的)的意思。"①因此,"虚构不再是现实,也不是现实的模仿,也不是现实的再现,甚至不是现实的再创造;它只是一种现实——一种独立的现实"②。

在福雷斯特看来,一切都是小说,生活也是小说。"现实本身就是虚构"③;"写作之前一切都不存在(……),文本前(avant-texte)是不存在的,或者说以文本本身的创造的方式存在"④;"如果说生活是小说,那么只有小说才能言说生活"⑤。生活与艺术的关系发生了颠倒,他借用英国作家王尔德的观点:"不是艺术模仿生活,而是生活模仿艺术。"⑥一旦作者将"词"置于优先于"物"的地位,即使在内容上遵守严格的真实性,也必然导致虚构的发生。

这种观点在将虚构泛化的同时也将真实虚无化了,一切叙事都是不真实的。对事实的任何书写和表达都是一种语言的建构,是随物赋形;事实一旦化为语言或文字,则物具有了形,我们就已经离开现实的世界而进入一个表征的世界。面对同样的事实,不同作者赋予的形大相径庭,甚至可能成为"变形金刚"。费德曼非常喜爱马拉美的这句话:"一切写下来的东西都是虚构的。"⑦杜勃罗夫斯基也说:"只要对那些证据稍加检视就可显示,从讲述事实的那一刻起,任何想要确立'事实'的尝试都包含着无法克服的'虚构'内容。"⑧热奈特认为:"任何叙事都将其故事加以'情节化'

---

① Raymond Federman, *Surfiction*, p. 11.
② Ibid., pp. 11—12.
③ Philippe Forest, «La vie est un roman», in *Genèse et autofiction*, p. 212.
④ Ibid., p. 213.
⑤ Ibid., p. 212.
⑥ Ibid., p. 211.
⑦ Raymond Federman, *Chut: histoire d'une enfance*, Léo Scheer, 2008, p. 23.
⑧ Serge Doubrovsky, *Autobiographique, de Corneille à Sartre*, p. 73.

(mise en intrigue),这种'情节化'已经是一种虚构化(mise en fiction)或言说化(mise en diction)。"①即使是以真实著称和为标志的历史、新闻叙事也无法避免,更何况个人化色彩更加浓厚的传记和自传。文字对世界的表征不是原样的复制,已经逝去的真实只有经过叙述才能被呈现,而叙述的过程就是一个对现实进行整理、编排和塑形的建构或创造过程,不可避免地造成对现实的改造和失真。

当泛化的虚构观将一切视为虚构的时候,它指的是把真实却零散的材料按照一定的预设进行组织和编排所造成的失真,而非材料本身的制假或捏造。任何叙事,即使是最为客观的叙事,都暗含着某种解释范式和情节编排,都会发生与原真性的偏差或偏离,都是一种虚构。这种虚构不是事实的捏造,而是用语言对事实进行的人为加工。

这种虚构观蔓延至历史研究领域并产生回响,海登·怀特(Hayden White)是这一观点的最激进代表,他将叙事,不论是文学叙事还是历史叙事,都视为一种修辞。

怀特以被人们普遍认为最为"真实""可信"的历史叙事为研究对象,认为历史不是一个确定的、自在的现实,而是一个不断被叙事所重构的变化的客体。一个人们不愿意承认却显而易见的事实就是:历史文本实为"文学的制品"(literary artfact),历史叙事和纯想象的文学叙事一样都是"语言的虚构(verbal fictions),其内容既是被发明的,也是被发现的,其形式与文学形式的共同点多于与科学形式的共同点"②。历史叙事和文学叙事的"公分母"是"情节化",将纯粹的编年材料化为历史文本,需要对这些零散的材料去伪存真、去粗取精之外,还必须进行加工,即情节编排(emplotment),将散乱的史料缝缀成连贯的叙事。情节编排的过程是"断章取义"和重新编码的过程。在这一过程中,历史学家在"审美方式""认识论方式"和"伦理方式"上受着"情节编排模式""解释模式"和"意识形态

---

① Gérard Genette, *Fiction et diction*, p. 116.
② Hayden White, *Tropics of Discourse: Essays in Cultural Criticism*, p. 82.

含义模式"①所统领,以保证历史事件的连贯性和逻辑性。因为历史事件是中性的事实,本身不会说话,或者说本身并没有意义,是历史学家在为其说话或借其名说话。在情节编排过程中,历史学家先入为主地将某种意义、色彩或基调植入所叙述的历史情境,原来未经加工的材料由此有了共同的意义指向。即使是最为真实的原始材料经过历史学家的评估、筛选、编排和评价,结果可能与历史事实大相径庭,走向"不实"。这一过程更类似于文学生产过程,而非科学发现过程,"某一特定历史情境以何种面目出现,取决于历史学家如何巧妙地把某一特定的情节结构与一套他希望赋予某种特定意义的历史事件相结合。它本质上是一种文学的,即制造虚构的操作"②。历史编纂如同精神分析疗法,精神分析医生把患者提供的造成其焦虑的缘由归因为某种"情结","以此使患者'重新编排'其整个生活历史,以改变那些事件对他的意义以及那些事件对构成其生活的全部事件的意指"③。历史叙事貌似对历史事件的客观描述,实则将经过筛选的历史事件纳入了一个符号系统。所以历史叙事是"一种扩展了的隐喻。作为一种符号结构,历史叙事不复制它所描述的事件,它告诉我们该朝着什么方向思考事件,并赋予我们对事件的思考以不同的情感价值"④。"虽然历史学家和虚构作家关心的事件的种类不同,但是他们各自的话语形式以及他们写作的目的经常是相同的。而且,在我看来,他们在编排话语时所使用的技巧和策略可被证明在实质上是相同的。"⑤

总之,怀特所使用的"编码""象征""隐喻"等词语都意味着历史叙事做不到无限接近唯一的先在的、本原的真实,只能诗性地建构成多种真实;它与原真性有所偏差或偏离,但无论如何不是"想象"(imaginaire)、"异想"(fantaisie)、"幻想"(fantasme)、"梦想"(rêve)等"虚"之含义。历

---

① Hayden White, *Tropics of Discourse: Essays in Cultural Criticism*, p. 70.
② Ibid., p. 85.
③ Ibid., p. 87.
④ Ibid., p. 91.
⑤ Ibid., p. 121.

史叙事对史料的拣选和逻辑化是对它们的"构"之意义上的赋序（ordonner）、赋意（signifier），而非"虚"之意义上的篡改（falsifier）、撒谎（mentir）或杜撰（inventer）。

虽然历史叙事、传记、自传等纪实文本以求真求实为本，但是人无法直接面向过去，只能通过语言来触摸和表述过去。而语言只能做到无限地贴近世界，却永远不能与世界同构，其结果必然是一种被语言所建构甚至所伪饰的过去，而无法成为"信史""实录"。热内早就意识到了这一点："如果我试图用语言重新描述我当时的态度，读者和我一样都不会上当的。我们知道，我们的语言无法再现这些已故的、陌生的状态。如果我的整个日记奢望记录过去之我的话，那么它也面临这样的问题。因此，我要指出的是，他应该提供现在之我，即我正在写日记时的情况。本日记不是追忆逝去的时间，而是一部艺术作品，其作为由头的素材是我昔日的生活。它是借过去而定格的现在，而不是相反。"① 只要是文本，它就是以作者的指导思想对事实进行选择、过滤、加工、编排和重构，由此可能产生截然相反的结论。在关于当代作家马尔罗的众多传记中，有两部颇为说明问题。马尔罗的一生多姿多彩，跌宕起伏，但是马尔罗也是一个毁誉不一、颇受争议的人物。马尔罗在拉库杜尔（Jean Lacouture）笔下②是尽管有吹嘘、撒谎行为，但不失为智勇双全的"世纪传奇"的英雄，马尔罗的书和人是合体的；在托德（Olivier Todd）笔下③则是尽管不乏英勇壮举，却爱出风头的"吹牛大王"，马尔罗的书和人是分离的。然而两位传记家所依据的史料是相同的，同样的材料之所以得出大相径庭的结论，是因为两位传记家带着"特定的先见"（spécific préconceptions）来处理这些史料："拉库杜尔喜爱马尔罗的小说，25年后，托德反感马尔罗的小说（……）但是托德并没有提出拉库杜尔在其书中没有提到的新事实。只是一个疑虑重重，一个欣然相

---

① Jean Genet, *Journal du voleur*, Gallimard, pp. 79—80.
② Jean Lacouture, *André Malraux. Une vie dans le siècle*, Seuil, 1973.
③ Olivier Todd, *André Malraux. Une vie*, Gallimard, 2001.

信,于是历险变为欺骗,马尔罗变为吹牛大王(affabulateur)。"①

任何叙事,大到国家民族群体的集体叙事,小至个人的自传叙事,都是一种建构,更何况自传叙事的作者比历史叙事的作者对过去拥有更大的发言权,所以在对过去的建构上拥有更大的自由裁量权。如杜勃罗夫斯基所言:"生活和话语不是同类的东西。(……)当一个人讲述自己时,从来都是无稽之谈。人们自称讲的是真事,就好像可能有真事一样;可是事情发生时是一回事,我们讲述出来就是另一回事了。自传、小说,都一样,同样的把戏,同样是作弊,似乎模仿生活的进程,似乎按照生活的纹理展开。人们在骗你(……)从这方面说,自传比小说作假更严重。"②如果用存在主义的话语来表述,人生就是"存在先于本质"或者说"我在故我是"(J'existe, donc je suis),人来到世界上,面对的是混沌、未知和虚无,只有当其走过一段或长或短的人生之路、做出一系列选择和行动之后,才具有某种"本质",人是其选择和行为的结果。但是自我书写恰恰相反,是一种存在主义的反向运动,是"本质先于存在"或者说"我是故我在"(Je suis, donc j'existe);当一个人提笔书写自传时,对于昨日之"我"已经有了明确的判定,正是这种判定指引着作者的叙事,对生活经历进行剪裁、取舍、合理化。"讲述自己的人生,就是改动自己的人生"③,削足适履后的生活叙事必定有别于生活的本真。对于他所崇拜的萨特,杜勃罗夫斯基也指出了萨特在书写自传时理论先行的特点:"他(萨特)使他的本质动了起来,他的本质变成了他的存在。他的自传是一个童话。勒热纳说是一个理论寓言。只是,存在不是用理论来讲述的。不论存在是什么,都不要进入某个系统。"④套用存在主义的术语就是,萨特的童年生活是一种偶然性,是一种存在,但是在其自传中,过去的生活就变为了彼此之间有

---

① Jacques Lecarme, «Entre fiction et biographie: l'inversion des valeurs», in *Médium*, n°14, 2008/01, pp. 68—69.
② Serge Doubrovsky, *Le Livre brisé*, 1989, p. 75.
③ Georges Gusdorf, *Les Ecritures du moi*, *Lignes de vie* 1, Odile Jacob, 1991, p. 43.
④ Ibid., p. 110.

着逻辑和连贯性的一种必然性，变为了统领叙事和贯穿过去生活的本质。"我"由多样的、异质的、矛盾的、动态的"多"(multiple)被建构为统一的、同质的、协调的和静态的"一"(un)。萨特的自传以及杜勃罗夫斯基的评论可谓是对怀特理论的完美诠释。

第七章 功能

一、我痛故我写

"创伤"(*trauma*)一词源自希腊语 Τραύμα,最初指的是外力对身体的伤害。但是在现当代,尤其在弗洛伊德的精神分析学说中,创伤尤其指生活中突发的灾难性事件,如自然灾害、战争冲突、家庭暴力、痛失亲人等对心灵造成的持久性内伤。在通常情况下,身体的外伤并不随着疼痛的消失、伤口的愈合和伤疤的脱落而痊愈,如果没有得到治愈就会发炎化脓甚至造成残疾,留下心理的阴影。莱里斯童年时喉咙长有赘物,父母谎称带他看马戏,实则哄骗他去诊所做扁桃体手术,手术的痛苦令他不堪回首,终生心有余悸,父母善意的谎言更是令他对世界和他人充满不信任:"我想,这个回忆是我最为痛苦的童年回忆。我不仅不理解为什么人们让我如此痛苦,而且我知道了成人的欺骗、圈套、残忍的恶毒,他们哄我,目的只是野蛮地害我。我对人生的理解都打上了它的印记:世界充满了陷阱,只是一座巨大的监狱或手术室。"[①] 较之于身体的外伤,心灵的内伤更加隐性,更加顽固,久而久之会变为一种"病"(*maladie*),不仅难受得难以承受,

---

[①] Michel Leiris, *L'Age d'homme*, Gallimard, 1995, p.105.

而且难言。童年的创伤可能造成终生的心灵震荡,使伤者无法走出对事件的强迫性回忆,一旦在现实中遇到类似情景,便不由自主地不断返回创伤情景之中,陷入幻觉、噩梦和执念。

常态化的喜怒哀乐等情感体验大多位于记忆的表层,而那些人们不明就里的创伤性体验则埋藏于记忆的深层,处于休眠或半休眠状态,在某一偶然性外因的刺激下被唤醒和激活,就像《追忆》中记忆的闸门被甜点的味道轰然撞开,闸水不可遏制地喷涌而出一样。

何以纾解?唯有言说。创伤是一种不可言说却又不得不说的强烈的情感。讲述如同一剂药(pharmakon),即使不能治愈创伤,至少具有某种镇痛、缓解、抚慰作用。或者诉之于口,向医生或知己倾诉,或者诉之于笔,直接或迂回地讲述出来。"人们应当(以物理的方式、公开地)说出或写出(画出或拍出)(创伤的)叙事,别人应当对他的讲述或听或看,他(受害者)才能活下去。"[①]

亚里士多德在《诗学》中说:"悲剧(……)通过引发怜悯和恐惧使这些情感得到疏泄"[②],这便是亚里士多德仅一笔带过却未明确阐发的"净化"(katharsis)。亚里士多德的"净化"最初是指一种医疗手段,指把人体内蓄积的,可能导致病变的多余成分疏导出去,为"净洗""宣泄"之意。[③] "作为一种医治手段,净化更准确地说体现了顺势医学的思想,即通过疏泄来以毒攻毒。正是因为这一点,一切'药'(pharmakon)都既是疗法又是毒药。"[④]人的"怜悯和恐惧"等情感毒素的不断积聚会破坏人的身心健康。与身体的毒素需要排除一样,人的心灵和精神同样需要进行疏通和

---

① Susan Brison, «The Uses of Narrative in the Aftermath of Violence», cité par Barbara Havercroft in «Dire l'indicible: trauma et honte chez Annie Ernaux», Roman 20−50, n°40, 2005, p. 129.
② 亚里士多德:《诗学》,第63页。
③ 同上书,第226页。
④ Jean-Michel Vives, «La catharsis, d'Aristote à Lacan en passant par Freud. Une approche théâtrale des enjeux éthiques de la psychanalyse», Recherches en psychanalyse, n°9, 2010/01, p. 24.

排解，而文学和艺术便是灵魂的"净化"手段。

　　约翰·奥斯汀(John Austin)认为："说就是做。"(Quand dire, c'est faire.)言说不仅仅是一种以言指事行为，更是一种以言施事行为。伴随着倾诉式的言说，心中的压抑、苦痛也随之得到纾解。以自我书写的方式将创伤外显和宣泄就成为一种驱魔行为，这几乎变为一种疗法、一把揭开心灵之锁的钥匙。对于安戈来说，"写作是抵御发疯的围墙"①。对于身患绝症的吉贝尔来说，他只有在写作时才是活着的。②对于维兰来说，写作是安放心灵的客栈："自传书写象征着自我款待，它如同接纳、招待'我'这名客人，使其与自己沟通的私人客栈，'我'坐在自己的床头，就像住院一样希望得到治愈。"③对于杜勃罗夫斯基来说，写作与生命是连通的，写作是续命的"药方"："从文字中，我总是找得到药方(……)我的生活是我的小说的支撑，我的小说是我的生活的支持。如果我不把我的生活讲出来，我如何活下去？一想到这个，我就焦虑得冒汗。我的存在，经常如千斤巨石压在我的胸口，将我压垮，我在里面窒息，它压迫着我。将其写出来，就为其供了氧。将其讲出来，就为其通了风。每天上午，都是一场急救。"④他的自撰是一场精神分析治疗："自传不是一个文学类别，而是一个形而上的药方(……)我写我生，故我曾在。不可动摇。如果一个人把他的生活真实地讲述出来，就重新获得了存在。"⑤"在弗洛伊德之前，高乃依早就指出：**把苦痛讲出来，经常就把苦痛卸了下来**(……)自传就是一种治疗。"⑥(引文中的黑体字在原文中为斜体)未曾愈合的伤口使其欲休还说，在一本接一本的书中反复以不同方式讲述同一事件。德勒兹也正是从这个意义上说："作家不是病人，更恰当地说是医生，是诊治自己和

---

① Christine Angot, *L'Inceste*, Stock, 1999, p. 171.
② Hervé Guibert, *Le Protocole compassionnel*, Gallimard, 1991, p. 144.
③ Philippe Vilain, «Le *moi* au divan», in *Défense de Narcisse*, p. 85.
④ Serge Doubrovsky, *Le Livre brisé*, p. 253.
⑤ Ibid., p. 255.
⑥ Ibid., p. 257.

世界的医生。"①

但是讲述创伤是一种充满矛盾的行为,因为创伤是一个心理禁区,创伤意味着耻辱、痛苦、恐惧,它导致的是沉默和失声,伤者渴望忘记它,至少不去触碰它。然而伤者又时刻有着一种讲述出来的冲动,不说出来令其隐隐作痛、寝食难安。所以他们经常采取一种"绕道"的方式来"抵近"创伤。

战后在和平安康环境中成长起来的作家没有经历过父辈和祖辈们所经历的战争、饥荒、贫穷、政治动乱等外在的重大历史性灾难,他们所遭遇的更多的是个人的、私密的、隐蔽的人生变故,但是它们对内心造成的创伤也许更加痛彻和深入,建立在创伤经验基础上的精神分析学说找到了最佳的用武之处。自从超现实主义运动开始,文学便与精神分析发生了联系。布勒东、莱里斯都是在精神分析指导下写作的。而20世纪70年代以来的自撰的繁荣更是与精神分析有着割不断的联系。许多作家,如杜勃罗夫斯基、佩雷克、洛朗丝、米耶、德洛姆、安戈都曾经有过精神分析疗伤的经历,并在写作中有所记述,甚至有人将20世纪的最后数十年称作"文学上的弗洛伊德时代"②。这些作家不仅以上门求医的方式向医生口头倾诉,而且以闭门写作的方式将内心的创伤落实在笔端。吉约塔说:"我用伤口歌唱。"(Je chante par ma plaie.)他们把自己的伤痕刻画成一朵朵"痛之花"。

阿尔诺·热侬(Arnaud Genon)在研究了吉贝尔和杜勃罗夫斯基的写作之后,提出了"自传裂变"(fracture autobiographique)③的说法。他发现,许多作家不是一开始就写自己的,他们最初写的都是小说,当他们在生活中遭遇某种变故或危机时,他们的人生轨迹被变故或危机强行改变,发生了"裂变"。自撰成为他们不由自主的选择,成为包扎内心伤口、

---

① Gilles Deleuze, *Critique et clinique*, p. 14.
② Claude Burgelin, «Pour l'Autobiographie», in *Autofiction(s)*, p. 18.
③ Arnaud Genon: «Ce que dit l'autofiction: les écrivains et leurs fractures», http://www.raison-publique.fr/article540.html (consulté le 28/07/2020).

减缓痛苦的解决方式。热依称自撰是一种本体的停顿(césure)、一种存在的失落,是主体无法完全自我把握的表达。

作家们所言说的,是难以言传的隐痛。"隐"是不可示人的秘密,"痛"则是时刻不停的情感分泌。在法语中,"秘密"(secret)与"分泌"(sécrétation)是同源的,"身体的分泌是汗水、泪水、精液,灵魂的分泌是梦、幻想、欲望、悲痛、恐惧"。而"(语言)是一种分泌物,可以言说某个秘密。只是部分地言说,因为不是所有东西都是可以言说的,有的东西是无法说的。这个秘密,某种奇特的人生经历的秘密,就是自撰所要表达的,它是自身的某种东西,我们在表达时明知会失败,但还是极力地表述出来,它是真实的(⋯⋯)自撰经常与疾病、乱伦、犯罪、哀痛等创伤有关,致力于言说主体如何受其影响,言说使其受伤的东西"①。德洛姆也说:"在皮肉之下跳动着哀痛、强奸、堕胎、疾病、死亡、乱伦(⋯⋯)自撰经常掩蔽着悲剧。"②自撰,就是说不可说之事、之情、之感:"自撰,就是一种丢脸的行为。既要以'我'做文章,又是禁忌,所以阅读意图是矛盾的(⋯⋯)卖淫、杀人、变态、死人、自杀。死亡、异化。我说的是这些。我写的是这些。打碎沉默,不惜丢脸。"③

1. 羞耻

埃尔诺终生无法摆脱的一个情结便是"耻"(honte):出身之耻,她的一本书就是以此为书名④。《耻》开篇描写了埃尔诺在12岁时亲眼看见的发生在家中的骇人一幕:一个午后,父母因为家庭琐事而争吵,怒气冲天的父亲手持柴刀要杀死母亲,母亲惊恐地向"女儿"呼救。这一幕在少女埃尔诺的脑海中定格为"一个没有文字、没有句子的画面"(第17页),一个"噩梦"(第20页),这一天被她称为"我的童年中第一个准确无误的

---

① Camille Laurens, «Qui dit ça?», in *Autofiction(s)*, p. 29.
② Chloé Delaume, *La Règle du Je*, p. 71.
③ Ibid., p. 66.
④ Annie Ernaux, *La Honte*, Gallimard, 1997. 本小节出自该书的引文均出自该版本,在文中注出页码。

日子"(第15页),成为她的人生的坐标原点:在横坐标,即时间的横轴上,她的人生被这一天切割为"之前"和"之后"①;在纵坐标,即情感的纵轴上,这一天是她的耻辱的开始,她不仅学习成绩下降,而且从此与耻相随、与惧相伴②。父亲的暴力行为何以被女儿视为终生"耻辱"?因为她就像伊甸园中的亚当夏娃一样"看到了不该看到的","知道了不该知道的"(第116页):如果没有看到这一幕,她也许仍然沉浸在和私立学校的同学身份地位平等的幻觉中,但是这一幕击碎了她的幻觉,像一面镜子照出了她所出身的阶层和群体的卑下,映射出她与私立学校中朝夕相处的同学们的身份鸿沟,让她看到她的家庭竟是与"暴力、酗酒、精神错乱"的人同属一个群体。这一幕对她造成的痛苦是其生活中其他事件无法相提并论的(第3页),已内化为无法拔除的羞耻情结和无法摆脱的重负③,即使在她以后功成名就跨入中产知识阶层后也无法抹除。

如果说父亲施暴的一幕只是发生于家庭内部,是人所不知的隐秘的羞耻,那么当这种羞耻猝不及防地暴露于外人面前时,它对于少女埃尔诺的打击和伤害就是毁灭性的。就在父亲施暴后的下一周,埃尔诺参加学校组织的外出活动,回来时已是深夜,由同学和老师护送回家。开门的母亲衣衫不整、披头散发地出现在众人面前,皱巴巴的睡衣上竟有尿迹,令老师和同学目瞪口呆,令女儿无地自容:"在我的回忆里,这一幕尽管无法与父亲想杀死母亲的那一幕相比,但似乎是上一幕的延伸。母亲以没穿

---

① "之前,只有日子和写在黑板和本子上的日期的流逝。"(第16页)"之后,这个星期天像是一个过滤器一样插在了我和我经历的一切之间。我也玩,我也读书,我像以往一样做事,但是我心不在焉。一切都变得不自然了。"(第18页)

② "我等待着这一幕的重现好像等待了数月,也许是数年时间,我相信它会再发生的(……)听到他们之间一丁点的争吵,我就警觉起来,我监视着我的父亲,他的脸,他的手。如果有任何突然的沉默,我就感到不幸就要发生。在学校里,我一直寻思着我回家时是否悲剧已经发生。"(第19页)"我一直想写一些我无法说得出口、无法承受别人的目光的书。可是,如果写一本表达我12岁时的感受的书,那会让我多么羞愧难当啊。"(第140页)

③ "我已经配不上私立学校以及它的优秀和完美,我陷入羞耻之中。"(第116页)"羞耻对我来说已经变为一种生活方式。最坏的时候,我甚至不再感到羞耻,它甚至进入了身体。"(第140页)

紧身衣的松弛的身体和脏兮兮的衬衣出现在人前,就好像我们的真实家境和生活方式被暴露出来一样。"(第 117—118 页)贫寒的父母在作者笔下不是勤劳淳朴、平凡善良的形象,而是俗不可耐的化身。不论在外表、举止还是在内心、气质上,暴躁强势的母亲、懦弱柔顺的父亲毫无美感可言。他们处处显露出,也让女儿锥心地意识到家庭的寒酸,昭示着"我们无可辩驳地属于下层世界"(第 134 页),"我们生活中的一切都变为耻辱的符号"(第 139 页)。

当父亲施暴后平静下来安慰哭泣不止的女儿:"你哭什么?我又没碰你?"女儿答道:"你会让我倒霉的。"(第 15 页)这句话像咒语一样跟随着她,与这一天有关的一切都变为一种禁忌,都可能令她"倒霉"。一朝被蛇咬,十年怕井绳,所以她在四十年的沉默之后才重返记忆的现场:"我是第一次写这一幕。直到今天,我似乎一直无法将它写出来,即使在日记中。它就像一个会遭到惩罚的被禁止的行为一样。"(第 16 页)在与维兰的访谈中,她也表达了对于触碰这一幕的顾忌:"对我来说,这是把最困难、最'危险'的东西写出来。人们可以看出,把我的最为羞耻、仍然说不出口的东西写出来,更深切地体会我所经历的恐惧,就是想'重蹈耻辱'。"[①]

四十多年后,她通过个人努力完成了社会阶层的上升,跻身于知识和中产阶层的行列,才有勇气回首不堪的往事。讲述出来之后,她感到去除了心魔,如释重负:"刚才我看到我像以前一样继续写作,什么可怕的事情也没发生,我松了一口气。"(第 17 页)对创伤记忆的言说是对其个人的精神创伤的修复:"把创伤记忆说出来,就是改造了它。"(Dire le souvenir traumatique, c'est le transformer.)[②]

2. 丧痛

亲人的亡故可以造成一个人的人生的缺憾和不完整,促使人们用笔

[①] Annie Ernaux, citée par Barbara Havercroft in «Dire l'indicible: trauma et honte chez Annie Ernaux», in *Roman*, p. 122.

[②] Susan Brison, citée par Barbara Havercroft in «Dire l'indicible: trauma et honte chez Annie Ernaux», in *Roman*, p. 131.

来填补生命的空缺,来对抗时间和遗忘,来祭奠逝去的亲人。"我们是否应该把死亡的伤痕视作自传的发生原则呢?因为某个亲人的早逝领会了死亡的绝对意义的人似乎感到需要写作,需要拯救其生命。"①

母亲在杜勃罗夫斯基的一生中占有无可替代的重要位置,堪称他的另一半,他与母亲是同心异体的存在:"两个身体,一颗心。"②1968年母亲的离世把杜勃罗夫斯基的心撕扯为两半,在他的心中造成无法填补的巨大虚空和抑郁,"存在没有了脉搏,生活不再跳动"(第157页)。他感到痛不欲生,虽生犹死:"数不清的日子以来,数不清的星期以来,我是行尸走肉"(第40页);"该死的是我不该是她失去呼吸哭天抢地撕心裂肺身体欲裂我是一个不肖子折磨不停无声地哭喊"(第364页)。在此后的八年里他甚至看过心理医生,医生让他把做过的梦在小本上记录下来。《儿子》便是在他的梦的记录的基础上写就的。对他来说,写作就是以笔为刀,切开内心深藏多年的隐隐作痛的伤口,排出发炎的脓肿,翻过生活的一页:"我写作是为了减缓死亡。这是我的写作工作的中心问题。对我来说,文学从根本上来说是存在意义上的。"③在失去第二任妻子伊尔丝之后,同样是写作拯救了他,促使他写出了《断裂的书》:"伊尔丝死后,写作救了我的命,沮丧、绝望、致命的创伤锤打着身体、心脏和键盘的按键(……)如果我的写作被掏空,我就活不下去。"④

德尔菲娜·德·维冈(Delphine de Vigan)的《无以阻挡黑夜》(*Rien ne s'oppose à la nuit*,2011)写的也是母亲之死。维冈用波澜不惊的文字讲述了一个惊心动魄的家庭悲剧。母亲出身于一个人口众多的大家庭,在兄妹九人中,母亲露西尔最为漂亮,7岁时就被经纪公司看中,为某些品牌拍摄小的广告片,成为一个童星。外祖父母的这个大家庭表面上

---

① Jacques Lecarme, *L'Autobiographie*, p.131.
② Serge Doubrovsky, *Fils*, p.267.本小节关于杜勃罗夫斯基的《儿子》的引用只在文中注明页码。下面引用该书的无标点的句子,因原文如此。
③ Serge Doubrovsky, «Les points sur les 'i'», in *Genèse et Autofiction*, p.54.
④ Serge Doubrovsky, *Laissé pour conte*, p.41.

人丁兴旺,其乐融融,实则暗礁四伏。在母亲8岁时,她的一个弟弟在玩耍时落井而死,从此她生活在死亡的阴影之下,而死亡也像幽灵一样在以后的岁月里纠缠着这个家庭,兄弟姐妹中一个接一个结束自己的生命。而母亲其实是一个躁郁性精神病潜在患者,自小胆怯、沉默、忧郁,喜欢独处,若有所思,落落寡合,像是一个谜。她对学习充满厌恶,沉浸在自己的遐想世界里,高中未毕业即辍学,早早地、草草地结婚。然而母亲的沉默背后还隐藏着一个沉重和惊天的秘密,外祖父在家中是一个品行败坏、没有人伦的暴君,"害人、毁人、损人",子女们都曾受到他的伤害和摧残,尤其是他和女儿们的关系暧昧。母亲因为漂亮,受到外祖父的垂涎,在16岁的一天夜里被外祖父强奸。这个经历像烙铁一样在母亲的心里留下了不可磨灭的烙印。①

　　母亲婚后工作生活各方面均不如意,离婚,与多个男人同居,这些男人或自杀,或被杀,或离她而去。在生活的连串打击下,她自小的抑郁倾向加剧,她更加沉默和郁郁寡欢,开始酗酒、吸毒,自我封闭,精神沉沦,产生谵妄、妄想和幻觉。在成年后写给亲人的信中,她披露了被外祖爷强奸的经历,获得的是家人们的沉默。母亲从此开始精神失常,多次出入精神病院。

　　由于母亲没有尽到养育的责任,维冈和妹妹从小就生活在恐惧中,时刻担心母亲自杀身亡。维冈从小就像弃儿一样,没有母爱,没有安全感,居无定所,家里老鼠横行,穿的是从跳蚤市场买来或是别人不要的衣服,在校外被人骚扰和欺侮,深受偏头痛的折磨,但是无处、无人倾诉。母亲一度是她的耻辱。

　　但是当母亲在药物干预下病情好转恢复正常后,她又以惊人的毅力在四十多岁时重新走入课堂,取得了社工证书,做着救助他人的社会工作。她顽强地与精神和身体的疾病抗争,尽量不给女儿增添负担。女儿是她最爱的人,是她活下去的理由,她对成为作家的女儿感到自豪。当年

---

① 德尔菲娜・德・维冈:《无以阻挡黑夜》,第129页。

老的母亲再无力气与衰老和疾病抗争时,她在 61 岁时理性和平静地选择了死亡,还将一生用抗争和节俭积攒的积蓄留下来作为自己后事的费用。

母亲死后,尽管维冈反复告诫自己不要触碰母亲之死,因为那是她一生的痛。但是她最终未能抗拒,她深信她的写作始终是和母亲紧密相连的。母亲是一个小人物,是不称职的母亲,连正常人和普通人都称不上,没有树碑立传的资格。维冈顾影自怜,也哀其不幸,她要"寻找她痛苦的源头",用笔为母亲建造一个"纸棺"(第 58 页)。

和大多数作家一样,洛朗丝是以虚构开始其写作生涯的,从 1991 年至 1998 年,发表了四部小说。她一直非常认同帕斯卡尔的名言——"我是可憎的",对于第一人称写作避而远之:"此前,我一直认为在一篇供发表的、公之于众的文字中用'我'写作是无法设想的,更恰当地说是无法做到的。对我来说,'我'(je)是私密的代词,只有情书中才有其位置。"[①]1994 年是她的生命和写作的转折点,这一年,她的儿子菲利普因医生的失职在出生两小时后即夭折。受此打击,她一度接受精神分析治疗,在治疗时她不得不用第一人称倾吐内心的郁积。自此,她感到无法再进行既往的虚构写作,开始使用第一人称讲述个人私事,《菲利普》(1995)由此而生。

《菲利普》只是一些记录个人心境的碎片式随感,有时洛朗丝向死去的孩子讲述他在母腹中的成长,他出生时的身体以及他的死亡过程。儿子的生命虽然短暂,但通过母亲之笔也在世上留下了痕迹。自我书写成为她的不由自主和身不由己的选择,她从此一发不可收:"我是在《菲利普》之后走上自撰之路的。《菲利普》之后的所有的书都扎根于真实(réel),语言具有这个立足点,我在每本书中都押上了我自己的生活。"[②]从此,"编造故事,创作人物、情境、布景,对于我似乎是空的、虚的,更是不可能的:我一试着写传统小说,就有一股欺骗、不合法、虚假的感觉袭来"[③]。

---

① Camille Laurens, *Philippe*, POL, 1995, pp. 74—75.
② Camille Laurens: «Qui dit ça?», in *Autofiction(s)*, p. 32.
③ Cité par Isabelle Grell in *L'Autofiction*, p. 40.

3. 杀害

德洛姆写的是家人的骇人听闻的死亡给她造成的创伤。德洛姆原名娜塔莉·阿卜达拉,她的母亲是一位具有右翼倾向的法国人,父亲是一位具有极左倾向的黎巴嫩人。阿卜达拉这个阿拉伯名字意味着非法国人,对于观念保守且具有种族主义倾向的母亲来说是一个污点,母亲始终耿耿于怀,以此为耻。为了去除女儿身份上的外族痕迹,在女儿7岁时,母亲为她取了一个更法国化的名字娜塔莉·达兰。她的童年有一部分时间在贝鲁特度过,黎巴嫩内战摧毁了她的家,于是父母举家迁到巴黎。父母感情不和,父亲在家中是暴君,母亲对她的抚养漫不经心。她自小缺少父母之爱,陷于自闭。1983年,父亲在只有10岁的德洛姆面前杀死了她的母亲后自杀。她在《沙漏的叫喊》(*Le Cri du sablier*)中记录下了这骇人的一幕:"傍晚时分,父亲在厨房里用枪口顶着母亲开了枪。母亲首先倒下了。父亲又对准孩子。父亲改变了主意,跪了下来,把枪管伸入喉咙深处。孩子的左脸上溅到了一星脑浆。"①德洛姆惊恐得目瞪口呆,此后九个月时间一言不发,这幕血腥的惨剧成为她终生挥之不去的阴影。从此她沦为孤儿,寄养在姨妈家,成为姨妈家的多余人和局外人。她14岁时尝试毒品,十几次试图自杀,成年后有两年时间在酒吧卖淫,她的心理医生将此事作为她的一个禁忌绝口不提。② 从此她得了"死亡之病",也产生了写作的冲动。

德洛姆承认她的自撰写作与精神分析有着不可分割的关系③,是出于"初始创伤"(trauma initial),"我的个人历史充斥着幽灵,它们披着由加捻和半透明的线织成的毯子"④。这些时常纠缠着她的幽灵就是她过去所遭受的、一直未曾愈合的内伤。她放弃了自己的原名,从此以笔名"克洛埃·德洛姆"开始写作。她从前使用的多个名字都是由父母或他人

---

① Chloé Delaume, *Le Cri du Sablier*, Farrago / Léo Scheer, 2001, p.19.
② Chloé Delaume, *Dans ma maison sous terre*, cité in *La Règle du Je*, p.22.
③ Chloé Delaume, «S'écrire mode d'emploi», in *Autofiction(s)*, p.125.
④ Chloé Delaume, *La Règle du Je*, p.12.

为她所取,她只是被动地接受,她的命运更是身不由己,这个笔名则是她本人所取,为她所独有,她希望从此主宰自己的命运,走出家庭悲剧的阴影,摆脱沉重的过去,用新名告别旧我,用文字埋葬旧我,获得新生和新的身份:"我诞生于一个烂尾的故事。我诞生于一个束缚我、损害我的草图。现在我要全力以赴写我自己的故事了。"①"我把这本书摊开,我说这些不好的章节到此为止,我不再读了,我要写我自己了。"②正如《在我地下的房子里》(*Dans ma maison sous terre*)的书名所示,她以前的住处充斥着太多的尸体,包括她自己的旧我。她发现了文字的驱魔力量、文字的镇痛和"谈疗"(talking-cure)功效,她要用文字为自己建造一个灵魂的避难所,让游荡的灵魂找到寄托。她所写的是她的生活,她本人就是主人公。"我的旧'我'是被别人撰写的,那是家庭小说的次要人物,是集体虚构的被动的配角。只有通过文学我才能重新获得我的血肉、我的所作所为,就像我的身份一样。除了文字、它的强大的力量和它的化粗为精的能力之外,我什么都不再相信。写自己,就是施行某种魔法。"③

家庭的悲剧是她不可言说的禁忌,一旦写作就要触碰和撕揭惨不忍睹的伤疤:"当然因为我害怕。我害怕一切都浮上来,因为我看到了一切。"④但是家庭悲剧又是她不得不吐的块垒,如果不倾吐出来,她的内心将永无宁日。写,还是不写,这是一个问题:"我的第一个两难困境是写作或生活,两者截然不同,到了对抗的程度。继续我的表达,保持它的原则,即使会危及我的精神健康。这是我应该做的。因为我肯定我是在写自己,但是我也是在生活。"⑤她选择了写作,或者说她别无选择:"写作还是生活。我选择写作。因为我没有选择,可是我的手要触及死亡,人们能理解吗?"⑥德洛姆从"写作还是生活"的两难走向了"生活和写作"的两全,

---

① Chloé Delaume, *Dans ma maison sous terre*, Seuil, 2009, p. 69.
② Ibid., p. 104.
③ Chloé Delaume, *La Règle du Je*, p. 6.
④ Ibid., p. 22.
⑤ Ibid.
⑥ Ibid.

写作是生活的支撑,是生命的续电,是抵御创伤感染的疫苗:"生活和写作,把二者与日常联系起来。将生活注射到写作的核心,将虚构吹进生活跳动的地方。消灭边界,让纸既供誊写又用于接种。我并不想只当作家。"①

杜勒罗夫斯基的自撰书写极大地启发了德洛姆。"自撰:如同在量子物理学里,观察行为改变着被观察东西的状态。自撰:主体不仅观察他所经历的东西,还经历着他所观察的东西。"②和杜勒罗夫斯基一样,自 2000 年至 2013 年,德洛姆在二十多本书中反复讲着同一个类似的故事,这就是她的身世和经历,她的家庭悲剧。她试图对其不堪回首的过去做一个清算和了结,她对过去的清算在写作过程中也在改变着她的生存状态,她以自撰来重建"被蹂躏的我"(Moi saccagé)③。

4. 战争

二战对人类,尤其是对犹太人造成空前的伤害,大搜捕、大屠杀、集中营等不仅夺去了六百万犹太人的生命,而且令幸存者在战后长时间内不堪回首,成为内心深处"不可言说"(indicible)的伤痛。"对于以某种名义参与过 40 年代事件的所有人来说,这是一种不可避免地重现的东西,它给肉体和记忆打上不可磨灭的烙印。这种烙印本质上是无法释怀的。"④与前述个体的心理创伤不同,大屠杀是对整个犹太民族的集体创伤,集中营里骇人听闻的残酷和野蛮令阿多诺发出了"奥斯威辛之后写诗是野蛮的"⑤的感叹。但是阿多诺又说:"长存的痛苦值得表达,正如受难者有权呐喊一样。"⑥事实上,人们从未对这一人间惨剧及其创伤保持沉默,而是

---

① Chloé Delaume, «S'écrire mode d'emploi», in *Autofiction(s)*, p. 109 et *La Règle du Je*, p. 6.
② Chloé Delaume, «S'écrire mode d'emploi», in *Autofiction(s)*, p. 112.
③ Chloé Delaume, *Dans ma maison sous terre*, quatrième de couverture.
④ Philippe Vilain, «L'autofiction selon Doubrovsky», in *Défense de Narcisse*, p. 188.
⑤ 阿多诺对这句话进一步解释道:"当我们说起极端的东西、残酷的死亡时,我们对于形式感到某种羞耻,就好像形式无情地将痛苦化约为手中掌握的某种材料的状态,从而冒犯了痛苦。"Cité par Dominique Viart et Bruno Vercier, *La Littérature au présent*, pp. 171—172.
⑥ Cité par Dominique Viart et Bruno Vercier, *La Littérature au présent*, p. 172.

出于"法律的、历史的、记忆的、道德的、身份的、治疗的、教育的、政治的、社会的动机",以"正式的法律陈述、历史见证、真实或回顾性的私人日记、自发或以访谈形式制作的口述、书面自传、随笔、小说、剧本、诗歌等"①各种方式来言说这段历史,人类历史上的任何灾难也许从未引发如此之多的记录、见证和书写②。

但是书写者们始终面临一个写作的困境:集中营和大屠杀的记忆过于惨痛以至于不忍直视、惨不忍书,但是忘记过去等于背叛③,或者如普利莫·列维(Primo Levi)所言,言说是一项"记忆的义务"④,所以森普隆说:"沉默是不可能的"⑤;将过去的苦难和悲剧诗化为文学是"野蛮的",是对伤痛的叫卖,但是除了文学之外又别无他途,这需要在言说方式上张弛有度:"只有那些将他们的见证化为艺术品、化为创造空间的人方可达到这种本质、这种透明的密度,只有控制有度的叙事才能部分地传递出见证的真实。"⑥"讲得好意味着:要有人听。如果没有一点技巧是做不到的。要有足够的技巧才能变为艺术。"⑦

---

① Barbara Pirlot, « Après la catastrophe: mémoire, transmission et vérité dans les témoignages de rescapés des camps de concentration et d'extermination nazis », *Civilisations*, vol. 56, 2007/1−2, p. 27.

② 在战争刚结束后的50年代,这些见证便已经多得不计其数了。见 Barbara Pirlot, « Après la catastrophe : mémoire, transmission et vérité dans les témoignages de rescapés des camps de concentration et d'extermination nazis », in *Civilisations*, 2007, p. 27。

③ 如埃利·威塞尔所说:"只有见证者的角色吸引我。我得以幸存纯属偶然,我认为我应该赋予我的幸存以某种意义,对我的每时每刻做出解释。我知道我应该讲述。犹太传统教导我们,不把一种体验传递出来,就是背叛。"Cité par Dominique Viart et Bruno Vercier, *La Littérature au présent*, p. 176.

④ "我的内心受到了这种强烈的驱使,我一回来就立即写了出来。我见到和听到的一切,我必须从中解脱出来。而且,从道德、公民、政治方面来说,做证是一项义务。"转引自 Barbara Pirlot, « Après la catastrophe : mémoire, transmission et vérité dans les témoignages de rescapés des camps de concentration et d'extermination nazis », in *Civilisations*, 2007, p. 27。

⑤ 这句话也是森普隆与威塞尔对谈记录的书名(*Se taire est impossible*, 1995)。

⑥ 转引自 Barbara Pirlot, « Après la catastrophe : mémoire, transmission et vérité dans les témoignages de rescapés des camps de concentration et d'extermination nazis », in *Civilisations*, 2007, pp. 32−33。

⑦ Jorge Semprun, *L'Ecritrue ou la vie*. Cité in *La Littérature au présent*, p. 175.

森普隆、罗贝尔·安代姆(Robert Antelme)、埃利·威塞尔、安妮·克里格尔(Annie Kriegel)、塞尔日·克拉斯菲尔德(Serge Klarsfeld)等是亲历过二战、大屠杀的一代犹太人,他们带着对战争和死亡的鲜活感知和记忆,关注和反思的是大屠杀和集中营"是什么"的问题,他们以见证者和历史学家的笔触直接描写战争。而自从20世纪70年代以来,这些从集中营死里逃生、惊魂未定的幸存者的剧痛逐渐平复之后,一些作家,主要是二战犹太人受害者的第二代开始重新审视和思考这一劫难。作为战争受难者或幸存者的后人,新一代作家,如杜勃罗夫斯基、费德曼、佩雷克、莫迪亚诺、让-皮埃尔·法耶(Jean-Pierre Faye)、埃德蒙·雅贝斯(Edmond Jabes)、阿兰·芬基尔克劳(Alain Finkielkraut)、萨拉·考夫曼(Sarah Kofman)、克洛德·朗兹曼(Claude Lanzmann)等,他们或者未曾经历过劫难,或者当时年幼而无切肤之痛,他们思考的是"如何说"、寻找"适当和有效的表达方式"①的问题,他们"并不设法去表现奥斯威辛,而是反思如何书写奥斯威辛"②,从言说切实切身的苦痛走向言说伤疤下的后遗症,超越个人经验,走向具有普遍性甚至神话色彩的"经验的本质性真相"③。玛丽安娜·伊什(Marianne Hirsch)将这种没有经历过二战及大屠杀,却生活在对二战及大屠杀叙事中的人的记忆称之为"后记忆"(postmémoire)④。莫迪亚诺则说:"我的记忆先于我的出生(……)我试图抗拒这种将我后拉的重力,我梦想摆脱中毒的记忆。为了失去记忆,我

---

① Dominique Viart et Bruno Vercier, *La Littérature au présent*, p. 170.
② Patrick Saveau, *Serge Doubrovsky ou l'écriture d'une survie*, Dijon: EUD, 2011, p. 79.
③ 出自森普隆的《写作还是生活》(*L'Ecriture ou la vie*),转引自 Barbara Pirlot, «Après la catastrophe : mémoire, transmission et vérité dans les témoignages de rescapés des camps de concentration et d'extermination nazis», in *Civilisations*, 2007, p. 33. 或如彼得·诺维克(Peter Novick)所言:"大屠杀从历史领域走向了神话领域,携带着某些超越历史情形的永恒真理。"转引自 Barbara Pirlot, «Après la catastrophe : mémoire, transmission et vérité dans les témoignages de rescapés des camps de concentration et d'extermination nazis», in *Civilisations*, 2007, p. 30.
④ 转引自 Patrick Saveau, *Serge Doubrovsky ou l'écriture d'une survie*, p. 41.

甘愿付出一切。"①他们的创伤是跨代的,化为一个记忆的黑洞、魔咒和重负,既无法摆脱又无法填充。如果说犹太人身份在二战期间是父辈的原罪的话,那么在战后就是后辈的原痛,父辈的遭遇和伤痛是后辈的身份和记忆的底色。他们虽然不是大屠杀的见证者(témoin),但仍是大屠杀的做证者(témoignant)②。他们更加需要在家庭记录和传说等经验事实基础上的虚构、想象、文学、修辞等手段。虽然各人的伤痛各异,但是这些伤痛都指向集体记忆中的共同创伤。"自撰诞生于大历史,许多作家(他们经常来自他乡,来自一块失去的土地或一种消失的语言),他们的家人以及他们本人被历史撞得粉身碎骨或危如累卵,所以他们需要为家人以及本人的这段历史构建踪迹、意义、框架,有时还有坟墓(……)自撰的'正式'出生证始于第二次世界大战后三十余年,它是一种事后书写,经历了重建、生活的重回安定、太久的沉默。在摧毁了欧洲的二战的大历史逐渐盖棺定论之后,便可听闻它如何在个体生命中产生了回响。"③他们的个人历史注定要和大历史发生联系。大历史的巨斧残酷地造成了他们的人生和家庭的残缺,父亲或母亲的缺失使他们在心理上产生一种如断线风筝般的无所依附的漂泊和无根之感。他们对于大历史本无切身感受,他们继承或移植了父辈的记忆。这些想象的记忆或记忆的想象纠缠着他们,也激发了他们对于父亲、母亲踪迹的追寻和追问。费德曼的父母被送往奥斯威辛后一去不归,佩雷克的母亲也成为奥斯威辛的冤魂,莫迪亚诺的父亲东躲西藏、惶恐不安……父母的遭遇化为嵌入内心深处取不出的弹片,时时导致发炎和隐隐作痛,也成为一个情结和谜语,促使他们去探寻、解密和清算:"我把五十年来层层粘贴的海报一一揭开,以便找到那些

---

① Patrick Modiano, *Livret de famille*, Gallimard, 1977, p. 116.
② "做证者"是"在那时经历事件的人","见证者"是"当场并立即说出证言的人"。见 Barbara Pirlot, «Après la catastrophe : mémoire, transmission et vérité dans les témoignages de rescapés des camps de concentration et d'extermination nazis», in *Civilisations*, 2007, p. 23。
③ Claude Burgelin, «Pour l'autofiction», in *Autofiction(s)*, p. 16.

最久远的残片。"①书写是用来抗拒遗忘的一种手段,是为父母建造一个文字的坟墓,里面埋藏着关于他们的记忆的残骸。这些自撰表面上是追寻生活中不在场的父母,实则是对自我创伤的最隐秘、最无声的表达,亦真亦幻的故事、支离破碎的叙事是这种创伤的外化显现。

杜勃罗夫斯基在二战期间针对犹太人的大搜捕中幸运地躲过一劫:1943年11月一位法国警察冒着生命危险通知他们一家大搜捕即将开始的消息,使命悬一线的一家人躲过了奥斯威辛的命运,这次与死神擦肩而过的经历构成了他的人生的一个"基础场景"(scène fondamentale)。他在《儿子》中多处提到这段经历,并且在之后的多本书中也反复提及。②

"我被钉在了1940年"(Je suis fiché à l'an 40)。这段黑色的记忆像一张大网笼罩着杜勃罗夫斯基的一生,他挣脱不了,挥之不去,如一个黑洞,将其吸入深不见底的深渊。"裂缝""裂痕""深渊""黑洞""漩涡""噩梦"是杜勃罗夫斯基笔下出现频率颇高的词汇,是创伤后遗症的显现。从未愈合的伤口造成的隐痛和不适感一旦稍受刺激,就会不可遏止地喷涌而出:"沉睡的久远的痛苦。突然被点燃。阵阵刺痛。切除的伤口。留在了肉里。印记将永远留着。无法抹去。一个烙印。黄星。"③1942年,维希政府颁布法令,6岁以上的犹太人必须佩戴黄星,以标记身份。杜勃罗夫斯基对1942年6月8日这一天刻骨铭心,因为他去上学时必须穿上缝有黄星的外套。黄星和红字一样,成为耻辱的记号。佩戴上黄星之后,他便如人人避而远之的过街之鼠,深感耻辱、厌恶、愤怒、无助。后来,维希政府再次颁布法令,犹太人身份证上必须用红字醒目地标识"犹太人"(Juif)。杜勃罗夫斯基在《儿

---

① Patrick Modiano, *Livret de famille*, p. 214.
② 见 *Fils*, pp. 62, 236. 另见 *Livre brisé*, p. 14; *La Vie l'instant*, p. 58; *Laissé pour conte*, p. 337.
③ Serge Doubrovsky, *Fils*, p. 239.

子》①和《活后》(L'Après-vivre)②中多次写到用粗体红字标识的这四个字母带给他的耻辱。令人屈辱至极的是,他被要求脱下裤子,以检查他是否施行过割礼。这一羞辱等于杀人,甚于杀人:"我的标记。我的标志。黄色,犹太人。胸口写着死。两腿之间。我曾经携带过死。我的漂亮器官。久远的故事。德国人,杆菌。我的疤痕。在腹股沟。在灵魂。留下了痕迹。给我打上印记。"③占领时期的往事刻骨铭心,虽然时过境迁,但始终记忆犹新:"这些回忆,我永远不会忘记。它们立刻浮上脑际,敲打,顺口咬住,嵌入神经中。"④这些记忆超越了时间,变为绝对的存在,杜勃罗夫斯基将这些"对于永远铭刻在心的事件的记忆"称为"拳打记忆"(mémoire coup de poing)⑤。

  如何言说过去? 如何言说战争、大屠杀这一宏大主题? 杜勃罗夫斯基是通过他在现时生活中的事件、言行,如他与女人的关系、他与父母的关系、他的职业、他的旅行,以及其他微不足道的琐碎细节随时都可能勾起的联想来言说的。创伤已经内化为潜意识,渗透于现时生活中的点点滴滴,受到偶然的触发,连通起一段不堪回首的记忆。例如,他在将妻子和孩子送上返美的德国轮船后,自己在下船时却找不到出口,他既没有船票也未带护照,顿时陷入恐慌之中,仿佛置身于远洋的监狱。这种困兽般的恐慌迅即令其联想到战争期间犹太人的处境:"里面,下面,象征的恐惧。我们的。深处的。刻骨的。在野兽的内脏里。德国鬼子。没有出口。无处脱身。像老鼠一样。掉入陷阱。"⑥再如,当叙述者驱车从住处

---

  ① "1941年12月,必须在证件上盖章。身份,四个加粗字母,红墨,在旁边。我如鲠在喉。派出所,耸肩,一个打入另册的名字,我摆脱了另册。"(Fils, pp.123—124)"粗体,红色,四个,字母,法语"(Fils, p.124)。

  ② "我的故事不仅是家庭的,也是历史的。我保留着一些发咸的回忆。战前,法国人民党在我父亲的门牌上贴上小广告:裁缝,阿卡德街。(战争)期间,1941年12月,在威兹奈派出所排队,等着在身份证上盖上红色的四个字母的印戳。"(L'Après-vivre, pp.30—31)

  ③ Serge Doubrovsky, Fils, p.324.

  ④ Serge Doubrovsky, L'Après-vivre, p.200.

  ⑤ Patrick Saveau, Serge Doubrovsky ou l'écriture d'une survie, p.88.

  ⑥ Serge Doubrovsky, Fils, p.239.

前往曼哈顿的分析师的诊所时,沿途交错的公路和川流不息的车辆在他眼前逐渐不知不觉地幻化为二战时的德军坦克①,叙述者仿佛"被抛入彼死我活的战争中"②。晚年与"她"(第三任妻子)在布洛涅森林散步,当他们走到一个瀑布时,叙述者眼前顿时浮现出战时这里发生的犹太人被枪杀的一幕,叙述者对"她"说:"瞧,那儿,树干上还可以看到子弹的痕迹。"③

童年遭受的屈辱、迫害和歧视常年郁积在心中,发酵为一种毒素。生活的黑洞需要用文字来填补,郁积的耻辱需要讲述出来:"'他就是我',这一隐秘的渴望对于作者和读者来说并非无关紧要。对于作者来说,将毒液输送给他,作者可以卸掉这些年来压在他心头、他永远不能摆脱的重负,哪怕只是在写作、访谈或讨论的短暂时间内。然而,这些欺凌、辱骂、侮辱、歧视再也不是他孤身一人承受了,而是被分担,使他如释重负,振作起来,排除泛滥的恶心之感。"④写作对杜勃罗夫斯基来说就是疗治创伤,是一种救赎和释放,如他在《断裂的书》中所说:"这是一个净化的仪式。写作就是清洁。写作就是去除生活的污垢。我们投身其中,我们就获得了解脱。"⑤

二、虚构:解构与建构

1. 解构真实

自传凭借记忆而书写过去。关于人的记忆,奥古斯丁指出:"它们(过去和将来)不论在哪里,不论是怎样,只能是现在。我们讲述真实的往事,并非从记忆中取出已经过去的事实,而是根据事实的印象而构成言语,这些印象仿佛是事实在消逝途中通过感觉而遗留在我们心中的踪迹。"⑥奥

---

① Serge Doubrovsky, *Fils*, pp. 94—111.
② Ibid., p. 110.
③ Serge Doubrovsky, *L'Après-vivre*, p. 200.
④ Patrick Saveau, *Serge Doubrovsky ou l'écriture d'une survie*, p. 41.
⑤ Serge Doubrovsky, *Le Livre brisé*, p. 312.
⑥ 奥古斯丁:《忏悔录》,周士良译,商务印书馆,1963年,第245页。

古斯丁道出了一个事实：人的过去一旦成为历史，就再也无法原本呈现了，人所能够呈现的只是过去留存在记忆中的印象或痕迹。

从客观的角度来说，我们的记忆不是储存数据的硬盘或浸泡标本的福尔马林溶液，存放于记忆中的事件可能发生变形、解体、重组、蒸发。记忆只能提供一个残留和残缺的脉络。留存在记忆中的往事只是一些半明半暗、支离破碎、杂乱斑驳的吉光片羽、蛛丝马迹，是一些闪回的瞬间，无法构成连续连贯的整体，其中充满了漏洞、缝隙和空白，如杜勃罗夫斯基所说："我的记忆是一个漏勺。"①我们在书写过往时，遗忘留下的空缺和断裂之处需要由推断、猜测和想象去填补："叙述者绝望地追寻真实，却只能将虚构注入这些空隙中。这些虚构不一定就是错的，只是 *fingere*，即从来不能打保票的制作。'真诚'倒是没有问题，但是从来不明显。再见了，过去那种重新把握和保证生活之'现实'的漂亮组合体。作为自传，所剩仅有的不大可能再现自我的方式，就是自撰。"②

我们的过去在事发当时往往是庞杂、无序、没有关联的，是成堆的细节和碎片，但是在被回忆和复述时，必定经过作者的选择和取舍，也由于文本的线性特点，被作者按照一定的顺序和逻辑串接起来而成为一个系统。福楼拜说："项链是由一粒粒珍珠构成的，可是串成项链的是丝线。"③自传写作的过程就是将"珍珠"用"丝线"串接成"项链"的过程，"丝线"就是各个"珍珠"之间的逻辑关系和秩序。布尔迪厄说："通过在前后状态之间建立起清晰的关系，就像它们之间存在有效的因果关系一样，从而使这些连续状态成为某种必然的发展过程的各个阶段，自传叙事总是，至少部分地有着赋予意义、说明理由、总结过去和未来的发展逻辑、实现贯通和稳定的考虑。"④自我书写就是在往事之间建立联系，赋予意义，确

---

① Serge Doubrovsky, *Le Livre brisé*, p. 222.
② Serge Doubrovsky, «Le texte en main», in *Autofictions & Cie*, p. 211.
③ Gustave Flaubert, «Lettre à Louise Colet», 26/08/1853.
④ Pierre Bourdieu, «L'illusion biographique», in *Raisons pratiques. Sur la théorie de l'action*, Seuil, 1994, p. 82.

定调门,而"联系""意义""调门"等在事发当时并不存在,而是作者事后赋予的。我们如此写成的叙事,绝非是原样复制,而是一种重组。杜勃罗夫斯基对此有清醒的头脑:"我用复制品将自己再造成仿制品。一个假我,一个赝品(……)如果我试图回忆自己,我就是在杜撰。全身上下,彻头彻尾。我是一个虚构的存在。"① 所以自传叙事必然偏离实际生活。罗伯-格里耶一边回忆童年往事一边对自己的言说方式冷嘲热讽:

> 当我再次读到诸如"母亲很是关心我辗转难眠"或"她的目光妨碍了我自慰"等句子时,我真想笑出声来,就好像我正在篡改我过去的生活,将其写成符合令人怀念的《费加罗文学》的经典的、非常乖巧的东西:合逻辑、激动、塑化。并不是说这些细节不准确(也许相反),而是我要指责它们数量太少,像是小说,简言之就是我要指责它们的傲慢。不仅我在当时的体会既不完美,也没有如此的形容词感受,而且,在事发当时,还涌现着无数其他细节,它们交错的线索构成了一个活的布料。而此时我只找到区区十来个,每一个都孤零零地放在一个基座上,用几乎已成历史(确定的过去本身并不久远)的叙述浇铸而成,而且按照一种因果关系的、恰恰符合我的所有作品所抗拒的具有意识形态重压的系统加以组织。②

杜勃罗夫斯基也说:

> 当我重温生活时,它已散成丝缕,乱七八糟,只剩下乱成一团的线头,大杂烩的感觉,杂乱无章、没有联系的回忆。当我们想要把它讲述出来时,就要虚构了。童年叙事是不存在的。它从头至尾都是编造出来的。例如卢梭将童年写成神话,时而加入某个场景来点缀,

---

① Serge Doubrovsky, *Le Livre brisé*, p. 214. 阿拉贡在《真话假说》中表达了同样的观点:"我以为我是在看自己,其实我是在想象。没有办法,我在理顺自己。我将一些曾经的、却没有关联的事实放在一起。我以为我是在回忆,其实我是在杜撰。"Louis Aragon, *Le Mentir-vrai*, Gallimard, 1980, p. 10.

② Alain Robbe-Grillet, *Le Miroir qui revient*, p. 17.

例如朗贝尔西小姐打屁股。或如萨特给童年叙事硬塞进某个逻辑的骨架,这儿或那儿装饰着模拟生活进程的教化人的花饰和说理名言。童年是在叙事之外的,因为它在时间之外。当我们想重新把握童年时,它不是铺展如面,而是盘绕成团。①

虽然自传是一种纪实文类,但作为叙事,为了保障叙事的连贯性,或是为了调动读者的兴趣,它经常求助于小说的某些叙事手段和文体,作为装饰真实的花边。无论是作者的主动而为还是被动选择,加工注定使真实性打折扣,更不用说作者主观的撒谎、歪曲、美化、掩盖行为。这种加工是在过去残留下来的记忆碎片、蛛丝马迹等"隐迹稿本"基础上的重写,是对于真实素材的美学化。正如普鲁斯特的《追忆》一样,自传也是一种现时的追忆和重新体验,所谓"寻找逝去的时间",找回的只是经过过滤的时间、经过加工的时间。从作者动笔甚至构思的那一刻起,不论作者有意或无意,加工或修辞就已经介入进来,而不再是对过去的还原和再现。建立在叙事、选择、情节基础上的文本已经不是现实的反映,而是对于现实的操纵。"在我看来,一切说话主体都是不自觉地暗中发挥着虚构的修辞。"②

一切自我书写,不论作者抱着多么真诚或客观的态度,终究是一种语言行为,"尽管语言是如此不合适,我们却不得不使用这种材料"③。罗伯-格里耶道出了一切自传的悖论。自传不仅会因作者记忆的缺陷而有"实"不"纪",还会因语言的无能而所"纪"不"实"。不论作者如何忠实地再现过去,他笔下的"我"永远无法做到忠实于生活的本我。语言实为一种形塑手段,"我们所读的不是生活而是文本。我以前写过,在我的文本之前一切都不存在,甚至我的生活也不存在。该生活的文本化彻底改变了它的性质。叙述不是复制,而是用文字对生活的再创造,话语的'我'用

---

① Serge Doubrovsky, *Le Livre brisé*, p. 263.
② Philippe Vilain, «Vers un imaginaire narcissique», in *Défense de Narcisse*, p. 121.
③ Alain Robbe-Grillet, *Le Miroir qui revient*, p. 41.

语言对它的一个接一个的'我'的再发明"①。一旦作者开始写"我",他不可避免、不由自主地以小说家的立场和方式把"我"塑造成一个"人物"。经过语言材料的制作和加工后,此"我"(文本的)已非彼"我"(实在的),而是变为一件复制出来的"赝品","最真实的叙事不由自主地变为小说"②。

克洛德·西蒙讲过一个"我不是我"的故事:"梅洛-庞蒂在法兰西学院就《弗兰德公路》《风》《草》上过一堂课。下课后他问我:'怎么样?'我回答说:'你所讲的这位克洛德·西蒙可真高明呀!'他对我讲:'是的,可他不是你!他是写作当中的你,是那个我们通过对语言的分析而激发出来的人物,一旦我们离开自己的讲桌,他就消失了。'作家就是那个加工语言同时又被语言加工的人。"③

罗伯-格里耶同样认为:"人们对一个作家的期待根本不是被某些文学之外的因素所完全证实的历史关系,相反,是最终只具有文学性的东西(……)的确,从这些曾经属于我的生活、被想象所改造、被回忆所作假的内容出发,最后一道工序,或许是最为反常的工序介入进来,这就是写作行为。写作行为根据这些片段和碎片制造出某种东西,这种东西就是文本,对于作者来说,它比构成文本的内容更加重要(……)我所感兴趣的,就是针对所有这些内容的写作行为,即这些片段如何成为可以用来虚构世界的材料(……)它所体现的就是人们所说的'新自传'。"④

卡特琳娜·米耶说:"我们从来不敢肯定是否说得完全真实,不敢肯定事实是否如其发生时那样。例如,童年,在讲述时掺杂了假的回忆、幻想等,然而我尽力讲述我认为最可信的、最接近真相的东西。我认为,最多的虚构在于书的谋篇。讲述自己的生活不是以线性的方式。况且,在

---

① Serge Doubrovsky, «C'est fini», *Je et Moi*, p. 22.
② Serge Doubrovsky, *Laissé pour conte*, p. 46.
③ 转引自王晓侠:《从新小说到新自传——真实与虚构之间》,载《国外文学》,2010 年第 1 期。原文见 Claude Simon & Jean-Claude Lebrun, « Visite à Claude Simon: l'atelier de l'artiste», in *Révolution*, n°500, 29/09/1989, pp. 36—41.
④ Alain Robbe-Grillet, «Je n'ai jamais parlé d'autre chose que de moi», in *Le Voyageur, Textes, causeries et entretiens* (1947—2001), Christian Bourgois, 2001, pp. 284—285.

精神分析的沙发上,也不是如此,从出生一直讲到当下。我们必须告诫自己我们是在写作,必须抓住读者的注意力,让他不要太快地合上书。需要设计、安排要讲述的事件和相关的思考。写自传就像写虚构一样。首先要有一个把事件装进去的任意的提纲。我认为这最像小说家的工作。"①

以上作者都在强调,我们过往的生活与对生活的书写是两种不同性质的东西,一切生活经历,一旦经过了书写这道工序,化为语言和文本,就已经不再是生活,而是被"改变"和"作假"。所以勒热纳说:"当我们知道何为写作时,自传契约的概念本身似乎就是一个空想,天真的读者愿意相信就相信吧。自我的书写注定是自我的杜撰,是一种虚构形式。"②

传统自传作者虽然也承认其在某些细节上有错误、失真之处,但是对于其所述的真实性是信心满怀的。而自撰作者则恰恰清醒地意识到原本地复现过去的不可能,揭穿了自传真实的不可靠和不可信,所以采取一种顺势而为的立场。既然不可能原本地复现过去,那么索性保持满篇碎片、空白和断裂,如巴尔特,杜勃罗夫斯基;既然自传真实存在着马蜂窝般的孔隙度,那么索性主动引入虚构以填补这些孔隙,如罗伯-格里耶。主体不再统一,而是被拆解、被抹擦、被播撒。自我书写成为真实与虚构的混合体。《戏说》三部曲中的"我"指向的既是现实中的罗伯-格里耶,又是虚构的人物科兰特。巴尔特一边为自己画像,一边称"所有这一切应被视为出自一个小说人物之口"。自撰作者一边在自传的雪地上行走,一边抹擦掉自己的足迹。其目标不是追求真实,而是制造模糊,在建构中解构,制造这种介乎真假之间而又无法把握的模糊效果。自撰正是以这种公开的方式捅破真实性的窗户纸,宣告了一切自传的虚构性。所以罗伯-格里耶说,自撰是"一种'有意识的自传',也就是说,意识到自传本身固有的不可能性,意识到自传中必然掺杂的虚构成分,意识到埋藏在自传中的空缺和

---

① «La vie dédoublée, conversation avec Catherine Millet», transcription Patricia Cagnet, *La Cause du désir*, n°87, 2014/02, p. 103.

② Philippe Lejeune, «Nouveau roman et retour à l'autobiographie», in *L'Auteur et le manuscrit*, p. 58.

疑难,意识到打破自传事件运动的思辨段落,或许一言以蔽之,意识到它的无意识。"①罗伯-格里耶故意颠覆读者对自传的期待视野,在记忆的空白和断裂处引入虚构的人物与故事,将他的真实生活经历的叙事肢解得七零八落。《戏说》"从一开始就是一种戏仿,似乎既玩着传统自传的游戏,又一直在洗脱自传之名"②。

在这个怀疑的时代,作者所宣称和保证的真实,客气地评价,它是一种幻觉;不客气地说,其实是一种欺骗。自传家再也发不出卢梭式的确凿无疑、信誓旦旦的豪言,所以他们的宣言或契约闪烁其词,自相矛盾。如果说自传所追求的真实在过去是一种理想的话,那么现在则变为一种幼稚的幻想和幻象。

2. 建构自我

利科认为虚构具有"启发性力量"(force heuristique)③:虚构和想象不仅具有"重新描述现实的能力"④,而且具有理解和认知世界的功能:"人尝试理解和掌握实践领域之'多样性'(divers)的首要方式就是对其进行虚构再现(représentation fictive)。"⑤

歌德并不讳言他的自传中有虚构和想象,在回答为何将其自传定名为《诗与真》时,他解释道:"读者总是对传记书写的真实性将信将疑,本书名便是来自这一体会。为了避免这种怀疑,我承认有所虚构,可以说实无必要,也是被某种矛盾心理所驱使;因为我最大的努力就是尽可能表现和表达高度的真实,我自认为真实主宰着我的生命。"⑥莫里亚克在《生活的开端》(*Commencements d'une vie*)中说:"难道不是只有小说才能表达我

---

① Alain Robbe-Grillet, *Les Derniers jours de Corinthe*, p. 17.
② Philippe Lejeune, «Nouveau roman et retour à l'autobiographie», in *L'Auteur et le manuscrit*, p. 66.
③ Paul Ricœur, *Du texte à l'action*, Seuil, 1986, p. 220.
④ Ibid., p. 221.
⑤ Ibid., p. 222.
⑥ Cité par Jacques Lecarme, «L'autofiction: un mauvais genre?», in *Autofictions & Cie*, p. 249.

们的本质吗？只有虚构才不撒谎，它把一个人生活的暗门开启了一条缝，他的人所不知的灵魂神不知鬼不觉地从缝中溜了出来。"①纪德在《如果种子不死》(Si le grain ne meurt)中说："回忆录从来都是半真诚的，不论它多么关心真相，一切永远比人们所说的更加复杂。也许小说才更加接近真相。"阿拉贡说："撒谎的最高形式，就是小说，在小说中，撒谎可以抵达真相。"②萨特认为："我只有在虚构作品中才能说出我的真相"③，"我认为《词语》并不比《恶心》或《自由之路》更真实。这不是说我在《词语》中讲的事实不真实，而是《词语》也是小说，一种我相信的小说，但是毕竟是小说。"④萨特之所以说其自传并不比小说更真实，乃是因为"我"与自身是"合二为一"(adhésion ou adhérence à soi)⑤的，身在此山，难以反观；只有置身山之外，即通过"真实的虚构"(fiction vraie)或"虚构的真实"(vérité fictive)⑥，才能认知自己的庐山真面目。

　　上述作家的话道出了自传的一个悖论：自传以真实为目标，而真实却是自传难以企及的，因为任何自传都无法避免想象的介入，即使事实都是真实的，这些事实一旦化为叙事也是想象或虚构，而且自传连传达事实的、历史的、物理的真实都难以做到，而自我的思想的、内在的、精神的一面更是自传力所不逮。真实的表达不以写作者的意愿为转移，虚构有时更可抵近自我的真相。真实的谎言才最真实。"当人们对自己进行杜撰时，总是摆脱不了真实。"⑦鉴于此，纪德的所有小说都是以迂回的方式间接地抵达自我的真相，它们与纪德的自传共同构成了勒热纳所说的"自传空间"。

---

① François Mauriac, *Commencements d'une vie*. Cité par Philippe Lejeune in *L'Autobiographie en France*, p. 155.
② Louis Aragon, *La Mise à mort*, Gallimard, 1965, p. 147.
③ Jean-Paul Sartre, *Situations X*, p. 145.
④ Jean-Paul Sartre, *Situations X*, p. 146.
⑤ Ibíd., p. 104.
⑥ Ibid., p. 148.
⑦ Danielle Deltel, «Colette: l'autobiographie prospective», in *Autofiction & Cie*, p. 126.

当代作家更加深信虚构对于认知和建构自我的补偿功能,将虚构的这一功能进行了创造性的使用,试图弥补纪实的薄弱,重现一种不可把握、不可言说的真相。虚构以"以毒攻毒"的方式取得"负负得正"的效果,以一种反向的方式抵达真实。

洛朗丝深感单凭其生活经验的叙述无法表达其内在的"我",不得不借助于虚构来展现她的不为人知,甚至自己也不了解的一面:"我将我的小说建立在我自己的经验之上,同时在其中掺杂了一些虚构元素(……)有小说式构造、省略、搬移,因此我写的不是我的原本的生活,而是我的精神、心理图景,人们可以将其称作我的内在之书,即铭写在我内心、现实写在我内心的东西。"①通过虚构,作者对断裂残缺的往事碎片进行找补,拼接后的形象表面看来远离了作者的物质形象,却更加接近内在的、情感的真实。

维冈发现如果不求助于虚构她就无法接近真实:"我大概是寄希望于在这锅奇怪的原料中提炼出真相来。然而真相并不存在。找一些散乱的碎片,甚至把它们重新拼凑这个过程本身就已经是虚构。不管我写什么,都注定无法达到真实。"②既然无法抵达真相,她只好求助于对残缺的事实进行想象和重构。"文字可以调配画面,可以剪辑(……)正如我写的这些字句一样,我把它们并排放在一起,我给出的是我的真相。这个真相只属于我自己。"③

如果说许多自撰作者在夹带虚构的"私货"上采取的是一种悄无声息的蒙混方式,那么在这方面走得最远、最明目张胆的则是佩雷克、费德曼等作为大屠杀幸存者的犹太作家。他们的自我书写的驱动力竟是"虚空"(vide)和"缺失"(absence)。佩雷克反复说:"我没有童年回忆。"费德曼

---

① Propos recueillis par Joséphine Hobeika, «Camille Laurens, Alice, Laurence et les autres», Supplément mensuel de *L'Orient littéraire*, 2020/04, n°166, https://lorientlitteraire.com/popup. php? n_id=7874&cid=6 (consulté le 16/11/2021).
② 德尔菲娜·德·维冈:《无以阻挡黑夜》,第 28—29 页。
③ 同上书,第 184 页。

说:"关于我的童年,一切回忆都被消灭了。"①大屠杀和集中营造成的虚空和缺失化为一个深不见底的黑洞锚定于他们的内心。既然他们对战争的记忆已被历史的巨斧击碎,飘浮于虚空之中,既然残存的回忆也因为亲人的缺失而无枝可栖,他们干脆用虚构来重建记忆,从而使写作成为二度虚构,即"超虚构"(surfiction)。如同超现实主义者笔下的"超现实"不再是现实一样,他们的"超虚构"也不再是虚构。在《W 或童年的回忆》中,佩雷克采取了"多重书写"(écriture multiple)的策略,将明显有别的不同地位的文本,即"将严格意义上的自传文本、被作为虚构呈现的文本以及可能还有一些说不清的写作元素拼接在一起"②。《W 或童年的回忆》中虚构的故事和真实的回忆交替出现,两条线索平行发展,互不相交,但是虚构部分对于理解纪实部分不可缺少,虚构实为真实的映射,虚构就是真实。"实"与"虚"之间构成一个"连通器"。两个部分就像人的左手和右手一样,听命于同一个大脑的指挥,二者互为表里,在主题上高度统一,服务于对母亲下落和个人身世的追寻。罗伯-格里耶《戏说》三部曲中的纪实和虚构部分貌似一个双头连体怪胎,各有自己的意志,相互冲突,但是二者也是有着共同指向的,那就是言说作者数十年来隐蔽和涌动在内心深处的幽灵和幻想,它们构成了作者所有小说写作的动机。

三、以虚构之名

"虚伪的读者啊,我的同类,我的兄弟!"波德莱尔在《恶之花》中精辟地道出了作者和读者之间既爱且恨的复杂关系。这种复杂关系在自我书写中表现得更加明显,也更加微妙。传统自传的作者唯恐读者不相信其真诚性,往往在正文开始之前有言在先,以自传契约的形式与读者建立一种信任关系。而在自传体小说中,作者最为担心和反感的是读者的对号

---

① Cité par Catherine Viollet, «Raymond Federman, la voix plurielle», in *Autofictions & Cie*, p. 195.
② Philippe Lejeune, «Peut-on innover en autobiographie?», in Alain de Mijolla (dir.), *L'Autobiographie*, VIe rencontre psychanalytique d'Aix-en-Provence 1987, p. 79.

入座式阅读,歌德在《诗与真》中对于读者将维特视为歌德本人的阅读方式十分恼火:"每个人都想知道该小说中的真实成分。我对此非常恼火,我几乎总是非常粗暴地回答。"①贡斯当对于"到小说中捕风捉影","在想象的作品中识别世间所遇之人"②的读者深恶痛绝。科莱特抱怨"人们到我的小说的字里行间寻找我这个活人"③。

自我书写作为一种纪实类写作,也是一个"是非文类"(genre litigieux)④,其魅力和风险均在于其指涉性和私密性,最易于将自己和他人的隐私暴露于众,从而招争议,惹是非。仅举一例:1990年,波伏瓦的继承人出版了这位哲学家未经删节的1939—1940年间的日记和她写给萨特的书信,引起一位女当事人的愤怒。因为她是20世纪30年代波伏瓦和萨特周围众多与他们有着亲密关系的女学生之一,她的少女时代的隐私被公之于众,而且她发现她毕生视之为朋友的波伏瓦一直在欺骗她。她决定反击,模仿波伏瓦的自传《一个循规蹈矩的少女的回忆录》(*Mémoires d'une jeune fille rangée*)写下了《一个被打扰了的少女的回忆录》(*Mémoires d'une jeune fille dérangée*,1993),披露了萨特与波伏瓦在30年代末与其众多女学生的三角恋爱中的种种谎言和欺骗手段。⑤

可见,读者是作者永远无法漠视和绕过的一道屏障,作者和读者间虽有眉来眼去的亲密关系,更多时候读者对于作者是一种不得不小心以对的威胁,"审查"是每位作者无法绕过的关口⑥。当作家开始写自己,就已经启动了审查机制。但是从另一方面说,这种审查又可以激发作者的创造力,促使作者在文体、形式、文类的选择上打破常规。以虚构之名的自

---

① Cité par Gasparini, *Est-il je?*, p. 288.
② B. Constant, *Adolphe*, Préface de la seconde édition.
③ Cité par Gasparini, *Est-il je?*, p. 236.
④ M. Contat, «L'autofiction, un genre litigieux» (*Le Monde*, 05/04/2003)
⑤ Philippe Lejeune, *Pour l'autobiographie*, p. 74.
⑥ 卡米耶·洛朗丝认为作家在写作时面临三种审查(censure):一是来自家庭、社会、媒体的外部审查;二是作者本人的内部审查或自我审查;三是潜意识的审查,体现在作者的某些笔误中。见 C. Laurens, «(Se) dire et (s')interdire», in *Genèse et autofiction*, p. 221.

撰方式便是颇受青睐的选择之一。

1. 于己：遮羞布

作者一旦开始书写自己，就把自己的名字和名声、身体和身份作为赌注押了出去。摘掉面具，去除耻感，把个人的秘密展示出来，对于莱里斯来说是一场斗牛般的残酷角斗，作者面对红了眼的斗牛，随时面临被挑落在地、身败名裂的危险。尤其是当涉及与身体和隐私、家庭和私生活等的秘不示人的事情时，即使在私人日记中也未必能够畅所欲言，更何况将之公之于众，顾忌、迟疑在所难免："一想到出版，世人的评判、'正常的'价值观就会袭来。"①

面对一部自传性文本，读者从某种程度上说就是"窥视者"，阅读对于读者来说就是一场刺激性的窥视。乔治·桑对于读者面对自传的好奇和娱乐心态心知肚明，她在下笔时故意回避此类读者的趣味："那些丑闻爱好者也不要窃喜，我不是为他而写的。"②"我再说一遍，丑闻爱好者，请从第一页就合上我的书，它不是给你们写的。"③德洛姆也说："展示自己会招来窥视和观望的冲动。经常有人指责我不知所云，特别是在书的最开头。我是为了打击那些到我这里来寻找刺激的人。"④

如果说自传意味着在言说上的障碍和约束，那么虚构则意味着写作的自由，这种自由不仅是读者的期待，而且也是作者的所长。如前所述，自撰建立在一个矛盾的契约之上，它既是自传，又自称虚构。"我"既是作者又是他者，或者说"我"既不完全是作者，也不完全是一个他者。自撰的真真假假、模棱两可是为了脱离限制、获得更大的自由度的一种手段。小说的标签可以缓解甚至解除来自作者本人的"自我审查"。埃尔诺说："如果必须对'这是自传吗？'之类的问题做出回答，如果必须处处做出解释，

---

① A. Ernaux, *Passion simple*, Gallimard, 1991, pp. 68—69.
② George Sand, *Histoire de ma vie*, tome I, GF Flammarion, 2001, p. 54.
③ Ibid., p. 56.
④ Chloé Delaume, *La Règle du Je*, p. 66.

可能所有的书都无法面世了,除非以小说的形式,因为小说可以保全面子。"①所以自撰相对于自传的一个优势就是在谈自己时可以少一些顾虑,展现"我"的隐秘的一面,更加接近作者所要展示的"真相"。对于某些既想暴露又要遮掩的作者来说,自撰之虚构的自称是一个假面游戏,尤其在谈及难以启齿的隐私时,如吉贝尔的深受艾滋病和耻辱折磨的身体,安戈的散发着挑衅意味的身体。

1971年,萨特计划写一个短篇,来说出关于自己的真相,作为其政治遗嘱和自传续篇。此文最终并未写成,萨特向其朋友孔塔透露了写作设想:"虚构的成分非常少,我要创造一个人物,读者一定会说:'此人就是萨特。'对于读者来说,这并不意味着人物和作者一定要重合,而是说,理解人物的最佳方式就是在他身上寻找来自我的东西。我想写的就是它:不是虚构的虚构。"②萨特所言的虚构只是一个幌子或一戳即破的面纱,其动机在于"说出真相",说出原来未曾写过的"我生活中的性关系和色情关系"③。因为"我们还不能把自己和盘托出"④,"如果不是在另一个所有人都开诚布公的社会,我认为没有理由这么做",而"绕道虚构则可以更好地接近全部的客观性和主观性"⑤。

作者们使用各种比喻来形容虚构的遮掩或保护功能。对于缪塞来说,虚构是"一件千疮百孔的大衣,作者赤条条地躲在后面"⑥。巴尔特认为:"身体最为色情的地方不正是衣服微开的地方吗?(……)在两件衣物(裤子和毛衣)、两个边沿(半开的衬衣、手套和袖子)之间半掩半露的闪耀的皮肤具有色情意味。"⑦埃尔诺把虚构喻为面具:"小说的面具解除了各种内心的指责,可以使我以猛烈和嘲讽的方式尽可能地展示家庭、性、学

---

① Annie Ernaux, *Passion simple*, p. 69.
② Jean-Paul Sartre, *Situations X*, Gallimard, 1976, p. 145.
③ Ibid., p. 146.
④ Ibid., p. 145.
⑤ Ibid., p. 146.
⑥ Alfred de Musset, lettre à Liszt du 26 juin 1836.
⑦ Roland Barthes, *Le Plaisir du texte*, Seuil, coll. «Tel Quel», 1973, p. 19.

校方面的忌讳。"①安戈把虚构称作一推即倒的墙："强的、猛的、性的、生的、几乎称得上真实的料。如果写他的生活的话,读者也需要在现实和虚构之间有一道最薄的墙。"②维兰将自撰喻为"速记",速记是书写者自己发明的一套编码,是只有书写者本人才能破译的半神秘语言,它对于作者来说是透明的,对于他人来说则是一道朦朦胧胧的屏障,"我"安全地隐身于屏后,即使不是一个谜,至少也让人无法完全参透。③ 杜勃罗夫斯基将小说之名喻为"不在现场的证明"(alibis du romanesque),"只有'自撰'才能真正地、实在地担负起沉重的真相的重负"④。

虚构不是虚假,而是真实的一种诠释和理解方式。自撰的虚构如同人体彩绘艺术,在遮掩中展示,在展示中遮掩。虚构就是一件透明装,避免了自我书写的"裸奔",但是既刺激了读者的欲望,又保护了自己。虚构或虚构之名是对莱里斯所称的颇具杀伤力的公牛之角的钝化和包装,在捉迷藏游戏中让人捉摸不定,是作者为自己预留的一个安全出口或后路。"它(自撰)被设计为一个伎俩,使作者逃避他自己的'人物'可能为他招来的审视的目光、不雅和不得体的指责。"⑤

2. 于人:防火墙

勒热纳说："如果一个发表的文本中使用的专名与实际生活中的某个读者同名,那么此类读者对其中的专名最为敏感。这个问题十分敏感,哪怕只是偶然的同名也会引发一场诉讼(……)如果一个文本公开地自称为纪实性文本(回忆录、自传、记录),又使用了真人的真名,那么它就难以以文学创作之名来规避责任。"⑥自传正是属于此类情况,公开宣称全部为

---

① Annie Ernaux, «Vers un je transpersonnel», in *Autofictions & Cie*, p. 220.
② Christine Angot, *Sujet Angot*, Fayard, 1998, p. 114.
③ Philippe Vilain, *L'Autofiction en théorie*, p. 29.
④ S. Doubrovsky, *Un amour de soi*, la quatrième de couverture.
⑤ Mounir Laouyen, «L'autofiction: une réception problématique», Colloque *Frontière de la fiction*, 1999, Fabula (colloques) [en ligne], https://www.fabula.org/forum/colloque99/208.php(consulté le 25/08/2018).
⑥ Philippe Lejeune, *Moi aussi*, pp. 49—50.

真,又以真人真名示人,注定与纠纷、龃龉、反目、绝交甚至诉讼相连。

乔治·桑说:"我们的生活是与我们身边人的生活连在一起的,我们在解释任何事情时都不得不伤及某人,有时是我们最好的朋友。"①写我从来就不是仅与"我"相关的个人行为,因为私生活是个人的,但是并非完全属于个人,完全与他人无关的个人私生活几乎是不存在的。勒热纳说:"我们是我们的生活的共同所有者(copropriétaire)"②,"私生活几乎历来都是一种共有财产(copropriété)"③。我们生活中的爱恨情仇都是与其他人,尤其是亲人、朋友或敌人密不可分的。作者在讲述自身的同时不可避免地写到他人,从某种程度上说是对他人的私生活和权利的干涉。例如吉贝尔在《我的父母》(*Mes parents*)中写到与父母的恩怨,在《致没有救我命的朋友》中披露了他与福柯(在文中化名为"穆兹尔")的同性恋关系以及福柯死于艾滋病的事实。在电视访谈节目 *Apostrophes* 中,主持人毕沃愤怒地发问:"你有权利讲述福柯的弥留和死亡吗?他是你的朋友啊。"④读者,尤其是作者的亲友,在阅读时的一个习惯就是辨认和对号入座。相当一部分自传性作品是与父母、妻子、丈夫或情人的恩恩怨怨的清算。当作者要公开作为"共有财产"的私生活的时候,如果不取得他人的同意或默许,注定要对作为"共同所有者"的他人构成一种侵权。所以,卢梭、夏多布里昂的自传都是准备在身后才发表的(尽管实际上他们自食其言)。普鲁斯特、杜勃罗夫斯基、罗伯-格里耶都是在母亲去世后才动笔或发表他们的自传性作品。莱里斯在长达五十余年的自传写作生涯中对自己确实做到了毫不留情,但是对他人却留足了情面。

当代文学的一个重要特点便是以亲历为素材,而当代人比任何时代都更加注重个人隐私和权利的保护,从而更加敏感于与己有关的书写。

---

① George Sand, *Lettre à Charles Poncy*, 14 décembre 1847.
② Cité par Camille Laurens in «(Se) dire et (s')interdire», *Genèse et autofiction*, p. 225.
③ Philippe Lejeune, *Moi aussi*, p. 55.
④ Anne Brun, «Ecrire le sida à partir de l'œuvre d'Hervé Guibert», in Nathalie Dumet, *De la maladie à la création*, ERES, «L'Ailleurs du corps», 2013, p. 30.

由此造成写作者和他人,尤其是当事的读者的张力。自我书写可能变为一场冒险,不是新小说或杜勃罗夫斯基所说的那种带有浪漫诗意的"写作的历险"或"语言的历险",也不是上文所言的颜面扫地的道德风险,而是轻则众叛亲离的伦理风险,重则对簿公堂的法律风险。安戈说:"我已众叛亲离。写作使我众叛亲离。人们接连离我而去。"①维冈也说:"写自己的家庭,无疑是达到跟家人闹翻脸这一效果的最有把握的途径。"②

自传有风险,下笔须谨慎。自我书写是一片是非之地,是一个蕴藏着种种风险的马蜂窝和火药桶,写作者和"人物"之间剑拔弩张的情况并不鲜见,多位作者甚至被"人物"送上法庭。③ "此类诉讼很寻常,大的出版社在出版之前首先将有嫌疑的手稿送交法律顾问。"④这时,虚构便成为最有力的挡箭牌。

1995 年,洛朗丝的儿子菲利普因医疗事故在出生仅两个小时后死亡,她将这段刻骨铭心的经历写成了《菲利普》,书中的城市、产科医院、分娩医生、儿科医生、孩子均以真名出现,此书相当于对医院和医生的控诉书。书出版后,当事医生以诽谤为由对洛朗丝提起诉讼。判决结果是除了菲利普的名字外,所有人名只能以首字母的形式出现,而且该书被禁止在事故发生地第戎出售。⑤ 2003 年,洛朗丝在其第二本书《爱情小说》(*L'Amour, roman*)中使用了前夫的真名而被其以损害私生活和名誉为

---

① Christine Angot, *Une partie du cœur*, cité par Ch. Delaume, *La Règle du Je*, p. 66.
② 德尔菲娜·德·维冈:《无以阻挡黑夜》,第 173 页。
③ 安戈因为在《情人市场》(*Le Marché des amants*)和《孩子们》中写到其男友以前的家庭和感情生活,于 2009 年和 2013 年两度被其男友的前妻以精神受到伤害为由告上法庭,并被判处罚款。卡特琳娜·库塞虽然没有惹上官司,但是她的丈夫告诫她:"我不想你写我们的事情。"在丈夫的要求下,她不得不重写和推迟出版涉及其夫妻和家庭生活的书,她感慨道:"我真的在想是否有不离婚的自撰女作家。也许这是为写作要付出的代价。"(见 Isabelle Grell, *L'Autofiction*, pp. 36 et 55)
④ Philippe Gasparini in *Est-il je?*, p. 237.
⑤ Voir Camille Laurens, «(Se) dire et (s')interdire», *Genèse et autofiction*, pp. 222–223.

由起诉,虽然诉讼被法院驳回,但是当该书再版时,丈夫和女儿的名字做了改动。如果说儿子之死造成了她的精神创伤,那么因两本书而引来的诉讼则造成了她的心理阴影,使她在写作时产生重重顾虑和迟疑,外在的审查内化为自我审查,虽然并未使她禁言,却使她谨言慎言,字斟句酌。她感到是在批评者和审查者的注视之下写作:"我在写作时感到头上悬着一把达摩克利斯之剑。文学会激起他人的激烈反应,其中以仇恨最为常见,就像在生活中一样。"①

雅克·朗兹曼的《蝌蚪》出版之后,其母亲感到受到诽谤,两次对其提出指控。朗兹曼在接受媒体记者采访时多次强调,他的《蝌蚪》"没有想象成分,是一本照实写成的书"②,但是 1977 年 11 月 21 日的《新观察家》杂志刊登了拉封(Robert Laffont)出版社的一则通告:

> 雅克·朗兹曼的母亲对于小说《蝌蚪》中所写的人物母亲引起的与她本人的混淆向朗兹曼提出了抗议,这种混淆给她造成了巨大痛苦,雅克·朗兹曼承认《蝌蚪》中的人物母亲与他自己的母亲毫无等同之处。③

显然,朗兹曼是在母亲的控告和压力下委托出版社发表的这份通告,他不得不否认先前多次宣告的《蝌蚪》的自传归属,其理由或借口便是本书属于虚构,让读者勿将书中的"母亲"与生活中的母亲对号入座。不论是出于他的意愿还是出版社的营销策略,印在封皮上的"小说"对他来说就是在引火烧身时避免司法追究的挡箭牌。在另一桩涉及他的案件之后,朗兹曼的家人委托律师发表声明,再次重申《蝌蚪》的虚构性质,来为朗兹曼开脱:

> 请求人的律师业已强调指出,朗兹曼先生的作品尽管属自传性质,但实为小说,在其出版时的一次快速简易诉讼案之后,他曾在报

---

① Camille Laurens, «(Se) dire et (s')interdire», *Genèse et autofiction*, p. 223.
② Voir Philippe Lejeune, *Moi aussi*, pp. 41—44.
③ Cité par Philippe Lejeune, *Moi aussi*, p. 50.

上做出澄清，指出不能将他的人物视同他的母亲。①

1981年，雅克·朗兹曼转守为攻，变被告为原告，以被侵犯名誉和私生活为由和哥哥克洛德·朗兹曼一道将另一位作家塞尔日·莱兹瓦尼（Serge Rezvani）送上法庭，因为后者的自传性作品《爱情遗嘱》(Le Testament amoureux)中涉及朗兹曼家族的多名成员，尤其是雅克·朗兹曼的妹妹伊芙琳·朗兹曼，她是莱兹瓦尼的前妻，与其共同生活过一段时间。朗兹曼兄弟要求查封此书，尽管莱兹瓦尼以创作自由为由，但是法庭仍然判决作者和出版社对朗兹曼的家人进行赔偿，并责令删除书中涉及其前妻的内容。②

1982年，杜勃罗夫斯基发表《一种自爱》，对曾经与他共同生活七年的前女友进行了清算。在书中他以自己的真实姓名自称，出于谨慎没有披露女友的真名，而是以"拉舍尔"（Rachel）来称呼。杜勃罗夫斯基自豪地说："我对自己不留情面。"但是他在"对自己不留情面"的同时也将女友情面扫地。不管他们生活中恩怨是非的责任在于谁，杜勃罗夫斯基因写作此书收获了文学上的成功，而女友毫无疑问成为此书的受害者。幸运的是，她保持了沉默，杜勃罗夫斯基之所以躲过了女友的追究正是躲在"虚构"的幌子之下。"这样一种不当行为的唯一理由就是文学。自传，尤其是自撰，是脚踏两只船的。"③1997年，作家马克·魏兹曼（Marc Weitzmann）将杜勃罗夫斯基以真名写入了他的自传性小说《混沌》(Chaos)中，而且对于其家族的历史提供了与杜勃罗夫斯基在《活后》中所写的不同的版本。在书面世之前，杜勃罗夫斯基在报上发表通告，称书中他的话全系"篡改或伪造"，并险些将魏兹曼告上法庭。

为了避免与"人物"发生纷争，或者当作者面临外在审查时，作者便祭出其最后的法宝，这就是"小说"之名，它所代表的虚构给予了作家至高无

---

① Cité par Philippe Lejeune, *Moi aussi*, p. 59.
② 关于此案的大致情况，参见 Philippe Lejeune, *Moi aussi*, pp. 58—59。
③ Philippe Lejeune, *Pour l'autobiographie*, p. 73.

上的免罪牌。勒热纳说:"人们宣称故事讲的是作者的亲历来撩拨读者,可是之后又令读者无法确定在何种程度上做了杜撰或者进行了怎样的移花接木。那么大部分情况下会发生什么呢?读者将书当作小说来读,而作者却躲过一切指责。"①维兰也说,虚构之名只不过是作者的一个"谨慎原则"②,自撰的"小说契约"实际上是一种免责条款,使作者免于对作品的售后服务的伦理责任。

英国精神分析学家唐纳德·温尼科特(Donald Winnicott)将儿童的日记比作捉迷藏游戏,躲藏者怀着一种既害怕被发现又渴望被发现的矛盾心理,"藏起来是一种快乐,而被人找不到是一种灾难"③。佩雷克在《W或童年的回忆》中表达了作者的这种矛盾心态:"我就像一个玩捉迷藏的孩子,他不知道最害怕或最渴望的是:藏起来,被发现。"④埃尔诺所说的"是我又不是我"正是这种捉迷藏游戏的写照。在找到足够确凿的外部证据可以判明文本内容真假之前,自撰之"我"永远是"薛定谔之猫"。

自传本来就负有原罪,在说"我"写"我"之时,"我"注定要撒谎、掩盖、粉饰、辩解。但是自传作者毕竟有勇气对所述事实的真实性负责。而自撰是比自传更加懦弱而狡猾的行为,自撰以真实为卖点,讲述自己的欲望和焦虑,又以虚构为幌子,逃避指责和追究。"是我又不是我"是一种障眼法。

四、虚构即诗

亚里士多德将写"诗"与写"史"视为两种不同性质的写作,并且认为"诗"高于"史":"诗是一种比历史更富哲学性、更严肃的艺术;因为诗倾向于表现带普遍性的事,而历史却倾向于记载具体事件。"⑤亚里士多德所

---

① Philippe Lejeune, *Moi aussi*, p. 60.
② Philippe Vilain, *L'Autofiction en théorie*, p. 45.
③ D. W. Winnicott, «De la communication et de la non-communication» (1963). Cité par Gasparini in *Est-il je?*, p. 342.
④ Georges Perec, *W ou le souvenir d'enfance*, Denoël, 1975, p. 18.
⑤ 亚里士多德:《诗学》,第81页。

言的"诗"实为后来的"文学"一词的同义语,而"文学性"后来在很大程度上被等同于虚构性。"虚构性总是起到构成性机制的作用:如果抛开任何价值判断,一部虚构的(语言)作品是几乎不可避免地被当作文学作品来接受,也许是因为它所假定的阅读态度(著名的'自愿中止怀疑')是一种康德意义上的与真实世界'无关'的美学态度。"①也是自亚里士多德起,"虚构崇拜"逐渐树立起来,虚构比历史更具有艺术性和美学价值,也更具有普遍意义和深度。虚构是一个文本进入文学殿堂的通行证,是文学性的质保标签。作者给自己的书贴上这一标签,便化铁成金,似乎具有了文学的合法性和高贵性。自传、传记等纪实写作因为书写的是个别事件而不具有普遍意义,又因为写作方式受拘而缺乏艺术价值,所以长期被低看一等。如勒热纳所说:"一种根深蒂固的成见认为,自传是一种小儿科,它表明写自传的人缺乏创造精神。写小说、诗歌,才真正是创造。写自传,是懈怠,是偷懒,是引退。"②埃尔诺承认她在成名之前就是持此观点:"在当时,对我来说,文学就是小说。我需要将我的个人实录变为文学:只有成为文学,它才能变得'真实',才能超出个体的经验。"③

根据一些经验之论,传记、自传、回忆录等纪实性写作,以真实为最高目标和追求。人们要求词与物、文与人在纪实类写作中应是一种等同、映射关系。但是实际上,"真"与"诗"是矛盾的、此消彼长的,艺术性的增强导致真实性的削弱。所以勒热纳认为自传首先是一种散文体叙事,因为从读者的阅读心理角度来看,单是诗体的形式就构成了虚构的"外在标志"④,从而将读者拒于自传预设的门外。诗歌之意境与韵味、小说之曲折与紧张、戏剧之生动与传神,都是令真实性打折扣的大忌,可能导致对真实的偏离、扭曲和失真。所以自传写作在叙事手段上先天地受制于诸

---

① Gérard Genette, *Fiction et diction*, p. 88.
② Philippe Lejeune, «Peut-on innover en autobiographie?», in Alain de Mijolla (dir.), *L'Autobiographie, VIe rencontre psychanalytique d'Aix-en-Provence 1987*, pp. 67−68.
③ Annie Ernaux, «Vers un je transpersonnel», in *Autofiction & Cie*, p. 220.
④ Philippe Lejeune, *L'Autobiographie en France*, p. 21.

多成文或不成文的限制,如不宜用诗体,不宜出现连续的对话,不宜有大段细腻的心理描写,不宜出现令人如身临其境的生动叙述,等等。安妮·皮巴罗指出了衡量纪实写作的真实性的文体指标:"写作要严格准确,尽量不含技巧和修饰。单是所言为真是不够的,还要做到不迎合,不煽情。"①总之,"诗"不能对"真"、形式不能对内容喧宾夺主。为了避免虚构之嫌,自传作者在有意或无意之中躲避着小说叙事的方式和文体,使自传叙事囿于某些难以突破的套路。如果说小说等虚构类写作的文体类似于无拘无束、奔放自由的浪漫主义,那么自传等纪实类写作的文体在某种程度上如同讲究规则理性的古典主义。自传写作模式和手段经常被指责为封闭、守旧、形式贫乏等。

自撰是使自传走出深陷其中的绊脚石的尝试和努力。与传统自传不同,自撰拒绝以常规方式和语言讲述个人历史,而是追求布局谋篇,追求形式和文体;不再以人物的事实为主、为本,而是更加强调作者的主体性和自由。自传叙事的种种限制对于自撰来说完全不构成问题。作者将自传看作与小说创作一样的文体练习,随心所欲地调动叙事的一切手段,所不同的只是"就己取材"。此种意义上的自撰就是真实的内容与小说叙事手法的结合,自我书写由传统的对过去的忠实再现变为别出心裁的创造,成为"以文学形式出现的自传"②"脱缰的自传"(autobiographie déchaînée)③"虚构的冲浪"(surf de la fiction)④。传统自传在叙事手段上即使试图有所突破,至多也只能做到"贴地飞行";而自撰则挣脱了自传的种种束缚,追求或达到"自由放飞"的境地。自撰相对于自传来说是个人生活的言说方式上的戏说(romanesque),而非言说内容上的演义

---

① Annie Pibarot, «Une autobiographie allégorique», cité par Philippe Vilain in «Démon de la definition», *Autofiction(s)*, p. 480.

② Arnaud Schmitt, «La perspective de l'autonarration», *Poétique*, n° 149, 2007/02, pp. 78—79.

③ Jacques Lecarme, «L'autofiction: un mauvais genre?», in *Autofictions & Cie*, p. 228.

④ Danielle Deltel, «Colette: l'autobiographie prospective», in *Autofictions & Cie*, p. 197, note 4.

（romancée）。此种意义上的虚构只是由小说化的手法制造出来的"虚构效果"，而叙事内容的真实性内核则未受损。

虽然自撰在封皮上印着"小说"的字样，但也仅仅是有其名无其实的标签而已。勒热纳在谈到雅克·朗兹曼的《蝌蚪》以"小说"作为副标题时指出："这里的小说指的是什么呢？绝不是指杜撰或虚构，而是指对读者产生的强烈效果，类似于小说产生的效果。奇遇，动情，超乎寻常的事情，惟妙惟肖，扣人心弦。'小说'有别于日常生活的平庸，有别于其他纪实文本的平淡。以之作为副标题意味着：'生动的叙事'。"①"'小说'意味着书写得好，文体，文学，迥异于纯纪实文本（回忆录）之类的零度写作。"②巴尔特的《自述》是徒具虚名的冒牌"小说"，缺乏传统小说的故事和时间维度（即作者所言的"小说的奇遇"③），但是作者将一切"传素"娴熟地玩于掌心，在文本的组织上没有一定之规，读来更像是身首异处的抽象肖像画。作者在建构语言的"我"的过程中体味着一种文本的快乐。

对于杜勃罗夫斯基来说，"文本至上"，即"创作一个吸引读者的文本，一个读起来像是小说，而非历史纪要的文本"④。杜勃罗夫斯基具有高度的文体自觉意识，完全无视生活经历的本来顺序和逻辑，彻底打乱生活经历的时空顺序，以最大的文学自由度，采用一切艺术的手法和技巧对真实的生活素材进行重新组织和安排，将自传小说化，将自我人物化，将回忆画面化，像意识流小说一样信马由缰。"当然材料是自传性质的，而且很彻底，可是自传则是被解构和重构的，不是按照传统的时间顺序和逻辑，而是兴之所至地跳跃、离题、后退、胡思乱想，叙事化为支离破碎的、按照文字游戏重新编排的碎片。"⑤"自撰就是用文本、用写作试图追寻、重新创造、重新编排自己生活的亲身经历的手段，而这些亲身经历无论如何不

---

① Philippe Lejeune，*Moi aussi*，p. 42.
② Ibid.，p. 43.
③ Roland Barthes，*Les Grains de la voix*，p. 211.
④ Serge Doubrovsky, «Entretien avec Philippe Vilain», in *Défense de Narcisse*，p. 209.
⑤ Serge Doubrovsky, «Autofiction, en mon nom propre», in *Nom propre et écritures de soi*，p. 138.

是一种翻印,不是一种摄影……从字面上和文学上来说它都是一种再发明。"①"自撰是修复残存的艺术(……)自撰以书写的方式生产它自己的文本。这种写作毋庸置疑是现代意义的小说,可以使用不同的、异常的、诗意的陈述方式,我称之为'语言的冒险'。"②

杜勃罗夫斯基在《断裂的书》中用"交流电"来比喻自己灵动的文体:"就这样我来来往往,我被连接在一股交流电上。我颠颠簸簸。一会儿处于现在。一下子又到了过去。我贴合真实,真实满满。突然,我被弹了出来,不再有任何东西,我消失在真空中。"③在同一本书中,他还用了一个更加形象的比喻,将自撰喻为一种"厨艺"(recette):食材就是"过去的生活",是待切割的肉,作家需懂得深入肌肤,切至深处和痛处。为此,作家需要具备"刀功":

> 我有我的厨艺。我开始会做饭了。过去的生活,把它切成片,有点带血,仍未愈合的战争伤口,始终剧烈的心碎,过眼云烟的爱情歌谣,昔日之雪安在?一下子,它就变了。变为一本真正的小说。一本真实的小说(……)当然,切割是讲究技巧和方式的。如果剥皮的话,必须要深入肌理。哪怕是疼痛难忍。剔除平庸的日常的脂肪,保留生活的神经和肋骨。一切取决于如何来切。它不会自己完成。生活为之助力,写作为之加料。手功问题。④

尤其是,生活的原料经常是索然无味的,作为一名厨师,作家需要对之进行去粗取精的加工处理:

> 经常,一团软塌的、无味的、难以消化的东西在我面前、我身上,堵在我的胃里、心中,这就是沮丧的、死气沉沉的生活。写作使其变得轻盈。我切它,提取精选的部分,它就有了味道,不再索然无味了。

---

① Serge Doubrovsky, «Les points sur les 'i'», in *Genèse et autofiction*, p. 64.
② Serge Doubrovsky, «Le texte en main», in *Autofictions & Cie*, pp. 212—213.
③ Serge Doubrovsky, *Le Livre brisé*, p. 35.
④ Ibid., p. 65.

我不是欺骗,我是挑选。我的小说是我的被精心挑选的生活。滚刀肉、无味的肉,我就扔掉了。没用的、无关紧要的东西,我剔除了。我保留的是鲜明的或动人的故事,我对其进行调整、衔接和组装。我将我的苍白的生活化为精巧的文本。①

可见,厨艺体现在对原料的"加工"(préparation)和"处理"(traiter)。② 杜勃罗夫斯基所言的"刀功"就是虚构,经过其"刀"的加工和处理,生活就变为了"小说",貌似半生不熟,但是已经化为菜肴(cuisine)。对于杜勃罗夫斯基来说,自传不是对事实的原本呈现,而是对现实的非原本的(也是不可能的)、诗意的呈现。在"诗"与"真""词"与"物"的天平上,他义无反顾地侧重于前者。尽管杜勃罗夫斯基在《儿子》中声称他不追求自传的"漂亮文体"(beau style),但是《儿子》及其所有其他作品在其杂乱无序的语言表象之下,以头韵、准押韵、同音、多义、同音异义等修辞手段,以及伪口语化的意识流等小说叙事方式,大至布局谋篇,小至遣词造句都是精心构思的"漂亮文体"。杜勃罗夫斯基以"烹小鲜"的耐心,以实验性"厨艺"将其生活素材烹制成具备一切小说之"色香味"的自撰佳肴。

德洛姆毫不掩饰受到杜勃罗夫斯基的启发,她认为自撰是自传王国突入小说地盘中的一块"飞地"③,自撰就其内容来说本是自传。她对杜勃罗夫斯基的定义进行了解读:"杜勃罗夫斯基说:'自撰,将用于讲述一种冒险的语言用于进行语言的自由冒险。'(……)从该词的各个意思上说,自撰是一种实验文类。它是一个实验室。不是掺杂小说佐料的事实

---

① Serge Doubrovsky, *Le Livre brisé*, p. 253. 杜勃罗夫斯基多次表达了以生活为原料、以笔为刀进行加工处理的观点。在《一生一瞬》中,杜勃罗夫斯基再次表达了这一观点:"我讲述自己,我切开自己。不是漫无目的,而是挑肥拣瘦。我把低质肉弃之一边。我横躺下来,敞开心脏的手术,我开膛破肚,把五脏六腑暴露于众。可是叙事是由我来决定如何开始,在哪里停下来。不是事件指挥我,是我发布命令。我的生活只是原材料。先打开,后加工。"*La Vie l'instant*, pp. 15—16.

② Serge Doubrovsky, «Le texte en main», in *Autofictions & Cie*, p. 213.

③ Ibid., p. 15.

的记录。而是一个真正的实验室。写作和生活的实验室。"① 她与杜勃罗夫斯基对自撰的表述可谓异曲同工:"亲历化为虚构,但是绝非杜撰。不考虑精确性,不缺乏想象力。语言要成为真正的心跳的语言。"② 她对自传家(autobiographe)和自撰家(autofictionneur)做出了区分:自传家看到和看重的是生活素材的指涉功能和信息价值,而对于自撰家来说,生活素材只是"原材料",其价值体现在被加工之后的成品的美学价值。她还从萨特的存在主义观点出发,强调自撰家对于过去的选择和支配的自由:在传统自传中,真实是作者可以无限接近,却永远无法企及的目标;而在自撰中,作者拥有了支配真实的自由:"自传家写关于自己的生活,自撰家用自己的生活来写。虚构的使用将一种完全的自由强加于自撰家,所以他直面自己的责任。"③ 她认为完全忠实地再现过去的要求既是不可能的,也是一种逃避行为,因为它掩盖了作者对其选择和行为拥有完全的自由这一真相,从而逃避了承担责任的焦虑。

德洛姆的写作和生活难解难分,但是她的写作并非她的生活的实录。家庭的悲剧、心灵的创伤为其写作提供了素材,她则用游戏但并不失沉痛、尖锐和残忍的语言将这些素材加工成具有黑色幽默的艺术作品。德洛姆强调其自我书写的美学考虑(préoccupation esthétique):"明确说来,写作是一种驱魔方式。还需补充的是:写作可以成为一种疗法,但是,关键在于文学创造。书写自己不同于记录自己的生活。是自我书写,而不是自我涂写。该行为意味着在书写和生活中都要有美学考虑。将自己的生活变为一部艺术作品,将一部艺术作品变为自己的生活。"④ 为了将生活之痛化为诗学之美,杜勃罗夫斯基在"厨房"中施展"厨艺",德洛姆则在"实验室"中进行一场语言的实验:"我不讲故事,我总是从内部做故事实

---

① Chloé Delaume, *La Règle du Je*, p.20.
② Chloé Delaume, *Dans ma maison sous terre*, cité par Sylvie Ducas, «Fiction auctoriale, postures et impostures médiatiques: le cas de Chloé Delaume, "personnage de fiction"», *Le Temps des médias*, n°14, 2010/01, p.182.
③ Chloé Delaume, *La Règle du Je*, p.19.
④ Chloé Delaume, «S'écrire mode d'emploi», in *Autofiction(s)*, p.112.

验。写作还是生活,我似乎无法解决,这是取消契约。将亲历虚构化,但是我从来不杜撰。不追求精确,不缺乏想象力。而是让语言成为真正心跳的语言。"①她就是实验室中戴着手套的实验员,"操纵着感觉、回忆、虚构"②,观察着各种材料如何结合和反应。和杜勃罗夫斯基一样,她所从事的也是一种"语言的冒险"。

在一次售书活动中,一位读者把德洛姆书中所述视作其原本的经验而对其报以同情,她竟感到受了侮辱:"走来一个女人,她笑着递过来我的一本小说,这是索要签字的套路。在我签字时:这本书让我心潮起伏,你受了那么多苦。我停了下来,看着她。我非常恨她。重要的不是我,而是'我'如何如何,重要的是语言当然不是故事。我告诉她这本小说不是记录,不是自我分析,它是文学。"③和波德莱尔一样,德洛姆将生活的丑与恶呈现为"恶之花"。德洛姆希望读者看到的是"花",而非"恶"。

---

① Chloé Delaume, «S'écrire mode d'emploi», in *Autofiction(s)*, p. 118.
② Ibid., p. 110.
③ Chloé Delaume, *La Règle du Je*, p. 65.

第八章　奇葩

一、反"客"(体)为"主"(体)

在历史上,虽然法国女性作家几乎与法国文学相伴而生,但是在 20 世纪之前,女性作家在由男性作家占绝对主导的文学地图中只是一些零零星星的点缀,而且经常"躲在男性笔名的后面(……),乔治·德·斯居德里(玛德莱娜·德·斯居德里)、乔治·桑(奥罗尔·杜宾)、达尼埃尔·斯特恩(玛丽·达古)通过笔名的间接方式跻身于雄性传统,获得了一种新的存在"①。而自传总是和自恋、暴露、隐私联系在一起,女性遭遇的抵制和限制尤甚,作品数量远少于男性。尽管如此,女性的自我书写传统是绵延不断的,中世纪即有凄婉动人的爱洛伊丝书信。而且,自我书写和女性有一种天然的联系,在历史上,女性远离政治、历史等公共空间,局限于文化和社会为她们划定的家庭、闺房的私密空间或者沙龙等半公开空间,缺乏建功立业的机会和可能。她们的笔更加贴近和对准她们的情绪、内心和感觉,在形式上也更加偏爱抒发个人情感的手段。"社会越是不让她们说'我',她们就越是在她们的文本中写'我'。直至最近一个时期,在女性

---

① Carmen Boustani, *L'Ecriture-corps chez Colette*, Delta-L'Harmattan, 2002, pp. 138—139.

文学中出现最多的文学文类毫无疑问是'我'的文类：诗歌、书信、私人日记、小说。"①在女作家的小说中，她们的处女作以及她们写得最多的小说是自传体小说。

虽然女性生来具有写我的冲动和渴望，但是，当她们付诸行动时，又缺乏直面自我的足够勇气，往往欲言又止，转弯抹角，或声东击西："数个世纪的依附和隐身地位使她们难以承担和提出书写自身的设想，所以她们采取迂回的方式：转弯抹角地讲述家世，迟迟不提自己的历史（如桑或尤瑟纳尔），契约模棱两可（《克罗蒂娜的家》）或似是而非（《情人》），自传文本断裂为多个连续的时刻（科莱特）或者童年叙事呈现内部的碎片化（科莱特和萨洛特），这些方式与自传的一体化雄心是不一致的。"②尤其在涉及私生活方面，她们须遵守"得体"（bienséance）的伦理，或者讳莫如深，隐晦委婉，或者蜻蜓点水，避重就轻。写我行为充满风险，伤风败俗的指责是她们随时听到的紧箍咒，致使她们在写作时如履薄冰。乔治·桑在写给一位友人的信中说："我将要披露的不是我的生活的全部。我不喜欢忏悔录的那种骄傲和放肆的语气，而且我也不认为应该向人敞开心里的所有秘密，因为那些人比我们更坏，他们读了之后有害而无益。"③对于读者带着猎奇和窥视心理想要了解的她的诸多恋情，乔治·桑避而不谈。波伏瓦也为自己设定了界限："我要事先告诉他们（读者）我不打算把一切都告诉他们（……）在说到我本人和朋友时我不会乱说乱道，我不喜欢说三道四。我要坚决地把许多事情隐去。"④她隐去了她与女学生的同性私情。

二战以后，随着妇女解放运动的蓬勃发展，女性的自我和自主意识被唤醒。特别是自20世纪70年代女权主义兴起以及精神分析的流行以

---

① Béatrice Didier, *L'Ecriture-femme*, PUF, 1981, p.19.
② Eliane Lecarme-Tabone, «L'autobiographie des femmes», voir http://www.fabula.org/lht/7/lecarme-tabone.html (consulté le 16/11/2021).
③ George Sand, *Lettre à Charles Poncy*, 14/12/1847.
④ Simone de Beauvoir, *La Force de l'âge*, Gallimard, 1960, pp.12—13.

来，女性对其在男权社会中遭受的压迫、不平等、异化尤感痛切。束缚在女性身上的各种重负和禁忌被一一解除。她们不再自视为男性的附属，而敢于走出闺房密室，摘掉面具，挑战社会和习俗的戒律和禁忌。她们对私密（intime）的认知也发生了变化："它（私密）不再仅仅代表着秘密、矜持或意识自由，而是可以使人摆脱某种命运，拥有选择自己生活的自由。"①

她们不仅有行动，而且有理论。文学为女性表达提供了一个比街道更为广阔的舞台，她们的快乐、痛苦、迷茫等感情，以及她们的感觉和欲望得到言说。获得了话语权的女性不再满足于表达的权利，她们还要追求一种女性特有的话语，追求一种"女人性"（féminin）。在她们看来，之前的女作家，"她们的笔法和男性写作没有任何不同，而男性写作不是淡化女人，就是复制对女性的传统表达（女性都是感性的、直觉的、想入非非的等形象）"②。于是形成一个以格扎维埃尔·戈蒂耶（Xavière Gauthier）、安妮·勒克莱尔（Annie Leclerc）、埃莱娜·西苏（Hélène Cixous）、玛丽·卡迪娜尔（Marie Cardinal）为代表的女作家群体。

她们追求一种全新的、"颠覆的"写作，放弃古典的、理性的、唯美的语言，使用一种"自发的"、直接的、口语化的语言。追求女人性就是不接受男权社会加给她们的贤妻良母、温良端庄的"假女人"的身份标签，而把笔对准自己的身体。她们高呼"我的身体属于我"（Mon corps est à moi），争取身体的自主性和支配权，在写作上突破男性加给她们的禁忌和划定的禁区。西苏说："写作是为了你，你是为了你，你的身体是你的，接受它。"③她对女性呼吁："写，不要让任何人阻挡你，不要让任何事物阻止

---

① Alain Ehrenberg, *La Fatigue d'être soi. Dépression et société*, Odile Jacob, 1998, p. 120. Cité par Anne Strasser, «De l'autobiographie à l'autofiction: vers l'invention de soi», p. 6, in *Autofiction(s)*, colloque de Cerisy, articles non publiés, https://cerisy-colloques.fr/autofiction-pub2010/ (consulté le 16/11/2021).

② Hélène Cixous, «Le rire de la Méduse», *L'Arc*, 1975, n°61, p. 42.

③ Ibid., p. 40.

你(……)我写女人：女人必须写女人。"①她还提出了"性本"(sexte)②的概念，即具有性别特征的文本。克莱尔说："让他(男人)见鬼去吧，我必须说话，说我的性快感，不是我的灵魂、我的美德或我的女性敏感的快感，而是我的作为女人的肚子、阴道、乳房的快感，这些你没有任何概念的豪华的快感。我必须要说，因为只有从那里才能产生一种新的、属于女人的话语。"③

虽然说西苏所言的"身体"只是一个隐喻，但是随着1975年她发表《新生女子》(«La jeune née»)和《美杜莎的笑》(Le rire de la Méduse)宣告女性写作(écriture féminine)诞生以来，隐喻真正变成了现实，身体得到暴露和展示。"一本接一本的书重复着相同的、几乎可以互换的证言和经历，充满着量化因素，强调日常经历(……)，犹如'妇科'记录(讲述怀孕、堕胎等)，这些内容有助于创造一种'群体效应'，一个新的文类。"④女性书写从温情笼罩的情感书写走向了去除感情温度的身体书写，通过身体书写来宣示自我的存在。

在文学史上，对女性身体的描写远远多于对男性身体的描写，但是这些描写大多是男性目光注视下的女性身体，女性身体是男性凝视、想象和欣赏的客体。不论是天使还是魔鬼，女性身体是男性欲望的投射，女性形象是男性想象中的形象。进入20世纪之后，"我们看到了一种反转：不再使用一套刻板印象来描写女小说家赋予女主人公的风采，因为她已经听过男作家们称赞她身上的这些风采(或者因为她喜欢看到他们称赞)；而是表达她的身体，这个身体可以说是从内部被感知的身体：此前有点说不清道不明的各种感觉进入文本，相互应答。丰盈多样的感觉取代了波涛

---

① Hélène Cixous, «Le rire de la Méduse», in *L'Arc*, p.40.
② Ibid., p.46.
③ Annie Leclerc, *Parole de femme*, Grasset, 1974, p.15. Cité par Delphine Naudier, «L'écriture-femme, une innovation esthétique emblématique», *Sociétés contemporaines*, n°44, 2001/04, pp.62—63.
④ Brigitte Legars, *Encyclopédie Universalis*, Corpus 9. Cité par Philippe Vilain, «Démon de la définition», in *Autofiction(s)*, p.479, note 15.

般的不明的遐想。"①在科莱特、杜拉斯等女作家的笔下,女性人物成为作品的主角,而且占有强势和主导地位,女性身体由被他者观看或窥视的客体变为在镜中自看和展示的主体兼客体,变为自我的确认。而男性则成为被看甚至被怜悯的对象。

在女性的自我书写中,相貌获得了尤其多的笔墨,为自己画像几乎成为惯例。乔治·桑说:"我谈到了我的相貌,为的是再也不说起它来。"②维奥莱特·勒杜克(Violette Leduc)对于自己的相貌深感自卑,相貌几乎成为其挥之不去的阴影:"我看到了我的衬衣硬领上方的小眼睛、阔嘴巴、大鼻子。"③但是乔治·桑、波伏瓦等老一辈作家对自身的描写仅限于相貌,对身体、对青春期身体的变化和性意识的萌动避而不谈。科莱特、杜拉斯等虽然写到了身体和性,写到了同性恋和乱伦倾向,但是基本上采用了一种隐晦、朦胧和唯美的方式,点到为止,并无详细描写和阐发,也不将其作为主要故事内容。

二、变自撰为性撰

女性文学研究者贝亚特丽丝·迪迪埃(Béatrice Didier)指出:"女性写作之所以显得新鲜和革命,是因为它是女性身体的写作,由女性自己所写。"④如果说前辈女作家是以"叫板"(与传统叫板,与父母叫板,与男性叫板,与道德叫板……)的姿态立身,那么,1968年之后成长起来的新一代女作家则是以"叫卖"的姿态示人。前辈作家所袭击的"传统""父母""男性""道德"等已不构成问题。她们在身体书写上表现得更为大胆、坦率和激进,采取一种反浪漫主义和反温情主义的姿态,以医生般的口吻、去理想化的描写来"使性去神秘化"⑤。女性的身体以及与之密不可分的

---

① Béatrice Didier, *L'Ecriture-femme*, p. 35.
② Cité par Jacques Lecarme, *L'Autobiographie*, p. 95.
③ Violette Leduc, *La Bâtarde*, Gallimard, p. 166.
④ Béatrice Didier, *L'Ecriture-femme*, p. 35.
⑤ Anne Juranville, «L'érotisme en question. Regard sur quelques aspects de la littérature féminine contemporaine», in *Connexions*, n°87, 2007/01, p. 25.

性被置于中心地位:"在多位女作家笔下,身体经常是自撰的主题。符号的网络在身体上刻下了狂喜、受伤、暴力的标记,它们构成了当代皮肤书写的纹理。自我的杜撰系于身体,肉与皮裸露出来,直至最私密的深处,变为记录快感、铭刻极度快感或缺乏快感的表面。"①与其说她们在言说身体,不如说身体在言说她们。身体写作将欲望和幻想从被道德和习俗禁锢的桎梏中释放出来。

勒卡姆-塔博娜(Eliane Lecarme-Tabone)指出,出于自我保护的心理,女性作家在写我时比男作家更倾向于采取一种模糊的、两可的、不确定的契约策略②,令读者一下子难以判断他们所读的到底是小说还是自传。而"自撰是她的机遇,此类写作使其有机会实现她在历史上历来的身份:一个半真实、半虚构的人物"③。在虚构的幌子下,自撰似乎成为新一代女作家最为得心应手的形式。加斯帕里尼认为自撰是1968年后以性的去罪化为标志的言论自由和精神分析思潮所带来的结果:"此种自撰出现于68后和弗洛伊德后的言论解放和风俗解放的背景之下。必须强调的是,对于这代人来说,向往个人表达和向往性自由是紧密相连的;个人之所以被认为重新获得了语言的权利,是因为性被诉诸了语言,被去除了罪感,被重新评价。精神分析理论在这方面提供了一个可被立即照搬至写作的解释模式。个人话语,尤其是性启蒙叙事被认为具有新的意义,精神分析理论受到了启发,所以自撰是这两种文化革命的延迟的衍生品。"④与性的去罪化相伴而生的,是女作家对于感情的祛魅化和对于身体的去耻化,科莱特、杜拉斯等前辈女作家的略带温情和诗意的身体和感情描写不见了。

如果浏览一下近三十年的自撰写作,一个不争的令人瞩目的现象便是众多女作家对于这种半真半假的书写形式趋之若鹜,一个进行身体写

---

① Madeleine Ouellette-Michalska, *Autofiction et dévoilement de soi*, p. 97.
② Jacques Lecarme, *L'Autobiographie*, p. 113.
③ Madeleine Ouellette-Michalska, *Autofiction et dévoilement de soi*, p. 81.
④ Philippe Gasparini, *Autofiction. Une aventure du langage*, p. 304.

作的女性作家群异军突起，成为一道不可忽视、不可回避的奇观。她们既称自己所写"全部为真"，又使用一切小说的手段，从身体、欲望以及性的角度书写女性身份，不仅通过暴露个人隐私来塑造个人形象，而且通过文学手法将其变为一种重塑，以至于人们经常把自撰书写等同于女性书写。埃尔诺在与洛朗丝的对谈中说："令我吃惊的是，一些女作家所写的不管什么文字，人们经常称之为自撰；而对于一些男作家所写的文字，同一标签非常贴切，人们却很少使用（……）就好像自撰主要是一个女性文类，带有某种情感宣泄、自恋、迂回、无意识的意味。"① 埃尔诺所说当然并非实情，但是也道出了一个事实，就是自撰经常被视为一种女性写作。洛朗丝承认"女人敢于说出关于身体的某种真相"，并进一步指出："所有自撰作家都是女性化的，即使是男性。因为自撰之所以更加令人关注、更加出新，难道不正是这种典押写作主体的身体的方式吗？"② 虽然男性作家在以自撰之名的写作方面实际上占据多数和主导地位，虽然也有米歇尔·维勒贝克（Michel Houellebecq）、克里斯托弗·多内（Christophe Donner）等同样以身体和性描写引发争议的男作家，但是他们引发的关注和轰动在女作家面前则相形见绌。③

新一代的女性作家早已不再取男性化的笔名来发表作品，她们将真名赋予人物，在名字和身份上实现了文本内外的贯通。她们将隐私公开化，甚至以追求真实之名叫卖隐私，私生活失去了私密性而公之于世。如果说传统的女性文学写的是女性在心灵和感情方面的体验和渴望，那么当代的女性自撰反映的则是女性的身体的欲望和感觉，浪漫的温情绝迹，代之以孤独、绝望、暴力、死亡等歇斯底里般的痛苦体验。虽然她们的写

---

① Annie Ernaux, Camille Laurens, «Toute écriture de vérité déclenche les passions», propos recueillis par Raphaëlle Rérolle, in *Le Monde des livres*, 03/02/2011.
② Camille Laurens, «'Qui dit ça'», in *Autofiction(s)*, p. 28.
③ 例如多罗泰·韦尔纳（Dorothée Werner）说："当前最露骨、最疯狂、被读得最多的小说都是女人写的。"贝尔纳·毕沃（Bernard Pivot）说："今天的女人写的是更持重、更拘谨的男人从来不会写的故事。"Cité in Marc Dambre, Aline Mura-Brunel, Bruno Blanckeman (dir.), *Le Roman francais au tournant du 21ᵉ siecle*, p. 440.

作屡屡招致口诛笔伐,但是身体、性仍以浩荡之势大举入侵文学以及各种媒介。

在身体书写方面,当代男性作家展现的多是自己的染病(如吉贝尔、多内)、孱弱(如杜勃罗夫斯基)、有缺陷(如热内、莱里斯)的身体,而女性作家展现的则是欲望偾张、咄咄逼人的身体。进入21世纪以来,"自撰的最醒目的一个变化就是它把私生活的性、生理学置于中心地位。虽然从内容上来定义某个文类总是草率的,但是无可争议的是,当下的自撰聚焦于身体的快乐和不幸,构成了其主题的一致性"①。库塞、洛朗丝、安戈、德洛姆、埃尔诺、米耶、尼米埃、德彭特等接过西苏等前辈的旗帜,在身体写作上走得更远,以大胆甚至放肆的叙事形成一股洪流,冲垮由羞耻、得体、矜持、禁忌,甚至道德和伦理构筑的堤坝,名噪一时。与之相比,18世纪放纵派(les libertins)笔下那种虽然肉欲横流,但笼罩着一层朦胧面纱的闺房密室描写则相形见绌。在她们的笔下,身体,或者更恰当地说,肉体赫然占据着突出的甚至中心的地位。

热奈特认为,书名属于"副文本"(paratexte),副文本是介于文本内和外之间的"门槛"(seuil)或"门厅"(vestibule)②。他引用莱辛的观点:"书名不应像菜单,对内容透露得越少越好。""一个好的书名引发好奇心,却不要满足它。"③所以书名应该含蓄、隐晦、有美感,切忌直白和描述性。而上述女作者的书名不仅毫无美感,而且极具露骨、刺激、色情的意味,如埃尔诺的《单纯的激情》《迷失》(Se perdre),安戈的《乱伦》,米耶的《卡特琳娜·M.的性生活》,库塞的《享受》,玛丽卡·默克德姆(Malika Mokeddem)的《我的男人们》(2012),达里厄塞克的《母猪女郎》,玛丽·尼米埃的《新色情》(2000)。从这些故作惊人的"门槛"内飘出的不是朦胧的脂粉气息,而是赤裸裸的力比多味道。

---

① Yves Baudelle, «L'autofiction des années 2000: un changement de régime?», voir https://books.openedition.org/psn/480? lang=fr (consluté le 20/12/2017).
② Gérard Genette, Seuils, pp. 7—8.
③ Ibid., p. 87.

莱里斯认为,自传写作不同于诗歌、小说等创作行为,因为自我书写涉及个人的感情、性等隐私,作者在涉及这些问题时等于将自己的生命和声誉作为赌注抵押出去,面临身败名裂的危险。如果说诗歌、小说创作类似于舞台上的芭蕾舞表演的话,那么自我书写则如同斗兽场中的斗牛行为。斗牛士置身于公牛面前,随时可能被锋利的牛角挑翻在地。可是,斗牛也是一门艺术,如果没有惊险和刺激,斗牛也就失去了观感,斗牛士就无从展现出自己的勇敢和优雅。同样,自我书写的价值和意义恰恰在于这种高度的风险,作者在写作时浮现着"公牛之角的影子":"暴露某些感情或性方面的顽念,公开忏悔最羞于启齿的毛病或卑劣,(……)对于作者来说等于在一部文学作品中引入了公牛之角的影子。"①埃尔诺在《迷失》的结尾处表达了类似的观点:"我需要写一点对我有危险的东西,它就像一扇敞开的地窖的门,我要义无反顾地进到里面。"②埃尔诺不仅是这么说,也是这么做的。她在讲述了她的秘密堕胎经历后说:"我写出了在我看来人类的全部经验:生与死、时间、道德和禁忌、法律、身体从头至尾经历的一切(……)我的生命的真正目的也许仅在于此:我的身体、我的感觉和我的思想变为文字,即变为某种可理解的、普遍的东西,我的存在完全溶解于他人的头脑和生活中。"③库塞说:"自撰就是展示。一种自我展示。'我'展示自己。和盘托出,不寻找任何保护。"④安戈则说:"杜拉斯总是从过去和死亡的角度,转弯抹角地涉及同性恋和乱伦,我不能理解。"⑤身体、隐私的暴露是一种展示和炫耀,是骑在牛背上招摇过市的行为。她们以实际行动把自我书写变成了一种行为艺术:"这已经不是她的私隐的身体、她的身体主体(corps-sujet),而是一个身体客体(corps-objet)、一个'私露'(extime)的身体,就像可以欣赏的一尊用大理石雕刻

---

① Michel Leiris, *L'Age d'homme*, p. 10.
② Annie Ernaux, *Se perdre*, Gallimard, 2001, p. 377.
③ Annie Ernaux, *L'Evénement*, Gallimard, 2000, pp. 124—125.
④ Catherine Cusset, «Je», in *Autofiction(s)*, p. 35.
⑤ Christine Angot, *L'Inceste*, p. 49.

而成的裸体一样。"①

当代的自撰女作家,甚至从发表第一部作品起,便鲜明地打上了身体和性的印记。她们的文本大多为第一人称和现在时叙事,又使用小说的称谓和手法,使其自传意图和个人隐私欲盖弥彰。她们以挑衅的姿态,眼中无禁区,或者说她们故意突破和闯入一个又一个在过去人们因羞耻而三缄其口的禁区:色情、同性恋、乱伦、堕胎、孕育等。安戈在《乱伦》中揭露了少女时期在父亲强迫下与之保持的乱伦性关系,指出这是她的"疯狂"和生活不幸的根源。德洛姆在《阿特洛波斯的幼女们》中回顾了她的酒吧女郎的经历。米耶在《卡特琳娜·M.的性生活》中以极为露骨的词汇详细描写她长期沉湎其中的群体性色情聚会。性的欲望、幻想、快感和需求的展示使她们的自撰变成"身体使用说明",变为"性传"或"性撰"。

新一代女作家大多属于1968后的一代人,既是在女权主义的旗帜下长大,又曾接受过高等教育,甚至拥有博士学位,有的还曾在大学任教(如库塞),有的自小还在宗教氛围中长大(如埃尔诺、米耶)。她们在身体写作上的开放性与所受的教育和体面的身份形成令人震撼的反差。她们的书如掷向文坛的炸弹,博得的是眼球,收获的是口水以及钞票,形成一道文学景观。

赞之者,如女性主义杂志《她》(*Elle*),认为这些女作家敢于直面和坦陈性和欲望,敢于向传统道德和女性观宣战。她们的自撰文本既性味十足,又火药味十足。自撰成为1968年开始的性解放的延续,是拒绝传统标签和角色、塑造新的身份的手段,是装满炸药、炸飞女性解放之路上一切障碍和禁忌的同归于尽的"肉弹"。不过,这些自撰式的身体写作招致的更多的是质疑和批判,招来了诸如"自恋""暴露""无耻"等责骂。斥之者称此类写作从美学角度看没有任何价值,是对文学的污染和屠杀:"这些小说无法引起文学史家们的注意(……),只有临床医生、精神分析师和

---

① Olivia Gazalé, *Je t'aime à la philo*, Robert Laffont, 2012, p.243.

研究者对其感兴趣。"①作者的成功其实是市场上和销量上的成功,是迎合大众低级趣味的哗众取宠。从道德角度看,她们所写的不是性的愉悦和升华,而是低俗不堪的性变态和病态,是一种性的自然主义。

1. 安妮·埃尔诺(1940—)

埃尔诺从20世纪七八十年代的早期开始写作,如《位置》《一个女人》等以其家庭成员中不同社会身份之间的文化冲突为主题,具有浓厚的社会学色彩,展现的是家庭、社会在她身上和心理留下的印记。

但是从90年代开始,以《单纯的激情》(1991)为标志,埃尔诺的写作发生了转向,从具有相当深度的严肃写作走向"堕落",对准其一生中的情感经历,尤其是肉体关系。也是从该书开始,批评界对她的接受也发生转向:此前她获得的主要是正面的评价,此后她遭遇的更多的是抨击,虽然她的书的销量猛增。

在《事件》(L'Evénement,2000)中,埃尔诺回顾了她读大学时给她带来痛苦与屈辱的堕胎经历。虽然她的第一部作品《空衣橱》(Les Armoires vides,1974)也写到了这一经历,但是初出茅庐的她是带着虚构的面具,以德尼丝·勒苏尔的名字讲述的。在《事件》中,则出现了埃尔诺的真名安妮·杜舍纳。

《单纯的激情》不是一则爱情故事,它以略带伤感的笔调讲述了叙述者"我"与一位年轻的名为"A."的已婚男子的一段绝望、疯狂而无果的感情。如书名所示,这段激情的特点在于其"单纯":"我"是一名作家和教师,A.是某个东部国家(可能是苏联)派驻巴黎的外交官,他们的这段短暂的肉体激情处于地下状态,并未遭遇来自外部的诸如道德、社会、职业方面的任何干扰,二人之间也未发生任何冲突或背叛,这段感情最终因A.被召回国而无疾而终。"等待"是贯穿全书的核心主题词,全书的基调在一开头就定下来了:"自从去年9月份开始,我一直在等待一个男人,等

---

① Cité in *Le Roman francais au tournant du 21ᵉ siecle*, p. 445.

他给我打电话,等他来我家。"①焦灼的"我"像"囚徒"一般深陷其中无法自拔,"我"的举手投足、所思所想全部系于对情人的一次次等待和对下次约会的期盼上。全书内容限于"我"对于情人的来电和到来的等待,在等待过程中的回忆和回味、幻想和幻觉,以及"我"的既备受煎熬,又希望等待永远持续下去的矛盾心理。

  虽然这是一段炽热的感情,但是这段经历在埃尔诺笔下并无诗意和浪漫可言。作品一开始是对 Canal＋电视频道播放的一部黄色电影的性爱画面的描写,这一因加密而不甚清晰却隐约可辨的性爱画面既是该书的预示和映射,也是作者希望对读者造成的令人错愕的效果:"我认为写作应朝着这个方向:性行为场面激起的这种印象、这种焦虑和这种惊愕,道德判断的中止。"②叙述者的焦灼等待不是出于情的思念,而更多的是出于欲的渴望。尽管书中对他们见面的场景没有详细的渲染描写,但是我们可以感到他们的激情中性的成分多于情。对于该书的归类和性质,叙述者表示她在写作时是把这段激情作为"记录"(témoignage)、"私话"(confidence)、"清单"(manifeste)、"笔录"(procès-verbal)或"书评"(commentaire)来写的:"在整个那段时间,我感到我在激情当时的日子如同小说,但是现在,我不知道该如何把它写下来,是否按照记录,甚至是女性日记使用的私话、清单或者笔录甚至书评来写。我不是按照准确的时间顺序叙述一段恋情、讲述一个故事(其中一半我已经忘了)(……)我只是把一段激情的痕迹积累起来(……)我不想解释我的激情,那样的话等于将其当作一个需要辩解的错误或混乱,我只想将其示于人。"③

  十年后,埃尔诺又发表《迷失》(2001)。该书在内容上是与《单纯的激情》并行的文本,也可以说是《单纯的激情》的草稿。《迷失》以日记的形

---

① Annie Ernaux, *Passion simple*, p. 13.
② Ibid., p. 12.
③ Ibid., pp. 30—31. 埃尔诺后来在解释《单纯的激情》的写作特点时重复了她的上述说法:"我认为《单纯的激情》不是自撰,而是对我的一段激情的笔录、记录、'陈列'、科学意义上的客体化、盘点。"见 Annie Ernaux, « Quelques précisions d'Annie Ernaux », in *Genèse et autofiction*, p. 166。

式,日复一日地呈现了这段与一位虚荣、略带粗野的外交官的激情喷发、燃烧直至熄灭的岁月(1988年9月至1990年4月),情人在日记中被以S指代。两个文本具有互补性,它们构成了同一个故事的两个版本:"一个版本较长,一天天写过来,是看不分明的现在;另一个版本较短,精练,描写的是激情的实况。"① 与《单纯的激情》的紧凑、协调相比,《迷失》显得原始、凌乱,当然也更加私密。据埃尔诺所言,她未对日记做任何修改,只是把原来记在本子上的文字输入了电脑。在这段充满激情和欲望,同时也带有屈辱的日子里,"我"在一种焦灼的等待和失魂落魄中"迷失"。书中充满了对情人身体的无厌的渴望、对与情人在一起时的短暂脆弱的幸福时刻的不确定以及恐惧之感。"我"始终不确定情人是否爱她,或者说她不敢直面情人对她有性无爱的事实,所以始终有一种将被遗弃的预感。如日复一日的日记形式一样,叙事内容呈现高度的重复性和循环性,见面是结构全书的红线:先是"我"在家等待情人的约会电话,然后是收拾屋子迎接情人的到来,情人到来后做爱聊天,最后情人离开,叙述者陷入对下次约会的等待。在《单纯的激情》中,叙事以第一人称进行,叙述者的名字从未出现,以至于当有人问埃尔诺在书中"谁在说'我'"时,她模棱两可地回答:"是我又不是我。"而在《迷失》中,"我"的名字间接地出现了:"他咕咕哝哝地唤着我的名,[ãni],第一个音节颚化和加重,第二个音节非常短促。从来没人这样叫我的名。"② 由此我们得知女主人公与作者有着相同的名字——"安妮"。书中还提到了埃尔诺的其他的书,如《一个女人》《位置》等,根据勒热纳的契约观,这些人名和书名就是自传契约的标志,读者据此把女叙述者的名字"安妮"与作者安妮·埃尔诺画上等号,也更加印证了《单纯的激情》所述事实的真实性。埃尔诺也毫不掩饰这一点:"玛格丽特·杜拉斯对她的生活进行了虚构化,相反,我拒绝任何虚构。"③

埃尔诺在发表《单纯的激情》十年之后再将与之相关的日记公之于

---

① Annie Ernaux, *L'Ecriture comme un couteau*, p. 39.
② Annie Ernaux, *Se perdre*, p. 30.
③ Annie Ernaux, *L'Ecriture comme un couteau*, p. 94.

众,为的是将此段感情作为"祭品"送上祭坛,使其写作带上某种宗教色彩:

> 在他离开法国之后,我写了一本书,谈这段曾经席卷我并且继续留存于我的激情。我写得断断续续,1991年写完,1992年出版,这就是《单纯的激情》(……)2000年1月或2月,我开始重读我爱上S的那一年的日记本,这些日记本五年来我从未翻开过(……)我发现日记中有一种与《单纯的激情》不同的"真实"。那是一种无可救药的露骨和黑色的东西,一种"祭品"一样的东西。我想到这也可以公之于众(……)我将最初的文字输入电脑,既未修改,也未删节。那些写在纸上的记录我在某个时刻的思想和感觉的文字对我来说具有一种和时间同样不可逆转的特点:它们就是时间。但是,当我的评判可能会伤害到当事人时,我使用了首字母缩写S,这也是指我的激情对象。我并不认为,我这么写,人们就不知其名了,这是一种徒劳的错觉,而是因为首字母产生的去真效果在我看来似乎符合此人之于我的意义:一个绝对的、引起"莫名的恐惧"的形象(……)我想到出版这本日记是出于某种内心的指示,而没有考虑他,S会作何感受。他完全有理由认为这是文学权力的滥用,甚至是背叛。①

2016年,埃尔诺又发表《少女的记忆》(*Mémoire de fille*),回顾了她18岁时在一个夏令营失去童贞的遭遇。如该书封底所言,这一夜的"冲击波在她的身体和生活中猛烈地冲撞",是对"耻辱的刻骨的记忆,比任何其他记忆更加详细、更加执拗。总之,这次记忆是耻辱的特别馈赠"。

当埃尔诺将自己的情事,尤其是性事公之于众之后,她也将自己的名誉和人格送上了祭坛,置身于名誉扫地的险境之中。这些内容与其作为一位知名作家、教师、人过中年的知识女性的身份相去甚远。然而,对于在书中写到的性幻想之类,她却不以为然:"自然,我记下这些东西时没有

---

① Annie Ernaux, *Se perdre*, pp.13—16.

感到任何羞耻。"①《单纯的激情》发表后,因其犯忌不出所料地遭到媒体和批评界的抨击,埃尔诺并不讳言:"(人们指责我)性下流,《单纯的激情》点燃了火药桶,因为我在书中平静而准确地描写了一个成熟女人的激情,这种激情当初是少年的、'罗曼司的',也是非常身体的,恰恰没有人们对女性写作所期待的那种'罗曼司'。"②她的写作是跨越雷池,勇踏雷区,向其所属的却对其造成压迫的知识和资产者阶层的正统价值观发出的挑战,也是女性言说欲望的自我解放。她本是出身于社会下层的平民女子,通过读书和知识改变了身份,进入主流和中产阶层,从而"背叛"了她所出身的平民阶层;然而,作为一个"闯入者",她的底色一般的草根基因令她无法完全融入新的阶层,她是一个融而不入的"内部移民"③,她在书中展现出来的"欲女"形象去除了她现在身处的主流和知识阶层的文化标准和标记,违反了其品位、规则和禁忌。而且,她爱过的这位情人与其并不般配:他来自物质贫乏的东欧,常驻巴黎后惊异于西方国家琳琅满目的高档商品,疯狂追求名牌服装和奢侈品,喜欢看无品位的美国连续剧,喜爱高级轿车,甚至酒后开快车,性格粗暴,举止粗野,因与阿兰·德龙相貌相像而沾沾自喜,只关心自己的前程,是一个既自卑又高傲的暴发户形象。然而,作为著名作家和知识女性的"我"将他的这些爱好更多地看作一种文化的差异而非等级的差异,对其有一种惺惺相惜之感,因为她"从 A. 身上看到我自己的最'暴发'的成分:我曾是对裙子、唱片和旅行垂涎三尺的少女,同学们有这些东西,而我却没有,就像'被剥夺了'的 A. 及其全体国民一样,只向往拥有西方橱窗里的漂亮衬衣和录音机"④。她本是一个小杂货店老板的女儿,作为著名作家的她也是一个内心深处既自卑又高傲的文化"暴发户"。在她个人身上所强烈体现并令她深有感触的文化冲突中,她以其卑贱的出身和行为向其无法融入的文化阶层发出了蔑视和挑

---

① Annie Ernaux, *Passion simple*, p. 42.
② Annie Ernaux, *L'Ecriture comme un couteau*, p. 108.
③ Ibid., p. 35.
④ Annie Ernaux, *Passion simple*, p. 33.

战:"因此,《单纯的激情》和《迷失》的发表可被读作最新的个人反叛社会文化环境的行为,她在社会上步步高升,后来写作的成功使其进入高雅的社会文化环境,而她却从来不能把控也不能泰然地认可这种一步登天的高升。"① 埃尔诺的自我写作与其早期将个人历史与社会维度相结合的"社会自传"(auto-socio-biographie)一样,都是一种"介入"型写作:"我在文学中引进了某种硬的、重的甚至是猛的东西,这种东西与生活条件、与某个阶层的语言有关,我18岁前完全属于这个阶层,工人农民的阶层。永远是一种真实的东西。"②"因此,《单纯的激情》可被视作一本反情感小说。现在,从某种意义上,我既是一个社会变节者,也是一个女人;女人做什么和写什么,总有社会和文学批评在'监视着',在此面前,我的这两种身份给予了我力量和勇敢。"③她对其女性激情和欲望的书写同样是一种"变节"行为,是对其新晋阶层的背叛。

2. 卡特琳娜·库塞(1963—)

库塞早年的人生轨迹几乎与杜勃罗夫斯基如出一辙。她出生和成长于巴黎,母亲希望她通过读书而实现身份晋升,为了博得母亲的好感,她把精力用于读书和学习上。她自小与书为伴,成绩优秀,毕业于巴黎高等师范学院,获得了古典文学的教师资格,以萨德为题撰写博士论文。毕业后在美国生活二十年,在耶鲁大学法文系任教十一年,讲授18世纪法国文学,成为一名关于法国18世纪放荡文学的专家。④

库塞的父亲是一名天主教徒,母亲是犹太人、无神论者。自小在这样的家庭文化中长大,她对于第一人称表达有一种天然的厌恶感。在《享

---

① Emmanuelle Lacore-Martin, «'Le cerceau de papier': mémoire, écriture et circularité dans *Passion Simple* et *Se Perdre* d'Annie Ernaux», in *French Forum*, Volume 33, n°1-2, Winter/Spring 2008, p. 189.

② Annie Ernaux, *L'Ecriture comme un couteau*, p. 35.

③ Ibid., p. 104.

④ 库塞著有《书写快乐的小说家》(*Les Romanciers du plaisir*, Gallimard, 1998)和《没有明天:法国启蒙时期的快乐伦理》(*No Tomorrow: The Ethics of Pleasure in the French Enlightenment*, University Press of Virginia, 1999)等学术著作。

受》之前她已发表三部作品,写的均是年轻女子插足、偷情、追求快感的经历,都属于虚构的小说。之后,她发表了五部作品,即《享受》(1997)、《痛恨家庭》(*La Haine de la famille*,2001)、《一个吝啬女人的忏悔》(*Confession d'une radine*,2003)、《纽约,一个阶段的日记》(*New York, journal d'un cycle*,2009)、《别有所爱》(*L'Autre qu'on adorait*,2016)。按照她自己的说法,《享受》完全符合杜勃罗夫斯基的自撰定义,既出现了作者的名字,写的又是"完全真实的事实",文学化的叙事是一种"语言的冒险",即虚构。后两本书中虽然没有出现作者的名字,不完全符合杜勃罗夫斯基的定义,但是库塞称:"我未做任何杜撰,因为杜撰可能会破坏情感真实(vérité émotionnelle),情感真实才是这两本书的目标。"①她仍把这两本书归入自撰之列,因为她的"记忆从事实方面说并不确切,从情感方面说又是真实的,她设法以此来最大限度地接近真实"②。《一个吝啬女人的忏悔》写的是她性格中吝啬、算计、患得患失的一面,表达了她对于小气的痛恨;《痛恨家庭》写的是她的家庭出身、母女冲突和家庭战争,即母亲对于家庭的恨以及女儿对自私自恋的母亲的恨。

库塞称她的写作旨在"谈自己,谈自己的最说不出口的东西"③。她喜欢的写作方式是:"我感到作者被抵押出去,把他的深处的我交付出来,展示自己,以自己的名字说话。"④她的自撰"没有任何杜撰,相反,其目的在于最大限度地勾勒真实,不是现实,而是真实,真实与现实不同,真实属于内在经验"⑤。

在《享受》中,"我仅限于事实,描写了我从 6 岁至 32 岁时性的、色情

---

① Catherine Cusset,«L'écriture de soi: un projet moraliste», in *Genèse et autofiction*,p. 201.

② Annie Jouan-Westlund,«La filiation autofictive entre Serge Doubrovsky et Catherine Cusset», in *World Languages, Literatures, and Cultures Faculty Publications*,2017,p. 138. https://engagedscholarship.csuohio.edu/clmlang_facpub/138 (consulté le 16/11/2021).

③ Catherine Cusset,«L'écriture de soi: un projet moraliste», in *Genèse et autofiction*,p. 201.

④ Ibid.

⑤ Catherine Cusset,«Je», in *Autofiction(s)*,p. 36.

的和爱情的全部性生活"①。书名具有强烈和明显的性意味,《享受》如此开头:"我游荡在一个外国的城市。我走在笔直的街上,所有人都在吃晚饭。我感到极度孤独。我清楚地知道我想要什么:一个男人。"这个开头明确预示了本书的内容:"我"的性渴望。后面的主体内容没有任何主线,也没有中心情节,由彼此没有关联的一段段逸事组成,不构成一个完整的故事。该书讲述的是"我"与从 A 至 Z 的众多性伙伴的性经历,这些马赛克般的切面拼贴出一个女人的画像,展示出叙述者的情、性、欲,以至于被人称为"性书"(sex book)②。作为一位萨德和放纵派研究的专家,库塞对萨德作品熟稔于心,尤其是她自幼所读的《新朱斯蒂娜或美德的厄运》。叙述者将自己视作书中的朱斯蒂娜,像朱斯蒂娜一样成为性的奴隶,像追逐猎物一样围猎男人。她耻于做女人,厌恶自己女人的身体,更愿意同男同性恋交往,也更乐于读埃尔维·吉贝尔、勒诺·加缪等男同性恋作家的书。在她与男人及女人的性关系中,她表现得更像是一个主动的、有控制欲的男人。

库塞在书中披露了《享受》的写作背景:她当时已结婚七年,遇到了一位吸引她的男人,但是她生怕爱上他而使丈夫陷入痛苦,因为她当初在与丈夫恋爱时曾使另一个男人深为痛苦。她害怕重蹈覆辙,害怕背叛丈夫。她称自己的写作来自一种矛盾的姿态,《享受》貌似讲述她的性欲望,实则表现的是她的负罪感。本书名为"享受",实际写的是"享受"带来的痛苦和绝望,她把福楼拜写给情人路易丝·柯莱的信中的一句话作为卷首语:"我生来不会享受。"

尽管内容敏感,文字露骨,但是库塞坚决否认这是一本"色情或淫邪的书"。她称她在讲述时"没有感情,没有焦虑,没有罪感"③,达到了巴尔

---

① Catherine Cusset, «Je», in *Autofiction(s)*, p. 38.
② Catherine Cusset, «L'écriture de soi: un projet moraliste», in *Genèse et autofiction*, p. 206.
③ Catherine Cusset, *Jouir*, Gallimard, 1999, p. 23.

特所说的"零度叙述"①。她厌恶别人给她贴上"色情作家"或"放荡作家"的标签②,因为色情或放荡派作家笔下的性与爱是逢场作戏,言行不一,用诡计和谎言来征服情人,毫无真情可言,一旦情人到手便将其抛弃。而她是崇尚情感与感情的,她在写书时注入了感情,叙述者在享受性与爱时也带有感情的。库塞否认她的写作是为了宣扬性、欲望、享乐,也不是出于"暴露"的快感。但是她也认为自己与放荡派作家有相通之处。放荡派作家描写人追求感官的快乐和享受是为了戳穿道德、宗教和社会的假面和外衣,将人的本来面目赤裸裸地展示出来,表明人是受欲望驱使的,这才是人性的真实。放荡派作家是从反面,以"讽刺的姿态"(posture ironique)对人进行劝诫。在这点上,放荡派与从正面进行说教的道德家并无不同。按照库塞的说法,我们看到了一个令人惊异的反转:这个三十年来在性的泥坑和深渊中挣扎,开发身体快感的各种途径和可能性,并将这些最不可告人的隐私公之于众的库塞竟然是一个道德家和当代卢梭:"我是一个道德家,这不是说我进行道德说教,而是说我以自身来说明现实如何与道德相抵触。我不是看着别人来劝诫,而是从我出发。当《忏悔录》的卢梭向读者宣布他以自己为例,剥去了传统道德家赋予这个词的榜样之意的时候,他与放荡派是一脉相承的:他的揭露不是出于下流的暴露的动机,而是渴望通过描写感官的爆发来尽可能触及主体的矛盾。和卢梭一样,我以自己为例,我展示自己。我之所以研究放荡小说,是因为我从中看到了陷于矛盾和爆裂中的现代主体的诞生。这个怀疑的时代之后的多元的主体在我看来只有自撰才能把握。"③由此可见,库塞自认为是在"以身说法",这个"身"就是她自己,也是她的身体,这个"法"就是道德训诫:"我在评判自己,即使这种评判没有表达出来,但是包含在叙述声音

---

① Cité par Catherine Cusset, « L'écriture de soi: un projet moraliste », in *Genèse et autofiction*, p. 202.

② Catherine Cusset, « L'écriture de soi: un projet moraliste », in *Genèse et autofiction*, pp. 202, 204.

③ Ibid., p. 205.

的情感之中。"①如同放荡小说中的人物体现着言行不一的矛盾一样,她的写作也有着"所言"与"言下"、显义与隐义,即叙事与说教的矛盾。"这个矛盾并非总是表达出来,而是流露在情感之中,这种情感成为写作的基础,让人不要从字面上来读我写的东西:《享受》揭示的是我无法顺从我的欲望而没有罪感,《一个吝啬女人的忏悔》揭示的是我对小气的痛恨,《痛恨家庭》通过对我的批判的目光的质疑来揭示我对母亲的爱。如果我把我的私密暴露出来,那是为了更好地揭露我的不光彩。"②

3. 克里斯蒂娜·安戈(1959—)

安戈自1990年登上文坛以来,一直争议不断。三十年来,她在媒体访谈节目中口无遮拦,语出惊人,其写作更是笔无所忌,骇人听闻的内容和露骨刺激的语言一直备受指责和攻击。她不断突破写作的禁区,触碰道德的底线和法律的界限,不仅在书中把自己剥得精光,而且将沾着毒汁的笔射向其他人。她的每本书都是一块抛入池水的巨石,不仅引发轩然大波,而且溅脏他人。每当有新书问世,人们都不禁发问:"下一个受害者是谁?"她多次引火烧身,官司缠身,成为众矢之的。

她的十余部作品都是以她的身体、她与异性或同性的性经历以及她在社会中的四处碰壁为素材,几乎构成了她的私生活的连续剧。《从天上看》(*Vu du ciel*,1990)以一个变为天使的死去的女孩的口吻讲述了她的童年;《总是莱奥诺尔》(*Léonore, toujours*,1994)讲述的是年轻的母亲对刚出生的女儿的疯狂而病态的爱;《乱伦》(*L'Inceste*,1999)讲的是同性恋人与她分手给她带来的心理的痛楚以及她与父亲的乱伦关系;《离开这座城市》(*Quitter la ville*,2000)讲的是《乱伦》的发表所引发的满城风雨以及射向她的明枪暗箭,以至于她无法在蒙彼利埃容身,所以要离开这座城市;《情人市场》(*Le Marché des amants*,2008)讲述的是她与男友的关系,结果被男友的前女友以暴露个人隐私为由告上法庭;在后来的《孩子们》

---

① Catherine Cusset,«L'écriture de soi: un projet moraliste», in *Genèse et autofiction*, p. 207.

② Ibid., p. 209.

(*Les Petits*,2011)中,她以这桩案子为素材,再次写到男友与其前女友的关系,并且再次被以诽谤罪为由告上法庭;《不可能的爱》(*Un amour impossible*,2015)讲述的是父母在20世纪50年代偶然相遇并生下女儿,以及父亲抛妻别女,再到后来父亲强奸女儿的经历。

在《别人》(*Les Autres*,1997)、《安戈其人》(*Sujet Angot*,1998)和《离开这座城市》中,叙述者/人物的名字是"克里斯蒂娜·安戈",也是一名作家,而且有着明确的出生日期(1959年2月7日)和出生地点(Chateauroux)。按照勒热纳的定义和标准,她的文本显然属于自传,辅以佐证的是她的前夫、女儿的真名也出现在书中。在《离开这座城市》中,为了讲述公众对于《乱伦》一书的反应,安戈大量摘引和转引了有据可查的访谈、报刊文章、读者来信的片段,以增加内容的真实性。读者当然将书中所写的私生活当作作者本人的私生活来读。但是安戈又不断提醒读者她写的不是"讨厌的记录"(merde de témoignage)①,而是文学,奉劝读者不要把她的所说所写都当作真的。例如,在《总是莱奥诺尔》的结尾,叙述者的女儿因母亲的疏忽而坠亡,而实际上,安戈的女儿根本没死,所以这一死亡情节纯属虚构。在《安戈其人》中,叙述者向女记者指出,虚构和现实之间是隔着一堵墙的,所以不要把二者混同。② 在《使用生活》中,安戈说:"要让读者相信这一切的真实性。让读者相信大部分事情都是真实发生的,这是一切文学创作的主要目的。让读者相信所有文学杜撰的真实性,文学别无其他目的。"③"请注意,这里唯一属于自传的东西,就是写作。我的人物和我在这一点上黏在一起。除此之外,其他一切都是文学。"④既强调是"文学创作"或"文学杜撰",又强调"真实发生",安戈作品的这种矛盾的阅读契约完全符合杜勃罗夫斯基的自撰定义,而她的确非常享受她和读者之间的捉迷藏的阅读游戏。

---

① Christine Angot, *Quitter la ville*, Stock, 2000, p.27.
② Christine Angot, *Sujet Angot*, p.51.
③ Christine Angot, *L'Usage de la vie*, p.26.
④ Ibid., p.40.

但是安戈对待自撰的态度是自相矛盾的。她明确拒绝将她的作品贴上"自撰"的标签,因为在她看来自撰中出现的是"人物"(personnage),而"人物"则意味着虚构。而她所展示的是"人"(personne),即她本人。"我想让所有人了解我的私情。我从来都不会杜撰。"①但是她又说:"自撰是用'我'(je)来担负的。如果这个'我'是镜子中看到的'我',那么我写的就不是自撰。如果人们承认这个'我'可以通过想象来制作,那么我写的就是自撰。"②叙述者"我"虽然有她本人的影子,但是"我"与她本人之间并非完全对应;她担心人们不把她的书当作小说来读,唯恐人们把叙述者"我"与她本人画上等号。由此可见,安戈既否认虚构(fiction),也否认自身(auto)。这种态度恰恰是既承认虚构又承认自身。因为当她否认虚构时,她承认了自身;当她否认自身时,她认可了"想象"。

安戈在触及"性"这个极为敏感的主题的同时,还经常毫不隐讳地直接触及另一个被所有时代、所有文化和所有社会都视为大忌的敏感主题,即乱伦,可以说安戈的写作从一开始就围绕她少女时期与父亲的这段乱伦关系。安戈是私生女,50年代中期,皮埃尔·安戈与出身低微的打字员拉谢尔·施瓦茨在小城夏斗湖萍水相逢产生恋情。从外在来看,父亲是一个有教养之人,会说多种语言,在欧洲理事会担任译员。父亲在她出生之前就离开她的母亲回到巴黎,直到安戈14岁时,缺席的父亲才现身,承认了她:"我14岁以后叫安戈,根据1972年的亲子关系法,他在这一年承认了我,在这之前我叫克里斯蒂娜·施瓦茨。"③从此她拥有了一个法国化的名字和一个正常的家庭,但是噩梦也从此开始:仅在8天之后父亲就在肉体上占有了她,将她俘获为他的猎物。而父亲竟将对她的占有说成并让她相信是对她的爱。

这段不伦关系对她造成巨大的伤害和耻辱感或隐或现地出现在所有书中。在《总是莱奥诺尔》中,安戈想象女儿长大后要杀死外公来为母亲

---

① Cité par Isabelle Grell in *L'Autofiction*, p. 51.
② Ibid., p. 50.
③ Christine Angot, *L'Inceste*, p. 180.

复仇,来影射母亲少年时受到的父亲的侵害。《采访》(L'Interview,1995)讲述的是一位女记者对女作家克里斯蒂娜·安戈的访谈,女记者并不关心作家的创作情况,而是对她 14 岁时父亲与她的乱伦关系揪住不放,刨根问底;在《安戈其人》中,她直接谈到了父亲对她的占有;在《一周的假期》(Une semaine de vacances, 2012)中,她更是以直白、露骨的文字直接写到了父亲对她像玩偶一样从肉体到精神上的控制和占有。

《乱伦》(1999)更是赫然直白地将乱伦主题作为了书名。但是此书虽然名为"乱伦",但是直到全书快结束时才写到这段经历。此书开头讲的是叙述者的一段持续三个月的同性恋经历,在随后谵妄般的独白中用残缺不全、断断续续的跳跃性短句回顾了这段与她曾爱过的、现在不再爱的一个名为玛丽-克里斯蒂娜的女医生的三个月的短暂恋情。虽然她决定与恋人分手,但是她却因为不能再爱而痛苦。全书围绕叙述者像抓住救命稻草一样每天无数次给恋人打电话纠缠以及恋人不同意和她过圣诞节而激起的愤怒,展现了她的种种错乱、疯狂、怨恨、妄想、哭泣、辱骂等复杂的病态反应,最后她竟然自打嘴巴,歇斯底里地喊道:"我已经疯了,我是疯子。"造成这段混乱而疯狂的恋情的原因是她少年时与父亲的一段乱伦之恋,使她心理发生扭曲,虽然已结婚生女,但是她始终处于精神错乱之中。她到同性恋中去追求关注和关爱,但是找到的只有泪水和乞求,感到的只是身体的痛苦和心理的耻辱,甚至想到了自杀。本书重在描写乱伦经历给叙述者留下的"印记":"我既不想指责他,也不想原谅他。只有一个东西是重要的:印记。他给我留下了印记。"[1]这个印记便是父亲的罪恶给她造成的创伤,使她在以后的生活中生不如死。她本人、前夫以及女儿都以真名出现在书中。在该书出版之前,出版商出于谨慎,建议安戈在书中隐去人物的真名,以免引发非议。但是,也许故意出于挑衅,安戈竟在书中大段地引用了出版商的这一劝告。

---

[1] Christine Angot, *L'Inceste*, p. 208.

安戈说:"那些写健康和开放世界的人,他们的书既丑陋又无力。"①
她呈现的世界是病态的、封闭的、私密的,为的是使其写作更有冲击力。
波德莱尔将酗酒、乞讨、卖淫、同性恋等生活之丑恶写成一朵朵"恶之花",
而安戈则把乱伦这朵更加邪恶、更加骇人的"花"以个人书写的形式暴露
于世。家丑不可外扬,而安戈恰恰把最为隐私、最为丑陋的丑事以最为激
烈、最为公开的方式晾晒在阳光和众目睽睽之下。在《离开这座城市》中,
她明确表示乱伦不仅是个人的丑事,更是社会的丑恶,从而使她的个人叙
事具有了社会的维度,变为一部社会小说:"我是一个社会案例。大家不
要再说文学中不再有社会的画面。"②她时而自比希腊悲剧中自我驱逐的
俄狄浦斯,时而自比敢于冒犯禁令的安提戈涅,从而把自己化为一个具有
普遍意义的人物,使其个人经历具有了普遍的维度。"我不讲述。我讲的
不是我的故事。我讲的不是一个故事。我整理的不是我的事情。我洗的
不是我的脏衣服。而是社会的床单。"③就像卢梭请每个人都以他为榜样
披露自己心灵的阴暗面一样,安戈也让所有人自曝家丑:"请从床单中出
来,拿着它,让它迎风作响。迎着清风,哪怕是一会儿。你们也一样。大
家一起来,所有人。"④她以自己被围观、被喝倒彩、被吐口水、身败名裂的
代价实现了自我献祭,成为激发公众认知社会丑陋现象的殉道者。正如
她的名克里斯蒂娜(Christine)所暗含的意义,她竟树立起一个为人类之
恶赎罪的警世的女基督形象:"在克里斯蒂娜中暗含着基督。我和他(指
精神分析师)谈起我的救人使命,拯救他人,弄瘪他们习以为常的浮筒,让
他们和我一道活着自行得救。"⑤她的不堪示人的经历的披露被赋予了大
爱色彩:"在一个公开的文本中说'我',这是出于对你们的爱,懂吗?"⑥此种
说辞虽然冠冕堂皇,但毕竟只是安戈的一厢情愿,读者和公众并不买账,安

① Cité par Chloé Delaume, «S'écrire mode d'emploi», in *Autofiction(s)*, p.111.
② Christine Angot, *Quitter la ville*, p.49.
③ Ibid., p.172.
④ Ibid., p.163.
⑤ Christine Angot, *L'Inceste*, p.54.
⑥ Christine Angot, *L'Usage de la vie*, p.9.

戈及其自撰在读者和公众眼中依旧是病态、畸形的"恶之花"。

对安戈来说,写作也是对过去梦魇的驱魔行为。将不堪启齿的经历写出来就像精神分析的倾诉一样,具有发泄和抚慰作用。在《离开这座城市》中,叙述者说:"我在书中躺了下来。"①躺下来,就像在精神分析治疗时在沙发上躺下来把心中的自由联想倾诉出来一样,具有了排毒疏泄的功效。

4. 卡特琳娜·米耶(1948—)

米耶是巴黎艺术评论家,创办了在知识界颇负盛名的《艺术评论》(*Art Press*)杂志并担任主编,写有关于当代艺术的多部评论集,在巴黎艺术评论界具有相当的影响力。

在身体写作方面,任何作家在米耶面前都要相形见绌。《卡特琳娜·M. 的性生活》(2001)是她的代表作。在书名页,作者既未将该书标示为"自传",也未标示为"小说",而是在书名之下印着更加模糊、更加宽泛的"叙事"(récit)字样。尽管书中人物以"卡特琳娜·M."的名字出现,但是姓氏的简写丝毫不会妨碍读者立即在卡特琳娜·M. 与卡特琳娜·米耶之间画上等号。米耶在书中还称"我从未杜撰任何没有发生过的故事"②,等于与读者订立了一份自传契约。然而米耶在 2002 年版新增的序言《为何和如何》(Pourquoi et comment)中对于这一等同闪烁其词:"我现在看《卡特琳娜·M. 的性生活》的作者就像她曾经看她的主体一样,二者我都不再完全认同。"③此言与埃尔诺"是我又不是我"的说辞可谓异曲同工。

此书刺眼的书名再明显不过地昭示着书的内容,2002 年的袖珍版更是以她的裸照为封皮,其内容更是充满傲慢、挑衅、不屑。开头后不久便写道:"在产生写这本书的想法之前,我从来没有过多地思考过我的性问题。不过我还是意识到我过早地发生过多次关系,这一点非同寻常,尤其是对女孩子来说,反正在我这个圈子里如此。我 18 岁时就不是处女了,

---

① Christine Angot, *Quitter la ville*, p. 175.
② Catherine Millet, *La vie sexuelle de Catherine M.* (2001), précédé de «Pourquoi et comment», Seuil-Points, 2002, p. 72.
③ Catherine Millet, *La vie sexuelle de Catherine M.*, préface, p. II.

这也并不是很早，可是我在失贞之后的几个星期里就第一次群交了。"①米耶采取了最为激进的一种姿态，在书中将自己剥得精赤，将最难于启齿的都说出来，将最隐秘、最隐私的一面展示出来，将自我书写的坦诚推向极端："我认为必须说出这方面的真相。"②作者在 2002 年为该书添加的序言中将该书称为"记录"（témoignage）："《卡特琳娜·M. 的性生活》首先是一份记录，也就是说，确切说来它是一个旨在确定真相的文本，当然是一个特立独行之人的真相。"③但是这份记录不是按照时间顺序，而是分别以"数量""空间""隐蔽的空间"和"细节"为题，分四章讲述了卡特琳娜·M. 自 18 岁以来与多个性伙伴的放荡行为，尤其是交换伴侣、放荡聚会和群体性行为等。

在今天的法国，色情小说虽已司空见惯，但是将赤裸裸的色情与作者自身结合起来，这一举动仍然是骇人听闻的。米耶的描写没有隐晦或朦胧，语言之露骨堪比 18 世纪臭名昭著的色情作家萨德。④ 她不避讳地称其书为一部"性传"（biographie sexuelle）。该书上市后迅速引发批评界的口诛笔伐，"色情""暴露癖""下流""令人作呕"等各种指责和谩骂铺天袭来。

在叙述者混乱的性关系中，她不是作为一个受害者出现，而是一个没有道德、习俗、宗教禁忌意识的自愿主动、来者不拒的"妖女"形象，性对她来说就像呼吸一样自然。她以赤裸裸的对各种反常性行为的描写挑战一切社会、道德甚至伦理禁忌。米耶的叙述既不是忏悔，也不是教唆；既没有羞耻感和罪恶感，也没有感官的刺激和煽情；既没有灵魂的剖析，也没有心理的描写，更多的是外科医生的"临床"的平静和冷静，如同摄影机般呈现出高度的视觉性，颇有罗伯-格里耶的描写风格。只是罗伯-格里耶的镜头对准的是物，米耶的镜头对准的是身体。

米耶并非要写一本撩拨读者的色情书来满足读者的窥视欲望。当

---

① Catherine Millet, *La vie sexuelle de Catherine M.*, p. 11.
② Ibid., p. 92.
③ Ibid., p. ix.
④ 该书于 2001 年获得萨德文学奖，可谓实至名归。

1968年之后的性解放思潮泛滥时,她20岁,可谓正逢其时,她以自己的性经历为素材来反映或再现性解放对一代青年的影响。赤裸裸的性描写以往都是由男性所写,供男性阅读,大多跳不出男性教唆者/女性受害者的二元模式。男性居于主动和主导地位,女性以受到唆使和引诱而走向堕落的无知纯真的猎物面目而出现,是供男性想象、加工和构造,又反过来激发男性欲望的沉默的客体,其中的性描写都是男性幻想的投射。而米耶则是从女性的目光和体验来叙述自己的性经历。在性的舞台和战场上,叙述者以主体身份处于性活动的中心和中枢,主宰着自己的身体;男人们则围绕着她,像机械的道具般没有面孔,没有性格,没有话语,不分彼此。身体成为一种语言,身体的解放化为身体书写的自由。从这个意义上说,该书其实是一部性现实主义作品,也是一部批判现实主义作品,它所批判的是男权主导下的性现实。米耶指出:"我在社会交往中战战兢兢,我将性行为作为一个避难所,我心甘情愿坠入其中,为的是躲避令我难堪的目光和我仍然笨嘴拙舌的语言交流。"①性与爱无关,性亦与罪无关。身体是一个工具,性是躲避现实的庇护所:"我把身体和行为写得越是详细,我就越超脱我自己。"②"我需要对我的整个人的承认。是否立刻获得感官上的满足是次要的。"③因为她对自己与男人的交往感到失望,她自认为是笨嘴拙舌、魅力不足所致,所以她将性作为弥补信心缺乏的替代品。

《痛苦的日子》(*Jour de souffrance*,2010)是《卡特琳娜·M.的性生活》的续篇,讲述的是女叙述者卡特琳娜在发现丈夫不忠后产生的嫉妒心理。尽管夫妻间约定双方都有与其他男人或女人的性自由,但是在妻子偶然发现丈夫与其他女人的秘密关系后,还是不由自主地妒火中烧,痛苦不堪。她搜查丈夫的抽屉、衣兜、记事本、电脑等,像担心失去所爱之人的所有女人一样痛哭、呻吟。尽管她在放荡聚会上遇到众多男人和性伙伴,但是她始终无法走出折磨着她的嫉妒心理。

---

① Catherine Millet, *La vie sexuelle de Catherine M*, p. 45.
② Ibid., p. 197.
③ Ibid., p. 209.

下篇

百花

第九章　虚实合成的自传
——佩雷克的《W 或童年的回忆》

佩雷克是一位实验型作家,总是尝试各种前所未有的新形式,不走前人的老路,也不走自己的回头路,他的写作不仅与众不同,而且他的每部作品也必定不同于之前,他走的是一条"偏离"和"超越"之路:他偏离的是文学成规,超越的是自己既有的写作轨迹。他就像一位棋类高手和杂技演员一样,总是为自己设置一些貌似不可能完成的高难度"限制"(contraintes)或"规定动作",又总是游刃有余地在其中躲闪腾挪。佩雷克自己曾夸口:"我从未写过两本相似的书。"① 在自我书写方面,佩雷克同样表现出了前所未有的探索精神,《W 或童年的回忆》拓展或者说模糊了传统自传的界限,"与普通的自传模式相比,《W 或童年的回忆》是一部特别非典型的自传"②。

佩雷克曾说,他的写作个人历史的计划几乎与他的文学创作计划同时形成,但是直至他在文坛上站稳脚跟之后才真正将自传付诸行动。1969 年,在写给《文学半月刊》负责人莫里斯·纳多(Maurice Nadeau)的一封信中,佩雷克详细介绍了他的庞

---

① «Notes sur ce que je cherche», reprises dans *Penser / Classer*, cité par Claude Burgelin in *Georges Perec*, Seuil, 1990, p. 11.

② Damien Zanone, *L'Autobiographie*, Ellipses / Edition marketing S. A., 1996, p. 85.

大的自传创作构想。① 这个自传系列将由四本书组成,他为其分别取名为《树》(*L'Arbre*)、《我睡过觉的场所》(*Lieux où j'ai dormi*)、《W 或童年的回忆》和《场所》(*Lieux*),预计至少用 12 年的时间完成。四本书并没有一个总的主题和标题,但都以作者的亲身经历为素材。之所以耗时如此之长,并非因为佩雷克计划写成一部鸿篇巨制,而是由第四本书,即《场所》的特殊构思决定的。按照佩雷克最初的设想,在《场所》中,他将选取巴黎的 12 个人们最熟视无睹的场所(如街道、广场、十字路口等)为描写对象,这些场所都与佩雷克过去生活中的重要事件或时刻有关。他每个月描写其中的两个场所:第一次是到现场(如在咖啡馆或街上),以最中性、最客观的笔调描写观察到的街景(如行人、公共汽车、广告牌等);第二次则是随便在某个场所(如家中、咖啡馆或办公室)静心回忆与这些地点有关的人与事,然后记录下来。每段文字写完后便被装入信封封存起来。这样,一年下来,12 个地点中的每个地点都被描写了两次:一次是身临其境的实地描写,另一次是与这些地点相关的回忆。第二年以同样的方法重新开始这种描写和回忆,只是每次所描述的两个地点的选择按照一定的数学法则进行对调和重新组合,如此 12 年写下来,就成为一部由 288 篇文字(装在 288 个信封中)组成的作品。他事先没有一个明确的主题,对于最后的结果也是不得而知,只有等到最后的片段写成、开启信封重新阅读时才会知晓。时间构成本书的结构和限制,这样,本书不再仅仅是一部复现过去时光的书,而是一部测量时间流逝的书,其中流逝的不仅是这些地点所凝聚的过去时间,还有写作过程的时间和回忆过程的时间。

排在第一本的《树》的设想类似于一部家族谱系树,用尽可能精确的文字描写父亲一家、母亲一家及收养他的姑姑一家的家族史。它不是一篇线性叙事,而是由平行的但又不断相互印证的几个故事组成。第二本

---

① 关于佩雷克的自传创作计划,详见 «Lettre à Maurice Nadeau», in *Je suis né*, Seuil, 1990, pp. 51—66 ou Philippe Lejeune, «Exercices de mémoire», in *Pour l'Autobiographie, chroniques*, Seuil, 1998, pp. 179—181。

书《我睡过觉的场所》是受普鲁斯特的《追忆》的启发,每当他在昏暗的房间睡觉时,总会不由自主地回想起从前睡过觉的房间,清楚地记得当时墙与床、家具、门窗的位置以及身体在房间的位置。该书将对从前的房间进行精确细致的描写,并讲述与之相关的回忆。第三本书《W 或童年的回忆》将写成一本探险小说,它源自童年的一个回忆或幻觉。在南美洲火地群岛的某个小岛上,有一个以体育为生活和理想的社会,那里的居民都是运动员,他们白色的运动服印着一个黑色的大大的字母 W。

如果作者的这一庞大而奇特的构想得以实现,那这真正是一部"世界上绝无仅有,也永远不会再有"(卢梭语)的自传。可惜对前两本书来说,虽然佩雷克为之搜集了许多资料,进行过一些采访,但一直停留在构想阶段。他为《地点》所设计的 288 篇文字只写了 133 篇,在动笔六年之后于 1975 年半途而弃。只有第三本得以写完,定名为《W 或童年的回忆》。

《W 或童年的回忆》是一本写得很慢也写得很苦的书,它的写作过程一波三折。佩雷克最初想模仿科幻小说家凡尔纳的《格兰特船长的儿女们》,写成一部体现当代各种科学,如人种学、语言学、信息学、精神分析学等百科全书式的探险小说。但初始的热情一过,他感到该雄心过于宏大,便放弃了这一计划。继而他想到将其写成连载小说,在报纸上发表。这无异于给自己套上枷锁,因为他必须每隔一段时间,按照报纸的出版周期交出一定的章节。这种"限制"也正是佩雷克所追求的挑战和刺激,他的许多作品就是按照他强加给自己的"限制"写成的。1969 年 10 月至 1970 年 1 月,《文学半月刊》的读者们读到了他的题为《W 或童年的回忆》的奇怪的连载小说的前 6 章。它是一部探险小说的情节,从开头可以预计后面的情节将是非常曲折的。可是 1970 年 1 月,故事戛然而止。正当读者被这个刚刚开了头的历险故事搞得一团雾水时,佩雷克突然在《文学半月刊》上登出启示:"前面的章节是不存在的。忘记你已经读过的东西:它是另一个故事,至多是一个序幕,或者是一个如此久远的回忆,下面将发生的故事将把它淹没。因为现在一切才刚刚开始,他现在才去寻找自己。"①小说继续在刊物上连载,却是另一个故事了。它不厌其烦地描写一个以体育为理想和生活的社会 W。第一部分留下的悬念在第二部分未作任何交代,读者刚刚被吊起的胃口和期待落空。他们大为恼火,甚至写信向报社表达抗议。在读者感到不满的同时,佩雷克也感到越来越难以写下去,于 1970 年 8 月将其匆匆收尾。其实,从 1970 年初开始,他就开始思考怎样弥补连载小说的失败,一部结构复杂的自传加小说的构思在他的脑海中逐渐形成,它将由三个交替出现的序列组成,每个序列又由 19 章组成,分为上下两部分:一个是纪实序列,讲述作者的童年往事;第二个是小说序列,即发表在《文学半月刊》上连载的故事;第三个是笔记序列,记录的是正在写作中的本书的酝酿和成书过程以及写作心得,构成某种"元文本",是连接前面两部分的纽带,有助于理解二者的关系。从 1970 年 9 月起,在将连载小说匆匆收笔后,他又开始写作"童年回忆"部分,并着手搜集查阅资料,走访故地。但这一次他遇到了和写连载小说时同样的滞笔问题,迫使他不得不于 1971 年初搁笔。在以后的三年半时间里,他完全放弃了本书的写作。在此期间他写了许多其他作品,还接受过精神分析疗法。或许是精神分析疗法解除了他的心理障碍,1974 年 8 月,他再次提笔续写该书,并决定取消第三个序列,将其某些内容融入纪实序列。经过三个月的连续写作,终于在 11 月完成童年回忆部分。他将两个部分的章节做了穿插,于 1975 年 1 月将书稿交付出版社。

由此可见,《W 或童年的回忆》不是一部事先已有整体框架和周密构思的作品,而是在写作过程中反复变化,"边设计边施工""边施工边修改"的 work in progress。

一、虚与实

一般说来,自传和小说的根本区别便在于各自与读者达成的或明或

---

① Cité par Anne Roche in *W ou le souvenir d'enfance de Georges Perec*,Gallimard,1997,p. 12.

暗的"契约"的本质:自传必须对所述事实的真实性负责,是"以文运事";而小说则可以充分发挥想象力,"因文生事"①。而在《W 或童年的回忆》的所有特点中,最显著也最令人费解的便是其虚实交替的手法。《W 或童年的回忆》共 37 章,由泾渭分明的两个序列构成,一个为真实素材的纪实序列,用正体印刷;另一序列为虚构素材的小说序列,用斜体印刷。两个序列在篇幅上大致相当,两个序列的章节在第一部分按照奇数—偶数的顺序交替出现,在第二部分则按照偶数—奇数的顺序交替出现,读者需要不断在两个序列之间穿梭往复。该书的书名最明显不过地表明了结构和内容上的这种二重性。两个序列就像构成"自撰"一词的两个部分 auto 和 fiction 一样分裂和拧巴。

纪实序列基本遵从传统自传的按照时间先后的叙事顺序,又以与母亲在巴黎的里昂车站分手②为界分为前后两个部分。第一部分从出生写到 6 岁,讲述自己的家史、父亲之死、曾住过的 Vilin 街、为数不多的往事。对往事的评论又占据了更大的篇幅,远远超过了对往事本身的叙述。在第二部分讲述 1942—1945 年作者 6—9 岁时作为孤儿在南方避难所度过的三年时光和生活过的几个地方,以及战后的重返巴黎。从全书来看,纪实部分对自己的过去和记忆极尽忠实,而虚构部分极尽离奇和荒诞。整个文本就像由几股细绳编织穿插而成的麻花绳。

纪实序列的叙述者似乎患有失忆症,开篇第一句话是"我没有童年的记忆"③,它构成了纪实序列的主旋律,叙述者之后又多次强调:"和所有

---

① 对于史传与小说的本质区别,明清之际的文学批评家金圣叹在《读第五才子书法》中作了精到的概括,原文如下:"《史记》是以文运事,《水浒》是因文生事。以文运事,是先有事生成如此如此,却要算计出一篇文字来,虽是史公高才,也毕竟是吃苦事;因文生事即不然,只是顺着笔性去,削高补低都由我。"

② 战争开始后,佩雷克与母亲生活在一起,直至 1941 年秋天,母亲将他送上红十字会的一辆疏散儿童、残疾人和老人的列车,到达已经在南方逃避战火的姑姑一家。他与母亲分手后,德国人在占领区展开了搜捕犹太人的行动,母亲在试图与儿子团聚未果后,于 1943 年 1 月被捕,被送往奥斯威辛。此后的下落便不得而知了,总之她再也未能回来。

③ Georges Perec, *W ou le souvenir d'enfance*, Denoël, 1975, p. 17. 下文所引的《W 或童年的回忆》的片段均出自该版本,只在文中注明页码,不再另注。

人一样,生活的最初几年我已忘得一干二净了。"(第25页)既然对童年的记忆几乎为空白,那么他所能求助的只有外部的载体了,这就是那些"发黄的照片、不多的记录和微不足道的资料"(第26页)。对过去相当多的回忆是通过对照片的描述来实现的,这些照片也许是逝去的过去的唯一实在的但瞬间的载体。他把照片上的细节一一描写出来,就像新小说家那样客观。令人称奇的是,佩雷克对于为数不多的记忆残片还"知之而疑之",甚至将自己的记忆称为"伪记忆"(pseudo-souvenir)。他先是在正文中根据记忆讲述往事,然后又插入了许多注释,重提、修正、抹擦已经书写的文字,对前面的叙述提出质疑,并指出还有多种可能性。在为数不多的对父亲的记忆中,他提道:"一天,我在橱窗里看到一个士兵玩具,"但马上在注释中交代:"我不知道该回忆的缘起,从未有任何东西证实它。"(第57页)往事在他的记忆中经常发生张冠李戴的情况,佩雷克的特别之处在于,他根据事后的发现,自曝这种张冠李戴的情况:"我不知道我是真的经历了这场事故,还是和人们在许多其他场合所见到的那样,是我杜撰的或张冠李戴了。"(第114页)当然,在他之前的自传或日记中也有作者对记忆的可靠性提出疑问,对于书写能否忠实地再现过去提出疑问。可是佩雷克也许是为数不多的将回忆的不可靠置于文本核心的作者之一。例如,在他的记忆中,图莱纳中学"是一个远在天边的地方,是一个从来没有人来过,消息也到不了,一旦跨过门槛就再也跨不出去的地方"(第129页)。而当作者1970年故地重游时,他吃惊地发现,该中学与他所住过的房子只有五百米。

　　一般说来,注释是学术著作中的特有现象,用以指明出处,或补充正文信息,相对于正文信息来说,注释是次要信息,很少用于叙事文本中。而佩雷克不仅大量运用注释,而且用注释来削弱或动摇正文中信息的可靠性(如第6章),或指出前文写作中的作假,或批评黑体正文中的"小说化"描写,或用另外的假设来取代正文的信息。这种方法在第8章达到了登峰造极的地步:在正文中原封不动地将15年前所写的关于父母的身世和经历的文字移植过来,随后却是长达9页的26个注释,来明确、修正、补充、评论正文中的信息,有的注释的长度超过了正文,里面包含了更多的关键信息。由此,写作不再仅仅是一个结果,而是变为正在进行的一个过程。《W或童年的回忆》不是童年回忆的再现,而是童年回忆的追寻和构建。对于佩雷克来说,自传不局限于把生活落实在纸上,还是一个摸索的过程,从遗忘中把并不精确的往事挖掘出来,捕捉模糊的回忆。

这些为数不多、断断续续的往事构成的不是成片或成块的记忆的大陆,而是浮现于遗忘的汪洋中的星星点点的小岛。如关于学校的三件往事:第一件关于防毒面具,第二件讲述的是手拿一幅熊的素描画沿街奔跑的场景,第三件关于受到不公正的惩罚。三件往事之间没有任何必然的联系。正如佩雷克在第二部分伊始所说的:"从此之后,我有了往事,或转瞬即逝或挥之不去,或无关紧要或沉重不堪,但是没有任何东西将它们聚拢在一起。它们就像本书的写作一样,没有联系,由一些不能串接成一个词语的单独的字母组成,这是我直至17岁或18岁时的写照。"(第97页)当然,片段化的写作并非佩雷克所独创和独有,这甚至成为当代写作的一种普遍现象。不连续性、片段化是往事在记忆中重现的最自然的方式。既然无法完整地保存记忆,复原历史,佩雷克索性让千疮百孔的记忆保持原样,无意去修补记忆,而且经常对往事的可靠性提出质疑,揭露它的矛盾、不确切、不可靠性。有时对同一事件甚至提出几种版本,他也无意将这些不同版本统一起来,呈现一个虽然连贯但不自然的结果。

在书写自传的过程中,遥远的过去在时间的侵蚀下只遗留下一片废墟,作者所能搜寻和拣拾的只是记忆的碎片。而且即使是这为数不多的记忆碎片,也已经裂痕累累,经不住推敲了。与用想象或虚构来填补记忆缝隙的卢梭不同,《W或童年的回忆》的自传部分充满着空白和断裂。所以《W或童年的回忆》中所述的往事大多是残缺不全、飘忽不定,表面上无甚深意。自传作为一种叙事的话语毕竟是一种词对物的重构,试图将记忆的残砖破瓦复原为自在事实的大厦终归是虚幻的神话。佩雷克所追求的不是重构和复现过去,而是呈现记忆的废墟。

与纪实序列叙事的枯燥、乏味以及破碎、空缺不同,虚构序列具有侦探小说般的连贯和缜密,甚至不乏悬念和曲折。如果说想象和虚构在传统自传中只是在历史事实的枝干上添枝加叶,那么在《W或童年的回忆》中,佩雷克则利用想象另起炉灶,杜撰了一个荒诞不经的故事和子虚乌有的世界。虚构序列同样分为前后两部分。

第一部分是一部探险小说的情节:叙述者"我"是一个孤儿,靠邻居的收养才得以长大,长大后入伍,因不适应军队生活而当了逃兵,受到一个拒服兵役者组织的保护,该组织为"我"另取了名字——伽斯帕尔·温克勒,并提供了相应的身份证件。"我"后来在一家汽车修理厂当加油工,过着半隐居的平静生活。三年后的一天,"我"收到一封神秘来信,写信者让"我"按照约定日期到一家旅馆见面。到了约会的地点,来人向"我"讲述了一个令人匪夷所思的故事:"我"所冒名的真正的温克勒是一个8岁的既聋又哑的孩子,发育不良,身体娇弱,生活于与世隔绝的状态,终日蜷缩于屋子的一角。为了使儿子走出封闭状态,母亲决定带儿子周游世界,期望新奇的发现、另样的气候和生活节奏等对儿子产生某种刺激,创造奇迹,使其开口说话。因为所有医生都认为他的病不是内在病变或遗传所致,原因或许在于幼时受过精神创伤。当母子及随从乘坐的游艇到达南美洲火地附近洋面时,遭遇龙卷风而触礁沉没。经过打捞,海上救援队找到并成功地确认了五具尸体,只有温克勒活不见人,死不见尸。来人属于一个名为海难救助者协会的组织,既然温克勒还有活着的可能,来人暗示"我"去南美洲火地寻找温克勒的下落。

第二部分的故事更加离奇。该部分没有交代"我",即假温克勒是否去执行了被托付的任务,也未交代真温克勒的最后下落。一个身份不详,也始终未曾露面的话外音像讲解员一样不动声色地向我们介绍一个名为"W"岛(或许就是真温克勒在海难后流落的岛,或者是假温克勒为了寻找真温克勒的下落而来到的岛)的一些初看振奋人心,细读毛骨悚然的风俗和法律。W岛是一个等级分明的体育之邦,一切以体育为中心。W的体育比赛的最根本原则就是刺激竞争、崇尚胜利。这里的法则是Struggle for life,体育比赛的宗旨不是强身健体,也不是为了调剂精神,而是为体育而体育,为胜利而体育,为了取胜可以不惜一切代价,使用各种手段。对运动员来说,胜利是他生存的唯一出路和机会。体育比赛的法则是冷酷的,在胜利者享尽各种特权和荣誉的同时,失败者也受尽各种惩罚和谴责,甚至被乱石砸死。最后作者才明确地说出来,它就是集中营,体育比赛是对人的侮辱、愚弄、禁闭、剥夺、折磨,甚至大规模的屠杀和灭绝。

两个序列的内容貌似互不相干、各表一枝。吊诡的是,佩雷克反复声称没有童年回忆或仅有的回忆也不可靠,再加上纯虚构的故事,竟产生了"负负得正"的奇特效果。稍加仔细阅读就可发现,纪实序列与纪虚序列处处发生着或明或暗的关系,表面的虚实分离掩盖的是深层的统一。在第一部分,纪实和虚构序列都表明了要寻找一个已经消失的世界的主题。纪实部分要寻找的是被淹没于遗忘中的童年,虚构部分寻找是被一场莫名的大劫难所毁灭的文明;佩雷克最初为《W 或童年的回忆》设计的是一部纯虚构的探险小说,却将它放在了自传计划中,也可看出他是想借追寻真温克勒的踪迹来追寻自己的过去。①

从虚构序列的前后两部分看,真假两个温克勒在个性和命运上颇多共通之处。温克勒没有父亲,也许他的父亲就是"我"在战争中死去的父亲;"我"从未提及自己的母亲,也许他的母亲就是温克勒那位在海难中死去的母亲。温克勒似乎自己逃到了或被遗弃在了 W 岛,目睹了(虚构第二部分所描写的)岛上发生的以体育为名而施行的暴行,在该岛文明毁灭之后,他成为这场大劫难的唯一幸存者,即"我",所以他与"我"本来就可能是同一人,或者代表的是同一人的童年和青年两个不同阶段。而两位温克勒又与作者佩雷克在身份、性格和命运上有着或明或暗的关联,"我"与佩雷克都是孤儿,都靠别人收养才得以长大成人。"我"的父亲死于战争,而佩雷克的父亲也死于二战。温克勒和佩雷克的母亲的名字是相近的,命运也相似:温克勒的母亲的名字为塞西莉娅(Caecilia),是一位歌唱

---

① 如莫里斯·纳多所说:"他将连载故事变为一本他的奥林匹克集中营的故事与他自己的童年往事相互交错的书,这是一本充满智慧、令人感动的作品,也许是他在其中置入了最多的自我的作品。"转引自 Anne Roche, *W ou le souvenir d'enfance de Georges Perec*, pp.14-15。

家,佩雷克的母亲的原名为西尔拉(Cyrla),但通常人们把她叫作塞西尔(Cécile),而传说中圣塞西尔是女音乐家的主管。温克勒的母亲在战争期间避难于瑞士,佩雷克的母亲也被迫离开出生的国家波兰而避难于法国。儿时的温克勒是自闭症患者,生活于无声又无言的世界,过着与世隔绝的生活;而儿时的佩雷克的内心世界同样也是封闭的、隔绝的、落寞的、压抑的,生活于一种不堪承受的沉默之中。温克勒所患的自闭症不是先天的或遗传的器质性疾病,而是后天所受的精神创伤所致,母亲为了治好他的病,带他乘船周游世界,期望奇迹出现;而战争和母亲的失踪对佩雷克同样是一个巨大的无法医治的精神创伤,他后来曾两次接受精神分析的治疗。温克勒的母亲带儿子出海远航,自己却葬身海底;佩雷克的母亲将他送上红十字会的列车,期望他逃脱纳粹的迫害,自己却不知所终,最大可能是葬身于集中营。对温克勒的母亲死时惨状的描写与佩雷克在参观集中营展时所看到的画面极为相似。① 温克勒和佩雷克都曾不得不隐瞒身份,暴露其真实身份都是危险的:温克勒是一名逃兵,他是靠假冒别人的名字才逃脱追查的,佩雷克作为一名犹太人也为身份所困。温克勒去火地寻找真正的、或童年的温克勒,也是他自己的身份和命运,他发现的是一个梦魇般的恐怖世界,佩雷克则是在尘封的久远的记忆中寻找自己的身份,他发现的同样是一个恐怖的集中营世界。而在 W 所发生的惨无人道的以体育之名而施行的暴行更是佩雷克的母亲及犹太人所遭受迫害的写照。② 温克勒、"我"与佩雷克实为三位一体的关系,他们构成了佩雷克不同的侧面或人生阶段。"我"既"另有其人"(即温克勒),又"同为一人"(即佩雷克)。当"我"接受使命去茫茫大海寻找温克勒的下落时,其实就

---

① 温克勒的母亲死时的状态惨不忍睹:"当智利的救援人员发现她时,她的心脏还没有完全停止跳动,她的满是鲜血的指甲在橡木门上划出深深的割口。"(第84页)这与纳粹集中营毒气室里的死难者(让人自然地联想到作者的母亲)的状况何其相似:"我记得有一些照片展示的是焚化炉,炉壁上满是中毒者的指甲的道道划痕。"(第215页)

② 少年时期,佩雷克就经常在练习本上画一些莫名其妙、奇形怪状的运动员形象。法国解放后他回到巴黎,又与姑姑参观了关于纳粹集中营暴行的展览,并阅读了描写集中营状况的书,从中猜测到了母亲的命运。

是去寻找淹没于遗忘与未知中的童年:"W类似于我的奥林匹克幻想,正如这个奥林匹克幻想类似于我的童年一样。"(第18页)所以,虚构部分在解构自传叙事模式的同时也在建构着自传的真实。

尽管两个序列在篇幅上大体相当,但是在主题上我们明显感到二者间的不均衡。纪实为主,虚构居次,虚构的目的在于间接地填补童年叙事的空白,虚构在此是一个"真实的谎言"。佩雷克没有故意模糊生活的真实和艺术的虚构,而是试图从这种或实或虚、亦真亦幻的记忆和虚构的碎片中提炼构建出一个统一完整的自我。他不仅是纪实部分的主人公,还是虚构部分的成年和童年的加斯帕尔·温克勒。这就需要读者分辨出"盘根错节地绞在一起的线索",并重新续接已经中断的线索。如作者自己在封底所言:

> 本书中有两个交替出现的文本,它们看上去几乎没有任何共同之处,但是它们却是盘根错节地绞在一起的,好像两个文本中哪一个都不能单独存在,好像在哪一个文本中都没有完全说出的东西只有当它们遇到一起,从它们相互映照的这种遥远的光线中才能揭示出来,但是这只存在于它们脆弱的交叉中。

> 一个文本完全属于想象:它是一本历险小说,是童年时的一个幻想的随意但细致的重构,描写的是一个在奥林匹克理想治下的城邦。另一个文本是一篇自传:是关于战争期间儿童生活的片段式故事,是一个缺乏功勋和往事,由散乱的碎片、缺席、遗忘、怀疑、假设、枯燥的逸事组成的故事。旁边的历险故事具有某种宏大,也许是可疑的色彩。因为它一开始讲述的是一个故事,而后又突然转而讲述另一个故事;这种断裂或破裂使故事戛然而止,人们却不知期待为何,本书的缘起便是这个断裂或破裂,即童年阶段中断的线索和写作的情节所系的那个"省略号"。

如果说自传序列是以记忆这块虽然破裂但仍是平面的镜子尽可能忠实地反射自我的过去,那么虚构部分就是以想象这块不甚透明的棱镜间接迂回地折射自我的小历史和构成其背景的大历史。

二、轻与重

自传的素材是个人生活的历史,而这种历史经过时间的冲刷,所剩下的往往只是残存在记忆中的对作者性格和命运有重要影响的时刻和事件。本书的书名为"童年的回忆",而纪实部分的开头第一句话却是一句带有挑衅性的断言:"我没有童年的回忆。"(第17页)也就是说,童年是佩雷克记忆中的一段空白。然而,童年的经历却对作者的一生发生了决定性的影响。童年"在他的记忆深处是某种既无法回忆,也无法忘却的东西,是某种对忘却的强迫性记忆"①。佩雷克的个人历史是与"另一个历史,大历史"紧密联系在一起的,这就是"战争、集中营"。(第17页)

二战期间家人和犹太人的遭遇是佩雷克的一个解不开的情结,如同遭受莫名创伤的温克勒一样,战争彻底改变了佩雷克的命运和人生轨迹,也给他造成了终生难以医治的精神创伤。在他的记忆中,他的出生与希特勒入侵波兰发生在同一天。② 这种混淆绝非偶然,一个新生命的出现与二战这样一个残酷的死亡背景发生了联系。而且他还查阅了他出生当天的报纸,并在书中记下了当天世界上发生的大事,这样,他就把自己的历史置于大历史的背景之下,用个人历史来映照人类历史,用人类历史来解释个人命运:"肯定的是,一个故事已经开始,它对于我和家人来说迅即变得生死攸关,也就是说经常是致命的。"(第36页)

他的个人历史深深地植根于大历史(Histoire),又被大历史的"巨斧"(grande hache,第17页)无情地斩断。尽管时间久远,但历史的巨斧造成的创伤并未痊愈,而是被掩盖深埋了起来,只是在表面留下了一个伤疤,

---

① Philippe Lejeune, «Une autobiographie sous contrainte», in *Le Magazine littéraire*, 1993/12, p. 18.

② "我一直以为希特勒是在1936年3月7日入侵波兰的。或者我搞错了日期,或者我搞错了国家。也许入侵发生在1939年(我不这样认为),或者入侵的是捷克斯洛伐克(可能吗?)或者奥地利(……)总之,希特勒已经掌权了,而且已经有了集中营。"Voir Georges Perec, *Je suis né*, pp. 12—13.

在记忆中留下一段空白,但它时刻都在隐隐作痛。童年的创伤,佩雷克也许没有勇气去直面。所以在面对自传问题时,他总是顾虑重重:"我十分重视这个计划,但我想若真正投入其中,我还是有点害怕(……)"①他在作品中最大限度地回避了对历史的现实主义描写,因为他是二战这场人类空前大劫难的不在场的见证者和受害者,此外,或许也是为了避免揭开那只是表面结疤而并未治愈的创伤。

战争给佩雷克带来的切肤之痛就是母亲的失踪。这一事件也构成了全书的核心:"整个这项自传工作都是围绕着唯一一个回忆而组织的,对我来说,它深深地被遮蔽着,深深地被掩藏着,从某种意义上说被否定着。"②与母亲的失踪对应的是第 11 章和第 12 章之间的括号中的省略号,全书以此为界分为前后两个部分。这个省略号占有整整一页,不仅是虚构序列前后两个部分故事的线索中断、温克勒不知所终的标志,而且构成纪实序列佩雷克个人历史被割断、母亲不知所终的形象化的标志。这个省略号仿佛发出了树枝折断或琴弦绷断那干涩、刺耳的声音。正是因为发生了这种断裂,佩雷克的人生轨迹发生了错位。中间的省略号似乎在无言中述说,在断裂中延续。③

母亲的消失将童年的佩雷克抛入一种被抛弃、无所依托的虚空悬置的状态。佩雷克在书中讲述了他当兵时的一次跳伞经历,跳伞前刹那间的感觉就是他与母亲分离后的感觉的写照:"我被推入虚空之中,所有的线都

---

① Cité par Anne Roche dans *W ou le souvenir d'enfance de Georges Perec*, p. 50.
② Georges Perec, *Je suis né*, pp. 83—84.
③ 佩雷克是制造和表达"空缺"或"空白"的高手:在《生活使用说明》中,拼图还原高手巴特勒布思和拼图制作高手温克勒展开了一场无言又惨烈的较量,巴特勒布思耗尽毕生精力试图还原温克勒制作的拼图,可是他至死还差一块拼板未能拼成,"唯一一个还没有拼上的黑洞显示出一个 X 的几乎完美的形状"(*La vie mode d'emploi*, in Georges Perec, *Romans et récits*, La Pochothèque, 2002, p. 1279)。在长达 300 多页的小说《失踪》(*La Disparition*, 1969)中,他通篇没有使用一次法语中最常用的字母 e,从而制造出一个语言上的空缺;而且全书共 26 章(相当于法语的 26 个字母),唯独缺少第 5 章(相当于缺少第 5 个字母 e)。该书可被解读为"e"的"失踪"的故事,在这个意义上,《失踪》实为一本悼亡之书,悼念的是"他们"(eux)的失踪,他们的失踪造成了"我"的"空白"。所以,"e"虽然从未出现,实际上无处不在,正如母亲的失踪是佩雷克人生无法释怀的情结,构成《W 或童年的回忆》的核心。空白之处恰恰是语义和寓意最为丰富的。

断了;我下落,独自一人而无所依托。降落伞打开了,伞冠展开了……"(第81页)占领区的法国就像一架随时可能出事的飞机,母亲将他送上南行的火车就等于将他推下了飞机,而母亲自己落得机毁人亡的结局;他逃到了南方从而逃出了纳粹的魔掌,就像他跳下飞机后有降落伞的保护而免于坠地而死一样;在南方有姑母的收养而没有了生命之虞,但他毕竟不是脚踩坚实的土地,而是飘荡于空中,他的情感生活是赤贫的,所以逃亡后的佩雷克就像漂游于茫茫大海上的温克勒一样,总有一种悬空、漂浮、无所依托的感觉,独自跋涉于感情的荒漠,就像"没有任何东西将他维系于被认为支撑他们的土地的人物"(第97页)。之后姑母一家从未与他直接地谈起过母亲的下落,而是保持着守口如瓶般的沉默。所以佩雷克一直感觉到生活于一种痛苦的虚空的状态中。这种感觉如影随形地伴随了他的一生,这种感觉也渗透于全书的每一个细节中,堪称是"生命中不能承受之轻"。

在叙事上,所谓"童年的记忆"限于一些极为琐碎的往事,或是对老照片的描写,或是故地重游时的印象等,缺乏明确的标志,杂乱而无序。在第二部分虽然逐渐有了较为明晰的线索和顺序,但仍然是一些"散乱的碎片、单薄的逸事"。作者对自己的这种写作有着明确的意识:"这本童年自传是根据一些照片的描述而写成的,这些照片充当着中继站,充当着接近某种现实的方式,我肯定地说对于这个现实我没有记忆。其实,它是通过一种细致入微的、因为精确和细节而几乎纠缠不休的探索而写成的,通过这种细致的分解,某种东西显露出来。"①佩雷克笔下的童年既非逝去的天堂,亦非终于逃脱的地狱,以至于写作仅仅是一种曾经生活过的证据。"我写作不是为了说我将什么也不说,我写作不是为了说我无话可说。我写作:我写作是因为我们曾经一起生活过,因为我曾经是他们中的一员,是他们影子中间的一个影子,是他们身体旁边的一个身体;我写作是因为他们在我身上留下了他们不可磨灭的标志,这种标志的痕迹就是写作:他

---

① Georges Perec, *Je suis né*, pp. 83—84.

们的回忆在写作时已经死去;写作就是对他们的死亡的回忆和对我活着的证明。"(第63—64页)

从更深一步看,佩雷克不仅是一个失去了父母的孤儿,还是一个失去了家园、失去了根的精神流浪儿。从民族上说,犹太人在历史上遭受的一次次迫害迫使他们远离故土而流散于世界各地。佩雷克的祖父辈从西班牙辗转逃到波兰栖身,他的父辈则被迫逃避到法国避难,而法国也并非安全的乐土,他面临的是再一次被驱逐甚至被灭绝的命运:父亲死于战场,母亲不知所终,他自己则不得不离开借居之地巴黎而避难于南方。在写完《W或童年的回忆》六年之后,佩雷克回到了故乡波兰。他看到了什么呢?"我没有祖宅,没有阁楼,如人们所说,我没有根。我去了村子,用人们的话说,家庭的摇篮,没有任何东西可发现了。"①

战争留给佩雷克的另一个印迹就是集中营,这是母亲的遭遇和结局。但佩雷克没有集中营生活的经历,如何将自己有所感但无所知的东西表现出来是一个挑战。母亲最后的命运经常使佩雷克陷入幻觉中,发生在W的体育比赛便是这种幻觉的反映。

W的"一切都化为一个唯一的行为模式:体育竞争"②。体育比赛不仅是一种竞争,更是一种文化,而体育文化是与团结、和平、友爱等价值观联系在一起的。胜者固然光荣,败者亦不耻辱。而W的比赛法则不仅没有丝毫的人文精神,甚至没有丝毫人性色彩。Struggle for life是这里的法则,激发W人的不是对体育的热爱、对身体潜能的发挥、对超越自我的追求,而是不惜一切代价赢得胜利的渴望。(第123页)不胜即败、败者为寇的残酷法则使运动员时刻处于对胜利的极度渴望和对失败的极度恐惧之中,处于巨大的惊恐和不断的攻击中。因为今日赢得的喝彩也许会变为明日的倒彩,今日的风光无限之地或许会成为明日的泣血葬身之所。"奥林匹克誓言蜕变为丛林法则(……)罗马斗兽场及其角斗士的搏斗和

---

① Cité par Anne Roche in *W ou le souvenir d'enfance de Georges Perec*, p. 49.
② Isabelle Dangy, *Etude sur Georges Perec*, *W ou le souvenir d'enfance*, Ellipses / Edition Marketing, 2002, p. 91.

竞技场比赛取代了奥林匹克的赛场。"①第 22 章中失败者的可悲下场令人不寒而栗:"他被绑在示众柱上,然后在各村游街,脖子上套着沉重的木枷。"(第 148 页)那些未能晋升为官员的运动员的结局同样令人心寒,他们没有权利,没有保障,没有住所,无处吃饭,被剥夺了运动服和运动鞋,像孤魂野鬼一样聚集在垃圾堆周围,以拣拾剩物为生,在寒冷的夜晚抱团取暖。

体育比赛的基本原则是公开、公平和公正,可是这些价值观在 W 遭到彻底的背离和无情的嘲弄。丛林法则的结果无非是胜者为王,败者为寇,而 W 的高妙之处在于不能保证胜者永远为王,他随时有为寇的危险;而败者也不是永远为寇,他也随时有为王的可能。这种可能性建立在一种系统的和制度的不公正基础之上。这个疯狂的制度虽然是奖优罚劣、优胜劣汰,但优胜者也时刻处于惶惶之中。裁判可以随时任意地改变规则,将不公作为刺激竞争的最有效的催化剂。让最好的运动员永无取胜的把握,最差的运动员永无必输的心理,二者都有赢得或输掉比赛的同等可能,他们始终保持对胜利的极度渴望、对失败的极度恐惧状态。"他们希望胜利者成为竞技场之神,但他们也并非不希望提醒所有人:体育是一所培养谦虚精神的学校,他们可以将刚才还自以为永远跳出地狱的人一下子再推入无名者的地狱。"(第 161 页)。运动员必须知道:在这个残酷激烈的角斗场上,一切都是不稳定的、不确定的、暂时的、脆弱的、无保证的。他必须随时面对各种最好的和最坏的情况。作为运动员,他的职责就是比赛,就是取胜,因为制度奖赏的是胜利,惩罚的是失败。规则的改变和违反提醒运动员:胜利是一种恩赐,不是一种权利。偶然也是规则的一部分。"法律是无情的,但法律也是不可预见的,谁也不认为不知道法律,但谁也无法知道它。"(第 157 页)

W 只有两个阶层,即官员和运动员,或者说主人和奴隶,运动员的命运都掌握在翻云覆雨的官员手中,运动员时刻进行着苦役般的比赛,只有

---

① Isabelle Dangy, *Etude sur Georges Perec*, *W ou le souvenir d'enfance*, p. 86.

胜利才有可能改变命运,败者像贱民一样被人唾弃和遗弃。运动员只有晋升为官员才能在运动生涯结束后获得一定的特权和保证,而晋升的概率又是如此之小,如此充满变数。他们只能企盼命运出现转机,使他们脱离苦海、摆脱挨打受辱、担惊受怕的境遇。

佩雷克不厌其烦、细致入微地刻画这个乌托邦世界,其用意何在呢?"佩雷克将这一故事置于双重的张力中:一方面是体育能指和社会(政治)所指的张力,另一方面是政治寓言和自传的张力。"[①]体育在此只是一个能指、一个隐喻,而它的所指,我们认为指向两个层面。

第一,W 是二战期间纳粹集中营的缩影。W 的奥林匹克运动会入场仪式令人联想到纳粹的阅兵式:"身着花格制服的军乐队演奏着《欢乐颂》。成千上万的鸽子和七彩气球被投向天空。巨大的旌旗上绣着交错的圆环,被风刮得猎猎作响,体育场的神明们列着整齐的队伍,走在旌旗后面,进入赛场,他们的胳膊伸向官员们的主席台,主席台上的 W 岛的大人物们在挥手向他们致意。"(第 219 页)在第 37 章作品结束时,作者借大卫·鲁塞的《集中营世界》的一段描写,明确指出了体育在纳粹集中营中曾扮演的角色。作品最后对运动员形象的描写就是人们从照片上所熟知的集中营中犯人的写照:运动员骨瘦如柴,面若死灰,秃头发亮,躬腰折背,满眼惊惧。在 W 毁灭之后人们在地下深处发现了"成堆的金牙、戒指、眼镜,堆积如山的衣服,满是灰尘的卡片,劣质肥皂存货……"(第 220 页)。这让人自然地联想到二战期间纳粹对犹太人财富的掠夺以及用战俘的脂肪做成的肥皂……至此,小说的主题豁然开朗:这个子虚乌有的乌托邦世界 W 就是一则集中营的寓言,它要再现的是作者生活中对其有决定性影响的一个阶段,运动员的遭遇也是母亲命运的写照,母亲最后的命运就是死亡,本书的书名为 W,W 倒过来写就是 M,而 M 是法语死亡(mort)一词的第一个字母,如果我们这样来解读,书名就变为"死亡或童年的回忆","死亡"与"童年"结合在一起,就具有了一种残酷的意味。本

[①] Claude Burgelin, *Georges Perec*, Seuil, 1990, p.156.

书的献词是"为 E 而作"。E 是谁？根据佩雷克本人的解释，E 在此应被理解为代词 eux（他们），因为在法语中，E 的发音与 eux 近似。这样，本书就应被理解为"为他们而作"，他们就是父亲、母亲及其他被战争夺去生命的人，即那些死去的人。①

第二，W 是一切极权社会的写照。作品最后一段交代了选择火地作为 W 原型的原因：火地的几个岛屿是独裁者皮诺切特的流放营。如同 W 的体育比赛一样，一切极权社会也都标榜有冠冕堂皇的理想或目标。如同 W 的社会阶层一样，这样的社会也只有两个阶层，即主人和奴隶，主人是无法接近的，奴隶们则相互吞噬。这样的社会制定出一整套严格繁复的规则，然而又以最高理想之名肆意违反规则。在这样的社会，人性沦丧，人异化为工具，如同 W 的运动员没有名字，只有编号一样。在这一点上，W 社会与南非作家库切对极权社会的可怕的刑讯室所作的黑色的执着描写可谓异曲同工。然而，一切违反自然的和谐与平衡、践踏人文精神、不讲人性的竞争与角逐所导致的不仅是人的异化，还有人的退化和毁灭。W 的运动员残酷激烈竞争的成绩颇为发人深思：100 米短跑成绩从未超过 23 秒 4，200 米从未超过 51 秒，最优秀的跳高选手从未跳过 1.3 米的高度。而 W 也最终为一种神秘的力量所毁灭。

三、冷与热

在自传中，童年的幸福时光往往被描写成一个逝去的天堂。而过去的苦难，因为久远，可以变为诗化的回忆。而作者、叙述者和人物同为一体，使作者可以以叙述者的名义任意地闯入文本，中断故事进程，将自己置于中心而随时发表抒情和议论。佩雷克本是一个感觉极为敏感、感情极为丰富的人，但他在写作中却把感情包裹得严严实实，最大限度地避免情感的流溢，用最客观、最简单、最具体、最排除感情色彩的方式描写感觉

---

① 关于对字母 E 的理解，这里参考的是 *Etude sur Georges Perec*，*W ou le souvenir d'enfance*，p.62。

和印象,在一种冷静客观的面具下掩饰自己的感情和判断,达到感情的零度流露。其白描之"白"甚至到了麻木干涩的程度。"我知道我所说的是白色的,是中性的。"(第 63 页)然而,在他冷峻的笔调下,我们感受到的是奔涌的感情之水。

尽管本书回忆的内容东鳞西爪、漫无中心,但统领所有这些回忆的主线仍是母亲或母亲的缺失。里昂车站的分别是佩雷克保留的对母亲的唯一记忆,它构成了佩雷克人生记忆的唯一支点。直至文本进行到近一半时,叙述者才提到了这一情景,但仅限于寥寥数笔:"一天,她陪我去车站。那是 1942 年,在里昂车站。她给我买了一本画报,大概是一本《夏尔洛》。当火车启动时,我好像看到她在站台上挥动着一块白色的手绢。"(第52—53 页)"母亲陪我去了里昂车站。我当时 6 岁。她把我托付给一列红十字会的开往自由区格勒诺布尔的列车。她给我买了一本画报,一本《夏尔洛》……"(第 80 页)对于与母亲的分离的痛苦、分离后所感到的空缺感和无助感,对于母亲下落的疑问竟只字未提。如此生离死别的场景,如果放在卢梭的笔下,一定会是一番摧肝断肠的渲染:"我写这件事的时候,还觉得脉搏怦怦跳动;即使我活到十万岁,这些情景也一直历历在目。"[①]法国解放后,佩雷克得以重返巴黎,当他写到重返里昂车站(即与母亲永别之地)时,仅仅一笔带过,没做任何带有感情色彩的诗化描写:"走出车站时,我问这座古迹叫什么,他们回答说这不是古迹,只是里昂车站。"(第 214 页)但是我们仍可以从对一张照片的描写中看出他对母亲的深情(第 73—74 页),对于圣母像的注视也流露出他对母亲的思念(第 131 页)。

对于战争这一沉重主题,作者的言说策略可谓是顾左右而言他。它在作品中是通过懵懂的儿童的眼睛间接影射的,限于一些无足轻重的细枝末节,化为一系列无关紧要的细节琐事,但这些细枝末节起到了举重若轻的作用,读者从貌似平淡的叙述中可以感到历史的沉重。例如关于学校地窖场景的描写——"人们让我们试戴防毒面具:云母大眼睛,吊在面

[①] 卢梭:《忏悔录》,第 19 页。

前的东西,令人作呕的橡胶味道"(第78页),令人联想到恐怖的毒气战。对于战争的苦难,作者在纪实序列中未作任何描写,而且简化到了最大限度:"对于外面的世界,我一无所知,只知道有战争,并且由于战争,还有难民。"(第122页)尽管作者笔下的南方一片和平祥和,但战争仍像幽灵一样在字里行间游荡。而作者没有任何谴责之辞,他只是以儿童的视角提到了几件小事,如德国人来学校检查名单,以到野外吃饭为名为抵抗战士送给养(第153页),与祖母在太阳下徒步逃亡。"很久以后我才得知我奶奶在寄宿学校当厨师,由于她不会讲法语,而且她的外国口音会引人注意而招致危险,大家就说好她就是哑巴。"(第174页)战争的恐怖及犹太人所经历的惶恐就是在这种漫不经心的描述中流露出来。当他回忆与表弟一起根据报纸战况的报道而用小旗在地图上标出盟军的推进时,只是当作儿童游戏来写的,战争的残酷和惨烈丝毫也看不出来。

对于作为犹太人的家人的地位,作者从未直接描写,只是从名字的变化这一极小的细节中间接地影射出来。父亲的法文名字为安德烈,可是当"我"有一天发现他的真实名字、他在官方材料上的名字为 Icek Judko 时,"我极为失望"。为什么会有失望的感觉,作者未作任何解释和评论,毫无疑问,他由名字联想到了父亲的犹太人身份并产生了自卑的感觉。同样,对于父母及姑姑一家放弃原来的犹太姓名而改用完全法国化的姓名,作者也未做任何解释,但显然我们从字里行间读到的是为躲避迫害而不得不改名。对于父母之死的描写也极为简略中性,像是一段官方材料中的死亡报告。

在虚构序列中,即使在描写岛上以体育之名而施行的最骇人听闻的暴行时,如处决、强奸和其他暴行,叙述者也没有任何谴责之辞,仍是一种超然的语气,内容的残酷和表达的若无其事形成强烈对比。"展示 W 社会机制的那个不知名的声音采取了一种精确、博学和平和的口吻,就像一部分析某个不为人所知的部落风俗的人种学著作的语调一样。"[1]虚构部

---

[1] Isabelle Dangy, *Etude sur Georges Perec*, *W ou le souvenir d'enfance*, p.79.

分中的话外音既非慷慨激昂,亦非义愤填膺,而是不动声色,始终保持着他的那种不高不低、不紧不慢、不温不火的冷静,让这个可怕的世界慢慢浮出水面,甚至令人感到这个冷静的声音包含着对 W 岛的非人竞赛机制的恶意的同谋和玩味。叙述者越是使用他的平静的语气和平淡的语言,我们就越是被耳边回响的这个冰冷的声音所惊骇,就像穿越一条地狱的长廊,被一幅幅残酷的地狱图景压抑得几欲爆炸。如作者自己所言:"我的故事既不枯燥,也不客观。"(第 17 页)透过白色中性的描写,我们看到和感到的分明是一种黑色的残酷。

表面看来,《W 或童年的回忆》是一本结构松散、内容杂乱的自传,回忆的内容既不遵循编年顺序,也缺乏逻辑上的联系,没有传统自传传主的渐进的成长进程、清晰的性格特征、透明的主题思想。但这种真真假假、若无其事、漫不经心的散乱表象之下掩盖的是一种深层的统一。作为一部"精神分析自传"[①],《W 或童年的回忆》是一部没有分析的精神自传,它没有直面、剖析心灵的创伤,而是讳疾忌医,顾左右而言他,让读者在"他"与"我"之间建立关联。"我不知道我是否无话可说,我知道我什么也说不出来;我不知道我本想说的是否说了出来,因为它是不可言说的(不可言说的不是潜伏于写作之中,它是此前启动写作的动因);我知道我所说的是白色的、中性的,是一个彻底毁灭的一个永远的符号。"(第 63 页)佩雷克在失忆中追忆,在失语中言说,追忆与言说着生命中不能承受的丧亲之痛、无根之轻、孤独之苦、历史之重。

[①] Philippe Lejeune, *La Mémoire et l'Oblique, Georges Perec autobiographe*, Paris, POL, 1991, p. 65.

第十章　漫说自我
——巴尔特的《巴尔特自述》

"自述"(X par lui-même)系列是瑟伊出版社推出的一套关于"永恒作家"(Ecrivains de toujours)的普及性文学批评丛书。说是"自述",其实是他人即研究者撰写,被收入的大部分经典作家已经作古,已有定论,他们的作品是超越时代的,所以这些作家被称为"永恒作家"。各书在结构上分为两部分:第一部分为评传,包括作家的生平介绍,但是重在评论;第二部分为作品选段。按照出版社的设计,这套丛书的封面以作家的头像为背景,印有作者即评论者的名字,然后是书名——《×××自述》。在瑟伊出版社组织的一次有巴尔特参加的午餐会上,有人提议,如果让一位作家来评论自己的作品,将是一件有意义和有趣的事情。巴尔特接受了这一建议。他一开始是抱着游戏的态度来接单的,设想写成一部"戏言"(canular)、"玩笑"(gag)式的作品。但是"在最初的激动"①之后,"一些写作理论和实践的严肃问题摆在了眼前"②。因为与其他作者不同的是,巴尔特面对的评论

---

① Roland Barthes, «Vingt mots-clé pour Roland Barthes», in *Le Grain de la voix, entretiens 1962—1980*, Seuil, 1981, p.199.
② Roland Barthes, «Roland Barthes écrit un livre sur ... Roland Barthes», in *Œuvres complètes*, tome 3, 1994, p.335.

对象是他本人,如何处理与自身的关系呢?"我应该利用给我的这次机会来展示我与我自身的形象,即我的'想象'(imaginaire)可以保持何种关系。"①最后成书的定名与整套丛书相比略有差别,变为《罗兰·巴尔特谈罗兰·巴尔特》(Roland Barthes par Roland Barthes)②。他的《自述》名副其实,评论者和被评论者同为一人,而且不再收入其作品的选段。这样,巴尔特其实已经偏离了出版社的最初设计,写出了一部独特的兼有自传性和学术性的作品。

虽然名为"自述",但是《自述》的"自"的面目模糊,"述"的成分稀薄,巴尔特似乎小心翼翼地避免把《自述》写成一部自传。

一、"小说"/"漫说"

巴尔特有一种制造"人为对立"的概念的爱好,某些意义或写法相近的词语,如 plaisir/jouissance,écriture/écrivance,dénotation/connoatation,système/systématique③,或者 écrivain/écrivant④,film/filmique⑤,lisible/scriptible⑥ 等,在巴尔特笔下不仅与其惯常的含义有别,当它们对立出现时,更是被巴尔特赋予了特定的含义。在巴尔特制造的众多对立的概念中,roman 与 romanesque⑦ 的对立尤为令人困惑和着迷。巴尔特在其多个文本中都将 roman 和 romanesque 作为一组对立的概念来使用。他曾说:"我不把自己视为一个批评家,而是视为一个小说家,不是写

---

① Roland Barthes,《Roland Barthes écrit un livre sur … Roland Barthes》, in Œuvres complètes, tome 3, p. 335.
② 为了行文的简洁和方便,我们在后文仍使用《巴尔特自述》(简称《自述》)来指称该书。
③ Roland Barthes,《Vingt mots-clé pour Roland Barthes》, in Le Grain de la voix, p. 195.
④ Roland Barthes,《Ecrivains et écrivants》, Essais critiques, in Œuvres complètes, tome 2, p. 1277.
⑤ Roland Barthes, L'Obvie et l'obtus: essais critiques III, Seuil, 1982, p. 58.
⑥ Roland Borttes, S/Z, in Œuvres complètes, tome 2, p. 558.
⑦ 关于 romanesque 的概念以及该词在巴尔特笔下的出处,参考了:http://www.fabula.org/colloques/barthes/18.php (consulté le 17/11/2021).

roman 的小说家,而是写 romanesque 的小说家。我喜欢 romanesque,但是我知道 roman 已经死亡。"①再如:"我写得出 romanesque,但是从来写不出 roman"②;"幻想,就是制造 romanesque,永远不写成 roman。"③可见,巴尔特完全是有意识地把 romanesque 和 roman 作为两种不同的文体和书写对待的。

romanesque 在法语中本是 roman(小说)的形容词形式,意义是"小说的""传奇的"或"浪漫的",但是巴尔特将其作为一个与 roman 有联系又有区别的名词使用,它像是 roman 又不是 roman。roman 在中文中已有约定俗成的译法,即"小说",我们姑且使用这一译法,但是巴尔特所说的 roman 并非我们通常所理解的作为一种体裁的虚构叙事,它仅有小说之名而无小说之实。而 romanesque 在巴尔特笔下,总体上说指代的是一种非刻板、非连续或随性漫射的言说方式。考虑到中文有"漫谈""漫笔"的用法,"漫"为不拘泥于固定形式的表达,与 romanesque 语义有相通之处,所以我们将其译为"漫说",以示与"小说"(roman)一词的联系和区别。

具体而言,巴尔特所言的"小说"及"漫说"到底有何特定含义呢?巴尔特多次解释了这两个词的所指,其区别可以归纳为以下几个方面。

1. 庄与谐

众所周知,巴尔特是著名的文学评论家和理论家。虽然巴尔特也被视为作家,虽然他声称梦想写一本"小说",但是他既未写过叙事作品,也未写过虚构作品,他的文学评论和理论都是一种随笔(essai)式的文字,虽有理论性和思辨性,但是更有不拘一格的随性。这种随性就是诗性,就是文字的文学性和生动性,它构成了"漫说"的特征之一。"漫说"中流淌着情感和欲望,是对理论性和系统性的稀释,是情感(affect)对理智

---

① Roland Barthes, «Vingt mots-clé pour Roland Barthes», in *Le Grain de la voix*, p. 210.
② Roland Barthes, *L'Obvie et l'obtus*, p. 58.
③ Ibid., p. 257.

(intellect)的冲击,是一种有温度的书写。"小说"与"漫说"的区别如同大学课堂中的大课(assemblée)与研讨班(séminaire)的区别:在大课上,导师(directeur)居高临下向听众(auditoire)灌输绝对知识(savoir absolu),即所指,教者与被教者之间是一种自上而下的单向的垂直关系;而在研讨班上,导师是一位调节者(régulateur),知识的传递是一种水平方向的转移(transferts horizontaux),被教者之间的交流才是主要的。① 研讨班是一个移情空间(espace transférentiel),人与人之间是一种水平方向的移情关系,这种移情空间和移情关系造就了能指的生发和流动。所以,"我阅读或渴望的小说恰是这样一种形式,它将情感(affect)的话语委托给某些人物,从而可以公开地言说这种情感"②;"漫说""只是细微的欲望、移动的欲望的流动空间"③。

　　巴尔特的随笔是一种"漫说"。"漫说"是介于思辨性的论述和生动性的传统小说之间的一种言说方式,因为添加了某种情感(affect,*pathos*)和欲望(désir),所以相对于理性的智识性论述而言显得严谨不足而生动有余。如果说严肃的理论论述重在认知功能而更接近科学的话,那么理论的"漫说"因为有了情感的温度而类似文学,是寓庄于谐,使严肃刻板的智识论述具有了传统小说的灵动性,只是缺乏小说的人物和故事。

　　母亲去世之后,巴尔特萌生了写"小说"的念头,但是他的所谓"小说"是相对于其过去的写作方式而言的:"出于方便,我将任何与过去的写法、与我过去的话语相比起来新的形式都称作〈小说〉。"④尽管他对其形式还不确定,对是否称其为"小说"也不确定,但是这部"乌托邦小说"与"我过去文字的千篇一律的智识性质发生了断裂(尽管诸多漫说元素破坏了它

---

① Roland Barthes, «Au séminaire», in *Le Bruissement de la langue*, Seuil, 1984, p. 370.
② Roland Barthes, «"Longtemps je me suis couché de bonne heure"», in *Le Bruissement de la langue*, p. 324.
③ Roland Barthes, «Au séminaire», in *Le Bruissement de la langue*, p. 370.
④ Roland Barthes, «"Longtemps je me suis couché de bonne heure"», in *Le Bruissement de la langue*, p. 324.

们的严谨)"①。巴尔特晚年所渴望的"小说"并非传统意义上的叙事,而更多地体现为一种情感性和主体性,用来表达"情感的真实",而非"思想的真实",来言说他的所爱之人,来间接但完全地再现一种情感。②

2. 系统性/散射性

众所周知,小说的基本要素是时间、地点、人物、起因、经过、结果等,这些要素构成一个连贯的情节和故事,有着心理和性格刻画。巴尔特多次声称他不写也写不出有着上述要素的小说:"一个世纪以前,我平时散步时也许会带着一个现实主义小说家的记事本。可是今天,我无法想象自己编写故事、逸闻,有着有名有姓的人物,简言之,编写一本小说。"③"我可能永远也不会写一本'小说',即一个有着人物、时间的故事。"④

但是巴尔特所言的"小说"不限于故事,也并非我们通常所理解的虚构,而更多的是一个隐喻,指像小说故事一样的完整、连贯、统一的系统或整体,其内容是虚构还是论述无关宏旨:"意识形态系统是虚构(培根或许称之为戏剧的幽灵),是小说,而且是具有情节、高潮、好人和坏人的传统小说(漫说则另当别论,它只是一种没有结构的切分,一种形式的播撒:玛雅文字)。"⑤

相对于"小说"的系统性和连续性,"漫说"则体现为随性和碎性。如果说"小说"是围绕某个主题讲述一个完整的故事,那么"漫说是一种不是按照故事来结构的话语方式,它是一种对于日常真实、对于人、对于生活中发生的一切进行标记、投入和关注的方式。将这种漫说变为小说在我看来非常困难,因为我想象不出我要编造一个叙述对象,里面要有故事,也就是说对我来说主要有未完成过去式和简单过去式,有着或多或少心理特征的人物。这是我所做不到的,正是在这个意义上我写不出小说。

---

① Roland Barthes, «"Longtemps je me suis couché de bonne heure"», in *Le Bruissement de la langue*, p. 324.
② Ibid., pp. 324—325.
③ Roland Barthes, «Le jeu du kaléidoscope», in *Le Grain de la voix*, p. 192.
④ Roland Barthes, «L'adjectif est le "dire" du désir», in *Le Grain de la voix*, p. 168.
⑤ Roland Barthes, *Le Plaisir du texte*, Seuil, 1973, p. 46.

可是同时,我非常渴望在我的工作中推动小说的经验、小说的陈述。"①"漫说"是一种随笔式书写,是"小说"的胚胎或雏形,却不是"小说"。他的"随笔承认它几乎就是小说:一本没有专有名词的小说"②。"我的文字充满了漫说(漫说就是没有人物的小说)。"③

巴尔特用多个比喻将"漫说"形象化。"漫说"是一种"取景"(cadrage),着眼于细节(détail)、逸事(épisode),有材料之"点"而无故事之"面"(nappe),是"小说"的萌芽。"漫说"如同浪漫主义音乐的"幻想曲"(fantaisie)④,fantaisie本为"心血来潮"之意,由"密集、移动、位置不定"的"简短片段"组成,"既是想象又是即兴"。"漫说"也是"情话"(discours amoureux),表现为絮叨的"句子"而非鸿篇的大论:"恋人说的是成捆的句子,但是并不把这些句子整合为一个更高的层次,整合为一部作品;它是一种水平方向展开的话语:不构成任何超验、任何拯救、任何小说(但是有着许多的漫说)。"⑤这样的情话有头无尾:"这一现象是由情话的限制造成的:我自己(恋爱主体)无法讲完我的爱情故事,我是这个故事的诗人(讲述者),只讲了它的开头;至于故事的结尾,正如我自己的死亡一样,那是别人的事情,由别人写成小说,写成外在的、神秘的叙事。"⑥总之,"漫说"不构成一个完整的故事,不构成结构谨严的"小说"。

"漫说"是破碎的,"小说"是连贯的。"小说"是片段式写作的反面,是"漫说"的整合,是一个整体,正如普鲁斯特把平时记录下来的漫笔片段最终整合成鸿篇巨制《追忆》一样:

---

① Roland Barthes,《Vingt mots-clé pour Roland Barthes》, in *Le Grain de la voix*, p. 210.

② Roland Barthes,《Le livre du Moi》, *Roland Barthes par Roland Barthes*(1975), Seuil, coll. 《Ecrivains de toujours》, 1995, p. 110. 以下关于《巴尔特自述》的引文均出自该版本,将只在文中标明页码。

③ Roland Barthes,《L'adjectif est le "dire" du désir》, in *Le Grain de la voix*, p. 168.

④ Roland Barthes, *L'Obvie et l'obtus*, p. 257.

⑤ Roland Barthes, *Fragments d'un discours amoureux*, Seuil, 1977, p. 11.

⑥ Ibid., p. 117.

> 我现在心痒难耐地想写一部连续的而不是片段的大作品(这又是一个典型的普鲁斯特式的问题,因为普鲁斯特的半生写的都是片段,在1909年,他突然开始将其汇聚为《追忆逝水年华》的洋流)。我称之为"小说"或"写小说",我想写的不是商业意义的小说,而是一种不再是片段的写作。①

"小说"话语在垂直方向展开,有一个主题和故事来统领人物和情节,如成串的念珠;"漫说"话语则是在水平方向展开,如泻地的水银、玉盘的落珠:

> 漫说有别于小说,漫说是小说的炸裂。②

> 漫说是一个类别,不是且不再是一个文类。日常生活的"游走"的概念放在它身上非常准确,也非常漂亮。说其非常准确,是因为它让我们认识到我们的精神生活的根本的非连续性(……)说其非常漂亮,是因为它在写作、音乐、影像中制造大炸裂的"短形式":句子、格言、诗节、"回想"、乔伊斯所说的"灵悟",在必要时制造短故事(……),但是不是一个故事、一种命运。③

尽管巴尔特对于文学有着深刻而独到的思考,但是他坚决拒绝把自己散发的观点打造成系统的体系,而是任其星星点点地散布在他的各种难以归类的文字中。巴尔特在写作上排斥一切整体性,不论是形式的整体性,如"小说"般的完整系统的叙事,还是内容的整体性,如按照学术规范写成的论文或著作。整体性是一个"怪物"(monstre),"既令人发笑又令人恐惧"。(第156页)他偏爱的是一种漫射式写作,"因为不连贯优于削足适履的秩序"(第89页)。

3. 能指/所指

在巴尔特看来,"小说"是"可读"(lisible)的文本,是事先被注入了意

---

① Roland Barthes, «Roland Barthes s'explique», in *Le Grain de la voix*, p. 306.
② Roland Barthes, «Au séminaire», in *Le Bruissement de la langue*, p. 370.
③ Roland Barthes, «Texte à deux parties», in *Œuvres complètes*, tome 3, p. 763.

义的"产品",是"所指的结构";"漫说"是"可写"(scriptible)的文本,是正在播撒的"生产"过程,是"能指的星云":"可写,就是没有小说的漫说,没有诗篇(poème)的诗歌(poésie),没有论述(dissertation)的随笔(essai),没有产品(produit)的生产(production),没有结构(structure)的结构化(strcuturation)。"①"小说"是作者意图的产物,是或多或少完整和完美的一个结果,作者之于小说是造物主之于受造物的关系;"漫说"是作者言说的过程,是作者与读者交流的媒介。

"小说"与所指关联,"漫说"与能指关联。"小说"因故事性而体现为所指的密度,"漫说"因其言说的自由而体现为能指的愉悦,是将文本从所指的神学统治下解脱出来的一种方式。

> 最后我要说的是,当我写这本随笔(即《符号帝国》)的时候,我感到必须完全进入能指之中,也就是说必须与作为所指的意识形态要求脱钩,这种意识形态要求可能导致所指、神学、独断论(monologisme)、律法的回归。本书有点类似于一个入门,不是进入小说之门,而是进入漫说之门,漫说就是能指,是所指的退却,即使本书的政治性可能受到高度重视。②

"小说"是一种论述(dissertation),意味着有一个"最终意义"(sens final),即结论,而巴尔特坚决不给出结论,他要把"意义"(sens)"去中心化"(décentrer):

> 因此,在我的最后的工作中,在《文本的快乐》和《巴尔特自述》中,我试图系统地进行这种非连续的写作,对我来说,其优点就是将意义去中心化。而论述可以说总是倾向于强加一个最终意义:我们建构某个意义、某种推理来下结论,来为所说的话给出某个意义。然

---

① Roland Barthes, *S/Z*, in *Œuvres complètes*, tome 2, p. 558.
② Roland Barthes, «Sur *S/Z* et *L'Empire des signes*», in *Œuvres complètes*, tome 2, Seuil, 1994, p. 1015.

而,你很清楚,对我来说,免除意义才是重要的问题(……)①

我明天的工作是什么样子呢?如果我稍加思考一下我的渴望——这对我的工作来说也是一种很好的衡量,我就知道我所渴望着力的,是能指:我渴望在能指中着力,我渴望写作(……)换句话说,真正诱惑我的,是在我所称作的"没有小说的漫说"、没有人物的漫说中写作。②

"漫说"的短小破碎形式如同巴尔特深为着迷的日本俳句:

俳句是一种非常短的形式,但是箴言也是一种非常短的形式,与箴言相反,俳句以其晦暗著称。它不产生意义,但是同时,它又不是无意义。这总是同一个问题:不让其具有意义,但是也不离开意义,否则就会遭遇到最坏的意义,即无意义的意义。③

1975年,记者问巴尔特如果将其一生写成一部小说,他会做何感想,巴尔特答道:如果写一部小说,那就意味着"我一生的工作有了一个意义、一种演变、一个目标,我的一生的真相体现在了小说身上。它意味着我是一个统一的主体,与这个想法相比,我更喜欢万花筒游戏:只要晃动一下,玻璃碎片就会变换为另一种顺序……"④可见,巴尔特对于"结论",即所指总是避而远之,对于万花筒般的千变万化的能指游戏情有独钟。能指不是"无意义",而是没有一个最终的、统一的意义,其意义是随时变换的。

如果我们从"小说"与"漫说"对立的角度来观照《自述》,我们发现《自述》就是巴尔特所言的"漫说":它是流淌着情感与温度的"漫笔",是漫无中心的"情话""随想曲"和"片段",是能指的播散和流淌。这些标志虽然以"漫射"为特征,但是它们在《自述》中有一个共同的指向,就是"我"。

---

① Roland Barthes, «La dernière des solitudes», in Œuvres complètes, tome 3, p. 792.
② Roland Barthes, «Entretien (A conversation with Roland Barthes)», in Le Grain de la voix, pp. 123—124.
③ Roland Barthes, «Vingt mots-clé pour Roland Barthes», in Le Grain de la voix, pp. 199—200.
④ Roland Barthes, «Le jeu du kaléidoscope», in Le Grain de la voix, p. 193.

二、"我"的点描

巴尔特毫不掩饰对于片段的喜爱和兴趣：

> 我对于片段的爱好由来已久，这一爱好因《巴尔特自述》再次被激发。当我重读我的书和文章时——这在以前是从来没有过的，我就发现我一直是按照一种短写作的方式来写的，包括片段、小图画、带标题的段落，或者文章，我在生活中有整个一段时间只写文章，不写书。这种对短形式的爱好现在已经根深蒂固。从形式的意识形态或反意识形态的角度来看，它意味着片段打破了我所称的面、论述、为了给所说的话赋予一个最终含义而制造的话语，而这是以前所有修辞学的通例。与被制造的话语的面相比，片段是搅局者，是不连续性，它使句子、图像、思想化为粉末，任何句子、图像、思想都无法最终"整合"。①

> 我喜欢写片段，即非常不连续的话语片段。之所以如此，首先是因为我从策略上反对论述体、论述文类，这种写作模式当然来自学校文化，我认为它永远应该遭到抵制。其次，或许你知道，我个人对于极端的、自愿的简短表达形式，对于人们称作俳句的那些短小精悍的日本诗歌所体现的简短美学赞叹不已；当然，我还想到了韦伯恩等音乐家的短曲。我对于简短的美学原则非常着迷。②

《恋人絮语》（以下简称《絮语》）的某些"片段"已经具有了故事的雏形和开头，但是巴尔特并没有接着写下去，而是点到而止，有头无尾。"说到这本书，如果说故事从来没有成形，我要说这是根据一个教义。当我看情话时，我看到的主要是它的片段的、断续的、飘忽的一面。情话是由语言构成的小故事（épisode），在爱恋中的、痴情的主体的脑海中旋转；如果出现了某种情况，例如嫉妒、失约、焦灼的等待，这些小故事戛然而止；这时，

---

① Roland Barthes, «Vingt mots-clé pour Roland Barthes», *Le Grain de la voix*, p. 198.
② Roland Barthes «La dernière des solitudes», in *Œuvres complètes*, tome 3, p. 792.

这些絮叨的独白被打断，进入了另一种辞格。恋人的脑中翻江倒海，我遵照了痛苦中的恋人的这种语无伦次的语言。所以我把整个文本切割为片段，将这些片段按照字母顺序排列。我无论如何也不希望它像是一个爱情故事"①，因为"如果将恋人置于一个'爱情故事'中，就让他与社会达成了和解。为什么？因为讲述属于重大的社会约束，属于被社会所编码的活动。通过爱情故事，社会驯服了恋爱者"②。也就是说，如果《絮语》讲的是一个爱情故事，巴尔特就落入了爱情话语编码的俗套，所以，他小心翼翼、如履薄冰地避免把《絮语》写成一个符合社会期待视野的爱情故事。该书在很大程度上既是根据他的个人经验所写，也在很大程度上根据他的阅读经验所写。书中的"恋人"是一个"恋人集合体"（amoureux réunis）或"结构性画像"（portrait structural）③，即具有普遍性的画像，而不仅仅是他的个人画像。当被问到在《絮语》中"说话的这个恋爱者是否就是你——罗兰·巴尔特"时，他答道："我这个主体不是统一的。此事我深有体会。如果回答'就是我'的话，就等于假设了自身的统一性，而我是不承认这种统一性的。"④他承认他和书中的形象有着个人的关联，但是他不承认他就是书中的形象。他不是以小说家，而是以符号学家的姿态来写《絮语》的，目的不是讲述爱情故事，也不是表达恋爱的感情，而是阐述"情话"所折射的一种片段的、非连续的话语模式。

《自述》与《絮语》在写作上如出一辙，巴尔特本人对《絮语》的评价完全适用于《自述》，只是在《自述》中，言说对象由"恋人"换作了自我。巴尔特在《自述》中有意识地避免落入自传写作的老路和窠臼，所以他避开编年的顺序、连贯的故事、明确的主题。《自述》最直观的特点就在于其破碎的形式，如巴尔特本人所言："我对于细节、片段、潮涌有着先决的（首要

---

① Roland Barthes «Fragments d'un discours amoureux», in *Le Grain de la voix*, p. 267.
② Roland Barthes, « Le plus grand décrypteur de mythes de ce temps nous parle d'amour», in *Le Grain de la voix*, p. 282.
③ Ibid., p. 284.
④ Ibid., p. 283.

的)兴趣,我无力将其打造成一个'合成品',我无法制作'整体'。他喜欢发现,喜欢写开头,他追求增加这种快乐。所以他写的都是些片段:有多少片段,就有多少开头,就有多少快乐。(但是他不喜欢结尾,修辞性结束语的风险太大了,他害怕无法抵抗一锤定音,即最后的结论。)"(第89—90页)巴尔特少年时读过纪德的《日记》,他不止一次地提到纪德《日记》对他的影响。① 他对日记的断续结构和"拼缀"(patchwork)特点甚为痴迷,一直受到这种不连续的、杂拌式写作的诱惑,尤其是人们可以把喜怒哀乐、所作所为、所思所感都写入日记中。在《自述》中,他自问他的自我书写是否也是一种"纪德式日记"。(第91页)《自述》就是"一种拼缀,一块由一片片布块缝缀而成的拼布"(第127页),用热奈特的话说就是一种"杂拼"(fatrasie)②。亦如杜勃罗夫斯基对其个人书写的认知:"我的**生活　一个由系列构成的系列　它怎么能构成一个整体呢?**"③(引文中的空格为原文所加,黑体字在原文中为斜体)

利奥塔尔(François Lyotard)认为,后现代思维对统一性(unité)和同质性(homogénéité)概念提出质疑,主体只能通过片段来领悟自身。吕西安·达朗巴赫(Lucien Dallenbach)将这种片段化特点称为"马赛克美学"④。17世纪拉罗什福科《箴言集》(Les Maximes)虽然也是一种片段式写作,但是每个片段都是一个独立自足的整体,彼此之间缺乏关联;而当代马赛克美学的特点在于,从微观上看,各个片段之间是断裂的、非连续的,而宏观上又隐约显露出某种整体性的轮廓。布托尔将马赛克美学喻为万花筒,片段之间不仅是断裂的,而且是流动的,呈现出来的形象也

---

① 例如在1979年4月的一次访谈中,他说:"在我少年时,阅读纪德的作品对我产生了重要影响,我尤其爱读他的《日记》。这本书的非连续结构、它的延续五十余年的'拼缀'特点一直令我着迷。纪德的《日记》无所不写,涉及主体性的所有光谱:读过的书、遇到的人、做过的思考,甚至说过的蠢话。吸引我的正是它的这一特点,所以我一直渴望用片段的形式写作。"«Roland Barthes s'explique», in *Le Grain de la voix*, p. 305.

② Gérard Genette, «Péritexte», in *Codicille*, Seuil, 2009, p. 222.

③ Serge Doubrovsky, *Le Livre brisé*, p. 218.

④ Lucien Dällenbach, *Mosaïque, un objet esthétique à rebondissements*, Seuil, 2001.

是不稳定的：一拍即变。

与传统自传不同，巴尔特无意完整地复现自己的过去："我无意以我现在的表达服务于我从前的真相（在传统惯例中，人们以真实性之名将这种努力奉为圭臬），我放弃殚精竭虑地展现我自己的某个片羽，我不追求修复自己（就像人们说到某处古迹那样）。"（第59页）在整个正文部分，《自述》似乎无事可叙，无秘可揭，传统自传的"看点"，如恋爱、旅行、生活工作中的烦恼、矛盾、痛苦等或者被刻意省略，或者被轻描淡写。巴尔特只是零零星星、吞吞吐吐、蜻蜓点水、语焉不详地提到了一些对于了解其人无甚意义的日常生活的细枝末节，例如拮据的家庭经济状况和价值观（第51页），1974年中国之行（第53页），童年时在建筑工地的大坑里玩耍，无法爬出大坑的绝望心情（第111页），少年时在满是水母的浅海中游泳（第112页），因患有偏头痛而不得不经常停止心爱的工作（第113页），曾经就读的路易大帝中学（第133页），等等。至于传统自传经常大书的童年或故乡元素，巴尔特只是在"暂停：回想"一节中三言两语地列举了彼此之间并无关联的关于故乡巴约纳的一些模糊的童年残片：儿时喝奶用的瓷碗，周日炉边的晚餐，夏日的傍晚跟随母亲的路边散步，伏在母亲背上驱赶蝙蝠，村里的朋友和邻居，学校里的老师……（第100—101页），没有对任何细节或事件展开讲述。读者阅读《自述》，就像站在埃菲尔铁塔上俯瞰巴黎一样，只能粗略地看到巴黎的一个模糊的轮廓和全景，无法看到街景和室内。同样，读者休想从《自述》中满足窥视的欲望，看到巴尔特的生活细节、内心和隐私。

这些生活的细枝末节构成了巴尔特在《自述》中多次提到的"传素"（biographèmes）（第112、132、155页）。在语言学中，"音素"指的是语言中具有区别性特征的不可化约的最小语音单位，"词素"指的是语言中不可化约的具有意义的最小单位。显然，"传素"一词是巴尔特受上述术语的启发而仿造的新词。巴尔特在《自述》中列举了他的一生的构成要素："一生：研究、生病、命名。其他呢？相逢、友谊、爱情、旅行、读书、快乐、恐惧、信仰、快感、幸福、愤怒、困境，一言以蔽之：反响？"（第160页）这些要素是传记或自传的语义单位。"传素"则是传记书写中体现着传主生活要素的最小生活质料,就是如同浮尘般的生活细节,无数的"传素"构成了"分散的"主体,"有点类似于人死后扬洒在风中的骨灰"①。在《萨德、傅里叶、罗耀拉》(Sade, Fourier, Loyola)中,巴尔特再次提到这一概念:"如果我是作家,而且死了,我多么希望我的一生在某个友好的、洒脱的传记作家笔下仅限于几个细节,几个趣味,几个转折:这就是'传素'。"②在《自述》中,传素分布呈分散状,不能形成一个时间之流、事件之链,既不清晰,也不完整,呈半透明、残缺状,而且转瞬即逝。

可是"传素"虽然碎如粉屑,却是具有磁性和传感的;它们虽然分散,却可以构成无形的磁力线,如神经末梢般传导着某种快感。巴尔特将"传素"视同愉悦的"回想"(anamnèse):"我将主体为了找回微弱的回忆,既不夸大也不煽情的行为称作回想,这种行为是快感和努力的混合,它就是俳句。"(第102页)

《自述》记录的更多的是作者对于文学、文本和文化的所感所想,更确切地说是杂感碎想。这些杂感有时因"传素"而激发,渗透在这些生活细节中,是他对生活、艺术、文学、世界、真实等的感知(perception)。这些感知在他过去的各种随笔中多有提及和阐述,只是在《自述》中更加零散,点到即止,不做阐发。例如巴尔特从阿尔戈船的零部件是可替换的,而其形状保持原样,联想到自己在巴黎和乡下两个工作室的空间结构的同一性,由此联想到结构主义的系统观(第52页);他写到过去乘坐的、今天不再运营的从巴约纳到比亚利兹的无轨电车,不是为了"神话般美化过去,也不是怀念逝去的青春",而是为了说明"快乐中没有进步,只有变迁"的生活艺术观和快乐观(第55页);他从自己是一个离群索居、远离大众和大众语言,也被大众所排斥之人联想到"定规"(Doxa)问题(第112页);他从面包店女老板和自己对于炎热天气的不同评价中读出了空气所具有的文化和"意识形态"意味(第153页)……诸如此类,不胜枚举。

---

① Roland Barthes, *Sade, Fourier, Loyola* (1971), Seuil, 1980, p.14.
② Ibid.

巴尔特否认《自述》是一部传记，因为传记意味着相对连贯的叙事，相对清晰的传主形象，制造一种虚幻的或骗人的确定性、完整性和整体性。巴尔特恰恰要打碎这种连贯性和整体性，指东打西、漫谈漫射，通过文本的片段化甚至粉末化，制造一种断裂的非连续性、逃逸性。《自述》不是传记式的自我扫描，而是漫说式的自我点描，貌似散落无序的众多的点隐约投射出一个模糊的画像。巴尔特本人将这种写作称为"点描画"（barbouillages tachistes）（第 89 页），亦如一幅立体主义拼贴画。

巴尔特承认，《自述》中某些片段就是仿照日本俳句写成，尽管不是用诗的形式。上文提到的限于三言两语的童年和少年时期的往事被他称为"回想"（anamnèses）（第 102 页），而非"回忆"（souvenir）。回想是一种"微弱的回忆"（une ténuité du souvenir）（第 102 页），是晦暗的、彼此无关联的、意犹未尽的；而回忆则是对回想的加工和扩展，使之成为一个有机整体。由此，我们看出了巴尔特笔下一些用词的对等关系：回想＝传素＝俳句＝片段＝漫说，与之相对的则是：回忆＝传记＝小说＝整体＝自然。

三、"是我又不是我"

《自述》的最令人费解之处便是卷首扑面而来的那句话："所有这一切应被视为出自一个小说人物之口。"明明写的是巴尔特本人，书名明白无误地昭示了这一点，正文之前的四十余张照片、正文之后的著作列表是比文字更有说服力的确认"自传契约"的铁证[1]，为何他又说"出自一个小说人物之口"？

按照出版社的设计，"永恒作家"丛书是插图本，文字部分中穿插着被评论的作家及其作品的照片或图片。巴尔特《自述》也遵从了这一要求。不同的是，除了正文中间插入的图片之外，在正文开始之前，巴尔特还放

---

[1] 巴尔特深知图片比文字更加具有确证（authentification）的功能："为了使语言非虚构化（infictionnel），必须采诸多措施：人们求助于逻辑，或者在逻辑缺位时，求助于誓言；然而照片无视一切中继，照片不虚构，它意味着确证。"Roland Barthes, *La Chambre claire. Note sur la photographie*, Gallimard / Seuil, coll. «Cahier du Cinéma», 1980, pp. 134—135.

置了42幅个人和家庭照片,他自称是出于"作者在写完本书时所感到的快乐"(第5页)。在照片的下方或旁边,附有或长或短的文字说明。这些照片和文字构成了一部微型个人画传,从巴尔特出生的城市巴约纳的市貌街景、祖父母的身世和性格、父亲的早逝,到他的出生、童年的烦恼、中学时的患病疗养和戏剧演出,直至最后在书房里的伏案工作。与正文部分的无序相比,图片部分的排列基本遵从时间顺序。这些图文也构成了一部讲述"身体的史前"的微型"家庭小说"(roman familial)(第25页)和以跳跃的方式展现巴尔特心智成长的微型"成长小说"(roman d'apprentissage)。其中,卷首第一幅照片是母亲年轻时在沙滩上步行的画面,另有三幅是母亲把他抱在怀中或者他与母亲依偎在一起的合影,我们可以隐约感受到母亲在他的一生及心目中的地位以及他对母亲的怀恋和温情。在说明文字中,巴尔特对于其生活的披露异常审慎,惜字如金,把内心包裹得非常严实,对他的私生活更是三缄其口,没有披露任何隐私。除了一丝淡淡的哀愁外,他没有流露出任何喜怒爱憎。

如前所述,在正文部分,巴尔特以点描方式提到了生活中的诸多细枝末节,以隐喻的方式写到了由这些细节所引发的杂感随想。这些细枝末节和杂感随想构成"一种间接而及物的话语"(第98页),隐约折射出作者的学术或智力肖像剪影:"尽管表面看来本书由一系列'思想'构成,但是它并不是我的思想之书;它是自我之书,是我抗拒我自己的思想的书;它是一本(后退,也许也是以退为进的)隐性的书。"(第110页)正如蒙田的《随笔集》貌似东拉西扯,最后都间接地化为"我"的画像的轻描淡写的笔触。法语的"自传"(autobiographie)一词由三部分构成,即"自"(auto)、"传"(bio)和"写"(graphie),这三部分构成了自传的三个维度。巴尔特将"传",即时间的维度抽除,使其"自述"变为一种"自书"(autographie)。

但是巴尔特在书中一方面把《自述》称为"自我之书"(le livre du Moi),同时又反复声明:"所有这一切应被视为出自一个或者几个小说人物之口。"(第110页)巴尔特似乎在提醒读者,对所书之"我"不必当真。巴尔特一边为自己画像,一边对画像加以抹擦(effacement):"自我书写是自恋之我自得地将自身暴露于睽睽众目之下的真正空间,巴尔特则将抹擦观念推向极端,将自我书写变为一种极致毁灭的行为,变为一种自杀行为。"①亦如巴尔特自己所言:"书写自己似乎是一种自负的想法,但这也是一个非常简单的想法,就像自杀的念头一样简单。"(第61页)

1977年,在回答《艺术报》记者关于"在《絮语》中谁在用'我'说话"的问题时,巴尔特答道:

> 书中用"我"说话的人是写作的"我"。真的,我只能这样说。当然,在这个问题上,人们可以诱导我说出:这是我本人。那么我就做一个诺曼底人的回答:它是我又不是我。如果我可以做一个也许有点自命不凡的比较的话,这个"我"不是我本人,正如司汤达笔下的某个人物一样。正是在这个意义上,该文本才是一个相当小说化的文本。而且,文本所表现的作者和人物的关系是小说类型的。②

正如比利时画家马格利特(René Magritte)那幅名画,明明画面上是一支烟斗,标题却是《这不是一支烟斗》。此言与巴尔特的"是我又不是我"可谓异曲同工:画家在声称它不是烟斗时,其实认同观众对其是烟斗的判断,也就是说所画的就是烟斗。但是这幅画又的确不是一支烟斗,而是一幅画着烟斗的画。"画了烟斗的画不是烟斗而是涂满色彩的画,画作与现实之间并不存在直接的对应关系。"③巴尔特对于《絮语》的评价以及马格利特对于《这不是一支烟斗》的评价完全可以适用于《自述》。自我书写所写的都是作者,但是它又不是作者其人,而是一个叙事或文本,文中之"我"不是血肉之"我"的还原,二者之间是折射关系,中间相隔的是文本这个透明程度不一的文本。既然无法抵达"我"之真实,那么他的自我书写只是一种"无法确定的假装"(feinte indécidable)(第111页)。

---

① Inès Saad el Sérafi, «D'un moi l'autre. Les autoportraits de Roland Barthes et de Gérard Genette ou l'art de flirter avec le biographique», in *Poétique*, n°182, 2017/02, p. 258.

② Roland Barthes, «*Fragments d'un discours amoureux*», in *Le Grain de la voix*, p. 267.

③ 周宪:《再现危机与当代现实主义观念》,载《文学评论》,2019年第1期,第32页。

热奈特用"调情"(flirt)来形容他的自我书写与自传的关系:"本书[指《追加遗嘱》(Codicille)及其后续]不论从部分来看还是在细节上都类似于新近的某些写法,例如已经提到的自传,可是,从这种写法的古老定义来看,它与自传的关系是一种调情关系,换句话说,就是逗而不破。"①与自传的"调情"关系是形似而非实是。热奈特还将这种欲言又止、若即若离、闪烁其词的"调情"关系喻为几何学中的"切线"(tangente)②、"渐近线"(asymptote)③。巴尔特和热奈特都是"蔑视一切封闭的、全部的私人书写形式的固有规则,与纪传性、与时间调情艺术的大师级纨绔作家"④,热奈特的"调情"戏语也完全适合巴尔特的《自述》。调情关系对于巴尔特来说就是一种"悖论",而"悖论"之于他是一种"快感"(jouissance)(第103页)。当巴尔特反复声明"所有这一切应被视为出自一个小说人物之口"的时候,甚至当巴尔特煞有介事地"自述"的时候,何尝不是在饶有兴趣地与自传、自我"调情"?"是我又不是我",是自传又不是自传,此地无银,此"我"非我,信不信由你。

古斯多夫认为,自传的核心便是作为主体的"人的实在",而巴尔特在其自我书写中恰恰"排除了人的实在"(évacuation de la réalité humaine)⑤。他对于巴尔特的自相矛盾的断言和写作手法不以为然,认为这些手法类似于奇技淫巧,讽刺巴尔特为"我们时代的大修辞家"⑥,《自述》写我却无我,有形却无脑,是一种"建立在思考主体自我消解原则基础之上的服务于反人文主义(an-humanisme)和非人文主义(in-humanisme)的无脑写作(écriture anen-céphale)"⑦。

---

① Gérard Genette, «Péritexte», in *Codicille*, p. 222.
② Gérard Genette, «Influence», in *Codicille*, p. 136.
③ Gérard Genette, *Epilogue*, Seuil, 2012, p. 185.
④ Inès Saad el Sérafi, «D'un moi l'autre. Les autoportraits de Roland Barthes et de Gérard Genette ou l'art de flirter avec le biographique», in *Poétique*, p. 258.
⑤ Georges Gusdorf, *Les Ecritures du moi*, p. 80.
⑥ Ibid., p. 80.
⑦ Ibid., p. 83.

四、"可写"的文本

在《文本的快乐》中,巴尔特称:"作者可以出现在其文本中(如热内、普鲁斯特),但不是以直观的传记的面目出现。"① 巴尔特从来对故事、内容、主题、意义等不感兴趣,在谈到《自述》时,他说:

> 本书的片段形式也是如此:一方面,我总是喜欢以片段的方式写作,我越来越难以忍受连续的话语,我害怕连续的话语可能走向"长篇大论";另一方面,我采用的这种形式必须逐渐消解我可能赋予我的"意义"(sens)(任何人在谈到自己时都是如此):不该由我赋予我某种意义(某种命运,某种智识的、文学的命运),意义历来是别人、是读者的事情。我决定呈现一个"破碎的"、粉末状(包括笔记、思考、回忆、分析、趣味等)的整体,而不是某个批判系统的作者。②

他所感兴趣和着力的始终是语言:

> 我的工作始终是一个"语言人"(être de langage)的工作,即语言,各个层面(从句子到话语)、各种形式(艺术、文学、系统)的语言;我历来感兴趣、我历来渴望的是语言(……)我在语言中感兴趣的,是欲望。文字的磨损、僵化、刻板,不论出现在何处,都既令我恼火又令我着迷。我无时无处试图分析的恰是对于文字的这种欲望,或者说这种厌恶。③

文字不再是作者生活的载体或容器(即传记),文字自身即是它的目的,文字的质料则是语言,文字变为"语言的飞翔"(vol de langage)(第124页),即杜勃罗夫斯基所言的"语言的冒险"。

巴尔特所要逃避或抗拒的,便是文本与作者之间、语言与世界之间、

---

① Roland Barthes, *Le Plaisir du texte*, p. 88.
② Roland Barthes, «Roland Barthes écrit un livre sur...Roland Barthes», in *Œuvres complètes*, tome 3, pp. 335—336.
③ Ibid., p. 336.

能指与所指之间的聚结（coalescence），这种聚结是一种相似性（analogie），即想象（imaginaire）。他对于相似性既爱且恨：爱它是出于本能，因为相似性是一个具有诱惑力的诱饵；恨它是出于恐惧，因为相似性是一头"恶魔"（démon）或"黑兽"（bête noire），如同红色对于公牛所具有的诱惑力和危险：

> 当诱饵映入眼帘时，公牛眼前一片红色：愤怒的红色，斗篷的红色，两种红色同时出现。公牛处于完全的相似性之中，意即**完全的想象之中**。当我抗拒相似性时，其实我抗拒的是想象，即符号的聚结、能指与所指的相似、意象的同胚、镜子、诱人的诱饵。（第50页，引文中的黑体字在原文中为斜体）

巴尔特所追求的是能指与所指、语言与指涉之间的"脱钩"（dédoublement）。他不是把《自述》作为一部"封闭于某个所指"①的"作品"（œuvre）来写，而是作为一个"所指无限后退"，处于"能指的场域"②的"文本"来写的。乔治·古斯多夫（Georges Gusdorf）敏锐地发现，在《自述》末尾的页下端，出现了两行无法辨认、不知所云的图案或符号，巴尔特在下方注明："没有任何意义的书写"（第163页），"……或没有所指的能指"（第169页）。古斯多夫继而指出，巴尔特的说明堪称是《自述》的写照："《巴尔特自述》是一个没有所指的能指，因为巴尔特若无其人，湮没于广大的无形。"③所以，巴尔特不是把其《自述》当作"自传"来写的，而是当作"游戏"来玩的："能指的无限并不代表它是某种无法言传的东西（无以名之的所指），而是代表它是游戏"④，以此来尝试"自述"（文本）与"自我"（指涉）脱钩。作者的生活成为一个筹码，自我化为一个写作的借口和机会，化为一个中性的声音，化为一个无所指涉的悬空的能指："我不说：'我

---

① Roland Barthes, «De l'œuvre au texte», in *Le Bruissement de la langue*, p.72.
② Ibid.
③ Georges Gusdorf, *Les Ecritures du moi*, Odile Jacob, 1991, p.81.
④ Roland Barthes «De l'œuvre au texte», in *Le Bruissement de la langue*, p.72.

描写自己'，而说：'我写一个文本，我称其为罗兰·巴尔特。'我放弃模仿（描写），我信赖命名。难道我不知道在**主体的场域**不存在指涉吗？"（第59—61页，引文中的黑体字在原文中为斜体）

"作者"（auteur）这一概念对于巴尔特来说意味着"信息"（message）的唯一来源（origine）和终极所有者："让文本具有作者，就是给该文本强行安装一个制动锁，就是为其配备一个最终所指，就是关闭写作。"①巴尔特的一生都是在不懈地削弱作者的权威，废黜作者作为"作品的父亲和所有者"②的地位，直至宣布"作者死亡"③，将作者变为一个"永远在此地此时书写文本"的中空的"写者"（scripteur）④，从而将文本从作者的"父权"下解放出来，使其获得自由的生命。由此，文本变为"一个各种写作在其中相互结合和相互抵触的多维空间"⑤，其意义和阐释就有了无限可能性。

巴尔特在《S/Z》中描写了一种脱离作者权威的"理想文本"（texte idéal）：

> 在理想文本中，存在多个网络，它们相互作用，任何网络都无法高于其他网络。这种文本是能指的星系，而非所指的结构。它没有起点，是可逆的，认可可以从多个入口进入，而任何一个入口都不能被定为主要入口。它所动用的符码呈现为一望无际的状态，是无法确定的（除非通过掷骰子的方式，否则与之相关的意义从来不遵守决定性原则）。⑥

巴尔特所称的"理想文本"便是他在另一处所称的"可写文本"（texte

---

① Roland Barthes, «La mort de l'auteur», in *Le Bruissement de la langue*, p. 65.
② Roland Barthes, «De l'œuvre au texte», in *Le Bruissement de la langue*, p. 74.
③ "作为神恩眷顾的角色，作者死了：他作为公民的、激情的、传记的人消失了；他的权威被剥夺，对其作品来说他不再具有至高无上的父亲的地位，而文学史、教学、舆论的任务则是确立和反复灌输这种父亲地位的叙事。"Roland Barthes, *Le Plaisir du texte*, p. 45.
④ "现代写者与其文本同时诞生，他无论如何都不具有先于或超于其写作的某种存在（être）。"Roland Barthes, «La mort de l'auteur», in *Le Bruissement de la langue*, p. 64.
⑤ Roland Barthes, «La mort de l'auteur», in *Le Bruissement de la langue*, p. 65.
⑥ Roland Barthes, *S/Z*, in *Œuvres complètes*, tome 2, pp. 558—559.

scriptible),与之相对的是"可读文本"(texte lisible)。① 可读文本如同上文所言的"作品",其生命是作者赋予的,读者是作为消费者来接受的;可写文本一旦完成,便有了脱离作者的自有的生命,是可以反复被重写(ré-écrit)的,其意义是多向的、不确定的,读者作为生产者可对其有着多种解读。越是具有阐释性的东西,其意义越是不定、游移、光滑,越具有可写性。例如政治就是这样一种理想文本,它是"一个无可救药的多义空间,一个拥有无限阐释的最佳场所,(……)政治是纯文本性的,是文本的一种过度的、夸张的形式"(第130页)。

应该说,《自述》和《絮语》是巴尔特一直渴望要写的"小说",也是实践其"可写文本"理念的小试牛刀的样品。正如《絮语》不是论爱情,《自述》也不是谈自我,情话和自我只是巴尔特生产"理想文本"的切入点和试验场。如果我们以真实性的尺子来衡量《自述》,如果我们像阅读传统自传一样试图窥探巴尔特的内心、人格或隐私,那只能是缘木求鱼,失望而归。巴尔特对此十分"清醒",他在《自述》的"清醒"一节中明确提醒读者:

> 本书不是一本"忏悔"之书,并非是因为它不真诚,而是因为我们今天有了一种与昨天不同的认知,这种认知可概括如下:我写的关于我的东西从来就不是**定论**,从前的作者认为,只应遵守一条法则,即**真实性**,而从其他方面的角度来看,我越是"真诚",我就越是具有可阐释性。这些其他方面便是历史、意识形态、无意识。我的文本朝向各种未来开放(又怎能不如此呢?),它们相互脱钩,没有哪个文本能够统领另一个。本文本仅仅是**又**一个文本,是本系列的最后一个,却不是意义的终极。它是关于**文本的文本**(texte sur texte),从来不说明任何问题。(第110页,黑体字在原文中为斜体)

如果说传统自传类似于作者生前写就的对自己盖棺定论的悼词或墓志铭,那么巴尔特则无意也无力通过《自述》对自己一锤定音。"定论的缺失可理解为主体无法把握其自身话语的最终意指,一些寓意式辞格是理

---

① Roland Barthes, *S/Z*, in *Œuvres complètes*, tome 2, p. 558.

解这些意指的钥匙。"①不存在关于"我"的真实性和唯一性,"我"只是一种文本的存在。

作为"可写文本",《自述》更多地由留白构成,其中隐现出来的"我"始终如浮云般缥缈,如流水般不定,如尘埃般细碎。如果说传统自传通过对自我和过去的系统化来试图把握自我和过去,那么巴尔特则拒绝这种"把握",任其处于浮云和流水般的"不可把握的"(immatrîsable)状态:"真实的要义不正是在于它是不可把握的吗?"(第150页)

五、无定之规

自我书写的文本编排顺序大致分为两类:一类是自传写作的按照"我"的成长经历来安排文本的时间顺序,典型的如卢梭的《忏悔录》;另一类是自画像写作中按照"我"的思想性格来安排文本的主题顺序,典型的是蒙田的《随笔集》。作为一位标新立异的作家,巴尔特在《自述》中没有采用上述任何一种顺序,而是对于字母顺序情有独钟②,《文本的快乐》(1973)、《絮语》都是按照标题的首字母顺序排列的。

巴尔特为《自述》的每个片段都取了一个标题,总体上说,这些片段大致按照这些标题中的主题词的首字母顺序排列,但是"有时候某些片段似乎是按照关联性(affinité)排序的"(第131页)。③ 巴尔特似乎唯恐把标

---

① Michel Beaujour, «Théorie et pratique de l'autoportrait contemporain: Edgar Morin et Roland Barthes», in Claudette Delhez-Sarlet et Maurizio Catani (dir.), *Individualisme et autobiographie en Occident*, l'Université de Bruxelles, 1983, p. 284.

② 字母顺序并非巴尔特的首创。莱里斯的《词语汇编,我咬紧我的注解》(*Glossaire, j'y serre mes gloses*)的前面一些文字片段就是按照字母顺序排列的。这种顺序后来被其他作者模仿,特别是热奈特的自我书写三部曲《百宝囊》(*Bardadrac*)、《追加遗嘱》(*Codicille*)和《附注》(*Apostille*)。

③ 例如:"Moi, je"一节本应被置于字母"M"序列,但是该节所谈主题为"自我",与"主体性"(Subjectivité)相关,而且该节的原标题就是"主体性",所以该节被置于字母"S"序列之下;"L'alphabet"(字母表)按其字母顺序本应位于最前面的"A"序列,但是该节与"L'ordre dont je ne me souviens plus"(我想不起来的顺序)和"作为杂类的作品"(L'œuvre comme polygraphie)都是谈顺序和分类问题的,这两个片段被置于字母"P"序列之下,应该是由"杂类"(polygraphie)一词所决定。

题关键词的字母顺序变为一种"定规"(doxa),从而让读者找到某种规律,他又穿插了许多例外来破坏这种顺序。例如"Bête?"(愚蠢)片段被置于 I 和 J 序列之间,"Comblement"(填补)片段被置于 J 序列之下等,这些片段的安排没有理由可寻,确如巴尔特自己所言,是一种"我想不起来的顺序"。按照字母顺序排列的标题既像目录和索引,又不是目录和索引,因为当我们需要寻找某个片段的所在位置时,按照字母顺序经常是找不到的,因为它们不在其该在的位置。貌似的有序、频繁的例外和无机的排序,更加强化了整个文本的无序(désordre),也使读者刚刚从蛛丝马迹中总结出来的"定规"变为"无定之规"(paradoxa)(第 71、125 页)。片段之间缺乏有机联系的排序使《自述》全书没有开头也没有结尾,成为可以在任何地方开始阅读的扑克牌。

巴尔特受到字母表的"诱惑",是因为字母表的魅力在于它是"一种无动机的顺序(不模仿任何东西),又不是随意的"(第 131 页)。片段之间缺乏逻辑的联系,作者无意种"藤",读者也无法顺其摸"瓜",从这些片段中总结出某种"结构"或"意义":

> "计划"的焦虑、"论述"的夸张、扭曲的逻辑、长篇的大论,统统不存在了!每个片段表达一个思想,每个思想对应一个片段,这些原子的排列只按照法语字母的这种千年的匪夷所思的顺序(字母本身就是一些非理智的、失去意义的东西)。(第 131 页,黑体字在原文中为斜体。)

如果这种无意义的字母表顺序在客观上产生"意义的效果"(effets de sens),巴尔特则用"断裂"(rupture)来打乱顺序,所以《自述》的大量片段并不遵守字母顺序,以例外来破坏这种效果:"然而这种顺序可能是狡猾的,它有时会产生意义的效果;如果不想产生这些效果,就必须打乱字母表,让位于一个更高的规则,即'断裂'(相异)的规则,阻止意义的'生成'。"(第 131 页)

字母表顺序还把各个片段的写作的先后顺序掩盖或抹擦了:"字母表顺序抹擦一切痕迹,遏制一切开始。"(第 131 页)读者无法还原写作顺序,也就无法从写作顺序中推导作者的写作意图。如果读者发现某些片段似乎存在相似性,似乎具有共同的意义指向,巴尔特大喝一声,打消读者的这一念头:

> 重要的是这些小网络没有关联,它们并不滑问某个唯一的大网络,即本书的结构,它的意义。如果话语走向主体的某种命运,那么就要打住、偏离、分开这一下行趋势,所以在某些时候字母表将你拉回到(无序的)顺序,并对你说:**打住! 换种方式来读故事**(出于同样的理性,有时候,必须打破字母表顺序)。(第131页,黑体字在原文中为斜体)

巴尔特清楚地知道,不成系统的片段式写作其实最有可能是"思想""智慧"或"真理"等所指的高度浓缩,如拉罗什福科的《箴言集》,帕斯卡尔的《思想录》。但是他从片段式写作中看中的不是"思想",而是"音乐",即能指的高度浓缩,"与'论述'相对立的,是'调式',是一种如诵、如歌的东西,是一种诵读,其中音色起主导作用"(第90页)。

在人称的使用上,巴尔特遵从了与其在文本片段排序方面同样的原则:一方面制造某种定规和效果的假象,另一方面又在打破定规,戳穿假象,抹擦效果。作为一部自我书写之作,《自述》似乎理所当然地应采用第一人称。实际上,巴尔特在《自述》中以四种方式来自指,除了语言中三个人称代词都被其使用外,他还使用了自己的名字:"在《自述》中有四种方式:'我'、'他'(我用'他'来谈我)、'R. B.',即我的首字母,有时我还用'你'来谈我。"[①]巴尔特对于这四种方式的含义进行了解释:"我"(je)代表"想象"(imaginaire),"他"(il)代表"距离"(distance),"你"(vous)代表"指责"(accusation)或"自责"(auto-accusation),"R. B."无关紧要,出现在当

---

① Roland Barthes, «Vingt mots-clé pour Roland Barthes», in *Le Grain de la voix*, p. 203.

"他"(il)的所指不明确之时。①

总体上看,《自述》的大部分片段都是以第三人称写成,少数片段为第一人称。在自我书写中使用第三人称虽不常见,却并非巴尔特的首创,前人已有使用,旨在制造一种客观化的距离效果。巴尔特对此心知肚明:"语法人称(我、他、你、R. B.)的轮替将产生多种效果,我想这些效果因读者而异。例如,用'他'来说我有时被理解为夸张,有时被理解为距离,有时被理解为屈辱。在我看来,重要的是,形象不确定。"②

除了上述效果之外,巴尔特深知第三人称是小说写作的固有方式:"'他'是小说的一种典型惯例,和叙述时间一样,该人称标明并确认小说这一事实。没有第三人称,就无法达到小说效果,或者说故意摧毁小说效果(……)因此,第三人称和简单过去时一样,是小说艺术手段,让读者安心地阅读虽然可信,但是又不断感到虚假的杜撰的故事。"③因此,将第三人称移植到《自述》中,就使自我书写具有一种小说化的意味:"一个并不指向任何虚构人物的第三人称闯入随笔话语标志着有必要重组各种体裁,随笔承认它几乎就是小说,一本没有专有名词的小说。"(第110页)

但是,巴尔特深恐上述效果变为"定规",所以不时地制造例外来打破它。在同一片段中第三人称和第一人称有时任意转换④,第二人称也不

---

① Ibid., p.204. 在《自述》的"真我,我"(Moi, je)一节中,巴尔特对于人称代词的使用做了解释:"所谓人称代词,在这里全用上了,我永远地被关在代词的栅栏中了:'我'调动想象,'你'和'他'调动狂想。可是,根据读者的情况,一切可以在霎时间翻转,就像波纹布的反光一样;在'真我,我'中,'我'(je)可以不是真我(moi),'我'可以干掉真我,就像一场狂欢,我可以用'你'来称呼我,就像萨德那样,使写作的工人、制作者、生产者脱离作品的主体(作者)。"(第147页)

② Roland Barthes, «Roland Barthes écrit un livre sur ... Roland Barthes», in Œuvres complètes, tome 3, p.335.

③ Roland Barthes, Le Degré zéro de l'écriture suivi de Nouveaux essais critiques, Seuil, 1972, p.30.

④ 例如,"他难以忍受关于他的任何形象,在听到别人喊他名字的时候就感到难受。(……)在摩洛哥,他们显然没有对我建立起任何形象。"(第49页)"他不喜欢胜利的话语(……)我蒙受了三种傲慢(……)有时他对于自己曾经被语言吓倒而感到遗憾。"(第52页)"在他所写的东西中,有两种大词(……)我感到了这些大词的柔软,就像达利画中的钟表一样柔软。"(第114页)

时地突兀闯入①。"我想用所有这些代词编织出一种波纹布,写一本实为想象的书,却是一种试图自我拆散的想象(……)我制造出一种布朗运动,在不同的神经症特征之间来回往复。"②这三个人称都毫无疑问地指向巴尔特。虽说巴尔特赋予每个人称以某种特定含义,但是他自食其言,对人称的频繁切换并无规律和理由可寻。在人称的使用上,如同在其他手段的使用上一样,巴尔特仍然对于"意义"保持着高度警惕,只要"意义"露出苗头,他就躲避,就改变,防止某个代词所代表的意义固化下来,或者说防止读者从代词的使用上读出某种"意义"。"真正属于我的,是我的想象,是我的想入非非(fantasmatique):这本书由此而来。"(第135页)他写的是"想象""幻想"等虚幻的东西,而不是"载有所指重负"的"坚实的意义"。(第93页)针对人们对任何微不足道的事实都要进行寓言式解读、追问意义的狂热,他反其道而行之,构思的是一本"相反的书"(un livre inverse),"它讲述无数'小事',却永远不从中提取丝毫意义"(第133页)。

巴尔特在《自述》中不是以自传家,而是以符号学家的姿态来写我的。《自述》实为巴尔特对其本人文本理论的一次实践,自传书写只是一个由头和载体,他在将自传元素"播撒"在文本中的同时,也把能指的游移性、随机性播撒在文本的生产过程中,从而引发了某种"爆炸、播撒"③效果,使读者体会到意义的开放性、发散性、游动性,"使读者不再是一个文本的消费者,而是生产者"④。他拒绝深度:"我不是深入,而是停在表面,因为这次谈的是'我'(自我),深度是别人的事情。"(第127页)

自我书写的语料来自我们的记忆,而我们的过去在记忆中留存下来

---

① 第二人称较为集中地出现的片段如下:"其实"(En fait)、"爱神与戏剧"(Eros et le théâtre)、"美杜莎"(Méduse)、"语言的寓意"(Les allégories linguistiques)、"政治/道德"(Politique/Morale)、"分裂的人?"(La personne divisée?)、"我想不起来的顺序"(L'ordre dont je ne me souviens plus)、"后来"(Plus tard)等。
② Roland Barthes, «Vingt mots-clé pour Roland Barthes», in Le Grain de la voix, p. 203.
③ Roland Barthes, «De l'œuvre au texte», in Le Bruissement de la langue, p. 73.
④ Roland Barthes, S/Z, in Œuvres complètes, tome 2, p. 558.

的是一些类似于底片的碎片,所记载的只是瞬间。《自述》的片段式写作正是这些散乱底片的写照。巴尔特用回忆和智识将其"冲洗"出来,无意将其连缀成一部连贯的、动态的电影,即他所说的"小说",他最终写成的仍是无中心、无主题的"漫说"。

第十一章 "线索"羁绊下的"儿子"
——杜勃罗夫斯基的《儿子》

杜勃罗夫斯基于1928年5月22日出生于巴黎的一个贫寒之家,父母均为犹太人。父亲以色列·杜勃罗夫斯基来自俄罗斯,为了逃避沙皇的兵役而移居法国,加入法籍,以裁缝为业;母亲玛丽-勒内·魏茨曼是出生于巴黎的犹太人。1943年11月3日凌晨,正值巴黎被占领期间,一个警察前来通风报信:对犹太人的大搜捕即将开始。他们一家匆忙逃往巴黎郊区的一位姑妈家,足不出户地藏匿了十个月,直到战争结束。① 这段死里逃生的经历在少年杜勃罗夫斯基的心灵上打上了深刻的烙印。战后,杜勃罗夫斯基发愤苦读,1945年7月,只有17岁的他获得法国中学生哲学论文比赛一等奖,戴高乐将军为其颁发了获奖证书。他又一举考入高师,获得了英语教师资格,开始了其教师生涯,先是在都柏林任教(1945—1951),之后前往美国工作和定居,先后在哈佛大学、布兰迪斯大学、史密斯学院任教,从1966年开始在纽约大学担任法国文学教授。

作为一名专业的文学研究学者,杜勃罗夫斯基发表有研究拉辛、高乃依、普鲁斯特、萨特等经典作家的学术专著。作为一

---

① 杜勃罗夫斯基在《儿子》中提及了这次死里逃生的经历。Fils, p.236. 本节中凡是引自《儿子》的文字均出自该版本,只在文中注明页码,不再另注。

名作家,他在一本接一本的书中反复讲述他过去生活中的那些事,他的八部作品都是讲述自己与生活中的某个女人的爱恨纠葛。"我写作,是为了每本书杀死一个女人。《四散》中的伊丽莎白,《一种自爱》中的拉舍尔,《儿子》中的我的母亲"①,还有后来《断裂的书》中的伊尔丝,《一个过客》中的伊丽莎白等。杜氏所言的"杀死"实为"为了忘却的纪念",是为了与其生活中某个或分手或亡故的女人在感情上做一个回顾和了断。他说:"作者之死在我看来完全是不可想象的。"②

"自撰"一词本来只是杜勃罗夫斯基用来定义他的第一部正式发表的作品《儿子》的。该书是一部儿子纪念母亲之作,杜勃罗夫斯基的父母均为巴黎下层的犹太人,父亲因患肺结核早逝,杜勃罗夫斯基自幼与母亲感情笃厚,在母亲的关怀和期望下从受人歧视的小"犹太佬"成长为卓有名望的大学教授。母亲在他的一生中占有无可替代的重要位置,堪称他的另一半。在《活后》中,他写道:"我的俄狄浦斯情结如此顽固,要让我爱上另一个女人,要让我结婚,除非让大西洋将母亲和我隔开。"③他甚至看过心理医生,1970—1977 年,他在精神分析的指导下每天记录下自己的心境和梦境,试图搞清是什么东西把他与母亲如此紧密地联系在一起。日积月累,这些文字竟有数千页之多,整理打印出来也有 2500 多页。他将打字稿取名为《怪物》(*Le Monstre*),试图找到一家出版社,但是无一例外地遭到拒收和退稿。后来一家无名的小出版社——伽利略接受了书稿,但是让其更换书名并压缩篇幅。此时的杜勃罗夫斯基没有与出版社讨价还价的资本,于是将原书稿压缩至 450 页左右,以 Fils 为题出版。

一、fils:儿子还是线索?

《儿子》的句子残缺不全,情节混乱不堪,但是在梦呓一般的表象后面竟隐含着古典主义三一律的时间统一性。全书的故事包含内外两层,外

---

① Serge Doubrovsky, *Le Livre brisé*, Grasset, 1989, p. 50.
② Cité par Isabelle Grell in *L'Autofiction*, p. 8.
③ Serge Doubrovsky, *L'Après-vivre*, Grasset, 1994, p. 30.

层故事发生在从叙述者早晨 8 点醒来到晚上 8 点他结束一堂文学课程讲解的一天时间内。全书分为六章，分别题为"层理"（Strates）、"街道"（Streets）、"梦"（Rêves）、"肉体"（Chair）、"讲席"（Chaire）和"怪物"（Monstre）。这六章对应于叙述者某一天的不同时间段，这一天发生的事情的叙述虽然时时刻刻被回忆、幻想、幻觉等所打断，却是严格遵循时间顺序的：纽约大学文学教授"杜勃罗夫斯基"①第二天晚上要为学生讲解拉辛的悲剧《费德尔》，为了备课，他温习了剧中有关太傅泰拉曼纳讲述依波利特与海怪搏斗被海怪杀所的情节。当晚，他做了一个梦，梦中出现了一个鳄鱼头乌龟身的海怪。第二天一早，他起床，洗漱，出门，汇入早晨上班的汽车洪流中，随着汽车的行进，他以前做过的诸多旅行在他脑海中纷至沓来。他先驱车前往纽约的心理诊所，向医生讲述昨晚的梦："在一片海滩（诺曼底？）上在一个旅馆房间里。我和一个女人在一起。透过窗户，我们看海滩。我说：'要是有太阳的话，我们就可以游泳了。'突然，我们看见一个类似于怪物的东西从水里出来，在沙子上爬（鳄鱼头，乌龟身）。"（第 158 页）他在医生的引导下对梦做出了二百多页的各种解析。告别心理医生后，他思考母亲的去世，步行前往纽约大学准备晚上的课程。晚上，他向学生讲解拉辛的名剧《费德尔》。这个外层的故事完全是虚构的。

然而，叙述者从早上起床到晚上讲课的这个外层故事所包裹着的内层故事才是本书的核心所在。这一天活动的叙述中穿插着叙述者前半生数十年各阶段的生活经历。尽管内层故事的时间顺序被完全打乱，作者的人生轨迹模糊不清，但是我们可以循着文中若隐若现的线索大致拼凑出杜勃罗夫斯基的人生履历，包括他的家庭和父母的历史以及他本人的童年、学业、旅行、恋爱、职业、结婚、离婚、母亲之死，他的幻觉、幻想、梦境、焦虑等。传统的自传元素在此一样不缺，母子之情更是讲述重点。例如，在构成全书核心的"梦"一章中，叙述者向心理分析师对昨晚的怪梦做

---

① 我们用放在引号中的"杜勃罗夫斯基"来指文本中的叙述者兼主人公，去掉引号的杜勃罗夫斯基来指作为作者的杜勃罗夫斯基，以示区别。

了多种可能的解析,在释梦过程中,他回忆了童年生活的艰辛,二战时的死里逃生,受肺结核及各种疾病的折磨以及由此造成的身体的羸弱和心理的阴影,渴望通过考试改变命运的梦想,考入高师为母亲带来的自豪,父亲的严厉、暴躁、粗俗,对父亲的怨恨……

奇特的是,母亲对儿子的爱还包含着一种复杂的感情。母亲在嫁与父亲之前爱的是她的一位表兄,这位表兄于1915年死于战场,于是母亲后来为儿子取了这位表兄的名字"于连"。母亲的表兄读过高师,所以母亲让儿子考取高师;表兄有写作天赋,所以母亲希望儿子成为作家。所以"我是为他(即母亲表兄)而存在的"(第295页),儿子其实是母亲表兄的再生或转世:"我的出现是为了延续他。我是妈妈的表兄。她的哥哥。我生在家族中。我再生。从他的灰烬中。"(第296页)儿子后来的成功是母亲表兄的梦想的实现,母亲与儿子既是母子关系又是兄妹关系,"我"集儿子与情人的身份于一身。贯穿全书、反复出现的叙述者上课时所要讲解的拉辛《费德尔》剧情中的母亲(费德尔)对儿子(依波利特)的爱实为本书母子之爱的一个嵌套或镜像。

与外层故事相反,构成叙述者人生履历和生活轨迹的内层故事不是直接地、明晰地叙述出来,而是以闪回的方式碎片般地出现在叙述者的意识或潜意识之中,构成一幅并不完整的马赛克拼图。

本书的书名该如何理解甚至如何发音,是一个令人颇费思量的问题。fils 是一个名词,按照语法规则,法语名词前应该有冠词。但是对于理解书名的含义至关重要的冠词却是缺失的,这就大大增添了书名的模糊性。一种理解是,fils 此处是"儿子"(fils)之意,从内容看,本书确是作为儿子的杜勃罗夫斯基对母亲的追忆,表达的是他与母亲之间同心异体的无法割舍的情感。但是 fils 也可理解为"丝线"(fil)一词的复数形式,从这个意义上讲,它是一个隐喻,本书提供了无数有头无尾甚至无头无尾的故事线索,它们错综地绞缠混搭成一团松散的乱麻。正如书中的患者所说:"太多的线索,我搞糊涂了。"(第217页)《儿子》自始至终是一团犬牙交错的混搭线头,远未编织成连贯、细密、平滑的织物,即文本①。读者顺着这些线索走入并迷失于一个潜意识的迷宫。

二、Fils:小说还是自传?

在《儿子》出版之际,杜勃罗夫斯基撰写了一则推介导读:"自传吗?不,自传是这个世界上大人物的特权,写于他们的晚年,用漂亮的文体写成。我写的是完全真实的事件和事实的虚构,可以说是自撰,是将用来讲述冒险的语言用来进行语言的冒险,跳出了传统小说或新小说的智慧和句法。"这段话被用作此书的"夹页"(prière d'insérer)广告。"夹页"本是出版者写给报纸的关于某本即将面世的书的说明和介绍,是一种书籍促销手段,旨在为读者提供某种阅读的思路。为了吊起读者的胃口,这类启事往往写得雾里看花、欲言又止,目的在于激发读者的好奇心。杜勃罗夫斯基的这段启事在《儿子》正式出版时被出版商放在了封底。

《儿子》的吊诡之处即在于其文类归属的逻辑上的自相矛盾。作者一开始断然否定了该书的自传归属:"自传吗? 不。"而且,在其1977年初版的封面上印着"小说"字样。在叙述层面,全书是建立在将回忆行为场景化和虚构化的基础之上,发生在这一天之中的事情,如驱车前往纽约、拜访心理医生、漫步纽约街头、向大学生讲解拉辛的名剧《费德尔》等,尽管就是杜勃罗夫斯基的生活和工作的缩写,却被作者煞费苦心地将其安排在一天之内,被置于虚构的情境中:"首先,这一天从未发生;其次,这个真实的梦从未被分析(……)这一天是文本的一天,而非真实的一天。"②

但是,该书以第一人称写成,叙述者/主人公的名字也是"杜勃罗夫斯基",作者、叙述者和主人公有着相同的名字。尤其是,从内容来看,主人公"杜勃罗夫斯基"和作者杜勃罗夫斯基在经历上是一致的,二者的遭遇、学业、职业、婚姻等信息完全对应。而且杜勃罗夫斯基自己称:

---

① 文本(texte)与织物(tissu)本为一词。从词源上来说,文本来自拉丁语 textum(织物),而 textum 则是动词 texere(编织)的派生词。

② Philippe Vilain, «L'autofiction selon Doubrovsky», in Défense de Narcisse, p. 208.

书中写的就是我,我起初是以我的首字母(J. S. D.)的形式出现,后来我的名字"于连·塞尔日",最后我的姓氏"杜勃罗夫斯基"也明确地出现了。作者不仅和人物,而且和叙述者也是同一的:在文本中,**说"我"(je)之人还是我(moi)**。它是一部合规的、认真的自传,书中所讲的所有事实和行为完全来自我自己的生活,地点和日期经过了一丝不苟的核实。所谓小说性的杜撰成分仅限于提供了假的一天的框架和情形,为的是装载记忆。甚至书中提到的和一些被解析的梦都是"真"的梦,是我随时记在记事簿的梦。①

题为"梦"的一章虚构了"杜勃罗夫斯基"接受了一位名叫"艾克莱特"的精神分析师的心理治疗,杜勃罗夫斯基在1968—1978年间确实曾接受过一位美国精神科医生罗伯特·艾克莱特的精神分析治疗,而叙述者向分析师讲述的关于怪物的梦也确实是作家做过的、记录在笔记本上的梦。叙述者上课面对的学生就是作为教授的杜勃罗夫斯基任教的纽约大学的学生。书中的素材都是作家生活中的实有之事,虽然经过了移花接木。评论家萨沃坚决地将《儿子》与小说划清了界限:"在我看来,杜勃罗夫斯基式的自撰与自传体小说没有任何关系,因为,如若标榜为自撰,它应当具备一个主要条件:作者承担和主张名字的同一性。当我手捧杜勃罗夫斯基的一本自撰时,我不会怀疑人物所指向的作者是谁,我丝毫没有读一本像《阿道尔夫》那样的自传体小说的感觉。"②

那么,杜勃罗夫斯基为何执意地称其书为"小说"呢?他本人有所说明:"我之所以在封面上将'小说'作为副标题,以此通过一纸虚构性证明建立起一种小说契约,仅仅是因为我不得不如此。"③杜勃罗夫斯基将自传等同于名人回忆录,由于《儿子》在出版时屡遭拒收和退稿,他把真实的

---

① Serge Doubrovsky, *Autobiographiques*, *de Corneille à Sartre*, pp. 68—69. 引文中的黑体字在原文中为斜体。

② Patrick Saveau, «L'autofiction à la Doubrovsky: mise au point», in *Autofiction(s)*, p. 310.

③ Serge Doubrovsky, *Autobiographiques*, *de Corneille à Sartre*, p. 68.

故事说成是"小说",在他看来只是耍了一个"小聪明"(ruse),是一种"商业手段"。他自认为是一个"普通人",只是一介大学教授,读者没有读其自传的愿望。但是他虽然没有资格为自己立传,却有权利把自己的生活写成小说。一个人(personne)不管多么普通,一旦摇身一变为人物(personnage),将平凡的生命变为小说的内容,就对读者产生了吸引力。杜勃罗夫斯基自嘲地说:"自从我将我的生活化为句子以后,我就变得有意义了(……)我的失败的人生将变为文学的成功。"[1]以"小说"之名、辅以小说之手法讲述自己的真实人生和心路历程可以激起读者的阅读兴趣。所以,"'小说'的标签被认为是其文学性的保证"[2],是"为了吸引抗拒的读者,将真实的生活披上更加高贵的想象的外衣来兜售"[3]。杜勃罗夫斯基使用的是暗示忽略法(prétérition),即"此地无银三百两",自称写的不是自传,却是"披着小说的外衣""混入自传之门"[4]。正如他在《儿子》草稿第1637页所说:"我的自传将是我的自撰(auto-fiction)。"[5]

《儿子》的整个文本是一个虚实同体的存在,它既非自传,亦非小说;也可以说它既是自传,又是小说。"自撰(……)同时调动了指涉性的'自传写作'和让指涉令人生疑的'语言的诗意能力'。"[6]杜勃罗夫斯基本人将自撰喻为非鸟非鼠、又是鸟是鼠的蝙蝠。他又将其自撰喻为放飞的风筝,不管其中介入多少虚构,不管它飞得多高多远,但是通过"完全真实的事件"所构成的牢不可断的"线"(fils),始终掌控在作者手中而无法挣脱:"七彩的风筝,线展开。我拉向我,我将它们拉回来。回到我。"(第26页)

---

[1] Serge Doubrovsky, *Un amour de soi*, Hachette, 1982, p.74.
[2] Philippe Gasparini, *Autofiction. Une aventure du langage*, p.48.
[3] Serge Doubrovsky, *Autobiographiques*, *de Corneille à Sartre*, p.69.
[4] Cité par Marie Darrieussecq, « L'autofiction, un genre pas sérieux », in *Poétique*, n°107, 1996, p.372.
[5] Cité par Isabelle Grell, « Pourquoi Serge Doubrovsky n'a pu éviter le terme d'autofiction», in *Genèse et autofiction*, p.46.
[6] Philippe Gasparini, *Autofiction. Une aventure du langage*, p.45.

三、语言的冒险

《儿子》讲述了杜勃罗夫斯基前半生的经历,这些经历跨越数十年,但是这数十年的故事不是呈现为一个按照编年顺序展开的线性叙事,而是从叙述者的现在,即从早上起床到晚上上课的一天时间出发,按照往事随机地出现在叙述者的脑海中的顺序或者说无序来呈现的。或远(二战之前和战争期间的童年经历、对父母的回忆)或近(前一天收到曾经爱过的女人伊丽莎白的一封电报)的各种回忆、幻想、幻觉、职业苦恼和焦虑等如爆炸的碎片般纷至沓来,任意、随时地闯入叙述者的脑海或意识中,将他淹没、压垮。有时一个细节被反复述及,每次既相同又不完全一样;有时多个线索交织在同一段落甚至同一句子中。传统自传中开门见山的关于主人公身世的叙述出现在全书的中间。过去不是一个被再现的既定事实,而是一个需要探索的深不见底的深渊,是"生活片段的重新配置"①。尤其是在以说梦和释梦的胡言乱语以及围绕讲解拉辛所展开的备课所引发的胡思乱想中,作者实际上完成了一次有关个人身份和人格的精神寻根之旅。

打开《儿子》一书,我们首先感到的是错愕和困惑,一下子被淹没于乔伊斯式的漫无边际的内心独白和意识流之中。全书鲜有完整的句子,句子的句法结构遭到了庖丁解牛般的肢解,化作一堆句子成分残缺不全的电报体文字;冠词、连词、副词等非主要词类被弃之不用;标点有时整段地缺失(或者仅靠排字的空白来断句,或者各个句子挤在一起),有时又几乎泛滥成灾,排版上的空白等使整段文字几乎变为词语或名词句的麇集和堆积;时态的使用被降至最低,叙述者的现在、人物或远或近的过去不仅任意地、随时地穿插,而且被叠置在同一时间平面上,从而丧失了自传写作应有的时间距离感,犹如一幅没有透视效果,并不"立体"的立体主义粘贴画。这种电报文体并未带来叙述的简洁,反而给人一种喋喋不休的啰

---

① Serge Doubrovsky, «Les points sur les 'i'», in *Genèse et autofiction*, p. 62.

唆感和窒息感,密不透风的文字让没有心理准备的读者望而生畏。

和卢梭一样,杜勃罗夫斯基也声称要发明一种新的文体——一种新的自传语言。在一次采访中,他说:"今天,我们不能再像18世纪或19世纪那样写作了。设想还是同一个:重新认识自己的一生并讲述出来,但是方式不同了。"①在他看来,"从卢梭到普鲁斯特,自传使用的是复合的句法、考究的语言,它首先是一种高超的文体练习"②。而他要发明的新自传语言首先拒绝自传的"漂亮的文体"和正确的句法。杜勃罗夫斯基化用新小说理论家让·里卡杜对新小说的评价,将其自撰写作形容为"将用来讲述冒险的语言用来进行语言的冒险":"具体到我来说,自撰书写废除了线性的叙述结构,捣碎了传统句法,代之以一连串的谐音、半谐音和不谐音的词语,句子总是由接二连三的近义词、逗号、句号、空白所引导和构造,有时没有任何句法可言,词语的组合就像是精神分析中的自由联想。书写试图表现出自我的碎片、破裂,那种漂亮的、和谐的一体性再也无法表达这种自我了。没有关联的词语和思想出人意料地不断涌现,主体在这一过程中的根本的他者性就显露出来了。"③杜勃罗夫斯基深受精神分析的影响,他的语言尽最大可能贴近内心的冲动和躁动,以无序的语言来直观地呈现无序的意识或潜意识,在混乱、矛盾、重复、啰唆的言说中逼近难以言传的真相。他的文体表面看来是自由联想的、去除修饰的、未经组织和过滤的、混乱的却是悸动的。所谓"语言的冒险"主要发生在词语和句子层面,或如于连·格林所说:"信手而写……信手写也许是触及重要主题,走最短的路到达最深处的最佳方式。只需想起什么就说什么。不论在一天的任何时候,记忆呈现给我们的是混乱。我们就模仿这种

---

① Serge Doubrovsky, *Le Monstre*, Grasset, 2014. Cité par Isabelle Grell in *L'Autofiction*, p.16.
② Serge Doubrovsky, «C'est fini», in *Je & Moi*, pp.25-26.
③ Ibid., p.26.

混乱。"①

然而,杜勃罗夫斯基又努力避免走向超现实主义的自动写作。读者在经历了最初的不适后就会发现,词语的堆积并非是任意的,它们之间不是靠语法关系,而是靠语音和语义的游戏来维系。在文体上,杜勃罗夫斯基最大限度地发挥能指的谐音效果,用能指的游戏创造出所指的快乐。词语不仅彼此相遇、前后相继,而且前后呼应、生成和激发。在这方面,杜勃罗夫斯基堪称莱里斯的同路人,他故意偏离语言的常规语义,将词语加以拆解或重组,使能指脱离其原有所指,引发新的联想,创造新的所指。他突破标点、句法、词汇和逻辑的规则和限制,最大限度地通过头韵(allitération)、准押韵(assonance)、同音(homophonie)、多义(polysémie)、同音异义(calembour)等修辞手段,让词语相互应答和勾连,以声音的相近或意义的联想,生发出一些出人意料又意味深长的连串近音词、近义词、多义词,造成一种令人惊奇的诗意和幽默效果。这种貌似混乱、残缺、随意的最为自然的和自发的语言竟是精心甚至费力"加工的"语言。所以勒热纳不无讽刺地称《儿子》为"受限的自传"(autobiographie à contrainte)。

语言的冒险带来的是书写的快乐。1982年,杜勃罗夫斯基在《一种自爱》的封底谈到了这种写作方式带来的快乐:"通过将这一尝试让位于词语的意想不到的游戏,让位于声音和意义的失控,生活的不幸逐渐转化为书写的喜悦。"②同音异义或押韵叠韵等能指的碰撞和摩擦带来一种难以言传的快感和快乐,所以杜勃罗夫斯基将自撰(autofiction)视同于"自摸"(autofriction)(第 10 页),它激发出一种"暧昧的快乐"(plaisir louche),一种自我陶醉。

---

① Julien Green, *Jeunes Années*, *Autobiographie I*, Seuil, 1984, p. 13. Cité par Lejeune in «Peut-on innover en autobiographie?», in Alain de Mijolla (dir.), *L'Autobiographie*, VIe rencontres psychanalytiques d'Aix-en-Provence 1987, p. 89.

② Serge Doubrovsky, *Un amour de soi*.

四、向"实"而"构"

作为一位创作和研究相长的两栖类作家,杜勃罗夫斯基当然知道自传的本质、灵魂和目标就是真相和真实:"自传(传记)文本,从该文类诞生之初到最近的当下,尽管存在着相反的假设,但是都受一条最高法则的支配:说出(关于自己,顺便也关于别人的)真相,该真相与现实有部分关系,当然与虚构是对立的。"①但是杜勃罗夫斯基对于是否能够抵达真实是深表怀疑的:"天知道是否有人历数过卢梭或夏多布里昂的错误和撒谎"②,"已经有太多的人指出了米什莱所写的历史的想象程度"③,"对见证稍作批评就可证明,从讲述的那一刻起,人们为了确立'事实'所做的任何尝试都包含着不可化简的'虚构'成分"④。一切纪实写作都难以避免虚构化之嫌,在虚构方面,自传与小说只不过是五十步与百步的区别:"自传中的虚构并不比自撰少。自传也是某一生活的小说,就像18世纪的第一人称小说所说的那样。只要读一读七星文库的出版说明就可知道。在《漫步遐想录》中,卢梭十分清醒地承认,在《忏悔录》中,他有时在讲述故事时任凭想象天马行空,任凭书写信马由缰。因为,当人们回忆自己的生活时,总是在对自己讲故事。夏多布里昂从来没有像他写的那样见过华盛顿(……)自传不比自撰更加真实,也不更加虚构。说到底,自撰是现代形式的自传。"⑤

词的及物能力是有限的,当立体的、血肉的人幻化为平面的、文本的纸上人物,虚构就不可避免地潜入其中,"我"就已经他者化。既然如此,杜勃罗夫斯基采取了一种顺势而为的态度:"如果舍弃编年—逻辑的话语,而选取一种诗意的胡言、漫无边际的语言,让词高于物,把词作为物,

---

① Serge Doubrovsky, *Autobiographiques, de Corneille à Sartre*, p. 64.
② Ibid., p. 72.
③ Ibid., p. 73.
④ Ibid.
⑤ Serge Doubrovsky, «C'est fini», in *Je & Moi*, p. 25.

那么我们就自动地走出现实主义叙述而进入了虚构的世界。"①这段话堪称是拉康所言的词对物的谋杀。一旦弱化、淡化了所述事实的指涉功能而强化、深化语言的诗意功能,文本就"自动地"跳出"真"的束缚而进入"诗"的自由。在此,我们又回到了杜勃罗夫斯基在开头所称的"语言的冒险",即"诗意的胡言"(divagation poétique)②。

对于杜勃罗夫斯基为《儿子》所贴的"小说"的标签,勒热纳不以为然,他认为"小说"一词有本义和引申义。"小说"经常与"虚构"同义,指的是"想象的作品",这时它承担的是信息功能。但是一些明显的自传文本有时被称为"小说",意味着"写得好的书,文体,文学"③,这时"小说"就不再指文类,而是承担推荐功能。《儿子》就属于这种情况,尽管杜勃罗夫斯基深知他的记忆存在缺陷,但是他无意用想象来填补记忆的空白,他所言的"小说"只是一种"文学叙述"(narration littéraire)。

杜勃罗夫斯基所自称的"虚构"不在于其"虚",而在于其"构";不是无中生有,而是有中生有。这个"有"就是"完全真实的事件和事实",虚构就是"生",就是言说方式,就是文体,就是语言(langage)。杜勃罗夫斯基将小说的文体(如内心独白、对话、口语),将精神分析、意识流等文学手法用于自我书写中,将往事的线索和碎片编织成一个独具特色的文本。34年后(2011),他在一次访谈中一语道破了"自撰"一词的真义:"叙事的材料完全是自传的,方式则完全是虚构的。"④这一说法与最初的定义并无不同,只是更加明确。所谓"方式",就是叙述的组织(organisation narrative)和文体⑤。

---

① Serge Doubrovsky, *Autobiographiques, de Corneille à Sartre*, p.69.
② Ibid., p.69.
③ Philippe Lejeune, *Moi aussi*, p.43.
④ Serge Doubrovsky:«C'est fini», in *Je & Moi*, p.24.
⑤ 日内瓦大学文学系教授洛朗·杰尼(Laurent Jenny)将杜勃罗夫斯基的自撰称为"文体学自撰"(autofiction stylistique),"自撰就是通过书写方式将亲历虚构化"。与之相对的是"指涉性自撰"(autofiction référentielle)。见 https://www.unige.ch/lettres/framo/enseignements/methodes/autofiction/afintegr.html (consulté le 17/11/2021)。

杜勃罗夫斯基明知过去之我已一去不返,所以他写出来的关于过去之"我"的文字都是仿造的,是对于过去之"我"的由果溯因的建构,"即使讲的是真的生活,也只是虚构"①。所以,今日之"我"对昔日之"我"的讲述过程不是一个原样复现的过程,而是打造和建构的过程:"这里的'真实'不是与原件相符,原因自不待言。一种生活的意义在任何地方都不存在,它是不存在的。这种意义不是有待被发现,而是有待被发明,不是用所有部件,而是用所有痕迹:它是有待**被建构**的。"②(引文中的黑体字在原文中为斜体)

杜勃罗夫斯基将《儿子》及其所有写作称为"自撰",其实构成该词的两个部分在他的写作中的占比是严重不对称的:"自"(auto)的成分远多于"撰"(fiction)。从"虚构"一词的两个词义来看,他的写作中"构"的成分远大于"虚"。所以,从"物"的真实性来说,《儿子》就是自传;从"词"的诗意性来说,《儿子》就是小说。文中反复提到的"怪物"恰是《儿子》的双属特点的写照:"不是半雄半雌的怪物　而是全雄全雌的怪物"(第531页,引文中的空格为原文所加)。在《断裂的书》中,杜勃罗夫斯基说:"他(读者)吞嚼的是小说,咽下的是自传。"③

五、灵魂的清淤

不论是杜勃罗夫斯基的生活、创作还是学术研究、始终没有离开精神分析这一背景,如前文所言,他曾接受过精神分析师的治疗,他的所有写作都是受弗洛伊德和普鲁斯特的启发。精神分析对他不仅内化于心,而且外化于形:不仅《儿子》的整个文本是在精神分析指导下的梦呓,而且"梦"一章是《儿子》最为核心的部分,梦与回忆交错缠绕,难解难分。该章讲述或者说虚构了一场50分钟的心理治疗,处于全书的中心(位于全书

---

① Serge Doubrovsky, feuillet 1645 du brouillon de *Fils*, cité par Isabelle Grell, «Pourquoi Serge Doubrovsky n'a pu éviter le terme d'autofiction?», in *Genèse et autofiction*, p. 46.
② Serge Doubrovsky, *Autobiographiques, de Corneille à Sartre*, p. 77.
③ Serge Doubrovsky, *Le Livre brisé*, p. 256.

六章中的第四章)和核心(占全书三分之一的篇幅)地位。该章主要是分析者(analysant),即叙述者的独白,间或被分析师(analyste)的提问所打断。在排版上,正体和斜体交替出现,似乎是名为"杜勃罗夫斯基"的患者和分析师——英国人"艾克莱特"的对话。但是仔细读来则发现其内容要复杂得多,患者的话语占绝对优势,所谓分析师的提问更多地出现在患者的意识中,与患者对分析师问题的回答杂糅在一起。所以本章更多的是患者的倾诉式独白,独白内容包括分析师的问题所激起的心理反应,以及他的漫无边际的、与分析师的问题或有关或无关的胡思乱想。其中,对于出现在前一晚梦中的怪物的描述和患者对此梦的多种可能的解释又占据了该章的主体,患者的经历、创伤、情结、骚动在他的漫无边际的自由联想中以点描的方式,虽然东鳞西爪、模糊不清,却是隐约可辨地现出轮廓。在说梦和释梦的胡言乱语以及拉辛戏剧所引发的胡思乱想中,作者实际上完成了一次有关个人身份和人格的精神寻根之旅:"自撰,这是我作为作家决定由我本人所写的关于我本人的虚构,在其中充分掺入了精神分析的经验,不仅以它为主题,而且用它来生产文本。"①

　　勒热纳认为,精神分析和自传写作在挖掘个人历史方面其实是两种完全对立的方式:"精神分析的方式是:让患者讲述梦境、行为或幻想,展开自由联想;或者采取自发的方式,即取消思维的自主选择,来显示一种无意识状态(……)自传则全然不是这样:即使自传家被回忆'牵着走',自传的目的却是为了找回往事,在非常清醒的意识的指导下将这些往事编排为一种'叙事'。精神分析致力于将某些因素分解开来,而写作的功能则是把它们固定下来,使其具有稳固性和连贯性。"②精神分析让患者讲述梦境、幻想,展开自由联想,只是为自传提供未经处理的原材料。而自传作为事后的回忆,为了表达某种意义、塑造个人神话、体现人生的深层统一性等动机,必须化生活的无序为连贯的叙事,即使这种连贯是人为的

---

① Serge Doubrovsky, *Autobiographiques*, *de Corneille à Sartre*, p.77.
② Philippe Lejeune, *L'Autobiographie en France*, p.64.

建构。如果说精神分析是一种分解行为的话,那么自传写作就是一种"精神综合"①行为。

而杜勃罗夫斯基认为,勒热纳将自传视为一种综合行为的观点是错误的,自传不是按照事先设计好的形象,然后像拼图般严丝合缝地拼接起来的。他反其道而行之,让自我形象在作者的自我分解过程中零星呈现出来,以叙事的无序展现生活的无序,将原材料作为产品来呈现。而且他不仅要讲出自己无序的过去,还要呈现记忆的复杂和纷乱:"我根本不把我的一生看作一个整体,而是看作一些散乱的碎片、层次破碎的存在、没有关联的阶段、连续的甚至同时的不重合。这才是我要写的。是对我的生活的私人兴趣,而不是它的不可能的历史。"②"对于杜勃罗夫斯基来说,他称作自撰的自传不是先于文本而存在。自撰不是到记忆的仓储中取物后将其拷贝甚至誊写下来。它是随着写作行为而产生。是由文字来生成回忆,而不是相反。"③

在精神分析看来,语言只有在主体无意识状态下才能暴露真相,患者在讲述时,须放弃对意识和话语的控制力,让意识摆脱理性的束缚,袒露内心最为隐秘和不能示人的角落。对于杜勃罗夫斯基来说,"漂亮的文体"、连贯的文本无法反映出潜意识世界的丰富、混乱和矛盾,《儿子》的叙述者是一个衣冠楚楚、温文尔雅的大学教授,实际上内心有着种种隐秘和不堪。他顺其所见、所闻、所感展开随性、随意和随机的自由联想,过去和现在随时随地发生短路。貌似没有关联的联想化为杂乱无章、散落一片的词语和短句。它们近观是一地碎片,远观则构成一幅马赛克图画。虽然是一团乱麻,没有平滑织物的细腻纹理,但是图案已隐约可见:这就是一个略显猥琐而被内心焦虑所折磨的男人形象。《儿子》堪称一部长篇《狂人日记》,它佯装以一种原生态的、自然的和自发的话语,去除文学的修饰和掩饰,突破羞耻感、禁忌和道德的束缚,展现一个沸腾、躁动、混乱

---

① Philippe Lejeune, *L'Autobiographie en France*, p. 64.
② Serge Doubrovsky, *Le Livre brisé*, p. 175.
③ Philippe Gasparini, *Autofiction. Une aventure du langage*, p. 28.

的潜意识世界,诉说一些无法言传、难以启齿的隐私。在清算过去的道路上,杜勃罗夫斯基比卢梭和莱里斯走得更远。对父亲的怨恨、对母亲的依恋、对女儿的失职、身体的羸弱、心理的脆弱、雄性的缺欠、性幻想和性无能等在其心中郁积为难以解开的情结,成为令其心神难安的折磨人的"怪物"。和同样接受过精神分析治疗的莱里斯、佩雷克一样,写作对于杜勃罗夫斯基来说就是他在生活中所接受的心理治疗的延续和超越。"我"把昨晚的怪梦向分析师述说出来是为了最终解开这个令"我"寝食难安的怪物之谜:"我的管道工,灵魂的疏通。池子堵了,他给我疏通。让我流动。"(第260页)同样,自我书写具有净化功能,将内心的郁结诉说出来完成了对灵魂的一次清淤。

传统自传的认知自我、追寻真相的目的在《儿子》中并未消失,但是传统自传是建立在作者对于认知自我能力的自信基础之上的,如卢梭所说:"我要把一个人的真实面目赤裸裸地揭露在世人面前。这个人就是我(……)我深知自己的内心。"[1]对于自己是什么样的人,作者在书写之前已有确定的答案,作者要做的只是把"我"展示给读者。而这种自信恰恰是杜勃罗夫斯基所缺乏的,这个前提恰恰在《儿子》中是不存在的,"我"不是既有的结果,而是所要寻找的答案。所以建立在自我认知的确定性幻觉基础之上的传统自传书写方式对杜勃罗夫斯基是不适用的。《儿子》的写作就是通过虚构的一天的活动展现这一摸索和寻找的过程,自我建构被过程化、场景化,在记忆的暗室中努力辨别一个看不分明的、朦胧的、游移的、抓不住的幻影,来救赎这个被蜘蛛网般的千头万绪的"线索"所缠绕和羁绊的"儿子"。

---

[1] 卢梭:《忏悔录》,第3页。

第十二章 怀疑时代的自传
——萨洛特的《童年》

1956年,娜塔丽·萨洛特发表她那篇著名的檄文——《怀疑的时代》,向以巴尔扎克为代表的传统小说创作的理念和方法提出强烈的质疑和挑战,此文成为新小说的第一篇理论宣言。其核心就是:传统小说中作者和读者达成的心理默契和信任在现代社会中已不复存在。现代的读者不再相信那些貌似栩栩如生,实则虚假僵化的标签式的典型环境中的典型人物,也不再相信那些读来逼真可信,实则任意编造的故事情节。作者和读者处于一种彼此怀疑、相互戒备的状态。她借用一百年前司汤达的一句话郑重宣告:"怀疑的精灵已经来到这个世界。"现代小说不应继续往被典型人物塞满的文学殿堂里增加新的"难忘的"人物形象,而应展示现代人敏感细致、复杂微妙的心理现实。《怀疑的时代》是针对小说创作而言的,但是萨洛特在其一生的创作中,始终不渝地实践着她在文章中提出的原则,不论在其小说,还是在其戏剧甚至自传作品中,其自传作品《童年》就处处体现了这种怀疑精神。

一、无主题变奏

萨洛特对于谈论自身一直持一种审慎甚至拒斥的态度,直至 20 世纪 80 年代,当新小说派的其他旗手如罗伯-格里耶纷纷动手写自己的一生时,萨洛特才写了这唯一一部谈论自我的作品——《童年》。萨洛特生于世纪之初(1900),卒于世纪之末(1999),她的一生跨越了整个 20 世纪。在写作《童年》时,她已到生命的暮年,早已功成名就,完全有资格对几十年来时代的风风雨雨、文坛的是是非非作一个全面的回顾和评价。20 世纪也是人类历史发生空前巨变的时期。作为 20 世纪许多重大社会历史事件的见证人甚至参与者,萨洛特本可写一部史诗般的回忆录或自传。萨洛特在大学时读的是社会学,毕业后又从事律师的职业,丰富的人生阅历使她对外部世界、社会生活、人情习俗、现实问题有着丰富而深切的体验,这些都是作传的资本。但耐人寻味的是,正如其书名所昭示的那样,此书所述内容只涵盖了其生活中 5 岁至 14 岁这段短暂的童年时光,而对于她所经历的诸多重大历史事件(如两次世界大战,1968 年"五月风暴")只字未提。作为一名作家,尤其是作为战后具有重要影响的"新小说"代表作家,其文学活动和成就,或者至少其文学志向的形成本应成为叙述的主干(如萨特的《词语》由"读"和"写"两部分构成,讲述了自己成为一名作家所经历的两个必要阶段),但是萨洛特对于自己的作家成长历程和文学活动不仅从未涉及,而且未作任何影射。该书的自传性质乍看上去也颇令人怀疑,因为传统自传在开篇伊始便阐明写作意图和写作情景,使读者一下子便可确认故事主人公就是作者本人的一种"自传契约",在该书中并不存在。读者须将作者在书中故意淡化模糊,却终究无法回避掩盖的主人公的生活经历,与文本外有关作者的资料加以对照核实之后,才能确信书中的"娜达莎"就是书外的"娜塔丽"。

谈及童年,首先让人想到的或是天真烂漫、无忧无虑(如卢梭的《忏悔录》第一章、托尔斯泰的《童年》),或深受学校教育体制或家庭的束缚和压抑(如司汤达的《布吕拉尔传》、纪德的《如果种子不死》),或目睹社会不公、饱尝人间苦难(如高尔基的《童年》、瓦莱斯的《孩子》)的儿童形象。但作者本意不在于童年往事本身,而在于往事背后所隐含的深意和寓意。"自传不能只是一种故事讲得非常生动的、愉快的往事回忆:它首先应试图表现生活的一种深刻的统一性,它应当表现一种'意义',同时遵守经常相互矛盾的忠实性和连贯性的要求。"①童年是一个人的人格、志向、理想的萌芽和形成时期,这一时期的家庭、社会、教育、交往等为日后的自我发展和实现产生重要影响,正如一粒种子在其萌芽时期所接受的阳光、土壤、气候、环境等因素决定其日后的成长一样,所以许多自传在讲述完童年或少年时期后便结束了,因为以后的成人生活只是童年时期形成的人格的显现和结果。这些已经构成了童年叙事的定式,用萨洛特本人的一句话说就是:"同样的内容像过分咀嚼以后的食物一样,对读者来说,已变得糊烂如糜而且淡而无味了。"②对于此类自传,萨洛特像躲避陷阱一样保持着戒心。虽然她的自传取了一个如此朴素、如此通俗的书名,但它与传统童年叙事的共同点也许仅限于此。

《童年》所述事件都极为细小琐碎,没有提及任何有关时代、社会或历史的重大外部事件,萨洛特像蜗牛一样,只是蜷缩于自己的一方小天地,对自身之外的任何人与物都未曾触及,甚至连家庭中发生的、对作者幼小心灵产生重大心理影响的大事,如父母离异、父亲再婚等也未作明确交代,而只是进行影射。她着力渲染的竟是一些诸如用剪刀扎沙发、咀嚼食物、躲避女佣头发上的醋味、触摸电线杆、收藏涮洗香水瓶、吃草莓酱等所谓"鸡毛蒜皮"的小事。按照我们传统阅读的思维惯性和定势,文学作品中的任何一个事件和细节都是为了刻画人物性格或揭示某个主题。萨洛特这样讽刺传统小说创作的俗套:"在日常生活的表面下,往往隐藏着某种奇特的激动人心的事物。人物的每一个手势都可以描绘出这种深藏的事物的某一面,一个无足轻重的小摆设可以反映它的一个面目。小说的任务正是要写出这种事物,寻根究底,探索它最深隐的秘密。"③比如《欧也妮·葛朗台》中的老葛朗台衣着上的每个细节、他家中的每个物件、他身上的每个毛孔,都散发着吝啬的气息。《忏悔录》中的每件事都是为了

---

① Philippe Lejeune, *L'Autobiographie en France*, p.15.
② 娜塔丽·萨洛特:《怀疑的时代》,载《法国作家论文学》,第385页。
③ 同上,第384页。

表现一个与众不同、真诚善良的让-雅克形象。相反,《童年》中的娜达莎始终是一个飘忽不定、若即若离的影子,我们无法为她勾勒出一个清晰的轮廓和鲜明的性格。

《童年》全书只有书名一个标题,没有副标题,没有最简单的限定词"我的",也没有献词,没有前言和后记,没有目录也无法编纂目录。它由70个长短不一的片段组成,某些片段又分解为更小的片段。既没有标明先后顺序的数字,也没有点明各片段主题的标题。各个片段除了按照叙述内容的编年顺序串接在一起之外,在情节上并无逻辑上的必然联系。这70个片段讲述了作者5岁到14岁间因父母离异,在瑞士、巴黎、圣彼得堡、伊万诺沃等地的一些生活片段。这些片段虽然不连续,但是并不妨碍我们根据其中暗含的时间将其重组串接为线性的"故事情节"。

萨洛特为我们呈现的童年是相当传统的。构成其童年的枢纽事件是父母的离异。这一事件使得年幼的娜达莎成为精神上的弃儿,使她在双亲两地间来回奔走:首先由母亲抚养,居住在巴黎,间或去瑞士和俄国看望父亲;父亲定居巴黎后,她被移交给父亲;6岁时母亲迁居圣彼得堡,于是她又随母亲在俄国生活了两年半;再后来她又回到巴黎,与父亲和继母生活在一起,母亲再也没有招她回去,而是像卸掉重负一样将她彻底推给父亲。娜达莎像一件物品一样被传来传去,不论在父亲还是母亲那里,都没有家的感觉,她在学校里找到了自己的位置,学校为她提供了一个归属和表现自我的场所。作品开头数节展现了一个因受一些可怕幻觉的困扰而变得有些固执、神经质、有暴力和绝望倾向的女孩的反常举动。如此虽不坎坷但仍堪称曲折的童年,如果放到高尔基或狄更斯的笔下,一定会写得催人泪下,感人肺腑。但萨洛特把辛酸的童年处理得不喜不悲,不苦不甜,不咸不淡。萨洛特以冷静得近乎冷淡的笔调进行描写和叙述,将感情的流露控制到了最低点。

勒热纳认为,自传和其他文学作品一样,也是有主题的,也要表达某个意义。传统自传试图通过叙述个人历史赋予作者的人生以某种意义,卢梭和萨特的自传与他们的虚构作品和理论著述都表达了同样的思想与感情,被视为自传的典范。为此,作者只择取那些和主题密切相关的要素,所述事件之间有一种主题上的连贯性和逻辑。忠实性和连贯性是自传难以解决的一对矛盾。忠实性要求作者原原本本地叙述事实,连贯性要求所述事实应服从一个事先确定的意义或主题,要求作者只择取那些体现该意义的事件。但是,事实本身在发生的当时是没有意义、不连贯、不系统的。在现代自传作者看来,真实的生活是纷繁杂乱的,是不连续、无因果关系、相互矛盾的,是"一些零星的片段,凝固的动作和不完整的物体,悬空的问题,杂乱无章、无法真正地(也就是说逻辑地)将它们串接起来的瞬间"①。而且,事隔多年之后,过去事件的本真已渐渐模糊淡化,作者已习惯于按照现时的心境和表达的需要过滤和重新编排过去。所谓意义只是一种错觉、一种神话,是作者在事后赋予的。罗伯-格里耶对于意义的建构断然拒绝:"自从上帝死后,存在本身化为碎屑,解体,这一过程无限延伸着(……)意义的古老霸权也已死亡。"②在这方面,萨特的《词语》成为其写作的反面榜样:

(……)我读《词语》深感吃惊,(……)因为所有这些都是完全反存在的,完全固化的(……)萨特开始写他的童年时,对于什么是童年是心知肚明的(……)结果是,这个被意义渗透的罕见神童的存在被完全归结为一种本质,这种本质(……)将自传变为一个死亡的世界。

至于我,我回想起来的生活元素是与更加个人化的思辨以及我明知是虚构的东西混在一起的,它们都是动的,正因为如此,才不固化为一种突然具有某种意义的东西。③

从萨洛特对小说的论述中,我们可以推断她对事件和细节背后的所谓"意义"是保持警惕的。"在我们这个时代的生活中,人的行动缺乏通常

---

① Alain Robbe-Grillet, *Le Miroir qui revient*, p. 27.
② Alain Robbe-Grillet, *Les Derniers jours de Corinthe*, pp. 145—146.
③ Alain Robbe-Grillet, «Entretien avec Roger-Michel Allemand», voir Roger-Michel Allemand, *Alain Robbe-Grillet*, Les Contemporains-Seuil, 1997, p. 170.

的动机和公认的意义。"①罗伯-格里耶也说:"我们的生活是否有一个意义?是什么意义?人在世界上处于怎样一个地位?……在我们周围,世界的意义只是部分的、暂时的,甚至是矛盾的,而且总是有争议的。艺术作品又怎么可能预先提出某种意义,而不管什么意义呢?"②罗伯-格里耶以其对物的偏执描写表达了他的世界无意义观点:"我所居住的这个世界被人系统地悲剧化,这往往是人们蓄意安排的结果。"③萨洛特对其生活中的"大事"绝口不谈,既非出于谦虚,亦非出于谨慎,更多的是出于她的世界观和文学观。和其他新小说派作家一样,萨洛特最反对的就是传统作品的教谕和介入功能。与写小说一样,萨洛特以其对童年往事的杂乱、不成系统的叙述表现了她对自传指涉现实人生、承载意义的怀疑。她既不想借自传表达自己对人生和世界的理解,也无意为后人留下一个真实、客观的自我画像。她只是将记忆提供给她的过去呈现出来,剥落传统自传赋予它的教谕外衣。如果说传统自传是一件按照作者身材,根据一个事先设计好的式样,把自己的亲身经历作为布料进行精心剪裁、取舍、缝制而成的套装,那么《童年》更像是一件只将一些大小不一亦不规整的零碎布料进行简单缝合的百衲衣。尽管萨洛特从未阐述过她对自传的理解,但是她以自己的创作实践消解了传统自传的教谕和介入功能。

二、寻找失去的感觉

如卢梭所说,自传叙事的内容不外是"我所做的""我所说的""我所想的和我所感的"④。《童年》的叙事内容大致可分为两类:一类是发生在每个孩子身上的、每部童年叙事都会涉及的一些诸如儿时的游戏、朋友、读书学习等往事,另一类则是一些话语、气氛、所见所闻在娜达莎心理上引

---

① 娜塔丽·萨洛特:《怀疑的时代》,载《法国作家论文学》,第386页。
② 阿兰·罗伯-格里耶:《新小说》,载伍蠡甫、胡经之主编:《西方文艺理论名著选编》(下卷),北京大学出版社,1987年,第262页。
③ 阿兰·罗伯-葛利叶:《自然、人道主义、悲剧》,闻于前译,载柳鸣九编选:《新小说派研究》,中国社会科学出版社,1986年,第87页。
④ 卢梭:《忏悔录》,第3页。

起的各种细微的感觉。这后一类才是《童年》叙述的重点。读罢《童年》，我们也许很难复述萨洛特童年的所作所为、所言所想，我们挥之不去的是一大堆千奇百怪而又细腻入微的感觉。尽管《童年》仍严格遵守传统自传的叙事编年顺序，但这种顺序已不足以构成用以镶嵌外部事件和人物言行的自我成长历史。卢梭在《忏悔录》中也把"所感"置于叙事的首位，但卢梭所谓的"所感"更多的是善与恶、爱与憎、悲与喜等"感情"，而萨洛特笔下的"所感"则是在外界刺激下的生理学和心理学意义上的"感觉"。萨洛特将感情的流露降低到最低点，而将感觉的描写发挥到极点。她淡化了自传的形而上的意义，完全专注于形而下的感觉，将笔墨倾注于过去感觉的复现上，过去的言行只是过去感觉的外衣和催化剂。用她本人的术语说，就是表现"向性"(tropisme)。自从 1939 年萨洛特发表第一篇作品《向性》以来，可以说她一生的全部创作都是围绕"向性"这一中心。

"向性一词属于生理学词汇。它指的是由一些物理或化学因素所导致的一种方向或心理反应。根据其原因是吸引的或是排斥的(如昆虫趋光，燕子畏寒)，这种反应可能是积极的，也可能是消极的。萨洛特借此比喻他人的话语使最隐秘的意识所产生的诸如前进或后退、放松或害怕、满意或苦涩等一些细微的心理。"[①]简言之，萨洛特所说的"向性"就是人的意识在外界因素的作用下所产生的微妙、朦胧、细腻的心理活动。在萨洛特的时代，小说创作集中于人物的心理活动毫无惊人之处，因为在她之前已经出现了乔伊斯、普鲁斯特、伍尔夫等心理描写大师，然而将自传主要集中于心理描写而非事件叙述，则的确是前所未有的。

在读完《童年》的最后一句话后，读者总有一种因为急刹车而措手不及的感觉，因为作品写到娜达莎 12 岁时去费纳龙中学的路上便戛然而止，对于以后的大半生未作任何提示或影射。作者为什么对这十几年的寻常琐事如此着迷呢？也许我们可以从叙述者最后的陈述中找到某种启示：

---

① Nathalie Sarraute, *Enfance*, dossier par Marie-France Savéan, p. 294.

——也许是因为我觉得童年到此结束……此刻在我面前出现的,仿佛是个巨大的空洞,它挤得满满的,被照得十分明亮……

——我生活中的某些时刻、某些情感在我看来保存完好,它们蕴含着一种力量,足以摆脱保存它们的保护层,摆脱这种随童年而逐渐消融、隐没的白乎乎、软绵绵、棉絮般的厚层,这样的时刻我再也找不到了……①

至此,我们方知,萨洛特在《童年》中讲述的这些时刻和情感,并不在于它们在作者人生路上的意义大小,而在于它们都蕴含着一种力量,这种力量可以穿透岁月尘封的保护层和随时光流逝而变得越来越淡的记忆(或遗忘)的白色厚层,浮出记忆的水面。这些时刻和情感并没有被时光之水从记忆中抹去,而是完好地保存在记忆的深处,作者只是借助于"向性"这种力量才将它们从深处钩沉出来。"在萨洛特看来,童年的回忆有一种自在的存在。它被遗忘地带和失忆组织保护着。因此应重新发现这些被记忆和遗忘保护和湮没的'向性'。文本的空白相当于这些白乎乎的厚层,相当于这些无论如何不应重新填补的记忆的空白。"②以后的岁月已是一个"十分明亮"的"巨大的空洞",一切都已一目了然,因而也就失去了这种从黑暗冲向光明、从遗忘浮向记忆的向性。

向性是人在外界某种刺激作用下正在发生的某种不可名状、飘忽不定的心理状态,萨洛特在其小说中找到了最好的试验场。而自传是过去的同义语,讲述的是已经尘埃落定的往事。这种文类尤其不适合心理描写。萨洛特早已意识到这一点。她处处小心,避免陷入传统童年叙事的陷阱和俗套。开头的对话就表明了她的提防:"——这次我担心的恰恰相反,是它不闪动……闪动得不够……我担心它从一开始就凝固住,'安排就绪',事先就准备好了……——这一点你可以放心……一切还在摇晃不

---

① 娜塔莉·萨洛特:《童年 这里》,桂裕芳、周国强、胡小力译,译林出版社,1999年,第139页,此段译文有所改动。以下《童年》的引文均出自该版本,只在文中注明页码,不再另注。

② Jacques Lecarme et Eliane Lecarme-Tabone, *L'Autobiographie*, p. 200.

定,我还没有写一个字,没有说一句话……我觉得它在微弱地颤动……超乎语言之外……和往常一样……仍然具有生命力的小片段……趁它们还没有消失……你别拦我……"(第4页)由此可见,萨洛特所要表达的不是那些凝固不变、尘埃落定、先入为主的东西,而是仍在悸动、撩拨心弦的感觉。过去所做过的事、所说过的话并不重要,重要的是它们在幼小的心灵所引起的并没有随时光流逝而消失,虽被岁月尘封但仍保存完好的瞬间心理活动。

在普鲁斯特的《追忆》中,一块小玛德莱娜甜点的味觉引发了马塞尔对整个贡布雷生活的回忆。这种味觉也是一种向性,只是这种向性对于普鲁斯特来说只是一个跳板、一种媒介、一种手段,他想借此"在厚重的岁月积淀下搜寻与挖掘一段段逝去的时间并把它们用文字凝固下来"①。所以"普鲁斯特笔下的微观世界是静止的,比如说,他通过人物的回忆,通过一件客观事物引起人物的联想,把在人物内心里呈现出来的情景和过程,再现得很清楚,但这些只是静止的画面。他微观世界中的具体事物都是静止的,他只不过是把原先遗忘的东西重新很细腻地描写了出来而已"②。对于萨洛特来说,向性是目的,她要拨开岁月的迷雾,去捕捉和重新体会那种曾令她心动的感觉,她笔下的微观世界是颤动的、流动的。如果说普鲁斯特的自传体鸿篇巨制是"寻找失去的时间",那么《童年》就是"寻找失去的感觉"。

向性本来是产生于意识与潜意识边缘,尚未形诸语言的一种心理活动,可是作为文本,《童年》却不得不形诸语言文字。所以和萨洛特的其他小说一样,《童年》中充斥着无数的省略号,这些省略号恰是一些无声的话语、无形的文字,是意识之流的过程、高潮或余波。而引发向性的可能是一个物体、影像、手势、态度、语调……微不足道的火星可能点燃潜意识之火,漫不经心的轻轻一击可能撞开潜对话的闸门。因此,在草莓酱中发现

---

① 柳鸣九:《娜塔丽·萨洛特与心理现代主义》,见萨洛特:《天象馆》,罗嘉美译,漓江出版社,1991年,第10页。
② 柳鸣九:《新小说派作家访问记》,载柳鸣九编选:《新小说派研究》,第579页。

的白道道引起的是阵阵恶心:"一把盛满草莓酱的勺凑近我的嘴……我掉过头去,我再也不吃了……真难吃,不像是草莓酱……怎么回事?在它那美味中掺进了什么东西……什么叫人憎恶的东西藏在里面……叫我恶心。我不要吃,这不是真正的草莓酱。"(第24页)一本书中可怕的插图令"我"不敢睁眼:"现在我再也看不见它了,可我知道它还在那里,夹在里面……它靠近了,藏在那里,那页书特别厚……得赶紧翻过去,赶紧跳过去,让它来不及在我身上停下来,来不及嵌在我身上……现在已经开始了,剪刀在剪肉,大滴大滴的血……好了,过去了,被下面那张画抹掉了。"(第25页)在橱窗中看到的一个玩具娃娃令"我"不禁想到妈妈:"我突然感到一阵不自在,一阵隐痛……我身上的某个部位似乎与什么东西相撞,什么东西似乎撞了我一下……它逐渐明确,成形……成为十分确切的形式:'它比妈妈美。'"(第47页)

可是更多情况下,引发向性的是他人或故意或无意的一句话。[①] 娜达莎与父亲之外的其他人(母亲、继母、仆人等)都处于一种隔膜甚至对立的状态,他们的话或像尖刀、或像鞭子、或像冷水刺激着娜达莎敏感的神经。作者像是一名生物学家,将这些话语在娜达莎心理上产生的反应用显微镜放大,将神经末梢的微妙活动与变化描写成"像流质一样的食物"(aussi liquide qu'une soupe)。这种转瞬即逝的心理活动像无线电短波一样,作者将它放大延长,让人看得更加真切。女仆一句怜悯的话——"没娘的孩子多么不幸啊!"在娜达莎的心里引起鞭击一样的感觉:"鞭条缠住我身,越缠越紧……那么说这就是可怕的、最可怕的事了,它的外部表现是热泪纵横的面孔、黑纱、绝望的呻吟……'不幸'从未靠近我、接触我,而此刻它突然降临,这个女人看见了它。我在'不幸'之中,如同所有没有母亲的人一样,这么说我也没有母亲。显然我没有母亲,但这怎么可能呢?这事怎么会发生在我身上呢?妈妈曾经平静地擦去我的眼泪说:

[①] 有人对书中刺激娜达莎敏感神经的他人话语作了统计:一句出自母亲的朋友之口,两句出自仆人之口,四句出自母亲之口,三句出自薇拉之口。参见 Nathalie Sarraute, *Enfance*, dossier, p. 323。

'别这样……'如果这的确是'不幸',她能这样说吗?"(第 61—62 页)另一个女仆的一句指责——"不能这样递剪刀,难道你母亲没有教过你?"更加刺到了娜达莎的痛处:"她不仅知道我有母亲,她还一直盯着我母亲……通过我……在我身上,她看到她的烙印。这是些我自己没意识到的记号……坏记号……负号……是的,在你身上成了负号,而在别人身上就是正号……是的,在你身上记号倒转过来。阿黛尔和薇拉就是这样带着不屑的神气谈起你……'呵,她不挑嘴,什么都吃',言外之意是,莉莉不肯吃东西,异想天开,那正是她气质敏感的标记……她虚弱的身体也是一种品德,而你身体健康,这说明你性格粗野,甚至粗俗。"(第 80 页)这其中既有现在的叙述者的评论声音,又有过去的娜达莎的抗议声音,还有仆人和继母的指责声音,它们形成一种此起彼伏的复调性。《童年》不仅是一面回音壁,更是一个扬声器,数十年前细若游丝的话语和感觉穿过漫长的时间隧道,不仅被传送过来,而且被做了有些变形的放大处理。尤其是作者取消了简单过去时和将话语与叙事分隔开来的插入语,如"我想""我说"和冒号、引号等标记,将主人公的内心独白以自由间接引语的形式表达出来,而这种自由间接引语又是以直接引语的形式出现的。这样,过去和现在难解难分,种种声音盘根错节。萨洛特不想制造个人神话和偶像,不想用过去时制作一个玻璃罩将自我密封其中,供人观赏,她要使过去和现在形成一种互动,不把自己的过去作为目标,而只作为活生生的历史的一部分。

对向性的追求在客观上还产生了另一种效果。对于一部自传作品来说,真实性始终是作者和读者无法回避的一个影子。读者在读到一部自传时不可避免要对其内容的真实性产生怀疑,更有较真者还会逐一考证。事件的真实性可从文本外的其他资料得到核实,思想感情的真实性可从作者的其他作品得到印证的话,而那些只为"我"一人所知、所体会的内心感觉和独白却是查无对证的,它让那些有考证癖的人束手无策。或者说,尽管作者没有通过事件窗口展示社会历史的真实,却从向性这个窗口展现了作者眼中最大的心理真实。尽管萨洛特没有在自传中叫卖真实,却以自己的实践消解了自传的真实。

三、在独白中对话

"我出生于……"

这种第一人称个人档案般的开头①,已构成了自传叙事的一个定式。但是对于一切"安排就绪、事先就准备好了"的事物怀有戒心的萨洛特在写自己的童年时,对这种天经地义的人称和套式不可避免地加以规避。翻开《童年》,我们便有一种强烈的不适:

——这么说来,你真要这样做了?"追忆童年往事"……你不喜欢这几个字,觉得很别扭。不过你得承认只有这几个字才最恰当。你打算"追忆往事"……没有什么可扭捏的,就是这样。

——是的,我毫无办法,它在诱惑我,不知为什么……"(第3页)

故事不仅不是从作者的出生讲起,而且不是以线性的叙事形式,而是以对话形式,或者说寓叙事于对话的形式出现的。《童年》不仅在故事层次上存在多种声音的混杂,在叙述层次上也存在复调性,即存在两个叙述声音。叙述者在被岁月尘封的过去中挖掘搜寻东鳞西爪的童年往事,这一切都是在一个清醒的、挑剔的目光的审视下进行的。

一般来说,自传中的"我"作为一个能指对应两个所指:一个是叙述层面的叙述者,另一个是故事层面的主人公。但是,在《童年》中,能指"我"在叙述层面就有两个所指,即两个声音,一个是承担主要的回忆和叙述功能的声音,我们称之为叙述者;另一个是不断对叙述者的话语提出异议、修正或附和的声音,我们姑且称之为批评者。两个声音交替出现,在

---

① 例如,"我于1712年生于日内瓦,父亲是公民伊萨克·卢梭,母亲是女公民苏萨娜·贝纳尔。"(卢梭)"我出生于1869年11月22日。"(纪德)"泰奥多·阿格里帕·多比涅,是克散统日的布里的让·多比涅王爷和埃堂的卡特琳娜小姐之子,于1551年2月8日出生于蓬斯附近的圣莫里公馆。"(多比涅)"1918年10月16日凌晨4点半,我出生于距阿尔及尔15公里处的比尔芒德里镇的'布洛涅森林'的绿树掩盖的房子中。"(阿尔都塞)以上引文转引自 Gisèle Mathieu-Castellanie, *La Scène judiciaire de l'autobiographie*, PUF, 1996, p.49。

他们一来一往的对话中，童年的往事像冰山一样，东一座西一座地浮出水面。叙述的功能主要由成人的叙述者承担，这也是绝大多数自传的惯例；批评者是虚构的角色，他极少介入故事层面，在话语叙述层面与叙述者对话，因此他不构成一个单独的视角。

这个批评者是谁？他的身份在书中未作任何交代。从说话的语气看，似乎是一位对主人公的生活了如指掌、与成年叙述者互为知己的女性。但文中两个用于修饰他的形容词却是阳性形式，他似乎又是一位男性。也许说他是中性更为恰当。他在文中的作用大致可以归纳为两个方面：一个是以挑剔的读者的面目出现，另一个是以作为叙述者的一个合作者的面目出现。

在文本中出现一个想象的读者形象，不论在小说还是自传中都是平常不过的现象。但在传统的叙事作品中，这个读者通常是作为叙述者的倾诉或发泄对象出现的，他不说话或无权说话。而在《童年》中，他却开口说话了。叙述者有话要说，信口而说，而另一个声音不断对叙述者的话语提出质疑、提醒和纠正。这个潜在的读者即批评者显然比叙述者更加冷静和理性。由于事隔多年，记忆模糊，叙述者所述事实中包含着诸多不确切甚至谬误之处。批评者毫不客气地打断叙述者，或指出错误，或要求提供更加详细的情况："你当时就知道这些词……"（第6页）"也许不完全是这样说的……"（第13页）"这幅画确实是《麦克斯和莫里兹》里的吗，最好核对一下吧。"（第25页）"你当时不可能这样想……"（第44页）"真奇怪，这是你头一次感到离愁……莫非有预感……"（第55页）叙述者在讲述过去时，也许对往事作了加工、美化或悲情化，使用的也许并非一个孩子所能使用的语言，描写的也并非完全是孩子当时的感觉，而是后来的或现时的印象。批评者对回忆过程中的这些语言和感受的失真也不放过，不失时机地指出："在你那个年龄，你脑子里肯定不会有这些形象、这些字眼……"（第8页）"对不起，这些咕咕声和啾啾声，难道不是你不由自主地加进来的预制件吗……它们是那么诱人……你巧妙地涂上脂粉，十分和谐……"（第10页）"你当时真是这么感觉的？"（第20页）"你小小年纪就

第十二章　怀疑时代的自传　　299

感觉到爱？"(第31页)"这些回答是你此刻想象出来的吧……"(第52页)

然而,多数情况下,批评者这一称呼并不确切,这一虚构的声音更多地与叙述者处于一种促膝交谈的融洽气氛中。尽管大多数情况下往事的选择都是由叙述者来决定的,叙述者首先开口,批评者做出评论,但偶尔批评者也首先开口,提供一些线索或话题:"你过了多长时间才明白妈妈从不为你着想,即使为你着想也是漫不经心、十分笨拙的……"(第13页)"真奇怪,你一离开那地方,这种狂热便消失了。"(第19页)"很难理解你当时为什么那么兴奋、焦急……你以前要上布雷邦学校时可不是这样……"(第81页)他可以迫使、诱导、鼓励叙述者在袒露心迹的路上走得更远,戳穿一些保护性表象,揭露叙述者本来不愿承认或不愿启齿的感觉:"——可是有点什么原因使它不能像舅舅的房子那样进入你'美好的童年回忆'。——这我知道,因为母亲不在那里。她从来没在那里露过面。"(第22页)有一次,妈妈和情人正在调情打斗,娜达莎却以为妈妈受了欺负,于是挺身而出,却被妈妈粗鲁地推开。开始叙述者只是承认:"我当时只有轻微的感觉……仿佛玻璃杯碰撞了一下……"可是批评者并不满意,步步紧逼:"你真这么想?""就这些?你没有别的感觉?""好,再想想……""很好,继续……"终于迫使叙述者吞吞吐吐地说出了那个她本想回避的词语:"我是一个异物……它妨碍……"于是批评者将这种感觉更加明确化:"对,异物,说得好……这就是你当时的感觉,强烈的感觉……异物……它介入到机体中,迟早要被机体排除……""没想到,我同意,当然没想到……它朦朦胧胧、似真非真地出现了……霎时间从雾中出现一个岬角……但又被雾遮住了。"(第39页)这时,批评者也变成了叙述者,将感觉表述得更为准确。随着叙事的进展,批评者和叙述者各自的角色逐渐模糊,他们开始一唱一和,相互补充,共同沉浸到对往事的回忆中。

由此,我们发现,这个虚构的批评者的声音的引入,使叙述者的话语不再是一种不容置疑的断言,而是一种在黑暗中逐渐探寻的过程。而自我也不再是一个自在的或预制的存在,而是一个被不断勾勒又不断被修正的画像。叙述者不再有卢梭那样的勇气大声宣告:"请看!这就是我所做过的,这就是我所想过的,我当时就是那样的人"①,而是以一种更加谦恭、更加不确定的语气,或承认话语的失真,或捍卫自己的观点,或做出进一步的澄清:"是的,我大概是不由自主了……"(第 10 页)"我想是的,我感觉到这一点。"(第 20 页)"当然,当时的想法和现在不一样……现在我努力……而当时做不到……"(第 44 页)批评者对叙述者的这些怀疑同样也是潜在的读者对作者的可能怀疑,将这些怀疑明确地坦白出来于作者来说未尝不是一种欲擒故纵的策略,以表明作者对于自传书写的种种陷阱和读者的怀疑是心知肚明、高度警惕的,以自揭其短的态度来解除读者的戒心。随着叙事的进展,读者逐渐习惯这个声音,批评者的挑剔的话语也愈来愈少,与叙述者的合作愈发紧密,两个声音由最初的错位走向合流。

萨洛特对于一切文学成规、惯例、套式保持着一以贯之的敏感和警惕,即使在书写自己的生活时也处处躲避着此类叙事模式的陷阱。尽管《童年》是萨洛特所有作品中最接近于传统的一部,但它对自传的理念和模式做了大胆的解构和革新。自传素材为她一贯追求的向性提供了载体。与写小说一样,萨洛特仍然"见木不见林",痴迷于自己转瞬即逝的心理感觉。自传与创造是一对天然的敌人。自传首先是以真实为预设和生命的,但自传不应仅仅是生活的忠实记录和扩展的人生履历,还应具有文学性或诗意的追求,但过度的诗意将有损于其真实的本质。对于《童年》来说,对向性的痴迷、虚构的对话使自传在诗的一面得到了极度的张扬;而对于重大事件的舍弃,对于琐碎事件的选择和对于心理描写的探幽观微,消解了人们对其真实性的怀疑。所以《童年》追求的不是诗与真的统一与和谐,而是二者间极度的张力。萨特在为萨洛特的小说《陌生人的肖像》作序时称之为"反小说":"反小说保存了小说的外貌和轮廓……但是,小说自己否定了自己。"②我们是否可以据此认为萨洛特的《童年》只是保

---

① 卢梭:《忏悔录》,第 3 页。
② Jacques Lecarme et Eliane Lecarme-Tabone, *L'Autobiographie*, p. 3.

存了自传的外貌和轮廓,而其实是一部"反自传"或"新自传"呢?也许还是勒热纳说得更为恰当,《童年》"不是一种(对自传的)背叛或堕落,而是一种拯救行为:它将童年叙事这一文类从垂垂老矣的状态下拯救出来,给了它一鞭子,给了它第二次青春"[①]。

[①] Philippe Lejeune, *Les Brouillons de Soi*, Seuil, 1998, p. 255.

第十三章　自传写作的"恐怖行动"
——罗伯-格里耶的《戏说》三部曲

新小说主将罗伯-格里耶自从20世纪60年代起把主要精力用于拍摄电影,20年之后,他于1984年以其具有强烈自传性的《重现的镜子》重返文坛。罗伯-格里耶承认,"《重现的镜子》缘起于《巴尔特自述》"①,因为随着《巴尔特自述》的成功,瑟伊出版社想再接再厉,鼓励罗伯-格里耶如法炮制,写出他的自述。罗伯-格里耶"不怀好意"地接受了出版社的提议,因为他既对巴尔特的片段式写作颇有微词,同时想借此机会打破或者说颠覆传统自传的写作方式。果然,《重现的镜子》的发表仿佛将一块巨石投入水中。他在此书开篇不久便说道:"我从来没有谈过别的东西,我谈的都是我自己。由于是从内部来谈的,所以人们没有察觉。"②这句"包法利夫人就是我"式的告白等于宣告他此前的所有小说都是写他自己。这句话如果出自别的作家之口本不足为奇③,但是从罗伯-格里耶的口中说出就令人惊诧了。因为

---

① Jean-Pierre Salgas, «Robbe-Grillet: 'Je n'ai jamais parlé d'autre chose que de moi'», in *La Quinzaine littéraire*, n°432, 1985/01, p. 6.

② Alain Robbe-Grillet, *Le Miroir qui revient*, p. 10.

③ 勒克莱齐奥也表达过类似的观点:"我确实感到,自从《诉讼笔录》以来,我所写的从来都只是自传。"见 *Le Nouvel Observateur*, n°1995, 2003, p. 56。

长期以来，在读者和评论家的心目中，罗伯-格里耶一直对真实性、主体性抱有最大的怀疑，他的小说给人的印象便是无"我"唯"物"，以不动声色的对物的冷漠描写而著称。他的自我书写无异于驶入被他自己划定的禁区。之后，罗伯-格里耶不顾人们的惊愕和质疑，又相继推出《昂热丽克或迷醉》(1988)和《科兰特的最后日子》(1994)。

然而，罗伯-格里耶又将他的自我书写三部曲冠以一个令人莫名其妙的总标题 *Romanesques*。romanesque 在法语中本是"小说"(roman)一词的形容词形式，当它用于写人或状物时，指像小说一样"传奇的""离奇的""非同寻常的"，与"平淡的""平凡的""真实的"意思相对，其言下之意便是"不真实的""不足信的"。巴尔特也曾经使用该词来指称他的写作，但是巴尔特的 romanesque 指的是一种非刻板、不连贯、呈散射状、碎片式的文体，我们将其译作"漫说"。而罗伯-格里耶对该词的解释是：

> romanesque 突出的是自传回忆的小说指向。我的亲身经历一直是我的书、我的小说，至少是这一戏说的素材，即使其中的自传特点不是显而易见的；这一自传特点即使不比《嫉妒》更加强烈，至少也是同样强烈的。正如我所说到、所指出的，我的总标题强调的是虚构的一面(……)当我想到我的生活时，我看不出我曾认识的人、我喜欢的小说中的主人公和我自己有多大区别。我曾认识的那些人、我回想起来的我本人、我的父母、我的家人、我的朋友、默尔索、洛根丁、爱玛·包法利、斯塔伏洛金，所有这些人都有可比性。①

罗伯-格里耶在小说写作方面秉持颠覆、解构、游戏的态度，他同样把这种态度延伸到自我书写中，他将自己、生活中的人和读过的小说中的人物等量齐观，真作假，假亦真，所以我们将罗伯-格里耶的 romanesque 译作"戏说"，意即以游戏的态度言说自我和生活。以"戏说"作为自我书写的总标题，和杜勃罗夫斯基的"自撰"一样，也是一种错位和矛盾的搭配。

---

① Jean-Jacques Brochier, «Conversation avec Alain Robbe-Grillet», in *Le Magazine littéraire*, n°250, 1988/02, p.91.

一、一个混合怪胎

罗伯-格里耶多次用种种传统称谓来指称其本人的自我书写①,如"自传"(autobiographie)②、"自画像"(autoportrait)③、"回忆录"(mémoires)④、"纪事"(chroniques)⑤,但是他也深知他的写作与上述这些称谓从根本上是有区别的,所以他又别出心裁地造出某些眼花缭乱的表达方式来指称其写作,如"自撰把戏"(errements autofictionnels)⑥、"自别传工作"(entreprise auto-hétéro-biographique)⑦、"新自传"(nouvelle autobiographie)或"有意识的自传"(autobiographie consciente)⑧等。

从行文来看,《戏说》文本在总体上包括两类模式,用语言学家本维尼斯特的术语就是"话语"(discours)和"故事"(histoire),即"议论"和"叙事"。弗兰克·瓦格纳(Frank Wagner)根据"故事"和"话语"在文本中所

---

① 关于格里耶在书中对其写作的种种称谓的整理,参见 Frank Wagner, «Ceci n'est pas une autobiographie (Un exemple d'autofiguration : les *Romanesques* d'Alain Robbe-Grillet II)», http://www.vox-poetica.org/t/articles/wagner2012b.html (consulté le 17/11/2021)。

② "或许只是出于这个不确定的目的,为了给这些问题哪怕只是一个装模作样的回答,我才在一段时间之前开始写这部自传"(*Le Miroir qui revient*, p. 9);"我现在感到使用传统的自传形式有着某种乐趣"(*Le Miroir qui revient*, p. 16);"但是,在我的这部微不足道的自传讲到这个地方时,我必须指出,我的亲历经验与这些形象的哪一个都不符合"(*Le Miroir qui revient*, p. 47)。

③ "从我的自画像的第一卷起,我就指出,它(记忆)虽然勤恳却是会撒谎的。"(*Les Derniers jours de Corinthe*, p. 190)

④ "阿兰·罗伯-格里耶在他的回忆录中讲到(……)"(*Les Derniers jours de Corinthe*, p. 87)

⑤ "在这部没有任何编年顺序的纪事的前面某卷中,我已经说过(……)"(*Les Derniers jours de Corinthe*, p. 142)

⑥ "于是,我拿出这种墓中的力量,继续写越来越举步维艰的自撰把戏的第三卷。"(*Les Derniers jours de Corinthe*, p. 177)

⑦ "我自己把我的自别传工作的开始时间定于这一时刻(超过十五年以前)。"(*Les Derniers jours de Corinthe*, p. 190)

⑧ "我们是否可以像说到新小说那样,称其为新自传呢?这个词已经颇受欢迎。或者,说得更加明确,用一个学生的有理有据的说法,是一种'有意识的自传'。"(*Les Derniers jours de Corinthe*, p. 17)

占的比重将自传分为两类：一类是以讲述作者成长经历、人格形成过程为中心的"故事型自传"(autobiographie historique)，这也是大部分自传的类型；另一类是以叙述者此时此地的叙述行为为中心的"话语型自传"(autobiographie discursive)①。

与在悄无声息中突破传统文学和自传写作范式的佩雷克相反，罗伯-格里耶在《戏说》中，从开篇直到全书结束不断中止叙述，喋喋不休地发表着他对于小说、对于当代文学、对于自己的写作的思考和说教，对于福楼拜、加缪、萨特等作家的评论，云山雾罩地表达着对自传，甚至对其正在进行的写作行为的质疑和批判。② 例如，在《重现的镜子》开篇，他对于记忆的缺陷的论述貌似一种以退为进的策略，旨在让读者理解并原谅其回忆中的失真和失误，从而最终相信其整体的真实性；但是从后面越来越长的论述中，我们方得知他原来是要揭穿自传真实的虚幻性，指出任何连续连贯的叙事都是骗人的重构。这些评判话语如果连缀起来，几乎构成了一篇类似于《为了一种新小说》(Pour un nouveau roman)的《为了一种新自传》，堪称一篇"新自传"宣言或"反自传"诗学。这种元文本(métatexte)话语的频繁和密集达到登峰造极的程度，大有喧宾（评论）夺主（叙事）之势，以至于弗兰克·瓦格纳称其为"元话语和超级批评自传"(autobiographie métadiscursive et hypercritique)。③ 这些元文本既是指导读者阅读《戏说》的"使用说明"，又是令读者无所适从的迷宫，因为罗伯-格里耶用笔留下个人踪迹的同时，又用橡皮抹擦或模糊这些踪迹，在为读者引路的同时，又以半玩笑的口吻反复提醒读者莫受误导。

《戏说》的"故事"或"叙事"部分又分为两类：一是罗伯-格里耶本人的

---

① Frank Wagner, «Ceci n'est pas une autobiographie», http://www.vox-poetica.org/t/articles/wagner2012b.html (consulté le 17/11/2021).

② 如勒热纳所言："佩雷克的《W 或童年的回忆》与罗伯-格里耶的《重现的镜子》的构想有着许多共同点，但是佩雷克做而不说，罗伯-格里耶说而不做。"Philippe Lejeune, La Mémoire et l'oblique. Georges Perec autobiographe, p. 72.

③ Frank Wagner, «Ceci n'est pas une autobiographie», http://www.vox-poetica.org/t/articles/wagner2012b.html (consulté le 17/11/2021).

私人经验场景,在第一卷《重现的镜子》中,家庭历史和童年的分量尤大;二是两个亦真亦幻的人物亨利·德·科兰特和昂热丽克的故事。

从关于罗伯-格里耶个人经历的叙事来看,《重现的镜子》几乎具备了自传的所有条件(即勒热纳的自传定义中所包含的"语言形式""所谈主题"和"作者情形"①)和元素,罗伯-格里耶在一种貌似东拉西扯式的漫谈中讲述了他在布列塔尼和汝拉山区的童年,他的青春萌动的幻想和执念,他的家族的逸事,他在巴黎的求学,父母右倾的亲德排犹的政治倾向,他在占领期间在农学院的求学生活以及应征服兵役去德国替换战俘的经历,战时在费斯巴赫集中营的工作和观察,他作为农学工程师的职业生涯以及弃农从文的决定,他的旅行及经历的一次飞机和邮轮事故,他与母亲的关系,妻子对他的恋父情感,他与巴尔特、萨洛特、西蒙等一众先锋作家和伽利玛、午夜出版社的来往,他的写作引发的争论……他一生的各个阶段几乎都被触及,尤其是他作为作家的四十年文学生涯,其中许多事实是文学界众所周知或有据可查的。但是这些经历只是一些没有时长(durée)的生活瞬间(instant),其叙述不是遵照主人公成长的时间先后顺序,往事之间缺乏时间和逻辑的关联,散落为一地碎片,无法构成一部合规的自传。

罗伯-格里耶在叙述个人历史、回忆自己的青少年时期的过程中突兀地穿插着两个神秘莫测的人物科兰特和昂热丽克的故事。《重现的镜子》这一书名与书中出现的一个神秘和略带恐怖气息的虚构故事有关:科兰特骑马漫步在洒满月光的布列塔尼沙滩,沧海月明,白马长滩,本是一幅充满诗情画意的画面。这时科兰特发现海面上漂来一面巨大的镜子,他试图将镜子拖上岸却险些被镜子拖下水而丧命,他从镜子中看到了死于乌拉圭的未婚妻的面孔,书中反复出现的离奇怪诞的元素也在提示我们这个故事纯属子虚乌有。分散在全书中的有关这两个人物的内容如果连缀起来,几乎构成了一部以科兰特和昂热丽克为主人公的小说。所以罗

---

① Philippe Lejeune, *L'Autobiographie en France*, p.10.

第十三章 自传写作的"恐怖行动" 307

伯-格里耶在《科兰特的最后日子》中称他所写的是"自别传"。生活中的真实细节与虚构的科兰特的轨迹交织缠绕，回忆与想象齐头并进，既破坏了全书整体的可信性，叙事的顺序和进展也受到极大干扰。

《戏说》到底是自传还是虚构，不仅读者难以判定，就是罗伯-格里耶本人也是语焉不详，甚至自相矛盾。罗伯-格里耶承认，对于该书到底属于自传还是虚构，他也说不清："事实上，我不知道在封皮上该写什么，我没有写'小说'，正如杜拉斯没有在《情人》上写'小说'一样，但是我们也没有写'自传'，我们没有标明体裁。"①但是他的此番谈话的标题以及他在《重现的镜子》开篇不久的表白却是"我从来没有谈过别的东西，我谈的都是我自己"，而且他最初打算把此书放入瑟伊出版社的"永恒作家"丛书，题为《罗伯-格里耶自述》(*Robbe-Grillet par lui-même*)②。研究者发现，早在 1984 年正式发表之前，《重现的镜子》的部分内容已于 1978 年发表在《午夜 31》(*Minuit 31*)上，题为《想象的自传片段》(«Fragment autobiographique imaginaire»)③。这些已经发表的片段被他几乎一字不差地收入《重现的镜子》中④。但是数页之后，他又称："我在这里冒险闯入的，仍然是虚构"⑤，"正是出于这个理由我称之为虚构"⑥。

《戏说》是"话语"与"故事"、真实与虚构、自传与他传扭合而成的风马牛混合体，罗伯-格里耶在议论和叙事之间、在想象和亲历之间随时地、任意地切换，叙与议、虚与实、我与他在主题和功能上相互干扰和解构。这种混合式写作在习惯于阅读传统自传或小说的读者看来无异于一个"怪

---

① Alain Robbe-Grillet, «Je n'ai jamais parlé d'autre chose que de moi», in *Le Voyageur, textes, causeries et entretiens*, p. 255.
② Alain Robbe-Grillet, *Le Miroir qui revient*, p. 10.
③ Frank Wagner, «Le *Moi* qui revient, un exemple d'autofiguration: les *Romanesques* d'Alain Robbe-Grillet», http://www.vox-poetica.org/t/articles/wagner2012a.html (consulté le 17/11/2021).
④ 这些内容从"我从未谈过别的东西，我谈的从来都是我自己"至"正是出于这个理由我称之为虚构"，见 Alain Robbe-Grillet, *Le Miroir qui revient*, pp. 10—19。
⑤ Alain Robbe-Grillet, *Le Miroir qui revient*, p. 13.
⑥ Ibid., p. 19.

胎",但是对于一向追求标新立异和颠覆质疑的罗伯-格里耶来说则是乐在其中。

罗伯-格里耶认为,现代叙事对于人的表达(expression d'une personne)是三维的,"既是身体,也是意图投射和无意识"①。一个全面的人的画像不仅仅是他所亲历的经验世界,也包括他的精神世界和内心世界。人的经验世界容易再现和叙述,这就是书中作为身体的"我"的生活经历和写作,即书中的纪实部分;那么"我"的精神世界和内心世界呢?遍布全书的对文学、对自传的美学思考就是"我"的"意图投射";而虚构的人物科兰特、昂热丽克以及反复出现的"幽灵"则是"我"的隐秘的"无意识"的内心欲望和冲动,如反复出现的对昂热丽克的身体的描写就是他的色情的性幻想和施虐受虐心理。罗伯-格里耶所要呈现的不仅仅是他的所作所为(身体)和所思所想(意图投射),而且是他的所惧所患、所梦所幻(无意识)。这三个维度构成了罗伯-格里耶"新自传"或"自别传"的基石。

二、系铃与解铃

关于《戏说》的体裁归属,罗伯-格里耶不仅语焉不详,他的做法更加令人无所适从。在《戏说》中,除了"我"之外,还有一个贯穿始终的神秘人物科兰特。"亨利·德·科兰特是谁?"②这是贯穿着读者整个阅读过程的一个挥之不去的疑问。按照作者本人的说法,回答"谁是科兰特"也就是回答"什么是自传"和"我是谁"的问题:"一段时间之前,我着手写这部自传,或许只是出于这个不确定的目的,为了给这些问题哪怕只是一个装模作样的回答。"③

科兰特是一个集万千神秘于一身的名字和人物,是一个游离于真幻两界的存在,他与"我"和"我"的家庭的关系若即若离。读者从头至尾始终无法确定科兰特是谁,也始终无法确定科兰特是否在生活中实有其人,

---

① Alain Robbe-Grillet, *Le Miroir qui revient*, p. 12.
② Ibid., p. 7.
③ Ibid., p. 9.

始终处于犹疑的、无法确定的状态。

　　他似乎在现实中确有其人,是"我"父亲的一位密切又神秘的朋友,经常来"我"家串门,与"我"父亲闭门密谈。① 他的身份可疑,1914 年当骑兵,二战前在俄国和德国行踪诡秘,同纳粹关系密切,又从事过来历不明的黑市交易和冒险旅行,以至于"我"在调查他的行踪时经常把他与萨特的《恶心》中洛根丁所研究的 18 世纪冒险家罗尔邦相混淆。② 但是,科兰特是"我"的家族的姓氏③,他又像是"我"的父亲,因为他们有着相同的出生日期、相同的身材、相同的相貌、相同的声音、相似的冒险经历。

　　同时,科兰特又是一个从罗伯-格里耶的其他文本和电影中走出的人物。他似乎是《幽会的房子》(*La Maison de rendez-vous*)、《金三角的回忆》(*Souvenirs du triangle d'or*)中的爱德华·马内莱(Edouard Manneret)的原型④,还是《漂亮的女俘虏》(*La belle captive*)和《一座幽灵城市的拓扑学》(*Topologie d'une cité fantôme*)中的人物⑤。

　　但是科兰特更大的可能性则是叙述者"我",他与"我"在诸多方面是重合的。一天,在科兰特所住的"黑房子"中,他的书桌上摆着写满字的、勾勾画画的手稿,他离开书桌到窗前看外面的天气;但是在下一段,叙述人称毫无过渡地变成了"我","我"书桌上摆满纸张,"我"刚才背着窗户走进房间。似乎住在"黑房子"里的科兰特就是"我",手头都在写一部手稿。⑥ 发生在科兰特身上的故事也许是张冠李戴式的想象:叙述者把本来发生在"我"身上的故事投射在科兰特身上。所以科兰特是另一个"我"

---

①　Alain Robbe-Grillet, *Le Miroir qui revient*, pp. 8—9.
②　Ibid., pp. 173—176.
③　"我的家族使用了七个世纪的科兰特这个姓氏本是我们的中世纪采邑坎贝尔-科朗坦(Quimper-Corentin)这个古老称呼的希腊语变形"。Alain Robbe-Grillet, *Les Derniers jours de Corinthe*, p. 87.
④　Alain Robbe-Grillet, *Le Miroir qui revient*, p. 71.
⑤　马尔罗的《反回忆录》的开头所讲的发生在他或者他的父亲身上的故事其实是他此前在小说中所讲述的发生在虚构的人物身上的故事,在这一点上,《重现的镜子》与《反回忆录》颇为相似。
⑥　Alain Robbe-Grillet, *Angélique ou l'Enchantement*, pp. 12—13, 33—35, 36—39.

(*alter ego*),或罗伯-格里耶的内心幻想的投影。

在《昂热丽克或迷醉》中,叙述者讲到科兰特上尉在一战期间的一段经历:某天早晨,科兰特上尉骑马穿过森林寻找押送年轻女俘卡米娜的西蒙下士,他在森林中遇到了一位德国骑兵。在描写到德国士兵的相貌时,叙事突然没有任何解释和过渡地从第三人称转到第一人称:"这一切尤其让我想到30年代某部电影中寻找圣杯的某个纯粹的英雄。"①接下来的叙事都是以第一人称进行。我们不禁发问:"'我'是谁?"之后,我们从德国士兵和"我"的相互介绍中得知:"我"就是"亨利·德·科兰特上尉"②。由此我们可以在"我"与科兰特之间画上等号。然而,这一节的末尾更加让我们困惑:"我再次让目光离开我的宽敞的办公桌上方的谜一般的象征派油画,低下头去寻找铺开在我面前的正在写的草稿。"③此处的"我"显然是罗伯-格里耶化身的叙述者,而科兰特也许是"我"正在写作的手稿中的虚构人物,上述科兰特的故事不是"我"的故事,而是"我"虚构出来的故事。我们可以套用巴尔特或埃尔诺的那句话:科兰特是"我"又不是"我"。

在《科兰特的最后日子》中有一段类似的人称转换:叙述者先是以第三人称讲述童年时的一次海边漫步时的落水险情:"人们经常给他讲他童年时的这个故事。今天,这个故事可以追溯到六十多年前。那天风平浪静,在离布雷斯特不远、锚地入口处的叫作'猫咪'的地方,一个悬崖夹峙的小港湾的码头斜坡上,一个沉闷的涌浪袭来,将他卷走。"④这里的"他"显然指的是本卷开头的主人公科兰特。但是下一句却在不知不觉间转向第一人称:"我那时可能几岁?也许三四岁?我们和妈妈以及她最小的妹妹玛塞尔出门兜风。"⑤第三人称的句子和第一人称的句子在意思上是贯通的,前一句中的"他"就是下一句中的"我"。如果说两个人称在指向上

---

① Alain Robbe-Grillet, *Angélique ou l'Enchantement*, p. 138.
② Ibid., p. 139.
③ Ibid., p. 146.
④ Ibid., p. 8.
⑤ Alain Robbe-Grillet, *Les Derniers jours de Corinthe*, p. 9.

有所不同的话,我们可以认为"他"(即科兰特)指向童年时的"我"。

科兰特是在不同层面进行"穿越"(métalepse)①的人(或人物),他从《戏说》的故事外(即罗伯-格里耶的其他作品)穿越至《戏说》的故事内(成为其中的虚构人物);他也从文本外(即现实中的罗伯-格里耶的父亲,甚至罗伯-格里耶本人)穿越至文本内。他在故事与故事、文本与文本、虚构与现实间穿行。现实中的人与虚构的人物的界限消失了,现实与虚构之间的墙被突破了。如同马格利特的名画《人类状况》(*La Condition humaine*),画布上的人工风景,即虚构(对应于格里耶小说中的人物)与窗外的自然风景,即现实(对应于罗伯-格里耶生活中的人物以及他本人)处于同一层面,以至于我们可以把现实视作虚幻,也可以把虚幻视作现实。但是,不论是画布上的风景还是窗外的风景,都不是真正的现实,它们都属于马格利特的创作,无法突破画布走入现实。同理,不论是《戏说》中写到的罗伯-格里耶的生活,还是罗伯-格里耶书中以及阅读中的人物,它们都不是罗伯-格里耶其人,它们都是罗伯-格里耶写作所塑造出来的人物,是罗伯-格里耶的再现。套用马格利特的另一幅关于烟斗的名画的标题就是"这不是罗伯-格里耶"。

在《戏说》中,虚构叙事是一个用于投射自我影像的屏幕。罗伯-格里耶曾说,《重现的镜子》受到了拉康的关于婴儿的"镜子阶段"的启发:"这是一本动态的书,它写的不是我,但总之是我的一个镜像,有点类似于我的工作(……)《重现的镜子》类似拉康的镜子阶段:儿童将镜中的他的碎片重新黏合起来,发现他的镜中像是另一个人!"②罗伯-格里耶煞有介事地为我们讲述子虚乌有的科兰特的故事,其实是制造一面虚构的镜子,科兰特是镜中的自我映射,或者说他将文本中作为语言产物的自我化身为科兰特。当罗伯-格里耶在编造科兰特的故事时,其实也是在不动声

---

① "穿越"指的是"从一个叙述层面到另一个叙述层面"的"越界"(transgression)。见 Gérard Genette, *Figures III*, pp. 243—244。

② Jean-Pierre Salgas, «Robbe-Grillet: 'Je n'ai jamais parlé d'autre chose que de moi'», in *La Quinzaine littéraire* n°432, 1985, p. 6.

色地谈自己。1990年12月11日,罗伯-格里耶在访谈中明确地承认:"'如果我能说清谁是亨利·德·科兰特,也许我最终会知道我是谁。'也就是说,如果我能够填补我童年生活的这个空缺,也许某种意义就会显现出来,不容置辩。"①

科兰特从海上漂来的镜子中看到的是死去的未婚妻,罗伯-格里耶从语言编织的文本之镜中看到的是科兰特,我们则从科兰特这面虚拟的镜子中看到了罗伯-格里耶。总而言之,我们从镜子中看到的不是"我",用兰波的话说,"我另有其人"(Je est un autre)。但是从另一个方面来说,"他同为一人"(Il suis le même),"他"即是"我"。

"我"不仅仅被投射在科兰特这个他者身上,而且被投射在众多像科兰特一样的幽灵般的人物和意象之上。《重现的镜子》追溯了罗伯-格里耶写作和电影创作生涯的缘起,其中的一个重要的缘由就是伴随着他的成长,在他的一生中挥之不去的各种"幽灵"(spectre)、"异象"(vision)、"幻觉"(apparition)、"幻影"(fantôme)、"幻想"(fantasme)、"鬼魂"(revenant)等②。例如总是暗含着恐惧和危险、令其无法安眠甚至经常将"我"从噩梦中惊醒的大海③,在难以入睡的夜晚从"我"眼前晃过的墙角暗处的幽灵④,"我"读过的如刘易斯·卡罗尔和鲁德亚德·吉卜林的文学作品中出现的"病态幽灵"⑤,"我"的教母在晚上为了哄"我"入睡而讲述的各种鬼魂故事⑥,散布在罗伯-格里耶的各部小说和电影以及《戏说》中的具有暴力和虐待色彩的性犯罪和性幻想,等等。这些幽灵就是潜意识中的执念,是"我"的人格的一部分。罗伯-格里耶的文学写作正是缘起

---

① Cité par Alain Goulet, «Introduction aux *Romanesques*», in *Imaginaires, écritures, lectures de Robbe-Grillet. D'Un régicide aux Romanesques* (en collaboration avec Roger-Michel Allemand), Arcane-Beaunieux, 1991, pp.52—53.

② "我在与这些幽灵的朝夕相处中长大。它们自然地成为我的日常世界的一部分。"Alain Robbe-Grillet, *Le Miroir qui revient*, p.20.

③ Alain Robbe-Grillet, *Le Miroir qui revient*, p.14.

④ Ibid., p.16.

⑤ Ibid., p.19.

⑥ Ibid., p.20.

于这些幽灵,它们构成了他的"文本运行器"(opérateur de texte)①。早在罗伯-格里耶的新小说写作正盛的时期,他就抱怨批评家只看到他的"物主义",却不知他对物的痴迷描写其实源自他隐秘的内心焦虑。他的写作,包括他的自我书写是抗击内心的幽灵、驱除心魔和执念的武器:"我对某些在我醒着时可能闯入进来的夜间怪物进行了精确的描写,我这样写为的是摧毁它们。"②科兰特、昂热丽克的故事正是童年时纠缠着他的幽灵的投射。昔日童年的梦幻变为现时的叙述者的梦幻,它们表面看来与"我"的真实生活分属完全不同的世界,但是它们也是"我"的投胎,也是接近自我和抵达自我的途径:"我对这种可疑的快乐发生兴趣,因为一方面它证明了我开始小说写作是为了祛除那些我无法克服的幽灵,另一方面也让我发现迂回的虚构终究远远比所谓真诚的自白更凸显个人。"③写作对于罗伯-格里耶来说不是如司汤达所言是"一面带在身上沿路移动的镜子",它不是如实地映射沿途的外在景致,而是映射内心的顽念和焦虑。书中出现的幽灵以及科兰特、昂热丽克等幽灵式的虚构人物所凸显的正是罗伯-格里耶的内心。

《戏说》所呈现的"我"不是一个个性鲜明、轮廓清晰的形象,而是如浮云般飘忽无常、影影绰绰、变幻莫测的影子。罗伯-格里耶清醒地意识到无法忠实地再现过去,他无意再现一个先在的、真实的"我","我"的经历只是为他提供了素材,他所再现的是"我"的幽灵,第一卷书名中"重现"(revenir)与"幽灵"(revenant)实为同一词根。罗伯-格里耶并非如传统自传家一般脚踏实地,而是凌波微步,飘忽莫测,虚虚实实:"因此,在我作为小说家的工作和最近我作为自传家的工作之间,我几乎看不出有什么不同。"④

---

① Alain Robbe-Grillet, *Le Miroir qui revient*, p. 19.
② Ibid., p. 17.
③ Ibid., pp. 16—17.
④ Alain Robbe-Grillet, *Angélique ou l'enchantement*, p. 68.

三、破镜重现不重圆

罗伯-格里耶在开篇说:"我从来没谈过别的东西,我谈的都是我自己。"此言将其从前的所有写作都置于自我言说的框架之下,即他的各种写作都是一面镜子,其中映射的是罗伯-格里耶本人,或者他的诸多侧面。他在第二部《昂热丽克或迷醉》中做了更加详细的解释:早年的小说《弑君者》和《窥视者》中的布列塔尼小岛就是他在当办公室职员时的生活和童年背景;《橡皮》中瓦拉斯警长的额头尺寸就是他本人的仔细测量过的额头尺寸;《嫉妒》中的房子就是他在法兰西堡(Fort-de-France)住过的房子;《纽约革命计划》《拓扑学》《金三角》里的性犯罪幻想也是他的个人施虐的幻觉,《窥视者》中的受害者维奥莱特就是他曾经爱过的小姑娘,等等。①

多年之后,他在自我书写的大潮,尤其是其朋友巴尔特的《自述》的裹挟之下,以《重现的镜子》打响写我的第一枪,宣布"罗伯-格里耶又回来了",这次写作的镜子里映射的仍是"我自己"。

罗伯-格里耶在一次访谈中说:"如果说存在一种'新小说',那么也应该存在一种类似于'新自传'的东西,总之它关注的是用碎片和空缺进行写作本身,而不是关注对过去的事情进行完整而真实的描写,只需表达出来即可。"②他在《科兰特的最后日子》中对"新自传"做了说明,所谓"新自传",就是"有意识的自传,即意识到它自身固有的不可能性,意识到必定穿行于自传之中的虚构,意识到破坏自传的缺陷和疑难,意识到打断事件运动的自反段落,也许用一句话来说就是:意识到它的无意识"③。

何谓自传"固有的不可能性"? 罗伯-格里耶此言是针对传统自传试图真实地再现经验自我的自信和抱负而言。卢梭宣称:"我向读者许诺

---

① Alain Robbe-Grillet, *Angélique ou l'enchantement*, pp. 68—69.
② Alain Robbe-Grillet, «Je n'ai jamais parlé d'autre chose que de moi», in *Le Voyageur, textes, causeries et entretiens*, p. 258.
③ A. Robbe-Grillet, *Les Derniers jours de Corinthe*, p. 17.

的正是我心灵的历史,为了忠实地写这部历史,我不需要其他记录,我只要像我迄今为止所做的那样,诉诸我的内心就成了。"①卢梭对于认识自我、把握自我、再现自我信心满满,信誓旦旦。但是在罗伯-格里耶看来,传统自传作者的这种自信是虚幻的、幼稚的、可笑的、自欺欺人的,传统自传是在无意识中进行的虚构。"新自传"则对真实有着清醒的意识,自传的虚构是其固有的、与生俱来的无意识的"原罪",自传实为说不出口的虚构,而"新自传"之"新"就在于意识到了自传的这种无意识,敢于捅破所谓"真实"这层一戳即破的薄纸,指出其脆弱性。他在第三卷中称其写作是"自撰把戏",说明格里耶对于杜勃罗夫斯基的自撰概念和写作并不陌生,他的"新自传"与杜勃罗夫斯基的自撰有着异曲同工之效。

罗伯-格里耶深知,我们的记忆从来就不是忠实的,可能会张冠李戴。例如,《科兰特的最后日子》讲到了"我"童年时在海边散步过程中的一次失足落水的回忆,但是他却称这个事件与其说是他的亲历,不如说是人云亦云,三人成真,由于重复多次而信以为真:"这个故事,后来在我长大过程中被成百次重复,留在了我的记忆中。事件本身由于发生得过快,或者距今过于久远,没有给我留下任何有意识的回忆。"②而且,我们的记忆不是防腐剂或福尔马林,无法保存往事的原真和鲜活,真切的往事经常化为真假难辨的幻觉和梦境:"有时,一个我们感到确定无疑的形象也会转瞬即逝,同时又几无可能,以至于我们立即怀疑其真实性。短短几年之后,它又像一个纯粹的梦中幻觉出现了,因为我们经常提到它,它才留存下来,不过时间一长,它就变得越来越不可信,越来越不真实,越来越像小说。"③

传统自传试图通过讲述作者的个人历史来对其一生做出总结。作者把生活中的重要事件,按照他所认为的因果关系加以组织,以便形成一个逻辑的链条,来说明从昨日之我到今日之我的变化。"自传不能只是发挥

---

① 卢梭:《忏悔录》,第 286 页。
② Alain Robbe-Grillet, *Les Derniers jours de Corinthe*, p. 10.
③ Ibid., p. 155.

叙述才能把往事讲得生动的叙事,它首先应体现一种生活的深层的统一性,它应表达一种意义,遵守忠实性和连贯性这两个经常是背道而驰的要求。"①叙事的连续性(continuité)和连贯性(cohérence)是自传的基本条件,就好像自我是同质的、恒定的统一体,由此导致叙事是单向的,后果符合前因。而实际情况却是,时过境迁之后,留存在我们的记忆中的过去如同我们的世界一样是千疮百孔、无法连缀成篇的碎片。"世界的连贯性和叙述者的能力同时坍塌了"②,"上个世纪的整个小说体系以其连续性、线性编年顺序、因果关系、不自相矛盾的沉重装置,的确像是一种最后的尝试,以便忘记上帝在退出我们的灵魂时将我们置于分崩离析的状态"③。小说没有反映现实的能力,自传也不具有复现过去的能力,我们无力也无必要将其拼接成一件无缝的天衣。一切回忆都是人为"制作的",在被制作的同时被改变,所以自传中的虚构掺假是无法避免的:"有些用'我'写成和自称'我担保'的书却是做了巨大手脚的,例如《墓中回忆录》在我看来是一本非常伟大的书,它的确签订了契约,装作遵守契约,但仍然很快就变为一派不可思议的谎言,这一点很容易证明(例如他与年轻的查理十世的关系)。"④

　　罗伯-格里耶的这面"重现的镜子"是一面不平滑的镜子,其映射出来的"我"是朦胧的、变形的、令人生疑和难以把握的。在《昂热丽克或迷醉》中,罗伯-格里耶说,他所有的书都是以不同的形式来回答人生的"两个不可能的问题:我是什么? 我在世界上做什么?"⑤然而罗伯-格里耶深知这两个问题是"根本上无解"(manque fondamental)⑥的。既然无解,就无须做出确定的回答,不论是自传写作还是小说写作都要体现出不确定的、空

---

① Philippe Lejeune, *L'Autobiographie en France*, p. 15.
② Alain Robbe-Grillet, *Angélique ou l'enchantement*, p. 68.
③ Alain Robbe-Grillet, *Le Miroir qui revient*, p. 27.
④ Alain Robbe-Grillet, «Je n'ai jamais parlé d'autre chose que de moi», in *Le Voyageur, textes, causeries et entretiens*, p. 256.
⑤ Alain Robbe-Grillet, *Angélique ou l'enchantement*, p. 69.
⑥ Alain Robbe-Grillet, *Le Miroir qui revient*, p. 41.

缺的、偶然的状态:"所以,不要从外部凝固、镶贴,制造虚假的严密性来让我安心。相反,我要保持警惕,始终要小心对待人的运动、空缺和无法解释的偶然性。"①

《戏说》的叙事内容散乱,缺乏内在联系。事件的安排既不是按照从童年到成年的时间顺序,也不是按照事件之间的逻辑因果关系,而是按照作者兴之所至或忆之所至的随机联想拼贴而成。在记忆的断裂和接缝处,罗伯-格里耶用异质的科兰特、昂热丽克的故事加以填充,不仅使叙事的链条不连贯,而且使叙事的质料不协调。在罗伯-格里耶看来,这种不连贯和不协调比传统自传对生活经验的加工重组更加真实。而且他的自我叙事本身是一面"镜子",一面似是而非的假自传的"镜子",照出了抵达真实的不可能性,指出了一切自传的人为性质。

"对于一个'不相信真实性'的人来说,写自传就是在另一条战线上以游戏和扭曲的方式继续进行新小说战斗,为的是反对'回归'传统的表达—表现。"②罗伯-格里耶反复地对真实、对自传进行质疑和否定,几乎达到了令人生厌的程度。但是不断地否定真实、否认自传本身也许是另一种方式的承认,因为如果写的是真正虚构的小说,他根本无须解释,因为从接受的角度看,小说具有一种"默认"的特性:如果作者未做任何说明,读者会把手头的叙事文本"默认"为小说。

在罗伯-格里耶看来,我们生活中的事件是一些"脆弱的瞬间,来得突然,去得倏忽,我们既不能使其不动,也不能将其痕迹彻底固定下来,也不能通过一些单向的、完美的因果安排将其汇集为一个连续的时长"③。他与自传研究的代表人物勒热纳划清界限:"因此我无法苟同菲利普·勒热纳有关将回忆写成文本的观点。他(指勒热纳)说:'意义的需要是自传探求的积极和首要的原则。'不,不,肯定不是!"④我们对往事的回忆并非遵

---

① Alain Robbe-Grillet, *Angélique ou l'enchantement*, p. 69.
② Dominique Viart et Bruno Vercier, *La Littérature au présent*, p. 32.
③ Alain Robbe-Grillet, *Angélique ou l'enchantement*, p. 67.
④ Ibid.

从当事之时的视角,而是当下之"我"的视角,以此观照的过去不是原本的过去。他拒绝将各自孤立的瞬间和片段连缀成一个因果的链条,赋予它们以某种在当初发生时并不具有的意义:"对留存的(我知道那只是暂时的)片段的耐心写作无论如何都不能将我的过去视为意义的生产者(我的生活的某个意思),恰恰相反,是将我的过去视为叙事的生产者,这是我的作家计划的生成。"①因此,自传写作的过程是一个叙事生产的过程,而非一个意义生成的过程。罗伯-格里耶貌似写到了其生活中的种种经历,具备了自传的基本元素,但是他拒绝如勒热纳所说构建其人格的形成史,而是在写作过程中挫败和解构读者的这一解读方向,通过叙事的错乱、不连贯和随机性来表现生活的无序、无由和无解。"所有这些都是真实的,换言之,都是碎片的、游移的、无用的,甚至是偶发的、个别的,其中每时每刻出现的任何事件都是没有理由的,总之,一切存在都不具有任何统一的意义。现代小说的登场正是与这一发现有关:真实是非连续的,由一些没有理由地并置在一起的要素所组成,每个要素都是唯一的,它们的出现永远是预料不到的、无缘无故的、随机的,因此更加难以把握。"②在意义问题上,罗伯-格里耶仍然玩着一边系铃一边解铃的把戏。

在罗伯-格里耶看来,完整准确地重建过去,这种努力既是不可能的,也是无意义的,只有现在最为重要,所谓现在,就是正在进行的写作行为。所以他经常把写作行为本身以及写作时的思考作为写作对象。自我形象在写作行为之前是不存在的,不是需要通过写作来表达的既定事实,而是在书写过去的经验以及现在的想象的过程中逐渐生成的结果。往事对于罗伯-格里耶来说是叙事的由头和材料,与其新小说写作一样,自我书写也是一种"零度写作":"如果它们(这些琐事)在我看来具有哪怕一丁点意义,我马上责备自己为了表达某种意义而选择(也许是安排、制作)了它们。"③不是文本外的参照保证自传叙事的真实性,读者需要改变对自传

---

① Alain Robbe-Grillet, *Angélique ou l'enchantement*, p. 68.
② Ibid., p. 208.
③ Alain Robbe-Grillet, *Le Miroir qui revient*, p. 56.

的期待视野,将自传的不真不实作为一个前提,将关注点从内容的指涉性转移到写作本身。

巴尔特认为,传统的自传写作,尤其是童年回忆,是按照已有的定规和套路进行的写作,如同在学校里按照老师口授所做的言听计从的听写:"回忆的自然论调是学校的论调,是听写的论调。"①巴尔特不是文坛上循规蹈矩的好学生,他的《自述》跳出了传统自传的听写模式;罗伯-格里耶更是一个以捣乱破坏为乐为荣的坏孩子,一个偶像和秩序的破坏者,他不屑于遵从这种听写式的俯首听命的模式,而是将自我书写变为一种具有挑衅意味的举动。他在纽约大学授课时称:"写作,就是反其道而写。"(Ecrire, c'est écrire contre)②小说如此,自传亦然。他试手自我书写并非简单的"回归",也不是"改邪归正",而是其新小说观念的延续,新小说所质疑和解构的诸如人物、情节、故事、意义等元素在其新自传中继续遭到打击。他反复强调他的《戏说》的革命性,自称并没有背叛或放弃先前的主张,他的这一说法确实不虚,他居心叵测地闯入了自传这片传统领域。他不认可《戏说》是一部传统自传,在一次访谈中,当被问起"你发表了你的自传……"时,他马上否认:"我要马上打断你。这不是一部自传,或者说我写的所有东西都是自传。正如我在书中所说,我从来没有谈过别的东西,我谈的都是我自己。在《重现的镜子》中,大量篇幅具有直接的自传价值,但是我不敢肯定全书是否遵守勒热纳所定义的自传契约。"③他的目的不是遵守自传契约,而是破坏和越界。"我制定了这个新契约:是想象在说话,想象在讲述过往。"④他在小说写作时通过戏仿的手法来

---

① Roland Barthes, « Vingt mots-clé pour Roland Barthes », in *Le Grain de la voix*, p. 199.

② Cité par Patrick Saveau, « L'autofiction à la Doubrovsky: mise au point », in *Autofiction(s)*, p. 318.

③ Jean-Pierre Salgas, « Robbe-Grillet: 'Je n'ai jamais parlé d'autre chose que de moi' », in *La Quinzaine Littéraire*, n°432, p. 6.

④ Interview dans *Lire*, 17/01/1985. Cité par Lejeune in « Peut-on innover en autobiographie? », in Alain de Mijolla (dir.), *L'Autobiographie, VIe rencontres psychanalytiques d'Aix-en-Provence 1987*, p. 71.

解构小说,他的《戏说》仍然是一部戏仿之作,是一部游戏的自传。

　　罗伯-格里耶在《戏说》中并未否定自己自20世纪50年代以来的文学理念,而是反复地、明确地加以捍卫,《戏说》也是这些理念在自我书写领域的延伸和贯彻。如果说罗伯-格里耶以其新小说理念在小说领域发动了一场"恐怖行动",那么《戏说》就是格里耶将"恐怖行动"伸向了自传领域。作为一个玩"文"不恭的作家,罗伯-格里耶不是为自我书写添砖加瓦的,而是来挖其墙角的,自传写作成为其解构和颠覆的实验场,正如他曾经不懈地颠覆小说写作的规则和秩序,挫败着读者的阅读期待一样。

第十四章　在死亡中书写,在书写中续命
——吉贝尔的"艾滋病三部曲"

吉贝尔的写作从一开始就聚焦于"我",正如他在接受访谈时说:"我还是少年时就开始了写作,我感到讲故事困难重重。我还想象不出我之外的其他人物。"① 从 1977 年出版的第一本书《死亡宣传》(*La Mort propagande*)到去世后出版的《情人的陵墓》(*Mausolée des amants*),吉贝尔的所有写作都指向他本人。像纪德一样,吉贝尔从未写过真正意义上的小说,他的书的材料就是他的亲历,他从未跳出他的"自传空间"而进入一个真正的"虚构空间"。尽管如此,在他短暂的一生中,他的自我书写前后也发生着悄然的变化。他的写作是一个在文体的尝试和摸索中逐渐从"我"之外围逼近"我"之核心,逐渐触及"我"的最为隐秘和禁忌的过程,是一个从虚构走向虚实混杂直至走向记录、从迂回走向透明、从第三人称走向第一人称的过程。

一、欲说还休

在其写作生涯的早期,吉贝尔在文字或摄影、小说或日记之间犹豫和摇摆。在叙事方面以第三人称为主,第一人称偶尔散

---

① Jean-Pierre Boulé, *Hervé Guibert: Voices of the Self*, translated from the French version by Professor J. Fletcher, Liverpool University Press, 1999, p. 4.

发地出现,他声称:"他的关心、他的快乐、他的消遣和他的劳作的痛苦,便是不断地驱赶'我'。"①

《死亡宣传》是一个杂集,既有日记、回忆等纪实性文字,也有虚构的故事。这些体裁不一、内容混杂的文字的共同点是对身体的关注和对自身的着墨。但是其中有一篇题为《无题》(Sans titres)的小说以第三人称讲述奥雷利安的家庭及童年故事,从诸多迹象看,奥雷利安与吉贝尔本人的经历和身份高度相符;而且"埃尔维·吉贝尔"作为人物一闪而过地出现在故事中:"1970年9月10日,埃尔维·吉贝尔到达拉罗歇尔。他以前从未去过此地。"②吉贝尔这位像兰波一样有着天使面孔的俊秀青年有着一颗离经叛道的心和一个隐秘幽暗的精神世界。这时,吉贝尔还没有找到适当的写作形式来披露他的内心世界,尤其是他的性取向及痛苦,但是我们隐约窥探出吉贝尔渴望现身,似乎又惧于现身的纠结,揭示自我的倾向已初露端倪。

1986年,吉贝尔发表《我的父母》,主人公的名字就是"吉贝尔"。该书讲述了"吉贝尔"的家庭环境、暴力倾向以及试图挣脱父母的控制、初尝同性之爱的经历,以及穆兹尔的死亡(人人皆知穆兹尔就是福柯),与吉贝尔的生活经历基本相符。从上述元素来看,该书似乎是一本自传。但是书中写到了父母的死亡,而实际上吉贝尔的父母死于他之后。据吉贝尔本人所说,这本书是根据他平时的日记所改写。《恶棍们》(Les Gangsters,1988)提及了带状疱疹给身体带来的痛苦;《狂恋文森》(Fou de Vincent,1989)讲述了"我"对一个同性少年文森的疯狂之爱。

1988年1月,吉贝尔的身体开始出现各种症状,经检查,其血清结果为阳性,他由此被确诊染上了艾滋病。这一事件成为吉贝尔生命的分界点,给他带来深刻的精神危机。吉贝尔在1981年即了解到艾滋病,而且他的哲学家朋友福柯已在1984年死于此病。得知身染绝症后,他感到被

---

① Hervé Guibert, *Lecture suivie d'un entretien avec Jean-Parie Planes*. Cité par Arnaud Genon in *Hervé Guibert*, *vers une esthétique postmoderne*, p.119.

② Hervé Guibert, *La Mort propagande*, Le Livre de poche, 1991, p.100.

剥去了衣物,就像身上印着耻辱的红字。① 从此,他将和吸毒者、囚犯、同性恋、妓女等一样沦为被社会打入另册的人,沦为一步步走向死亡的"活尸"(cadavre vivant)②,沦为一个游荡在世界上的幽灵。吉贝尔先前的写作中对于身体及同性恋倾向都有所暴露,艾滋病的确诊加剧了他把一切说出来的紧迫性。可是如何言说难以启齿的隐情?如何直面无可逃避的死亡?此时的吉贝尔还没有勇气直接说出这一残酷事实。不说出来尚有一线希望,至少可以自欺;一旦说出口就会无可挽回地将疾病和死亡坐实:"承认包含着残酷的一面:说自己患病只能使病无以遁形,病突然变得真实,无可挽回,似乎人们一旦相信,它就发威,摧枯拉朽。而且这是在分离中迈出的第一步,直至走向丧葬。"③

1989年,吉贝尔发表《隐姓埋名》(L'Incognito)。"隐姓埋名"本是一家同性恋俱乐部的名字。叙述者的名字是埃克托·勒诺瓦(Hector Lenoir),自称住在巴黎,去过厄尔巴岛,还提到"死去的朋友米歇尔"④,令人联想到吉贝尔生前的同性恋朋友米歇尔·福柯。这些信息提示读者勒诺瓦就是吉贝尔。而且,吉贝尔后来在《致没有救我命的朋友》中提到,他就是以埃克托·勒诺瓦这个化名开始写作的⑤,似乎以这种迂回的方式确立了叙述者勒诺瓦与作者吉贝尔的同一。然而,叙述者与作者的这些相似因素不足以得出该书为自传的结论,因为作者与叙述者不同名,"勒诺瓦"是吉贝尔的一个面具,而且其他人物也没有以真名示人,所有人均戴着面具,所有人均"隐姓埋名"。全书就是一场假面舞会,所以《隐姓埋名》仍是自传体小说。

该书以意大利同性恋圈子为背景,分为两部分:一是法兰西学院在罗马的美蒂奇别墅负责人及寄宿者的日常琐碎生活,另一部分是围绕乌尔

---

① Hervé Guibert, A l'ami qui ne m'a pas sauvé la vie, Gallimard, 1990, p.14.
② Ibid., p.250.
③ Ibid., p.175.
④ Hervé Guibert, L'Incognito, Gallimard, 1989, p.128.
⑤ Hervé Guibert, À l'ami qui ne m'a pas sauvé la vie, p.159.

比诺大学教授基多·亚罗的死亡展开的调查,貌似侦探小说的情节。两个故事都是误导读者的障眼法,叙述者多次披露自己患有艾滋病,实际上披露了吉贝尔于1987—1989年间在罗马的美蒂奇别墅期间的同性恋经历。但是,他不愿或尚无勇气坦承患病的事实,因为艾滋病毕竟是耻辱的标签,他只得将自己包裹在虚构的人物和化名之下。该书以"隐名埋名"的方式,隐晦地、迂回地暗示了吉贝尔身患绝症的事实。该书堪称"艾滋病三部曲"的前奏或序曲。

《隐姓埋名》之后,吉贝尔的健康状况愈加恶化,精神危机愈加深化,患病事实如鲠在喉。他深感自己来日无多,迫切地要把患病事实讲述出来。从1990年开始,他在自我书写和揭示的道路上迈出了决定性的一步,连续发表了《致没有救我命的朋友》《同情协议》(Le Protocole compassionnel,1991)和《红帽男人》(L'Homme au chapeau rouge,1992)。这就是他著名的"艾滋病三部曲"(以下简称"三部曲")。"三部曲"标志着吉贝尔写作的转变和突破:虽说吉贝尔以前的写作也是"赤裸裸地揭露自己"(me peindre tout nu),但是仍然戴着化名的面具,以自传体小说的方式,在真实与虚构间徘徊和纠结,如《与两个孩子的旅行》(Voyage avec deux enfants,1982)、《隐姓埋名》等。在"三部曲"中,吉贝尔摘掉了在此前的写作中所戴的面具,摆脱了一切顾忌,亲口说出他患病的事实,书写了自己的"病传"(autopathographie)或"死传"(autothanatographie)①。

1990年,吉贝尔在《致没有救我命的朋友》中首次公开了其罹患艾滋病的隐情。此前,他在生活中只向身边少数朋友袒露了隐情:"直到此时,直到我写本书之前,我不是向每个人都袒露了此事。"②《致没有救我命的朋友》的发表则把他染病的丑事昭告天下:"我保守了两年的秘密,我说了

---

① Christelle Klein-Scholz, «Fragments d'un corps: l'écriture du SIDA dans les ouvrages d'Hervé Guibert», in L'Esprit créateur, vol. 56, n°2, 2016.

② Hervé Guibert, A l'ami qui ne m'a pas sauvé la vie, p. 15.

出来,我揭露了出来。"①如果说在《隐姓埋名》中,身患艾滋病还是一件虚虚实实、吞吞吐吐、遮遮掩掩、转弯抹角的事情,那么艾滋病则构成了"三部曲"的主题词。在此之前,吉贝尔已经出版了十三本书,只是在小圈子里为人所知。但是艾滋病的自曝使其尽人皆知。在当时艾滋病刚刚被发现不久,人们对艾滋病视若猛兽,极少有患者主动暴露患病的事实。

传统自传的视角是回溯性的,从现在向身后看,写的是从过去之我到当下之我的历程。在"三部曲"中,吉贝尔没有回顾自己的过去和一生,而是以"同时性"的视角来记录眼前的就诊、抽血、化验、聚餐、旅行等日常生活,记录身体在病毒的作用和折磨下发生变形走向蜕变衰亡的过程。虽然感染艾滋病后面临注定死亡的结局,但是叙述者在讲述之时并不知道下一步的命运:"我隐约看到了最近几周我带在身上的这本新书的结构,可是我从头至尾都不知道事情如何展开,我可以设想多个结局,目前所有结局都是某种预感或愿望,但是它的全部真相对我来说还都是隐藏的;我想本书存在的理由便是这种不确定,世界上的所有病人都是心怀不定的。"②叙事的进展与疾病的进展同步,是一部没有完全标注日期的死亡日记。"只有当我写的东西采用日记形式时,我才感到最像虚构。"③吉贝尔不是像躲过战争劫难的犹太作家一样回忆的是死里逃生的经历,他记录的是生里赴死的体验。死亡就在"最近的将来",他记录的是"最近的过去"。

二、小说之名

与《隐姓埋名》的半遮半露、欲言又止相比,吉贝尔在"三部曲"中以真名示人,将自己的身份、隐情一览无余地暴露在公众面前。

在"三部曲"中,虽然作者并未与读者订立明确的自传契约,但是叙述

---

① Hervé Guibert, «La vie sida», in *Libération*, 01/03/1990.
② Hervé Guibert, *À l'ami qui ne m'a pas sauvé la vie*, pp. 10—11.
③ Hervé Guibert, *Le Protocole compassionnel*, Gallimard, 1991, p. 103.

者多次提到他的名字就是"埃尔维"①,提到他写的书②,而且报出了他的住址③。由此,我们可以在"我"与作者、叙述者/主人公之间建立起同一关系。毫无疑问,书的材料就是吉贝尔的亲历,书中讲述的疾病治疗经历、提到的吉贝尔写过的书和拍摄的电影以及他做过的旅行,只要对吉贝尔的经历稍加了解或调查,就可确认这些所为非吉贝尔莫属。除"我"之外的其他人物均以化名出现,在写到的众多与其交往的或亲或疏的朋友及情人中,着墨最多、最为著名的是与其有"死亡与共"命运(un sort thanatologique commun)④的朋友穆兹尔,即现实中的哲学家福柯;其他人物如玛丽娜、于勒、贝尔特等,只要对吉贝尔的生活稍有了解就不难指认它们分别对应现实中的阿佳妮、茹诺和克里斯蒂娜等。

尽管"三部曲"并非虚构,但是吉贝尔把它们称作"小说"。在《致没有救我命的朋友》刚刚出版时,作家戈德马尔(Gaudemar)问吉贝尔为何将该书称作"小说",吉贝尔回答说:"当我收到清样时,我曾一度怀疑。它真是一本小说吗?一切都是绝对准确的,我依据的是真实的人物、真实的名字,我需要用真实的名字来写作。可是,我写着写着,尽管我没做任何加工(我甚至没有勇气重读清样),我就搞乱了……也就是说,本书也是一本小说。穆兹尔、玛丽娜和其他人仍然属于人物,他们并不完全是现实中的

---

① 例如《致没有救我命的朋友》中:"安娜递给我一支小蜡烛,说:'你不想许个愿吗,埃尔维?'"(第129页)"她亲热地说了句:'不,埃尔维。'"(第134页)

② 例如《致没有救我命的朋友》中:"因为我的第一本书《死亡宣传》出版于1977年1月,我是在这本书出版后有幸进入他的朋友的小圈子中。"(第35页)在《同情协议》中:"1988年12月我和于勒在这家旅馆度过了一段地狱般的日子,也是在那里我曾想安放《致没有救我命的朋友》之后要写的那本书的故事。"(第108页)"在门上贴块牌子:'埃尔维·吉贝尔在这里写了他的大部分书:《虚幻的影像》《奇遇种种》《亚瑟的怪念头》《盲人们》《你让我产生了幻影》《隐姓埋名》《同情协议》'。"(第150页)"我的正式的第十三本书《致没有救我命的朋友》给我带来了运气。它很成功,就在我生病时使我深受鼓舞,我把它像护身符一样带在身上,带着反响的热度。"(第195页)

③ "一些夜晚,从巴克街203号我的阳台上",Hervé Guibert, À l'ami qui ne m'a pas sauvé la vie, p. 29.

④ Hervé Guibert, À l'ami qui ne m'a pas sauvé la vie, p. 107.

真人。即使书中的埃尔维·吉贝尔这个人也是一个人物。"①这个逐渐离"我"而去的"吉贝尔"正在变为一个他者,"我"是我自己的"窥视者、资料员"②。可见,吉贝尔对于《致没有救我命的朋友》的定位与杜勃罗夫斯基对于《儿子》的说明在用语上几乎如出一辙。吉贝尔在其死后出版的日记《情人的陵墓》中承认:"我在写作中喜欢在真实性的跑道上发力之后,却在不知不觉中飞向虚构的那一刻。"③吉贝尔将自我书写喻为"起飞"或"飞翔",虽然始于"真实性的跑道",却并非始终在该跑道上滑行。这段表述与杜勃罗夫斯基将自撰书写视同"风筝"的比喻不谋而合。既然书中的"吉贝尔"与其他人物一样都不再"完全是现实中的真人",那么他们就如同小说中的人物一样经过了写作行为的加工和改造,发生了"变形"(déformé)④。吉贝尔对亲历素材进行了操控、加工和塑形,他所谓的"小说"并非凭空的杜撰或编造,实为使其亲历更具有文学的可读性和生动性的文体,旨在使叙事具有"小说的密度"(intensité romanesque),即吉贝尔所称的"虚构粒子"(particules de fiction)⑤,从而具有一种美学的维度。虽然吉贝尔从未称其写作为自撰,也未使用过自撰一词,但是它们完全符合自撰的基本特征,因为从《致没有救我命的朋友》开始,吉贝尔既称自己的写作为"小说",又以真名示人。

吉贝尔研究专家让-皮埃尔·布雷(Jean-Pierre Boulé)将《致没有救我命的朋友》称作"假小说"(roman faux):"假小说就是不遵守小说契约的小说。"⑥在布雷看来,《致没有救我命的朋友》的小说属性高于自传属性,尽管"不遵守小说契约",尽管是"假"的,但仍然是"小说"。如果说《致没有救我命的朋友》如吉贝尔本人和布雷所言是一部小说,那么它就是一

---

① Jean-Pierre Boulé, *Hervé Guibert : Voices of the Self*, p. 193.
② Hervé Guibert, *Le Protocole compassionnel*, p. 122.
③ Arnaud Genon, «Hervé Guibert : fracture autobiographique et écriture du sida», in *Autofiction(s)*, p. 187.
④ Hervé Guibert, «La vie sida», in *Libération*, 01/03/1990.
⑤ Ibid.
⑥ Jean-Pierre Boulé, *Hervé Guibert : Voices of the Self*, p. 156.

部透明的"映射小说"①。叙述者所述之事就是识别这些化名人物的真实身份的线索。

三、身体的书写

吉贝尔的写作与热内、莱里斯、巴塔耶、吉约塔等一脉相承。他对身体有一种病态的迷恋,自1977年首次发表作品《死亡宣传》至记录其死前住院经历的日记《巨细胞病毒》(Cytomégalovirus,1993),身体在吉贝尔的写作中无所不在,贯穿始终。身体"不仅是一个主题,而且是作品的发生原则"②。吉贝尔不仅书写身体,而且还拍摄了展示其身体的影片和摄影集,对身体的拍摄是其身体书写的延伸。"吉贝尔不仅讲述其身体的故事,而且创造了一个'文本集成'(corps textuel):吉贝尔的语料(corpus)出自身体,身体是其作品的主人公和源泉。"③

吉贝尔的写作是对身体的解剖、探索、敞开和表达的过程,也是他以身体进行文学实验的过程:"我的身体是我拿出来供展示的实验室,是我的器质性谵妄的唯一演员,唯一工具。在肉体的、疯狂的、痛苦的组织上谱写的乐谱。"④

吉贝尔承认,他的所有写作是"一个身体、一个变老的身体、一个有病的身体、一个损毁的身体、一个这样的身体、一个那样的身体、一个有所重生的身体(……)但也是一个怪物的身体、一个畸形的身体的历史,我感到我写的是这个身体的历史"⑤。吉贝尔一生的写作过程就是他的身体的走向衰弱和死亡的过程。身体既是吉贝尔关注的客体,也是他的快乐和

---

① 所谓"映射小说"(roman à clé),就是以虚构的人名讲述真人真事的作品。
② Ralph Sarkonak, «Une histoire de corps», in Le Corps textuel de Hervé Guibert, La Revue des Lettres Modernes, 1997, p. 9.
③ Christelle Klein-Scholz, «Fragments d'un corps: l'écriture du SIDA dans les ouvrages d'Hervé Guibert», in L'Esprit créateur, vol. 56, n°2, 2016, p. 53.
④ Hervé Guibert, La Mort propagande, p. 8.
⑤ Hervé Guibert, «Pour répondre à quelques questions qui se posent. Entretien avec C. Donner», La Règle du jeu, vol. 3, 1992, n°7, p. 145.

痛苦的载体。他以笔将身体送上祭坛，自己成为一个受难者和殉道者。

吉贝尔的早期作品展示的是在同性之爱中身体的快感、欲望、幻想，不乏露骨的表达。吉贝尔似乎不是故事的叙述者，而是化身为身体的编舞者，以身体的各种姿势、动作和行为，呈现出一幕幕令人晕眩和令人疑惑的身体画面，将身体打造成或扭曲痛苦、或迷醉痴狂的造型艺术。这是一具叛逆的、桀骜的、抗拒的身体，主动追求、获得和体验着皮肤、器官的痛苦和快乐，是生命力的体现，以其种种违禁和越界行为挑战着道德甚至法律，也刺激着读者的神经。而作者在言说身体的过程中玩味着快感、欲望和幻想。

在其艾滋病被确诊后，吉贝尔继续书写身体的历史，但是"三部曲"呈现的是一个病体，是身体的衰变、皱缩和痛苦。吉贝尔抛开顾忌，讲述了他的病情的各个阶段，忠实记录了感染艾滋病后身体不可逆转、无可挽回地走向衰弱的过程，某些段落和章节描述之详细近乎他的病历和检查报告。在这一过程中，身体失去了主动性，脱离了人的控制，变为病魔的囊中猎物，变为医护人员任意摆布的玩偶，化为一具被动地承受疾病的折磨和蹂躏、正在走向坟墓的骷髅和幽灵。枝枝蔓蔓的长句子给人一种窒息晕眩之感，令人感受到叙述者的挣扎和无助。这具身体不仅失去了人形和生命力，也失去了尊严，陈列于他人的目光下，身体的瑕疵、缺陷、丑陋、畸变一览无余。[①] 而且，随着病情的恶化，身体书写走向内在化。吉贝尔不仅书写在舌头、肩膀、喉结等身体表面各部位发生的病变，书写疾病的进展对身体的基本行动造成的障碍，而且触及皮下的身体内部，叙述者反复强调他的血液是"暴露的"(découvert)、"剥光的"(mis à nu)、"裸露的"(dénudé)、"陈列的"(exposé)、"扒光的"(démasqué)、"赤裸的"(nu)[②]，是

[①] 在《致没有救我命的朋友》中，叙述者借穆兹尔之口说："身体（……），被扔进医学的流水线，失去了一切身份，只剩下一堆任人摆布的肉，这里被摆弄一下，那里被摆弄一下，仅仅是一个进入行政搅拌机的病案号和名字，失去了故事和尊严。"（第32页）在《同情协议》中，"我"的身体在医生眼中是"丑陋不堪的"："我逃走，像一匹屠宰场被开膛破肚的马，仍在悬空中奔跑，挂在绞车上，头朝下，流尽它的血。"（第159页）

[②] Hervé Guibert, À l'ami qui ne m'a pas sauvé la vie, p.14.

"中毒的"(empoisonné)①。在《同情协议》中,吉贝尔继续讲述疾病的进展,尤其描写了身体的病变对内心的啃噬及其悲伤、躁狂、生不如死的噩梦般的感受,以及在这一过程中夹杂着的对奇迹的企盼、希望破灭后的绝望、对死亡的恐惧以及对疾病的习惯历程,真正达到了卢梭在《忏悔录》卷首借用罗马诗人佩尔斯所标榜的"深入肌肤,深入肺腑"(Intus et in cute)的目标。

四、书写·疏泄·书信·输血

吉贝尔的写作弥漫着死亡气息,从其书名即可看出,如《死亡宣传》《情人的陵墓》《天堂》,至于书中写到的死亡更是比比皆是。巴尔特的"作者之死"的隐喻在吉贝尔笔下变为切实的作者之死的过程。

如书名所示,《致没有救我命的朋友》就是一本以"死亡"为主题的书。在得知血清阳性的那一刻,生命和死亡之间发生了"短路","我"就感到死亡如杯弓蛇影。"我"投向别人的目光中是"死亡":"在死亡还未真正扎根之前,我就在镜子中、在镜子中的我的目光里感到它向我走来。"②从别人的目光中,"我"也读出了"死亡",一个给"我"抽血的女护士用温柔的目光看"我","我"读出的却是"你将先我而死"③。病情的进展使"我"感到生命在快速流逝,"我"老之已至,病魔缠身,死在眼前。"我"在35岁的风华正茂的年龄却有着95岁的弱不禁风的身体:"一个老人的身体夺走了我的35岁男人的身体,我油尽灯枯,我的衰弱很可能大大超过了我那刚刚66岁的父亲,我已95岁,就像我那腿脚蹒跚的姑祖母一样。"④"艾滋病让我穿越了时间,就像我孩提时所读的故事所讲的一样,从我的老人一般的瘦骨嶙峋、弱不禁风的身体来看,我已经进入了2050年,而我周围的世界并未

---

① Ibid., p. 182.
② Hervé Guibert, À l'ami qui ne m'a pas sauvé la vie, p. 15.
③ Ibid., p. 58.
④ Hervé Guibert, Le Protocole compassionnel, p. 12.

变化如此之快。1990 年,我就 95 岁了,而我是 1955 年才出生的。"①

"三部曲"讲述的便是叙述者死期到来之前的死亡之旅和死亡体验。"艾滋病不是一种真正的疾病,(……)而是一种虚弱和懒散放任的状态,它开启了我们身上的野兽的笼子,我不得不任由它啃噬我,任由它摆布我的活体,它还准备分解我的尸体。"②艾滋病是打开了的潘多拉盒子,是高悬的达摩克利斯之剑。它使患者时刻听到日益迫近、随时到来的死亡脚步,却不知大限何时到来,使患者陷入没有明天的绝望之中。艾滋病的感染是吉贝尔遭受的当头一棒,但是吉贝尔在生命的尽头并未表现出对于自己种种不检行为的羞耻、负罪和忏悔。

面对随时不期而至的死亡,吉贝尔没有向死而生的豪情,有的是虽生犹死的残喘,是挥之不去的自杀念头。自杀还是书写?吉贝尔时刻面临着哈姆雷特式的痛心抉择:"我将在自杀和写一本新书之间做选择。"③"我对尚迪医生说,我希望在吃这个药之前先好好想一想。言下之意是,选择治疗还是自杀,在治疗时是利用治疗提供给我的缓刑写一两本新书还是自杀,也是为了不写这些书,这些残酷的书。"④他是一头做最后挣扎的困兽,在缓期执行的死刑之前的余生,把死亡作为一种经历来体验。如同他在《死亡宣传》中所言:"在舞台上、在摄影机前自杀。"⑤

最终,写作成为叙述者在死亡的沉沦中使其免于坠入绝望黑洞的最后的救命稻草,只有写作才能在自杀的诱惑甚至尝试中带来短暂的残喘,此种情境如鲁迅所说:"我只能用这样的笔墨,写几句文章,算是从泥土中挖一个小孔,自己延口残喘。"⑥他和死亡展开赛跑:"由于被宣告了死亡,我突然渴望写所有可能的书,写那些我还没有写的书,哪怕是写得不好,(……)我渴望在不多的来日,一举写出这些书,并且与它们一道贪婪地吞

---

① Hervé Guibert, *Le Protocole compassionnel*, p. 130.
② Hervé Guibert, *À l'ami qui ne m'a pas sauvé la vie*, p. 17.
③ Ibid., p. 60.
④ Ibid., pp. 214—215.
⑤ Hervé Guibert, *La Mort propagande*, p. 10.
⑥ 鲁迅:《为了忘却的纪念》,见《鲁迅散文》,人民文学出版社,2000 年,第 163 页。

食时间,不仅写我的未老先衰的书,而且写关于我的光阴似箭的老年的缓慢成熟的书。"①在身体通过抗体与病毒作战的同时,叙述者以写毒来攻毒:"身体疲惫地抗击着病毒的进攻,本书则是抵抗身体疲惫感的一场战斗(……)我不愿坐以待毙,我又向我的写作发起攻击。这本讲述我的疲惫的书让我忘记了疲惫,与此同时,我的大脑饱受着病毒入侵的威胁,那条小淋巴带一旦抵挡不住,我的大脑中挤出的每一句话让我更加渴望合上眼皮。"②写作变为自救,吉贝尔在书写中试图重新掌控已经脱离医生和医学控制的身不由己的生命,享受着片刻的生之胜利。在《同情协议》中,他说:"我在写作的时候才是活着的。文字是美的,文字是准确的,文字是胜利的。"③在《天堂》中:"在写作的迷狂状态之后是醒悟,是虚空。当我不再写时,我就死了。"④吉贝尔将对疾病的书写比喻为"战斗"(lutte):"我是一个仰面朝天的甲虫,挣扎着回到四脚着地的状态。我在战斗。天哪,这场战斗多么美丽。"⑤写作与生命画上了等号,成为其摆脱死亡的焦虑的避难所。有时,写作甚至高于生命:"我珍视我的书甚于我的生命,我不会放弃我的书来保全生命,这是最难以让人相信和理解的事情。"⑥正在写作中的书就成为叙述者在孤独绝望中的伴侣:"我写一本新书为的是有个伴侣,一个对话者,一个与其一起吃饭、一起睡觉、在他身边做美梦或噩梦的人,它是我现在唯一可依的朋友。我的书,我的伴侣,最初酝酿时如此严密,已经开始牵着我的鼻子走了。"⑦

  吉贝尔以对死亡的书写来疏泄心中的郁积,书写是疏泄的渠道,是解毒的药剂。在对病情的记录中,在对疾病的感受中,叙述者对死亡的认知和思考也在深化:

---

① Hervé Guibert, À l'ami qui ne m'a pas sauvé la vie, pp. 73—74.
② Ibid., pp. 69—70.
③ Hervé Guibert, Le Protocole compassionnel, p. 144.
④ Hervé Guibert, Le Paradis, Gallimard, 1992, p. 127.
⑤ Hervé Guibert, Le Protocole compassionnel, p. 175.
⑥ Hervé Guibert, À l'ami qui ne m'a pas sauvé la vie, p. 274.
⑦ Ibid., p. 12.

第十四章　在死亡中书写,在书写中续命　333

　　在一周时间里,事情发生了深刻的变化,(……)我从我们的痛苦和残酷的经历中竟体会到某种喜悦,(……)死亡对我来说似乎恐怖般的美丽,仙境般地残忍,然后我就对这些乱七八糟的东西厌恶了,我把医学生用的头颅弃置一边,像躲避瘟疫一样逃离墓地,我对死亡的爱进入另一个阶段,(……)我继续不懈地追寻死亡中最为珍贵、最为可憎的感情,追寻对它的恐惧和对它的渴望。①

　　我确实在它的残酷中发现了某种甜蜜和炫目的东西,诚然,艾滋病是一种无情的疾病,可是它并不一下子置人于死地,它是一种阶梯式的疾病,是一段很长的楼梯,肯定会通向死亡,但是每一级台阶都是一种独一无二的学习;这种疾病给人以死亡的时间,给死亡以生存的时间,给人以发现时间、最终发现生命的时间,它类似于一种非洲绿猴传播给我们的天才的现代发明。不幸一旦临头,反而比对不幸的预感更加好过,最终远不如人们原以为的那样残酷。如果说生命只是对死亡的预感,由于不确定死亡何时降临,这种预感一刻不停地折磨着我们,那么艾滋病则为我们的生命规定了一个经过证明的期限(……),将我们变为对自己的生命有着充分意识的人,将我们从无知中摆脱出来(……)艾滋病让我在我的生命中完成了一个巨大跨越。②

　　《致没有救我命的朋友》发表之后,吉贝尔的健康状况恶化,有一年时间他没有动笔,甚至准备就此搁笔。自从他上了电视节目《读书时间》(Apostrophes)后,读者们便行动起来,纷纷致信于他,给了他活下来的精神力量,使他死而复生③,也让他重新拿起笔来,发表了《致没有救我命的朋友》的续篇《同情协议》。读者来信的鼓舞使他把《致没有救我命的朋友》和《同情协议》视为写给读者的"书信":"其实,我写过一封信,它直接传真到十万人的心里,反响非凡。我又在给他们写信。我写给你们。"④

---

① Hervé Guibert, À l'ami qui ne m'a pas sauvé la vie, pp. 158—159.
② Ibid., pp. 192—193.
③ Jean-Pierre Boulé, Hervé Guibert: Voices of the Self, p. 207.
④ Hervé Guibert, Le Protocole compassionnel, p. 141.

在《同情协议》的献辞中,他将此书"献给所有那些读了《致没有救我命的朋友》给我写信的人"。吉贝尔将读者作为该书,即该信的接收者,渴望通过书写实现与读者的连通,唤起读者的共情。他在书中不断地召唤读者:"我希望在我的思想和你的思想之间尽可能直接地交流,我希望文体不会阻碍输血。你承受得了一篇如此血淋淋的叙事吗?它是否令你激动呢?"①由此,吉贝尔在"书写"与"输血"之间建立起等同关系:"须把此书视作一种'输血'文体,从作家的血管输送到读者的血管,从一个身体输送到另一个身体。"②吉贝尔的这一表述与埃尔诺关于自我书写的观点不谋而合:"我感到写作就像是某种变体(transsubstantiation),就是把属于亲历、属于'我'的东西变为完全存在于我本人之外的某种东西。某种非物质的,因此也是可领会、可理解的东西,指被他人所'把握'的最强的意义。"③吉贝尔的"输血"、埃尔诺的"变体",都令人联想到耶稣在最后的晚餐时以自己的肉和血与门徒所立的约④,他们的书写是为读者提供的"圣餐"。通过对身体和疾病的书写,吉贝尔向读者进行着输血,将自己的不幸进行了转嫁,与读者建立起血脉相连的联系,结成命运共同体。他的痛苦和绝望通过书写的疏泄渠道被无数读者所分担⑤,得到导流和稀释,他的生命得以延续。从这个意义上说,"三部曲"其实是"致救过我命的朋友"的三封信。与背信弃义、虚情假意、拒绝提供治疗艾滋病的救命疫苗的假"朋友"

---

① Hervé Guibert, *Le Protocole compassionnel*, p.123.

② Ralph Sarkonak, éd., *Le Corps textuel d'Hervé Guibert*, p.110. Cité par Christelle Klein-Scholz, «Fragments d'un corps», in *L'Esprit créateur*, p.60.

③ Annie Ernaux, *L'Ecriture comme un couteau*, entretien avec Frédéric-Yves Jeannet, Stock, 2003, p.112.

④ 见《新约·马可福音》14:23—24。

⑤ 杜勃罗夫斯基对于书写的输血和续命功效有着类似表述:"'**将痛苦讲出来就将其卸了下来**'(黑体字在原文中为斜体——引者注),出自《波利厄克特》,以书面形式,这是一种具体情况,与远方的陌生人、可能的读者不仅仅分担了痛苦,还有欢乐、不幸、幸福、难受、好受,特殊的交流,也是美学的交流,从该词的双重意义而言,既是通过艺术,也是通过感觉,通过交流达到相通,类似于互助,一个远程互救的群体,即使看不见,读者在支持我们,扶助我们,只要我们把心掏给他们,只要我们把自己作为食粮奉献出来,他们就会以我们为食,我们也会以他们为食,这是生命的转移、输送(……)" Serge Doubrovsky, *Laissé pour conte*, p.47.

比尔相反,读者才是真"朋友"。

  热内曾以高度透明而又富于诗意的笔触回顾了自己偷窃、坐牢、同性恋等不光彩的私密经历,他自豪地称:"我用生花的妙笔把这段时间写下来,从而为它正名"①,"这段叙事的目的是为了美化我过去的历险,即从中获得美,从中发现今天歌唱的灵感,它是这种美的唯一证据"②。作为一个垂死之人,吉贝尔对艾滋病、对死亡等同样不光彩的经历的忠实记录何尝不是化腐朽为神奇的努力？他用笔为自己掘墓造棺,这些不堪启齿的生之记录何尝不是一份"墓外回忆录"？"三部曲"是一息尚存的自己对想象中逝去的自己的墓外凭吊:"我已经知道,每年有数十位好事者、恋人、年轻姑娘、精益求精又吹毛求疵的评注家将到厄尔巴岛朝圣,在我的空冢前默想沉思。"③写作不仅使他得以续命,还让他化朽烂之躯为不朽之文。

---

 ① Jean Genet, *Journal du voleur*, p. 65.
 ② Ibid., p. 230.
 ③ Hervé Guibert, *Le Protocole compassionnel*, pp. 149—150.

第十五章 "非个人"的时代自传
——安妮·埃尔诺的《岁月》

埃尔诺对真实秉持一种原教旨主义的态度,似乎患有虚构过敏症,视虚构为"杜撰""撒谎""非真实"(non-vérité)的同义词。鉴于此,她对"自撰"一词非常排斥,因为该词包含虚构之意,自撰写作包含虚构之实。她拒绝将自己的写作称作自撰:"除了在杜勃罗夫斯基那里,自撰经常对应的是自传和小说、真实姿态和虚构姿态之间的一个未定'地带'。简言之,我感到自己与自撰'无关'。"①即使到了晚年身患癌症之后,她也无法对虚构"脱敏":"我不再能忍受那些讲述罹患癌症的虚构人物的小说。电影也受不了。作者是在何种无意识状态下敢于编造这种东西出来?一切在我看来都假得可笑。"②

埃尔诺最初的三部作品③——《空衣橱》(*Les Armoires vides*,1974)、《他们所说的或一言不发》(*Ce qu'ils disent ou rien*,1977)、《冻住的女人》(*La Femme gelée*,1981)都源自她

---

① Philippe Gasparini, «Annie Ernaux, de *Se perdre à Passion simple* », in *Genèse et autofiction*, p. 166.
② Annie Ernaux, *L'Usage de la photo*, 2005. Cité in *La Littérature au présent*, p. 49.
③ 为了行文方便,我们将埃尔诺的写作称为"作品"(œuvre),尽管她本人认为她写的不是"作品"。Voir Annie Ernaux, *L'Ecriture comme un couteau. Entretien avec Frédéric-Yves Jeannet*, Stock, 2003, p. 15.

的亲身经历,个人印记昭然若揭,但是书中人物以化名(德尼丝·勒苏尔、安娜)出现或匿名,埃尔诺本人称之为"小说",因为这些书"在想象的事实或故事中将'自我非现实化'(s'irréaliser)了,混合了虚构(古老的含义)和现实"①。一方面,埃尔诺的确对自己的亲身经历进行了某种添枝加叶;另一方面,在她看来,"小说"一词意味着文学性。她当时在文坛初出茅庐,立足未稳,"小说"的称谓也有拉大旗、提高写作身价之嫌。

经过数年的尝试和摸索,在写过数本真中掺假的书之后,《位置》(*La Place*,1983)"开启了一种我所说的写作立场,我一直秉持这一立场,在虚构之外探索外在或内在的现实,探索同一行为的私人性和社会性"②。从此,她"专写所感知和记忆的现实"③。父亲(《位置》)、母亲(《一个女人》)、堕胎(《事件》)、情人(《单纯的激情》《迷失》)、童年创伤(《耻》)、母亲的患病和死亡(《我没有走出黑夜》)、与情人的分手以及嫉妒之情(《占据》)、自己的患癌经历以及新的恋情(《照片的用途》)……一本接一本的书触及她的一个接一个的人生节点,几乎构成了她的人生拼图。她最大限度地排除一切虚构元素,声称书中事实的准确性经得起"警方调查"④。

在找到自己独有的写作方式之后,埃尔诺对自己的写作是否属于文学就变得无所谓了。她多次声称她并不关心她的写作属于何种文类:"我拒绝把自己归入某个明确的文类,不论是小说还是自传。自撰对我来说也不恰当。"⑤"我对文类问题没有兴趣,我不问自己这个问题。"⑥但是,由于她的写作都是以自身为对象,以何种方式示人一直是她关注和思考的问题:"我努力寻找一种适当的形式,来表达我在自己面前看到的像星云

---

① Philippe Gasparini, «Annie Ernaux, de *Se perdre à Passion simple*», in *Genèse et autofiction*, p. 166.
② Annie Ernaux, *L'Ecriture comme un couteau*. Entretien avec Frédéric-Yves Jeannet, Stock, 2003, p. 36.
③ Philippe Gasparini, «Annie Ernaux, de *Se perdre à Passion simple*», in *Genèse et autofiction*, p. 166.
④ Annie Ernaux, *L'Ecriture comme un couteau*, p. 21.
⑤ Annie Ernaux, «Vers un je transpersonnel», in *Autofictions & Cie*, p. 221.
⑥ Annie Ernaux, *L'Ecriture comme un couteau*, p. 53.

一样的东西,即我要写的东西,而这种形式从来不是事先就有的。"①

埃尔诺一生的各部作品不论在"材料"(matière)还是在"方式"(manière)上都具有高度的相似性,但是她仍然为每部作品寻找独有的形式和文体。《岁月》(Les Années,2008)是埃尔诺早有起意、构思良久,却迟迟未能动笔的一本书。她从1983年就萌生了写"类似于女人命运"②的书,把自己整个一生的所见、所知、所感都记录下来,这一构想伴随她二十余年,可是"如何组织这种由事件、社会新闻、带领她走到今天的无数日子的日积月累的回忆"③,她苦于一直没有找到适当的方式。和普鲁斯特的《追忆》的叙述者少时就发现了自己的文学志向,同样苦于无从下笔,直至在上流社会和人生舞台转了一大圈才最终找到实现文学抱负的适合的写作方式一样,《岁月》的叙述者也是在经历了人生的起落、阅尽时代变幻后的临近退休时才找到了自己的写作方式。

一、从照片说开去

如书名所示,和普鲁斯特的《追忆》一样,时间,或者说逝去和寻回的时间也是《岁月》的主题。埃尔诺在构思《岁月》时最初的参照和标杆便是《追忆》,《岁月》中不时透露出《追忆》的影子和影响:"失眠的时候,她试图仔细地回忆她曾睡过觉的房间"(第186页),令人联想到《追忆》开篇时辗转不能成眠的叙述者。"她对自己的书、尚未写出的书的设想,该书应该给人的印象,是她在12岁时读《飘》、后来读《追忆逝水年华》、最近读《生活与命运》时所留下的印象,就是光与影在一些面孔上的色调。然而她没有发现达此目的的手段。"(第188页)普鲁斯特将个人记忆建立在气味、味觉、触觉等飘忽不定的感觉之上,埃尔诺承认《追忆》中玛德莱娜甜点那种芝麻开门般打开记忆闸门的神奇功效对她是一种诱惑:"她希望偶然即

---

① Annie Ernaux, *L'Ecriture comme un couteau*, pp. 53—54.
② Annie Ernaux, *L'Atelier noir*, Les Busclats, 2011, p. 27.
③ Annie Ernaux, *Les Années*, Gallimard, coll. «Folio», 2008, p. 166. 以下该书引文,只在文中标明页码。

使不能提供一种启示,至少提供一种迹象,就像马塞尔·普鲁斯特将甜点泡入茶水一样。"(第 188 页)埃尔诺考虑过像普鲁斯特一样以感觉来激发回忆:"她是一个从 1940 年生活至今的女人,她的写作计划始终未能完成,令她倍感伤心甚至有负罪感,也许是受到普鲁斯特的影响,她需要将其写作建立在真实经验的基础之上,她希望把这种感觉作为她的写作的开头。"(第 214 页)

但是,《追忆》没有成为埃尔诺模仿的样板,她最终放弃了普鲁斯特式的"跟着感觉走"①的形式:"这种可以包括她的一生的形式,她不再将其从体验到的感觉中推导出来。"(第 249 页)《岁月》在回忆和书写方式上走向了《追忆》的反面,把记忆建立在比白纸黑字的日记更加客观实在的照片之上。她不是通过某种神奇的介质造成短路效果来激发和联想逝去的时间和记忆,而是把照片作为导线,通过照片将保存下来的既有记忆进行梳理和串接,从中凸现出一条时间的力线(ligne de force)。照片在《巴尔特自述》中只是一种点缀和辅助,在《岁月》中则成为记忆的载体和叙事的路线图。《岁月》全书就是一部影集的文字版。

《岁月》共描写了十四张照片和两个录影镜头,都明确标明了拍摄时间。这些照片和镜头将全书切割为十五组文本,每组文本又包含若干极为简略的叙事片段。文本片段的编排完全遵从日历般的时间顺序,从叙述者出生后不久的 1941 年直至她退休后的 2006 年圣诞节,覆盖了至写作时的全部人生。跟随叙述者的描写,我们看到一个人从"一个胖婴儿""小女孩""女孩""一个少女"到"一个年轻女人""一个女人""一个成熟女人"直至"一个上了年纪的女人"的快进成长过程,以及从青春少女到妻子、母亲、情人、外祖母的角色变化。每个照片或镜头都没有出现实物,而是以详尽且中性的文字描写的方式呈现的,好像就摆在我们面前。对照片的描写启动了叙述者的回忆、联想和思考,接着出现的是与照片有关的

---

① 埃尔诺将这种感觉称为"羊皮纸感觉"(sensation palimpseste),和"擦去旧字写上新字的手稿"一样,这种感觉是"过去和现在重叠却不混淆的时间。"(第 213—214 页)

个人回忆。静态的照片成为贯穿于叙述者成长历程的时间浮标,串联起埃尔诺貌似平淡无奇、实则暗流涌动的人生旅程。

照片在《岁月》中起到的不是"有图有真相"的确证(authentification)功能,否则作者就附上照片的实物了,而是代入和联想功能,不仅激发叙述者的记忆,而且将其置于一个想象界。罗歇-伊夫·罗什(Roger-Yves Roche)将这种对有图无实的照片的描写的写作方式称为"画撰"(photofiction),与之相对的是以照片实物串联起的叙事,被称为"画传"(photobiographie)。① 当画撰聚焦于作者的自我时,就与自撰无异了,因为"从本质上说,语言是虚构性的"②。

《岁月》全书可被视为"从照片说开去":照片是叙事的起点和入口,在描写完每幅照片,揭示照片背后的个人经历后,叙述者便离"我"而去,转向对照片拍摄时代的社会历史环境的描写。安托纳·贡巴尼翁将《岁月》的这一叙事特点称为"离心的移动"(déplacement centrifuge)③。这些老照片构成了一个个"记忆车站"(arrêts sur mémoire,第252页)。每个"车站"都引出一段个人和时代的风景,串联起她的人生旅程,也映射出一个时代。这些照片所钩沉起的时代风云和社会热点构成了一个个时间坐标,不仅是个人的坐标,也是20世纪的时代坐标,构成了一部动态的人生影片和时代素描。

埃尔诺此前的写作或者是以回溯性视角写成的自传体叙事,如《位置》《一个女人》,或者是以同时性视角写成的日记体叙事,如《外部日记》

---

① 埃尔诺对于照片的叙事功能和联想功能情有独钟,她在此前的作品中多次发挥和阐述这种功能。"我经常想,我们可以只用歌曲和照片讲述自己的整个一生。"(*L'Usage de la photo*, Gallimard, 2005, p. 102.)她的几乎所有的书中都有以 Ekphrasis(写画)方式出现的"有图无实"的"照片"。Voir Dominique Kunz Westerhoff, «Photobiographie, photofiction, autofiction: *Les Années d'Annie Ernaux*», in Joël Zufferey (dir.), *L'Autofiction: variation génériques et discursives*, Harmattan-Academia s. a., 2012, p. 157.

② Roland Barthes, *La Chambre claire. Note sur la photographie*, Gallimard / Seuil, coll. «Cahier du Cinéma», 1980, p. 134.

③ Antoine Compagnon, «Désécrire la vie», in *Critique*, n° 740 − 741, 2009/01 − 02, p. 50.

《迷失》《我没有走出我的黑夜》，甚至《照片的用途》。通过一个个具体的亲历事件，埃尔诺从社会学的角度聚焦于平民阶层和精英阶层、被统治阶层和统治阶层在生活方式、语言、惯习（habitus）、风貌心态等各个方面的隔膜，是布尔迪厄社会学的活注释，所以她称《位置》以后的作品为"社会自传"（auto-socio-biographie）。在《岁月》中，埃尔诺继续在社会学维度上书写家庭关系、男女地位以及阶层的差异和隔阂，例如"她"的父母及邻居粗俗的衣着、举止、习惯、说话方式与私立学校同学身上体现出来的气质与习惯构成的强烈反差，"她"的不堪回首的堕胎经历以及战后法国女性在堕胎及权利方面所受的压抑以及取得的进步。但是与此前的写作相比，这种社会性已经化为时代的浪花而在《岁月》中退居其次。在《岁月》中，她将以前的一个个共时性叙事连缀成一个大的个人叙事，添加了时间流逝的过程，从历时性的角度展现个人的成长背后世事的变迁，《岁月》实为一部"时代自传"（auto-historio-biographie），是以照片所凝聚的时间为叙事单位的20世纪法国甚至世界战后六十年的"年鉴"。《岁月》的个人维度小于社会维度，社会维度又小于历史维度。

如果说《追忆》的写作是出于在追寻逝去的时光中体味个人的幸福和快乐，那么《岁月》的写作是出于对过去时光的遗忘的焦虑，是出于留下一份时代记录的紧迫感。对照片的描写和联想正如《岁月》最后一句话所言，就是对抗"消失"和遗忘的"拯救"行为："拯救我们将永远不在的时代的某些东西"（第254页），从而留下一份个人的也是时代的见证。

与普鲁斯特以细腻入微的笔触描写纷至沓来的感觉不同，埃尔诺以一笔带过的快进方式轻描淡写地罗列了半个世纪以来的个人经历，从未对这些曾经写过的事件再做详细叙述。她在《耻》中称："我将永远不去体会隐喻的魔法、文体的狂喜。"[①]和以往一样，《岁月》的叙事极为简洁、朴素、干涩，没有感情的起伏，没有节奏的紧张，没有精心的雕饰，如陈年流水账般平缓，如黑白纪录片般单调，用她本人的话说是一种"平滑的叙事"

---

① Annie Ernaux, *La Honte*, Gallimard, 1997, p.70.

(récit glissant，第251页）。

《追忆》是一座用找回的旧日砖瓦精心垒成的复杂而精美的教堂，是一幅每个细部都被填满的巨幅细密画，而《岁月》是用杂乱的旧日残砖碎瓦堆成的瓦砾。如果说传统自传呈现的是一种光滑平整的"平面"，杜勃罗夫斯基的《儿子》是一团杂乱无序的"线头"，巴尔特的《自述》是一片没有黏合性的"粉末"，那么埃尔诺的《岁月》则是一幅连续却不连缀的"拼图"。

二、"集成小说"

在发表了一定数量的作品、积累起一定的经验之后，作家们在创作后期都有写一部立体的、全方位作品的冲动，作为对整个写作生涯的总结和谢幕。纪德在《伪币制造者》中借爱德华之口说："我想把一切都放在这本小说中（……）自从我写它一年多以来，一切我所经历的，没有任何东西我不放在里面，或是我不想放在里面：我所见的，我所知的，别人的生活或是我自己的生活所教给我的……"[1]福楼拜的《布瓦尔和佩居榭》（以讽刺的方式）试图囊尽人类的一切知识，纪德的《伪币制造者》试图试验所有叙述手段，普鲁斯特的《追忆》试图将一生的所经、所见、所感都记录下来，佩雷克的《生活使用说明》尝试所有小说门类，等等。这些小说就像博尔赫斯笔下的神奇装置"阿莱夫"，构成了一个小宇宙。它们不是展现"生活的一个切面"[2]，而是"根本不切割"[3]生活，展现生活的整体和全貌。

埃尔诺以前的写作都是一事一书的小书，每本书的时间跨度长短不一，但是各书连缀起来基本上覆盖了埃尔诺的大半生。但是对于《岁月》，她想把一生作为书写对象，"类似于莫泊桑的《一生》的书，让人感受到时

---

[1] André Gide, *Les Faux-Monnayeurs*, Gallimard, coll. «Folio», 1925, p.184.
[2] Ibid.
[3] Ibid.

间在她身上和身外的大历史中的流逝,一部'集成小说'(roman total)"①(第166页)。《岁月》虽然和埃尔诺的其他作品一样篇幅不长,但是在叙事的时长和广度上则称得上是一部"大书",讲述了她从出生(1940)到写作当下(2006)的"一生"。

《岁月》首先是埃尔诺一生的快速回放。她此前作品中的叙事内容,即她的一生中堪称人生烙印的最重要的标志性经历,如她的读书、成长、出行等,尤其是她的私生活,包括青春期的发育、性萌动、失贞、堕胎、结婚、离婚、情人,从小到老的日常等几乎一一再次出现。例如《位置》中从一名工人变为小商人的父亲,《他们所说的或一言不发》中对性欲的发现,《冻住的女人》中的婚姻,《事件》中的堕胎经历,《耻》中作为其人生"红字"的父母吵架一幕,《单纯的激情》中与一位外交官的无果恋情,《我没有走出我的黑夜》中母亲的阿尔茨海默病,《占据》(*L'Occupation*)中对自己的年轻情人另觅新欢的嫉妒,《照片的用途》中患乳腺癌的经历,等等。尽管埃尔诺披露了诸多个人隐私,某些内容相当私密,但是她的写作完全没有卢梭式的忏悔或辩解。它们与此前作品中的叙事元素相互映射、重叠、交叉,这些"传素"又可与文本外的作者经历相互印证,共同勾勒出一部松散的、破碎的、有骨架而没有血肉的个人自传。如果说埃尔诺此前的写作是她人生连续剧,那么《岁月》则是这部连续剧的浓缩版。在高度简略的叙述中,呈现出一幅有着大片留白的粗线条个人素描。

埃尔诺的写作虽然都是以她的私人经历,甚至个人隐私为素材,但是也十分强调"外部"的素材和角度,两个书名《外部日记》(*Journal du dehors*)和《外在生活》(*La Vie extérieure*)显示出她的写作的某种外向性。《岁月》之所以构成一部"集成小说",不仅在于"集成"了她的整个一

---

① 埃尔诺在《岁月》中多次表达了她的这一写作设想或抱负:"她想通过叙事的线索串起她的生活,把她的这些分离的、没有关联的各种画面集中起来,从她在二战期间的出生直至今天。这是一种奇特的却是融解于一代人的活动之中的生活。"(第187页)"她想在书里把一切都保留下来,她的周围存在过的东西。"(第214页)Voir aussi Annie Ernaux, *L'Atelier noir*, Les Busclats, 2011, pp. 28—32.

生，而且是她所经历和见证的20世纪的"事"与"物"在她身上所留下的不可磨灭的印记的"集成"。她以前的写作属于"自"而不"传"：每本书虽然写的都是自己，但是每本书限于一事，没有形成事件之链；而《岁月》则是"传"而不"自"：《岁月》的叙事虽然覆盖了她的一生，但是在描写完照片以及与个人有关的经历后，"她"便逐渐退场，隐没于对"她"身外的外部世界的再现中。

在再现时代和社会变迁方面，同时代作家佩雷克曾经写过奇特的回忆性和纪实性文字《我记得》(Je me souviens)。《我记得》由480个以"我记得"开始的句子组成，但"记得"的内容是佩雷克过去生活中各种最微不足道的东西，如歌曲、歌手、物品、徽标、口号、电影、逸事、广告语、时尚、品牌等以及一些过时的词语和表达法……该书名为《我记得》，但是这些东西其实已经被忘记或者注定被忘记。这些东西没有时空和逻辑的关联，也没有什么重要意义。但是佩雷克把这些单独来看毫无意义的细节从遗忘中钩沉出来，东鳞西爪的互不关联的片段组成了一幅记忆的马赛克(mosaïque de souvenirs)。表面看来，这些以"我记得"引出来的细节只与"我"有关，但它们与那个时代的所有人有关，是历史、时代的标志和见证。所以该书的副标题是"共同的东西"(Les choses communes)。记忆的大厦被这些微不足道的点滴细节承载，就像普鲁斯特笔下那些转瞬即逝的气味、味道、感觉。《我记得》虽然是一本回忆之书，但不是借回忆来建立自我形象，确立自我身份，而是把回忆变为一种分享，"我"的回忆激发"我们"的回忆，单调平淡的句式、琐碎细小的内容，催生出一种短暂的激动和怀旧。

埃尔诺在《外部日记》中表达了同样的感触："我想把某些场景、某些话语、某些再也不会见到的陌生人的动作、墙上刚画上随即被擦掉的涂鸦记录下来。把以某种方式激起我的某种触动、困惑或反抗的所有东西记录下来。"[①]她在《岁月》中两次提到了《我记得》(第58、235页)并高度借鉴了佩雷克，《岁月》是一部微缩版的《追忆》，也是一部扩充版的《我记

---

① Annie Ernaux, *Journal du dehors* (1993), Gallimard, 1995, p. 8.

得》。和《我记得》一样，《岁月》中也充斥着无数的在当时司空见惯以至于被视而不见的人名、品牌、电影、歌曲、书籍等时代标记的专名，以及亲身经历或道听途说，但在当时却是人所共知的社会新闻。这些琐细的"事"与"物"被从记忆深处挖掘出来，按照时间顺序略加编排，如同万花筒中轻轻转动的玻璃碎片，映射出法国战后六十余年的社会风貌和变迁。例如，在忆及50年代作为一个十几岁少女的青春岁月时，叙述者自问：

> 除了直到四年级时所积累的知识，她对于世界还知道些什么呢？当偶然听到的一句话提到某些事件和社会新闻时，哪些痕迹以后能够让她说出"我记得"呢？
> 1953年夏天的火车大罢工
> 奠边府的陷落
> 3月的一个寒冷的早晨，就在去学校之前，广播里宣布斯大林死了
> 小班学生排队走向食堂为了喝那杯孟戴斯·弗朗斯牛奶
> 所有女学生编织的小块毛毯连成的大毛毯，寄给皮埃尔神父，他的胡子是某些黄色故事的引子
> 全城人在市政府大规模接种天花疫苗，因为瓦纳已经死了好几个人
> 荷兰洪水
>
> （第58—59页）

这些具有时代特色的外部物证和事件堪称"时代标记"（marqueurs d'époque，第235页）。如果说照片是激发埃尔诺回忆的个人的"玛德莱娜甜点"，那么这些物证就构成了集体性的"玛德莱娜甜点"，它们凝聚着一代人的集体记忆，它们的名字拨动着同时代人的心弦，激发起回音和共鸣，令那些见证过那个时代、对这些物品保留着记忆的读者浮想联翩。只是埃尔诺未像普鲁斯特那样将记忆的宝藏充分挖掘呈现出来，甚至连描写也称不上，只是点到为止、蜻蜓点水地罗列。这些记忆的残砖碎瓦凝固

着时间和历史,同样具有沧海桑田的震撼力。

《我记得》中的物品虽然凝聚着逝去的时间,但是这种时间是静态的,被"记得"的物品是无序的、杂乱的,并没有体现出或令人感觉到时间的动态流逝,以及这种流逝所造就的小至时尚、趣味的演变,大至时代和历史的变迁。而《岁月》中除了写到过去熟视无睹,后来被遗忘的日常,并按照时间进行了排序之外,更写到了注定载入史册的 20 世纪一个个里程碑般的重大历史、社会、政治、文化事件,如二战、阿尔及利亚战争、冷战和铁幕、匈牙利事件、古巴导弹危机、休闲社会和消费社会、68 年运动、性解放、艾滋病、环法自行车赛、总统大选、柏林墙倒塌、南斯拉夫战争、9·11 恐怖袭击、伊拉克战争、非典疫情……如果说照片是作者个人人生历程的时间浮标,那么这些历史事件则是 20 世纪历史长河的时代浮标,它们串起了一幅 20 世纪六十年间广阔的社会变迁和精神风貌的画卷。但是这些事件只是被提及,最多只是三言两语地叙述或描写。例如,她只用"溃败、逃亡、占领、登陆、胜利"(第 25 页)等五个名词就穿越了流传于父辈口中的法国二战全过程。

这些尽人皆知的重大事件作为"现成品"(ready-made)进入文本。虽然是"现成品",但是经过了作者的选择、编排和加工而成为艺术。《岁月》虽然是 20 世纪的大事记,但是并非实录。埃尔诺不是根据档案、史料、文献等外在媒介书写这些大事,而是根据内心的个人记忆。这些事件是叙述者所见证的事件以及它们留存于记忆中的主观印象,它们编织出一个共同的背景和一张记忆之网。例如,在描写拍摄于 1955 年的一幅照片时,叙述者评论说:"通过那个 14 岁半的戴眼镜的棕发少女的感知和感觉,写作才能够重新找到流传于 50 年代的某种东西,捕捉到集体历史投射到个人记忆屏幕上的反光。"(第 56 页)个人记忆和集体历史发生共振和共鸣,个人记忆是回荡集体历史的回音壁,是集体历史的投影屏。《岁月》是一部埃尔诺个人的小事录和 20 世纪法国的大事记,她对《外部日记》的评价也完全适合《岁月》:"它不是一篇报道,也不是一项城市社会学调查,而是通过对集体的日常生活瞬间的收藏,试图触及一个时代的现实,即一座新城市给人的强烈但无法说清的现代化感觉。"①她在《岁月》中说,该书并非"如人们通常所理解的那样,是一部旨在叙述一生、解释自我的回忆之书。她观察自己只是为了从她身上重新发现世界,对世界在过去日子里的记忆和想象,抓住她所经历的所有观念、信仰和情感的变化,人和主体的变迁(……)"(第251页)

三、非个人自传

自传研究者于比埃说:"人们总是对于陈述系统和人称选择给予最大的关注,陈述系统和人称选择绝不是制造一些无缘由的游戏,对于自我书写者来说,它们是一种看待自身、看待人生的方式。"②对于一切自我书写来说,第一人称叙事是首先的,几乎是不二的选择。埃尔诺自《位置》以来的写作基本遵守了这一惯例,以第一人称"我"写她的个人私事。但是她总是强调"我"的复数内涵和群体性,"自传性少于社会自传性"③,强调"我"的"他性"而弱化其"自性"。由此,我们看到了埃尔诺写作的又一逆喻:自传当然是个人的(personnel),第一人称是最为典型的个人书写,但是埃尔诺使用第一人称,却坚称她的"我"实为一种"非个人形式"(forme impersonnelle):"在我看来,我使用的'我'是一种非个人形式,几乎看不出性别,有时甚至更多的是'他者'的话语而不是'我'的话语:总之是一种跨个人形式(forme transpersonnelle)。它并非通过文本为我建构某种身份、进行自我虚构的一种方式,而是通过我的经历来理解某种家庭的、社会的或情感的现实的种种标志。"④

对于《岁月》的人称选择,埃尔诺经历了一个犹疑不决的过程:"一开始,她总是受阻于同样的问题:如何同时表现历史时间的流逝,事物、观

---

① Annie Ernaux, *Journal du dehors*, p. 8.
② Sébastien Hubier, *Littératures intimes. Les expressions du moi, de l'autobiographie à l'autofiction*, p. 48.
③ Annie Ernaux, *L'Ecriture comme un couteau*, p. 21.
④ Annie Ernaux, «Vers un je transpersonnel», in *Autofictions & Cie*, p. 221.

念、习俗的变化和这个女人的私人性,使得四十五年的画卷和对大历史之外的自我,即对她在 20 岁写《孤独》等诗歌时那些暂停时刻的自我的追寻相吻合。她的主要顾虑是选择'我'还是'她'。'我'给人以一成不变之感,有点狭隘,令人窒息;'她'给人以外在、遥远之感。"(第 187 页)普鲁斯特经过多年的思考和尝试,最终放弃第三人称而选择第一人称来写其《追忆》;埃尔诺经过多年的思考和斟酌,在晚年做出了相反的选择:在《岁月》中,她放弃了第一人称"我"(je),而主要使用第三人称"她"(elle)。虽然使用的是第三人称,但是勒热纳所言的自传契约的名字标准仍是适用的:作者的名"安妮"(Annie)在文中半遮半掩地出现了(第 90 页);尤其是对照片的描写文字中勾勒出的"她"的人生轨迹与埃尔诺真实的人生轨迹完全吻合,读者可以毫无困难地在"她"以及隐含的"我"之间,在作者、叙述者和人物之间建立起同一关系。如果说照片是有名无实的存在,那么"我"则是有实无名的存在。

如前文所述,《岁月》是以一组照片串接起作者的个人岁月和 20 世纪二战后的时代岁月的。照片的介入如同在照片前的叙述者和照片中的人物之间设置一面镜子,使二者之间的分离(dédoublement)无可逃避,"因为照片就是我自己作为他者的登场"①。埃尔诺在写作时对此深有同感:"人们所看到的那个坐在垫子上半裸的、分辨不出性别的婴儿也不是自己,而是某个别人"(第 31 页);"与照片的这种'不断的他者'相对应的是写作时使用的'她',这个人称就像是一面镜子"(第 252 页)。在数年后发表的另一部作品《少女的记忆》(*Mémoire de fille*,2016)中,进入老年的叙述者试图追寻五十多年前在一个度假营中与一个男人度过初夜的那位"(19)58 年的少女"——安妮·杜舍娜(埃尔诺的原名)。叙述者和当年的少女分别以"我"(je)和"她"(elle)指代,就好像二者之间已形同陌路,需要叙述者一点点去追忆和构建。故事开始时,面对"照片中的少女",叙述者发出了"她是我吗"的疑问:"我越是盯着照片中的少女,我就越觉得

---

① Roland Barthes, *La Chambre claire. Note sur la photographie*, p. 28.

是她在看我。这个女孩,她是我吗?我是她吗?"①叙述者进一步反思了"我"和"她"的关系:"照片中的少女不是我,但是她也不是虚构"②;"这个少女不是我,但是她在我身上是真实的。某种真实的存在。在这种条件下,我是应该把(19)58年的少女和2014年的女人融为一个'我'?还是(……)用'她'和'我'将前者和后者区分开来?"③

尤其是"我"不仅是"我"眼中的他者,而且是他人眼中的他者。埃尔诺出生和成长于卑微的平民阶层,通过读书逐渐步入知识和有产阶层。对于她的原生家庭和阶层来说,她所接受的教育使她逐渐成为一个局外人,成为一个"阶级变节者"(transfuge de classe);对于她的私立学校的同学和后来成功跻身的阶层,她又是没有认同感的闯入者,是非其族类的异类:"照片上她身旁的两个女孩属于有产者。她感到和她们不是一类人(……)她现在也不认为和她童年的工人世界、她父母的小本生意有任何共同之处(……)她感到无所归属。"(第90页)一边是回不去也不想回去的世界,另一边是身处却心不在的世界,她与两边都有隔膜,"我"始终是一个"像是他者的自身"(soi-même comme un autre)④,这种感觉变为一个顽念,令其终生驱之不去。自身的这种他性(altérité)已经内化为一种自性,最终外化于第三人称的"她"。无论是对于自己的亲历还是对于他人和众人的历史,"她"似乎不是参与者和当事者,而是若即若离的旁观者和见证者,始终有一种错位游离之感。

在《岁月》中,埃尔诺将自身(soi-même)的非个人性,即泛指性又推进了一步。作为一个跃过龙门的成功上岸者,从苦难走向辉煌的经历本是一件足以夸耀、大书特书的资本,昔日的寒酸、拮据、贫穷、自卑足以化为今日的谈资和财富。但是她无意把自己的一生写成一部成功学的励志教科书。如果《岁月》如此写成,辅之以第一人称,就落入了个人的、自恋的

---

① Annie Ernaux, *Mémoire de fille*, Gallimard, 2016, p. 20.
② Ibid.
③ Annie Ernaux, *Mémoire de fille*, p. 22.
④ 利科的一本书的书名。

俗套。埃尔诺在《岁月》中从未提及过去发表过的书,也未提及她作为一位著名作家在文坛的成就、地位或荣誉,"就好像作者不是一位有着三十多年发表史的作家,好像作者不是她一样"①。她不提及自己的奋斗历程,不提及自己的文学成就,是为了去除个人化色彩,"是出于一种意识形态的选择。这部自传应该是非个人的,不应堕入'个人化的陷阱'(《位置》),也许她的生活中最独特、最具个人性的就是她的写作活动,因为写作活动是她与其同时代人有别的,最终标志着她脱离了她所出身的世界。因此,她对于以前写过的使她成为著名的、公认的作者,使她彻底有别于他人的书闭口不言"②。和此前的所有写作一样,埃尔诺在《岁月》中并非追忆"我"所独有的逝去时光,而是追忆"人"所共有的时代:"这个世界印在她和她的同时代人身上的印记,她将用来重现一个共同的时代,从很久以前流传到今天的时代,以便在个人记忆中重新发现对于集体记忆的记忆,写出大历史的真实维度。"(第251页)《岁月》既是个人的小历史,又是众人的大历史。虽然是众人的大历史,又是"她"所感知和感受、"她"的视角下的大历史。埃尔诺通过"她"又越过"她",从而聚焦于"人们"(on)、"我们"(nous)或"她们"(elles):"我们曾在厨房中堕过胎,离过婚,我们曾以为我们解放自己的努力会对别人有用,我们感到巨大的疲惫感。我们不再知道妇女革命是否发生过。"(第181页)所以埃尔诺经过多年的思考和摸索,决定把《岁月》写成"一部非个人自传,书中没有任何'我',而是'人们'和'我们'"(第252页)。

埃尔诺在《岁月》之前写过十三部叙事作品,叙事内容从未脱离她的个人经历。但是她的书名中从未出现表示所属关系的主有形容词"我的",出现最多的是表示整体性和类属性的定冠词(*Les Armoires vides*,*La Femme gelée*, *La Place*, *La Vie extérieure*, *Les Années*, *La Honte*, *L'Evénement*, *L'Occupation*, *L'Usage de la photo*),或者泛指性的不

---

① Antoine Compagnon, «Désécrire la vie», in *Critique*, p. 58.
② Anne Strasser, «L'énonciation dans *Les Années* : Quand les pronoms conjuguent mémoire individuelle et mémoire collective», in *Roman 20—50*, n°54, 2012/02, p. 170.

定冠词(Une femme)和没有冠词的情况(Passion simple, Journal du dehors, Mémoires de fille)。关于《占据》,她这样解释道:"当我写作时,我感到,我知道文中不是我的嫉妒(ma jalousie),而是嫉妒之情(de la jalousie),即其他人也许可以认为属于自己的某种非物质的、可感的和可知的东西。"[1]同样,《岁月》写的不是或不仅是"我的岁月",而是属于她的一代人的"岁月"。埃尔诺在《岁月》伊始把西班牙思想家何塞·奥尔特加·伊·加塞特的那句话作为卷首语:"我们只有自己的历史,而它不属于我们。"我们的历史不属于我们,而属于所有人,属于一代人。她在《岁月》之后发表的《书写生活》(Ecrire la vie,2011)的序言中明确地阐述了她对于书名的这种选择:

> 不是我的生活,也不是他的生活。而是生活及其对所有人来说都一样,但是每个人的感受并不相同的内容:身体、教育、性归属和性状况、社会轨迹、他人的生活、疾病、丧痛。首先是时间和历史不断改变、摧毁和革新的生活(……)我写的一直是我和我之外,一本接一本的书中的'我'并不被定于某个固定身份,他的声音中夹杂着萦回在我们身上的其他声音,包括父母的声音、社会的声音。[2]

与卢梭的自传姿态完全相反,埃尔诺完全无意把自己视作一个独一无二的个体,而是芸芸众生的一个标本,她在《岁月》中的姿态类似于蒙田:"我觉得自己是平平常常的人"[3],"每个人都是整个人类状况的缩影"[4]。只是埃尔诺不敢自称是"整个人类状况的缩影",而是"让'我'消失于一个更广阔的现实、一种文化、一种境遇、一种痛苦之中"[5],将"我"纳入所属的一个更大的群体之中,使"我"成为"某个"人类状况的缩影。

岁月对埃尔诺来说既不是不堪回首,更不是回味无穷。岁月穿过她

---

[1] Annie Ernaux, *L'Ecriture comme un couteau*, pp. 112—113.
[2] Annie Ernaux, *Ecrire la vie*, Gallimard, coll. «Quarto», 2011, p. 7.
[3] Montaigne, *Les Essais*, Livre II, Chapitre 17, Gallimard, 1965, p. 391.
[4] Montaigne, *Les Essais*, Livre III, Chapitre 2, Gallimard, 1965, p. 45.
[5] Annie Ernaux, *L'Ecriture comme un couteau*, p. 22.

的生命,将她锻造塑形;她穿过岁月的长河,见证了时代的潮起潮落。她不动声色地为自身、为家庭,同时也为时代和社会画像,既不营造诗意,也不制造悲情,而是追求一种"零度写作"。恰如郭沫若在其自传的"前言"中所言:"我不是想学 Augustine 和 Rousseau 要表述什么忏悔,我也不是想学 Goethe 和 Tolstoy 要描写什么天才。我写的只是这样的社会出生了这样的一个人,或者也可以说有过这样的人生在这样的时代。"①"我"不再是自身,而是"这样的时代""这样的社会"里的"任何人"。

埃尔诺对于《岁月》的写作姿态与其自《位置》以来的写作姿态是一脉相承的:既拒绝小说,又拒绝自传。她拒绝小说的想象和杜撰,拒绝自传的刻板和单一。但是从另一个意义上说,她既拥抱小说也拥抱自传:她拥抱自传对真实的苛求,拥抱小说对叙事的创新。埃尔诺在《一个女人》中说:"我的计划是文学性质的,因为我要寻找关于我母亲的真实,这种真实只能通过文字才能抵近(……)可是我希望在某种程度上停留在文学之下。"②所谓"文学之下",就是不虚构,不想象。所谓"文学性质",就是对形式和布局谋篇的考量。埃尔诺在一次访谈中谈到自己对虚构的理解时说:"如果虚构指传统意义上的对事实和人物的想象,那么在我的写作中确实没有它的位置,但是如果从另外的建构、形式的安排之意来说,它的位置又是巨大的。"③既追求"文学性质",又"停留在文学之下",这一逆喻式表述与杜勃罗夫斯基的"完全真实的事实和事件的虚构"的自撰定义不谋而合。

---

① 郭沫若:《郭沫若自传·第一卷·少年时代》,贵州教育出版社,2012 年,前言,第 3 页。
② Annie Ernaux, *Une femme*, Gallimard, 1987, p.23.
③ Annie Ernaux, «Entretien avec Evelyne Bloch-Dano», in *Le Magazine littéraire*, n°513, 2011/11, p.52.

结　论

　　自从 1977 年杜勃罗夫斯基的《儿子》发表以来，自撰写作在争议和喧嚣中已走过将近半个世纪的时间，然而它并未尘埃落定，而且由于缺乏足够的时间距离，我们仍不能对其盖棺定论。我们只能说，自撰既不是一个文学流派或运动，也不是一个新的文类，它是与后现代主义相伴产生的，是后现代主义理论学说、当代社会思潮、文学理念和实践相互作用的结果，或者说是后现代主义在文学领域发作的"症候"之一。杜勃罗夫斯基认为，自撰是一个历史现象，是 18 世纪形成的个人主义"在 20 世纪的化身和冒险。随着历史的变化，这一合理和必然的文类很可能走向过时。"①"也许将来有一天情况会发生变化，但是自撰已风行一时。我不相信它将永远存在。"②

　　进入后现代以来，人与自身的关系发生了微妙的变化。在传统自传中，作者以编年的、连贯的叙事来书写或者说重组自己的历史，就像在传统小说中处于上帝地位的全知叙述者一样，作者/叙述者试图拨开过往的混沌和迷雾，梳理如麻的往事，构建自我的统一性，这种上帝的地位意味着人对自身的认知和掌控

---

① Serge Doubrovsky, «Pourquoi l'autofiction?», in *Le Monde*, 29/04/2003.
② Philippe Vilain, «L'autofiction selon Doubrovsky», in *Défense de Narcisse*, pp. 211—212.

能力的自信。而后现代背景下的当代人则丧失了这种自信,自我对其来说是一个谜团和迷宫。自撰戳穿了传统自传的所谓真实性的幻觉,放弃了确定性,一切处于不确定之中,自撰更加关注在个人历史的废墟上对自我进行文学化和自由性重构。与传统自传的统一的、整体的、连贯的"我"相比,自撰之"我"是一个龟裂的、碎片的甚至粉末化的"我"。主体的完整性和连贯性化为一地碎片,至少是裂痕累累的"破镜"。我们只能通过碎片的拼接,或者以异质的(虚构的)碎片来弥补,而无法实现破镜的重圆。自我书写不再是对于自在的、历史的本我的挖掘、记录和再现,而是对于自我的建构以及对于建构过程的再现,历史的本我变为叙事的自我。如杜勃罗夫斯基所说:

> 在传统自传中,主体通过真诚和严格的内省可以抵达自身的深处,如今这种自传变为了虚幻。通过线性的、编年的叙事来复原自身,最终揭示一种生活的内在逻辑的行为也是虚幻的。自身意识经常是一种不自知的无知(nescience)。完美的传记(自传)模式不再有效。罗伯-格里耶在其《重现的镜子》中说:"这么短时间之后,我们留存下来的关于某个人,也许很快关于我自己的全部东西不过是一些零星的散片,一些凝固的动作和不连贯的东西,一些悬空的问题,一些只能混乱地罗列,却无法将其真正(符合逻辑地)串接起来的快照。"我自己大约同一时期在《断裂的书》中写道:"我根本不把我的一生看作一个整体,而是看作一些散乱的碎片、层次破碎的生活、没有关联的阶段、连续的甚至同时的不重合。这才是我要写的。是对我的生活的私人兴趣,而不是它的不可能的历史。"今天的每个作家都应找到或者发明对自身的这种新的感知,即我们对自身的感知的写作。总之,当我们回忆生活的时候,我们是在重新杜撰生活。①

如同任何文学现象一样,自撰在远观时虽然呈现某些共同特征,但是由于各个作者的理念、动机、追求或风格的不同,近观则更多地呈现为异

---

① Serge Doubrovsky, «Le dernier moi», in *Autofiction(s)*, p. 393.

质、庞杂甚至彼此矛盾和排斥的"写作实践"(pratique d'écriture)①。其中既包含着严肃的文学和美学追求,也不乏炒作、招摇、挑衅的色彩:"自撰不是一个真正的文类,而是一个张力场,是虚构和纪实、美学和伦理、手法和真实之间的对立易于发生失调的一个现象。"②

自撰脱胎于自传,自传堪称自撰之父。自撰作者在写作时无论如何都无法摆脱自传的影子,将自传作为要突破、批判和解构的靶子,自撰文本中随处可见的对自传的"元文本"批判性话语清楚地表明了这一点。自撰写作首先是对自传的弑父行为,如维兰所言,自撰美学"建立在自传的废墟之上,它展示了自传的末日和再生、自传的下葬和还魂"③。然后它自称"小说"或嫁接小说叙事的一切手法,又完成了娶母行为。

勒热纳将其数十年来考察自传写作变迁的感受比喻为参观汽车博物馆,巧合的是,自传(autobiographie)与汽车(automobile)具有相同的词根:auto。尽管由于新技术、新材料、新发明的应用,今日汽车的样式、性能、材料与过去的汽车有了改天换日的进步和差别,但是汽车的两个根本的东西却没有变,这就是四个轮子和发动机。④ 汽车若要动起来(mobile),必须有轮子和发动机。那么对于自传来说,驱动作者自我书写的发动机就是对自我的探寻;实现这一探寻的轮子就是叙事,只是今日叙事与昨日叙事相比,在各种新思潮、新理论、新理念的影响下发生了如同汽车轮胎般的脱胎换骨的变化,虚构的介入就是其中之一。

勒热纳在《自传是否可以创新?》一文中提到一事:在 20 世纪 50 年代,塞利纳曾说电影杀死了小说,至少杀死了传统的现实主义小说,因为电影比小说能更好地发挥资料的功能。那么被褫夺了反映现实、再现世界功能的小说的价值何在呢? 在他看来就是"情感再现"(rendu émotif),

---

① Marie Darrieussecq, «L'autofiction, un genre pas sérieux», in *Poétique*, p. 380.
② Jean-Louis Jeannelle, «Le procès de l'autofiction», in *Etudes*, 2013/9, n°4193, p. 229.
③ Philippe Vilain, *L'Autofiction en théorie*, p. 41.
④ Philippe Lejeune, «Peut-on innover en autobiographie?», in Alain de Mijolla (dir.), *L'Autobiographie*, VIe rencontre psychanalytique d'Aix-en-Provence 1987, p. 73.

就是文体,就是写作。勒热纳由此推及自传的命运,如果自传的价值仅在其资料功能的话,如今报纸、电视、网络等媒体上的个人往事和社会调查铺天盖地,新的传媒的资料功能远远超过自传,自传早该消失了。但是自传远未消失,原因在于这些新媒体固然能够对自传书写构成巨大冲击,但是能够躲过冲击的在于形式的创新:"通过创新形式,自传为我们提供了思考人生的新手段"。[1] 洛朗丝称"自我书写的普遍价值恰恰在于对于文体和形式的要求"[2]。自撰不论在理论上还是在实践上都是对于自传的突破和再造,也使自我书写被注入新的生命。

波伏瓦有言:"女人不是生成的,而是变成的。"(On ne naît pas femme, on le devient.)对于德洛姆来说,"'我'不是生成的,而是变成的"(On ne naît pas Je, on le devient)[3]。社会、习俗、道德等规范加之于每个人的价值观和规则所构成的"正常"状态,并不具有天然的合法性,其实是一种集体性虚构或建构。传统自传及自传契约如同"女人"的概念一样,也是自我书写在历史进程中集体建构的惯例,也是可以打破的。自撰就是为了突破自传的"正常"或"正统"的一种尝试。如果我们套用德勒兹的比喻,将那些被供奉于文学殿堂中的公认的文类喻为"神"(dieux),那么自撰就是故意违反和逃离既有成规(sillon),打翻这些偶像的"怪"(démon)。自传如"神",是偶像制造者(iconolâtre);自撰如"怪",是偶像破坏者(iconoclaste)。自撰的性质即在于"逃逸"(fuir)、"错乱"(délirer)、"背叛"(trahir)、"出轨"(sortir du sillon)。[4] 德勒兹所言的"逃逸"其实就是推陈出新,自撰永远处于一条对于自传的"逃逸线"(ligne

---

[1] Philippe Lejeune, «Peut-on innover en autobiographie?», in Alain de Mijolla (dir.), L'Autobiographie, VIe rencontre psychanalytique d'Aix-en-Provence 1987, pp. 99—100.

[2] Annie Ernaux, Camille Laurens, «Toute écriture de vérité déclenche les passions», propos recueillis par Raphaëlle Rérolle, in Le Monde des livres, p. 5.

[3] Chloé Delaume, La Règle du Je, p. 8.

[4] "逃逸类似于错乱。错乱就是出轨(像是'胡说'等)。逃逸中有某种恶魔的或者鬼怪的东西。怪与神有别,神拥有固定的特征、属性和功能,拥有疆域和准则,神涉及的是轨道、疆界和地籍。怪的特性在于在间距间跳跃,从一个间距跳到另一个间距。"Gilles Deleuze et Claire Parnet, Dialogues, Champs Flammarion, 1996, pp. 51—52.

de fuite)①上,它是动态的,永远处于变动之中(en devenir)。它逃逸并突破既有的定义、框架、归属、疆域、契约,突破可见的和已知的边界,伸向无定和无限的地平线。

和自传一样,自撰被视为以自我为圆心的个人化写作,缺乏宏大的视野和深刻的维度,患有鼠目寸光的近视症、作茧自缚的幽闭症、目中无人的自恋症。既然当代人早已失去了从上帝的视角俯瞰世界的能力和掌控世界的豪情,那么我们所能够选择的只有"坐井观天"了。但是,坐井观天看到的也是"天",而不仅仅是"井","井"也是"观天"的一个窗口,自传和自撰从来都不乏历史的、社会的、哲学的甚至人类的维度。如同帕斯卡尔所言的无限小中蕴含着无限大一样,一个个原子般的小我的命运和经历也是一个时空的小宇宙,映射着一个时代的集体命运和记忆,浓缩了历史、文化、社会、人的精神境遇等诸多宏大主题。蒙田写"我"是因为"我携带了人类状况的全部形式",波伏瓦则是把"我"作为一个最特别的案例,达到一种最大的普遍性,她在《岁月的力量》的开篇说:"也许有人会说这种事情只关乎我自己;不然,塞缪尔·佩皮斯或让-雅克·卢梭,不管普通或杰出,如果一个人真诚地展示自己,所有人都或多或少地与其有关。不可能只将光线投射在自己的人生之上而不会照到别人的生活的某个部分。"②布托尔说:当一个作者搜寻"他的回忆,他所唤醒的是我们的回忆,当然这些回忆不是一致的,却是可比较的。刮掉自我的表皮,透过自己的孤独发现的是一个'我们'"③。德洛姆也说:"我选择写作是为了重新获得我的身体、我的所作所为、我的身份。"④自我书写是一种抵抗行为:"对我来说,与自撰的关系,就是真正地重新获得'我',来抗拒每个人消解于

---

① "逃逸线是去疆域化(déterritorialisation)(……)逃逸绝非放弃行动,没有任何东西比逃逸更加积极。逃逸是想象的反面。它也是使动的逃逸,不一定是使别人逃逸,而是使逃逸某种东西,使逃逸某个系统,就像炸开一个管道(……)逃逸,就是画一条线,多条线,完全是制图学。" Gilles Deleuze et Claire Parnet, *Dialogues*, p. 47.
② Simone de Beauvoir, *La Force de l'âge*, Gallimard, 1960, p. 12.
③ Michel Butor, *Répertoire I*, Minuit, 1960, p. 270.
④ Chloé Delaume, «S'écrire mode d'emploi», in *Autofiction(s)*, p. 109.

集体的虚构中。"①自我书写就是"重新获得"(réappropriation)的过程,思考自身在世界上的存在,"重新获得自由意志"②。无论自我书写的形式和方式如何千变万化,"说到底自传的真正问题不是忠实地再现逝去的时间,而是掌控这种不可控制的时间,来对抗死亡和孤独"③。孤独是"我们"根本的生存境遇,把握时间、对抗死亡则是人类永恒的追求。

---

① Chloé Delaume, entretien avec Thierry Richard, «Laboratoire de génétique textuelle», in *Le Matricule des Anges*, n°100, 2009/02, p. 23. Cité par Isabell Grell in *L'Autofiction*, p. 48.

② Cité par Isabell Grell in *L'Autofiction*, p. 48.

③ Philippe Lejeune, «Peut-on innover en autobiographie?», in Alain de Mijolla (dir.), *L'Autobiographie, VIe rencontre psychanalytique d'Aix-en-Provence 1987*, p. 93.

参考文献

外文文献

Œuvres autobiographiques et autofictionnelles étudiées

Angot, Christine, *Sujet Angot*, Fayard, coll. «Pocket», 1998.

—*L'Inceste*, Stock, 1999.

—*L'Usage de la vie*, Fayard/Mille et une nuits, 1999.

—*Quitter la ville*, Stock, 2000.

Aragon, Louis, *Le Mentir-vrai*, Gallimard, 1980.

Barthes, Roland, *Roland Barthes par Roland Barthes*(1975), Seuil, coll. «Ecrivains de toujours», 1995.

Beauvoir, Simone de, *Mémoires d'une jeune fille rangée*, Gallimard, coll. «Folio», 1958.

—*La Force de l'âge*, Gallimard, coll. «Folio», 1960.

Breton, André, *Nadja*(1964), Gallimard, coll. «Folio Plus», 1998.

Butor, Michel, *Le Retour du boomerang*, PUF, coll. «Ecrits», 1988.

Colette, Sidonie-Gabrielle, *La Naissance du jour*, Garnier-Flammarion, 1969.

Cusset, Catherine, *Jouir*, Gallimard, coll. «Folio», 1997.

Delaume, Chloé, *Le Cri du sablier*, Gallimard, coll. «Folio», 2001.

—*Dans ma maison sous terre*, Seuil, coll. «Fiction & Cie», 2009.

Doubrovsky, Serge, *Un amour de soi*, Hachette, 1982.

—*La Vie l'instant*, Balland, 1985.

—*Le Livre brisé*, Grasset, 1989.

—*L'Après-vivre*, Grasset, 1994.

—*Laissé pour conte*, Grasset, 1999.

—*Fils* (1977), Gallimard, coll. «Folio», 2001.

—*Un homme de passage*, Grasset, 2011.

Ernaux, Annie, *La Place*, Gallimard, coll. «Folio Plus», 1983.

—*Une femme*, Gallimard, coll. «Folio», 1988.

—*Passion simple*, Gallimard, coll. «Folio», 1992.

—*Journal du dehors* (1993), Gallimard, coll. «Folio», 1995.

—*La Honte*, Gallimard, coll. «Folio», 1997.

—*Se perdre*, Gallimard, coll. «Folio», 2001.

—*Les Années*, Gallimard, coll. «Folio», 2008.

—*Mémoire de fille*, Gallimard, 2016.

Forest, Philippe, *L'Enfant éternel*, Gallimard, 1997.

Genet, Jean, *Notre-Dame des Fleurs*, Gallimard, coll. «Folio», 1948.

—*Journal du voleur*, Gallimard, coll. «Folio», 1949.

Genette, Gérard, *Bardadrac*, Seuil, coll. «Fiction et Cie», 2006.

—*Codicille*, Seuil, coll. «*Fiction & Cie*», 2009.

—*Apostille*, Seuil, coll. «*Fiction & Cie*», 2012.

—*Epilogue*, Seuil, coll. «*Fiction & Cie*», 2014.

Gide, André, *Les Faux-Monnayeurs*, Gallimard, coll. «Folio», 1925.

—*Si le grain ne meurt*, Gallimard, coll. «Folio», 1955.

Guibert, Hervé, *A l'ami qui ne m'a pas sauvé la vie*, Gallimard, coll. «Folio», 1990,

—*Le Protocole compassionnel*, Gallimard, coll. «Folio», 1991.

—*L'Homme au chapeau rouge*, Gallimard, coll. «Folio», 1992.

Leiris, Michel, *L'Age d'homme*, Gallimard, coll. «Folio», 1995.

Malraux, André, *Le Miroir des Limbes I. Antimémoires*, Gallimard, coll. «Folio», 1972.

Millet, Catherine, *La Vie sexuelle de Catherine M.*, précédé de «Pourquoi et Comment», Seuil, 2001 et 2002 pour la préface.

Modiano, Patrick, *Livret de famille*, Gallimard, coll. «Folio», 1977.

Montaigne, Michel, *Les Essais*, Livre II, III, Gallimard, 1965.

Perec, Georges, *W ou le souvenir d'enfance*, Denoël, 1975.

—*Je suis né*, Seuil, 1990.

Proust, Marcel, *La Prisonnière*, Gallimard, coll. «Folio classique», 1988.

—*Le Temps retrouvé*, Gallimard, coll. «Folio classique», 1989.

Robbe-Grillet, Alain, *Le Miroir qui revient*, Minuit, 1985.

—*Angélique ou l'enchantement*, Minuit, 1988.

—*Les Derniers jours de Corinthe*, Minuit, 1994.

Sollers, Philippe, *Un vrai roman—mémoires*, Gallimard, coll. «Folio», 2009.

Stendhal, *Vie de Henry Brulard*, Gallimard, coll. «Folio classique», 1973.

Articles

Allemand, Roger-Michel, *Duplications et duplicité dans les Romanesques d'Alain Robbe-Grillet*, Minard, coll. «Archives des lettres modernes», 1991.

—«La diagonale du fou», in Frank Wagner et Francine Dugast-Portes (éds.), *Lectures de Robbe-Grillet*, Presses Universitaires de Rennes, 2010.

André, Marie-Odile, «La Littérature française contemporaine : un panorama», in Martine Poulain, *Littérature contemporaine en bibliothèque*, Cercle de la Librairie, coll. «Bibliothèques», 2001.

Baudelle, Yves, «Autofiction et roman autobiographique : incidents de frontière», in Robert Dion, Frances Fortiers, Barbara Havercroft et Hans-Jünger Lüsebrink (dir.), *Vie en récit. Formes littéraires et médiatiques de la biographie et de l'autobiographie*, Note bene, coll. «Convergences», 2007.

—«L'autofiction des années 2000 : un changement de régime ?», in Bruno Blanckeman, Barbara Havercroft (dir.), *Narrations d'un nouveau siècle, roman et récits français (2000—2010)*, Presses Sorbonne Nouvelle, 2013. https://books.openedition.org/psn/480? lang=fr (consulté le 20/05/2020).

Blanc, Emmanuèle, «Alain Robbe-Grillet, *Les Derniers jours de Corinthe*», in *L'Information littéraire* 2008 / 02 (vol. 60).

Brochier, Jean-Jacques, «Conversation avec Alain Robbe-Grillet», in *Le Magazine littéraire*, n°250, 1988/02.

Brun, Anne, «La mort à l'œuvre dans les écrits d'Hervé Guibert», in *Psychothérapies*, 2013/02 (vol. 33).

— «Ecrire le sida à partir de l'œuvre d'Hervé Guibert», in Nathalie Dumet, *De la maladie à la création*, ERES, coll. «L'Ailleurs du corps», 2013.

Cagnet, Patricia (transcription), «La vie dédoublée, conversation avec Catherine Millet», in *La Cause du désir*, n°87, 2014/02.

Cata, Isabelle et Dalmolin, Eliane, «Ecrire et lire l'inceste: Christine Angot», in *Women in French Studies*, vol. 12, 2004.

Cerquiglini, Blanche, «Le roman, sanctuaire du moi», in *Médium*, n°36, 2013/03.

Cixous, Hélène, «Le rire de la Méduse», in *L'Arc*, n°61, 1975.

Coirault, Yves, «Autobiographie et mémoires (17e—18e siècle): ou existence et naissance de l'autobiographie», in *Revue d'histoire littéraire de la France*, n°6, 1975.

Compagnon, Antoine, «Désécrire la vie», in *Critique*, n°740—741, 2009/01—02.

Contat, Michel, «L'autofiction, genre litigieux», in *Le Monde*, 05/04/2003.

Cooper, Sarah, «Reconfiguring Sexual-Textual Space: The Seductions of Catherine Cusset's *Jouir*», in *L'Esprit créateur*, vol. 45, n°1, Spring 2005.

Darrieussecq Marie, «L'autofiction, un genre pas sérieux», in *Poétique*, n°107, 1996.

—«Quand je n'écris pas, je ne suis pas écrivain», Entretien Serge Doubrovsky et Michel Contat, in *Genesis*, n°16, 2001.

—«Pourquoi l'autofiction ?», in *Le Monde*, 29/04/2003.

—«Ne pas assimiler autofiction et autofabulation», in *Le Magazine littéraire*, n°440, 2005/03.

Ducas, Sylvie, «Fiction auctoriale, postures et impostures médiatiques : le cas de Chloé Delaume», in *Le Temps des médias*, n°14, 2010/01.

Ernaux, Annie, « Vers un je transpersonnel», in *Autofictions et Cie* (Actes du colloque de Nanterre, 1992), *RITM*, n°6, 1993.

—«Entretien avec Evelyne Bloch-Dano», in *Le Magazine littéraire*, n°513, 2011/11.

Ernaux, Annier et Laurens, Camille, « Toute écriture de vérité déclenche les passions», propos recueillis par Raphaëlle Rérolle, in *Le Monde des livres*, 03/02/2011.

Faerber, Johan, «Une vie sans histoire. Ou l'impact autobiographique dans l'œuvre de Philippe Vilain», in *Revue de littérature comparée*, n°325, 2008/01.

Fassin, Eric, «Le double 'je' de Christine Angot : sociologie du pacte littéraire», in *Sociétés & Représentations*, n°11, 2001/01.

Forest, Philippe, «Qu'on m'accuse de tout ce qu'on veut», in *Le Magazine littéraire*, n°508, 2011/05.

Garcia, Mar, «L'étiquette générique *autofiction* : us et coutumes», in *Çedille. Revista de estudios franceses*, n°5, 2009. http://redalyc.uaemex.mx/src/inicio/ArtPdfRed.jsp?iCve=80811192008 (consulté le 01/09/2020).

Gasparini, Philippe, «Autofiction *vs* autobiographie», in *Tangence* 97, 2011.

Goulet, Alain, «Introduction aux *Romanesques*», in *Imaginaires, écritures, lectures de Robbe-Grillet. D'Un régicide aux Romanesques* (en collaboration avec Roger-Michel Allemand), Lion-sur-Mer, Arcane-Beaunieux, 1991.

Grell, Isabelle, «Les règles du je : un pionnier de l'autofiction», in *Le Magazine littéraire*, n°554, 2015/04.

Havercroft, Barbara, «Dire l'indicible : trauma et honte chez Annie Ernaux», in *Roman 20—50*, n°40, 2005/02.

Jaccomard, Hélène, «La thanatologie chez Hervé Guivert», in *European Studies*, xxv, 1995.

Jeannelle, Jean-Louis, «Le procès de l'autofiction», in *Etudes*, n°4193, 2013/09.

Jenny, Laurent, «L'autofiction. Méthodes et problèmes», http://www.unige.ch/lettres/framo/enseignements/methodes/autofiction/afintegr.html (consulté le 20/08/2017).

Jouan-Westlund, Annie, «La filiation autofictive entre Serge Doubrovsky et Catherine Cusset» (2017), in *World Languages, Literatures, and Cultures Faculty Publications*, 2017. https://engagedscholarship.csuohio.edu/clmlang_facpub/138 (consulté le 16/11/2021).

Juranville, Anne, «L'érotisme en question. Regard sur quelques aspects de la littérature féminine contemporaine», in *Connexions*, n°87, 2007/01.

Kaprielian, Nelly, «Sans mentir», in *Le Nouveau magazine littéraire*, n°500, 2010/09.

Klein-Scholz, Christelle, «Fragments d'un corps: l'écriture du SIDA dans les ouvrages d'Hervé Guibert», in *L'Esprit créateur*, vol. 56, n°2, 2016.

Lacan, Jacques, «Le stade du miroir», in *Ecrits*, Seuil, coll. «Le Champ Freudien», 1966.

Lacore-Martin, Emmanuelle, «'Le cerceau de papier': mémoire, écriture et circularité dans *Passion simple* et *Se perdre* d'Annie Ernaux», in *French Forum*, vol. 33, n°1—2, Winter/Spring 2008.

Laouyen, Mounir, «L'autofiction : une réception problématique», https://www.fabula.org/anciens_colloques/frontieres/208.php (consulté le 24/06/2017).

Laurens, Camille, «Ce que ça cache», in *Le Coq-héron*, n°219, 2014/04.

Lecarme, Jacques, «L'Autofiction: un mauvais genre?», in *Autofictions et Cie* (Actes du colloque de Nanterre, 1992), *RITM*, n°6, 1993.

—«L'hydre anti-autobiographique», in Philippe Lejeune (dir.), *L'Autobiographie en procès*, RITM, n°14, Université Paris X, 1997.

—«Origines et évolution de la notion d'autofiction», in Marc Dambre, Aline Mura-Brunel, Bruno Blanckeman (dir.), *Le Roman français au tournant du 21ᵉ siècle*, Presse Nouvelle Sorbonne, 2004.

—«Entre fiction et biographie : l'inversion des valeurs», in *Médium*, n°14, 2008/01.

Lecarme-Tabone, Eliane, «L'autobiographie des femmes», http://www.fabula.org/lht/7/lecarme-tabone.html (consulté le 16/11/2021).

Lejeune, Philippe, «Peut-on innover en autobiographie ?», in Alain de Mijolla (dir.), *L'Autobiographie*, VIᵉ rencontres psychanalytiques d'Aix-en-Provence, Les Belles Lettres, coll. «Confluents psychanalytiques», 1987.

—«Nouveau roman et retour à l'autobiographie», in Michel Contat(dir.), *L'Auteur et le manuscrit*, PUF, coll. «Perspectives Critiques», 1991.

—«Le journal comme 'antifiction'», in *Poétique*, n°149, 2007/02.

Mongin, Olivier, «Littérateurs ou écrivains ?», in *L'Esprit*, n°181, 1992.

Naudier, Delphine, «L'écriture-femme, une innovation esthétique emblématique», in *Sociétés contemporaines*, n°44, 2001/04.

Nouguez, Dominique, «Le livre sans nom», in *La Nouvelle revue française*, n°555, 2000/10.

Petit, Marc, «Le Refus de l'imaginaire», in *Le Monde des livres*, 04/02/1999.

Pirlot, Barbara, «Après la catastrophe : mémoire, transmission et vérité dans les témoignages de rescapés des camps de concentration et d'extermination nazis», in *Civilisations*, n°56, 2007.

Rabouin, David, «L'Autofiction en procès?», in *Le Magazine littéraire*, n°440, 2005/03.

Robin, Régine, «L'Auto-théorisation d'un romancier : Serge Doubrovsky», in *Etudes françaises*, vol. 33, n°1, 1997.

Salgas, Jean-Pierre, «Robbe-Grillet : 'Je n'ai jamais parlé d'autre chose que de moi'», in *La Quinzaine littéraire* n°432, 1985.

Sallenave, Danièle, «Entretien» (avec Georges Raillard et Paul Otchakovski-Laurens), in *Littérature*, n°77, 1990/02.

Schimitt, Arnaud, «La perspective de l'autonarration», in *Poétique*, n°149, 2007/02.

——«De l'autonarration à la fiction du réel : les mobilités subjectives», in *Autofiction(s)*, Colloque de Cerisy, sous la direction de Claude Burgelin, Isabelle Grell et Roger-Yves Roche, PUL, 2010.

Strasser, Anne, «L'énonciation dans *Les Années* : Quand les pronoms conjuguent mémoire individuelle et mémoire collective», in *Roman 20—50*, n°54, 2012/02.

——«L'autobiographe et les siens : envers et contre tous», in *Littérature*, n°181, 2016/01.

Vives, Jean-Michel, «La catharsis, d'Aristote à Lacan en passant par Freud. Une approche théâtrale des enjeux éthiques de la psychanalyse», in *Recherches en psychanalyse*, n°9, 2010/01.

Wagner, Frank, «Le Moi qui revient, un exemple d'autofiguration : les *Romanesques* d'Alain Robbe-Grillet I », http://www.vox-poetica.org/t/articles/wagner2012a.html (consulté le 17/11/2021).

——«Ceci n'est pas une autobiographie (Un exemple d'autofiguration: les *Romanesques* d'Alain Robbe-Grillet II)», http://www.vox-poetica.org/t/articles/wagner2012b.html (consulté le 17/11/2021).

Weitzmann, Marc, «L'hypothèse de soi», in *Page des libraires*, 1998.

Ouvrages

Allemand, Roger-Michel, *Alain Robbe-Grillet*, Les Contemporains-Seuil, 1997.

Barthes, Roland, *Essais critiques*, Seuil, coll. «Tel Quel», 1964.

—*Le Plaisir du texte*, Seuil, coll. «Tel Quel», 1973.

—*La Chambre claire*, Gallimard / Seuil, coll. «Cahier du Cinéma», 1980.

—*Le Grain de la voix*, entretiens 1962—1980, Seuil, 1981.

—*L'Obvie et l'obtus. Essais critiques III*, Seuil, coll. «Tel Quel», 1982.

—*Le Bruissement de la langue*, Seuil, 1984.

—*Œuvres complètes*, tome I 1942—1965, Editions établie et présentée par Eric Marty, Seuil, 1993;

—*Œuvres complètes*, tome II 1966—1973, Editions établie et présentée par Eric Marty, Seuil, 1994;

—*Œuvres complètes*, tome III 1974—1980, Editions établie et présentée par Eric Marty, Seuil, 1994.

Beaujour, Michel, *Miroirs d'encre*, Seuil, 1980.

Bellemin-Noël, Jean, *Psychanalyse et littérature*, PUF, 2012.

Bergson, Henri, *Les Deux sources de la morale et de la religion*, Librairie Félix Alcan, 1932.

Blanckeman, Bruno, *Les Récits indécidables*, *Jean Echenoz*, *Hervé Guibert*, *Pascal Quignard*, Presses universitaires du Septentrion, coll. «Perspectives», 2008.

Boulé, Jean-Pierre, *Hervé Guibert : Voices of the Self*, translated from the French by Professor J. Fletcher, Liverpool University Press, 1999.

Bourdieu, Pierre, *Raisons pratiques. Sur la théorie de l'action*, Seuil, coll. «Essais», 1994.

Boustani, Carmen, *L'Ecriture-corps chez Colette*, Delta-L'Harmattan, 2002.

Céline, Louis-Ferdinand, *Cahiers Céline*, 2, *Céline et l'actualité littéraire (1957—1961)*, textes réunis et présentés par J.-P. Dauphin et H. Godard, Gallimard, 1976.

Cohn, Doritt, *Le Propre de la fiction*, Seuil, coll. «Poétique», 2001.

Colonna Vincent, *L'Autofiction. Essai sur la fictionnalisation de soi en littérature*, thèse inédite sous la direction de Gérard Genette, EHESS, 1989.

—*Autofiction et autres mythomanies littéraires*, Tristram, 2004.

Dällenbach, Lucien, *Mosaïque, un objet esthétique à rebondissements*, Seuil, 2001.

Delaume, Chloé, *La Règle du Je*, PUF, coll. «Travaux Pratiques», 2010.

Deleuze, Gilles, *Critique et Clinique*, Minuit, 1993.

Deleuze, Gilles et Parnet, Claire, *Dialogues*, Champs Flammarion, 1996.

Didier, Béatrice, *L'Ecriture-femme*, PUF, 2ᵉ édition, 1981.

Donner, Christophe, *Contre l'imagination*, Fayard, 1998.

Doubrovsky, Serge, *Autobiographiques : de Corneille à Sartre*, PUF, coll. «Perspectives critiques», 1988.

Dugast-Portes, Francine, *Annie Ernaux. Etude de l'œuvre*, Bordas, coll. «Ecrivains au présent», 2008.

Ernaux, Annie, *L'Ecriture comme un couteau. Entretien avec Frédéric-Yves Jeannet*, Stock, 2003.

—*L'Atelier noir*, Les Busclats, 2011.

—*Ecrire la vie*, Gallimard, coll. «Quarto», 2011.

Federman, Raymond, *Surfiction*, traduit de l'américain par Nicole Mallet, Le mot et le reste, 2006.

Ferry, Lucer Renaut, Alain, *La Pensée*, 68, *Essai sur l'anti-humanisme contemporain*, Gallimard, coll. «Le Monde actuel», 1985.

Forest, Philippe, *Le Roman, le réel, un roman est-il encore possible?* Editions Pleins feux, 1999.

—*Le Roman, le Je*, Editions Pleins feux, coll. «Auteurs en question», 2001.

Foucault, Michel, *Dits et Ecrits*, III, Gallimard, 1994.

Gasparini, Philippe, *Est-il je? Roman autobiographique et autofiction*, Seuil, coll. «Poétique», 2004.

—*Autofiction. Une aventure du langage*, Seuil, coll. «Poétique», 2008.

Genette, Gérard, *Figures III*, Seuil, coll. «Poétique», 1972.

—*Palimpsestes. La littérature au second degré*, Seuil, coll. «Essais», 1982.

—*Seuils*, Seuil, coll. «Poétique», 1987.

—*Figures IV*, Seuil, coll. «Poétique», 1999.

—*Fiction et diction* (1979, 1991), précédé de *Introduction à l'architexte*, Seuil, coll. «Essais», 2004.

Genon, Arnaud, *Hervé Guibert, vers une esthétique postmoderne*, L'Harmattan, 2007.

Godard, Henri, *Poétique de Céline*, Gallimard, coll. «Bibliothèque des idées», 1985.

—*Le Roman modes d'emploi*, Gallimard, coll. «Folio Essais», 2006.

Gontard, Marc, *Le Roman français postmoderne. Une écriture turbulente* (en ligne). https://halshs.archives-ouvertes.fr/halshs-00003870/file/Le_Roman_postmoderne.pdf (consulté le 30/08/2020).

Grell, Isabelle, *L'Autofiction*, Armand Colin, 2014.

Gusdorf, Georges, *Les Ecritures du moi*, *Lignes de vie*, 1, Odile Jacob, 1991.

Hubier, Sébastien, *Littératures intimes. Les expressions du moi, de l'autobiographie à l'autofiction*, Armand Colin, 2003.

Jaccomard, Hélène, *Lecteur et lecture dans l'autobiographie française contemporaine, Violette Leduc, Françoise d'Eaubonne, Serge Doubrovsky, Marguerite Yourcenar*, Droz, 1993.

Jeannelle, Jean-Louis et Viollet, Catherine (dir.), *Genèse et autofiction*, Académia Bruylant, 2007.

Lecarme, Jacques et Lecarme-Tabone, Eliane, *L'Autobiographie*, Armand Colin, 1997.

Lejeune, Philippe, *Le Pacte autobiographique*, Seuil, coll. «Poétique», 1975.

—*Je est un autre. L'autobiographie, de la littérature aux médias*, Seuil, coll. «Poétique», 1980.

—*Moi aussi*, Seuil, coll. «Poétique», 1986.

—*La Mémoire et l'oblique. Georges Perec autobiographe*, POL, 1991.

—*L'Autobiographie en France* (1971), Armand Colin, 1998.

—*Pour l'autobiographie. Chroniques*, Seuil, coll. «La couleur de la vie», 1998.

—*Les Brouillons de Soi*, Seuil, coll. «Poétique», 1998.

Lipovetsky, Gilles, *L'Ere du vide. Essais sur l'individualisme contemporain*, Gallimard, coll. «Folio Essais», 1983.

Marin, Louis, *L'Ecriture de soi*, PUF, 1999.

Mathieu-Castellanie, Gisèle, *La Scène judiciaire de l'autobiographie*, PUF, 1996.

May, Georges, *L'Autobiographie* (1979), PUF, 1984.

Miraux, Jean-Philippe, *L'Autobiographie Ecriture de soi et sincérité*, Nathan, 1996.

Mongin, Olivier, *Paul Ricœur* (1994), Seuil, coll. «Essais», 1998.

Ouellette-Michalska, Madeleine, *Autofiction et dévoilement de soi*, XYZ, coll. «Documents», 2007.

Pavel, Thomas, *Univers de la fiction*, Seuil, coll. «Poétique», 1988.

Perec, Georges, *Penser/Classer*, Hachette, 1985.

Petit, Marc, *Eloge de la fiction*, Fayard, 1999.

Richard, Annie, *L'Autofiction et les femmes, un chemin vers l'altruisme?*, L'Harmattan, 2013.

Ricœur, Paul, *Temps et récit*, tome II, *La Configuration dans le récit de fiction*, Seuil, coll. «Essais», 1984.

—*Du texte à l'action*, Seuil, 1986.

Sabato, Ernesto, *L'Ange des ténèbres* (1974), Seuil, coll. «Points», 1996.

Samé, Emmanuel, *Autofiction Père et Fils, S. Doubrovsky, A. Robbe-Grillet, H. Guibert*, Editions Universitaires de Dijon, coll. «Ecritures», 2013.

Sartre, Jean-Paul, *Situations*, X, Gallimard, 1976.

Saveau, Patrick, *Serge Doubrovsky ou l'écriture d'une survie*, Editions Universitaires de Dijon, coll. «Ecritures», 2011.

Schaeffer, Jean-Marie, *Pourquoi la fiction ?* , Seuil, coll. «Poétique», 1999.

Todorov, Tzvetan, *Les Genres du discours*, Seuil, 1978.

—*L'Homme dépaysé*, Seuil, 1996.

Tonnet-Lacroix, Eliane, *La Littérature française et francophone de 1945 à l'an 2000*, L'Harmattan, 2003.

Viart, Dominique et Vercier, Bruno, *La Littérature française au présent. Héritage, modernité, mutation*, Bordas, 2005.

Vilain, Philippe, *Défense de Narcisse*, Grasset, 2005.

—*L'Autofiction et théorie*, suivi de deux entretiens avec Philippe Sollers et Philippe Lejeune, Les Editions de la Transparence, 2009.

White, Hayden, *Tropics of Discourse. Essays in Cultural Criticism*, The Johns Hopkins University Press, 1978.

——*The Fiction of Narrative. Essays on History, Literature, and Theory 1957—2007*, The Johns Hopkins University Press, 2010.

Zanone, Damien, *L'Autobiographie*, Ellipses / Edition marketing S. A., 1996.

Zufferey, Joël (dir.), *L'Autofiction: variation génériques et discursives*, Harmattan-Academia s. a., 2012.

Magazines, actes des colloques et ouvrages collectifs

Autofiction(s), Colloque de Cerisy, sous la direction de Claude Burgelin, Isabelle Grell et Roger-Yves Roche, PUL, 2010.

Autofiction(s), Colloque de Cerisy, sous la direction de Claude Burgelin, Isabelle Grell et Roger-Yves Roche, PUL, 2010. Interventions qui n'ont pu être recueillies dans le volume précédent, mais disponibles sur le site Internet des Presses universitaiers de Lyon, à l'adresse : http://presses.univ-lyn2.fr.

Autofictions & Cie (Actes du colloque de Nanterre, 1992), Cahiers *RITM*, n°6, 1993.

Autoportraits, autofictions de femmes à l'époque moderne. Savoirs et fabrique d'identité, sous la direction de Caroline Trotot, Classiques Garnier, 2018.

Individualisme et autobiographie en Occident, sous la direction de Delhez-sarlet Claudette et CATANI, Maurzio, Institut de Sociologie, Editions de l'Université de Bruxelles, 1983.

Je & Moi, sous la direction de Philippe Forest, *La Nouvelle revue française*, n°598, 2011/10.

L'Autobiographie en procès, sous la direction de Philippe Lejeune, *RITM*, n°14, Université Paris X, 1997.

Le Magazine littéraire, n°530, 2013/04.

Le Roman français au tournant du 21e siècle, sous la direction de Marc Dambre, Aline Mura-Brunel, Bruno Blanckeman, Presses Sorbonne Nouvelle, 2004.

Lisières de l'autofiction Enjeux géographiques, artistiques et politiques, Colloque de Cerisy, sous la direction d'Arnaud Genon et Isabelle Grell, PUL, 2016.

Nom propre et écritures de soi, sous la direction de Yves Baudelle et Elisabeth Nardout-Lafarge, Les Presses Universitaires de Montréal, 2011.

中文文献

奥古斯丁:《忏悔录》,周士良译,商务印书馆,1963年。

柏格森(亨利):《道德与宗教的两个来源》(第2版),王作虹、成穷译,贵州人民出版社,2007年。

柏拉图:《理想国》,郭斌和、张竹明译,商务印书馆,1986年。

车琳:《西方文论关键词——自我虚构》,载《外国文学》,2019年第1期。

格拉夫(杰拉尔德):《自我作对的文学》,陈慧、徐秋红译,河北人民出版社,2004年。

怀特(海登):《后现代历史叙事学》,陈永国、张万娟译,中国社会科学出版社,2003年。

怀特(海登):《话语的转义——文化批评文集》,董立河译,大象出版社,2011年。

柳鸣九:《娜塔丽·萨洛特与心理现代主义》,见萨洛特:《天象馆》,罗嘉美译,漓江出版社,1991年。

柳鸣九编选:《新小说派研究》,中国社会科学出版社,1986年。

卢梭:《忏悔录》,范希衡等译,人民文学出版社,2012年。

略萨(马·巴尔加斯):《博尔赫斯的虚构》,赵德明译,载《世界文学》,1997年第6期。

热奈特(热拉尔):《热奈特论文集》,史忠义译,百花文艺出版社,2001年。

热奈特(热拉尔):《叙事话语 新叙事话语》,王文融译,中国社会科学出版社,1990年。

热奈特(热拉尔):《转喻:从修辞格到虚构》,吴康茹译,漓江出版社,2013年。

萨洛特(娜塔莉):《童年 这里》,桂裕芳、周国强、胡小力译,译林出版社,1999年。

赛恩斯伯里(R.M.):《虚构与虚构主义》,万美文译,华夏出版社,2015年。

塞尔(约翰·R.):《虚构话语的逻辑地位》,冯庆译,载《南京社会科学》,2012年第6期。

王忠琪等译:《法国作家论文学》,生活·读书·新知三联书店,1984年。

王晓侠:《从新小说到新自传——真实与虚构之间》,载《国外文学》,2010年第1期。

维冈(德尔菲娜·德):《无以阻挡黑夜》,林苑译,上海文艺出版社,2014年。

伍蠡甫、胡经之主编:《西方文艺理论名著选编》(下卷),北京大学出版社,1987年。
亚里士多德:《诗学》,陈中梅译注,商务印书馆,1996年。
赵毅衡:《赵毅衡形式理论文选》,北京大学出版社,2018年。
周宪:《再现危机与当代现实主义观念》,载《文学评论》,2019年第1期。

人名对照表

A

Ajar, Emile 阿雅尔(埃米尔)
Angot, Christine 安戈(克里斯蒂娜)
Antelme, Robert 安代姆(罗贝尔)
Aragon, Louis 阿拉贡(路易)
Auster, Paul 奥斯特(保罗)
Austin, John 奥斯汀(约翰)

B

Barthes, Roland 巴尔特(罗兰)
Bastide, François-Regis 巴斯蒂德(弗朗索瓦-雷吉斯)
Baudelle, Yves 鲍代尔(伊夫)
Beckett, Samuel 贝克特(塞缪尔)
Bellemin-Noël, Jean 贝勒曼-诺埃尔(让)
Bénabou, Marcel 贝纳布(马塞尔)
Bénézet, Mathieu 贝内泽(马蒂厄)
Blake, Harry 布莱克(哈里)
Blondin, Antoine 布隆丹(安托纳)
Bosquet, Alain 博斯凯(阿兰)
Boudjedra, Rachid 布杰德拉(拉希德)
Boulé, Jean-Pierre 布雷(让-皮埃尔)
Breton, André 布勒东(安德烈)
Butor, Michel 布托尔(米歇尔)

C

Calvino, Italo 卡尔维诺(伊塔洛)
Camus, Albert 加缪(阿尔贝)
Camus, Renaud 加缪(雷诺)
Cardinal, Marie 卡迪娜尔(玛丽)
Cavanna, François 卡瓦纳(弗朗索瓦)
Céline, Louis-Ferdinand 塞利纳(路易·费迪南)
Cendrars, Blaise 桑德拉尔(布莱兹)
Chevillard, Eric 舍维亚尔(埃里克)
Cixous, Hélène 西苏(埃莱娜)
Cocteau, Jean 科克托(让)
Cohn, Dorrit 科恩(多丽特)
Colette, Sidonie-Gabrielle 科莱特(西多妮-加布里埃尔)
Colonna, Vincent 科罗纳(万桑)

Contat，Michel 孔塔（米歇尔）
Cusset，Catherine 库塞（卡特琳娜）
Cyrano de Bergerac，Savinien de 西哈诺·德·贝热拉克（萨维尼安·德）

D

Dallenbach，Lucien 达朗巴赫（吕西安）
Darrieussecq Marie 达里厄塞克（玛丽）
Debray，Régis 德博莱（雷吉）
Delaume，Chloé 德洛姆（克洛埃）
Delerm，Philippe 德莱姆（菲利普）
Derrida，Jacques 德里达（雅克）
Despentes，Virginie 德彭特（维吉妮）
Didier，Béatrice 迪迪埃（贝雅特里丝）
Doctorow，E. L. 多克特罗（爱德加·劳伦斯）
Donner，Christophe 多内（克里斯托弗）
Doubrovsky，Serge 杜勃罗夫斯基（塞尔日）
Duras，Marguerite 杜拉斯（玛格丽特）
Dustan，Guillaume 杜斯坦（吉约姆）

E

Ernaux，Annie 埃尔诺（安妮）

F

Faye，Jean-Pierre 法耶（让-皮埃尔）
Federman，Raymond 费德曼（莱蒙德）
Finkielkraut，Alain 芬基尔克劳（阿兰）
Forest，Philippe 福雷斯特（菲利普）
Foucault，Michel 福柯（米歇尔）

Frye，Northrop 弗莱（诺思罗普）

G

Gary，Romain 加里（罗曼）
Gasparini，Philippe 加斯帕里尼（菲利普）
Gauthier，Xavière 戈蒂耶（格扎维埃尔）
Genet，Jean 热内（让）
Genette，Gérard 热奈特（热拉尔）
Godard，Henri 戈达尔（亨利）
Godzich，Wlad 高泽西（沃劳德）
Gombrowicz，Witold 贡布罗维奇（维托尔德）
Graff，Gerald 格拉夫（杰拉德）
Grell，Isabelle 格埃勒（伊莎贝尔）
Guibert，Hervé 吉贝尔（埃尔维）
Gusdorf Georges 古斯多夫（乔治）

H

Hamburger，Käte 汉博格（凯特）
Handke，Peter 汉德克（皮特）
Houellebecq，Michel 维勒贝克（米歇尔）

I

Isherwood，Christopher 伊舍伍德（克里斯托弗）

J

Jabes，Edmond 雅贝斯（埃德蒙）
Jenny，Laurent 杰尼（洛朗）

Juliet, Charles 朱利埃(夏尔)

K

Klarsfeld, Serge 克拉斯菲尔德(塞尔日)
Kofman, Sarah 考夫曼(萨拉)
Kosinski, Jerzy 科辛斯基(杰西)
Kriegel, Annie 克里格尔(安妮)
Kristeva, Julia 克里斯特娃(茱莉亚)

L

Lacan, Jacques 拉康(雅克)
Lanzmann, Claude 朗兹曼(克洛德)
Lanzmann, Jacques 朗兹曼(雅克)
Laurens, Camille 洛朗丝(卡特琳娜)
Léautaud, Paul 雷奥托(保尔)
Leclerc, Annie 勒克莱尔(安妮)
Le Clézio, Jean-Marie Gustave 勒克莱齐奥(让-马利·居斯塔夫)
Leduc, Violette 勒杜克(维奥莱特)
Leiris, Michel 莱里斯(米歇尔)
Lejeune, Philippe 勒热纳(菲利普)
Levi, Primo 列维(普利莫)
Levinas, Emmanuel 列维纳斯(埃玛纽埃尔)
Lipovetsky, Gilles 利波维斯基(吉尔)
Llosa, Mario Vargas 略萨(马里奥·巴尔加斯)
Loti, Pierre 洛蒂(皮埃尔)
Louis-Combet, Claude 路易-孔贝(克洛德)

Lucien de Samosate 路吉阿诺斯
Lucot, Hubert 卢科(于贝尔)
Lyotard, François 利奥塔(弗朗索瓦)

M

Malraux, André 马尔罗(安德烈)
Millet, Catherine 米耶(卡特琳娜)
Michon, Pierre 米雄(皮埃尔)
Miller, Henry 米勒(亨利)
Modiano, Patrick 莫迪亚诺(帕特里克)
Mongin, Olivier 蒙金(奥利维埃)
Morin, Edgard 莫兰(埃德加)

N

Nabe, Marc-Edouard 纳布(马克-爱德华)
Navarre, Yves 纳瓦尔(伊夫)
Nimier, Marie 尼米埃(玛丽)
Nizon, Paul 尼宗(保尔)
Nouguez, Dominique 努盖(多米尼克)
Nourissier, François 努里西埃(弗朗索瓦)

P

Paz, Octavio 帕斯(奥克塔维奥)
Perec, Georges 佩雷克(乔治)
Perros, Georges 佩罗斯(乔治)
Petit, Marc 珀蒂(马克)
Pinget, Robert 潘热(罗贝尔)
Pontalis, Jean-Bertrand 邦达利斯(让-贝特朗)

Q

Queneau, Raymond 格诺(莱蒙)

R

Rezvani, Serge 莱兹瓦尼(塞尔日)
Ricardou, Jean 里卡杜(让)
Ricœur, Paul 利科(保尔)
Ristat, Jean 让·里斯塔(让)
Robbe-Grillet, Alain 罗伯-格里耶(阿兰)
Roche, Denis 罗什(德尼)
Roche, Maurice 罗什(莫里斯)
Rolin, Dominique 罗林(多米尼克)
Roth, Henry 罗斯(亨利)
Roubaud, Jacques 鲁博(雅克)
Rousset, David 鲁塞(大卫)
Roy, Claude 鲁瓦(克洛德)

S

Sabato, Ernesto 萨巴托(埃内斯托)
Sallenave, Danièle 萨勒纳芙(达尼埃尔)
Sarraute, Nathalie 萨洛特(娜塔莉)
Serres, Michel 塞尔(米歇尔)
Schaeffer, Jean-Marie 莎菲尔(让-玛丽)
Schmitt, Arnaud 施密特(阿尔诺)
Scholes, Robert 斯科尔斯(罗伯特)
Searle, John 塞尔(约翰)
Semprun, Jorge 森普隆(豪尔赫)
Simenon, Georges 西姆农(乔治)
Simon, Claude 西蒙(克洛德)
Sollers, Philippe 索莱尔斯(菲利普)
Soupault, Philippe 苏波(菲利普)
Stern, Gertrude 斯泰因(格特鲁德)
Sukenick, Ronald 苏肯尼克(罗纳德)

T

Tournier, Jacques 图尼埃(雅克)
Toussaint, Jean-Philippe 图森(让-菲利普)
Todorov, Tzvetan 托多罗夫(茨维坦)
Toynbee, Arnold 汤因比(阿诺德)
Tremblay, Michel 特朗勃莱(米歇尔)

V

Vaihinger, Hans 韦因格(汉斯)
Vallès, Jules 瓦莱斯(于勒)
Vigan, Delphine de 维冈(德尔菲娜·德)
Vilain, Philippe 维兰(菲利普)

W

Weitzmann, Marc 魏兹曼(马克)
White, Hayden 怀特(海登)
Wiesel, Elie 威塞尔(埃利)

作品名对照表

A

A l'ami qui ne m'a pas sauvé la vie《致没有救我命的朋友》
A la recherche du temps perdu《追忆逝水年华》
Age d'homme（L'）《成人之年》
Amant de la Chine du Nord（L'）《中国北方的情人》
Année de l'amour（L'）《爱情岁月》
Année de l'éveil（L'）《觉醒之年》
Années（Les）《岁月》
Années lumière（Les）《光明岁月》
Antimémoires《反回忆录》
Après-vivre（L'）《活后》
Armées de la nuit（Les）《黑夜部队》
Armoires vides（Les）《空衣橱》
Autobiography of Alice Toklas（The）《艾丽丝·托克拉斯自传》
Autre qu'on adorait（L'）《别有所爱》
Autres（Les）《别人》
Avenir（L'）《未来》

Aziyadé《阿齐亚德》

B

Bardadrac《百宝囊》
Biographie《传记》
Bleu comme la nuit《蓝如夜》
Bon apôtre（Le）《善良的使徒》
Boucle（La）《环形》

C

Casse-pipe《前线》
Chêne et chien《橡树与狗》
Chute（La）《堕落》
Comédie de Charleroi（La）《夏勒华剧院》
Confession d'une radine《一个吝啬女人的忏悔》
Cri du Sablier（Le）《沙漏的叫喊》
Critique de la critique（La）《批评的批评》
Cytomégalovirus《巨细胞病毒》

D

Dans ma chambre《在我的房间里》
Derniers jours de Corinthe（Les）《科兰特的最后日子》
De si braves garçons《勇敢的小伙子们》
Dialogues. Rousseau juge de Jean-Jacques《对话录》
Dispersion（La）《四散》
Douleur（La）《痛苦》
D'un château à l'autre《从一座城堡到另一座城堡》

E

Ecriture ou la Vie（L'）《写作或生活》
Enchanteur et nous …（L'）《魔法师和我们……》
Enfance《童年》
Enfant（L'）《孩子》
Enfant éternel（L'）《永恒的孩子》
Enfant que tu étais（L'）《曾经的孩子》
Etat Civil《身份》
Etrangère（L'）《外国女人》
Evénement（L'）《事件》

F

Femmes《女人们》
Fête des pères（La）《父亲节》
Ferdydurke《费尔迪杜凯》
Fils《儿子》
Fleurs de ruine《废墟之花》
Force de l'âge（La）《岁月的力量》

Fou de Vincent《狂恋文森》

G

Gangsters（Les）《恶棍们》
Gâteau des morts（Le）《死人的糕点》
Génie divin（Le）《天才》
Grand incendie de Londres（Le）《伦敦大火》

H

Haine de la famille（La）《痛恨家庭》
Homme au chapeau rouge（L'）《红帽男人》
Homme qui dort（L'）《沉睡的人》
Honte（La）《耻》

I

Inceste（L'）《乱伦》
Incognito（L'）《隐姓埋名》
In memoriam《为了纪念》

J

Jardin des plantes（Le）《植物园》
Jouir《享受》
Jour de souffrance《痛苦的日子》
Journal du voleur（Le）《小偷日记》

K

Kathleen et Franck《凯瑟琳和弗兰克》

L

Laissé pour conte《剩余的话》
Lambeaux《碎片》
Lazare《拉萨尔》
Léonore, toujours《总是莱奥诺尔》
Livre brisé（Le）《断裂的书》
Livret de famille《户口簿》

M

Marché des amants（Le）《情人市场》
Maria《玛丽亚》
Masques（Les）《面具》
Mausolée des amants《情人的陵墓》
Mémoire tatouée（La）《图腾记忆》
Mes parents《我的父母》
Miroir qui revient（Le）《重现的镜子》
Monstre（Le）《怪物》
Monsieur Jadis《雅第斯先生》
Moravagine《莫拉瓦金》
Mort à crédit《死缓》
Mort propagande（La）《死亡宣传》
Mots pour le dire（Les）《倾吐》
Mouflettes d'Atropos（Les）《阿特洛波斯的幼女们》

N

Nadja《娜嘉》
Naissance du jour（La）《白日的诞生》
Nausée（La）《恶心》
New York, journal d'un cycle《纽约，一个阶段的日记》
Nord《北方》
Nouvelle Justine ou les malheurs de la vertu（La）《新朱斯蒂娜或美德的厄运》

O

Oiseau bariolé（L'）（The Painted Bird）《彩鸟》

P

Passion simple《单纯的激情》
Petit ami（Le）《小朋友》
Les Petits《孩子们》
Philippe《菲利普》
Place（La）《位置》
Portrait du joueur《玩家肖像》
Premier homme（Le）《第一个人》
Prime jeunesse《少年时代》
Protocole compassionnel（Le）《同情协议》
Pseudo《假的》

Q

Quitter la ville《离开这座城市》

R

Règle du jeu（La）《游戏规则》
Remise de peine《缓刑》
Retour du boomerang（Le）《飞去又来》
Rien ne s'oppose à la nuit《无以阻挡黑夜》
Rigodon《里戈东》
Roland Barthes par Roland Barthes

《巴尔特自述》
Roman d'un enfant (Le)《一个孩子的小说》
Roman inachevé (Le)《未完成的小说》

S
Sarinagara《然而》
Scorpion (Le)《蝎子》
Secret (Le)《秘密》
Séparation (La)《分离》
Se perdre《迷失》
Siècle des nuages (Le)《云时代》
Sir Andrew Marbot《安德鲁·马博特爵士》
Sujet Angot《安戈其人》

T
Têtard (Le)《蝌蚪》
Tom est mort《汤姆死了》
Toute la nuit《整夜》
Trois crimes de mes amis (Les)《我朋友们的三宗罪》
Truismes《母猪女郎》

U
Un amour de soi《一种自爱》

Un amour impossible《不可能的爱》
Un homme de passage《一个过客》
Une femme《一个女人》
Une histoire française《一个法国故事》
Une mère russe《俄国母亲》
Une vie ordinaire《普通生活》
Un pedigree《家谱》

V
Vanité des somnambules (La)《梦游者的虚荣》
Vie rêvée (La)《梦想的生活》
Vies minuscules《卑微人生》
Vie sexuelle de Catherine M. (La)《卡特琳娜·M.的性生活》
Voyage au bout de la nuit《长夜行》
Vu du ciel《从天上看》
Vues animées《动感景色》

W
W ou le souvenir d'enfance《W 或童年的回忆》

Z
Zone érogène《性感区》